Dino

BEREITS ERSCHIENEN

WARCRAFT Band 1: Der Tag des Drachen
Richard A. Knaak – ISBN 3-8332-1266-7

WARCRAFT Band 2: Der Lord der Clans
Christie Golden – ISBN 3-89748-701-2

WARCRAFT Band 3: Der letzte Wächter
Jeff Grubb – ISBN 3-89748-702-0

WARCRAFT: Krieg der Ahnen, Buch 1 (von 3)
– Die Quelle der Ewigkeit
Richard A. Knaak – ISBN 3-8332-1092-3

DIABLO Band 1: Das Vermächtnis des Blutes
Richard A. Knaak – ISBN 3-8332-1267-5

DIABLO Band 2: Der Dunkle Pfad
Mel Odom – ISBN 3-8332-1268-3

DIABLO Band 3: Das Königreich der Schatten
Richard A. Knaak – ISBN 3-8332-1042-7

STARCRAFT Band 1: Libertys Kreuzzug
Jeff Grubb – ISBN 3-8332-1043-5

STARCRAFT Band 2: Schatten der Xel'Naga
Gabriel Mesta – ISBN 3-8332-1090-7

STARCRAFT Band 3: Im Sog der Dunkelheit
Tracy Hickman – ISBN 3-8332-1148-2

AB JUNI 2005 ERHÄLTLICH

WARCRAFT: Krieg der Ahnen, Buch 2 (von 3)
– Die Dämonenseele
Richard A. Knaak – ISBN 3-8332-1205-5

DIABLO®

DAS VERMÄCHTNIS DES BLUTES

RICHARD A. KNAAK

Ins Deutsche übertragen von Ralph Sander

Dino

Die Deutsche Bibliothek – CIP-Einheitsaufnahme

Ein Titeldatensatz für diese Publikation ist bei der Deutschen Bibliothek erhältlich.

Dieses Buch wurde auf chlorfreiem,
umweltfreundlich hergestelltem
Papier gedruckt.

In neuer Rechtschreibung.

Übersetzung: Ralph Sander
Lektorat: Manfred Weinland
Redaktion: Mathias Ulinski, Holger Wiest
Chefredaktion: Jo Löffler
Umschlaggestaltung: tab werbung GmbH, Stuttgart,
Cover art by Bill Petras
Satz: Greiner & Reichel, Köln
Druck: Panini S. P. A.
Printed in Italy

ISBN: 3-8332-1267-5
5. Auflage, Februar 2005

www.paninicomics.de/videogame

Für meinen Bruder Win –
ein kreativer Geist wie ich.

Eins

Der Schädel grinste das Trio so fröhlich an, als wollte er es einladen, ihn in der Ewigkeit zu besuchen.

„Sieht ganz so aus, als wären wir nicht die Ersten", murmelte Sadun Tryst. Der narbenübersäte, sehnige Kämpfer stieß den Schädel mit der Klinge seines Messers an, worauf der fleischlose Wächter zu wackeln begann. Hinter dem makabren Bild konnten sie den Nagel ausmachen, an dem er aufgehängt war und an dem das übrige Skelett so lange gebaumelt hatte, bis es sich irgendwann aufgelöst hatte und zu einem wirren Haufen zusammengefallen war.

„Hattest du das etwa erwartet?", flüsterte die große Gestalt, deren Gesicht unter einer Kapuze verborgen war. Wenn man Saduns Aussehen als schlank oder sogar fast asketisch bezeichnen wollte, hatte Fauztin schon etwas von einem Kadaver. Der Vizjerei-Hexenmeister bewegte sich nahezu wie ein Phantom, als er ebenfalls den Schädel berührte, diesmal aber mit einem Finger, der in einem Handschuh steckte. „Hier war keine Hexerei im Spiel. Nur primitive, aber vollkommen ausreichende Fallen-Mechanismen. Kein Grund zum Fürchten."

„Außer es wäre dein Kopf, der auf dem nächsten Pfahl aufgespießt wird."

Der Vizjerei zupfte an seinem schütteren grauen Ziegenbärtchen und schloss kurz seine leicht schräg stehenden Augen, als bestätige er damit die Bemerkung seines Gefährten. Während

Sadun einen Gesichtsausdruck zur Schau trug, der mehr dem eines unzuverlässigen Frettchens ähnelte – und damit manchmal auch zu seiner Persönlichkeit passte –, erinnerte Fauztin an eine ausgemergelte Katze. Seine knubbelige Nase zuckte unablässig, und die spärlichen Haare seines langen Schnauzbarts unterstrichen diesen Eindruck noch zusätzlich.

Keiner von ihnen hatte je den Ruf absoluter Lauterkeit besessen, aber Norrec Vizharan hätte jedem der beiden sein Leben anvertraut – so wie er es auch schon mehrfach getan hatte. Als der erfahrene Krieger zu ihnen stieß, warf er einen Blick nach vorn in die Dunkelheit, die auf eine große Kammer schließen ließ. Bislang hatten sie sieben verschiedene Ebenen ausgekundschaftet und sie alle ungewöhnlich leer vorgefunden, wenn man von den nicht sehr aufwändig konstruierten Fallen absah.Genauso wenig waren sie auf irgendeine Art von Schatz gestoßen, was für das Grüppchen eine herbe Enttäuschung darstellte.

„Bist du *sicher*, dass hier keine Hexerei im Spiel ist, Fauztin? Überhaupt nicht?“

Die katzenartigen Züge, die unter der Kapuze teilweise zum Vorschein kamen, verzogen sich in Anbetracht dieser Worte beleidigt. Die breiten Schultern seines auftragenden Umhangs verliehen Fauztin ein Unheil verkündendes, fast schon übernatürliches Erscheinungsbild – und das umso mehr, da er den muskulösen Norrec überragte, der für sich betrachtet schon kein kleiner Mann war. „Musst du das fragen, mein Freund?“

„Es ist doch nur so, dass das hier keinen Sinn ergibt! Von ein paar unbedeutenden und eigentlich ziemlich albernen Fallen abgesehen, sind wir auf nichts gestoßen, das uns davon abhalten könnte, bis in die Hauptkammer vorzudringen! Warum macht sich jemand die Mühe, so tief zu graben, wenn er dann für eine so dürftige Sicherung sorgt?“

„Ich würde eine Spinne, die so groß ist wie mein Kopf, nicht gerade als *nichts* bezeichnen“, warf Sadun mürrisch ein und strich durch sein langes, aber spärliches schwarzes Haar. „Vor allem, wenn sie sich auf *meinem* Kopf befindet …“

Norrec ignorierte ihn. „Ist es das, was ich glaube? Sind wir zu spät? Ist es wieder so wie in Tristram?“

Schon einmal hatten sie sich zwischen zwei Söldneraufträgen auf Schatzsuche begeben – in einem kleinen, heimgesuchten Dorf namens Tristram. Legenden hatten von einem Schatz in einem Verlies erzählt, der von bösen Geistern bewacht wurde und der diejenigen zu Königen machen würde, die das Glück hatten, lange genug zu überleben, um ihn zu finden. Norrec und seine Freunde waren dorthin gereist und hatten ohne das Wissen der örtlichen Bevölkerung das Labyrinth zur Mitte der Nacht betreten …

Nach all ihren Anstrengungen, nachdem sie gegen seltsame Bestien gekämpft hatten und nur mit Mühe tödlichen Fallen entkommen waren, hatten sie feststellen müssen, dass irgendjemand vor ihnen bereits so gut wie alles aus dem unterirdischen Gewirr von Gängen und Gewölben fortgeschleppt hatte. Erst nach ihrer Rückkehr hatten sie im Dorf die bittere Wahrheit erfahren: Ein großer Kämpfer war nur wenige Wochen zuvor in das Labyrinth hinabgestiegen und hatte den furchtbaren Dämon Diablo angeblich besiegt. Er hatte weder Gold noch Juwelen an sich genommen, doch wenig später machten sich andere Abenteurer seine Vorarbeit zu Nutze und überwanden die wenigen Gefahren, die noch vorhanden waren, um anschließend so viele Reichtümer wie möglich aus dem Labyrinth zu schaffen. Nur wenige Tage Vorsprung der anderen hatten zur Folge gehabt, dass das Trio sich völlig vergeblich abgemüht hatte.

Norrec hatte auch keinen Trost in den Worten eines Dorfbewohners von zweifelhafter geistiger Verfassung gefunden, der ihnen kurz vor ihrer Abreise eine Warnung hatte zukommen lassen. Angeblich hatte der Krieger, der so genannte *Wanderer*, Diablo nicht wirklich geschlagen, sondern irrtümlich das abscheulich Böse freigesetzt. Ein fragender Blick von Norrec an Fauztin war von dem Vizjerei-Hexenmeister zunächst mit einem beiläufigen Schulterzucken beantwortet worden.

Später hatte Fauztin dann die Warnung abgetan. „Es gibt immer wieder solche Geschichten über entflohene Dämonen und schreckliche Flüche. Diablo gehört zu denen, die sich beim gewöhnlichen Volk oft der größten Beliebtheit erfreuen."

„Du glaubst nicht, dass irgendetwas davon wahr sein könnte?" Als Kind hatte Norrec immer Angst gehabt. Seine Eltern hatten ihm Geschichten über Diablo, Baal und andere Ungeheuer der Nacht erzählt, um ihn Gehorsam zu lehren.

Sadun Tryst hatte verächtlich geschnaubt. „Hast du schon jemals einen Dämon gesehen? Kennst du jemanden, der einen zu Gesicht bekommen hat?"

Norrec musste verneinen. „Und du, Fauztin? Es heißt, dass die Vizjerei Dämonen heraufbeschwören können, damit diese ihre Befehle ausführen."

„Wenn ich das könnte, würde ich mich dann in leeren Labyrinthen und Gräbern herumtreiben?"

Diese Bemerkung hatte Norrec mehr als alles andere davon überzeugt, die Worte des Dorfbewohners als Schauermärchen abzutun. Es war ihm auch nicht besonders schwer gefallen. Schließlich interessierte die drei damals wie heute nur eines: Reichtum.

Leider schien es sich in zunehmendem Maße herauszustellen, dass man ihnen abermals zuvorgekommen war.

Während Fauztin in den Gang vor ihnen spähte, verstärkte er mit seiner anderen Hand den Griff um seinen Zauberstab. Die juwelenbesetzte Spitze, die zugleich ihre Lichtquelle in der Dunkelheit war, flackerte kurz. „Ich hatte gehofft, ich würde mich irren, aber jetzt fürchte ich wirklich, dass wir nicht die Ersten sind, die hierher vordringen."

Der leicht ergraute Kämpfer fluchte leise. Er hatte in seinem Leben unter vielen Befehlshabern gedient, größtenteils während der Kreuzzüge von Westmarch aus. Nachdem er diese zahlreichen Feldzüge überlebt hatte – und das oft nur sehr knapp –, war er zu einer Erkenntnis gekommen: Niemand konnte darauf hoffen, es ohne Geld in dieser Welt zu etwas zu bringen. Er hatte es bis zum Captain gebracht und diesen Rang dreimal verloren, bis er nach dem letzten Debakel schließlich den Militärdienst quittierte.

Der Krieg hatte Norrecs Leben bestimmt, seit er alt genug war, ein Schwert zu erheben. Einst hatte er auch so etwas wie eine Familie gehabt, doch die war inzwischen tot – so wie seine Ideale. Er hielt sich immer noch für einen anständigen Mann, aber Anstand allein machte ihn auch nicht satt. Norrec war zu der Ansicht gelangt, dass es noch einen anderen Weg geben musste. Und so hatten er und seine beiden Kameraden sich auf Schatzsuche begeben.

So wie Sadun hatte er Narben davongetragen, doch davon abgesehen wirkte Norrec eher wie ein einfacher Bauer. Ein Mann mit solch großen braunen Augen, offenem Gesicht und kräftigem, kantigem Kiefer hätte statt eines Schwertes ebenso gut eine Hacke in den Händen halten können. Auch wenn der stämmige Veteran von Zeit zu Zeit Gefallen an dieser Vorstellung fand, wusste er sehr wohl, dass er Gold benötigte, um das ersehnte Land bezahlen zu können. Diese Reise hatte sie zu Reichtümern führen sollen, die seine Bedürfnisse und sogar seine Träume bei weitem übertroffen hätten.

Doch jetzt sah es danach aus, als wäre alle Zeit, wären alle Mühen ein weiteres Mal vergebens gewesen.

Neben ihm warf Sadun Tryst sein Messer in die Luft und bekam es am Heft zu fassen, als es sich wieder auf seiner Höhe befand. Er wiederholte diese Aktion zweimal, ein sicheres Zeichen dafür, dass er intensiv nachdachte. Norrec konnte sich gut vorstellen, was ihm durch den Kopf ging. Sie hatten Monate mit dieser Suche zugebracht und waren quer übers Meer ins nördliche Kehjistan gereist. Sie hatten in Kälte und Regen geschlafen, waren falschen Fährten in leere Höhlen gefolgt und hatte das Ungeziefer gegessen, das ihnen über den Weg gelaufen war, als sich keine andere Jagdbeute mehr finden ließ – und das alles nur wegen Norrec, der dieses ganze Fiasko erst angeleiert hatte.

Schlimmer noch! *Diese* Queste war die Folge eines Traums gewesen, in dem es um einen verruchten Berggipfel ging, der eine vage Ähnlichkeit mit einem Drachenkopf aufwies. Hätte Norrec nur einmal, höchstens zweimal davon geträumt, wäre dieses Bild vielleicht in Vergessenheit geraten. Doch über die Jahre hinweg hatte sich der Traum viel zu oft wiederholt. Ganz gleich, wo er gekämpft hatte, stets hatte er – ohne Erfolg – nach diesem Gipfel Ausschau gehalten. Dann hatte ein – inzwischen dahingeschiedener – Kamerad aus den kalten Nordländern beiläufig einen solchen Ort erwähnt. Es hieß, er würde von Geistern heimgesucht, und viele der Männer, die sich in die Nähe des Berges begeben hätten, seien verschwunden oder erst Jahre später wiedergefunden worden, ohne einen Fetzen Fleisch an den zerschmetterten Knochen …

In dem Augenblick war Norrec Vizharan überzeugt gewesen, dass seine Bestimmung ihn hierher gerufen hatte.

Nur … warum zu einem Grab, das man bereits geplündert hatte?

Der Eingang war in der Felswand gut verborgen gewesen, von außen trotz allem aber leicht zugänglich. Das hätte bereits der erste Hinweis auf die Wahrheit sein müssen, doch Norrec hatte sich beharrlich geweigert, selbst diesen Widerspruch zu erkennen. All seine Hoffnungen, all seine Versprechen gegenüber seinen Gefährten …

„Verdammt!“ Er trat heftig gegen die Wand, die ihm am nächsten war, und nur seinem robusten Stiefel war es zu verdanken, dass er sich keine Zehe brach. Norrec warf sein Schwert zu Boden und verfluchte seine Naivität.

„Es gibt da einen neuen General aus Westmarch, der Söldner anheuert“, schlug Sadun hilfsbereit vor. „Es heißt, er sei sehr ehrgeizig …“

„Keine Kriege mehr“, murmelte Norrec und versuchte, sich nicht den Schmerz anmerken zu lassen, der von seinem Fuß ausstrahlte. „Ich will nicht länger mein Leben für den Ruhm anderer Leute riskieren.“

„Ich dachte nur …“

Der schlaksige Hexenmeister klopfte mit seinem Stab einmal auf den Boden und versuchte so die Aufmerksamkeit seiner Partner auf sich zu lenken. „Wenn wir schon bis hierher vorgedrungen sind, wäre es töricht, nicht auch noch bis zur zentralen Kammer weiterzugehen. Vielleicht haben die, die vor uns hier waren, ein wenig Tand oder ein paar Münzen zurückgelassen. In Tristram haben wir auch noch ein paar Goldmünzen entdecken können. Es würde doch sicher nichts schaden, wenn wir uns ein wenig länger hier umsehen, oder, Norrec?“

Er wusste, dass der Vizjerei nur versuchte, die Verbitterung seines Freundes zu lindern, dennoch setzte sich die Idee im Geist des Kämpfers fest. Er brauchte nicht mehr als ein paar Goldmünzen! Er war noch immer jung genug, um sich eine Braut zu nehmen, ein neues Leben zu beginnen, vielleicht sogar eine Familie zu gründen …

Norrec bückte sich und griff nach dem Heft seines Schwertes. Er hatte stets darauf geachtet, dass es sauber und scharf war, und er war stolz auf dieses Objekt, das zu seinen wenigen Besitztümern zählte. Auf seinem Gesicht zeichnete sich ein entschlossener Ausdruck ab. „Lasst uns gehen.“

„Für einen Mann, der so wenige Worte macht wie du, verstehst du dich gar trefflich auszudrücken“, meinte Sadun im Scherz zu dem Hexenmeister, als sie sich wieder auf den Weg machten.

„Und für jemanden, der so wenig zu sagen hat wie du, verwendest du gar absonderlich viele Worte!“

Das freundschaftliche Gezänk zwischen seinen Freunden half Norrec, auf andere Gedanken zu kommen. Es erinnerte ihn an andere Zeiten, als ihr Trio viel ärgere Probleme gelöst hatte.

Sie verstummten jedoch, als sie sich der letzten und bedeutendsten Kammer näherten. Fauztin bedeutete ihnen, stehen zu bleiben, und betrachtete kurz das Juwel auf der Spitze des Stabs.

„Bevor wir eintreten, solltet ihr beiden besser die Fackeln entzünden."

Sie hatten sie für Notfälle aufbewahrt, da bis zu diesem Moment der Stab des Hexenmeisters genügt hatte. Sadun sagte nichts, doch als Norrec seine Fackel mit Zunder zum Brennen brachte, fragte er sich, ob der Vizjerei doch noch auf irgendeinen nennenswerten Hinweis auf Hexenkunst gestoßen war. Wenn dem so war, gab es vielleicht auch immer noch einen Schatz …

Norrec zündete Saduns Fackel mit seiner eigenen an, dann machten die drei sich wieder auf den Weg.

„Ich schwöre", murrte der drahtige Sadun Augenblicke später, „ich schwöre, dass sich mir die Nackenhaare aufgestellt haben!"

Norrec hatte das gleiche ungute Gefühl. Keiner der Kämpfer hatte etwas dagegen, dass der Vizjerei die Führung übernahm. Die Clans aus dem Fernen Osten hatten sich lange mit den magischen Künsten befasst, und Fauztins Leute hatten sie noch länger studiert als die meisten anderen. Wenn sich eine Situation ergab, in der Hexerei vonnöten war, dann war es fraglos sinnvoll, sie dem dünnen Zauberkundigen zu überlassen. Norrec und Sadun würden da sein, um ihn vor anderen Attacken in Schutz zu nehmen.

Bislang hatte sich diese Vorgehensweise als zweckmäßig erwiesen.

Im Gegensatz zu den schweren Stiefeln der Krieger verursachten Fauztins Sandalen beim Gehen keine Geräusche. Der

Magier hielt seinen Stab ausgestreckt, doch Norrec bemerkte, dass das Juwel trotz seiner Kraft kaum für Licht sorgte. Lediglich die Fackeln schienen so von Nutzen zu sein, wie man es von ihnen erwarten durfte.

„Dies hier ist alt und mächtig. Unsere Vorgänger sind möglicherweise nicht so erfolgreich gewesen, wie wir bislang geglaubt haben. Wir könnten vielleicht doch noch einen Schatz finden."

Und möglicherweise noch mehr. Norrec hielt sein Schwert so fest umfasst, dass seine Knöchel weiß hervortraten. Er *wollte* Gold, doch er wollte auch weiterleben, um es ausgeben zu können.

Da sich der Stab als unergiebig erwies, übernahmen die beiden Kämpfer die Vorhut. Das bedeutete nicht, dass Fauztin für das Trio nutzlos geworden wäre. Auch jetzt – das wusste der Kämpfer – hielt ihr in magischen Dingen versierter Gefährte gewiss den schnellsten und passendsten Zauber für den Fall bereit, dass er reagieren musste.

„Hier drin ist es so dunkel wie in einem Grab", murmelte Sadun.

Norrec erwiderte nichts. Er befand sich wenige Schritte vor seinen beiden Kameraden und war damit der Erste, der die Kammer selbst erreichte. Trotz der Gefahren, die dort auf sie lauern mochten, fühlte er sich so zu ihr hingezogen, als würde etwas aus ihrem Inneren nach ihm rufen …

Plötzlich war das Trio von gleißendem Licht eingehüllt.

„Bei den Göttern!", rief Sadun. „Ich kann nichts mehr sehen!"

„Einen Augenblick", gab der Hexenmeister zurück. „Es wird gleich besser werden."

So geschah es dann auch, doch selbst als sich Norrec Vizharans Augen an das blendend helle Licht gewöhnt hatten, musste er zweimal blinzeln, um glauben zu können, dass der Anblick, der sich ihnen bot, kein bloßes Produkt seiner Einbildungskraft war.

Die Wände waren mit komplexen, juwelenbesetzten Mustern überzogen, in denen sogar er die ihnen innewohnende Magie spüren konnte. Edelsteine aller Art und Farbe beherrschten jedes der Muster und tauchten die Kammer in ein atemberaubendes Schauspiel aus gebrochenen und reflektierten Farben. Unterhalb dieser magischen Symbole befanden sich eben jene Schätze, deretwegen die drei gekommen waren: bergeweise Gold, Silber und Edelsteine. Das alles trug seinen Teil zu dem Glanz bei und machte die Kammer heller, als sie es durch bloßes Tageslicht je hätte sein können. Jedes Mal, wenn einer der beiden Kämpfer seine Fackel bewegte, ließ das reflektierte Licht den Raum verändert erstrahlen und verlieh ihm neue faszinierende Facetten.

So atemberaubend dieser Anblick auch war, so dämpfte ein anderer Norrecs Enthusiasmus doch ganz beträchtlich.

Soweit das Auge reichte, war der Boden mit den verstümmelten und verwesenden Leibern all derer übersät, die diesen unheilvollen Ort vor ihnen Freunden entdeckt hatten.

Sadun hielt seine Fackel vor den Toten, der ihnen am nächsten lag, ein fast fleischloser Leichnam, der noch seine vermodernde Lederrüstung trug. „Das muss ja ein schlimmer Kampf gewesen sein."

„Diese Männer sind nicht alle zur gleichen Zeit gestorben."

Norrec und der kleinere Soldat blickten zu Fauztin, dessen normalerweise völlig ausdruckslose Miene einen besorgten Ausdruck angenommen hatte.

„Wie meinst du das?"

„Ich meine, Sadun, dass einige von ihnen eindeutig *seit Jahrhunderten* tot sind. Dieser dort zu deinen Füßen ist aber erst seit kurzem hier. Und von denen dort drüben sind nur noch die Knochen übrig."

Der schlanke Krieger zuckte mit den Schultern. „So oder so sind sie dem Anschein nach alle eines ziemlich hässlichen Todes gestorben."

„Das ist wohl wahr."

„Und? Was hat sie umgebracht?"

Es war Norrec, der antwortete. „Seht dort. Ich glaube, sie haben sich *gegenseitig* getötet."

Die beiden Toten, auf die er zeigte, hatten jeweils die Klinge ihres Gegenübers in ihrem Leib stecken. Einer von ihnen, dessen Mund noch immer von seinem letzten, entsetzten Schrei geöffnet war, trug Kleidung, die der des mumifizierten Körpers zu Saduns Füßen ähnelte. Der andere hatte nur noch Stofffetzen am Leib hängen, und auch ein paar Haarsträhnen bedeckten den Schädel des ansonsten fleischlosen Skeletts.

„Du musst dich irren", erwiderte der Vizjerei und schüttelte langsam den Kopf. „Der eine Krieger liegt hier deutlich länger als der andere."

Das hätte Norrec auch gesagt, hätte die Klinge dieses Toten nicht im Leib eines anderen gesteckt. Andererseits war der Tod, der für sie beide vor langer, langer Zeit eingetreten sein musste, für das Trio nur von geringer Bedeutung. „Fauztin, fühlst du irgendetwas? Gibt es hier Fallen?"

Der hagere Mann hielt seinen Stab einen Moment lang in die Kammer, dann ließ er ihn sinken. Seine Verärgerung war nicht zu übersehen. „Es gibt hier zu viele widerstreitende Kräfte, Norrec. Ich kann mich nicht darauf konzentrieren, wonach ich suchen soll. Ich fühle nichts offensichtlich Gefährliches – noch nicht."

Sadun trat neben ihnen ungeduldig von einem Fuß auf den anderen. „Lassen wir das dann alles zurück? All unsere Träume? Oder gehen wir ein kleines Risiko ein und nehmen Schätze an uns, die so wertvoll sind wie ein paar Königreiche?"

Norrec und der Hexenmeister tauschten einen fragenden

Blick. Keiner von ihnen sah einen Grund, jetzt nicht weiterzumachen, vor allem nicht im Angesicht solcher Verlockungen. Der Krieger traf schließlich die Entscheidung, indem er einige Schritte in die Hauptkammer machte. Als er weder von einem Blitz getroffen noch von einer dämonischen Kreatur angegriffen wurde, folgten Sadun und der Vizjerei ihm rasch.

„Das müssen mindestens einige Dutzend sein." Sadun machte einen Satz über zwei Skelette hinweg, die immer noch miteinander zu ringen schienen. „Die vielen einzelnen Knochen gar nicht mitgerechnet …"

„Sadun, sei endlich ruhig, sonst sorge ich dafür, dass du schweigst …" Jetzt, da er sich mitten unter ihnen befand, wollte Norrec nicht länger über die toten Schatzsucher diskutieren. Es störte ihn, dass so viele von ihnen durch Gewalteinwirkung gestorben waren. *Irgendjemand* musste doch überlebt haben? Aber warum wirkten dann die Münzen und alle anderen Schätze völlig unberührt?

Dann wurde er aus seinen Grübeleien gerissen, als er erkannte, dass sich hinter den Reichtümern am Ende der Kammer ein Podest befand – und wichtiger noch: dass auf diesem Podest eine Rüstung mit den Überresten eines Sterblichen lag.

„Fauztin …" Als der Magier neben ihm stand, zeigte Norrec auf seine Entdeckung und fragte leise: „Wonach sieht das da für dich aus?"

Fauztin reagierte nur, indem er die Lippen schürzte und vorsichtig zur Tribüne hinüberging. Norrec folgte ihm dicht auf.

„Es würde so vieles erklären …", hörte er den Vizjerei flüstern. „Es würde die zahlreichen magischen Signaturen und die vielen Zeichen der Macht erklären …"

„Was redest du da?"

Der Hexenmeister drehte sich zu ihm um. „Komm näher und sieh es dir selbst an."

Norrec folgte der Aufforderung. Das Unbehagen, das er gespürt hatte, vervielfachte sich, als der Krieger zur Tribüne blickte.

Der Tote war ein Mann von hohem militärischen Rang gewesen, das konnte Norrec erkennen, auch wenn von der Kleidung nur noch Fetzen übrig waren. Die edlen Lederstiefel waren zur Seite gekippt, Reste der Hosenbeine hingen noch an den Schaften. Die mutmaßlichen Überreste eines seidenen Hemds lugten unter der majestätischen Brustplatte hervor, die schräg über dem Brustkorb hing. Darunter waren geschwärzte Teile eines einst kostbaren Gewands zu erkennen, das einen großen Teil der oberen Hälfte des Podestes bedeckte. Kunstvoll gefertigte Panzerhandschuhe sowie tropfenförmige Platten und Armschienen vermittelten den Eindruck von noch immer sehnigen und mit Fleisch bedeckten Armen. Andere, sich überlappende Platten erweckten an den Schultern die gleiche Illusion. Weniger gut erging es den Panzerungen an den Beinen, die – zusammen mit den Knochen – schief lagen, als seien sie irgendwann noch einmal bewegt worden.

„Siehst du?“, fragte Fauztin.

Norrec kniff die Augen zusammen, weil er nicht sicher war, was sein Gefährte meinte. Abgesehen von der Tatsache, dass die Rüstung selbst einen beunruhigend vertrauten Rot-Schimmer aufwies, konnte er nichts entdecken, was …

Kein Kopf! Der Tote auf dem Podest hatte keinen Kopf! Norrec betrachtete den Boden ringsum, konnte aber nirgends einen Schädel entdecken. Das erwähnte er dem Hexenmeister gegenüber.

„Ja, es ist genauso wie beschrieben.“ Die schlaksige Gestalt ging auf die Tribüne zu – für den Geschmack des Kriegers fast schon etwas zu eifrig. Fauztin streckte eine Hand aus, hielt jedoch im letzten Moment inne, bevor er etwas berühren konnte. „Der Leichnam ist mit dem Oberkörper nach Norden hin ausgerichtet. Kopf und Helm, die bereits im Kampf abgetrennt wurden, sind nun auch in Zeit und Raum getrennt, um für ein endgültiges Ende zu sorgen. Die Zeichen der Macht, eingelassen in die Wände, sind dort, um die immer noch vorhandene Dunkelheit abzuwehren und in dem Leichnam zu halten … aber …“ Fauztins Stimme wurde leiser, während er den Toten anstarrte.

„Aber was?“

Der Magier schüttelte den Kopf. „Nichts. Das nehme ich jedenfalls an. Vielleicht wirkt sich die Nähe zu ihm stärker auf meine Nerven aus, als es mir lieb ist.“

Norrec presste die Lippen aufeinander, da Fauztins finstere Worte ihn erzürnten. Schließlich fragte er: „Und … wer ist er? Irgendein Prinz?“

„Himmel bewahre, nein! Siehst du es nicht?“ Mit einem Finger zeigte er auf die rote Brustpanzerung. „Dies ist das verschollene Grab von Bartuc, dem Fürsten der Dämonen, dem Meister der finstersten Hexerei …“

„Der Kriegsherr des Blutes!“ Die Worte, die Norrec über die Lippen kamen, glichen einem erschrockenen Japsen. Er kannte die Geschichten über Bartuc nur zu gut. Er war in den Reihen der Hexenmeister zur Macht aufgestiegen, doch dann hatte er sich der Finsternis zugewandt, den Dämonen. Jetzt begriff Norrec, was es mit dem Entsetzen auf sich hatte, von dem er erfasst worden war: Es hatte damit zu tun, dass der Panzer die Farbe von …*Menschenblut* besaß.

Bartuc, den sogar die Dämonen zu fürchten begonnen hatten, von denen er zuerst verführt worden war, hatte – wahnsinnig wie er war – vor jeder Schlacht im Blut derjenigen gebadet, die ihm in vorausgegangenen Kämpfen unterlegen waren. Seine einst goldglänzende Rüstung war für immer durch seine sündigen Handlungen befleckt worden. Er hatte Städte dem Erdboden gleichgemacht und unbeschreibliche Gräueltaten vollbracht, und er hätte für alle Zeit so weitergemacht, wenn nicht – so die Legende – sein eigener Bruder Horazon und andere Vizjerei-Hexenmeister die uralte, natürlichere Magie bewahrt hätten, um ihren Gegner schließlich zu besiegen. Bartuc und sein dämonischer Wirtskörper waren kurz vor einem triumphalen Sieg niedergemetzelt worden, und den Kriegsherrn selbst hatte man köpfen können, noch bevor er einen verheerenden Gegenzauber zu wirken vermochte.

Horazon, der der Macht seines Bruders noch im Tode misstraute, hatte befohlen, Bartucs Leichnam für alle Zeiten vor dem Anblick der Menschen zu verbergen. Warum man ihn nicht einfach beerdigt hatte, wusste Norrec nicht, aber er selbst hätte diesen Weg ganz sicher versucht. Schon bald nach Bartucs Tod waren die ersten Gerüchte aufgekommen, wo der Kriegsherr des Blutes zur ewigen Ruhe gebettet worden sein sollte. Viele hatten nach ihm gesucht, und insbesondere jene, die sich zu den Schwarzen Künsten hingezogen fühlten, waren wohl an der möglicherweise noch vorhandenen Restmagie interessiert. Doch niemand hatte bislang von sich behauptet, das Grab auch tatsächlich gefunden zu haben.

Der Vizjerei kannte vermutlich noch viel mehr Einzelheiten als Norrec, doch selbst er, der einfache Kämpfer, verstand nur allzu gut, was sie entdeckt hatten. Die Legende besagte, dass Bartuc eine Weile unter Norrecs eigenem Volk gelebt haben sollte; dass einige von denjenigen, mit denen der Soldat aufgewachsen war, vielleicht sogar Nachfahren der Anhänger dieses ungeheuerlichen Despoten sein mochten. Ja, Norrec kannte das Vermächtnis des Kriegsherrn nur zu genau.

Ihm lief ein Schauder über den Rücken, und ohne nachzudenken begann er, sich von dem Podest zu entfernen. „Fauztin … wir verschwinden von hier!“

„Aber, mein Freund, wir werden doch …“

„Wir *verschwinden.*“

Der Mann blickte Norrec in die Augen, dann nickte er. „Vielleicht hast du Recht.“

Dankbar wandte sich Norrec seinem anderen Gefährten zu. „Sadun, vergiss das alles! Wir verschwinden von hier! Sofort …“

Etwas im Schatten des Eingangs zur Kammer ließ ihn aufmerksam werden – etwas, das sich bewegte und das *nicht* Sadun Tryst war. Das dritte Mitglied der Gruppe war währenddessen ganz damit beschäftigt, einen Sack mit Edelsteinen zu füllen.

„Sadun!“, schrie der ältere Kämpfer. „Lass den Sack fallen! Sofort!“

Das Ding nahe dem Eingang bewegte sich auf ihn zu.

„Hast du den Verstand verloren?“, erwiderte Sadun und sah nicht einmal über die Schulter. „Davon haben wir doch immer geträumt!“

Norrec nahm ein Klappern wahr, das nicht nur aus einer Richtung zu kommen schien. Er schluckte, als er die Gestalt sah, die in sein Blickfeld trat.

Die leeren Augenhöhlen des mumifizierten Kriegers, über den sie zuerst hinweggestiegen waren, erwiderten seinen entsetzten Blick.

„Sadun! Hinter dir!“

Jetzt endlich reagierte der Gefährte. Der drahtige Soldat ließ den Sack fallen, wirbelte herum und zog dabei seine Klinge. Als er aber sah, was Norrec und Fauztin längst bemerkt hatten, wurde Sadun Tryst kreidebleich.

Einer nach dem anderen begannen sich die Skelette derer zu erheben, die lange vor dem Trio in dieses Grab vorgedrungen waren. Jetzt war Norrec klar, warum niemand lebend wieder herausgefunden hatten und dass er und seine Freunde diese grausige Tradition fortsetzen würden, wenn nicht …

„Kosoraq!“

Eines der Skelette, das sich dem Hexenmeister am nächsten befand, löste sich in einem orangeroten Feuerball auf. Fauztin richtete seinen Finger auf einen noch halb bekleideten Ghul, dessen Gesicht teilweise erhalten war. Der Vizjerei wiederholte seinen Zauber.

Nichts geschah.

„Meine Magie …“ In seiner Fassungslosigkeit übersah Fauztin, wie sich zu seiner Linken ein weiteres Skelett erhob und mit einem verrosteten, aber immer noch todbringenden Schwert ausholte, um den Kopf des Mannes vom Rumpf zu trennen.

„Achtung!“ Norrec wehrte den Schlag ab und ließ einen eigenen Hieb folgen, der allerdings nichts bewirkte, da die Klinge einfach durch den Brustkorb des Angreifers glitt. Aus purer Verzweiflung trat er nach seinem Gegner, dessen Knochen gegen einen weiteren der wankenden Wiedergänger prallten.

Sie waren ihren Gegnern hoffnungslos unterlegen, zumal sich diese mit normalen Mitteln nicht bekämpfen ließen. Norrec erblickte Sadun, der von seinen beiden Freunden abgeschnitten war und auf einen Berg Münzen sprang, um sich von dort aus gegen zwei alptraumhafte Krieger zur Wehr zu setzen – der eine noch eine kadaverartige Hülle, der andere bereits ein Skelett, das aber noch einen gebrauchsfähigen Arm besaß. Hinter den beiden nahten weitere ihrer Art.

„Fauztin! Kannst du nicht irgendwas machen?“

„Ich versuche einen anderen Zauber!“

Wieder rief der Vizjerei ein Wort aus, und diesmal erstarrten die beiden Kreaturen, die auf Sadun losgestürmt waren. Tryst zögerte keinen Moment, sondern holte mit Schwung aus.

Die beiden Ghule zerbarsten in unzählige Stücke, die Trümmer ihrer Oberkörper verstreuten sich über den Steinboden.

„Deine Kräfte sind zurückgekehrt!“, rief Norrec hoffnungsvoll.

„Sie sind mir nie abhanden gekommen. Ich fürchte nur, ich kann jeden Zauber bloß einmal benutzen – und die meisten von den noch verbliebenen erfordern mehr Zeit, um sie zu entfalten!“

Norrec blieb keine Zeit, auf die schreckliche Offenbarung zu reagieren; seine eigene Lage wurde zusehends verzweifelter. Er setzte sich erst gegen eine, dann gegen zwei der Monstrositäten aus den heranrückenden Reihen der Wiedergänger zur Wehr. Die Ghule schienen sich nur langsam bewegen zu können, wofür er dankbar war, doch ihre Überzahl und ihre Hartnäckigkeit würden sich letztlich zu Gunsten der grausigen Grabwächter auswirken. Wer immer diese Falle entworfen hatte, er war mit sehr viel Geschick zu Werke gegangen, denn jede Gruppe, die hier eindrang, würde die Reihen der Untoten verstärken. Norrec hatte eine ungefähre Vorstellung davon, wo die ersten Wiedergänger hergekommen waren. Er hatte seine Freunde darauf aufmerksam gemacht, dass sie auf dem Weg hierher Fallen und tote Kreaturen entdeckt hatten, aber keine Leichen – bis auf den durchbohrten Schädel. Die erste Gruppe, die bis zu Bartucs Grab gelangt war, hatte unterwegs zweifellos einige Leute verloren, ohne zu ahnen, dass ausgerechnet ihre toten Kameraden zum größten Alptraum der Überlebenden werden würden. Mit jeder neuen Gruppe war die untote Armee gewachsen – und bald sollten ihr auch Norrec, Sadun und Fauztin angehören.

Einer der mumifizierten Körper schlug nach Norrecs linkem Arm, doch der Kämpfer benutzte die Fackel in seiner anderen Hand, um das vertrocknete Fleisch des Angreifers zu entzünden und ihn zur wandelnden Fackel zu machen. Auch wenn er seinen Fuß riskierte, trat er nach der Kreatur, um sie in ihre Kameraden stürzen zu lassen.

Trotz dieses Erfolgs drängte die Horde der Wiedergänger immer weiter vor.

„Norrec!“, ertönte von irgendwoher Saduns Ruf. „Fauztin! Sie kommen von allen Seiten!“

Doch keiner der beiden konnte ihm zu Hilfe eilen. Der Magier schlug mit seinem Stab ein Skelett zurück, doch zwei weitere füllten sofort die entstandene Lücke. Die Kreaturen bewegten sich mittlerweile schneller und fließender. Es würde nicht mehr lange dauern, bis Norrec und seine Freunde keinerlei Vorteil mehr würden nutzen können.

Drei ghulartige Krieger trennten Norrec Vizharan von seinen Freunden und trieben ihn die Stufen empor, bis er das Podest erreicht hatte. Die Knochen des Kriegsherrn des Blutes klapperten in der Rüstung, doch zur Erleichterung des bedrängten Kämpfers erhob sich nicht auch noch Bartuc, um diese infernalische Armee zu befehligen.

Eine Rauchwolke machte Norrec darauf aufmerksam, dass es dem Hexenmeister gelungen war, einmal mehr gegen die Wiedergänger anzugehen. Doch Norrec wusste, dass Fauztin nicht mit allen fertig werden konnte. Bislang war es keinem der Kämpfer gelungen, mehr als ein kurzzeitiges Patt herauszuholen. Da ihre Klingen kein Fleisch durchdringen und keine lebensnotwendigen Organe verletzen konnten, waren Messer und Schwerter praktisch wertlos.

Der Gedanke, sich eines Tages wie einer dieser Wiedergänger zu erheben und den nächsten ahnungslosen Eindringling anzugreifen, ließ Norrec erschaudern. Er bewegte sich so gut er konnte am Podest entlang und versuchte einen Fluchtweg ausfindig zu machen. Zu seiner Schande musste er sich eingestehen, dass er seine Kameraden wohl schamlos im Stich gelassen hätte, wenn sich hier und jetzt eine Möglichkeit zu entkommen aufgetan hätte.

Seine Kraft ließ nach. Eine Klinge traf ihn am Oberschenkel. Der Schmerz ließ ihn nicht nur aufschreien, er löste auch den Griff um das Heft seines Schwertes. Die Waffe fiel scheppernd auf die Stufen und verschwand irgendwo hinter der Wand aus Ghulen.

Während sein Bein fast wegknickte, fuchtelte er mit der Fackel vor den Angreifern herum und versuchte, mit der anderen Hand Halt an der Tribüne zu finden. Doch er bekam keinen

Stein zu fassen, sondern kaltes Metall, von dem er immer wieder abrutschte.

Sein verletztes Bein gab schließlich nach. Norrec ging in die Knie und riss unabsichtlich das metallene Objekt mit sich, an dem er sich versucht hatte festzuhalten.

Die Fackel flog in hohem Bogen in den Raum. Norrec wollte sich aufrichten und starrte in ein Meer aus grotesken Gesichtern. Der verzweifelte Schatzgräber hob die Hand. Es schien, als wollte er das Unvermeidbare hinauszögern, indem er die Wiedergänger stumm anflehte.

Dann erst wurde ihm bewusst, dass seine erhobene Hand von Metall umschlossen war – von einem *Panzerhandschuh!*

Es war exakt jener Handschuh, den er zuvor an Bartucs Skelett gesehen hatte.

Noch während sein Verstand damit beschäftigt war, diese beunruhigende Entdeckung zu verarbeiten, rann ein Wort über Norrecs Lippen, das er selbst nicht verstand. Es schallte durch die Kammer und ließ die Edelsteinmuster an den Wänden immer heller aufleuchten, bis sämtliche Gegner des Trios erstarrt waren.

Ein weiteres Wort, das noch unverständlicher klang, platzte förmlich aus dem fassungslosen Krieger heraus. Die Energiemuster wurden stetig gleißender, flammender …

… und explodierten dann.

Eine furchtbare Welle aus reiner Energie rollte durch den Raum und umspülte die Wiedergänger. Splitter flogen umher und zwangen Norrec, sich so sehr zusammenzukauern, wie es nur möglich war, um nicht auch getroffen zu werden. Er betete, dass das Ende schnell und schmerzlos kommen würde …

Der magische Ausbruch verzehrte die Wiedergänger auf der Stelle. Knochen und Fleisch verbrannten wie Zunder. Ihre Waffen schmolzen und bildeten Haufen aus Schlacke und Asche.

Das Trio blieb davon unberührt.

„Was ist hier los? Was passiert hier?“, hörte Norrec Sadun schreien.

Das Inferno lief mit höchster Präzision vor ihren Augen ab und riss die Grabwächter mit sich – nur sie. Je weniger von ihnen noch existierten, desto mehr nahm die Intensität jener rettenden Kraft ab, bis nichts Untotes mehr vorhanden war. In der Kammer hielt fast völlige Finsternis Einzug, lediglich die beiden Fackeln sorgten für etwas Licht, das sich in den wenigen unversehrt gebliebenen Edelsteinen widerspiegelte.

Norrec hatte den Mund weit aufgerissen und betrachtete die Verwüstung. Er fragte sich, was er soeben entfesselt hatte und ob dies nur der Vorbote von etwas noch viel Schlimmerem sein mochte. Dann wanderte sein Blick zu dem Panzerhandschuh, und Angst erfasste ihn. Angst, ihn länger anzubehalten – aber auch Angst vor dem, was geschehen würde, wenn er versuchte, ihn auszuziehen.

„Sie … sie sind vollständig aufgezehrt worden“, brachte Fauztin hervor, während er sich zwang, aufzustehen. Sein Gewand war an vielen Stellen zerfetzt, und der dünne Magier hielt sich einen Arm, an dem er eine stark blutende Wunde davongetragen hatte.

Sadun sprang von dem Münzberg herab und schien völlig ohne Blessuren davongekommen zu sein. „Aber wieso?“

Ja, wieso? Norrec bewegte die Finger im Handschuh. Das Metall fühlte sich fast wie eine *zweite Haut* an – viel bequemer, als er es für möglich gehalten hätte. Seine Angst schwächte ein wenig ab, weil er begann, über die Möglichkeiten nachzudenken, die sich aus dieser Errungenschaft vielleicht noch eröffneten.

„Norrec“, hörte er Fauztins Stimme. „Wann hast du den denn angezogen?“

Er reagierte nicht auf die Frage, überlegte stattdessen, dass es wohl interessant wäre, auch noch den anderen Panzerhandschuh … nein, besser noch *die ganze Rüstung* anzuziehen, um festzustellen, wie sie sich anfühlte. Als junger Soldat hatte er davon geträumt, in den Rang eines Generals aufzusteigen und durch siegreiche Schlachten zu Reichtum zu gelangen. Jetzt erschien ihm der alte, vor langer Zeit aufgegebene Traum plötzlich durchaus real und – zum ersten Mal – in die Tat umsetzbar …

Ein Schatten schob sich über seine Hand. Er blickte auf und sah, dass der Hexenmeister ihn besorgt ansah.

„Norrec, mein Freund. Vielleicht solltest du den Handschuh besser ausziehen."

Ausziehen? Der Gedanke daran erschien ihm auf einmal völlig unsinnig. Der Panzerhandschuh hatte ihnen allen das Leben gerettet. Warum sollte er ihn jetzt ausziehen? Konnte es sein … dass der Vizjerei ihn lediglich selbst an sich nehmen wollte? In magischen Dingen kannte Fauztins Volk einfach keine Loyalität. Und wenn Norrec ihm den Handschuh nicht überließ, sprach vieles dafür, dass Fauztin ihn sich einfach aneignen würde, falls ihn niemand daran hinderte.

Ein Teil seines Verstandes wollte die hasserfüllten Gedanken zurückweisen. Fauztin hatte ihm mehr als einmal das Leben gerettet. Er und Sadun waren Norrecs beste und einzige Freunde. Der Magier aus dem Osten würde etwas so Niederträchtiges gewiss nicht versuchen … oder doch?

„Norrec, hör mir zu!" In der Stimme des anderen Mannes schwang etwas mit, vielleicht Neid, vielleicht aber auch Angst. „Es ist äußerst wichtig, dass du den Handschuh wieder ausziehst. Wir sollten ihn zurück auf die Tribüne …"

„Was ist los?", rief Sadun. „Was ist mit ihm los, Fauztin?"

Norrec war jetzt davon überzeugt, dass er mit seiner ersten Vermutung richtig gelegen hatte. Der Hexenmeister wollte tatsächlich *seinen* Handschuh in seinen Besitz bringen.

„Sadun, halte deine Klinge bereit. Vielleicht müssen wir …"

„Meine Klinge? Du willst, dass ich sie gegen Norrec einsetze?"

Etwas in dem älteren Kämpfer übernahm die Kontrolle. Norrec sah wie aus weiter Ferne zu, als die behandschuhte Hand nach vorn schoss und die Kehle des Vizjerei umschloss.

„Sa-Sadun! Seine Hand! Schneide sie …“

Aus den Augenwinkeln sah Norrec seinen anderen Gefährten zögern und dann die Waffe zum Angriff heben. Wut, wie er sie noch niemals zuvor verspürt hatte, ergriff von dem Kämpfer Besitz. Die Welt nahm eine blutrote Farbe an … und dann wurde alles schwarz.

In dieser Schwärze hörte Norrec Vizharan Schreie.

ZWEI

Im Lande Aranoch, am nördlichsten Rand der weiten, unerbittlichen Wüste, die einen Großteil des Reiches bedeckte, blieb die kleine, aber schlagkräftige Armee von General Augustus Malevolyn in ihrem Lager. Vor einigen Wochen hatte man das Lager aus Gründen aufgeschlagen, die den meisten Soldaten noch immer ein Rätsel waren, doch niemand wagte es, die Entscheidungen des Generals in Frage zu stellen. Die Mehrzahl der Männer war Malevolyn seit seinen frühen Tagen in Wintermarch gefolgt, und der Fanatismus für seine Sache war nie Gegenstand einer Diskussion gewesen. Doch insgeheim rätselten sie darüber, warum er nicht bereit zu sein schien, weiterzuziehen.

Viele waren davon überzeugt, dass es etwas mit dem farbenfrohen Zelt zu tun hatte, das nicht weit entfernt von dem des Befehlshabers stand und der Hexe gehörte. Jeden Morgen begab sich Malevolyn zu ihr, offenbar, um Vorzeichen der Zukunft in Erfahrung zu bringen, auf die er seine Entscheidungen begründete. Zudem begab sich Galeona jeden Abend ins Zelt des Generals – aus persönlicheren Motiven. Welchen Einfluss sie genau auf seine Entschlüsse hatte, vermochte niemand zu sagen, aber er musste erheblich sein.

Als sich die Morgensonne über den Horizont erhob, verließ eine schlanke, gepflegte Gestalt namens Augustus Malevolyn ihr Quartier. Das fahle, frisch rasierte Gesicht – einst von einem mittlerweile verstorbenen Rivalen mit den blumigen Worten beschrieben: „das Gesicht des Fürsten des Todes, doch ohne dessen Freundlichkeit“– war völlig ausdruckslos. Malevolyn trug eine tiefschwarze Rüstung, die nur an den Rändern der einzelnen Teile eine karmesinrote Kante aufwies, welche sich vor allem an der Halsöffnung deutlich abhob. Darüber hinaus fand sich auf dem Brustpanzer das Symbol eines roten Fuchses auf drei silbernen Schwertern, das als Einziges an die ferne Vergangenheit des Generals erinnerte. Zwei Adjutanten halfen ihm beim Überstreifen der Panzerhandschuhe in Karmesinrot und Schwarz, die aussahen, als wären sie eben erst geschmiedet worden. Genau genommen schien Malevolyns komplette Rüstung in makellosem Zustand zu sein, was auf die nächtlichen Säuberungsaktionen jener Soldaten zurückzuführen war, die nur zu gut wussten, welche Folgen der winzigste Rostfleck für ihr Leben haben konnte.

Malevolyn verzichtete lediglich auf den Helm, als er sich direkt ins Allerheiligste seiner Hexenmeisterin und Geliebten begab. Galeonas Hort, der dem Alptraum eines Zeltmachers glich, wirkte so, als hätte man ihn wie einen Quilt zusammengenäht, der aus Stoffecken in mehr als zwei Dutzend Farbtönen bestand. Nur diejenigen, die wie der General hinter diese Fassade zu blicken vermochten, erkannten, dass die verschiedenen Farben komplexe Muster bildeten. Und nur, wer mit den Wirkungsweisen der Hexerei vertraut war, konnte wissen, welche Macht diesen Mustern innewohnte.

Die beiden Adjutanten folgten Malevolyn. Einer von ihnen trug in seinen Armen eine Last, über die ein Tuch gebreitet war und die in etwa die Form eines Kopfes aufwies. Der Offizier hielt den Gegenstand mit erkennbarem Unbehagen, als erfülle er ihn nicht nur mit Misstrauen, sondern mit regelrechter Furcht.

Der Kommandant machte sich nicht die Mühe, seinen Besuch anzukündigen, aber noch bevor er das Zelt der Hexe erreicht hatte, forderte ihn eine weibliche Stimme – die tief und spöttisch zugleich klang – zum Eintreten auf.

Obwohl der Sonnenschein das Lager mittlerweile in helles Licht tauchte, war es in Galeonas Zelt so dunkel, dass der General und seine Adjutanten nur durch den schwachen Schein einer aufgehängten Öllampe etwas erkennen konnten. Ohne diese Lampe hätten sie in völliger Dunkelheit gestanden.

Alles war vollgehängt mit Beuteln, Flaschen und Dingen, für die sie keinen Namen wussten. Zwar war der Hexenmeisterin einmal eine Kiste angeboten worden, in der sie ihre Habseligkeiten hätte unterbringen können, doch diese hatte sie abgelehnt. Offenbar fand sie eine gewisse Erfüllung darin, alles über sorgfältig ausgewählte Stellen zu verteilen. General Malevolyn hinterfragte diese exzentrische Vorliebe nicht, denn solange er seine gewünschten Antworten erhielt, wäre es ihm auch gleichgültig gewesen, wenn sie ausgedörrte Leichen am Zeltdach aufgehängt hätte.

Sie war nahe daran, genau das zu tun. Während viele ihrer Schätze glücklicherweise in Behältern verborgen blieben, fanden sich unter den sichtbaren Objekten auch die Formen verschiedener seltener Kreaturen sowie *Teile* anderer Geschöpfe – allesamt in ausgetrocknetem Zustand. Außerdem gab es das eine oder andere Etwas, das menschlichen Ursprungs sein konnte. Allerdings hätte ein Beweis für diese Vermutung es erfordert, sich allzu gründlich damit zu befassen …

Die einzige Lampe innerhalb des Zeltes schürte bei jedem anderen als ihrem Kommandanten und Liebhaber Beklemmung, da sie Schatten warf, die sich entgegen der normalen Wahrnehmung bewegten. Oft sahen Malevolyns Männer die Flamme in die eine Richtung flackern, während sich ein Schatten entgegengesetzt bewegte. Auch schienen die Schatten generell das Zelt von innen viel größer erscheinen zu lassen, als es seinen von außen sichtbaren Dimensionen entsprochen hätte. Es war, als würde man einen Ort betreten, der sich nicht ausschließlich auf der Ebene der Sterblichen befand.

Inmitten dieses beunruhigenden und irritierenden Raums stellte die Hexenmeisterin Galeona selbst den fesselndsten und zugleich beängstigendsten Anblick dar. Wenn sie sich von ihren vielfarbigen Kissen erhob, die den gemusterten Teppich bedeckten, erwachte in jedem Mann ein Lodern. Volles schwarzes Haar fiel nach hinten und gab den Blick auf ein rundes und verlockendes Gesicht mit roten, einladenden Lippen frei, auf eine große, aber gefällige Nase und so tiefgrüne Augen, dass nur die smaragdfarbenen Augen des Generals selbst mithalten konnten. Volle Wimpern zierten die halb geschlossenen Lider, die die Hexe so wirken ließen, als wollte sie jeden Neuankömmling mit Haut und Haar verschlingen, indem sie ihn einfach nur ansah.

„Mein General …“, schnurrte sie, und jedes Wort klang wie ein Versprechen.

Galeona war üppig gebaut, und was sie hatte, stellte sie ebenso zur Schau wie jede andere Waffe, über die sie verfügte. Ihr Kleid war absichtlich so weit ausgeschnitten, wie es nur möglich war, ohne dass es seine eigentliche Funktion verlor. Funkelnde Juwelen säumten die Ränder der Kleidung nahe ihrer Brust. Wenn sie sich bewegte, war es so, als würde der Wind sie sanft vorantreiben und zugleich den dünnen Stoff verführerisch aufwallen lassen.

Die erkennbare Wirkung ihres Charmes auf Malevolyn bestand aus nur wenig mehr als einer sanften Berührung ihrer Wange mit seiner behandschuhten Hand. Doch Galeona akzeptierte diese Geste, als streiche der zarteste Pelz über ihre Haut. Sie lächelte und zeigte ihre Zähne, die nahezu perfekt waren, aber eine Schärfe, vergleichbar mit der eines Katzengebisses, aufwiesen.

„Galeona … meine Galeona … habt Ihr gut geschlafen?“

„Ja, als ich denn wirklich geschlafen habe … mein General."

Er musste leise lachen. „So ist es mir auch ergangen." Dann wurde er abrupt ernst. „Bis ich den Traum hatte."

„Den Traum?" Dass sie vor ihrer Frage heftig die Luft einsog, war ein deutliches Zeichen dafür, dass Galeona seine Worte nicht auf die leichte Schulter nahm.

„Ja …" Er trat hinter sie und starrte eines der makabren Stücke ihrer Sammlung an, ohne es wirklich zu sehen. Während er sprach, griff er nach dem Gegenstand und bewegte dessen Gelenk. „Der Kriegsherr des Blutes war auferstanden …"

Sie drehte sich zu ihm um, mit weit aufgerissenen Augen, und wirkte dabei wie ein dunkler Engel an seiner Seite. „Erzählt mir alles, mein General, erzählt mir jede Einzelheit …"

„Ich sah, wie sich die Rüstung ohne den Mann aus dem Grab freikämpfte, dann wurde sie von Knochen und schließlich von Muskeln und Sehnen erfüllt. Fleisch bedeckte den Leib, aber es zeigte sich nicht Bartucs Abbild." Der in Schwarz gekleidete Offizier wirkte enttäuscht. „Ein recht gewöhnliches Gesicht. Vielleicht war es auch doch das Gesicht des Kriegsherrn, allerdings erschien es mir in meinem Traum eher wie das einer verängstigten Seele …"

„Ist das schon alles?"

„Nein. Dann sah ich Blut … auf seinem Gesicht. Danach schien es so, als würde er fortgehen. Ich sah, wie Berge Hügeln wichen und wie Hügel Sand wichen. Und dann sah ich, wie er in jenem Sand versank … und an dieser Stelle endete mein Traum."

Der andere Offizier bemerkte in einer Ecke des Zelts einen Schatten, der sich auf den General zubewegte. Aus Erfahrung wusste er, dass er nicht über derartige Dinge sprechen durfte, also schluckte er nur und schwieg, während er hoffte, dass sich dieser Schatten nicht irgendwann später einmal gegen ihn selbst wenden würde.

Galeona schmiegte sich an General Malevolyns Brustpanzer und sah ihm in die Augen. „Habt Ihr diesen Traum schon früher einmal gehabt, mein General?“

„Das wüsstet Ihr.“

„Ja, das ist wahr. Ihr wisst, wie wichtig es ist, mir alles zu erzählen.“ Sie löste sich von ihm und kehrte zu dem Berg aus weichen Kissen zurück. Ein dünner Schweißfilm überzog jede unbedeckte Stelle ihres Körpers. „Und hier ist es am wichtigsten, denn dies ist keinesfalls ein gewöhnlicher Traum.“

„Dieser Gedanke war mir auch gekommen.“ Mit einer flüchtigen Handbewegung bedeutete er dem Adjutanten, der das bedeckte Objekt trug, vorzutreten. Der tat, wie ihm geheißen, und zog gleichzeitig den Stoff weg, um zu enthüllen, was sich darunter befand.

Ein Helm mit einem zerfurchten Kamm funkelte im schwachen Schein der einzigen Lampe. Er war alt, aber intakt und so geformt, dass er Kopf und Gesicht seines Trägers weitestgehend bedeckte. Zwei schmale Schlitze waren für die Augen freigehalten, ein breiterer, senkrechter Spalt bot der Nase Platz, und eine größere, waagerechte Öffnung befand sich in Mundhöhe. Die Rückseite des Helmes reichte weit nach unten und schützte das Genick, während der Hals gänzlich ungewappnet blieb.

Selbst im dämmrigen Licht konnte man gut erkennen, dass der Helm blutrot lackiert war.

„Ich dachte mir, Ihr könntet Bartucs Helm gebrauchen.“

„Und damit könntet Ihr Recht haben.“ Galeona streckte ihre Hand nach dem Artefakt aus. Ihre Finger berührten die des Adjutanten, der erschauderte. Während der General von ihr abgewandt stand und der zweite Offizier von seiner Position aus nichts erkennen konnte, nutzte die Hexenmeisterin die Gelegenheit, mit einer Hand zärtlich über das Handgelenk des Adjutanten zu streichen. Sie hatte ihn schon ein paar Mal gekostet, als ihr Appetit nach Abwechslung verlangt hatte, aber sie wusste, dass er seinem Herrn niemals von diesen Begegnungen berichten würde. Denn Malevolyn hätte eher *ihn* als seine kostbare Hexe hinrichten lassen.

Sie nahm den Helm und platzierte ihn in der Nähe jener Stelle am Boden, wo sie zuvor gesessen hatte. Der General schickte seine Männer fort, dann nahm er gegenüber von Galeona Platz.

„Enttäusche mich nicht, meine Liebe. Ich bin in diesem Punkt unerbittlich."

Zum ersten Mal schwand ein wenig von Galeonas Selbstvertrauen. Augustus war ein Mann, der sein Wort immer hielt, vor allem, wenn es darum ging, dass jemand seinen Erwartungen nicht gerecht wurde.

Die finstere Hexenmeisterin legte ihre Handflächen auf den Helm und überspielte ihre Sorge. Der General zog seine Panzerhandschuhe aus und tat es ihr gleich.

Die Flamme der Lampe flackerte und schien sich auf ein Nichts zu reduzieren. Die Schatten breiteten sich aus, wurden dichter und wirkten mit einem Mal lebendiger und noch unabhängiger von dem schwachen Schein. Dass sie etwas Surreales an sich hatten, das nicht von dieser Welt stammen mochte, störte General Malevolyn nicht. Er wusste einiges über die Kräfte, mit denen Galeona Umgang pflegte, und über anderes hegte er seine Vermutungen. Als ein Mann des Militärs und mit imperialen Ambitionen betrachtete er sie allesamt als Werkzeuge, die seiner Sache zu dienen hatten.

„Gleiches ruft Gleiches, Blut ruft Blut …" Die Worte kamen Galeona mühelos über ihre vollen Lippen. Sie hatte diese Litanei schon oft für ihren Herrn gesprochen. „Lass das, was seines war, das rufen, was seines war! Das, was den Schatten von Bartuc trug, muss wieder eins werden!"

Malevolyn spürte, wie sich sein Puls beschleunigte. Die Welt schien sich von ihm zu entfernen. Galeonas Worte hallten wider und wurden das Einzige, worauf er sich konzentrierte.

Zuerst sah er nichts außer einem tristen Grau. Dann schälte sich vor seinen Augen ein Bild aus dem Grau, das ihm irgendwie vertraut vorkam. Wieder sah er Bartucs Rüstung und auch, dass sie nun von jemandem getragen wurde, doch dieses Mal erkannte der General sicher, dass der Mann vor ihm nicht der legendäre Kriegsherr sein konnte.

„Wer?", zischte er. „Wer?"

Galeona antwortete nicht. Ihre Augen waren geschlossen, den Kopf hatte sie konzentriert nach hinten gebeugt. Hinter ihr bewegte sich ein Schatten, der Malevolyn flüchtig an ein großes Insekt erinnerte. Als vor ihm ein Bild entstand, konzentrierte er sich wieder völlig darauf, den Fremden zu identifizieren und aufzuspüren.

„Ein Krieger", murmelte die Hexenmeisterin. „Ein Mann zahlreicher Schlachten."

„Vergesst das! Wo ist er? Ist er in der Nähe?" Die Rüstung des Kriegsherrn! Nach so langer Zeit und so vielen falschen Fährten!

Sie zuckte vor Anstrengung, doch Malevolyn kümmerte sich nicht darum. Er war sogar bereit, sie bis an ihre Grenzen und selbst darüber hinaus zu treiben.

„Berge … kalte Hügel …"

Das half nicht weiter. Überall auf der Welt gab es Berge, vor allem im Norden und jenseits der Zwillingsmeere. Sogar Westmarch hatte zahlreiche Berge vorzuweisen.

Galeone schauderte wieder. „Blut ruft Blut …"

Er presste die Lippen aufeinander. Warum wiederholte sie sich?

„Blut ruft Blut!"

Sie schwankte und löste beinahe ihren Griff um den Helm. Fast wäre ihre Verbindung zu dem Zauber abgebrochen. Malevolyn gab sein Bestes, um die Vision aus eigener Kraft aufrechtzuerhalten, auch wenn seine magischen Fähigkeiten nicht im entferntesten an die von Galeona heranreichten. Dennoch gelang es ihm für einen kurzen Moment, sich besser auf das Gesicht zu konzentrieren. Es waren gewöhnliche Züge, die nichts von einem Führer hatten. In gewisser Weise wirkten sie sogar wie von Panik erfüllt. Nicht feige, aber dieser Mann fühlte sich eindeutig unwohl in seiner Haut ...

Das Bild begann zu verblassen. Der General fluchte stumm. Die Rüstung war von irgendeinem verdammten Soldaten oder Deserteur gefunden worden, der vermutlich keine Ahnung vom wahren Wert und von der Macht, die dieser Rüstung innewohnte, hatte. „Wo *ist* er?"

Die Vision löste sich so abrupt auf, dass selbst er erschrak. Gleichzeitig schnappte die Hexe nach Luft und fiel nach hinten in den Berg aus Kissen, sodass der Zauber augenblicklich gebrochen war.

Eine gewaltige Kraft riss Malevolyns Hände von dem Helm fort, während der General eine Folge derber Flüche ausstieß.

Stöhnend und langsam erhob Galeona sich, bis sie wieder aufrecht saß. Eine ihrer Hände hatte sie an ihren Kopf gelegt, als sie Malevolyn ansah.

Er überlegte seinerseits, ob er sie auspeitschen lassen sollte, weil sie ihn damit aufgestachelt hatte, dass die Rüstung gefunden worden sei – ohne ihm allerdings das Wissen vermitteln zu können, wo *genau* sie sich gerade befand.

Galeona bemerkte seinen finsteren Blick und wusste, was dies bedeutete. „Ich habe Euch nicht enttäuscht, mein General! Nach all der Zeit könnt Ihr endlich Bartucs Vermächtnis erfüllen!"

„Erfüllen?" Malevolyn stand auf. Er war kaum in der Lage, seine Enttäuschung und seinen Zorn im Zaum zu halten. „Erfüllen? Bartuc hat Dämonen befehligt! Er hat seine Macht fast über die ganze Welt ausgebreitet!" Der bleiche Kommandant deutete auf den Helm. „Ich habe das von einem Hausierer als

Souvenir gekauft, als Symbol für die Macht, die ich erlangen will! Ein gefälschtes Artefakt, wie ich glaubte, aber außerordentlich gut gearbeitet! Der Helm von Bartuc!“ Der General lachte rau. „Erst als ich ihn aufsetzte, wurde mir die Wahrheit klar – dass es *wirklich* sein Helm war!“

„Ja, mein General!“ Galeona sprang auf und legte ihre Hände auf seine Brust. Ihre Finger glitten über das Metall, als würden sie seine Haut streicheln. „Und dann haben die Träume eingesetzt, die Visionen von …“

„Bartuc! – Ich habe seine Siege und seine Niederlagen geschmeckt, ich habe seine *Kraft* geschaut! Ich habe all dies *gelebt* …“ Malevolyns Tonfall wurde immer verbitterter. „Aber nur in meinen *Träumen*.“

„Das Schicksal hat diesen Helm zu Euch geführt! Das Schicksal und Bartucs Geist, versteht Ihr nicht? Er will, dass Ihr seine Nachfolge antretet, so glaubt mir doch“, beschwichtigte die Hexe ihn. „Es kann keinen anderen Grund geben, denn Ihr seid der Einzige, der ohne meine Hilfe die Visionen schauen kann!“

„Wohl wahr.“ Nach den ersten beiden Vorfällen, die aufgetreten waren, als Malevolyn den Helm getragen hatte, war der General auf die Idee gekommen, einigen seiner vertrauenswürdigsten Offizieren zu befehlen, das Artefakt ebenfalls aufzusetzen. Doch selbst diejenigen, die den Helm über Stunden hinweg trugen, konnten später nicht über Träume berichten, die mit dem Helm zusammenhingen. Das war für Augustus Malevolyn Beweis genug gewesen, dass er vom Geist des Kriegsherrn ausgewählt worden war, um dessen ruhmreiche Rüstung zu übernehmen.

Malevolyn wusste alles, was ein Sterblicher über Bartuc wissen konnte. Er hatte jedes Dokument studiert, sich mit jeder Legende befasst. Während viele andere in der Vergangenheit vor der finsteren und dämonischen Geschichte des Kriegsherrn zurückgeschreckt waren, weil sie fürchteten, etwas davon könnte auf sie selbst abfärben, hatte der General begierig jede noch so unbedeutende Information in sich aufgesogen.

In strategischer und körperlicher Stärke konnte er es mit Bartuc aufnehmen, doch Malevolyns magische Fähigkeiten waren bestenfalls als gering zu bezeichnen und reichten gerade aus, um eine Kerze anzuzünden. Galeona hatte ihn mit weiterer Hexenkunst versorgt – ganz zu schweigen von anderen Vergnügungen –, doch um dem Ruhm des Kriegsherrn nacheifern zu können, benötigte Malevolyn das Wissen, um nicht nur einen, sondern eine ganze Horde von Dämonen herbeizurufen und zu befehligen.

Die Rüstung würde ihm den Weg dahin ebnen, dessen war er sich mittlerweile völlig sicher. Malevolyns umfassende Recherche hatte Andeutungen darauf ergeben, dass Bartuc die Rüstung mit den stärksten Zaubern versehen hatte. Die eigenen magischen Fähigkeiten des Generals waren schon durch den Helm allein verstärkt worden. Zweifellos würde die komplette Rüstung ihm endgültig alles schenken, was er begehrte. Der Schatten Bartucs wollte das ganz sicher. Die Visionen mussten ein Zeichen sein.

„Eine Sache kann ich Euch sagen, mein General“, flüsterte die Hexenmeisterin. „Eine Sache, die Euch auf Eurer Suche begleiten soll …“

Er packte ihre Arme. „Was? Was ist es?“

Sie verzog das Gesicht, weil sein Griff Schmerzen bereitete. „Er – der Narr, der im Moment die Rüstung trägt – *kommt näher!*“

„Ist er auf dem Weg zu uns?“

„Vielleicht – falls der Helm und der Rest der Rüstung wieder vereint werden sollen. Und selbst, wenn dies nicht der Fall ist, werde ich ihn umso besser ausmachen können, je mehr er sich uns nähert.“ Galeona befreite einen Arm und berührte Malevolyns Kinn. „Ihr müsst nicht mehr lange warten, mein Geliebter. Nur noch kurze Zeit …“

Er ließ sie los und dachte nach. „Ihr werdet das jeden Morgen und jeden Abend überprüfen! Ihr werdet keine Mühen scheuen! Ich muss es sofort wissen, wenn Ihr diesen Kretin identifizieren könnt! Wir werden sofort aufbrechen! Nichts darf mir und meiner Bestimmung im Wege stehen!“

Er packte den Helm und verließ ihr Zelt ohne ein weiteres Wort. Seine Adjutanten schlossen hastig zu ihm auf. Malevolyns Gedanken überschlugen sich, während er sich selbst in der mit Zaubern belegten Rüstung sah. Legionen von Dämonen würden sich erheben, um seine Befehle auszuführen. Städte würden fallen. Ein Imperium würde entstehen, das die gesamte *Welt* umspannte.

Augustus Malevolyn nahm den Helm fast beschützend in seine Arme, als er in sein Quartier zurückkehrte. Galeona hatte Recht. Er musste nur etwas mehr Geduld zeigen. Die Rüstung würde früher oder später zu ihm kommen.

„Ich werde das tun, was Ihr einst erträumt habt“, flüsterte er dem abwesenden Schatten Bartuc zu. „Euer Vermächtnis *wird* meine Bestimmung sein!“ Die Augen des Generals leuchteten. „Und das schon bald …“

Die Hexe erschauderte, als Malevolyn aus dem Zelt ging. Er war in letzter Zeit immer unberechenbarer geworden, je länger er den alten Helm trug. Einmal hatte sie ihn dabei ertappt, wie er so gesprochen hatte, als sei er der Kriegsherr des Blutes persönlich. Galeona wusste, dass der Helm – und das galt wohl auch für die Rüstung – gewisse magische Kräfte besaß, jedoch hatte sie sie bislang weder identifizieren noch kontrollieren können.

Wenn sie sie aber kontrollieren könnte … würde sie ihren Liebhaber nicht länger brauchen. Das war zwar bedauerlich, doch es gab noch andere Männer – andere, besser *formbare* Männer.

Eine Stimme beendete die Stille, eine kratzige, tiefe Stimme, die sogar in den Ohren der Hexe klang, als würden tausend sterbende Fliegen summen. „Geduld ist eine Tugend … das sollte dieser eine wissen. Einhundertdreiundzwanzig Jahre auf dieser Ebene der Sterblichen, immer auf der Suche nach dem Kriegsherrn! So lange Zeit … und jetzt fügt sich alles zusammen …“

Galeona suchte zwischen all den Schatten nach einem ganz bestimmten, bis sie in einer Ecke des Zelts eine wabernde insektenartige Gestalt entdeckte, die nur sehen konnte, wer wirklich genau hinschaute. „Sei ruhig! Jemand könnte dich hören!“

„Niemand hört etwas, wenn dieser eine es so will“, krächzte die Stimme. „So gut kenne ich dich, Mensch …“

„Dann sei um meiner Gesundheit willen leise, Xazax.“ Die dunkelhäutige Hexenmeisterin starrte den Schatten an, näherte sich ihm aber nicht. Nicht einmal nach all der Zeit vertraute sie ihrem ständigen Begleiter.

„So empfindlich die Ohren der Menschen sind …“ Der Schatten nahm etwas mehr Gestalt an und ähnelte nun einer Gottesanbeterin, die jedoch sieben Fuß oder vielleicht noch größer zu sein schien. „… so zart und zum Scheitern verurteilt ist auch ihr Körper …“

„Du tätest gut daran, nicht vom Scheitern zu sprechen.“

Ein leises Kichern breitete sich im Zelt aus. Galeona stählte sich innerlich, da sie wusste, dass ihr Begleiter auf Widerworte nicht gut zu sprechen war.

Xazax kam näher. „Erzähle diesem einen von den mitgeteilten Visionen.“

„Du hast sie gesehen.“

„Aber dieser eine würde sie gerne von dir hören … Bitte … unterhalte diesen einen.“

„Na gut.“ Sie holte tief Luft, dann beschrieb sie Mann und

Rüstung so detailliert wie möglich. Xazax hatte zweifellos alles gesehen, doch aus einem unerfindlichen Grund ließ sich der Narr von ihr die Visionen stets noch einmal schildern. Galeona versuchte das Spiel ein wenig zu beschleunigen, indem sie den Mann weitestgehend ignorierte und sich dafür auf die Rüstung und die Landschaft im Hintergrund konzentrierte.

Plötzlich fiel Xazax ihr ins Wort. „Dieser eine weiß, dass die Rüstung echt ist! Dieser eine weiß, dass sie sich auf der Ebene der Sterblichen befindet! Der Mensch! Was ist mit diesem Menschen?“

„Völlig gewöhnlich. Nichts an ihm ist besonders.“

„Nichts ist gewöhnlich! Beschreibe ihn!“

„Ein Soldat. Glattes Gesicht. Ein einfacher Kämpfer, vermutlich ein Bauernsohn, wenn man nach seinem Aussehen schließt. Nichts Außergewöhnliches eben. Ein armer Narr, der auf die Rüstung gestoßen ist und – davon ist zumindest der General überzeugt – nicht einmal ahnt, *was* er damit gefunden hat.“

Wieder ertönte das Kichern. Der Schatten zog sich ein wenig zurück. Als Xazax sprach, klang er zutiefst enttäuscht. „Ist es sicher, dass der Weg dieses Sterblichen in unsere Nähe führt?“

„So sieht es jedenfalls aus.“

Die finstere Gestalt wurde still. Xazax dachte offenbar über etwas nach. Galeona wartete … und wartete. Xazax hatte kein Zeitgefühl, wenn es andere betraf, sondern nur dann, wenn seine eigenen Bedürfnisse und Wünsche im Mittelpunkt standen.

Zwei tiefgelbe Blitze zuckten plötzlich dort auf, wo sich der Kopf des Schattens zu befinden schien. Das, was nach dem Umriss eines Fortsatzes aussah, der in drei klauenbewehrte Finger auslief, tauchte einen Moment lang auf, war dann aber sofort wieder verschwunden.

„Dann lass ihn kommen. Dieser eine wird bis dahin entschieden haben, ob eine Puppe besser ist als eine andere …“ Xazax’ Schatten wurde unscharf, bis nichts mehr an eine Gottesanbeterin oder an ein anderes Geschöpf erinnerte. „Lass ihn kommen …“

Der Schatten verschmolz mit dem dunklen Winkel.

Galeona fluchte stumm. Sie hatte von der üblen Kreatur vieles gelernt und dank deren Anleitung in der Vergangenheit ihre Kräfte in vielerlei Hinsicht steigern können. Dennoch wäre sie das Wesen lieber heute als morgen losgeworden, lieber noch als Augustus. Den General konnte sie manipulieren, ihren heimlichen Gefährten dagegen nicht. Mit Xazax spielte die Hexenmeisterin ein permanentes Katz-und-Maus-Spiel, bei dem sie sich zu oft wie das letztgenannte Tier fühlte. Aber mit jemandem von Xazax' Art konnte man einen Pakt nicht so einfach brechen. Wenn Galeona ohne Vorsichtsmaßnahmen dergleichen versucht hätte, könnte es sein, dass sie alle Gliedmaßen *und* ihren Kopf verlieren würde – und selbst danach hätte es wahrscheinlich noch gedauert, bis er sie tatsächlich sterben ließ.

Aus diesem Grund sann sie über andere Möglichkeiten nach.

Derjenige, der Bartucs Rüstung trug, sah eindeutig wie ein Krieger aus, wie ein Kämpfer – aber auch wie ein einfacher Mann, was ihrer Beschreibung entsprach. Mit anderen Worten: wie ein Narr. Galeona wusste, wie man Angehörige ihrer Art manipulierte. Als Mann würde er gegen ihren Charme nichts ausrichten können. Und als Narr würde er nicht einmal erkennen, dass er manipuliert wurde.

Sie würde abwarten müssen, wie sich die Dinge mit dem General und mit Xazax entwickelten. Wenn einer von beiden immer noch zu ihrem Vorteil arbeitete, würde Galeona alles Notwendige unternehmen, um die Waagschale zu ihren Gunsten ausschlagen zu lassen. Malevolyn würde sich sicher gegen ihren schattenhaften Partner durchsetzen, sobald er erst einmal im Besitz der Rüstung war. Sollte jedoch Xazax als Erster an die Artefakte gelangen, dann würde sie sich auf seine Seite stellen müssen.

Doch der Fremde blieb eine weitere Möglichkeit. Ihn würde sie an der Nase herumführen und ihm sagen können, was er zu tun hatte. Während die beiden anderen hohe Risiken bargen, versprach er ein Potenzial, das leichter zu erschließen sein würde.

Ja, Galeona würde den Narren im Auge behalten. Er würde für ihre Wünsche viel empfänglicher sein als ein ehrgeiziger und latent wahnsinniger Kommandant – und eindeutig weniger bedrohlich als ein Dämon.

DREİ

Blut.

„Bei allem, was heilig ist, Norrec! Was hast du getan?“

„Norrec, mein Freund. Vielleicht solltest du den Handschuh besser ablegen.“

Blut.

„Verdammt seist du! Verdammt seist du!“

„Sa-Sadun! Seine Hand! Schneide sie …“

Überall Blut.

„Norrec! Um Gottes willen! Mein Arm!“

„Norrec!“

„Norrec!“

Das Blut derer, die ihm am nächsten standen.

„Neiiiiiin!“

Norrec hob seinen Kopf und schrie, noch bevor ihm bewusst wurde, dass er gerade aufgewacht war. Ein eisiger Wind vertrieb die Restmüdigkeit aus ihm, und zum ersten Mal spürte er den starken Schmerz in seiner rechten Wange. Ohne nachzudenken, hob er eine Hand und betastete die Stelle.

Kaltes Metall strich über seine Haut. Erschrocken starrte Norrec auf seine Hand, die in einem karmesinroten Panzerhandschuh steckte, dessen Fingerspitzen mit einer rötlichen Flüssigkeit besudelt waren.

Blut.

Mit großer Sorge hob er seine Hand erneut und berührte das Fleisch diesmal nur mit einem Finger. Dabei stellte Norrec fest, dass er aus drei Wunden blutete. Drei Kerben waren in seine Wange gerissen worden, als hätte ein Tier mit einer Klaue nach ihm geschlagen.

„Norrec!“

Eine Erinnerung blitzte auf und ließ den Kämpfer frösteln. Saduns Gesicht war von einer Angst verzerrt, wie er sie bei ihm nicht einmal auf dem blutrünstigsten Schlachtfeld beobachtet hatte. Saduns Augen flehten, den Mund hatte er geöffnet, aber kein Laut fand den Weg über seine Lippen.

Saduns Hand … riss verzweifelt am Gesicht seines Freundes.

„Nein …“ Es konnte nicht so sein, wie Norrec es in Erinnerung hatte.

Und noch ein Bild: Fauztin auf dem Boden der Grabkammer, eine Blutlache auf den Steinplatten, eine klaffende Wunde an der Stelle, an der sich die Kehle des Vizjerei befunden hatte.

Wenigstens war der Hexenmeister *schnell* gestorben.

„Nein … nein … nein …“ Das Entsetzen wuchs mit jedem Augenblick, während der halb wahnsinnige Soldat aufstand. Um sich herum sah er hohe Hügel, sogar Berge – und den ersten Schein der Sonne. Doch nichts von alledem wirkte vertraut. Nichts erinnerte an den Berg, in dem er und seine Freunde auf das Grab von Bartuc gestoßen waren. Norrec tat einen Schritt nach vorne, um sich zu orientieren.

Dabei bemerkte er, dass jede seiner Bewegungen von einem seltsamen Knarren begleitet wurde.

Norrec sah nach unten und stellte fest, dass nicht nur seine Hand von Metall umpanzert war.

Egal, wohin er sah, sein ganzer Körper war mit diesen blutroten Metallplatten bedeckt. Er hatte geglaubt, sein Entsetzen könnte nicht mehr gesteigert werden, doch allein der Anblick seines Äußeren ließ ihn fast in Panik geraten. Hinzu kam, dass er auch noch Bartucs alte, aber nach wie vor brauchbare Lederstiefel trug.

Bartuc … Kriegsherr des Blutes. Bartuc, dessen finstere Magie offenbar dem hilflosen Soldaten das Leben gerettet hatte – auf Kosten von Sadun und Fauztin!

„Verdammt seist du!“ Norrecs Blick wanderte zurück zu den Panzerhandschuhen. Er zog mit aller Kraft zuerst am linken, dann am rechten, doch sie bewegten sich kaum merklich.

Er linste hinein, konnte aber keine Sperre entdecken. Er versuchte es erneut. Nichts! Die Handschuhe saßen unverrückbar an seinen Händen fest.

Die Sonne stieg ein wenig höher, und nun sah Norrec, dass nicht nur das Blut aus seiner Wangenverletzung Spuren auf dem Metall hinterlassen hatte. Jeder Finger und fast die gesamte Innenfläche wirkten, als hätte man sie in eine sattrote Farbe getaucht.

Doch es war keine Farbe.

„Fauztin“, murmelte er. „Sadun …“

Von einem wütenden Aufschrei begleitet holte Norrec aus und schlug gegen den Stein, der ihm am nächsten war. Er war bereit, sich jeden Knochen in seiner Hand zu brechen, wenn es ihm auf diese Weise gelang, sie von dem Handschuh zu befreien. Doch stattdessen gab der Fels nach, und das Einzige, was Norrec fühlte, war ein heftiges Vibrieren, das durch den ganzen Arm schoss.

Er ging in die Knie. „Neiiiiin!“

Der Wind heulte, als wollte er ihn verspotten. Norrec blieb, wo er war, den Kopf gesenkt, die Arme schlaff an seiner Seite. Bruchstücke dessen, was sich in der Grabkammer abgespielt hatte, stoben durch seinen Geist und zeigten Szenen, von denen jede teuflischer war als die vorangegangene. Sadun und Fauztin … beide tot … durch seine Hand gestorben!

Norrec hob ruckartig den Kopf. Nein, es war nicht seine Hand gewesen, es waren die verdammten *Panzerhandschuhe*, die ihn vor den Ghul-Wächtern bewahrt hatten. Dennoch gab Norrec sich die Schuld an ihrem Tod, weil er vielleicht etwas hätte bewirken können, wenn er den ersten Handschuh sofort wieder ausgezogen hätte. Aus eigenem Antrieb hätte er seine Freunde niemals getötet!

Es musste doch möglich sein, die Handschuhe abzulegen, und wenn er sie Stück für Stück abschälen musste und dabei Teile seiner Haut mitriss.

Norrec war entschlossen, sich selbst zu helfen, und erhob sich, um für einem weiteren Versuch seine Umgebung besser zu inspizieren. Bedauerlicherweise gab es diesmal nicht viel mehr zu sehen als beim ersten Anlauf. Berge und Hügel. Nach Norden hin erstreckte sich ein Wald. Kein Hinweis auf irgendwelche Behausungen, nicht einmal eine weit entfernte Rauchfahne.

Und auch jetzt noch keine Spur von jenem Berggipfel, in dem sie auf Bartucs Grabkammer gestoßen waren.

„Wo zum Teufel …" Er hielt abrupt inne, da es ihm nicht behagte, diesen finsteren und angeblich nur in Mythen existierenden Höllenfürsten zu erwähnen. Die Angst vor Dämonen hatte Norrec überwunden geglaubt. Als Kämpfer auf den Schlachtfeldern konnte er weder an Dämonen noch an Engel glauben, dort zählte einzig der Stahl und der Arm, der ihn führte. Doch der Schrecken dessen, was mit ihm geschehen war, hatte die verdrängten Kindheitserinnerungen geweckt. Norrec schüttelte den Kopf. Was spielte es für eine Rolle ob Dämonen und Engel nun existierten oder nicht? Tatsache war, dass der Kriegsherr des Blutes ein schreckliches Vermächtnis hinterlassen hatte, von dem sich Norrec so schnell wie irgend möglich befreien wollte.

Er hoffte, dass er bei seinem ersten Versuch, die Handschuhe abzustreifen, einfach nur zu aufgeregt gewesen war, und beschloss, sich ihnen jetzt etwas eindringlicher zu widmen. Ein

Blick nach unten führte dann aber zur nächsten entsetzlichen Entdeckung.

Das Blut bedeckte nicht nur seine Handschuhe, sondern auch die Brustplatte. Bei genauerem Hinsehen erkannte Norrec, dass das Blut keineswegs versehentlich auf die Rüstung gespritzt war, sondern absichtlich und mit Methode auf ihr verteilt worden war.

Erneut schauderte ihm. Rasch sah er wieder zu den Panzerhandschuhen und begann, nach einer Schnalle oder irgendeinem anderen Verschluss zu suchen, der dafür sorgte, dass sie so unverrückbar saßen. Doch er fand nichts dergleichen, nichts, was ihnen *solchen* Halt verliehen hätte. Eigentlich hätten sie mit einem simplen Schütteln der Hände zu Boden fallen müssen.

Die Rüstung! Wenn er sich schon nicht der Handschuhe entledigen konnte, musste es ihm doch wenigstens gelingen, Teile der Rüstung abzulegen. Manche hatten gut erkennbare Verschlüsse, die er sogar mit den Handschuhen würde öffnen können. Andere waren so gestaltet, dass sie einfach nach unten oder oben glitten …

Er beugte sich vor und widmete sich einem Bein. Nach einigen Fehlversuchen gelang es ihm endlich, den Verschluss zu öffnen – der aber sofort wieder zurückschnappte!

Er versuchte es ein weiteres Mal – mit dem gleichen Ergebnis. Norrec fluchte und probierte es abermals, doch diesmal wollte der Verschluss sich gar nicht erst öffnen lassen.

Auch Versuche an den anderen Teilen führten zum immer gleichen frustrierenden Ergebnis, und fast noch schlimmer war, dass er nicht einmal die Lederstiefel abzustreifen vermochte.

„Das ist doch nicht möglich“, murmelte Norrec und zog fester am Schuhwerk, doch es tat sich nichts.

Irrsinn! Das war nur Kleidung – metallene Teile und ein Paar alter, wenn auch robuster Stiefel! Es musste doch möglich sein, sie wieder auszuziehen!

Norrecs Verzweiflung steigerte sich unaufhaltsam. Er war ein einfacher Mann, der daran glaubte, dass am Morgen die Sonne aufging und nachts der Mond schien. Vögel konnten fliegen, Fische konnten schwimmen. Und Leute trugen Kleidung – aber doch nicht umgekehrt!

Er betrachtete die blutigen Handflächen. „Was willst du von mir? Was *willst* du?"

Keine Grabesstimme meldete sich zu Wort, um sein Schicksal zu verkünden. Die Handschuhe schrieben auch keine Worte oder Symbole in die Erde. Die Rüstung wollte sich lediglich nicht von ihrem neuen Besitzer trennen.

Wieder tauchten vor Norrecs geistigem Auge flüchtige Bilder vom grausamen Ende seiner Gefährten auf, die es ihm kaum möglich machten, sich zu konzentrieren. Norrec betete und flehte, dass sie wieder verschwinden sollten und hatte dabei das stete, ungute Gefühl, dass sie ihn für alle Zeiten verfolgen würden.

Aber auch wenn er sich nicht von seinen Albträumen befreien konnte, musste er doch wenigstens etwas gegen die verfluchte Rüstung unternehmen können, die sich an seinem Leib festklammerte. Fauztin war ein Hexenmeister mit einem gewissen Ruf gewesen, doch selbst der Vizjerei hatte einräumen müssen, dass es viele Standeskollegen gab, die erfahrener und bewanderter waren als er.

Norrec würde einfach einen von ihnen finden müssen.

Er blickte nach Osten, dann nach Westen. Im Osten waren nur hohe, bedrohlich wirkende Berge zu erkennen, während es nach Westen hin aussah, als befände sich dort ein etwas übersichtlicheres Gelände. Norrec war durchaus klar, dass er vielleicht von falschen Voraussetzungen ausging, aber er beschloss, dass seine Chancen am besten standen, wenn er sich in westliche Richtung begab.

Der kalte Wind und die hohe Luftfeuchtigkeit ließen den

Krieger gleich zu Beginn seines Gewaltmarsches frieren. Es war gut möglich, dass er an Unterkühlung starb, doch ein Teil von ihm vermutete, dass es dazu nicht kommen würde. Bartucs Rüstung hatte nicht Besitz von seinem Körper ergriffen, um ihn mitten in der Wildnis sterben zu lassen. Nein, wahrscheinlich hatte die Rüstung etwas anderes mit ihm vor, und beizeiten würde sie es ihn auch wissen lassen.

Norrec freute sich in keiner Weise auf diese Offenbarung.

Die Sonne verschwand hinter einer dichten Wolkendecke und ließ die Luft noch stärker abkühlen. Auch war die Luftfeuchtigkeit unverändert hoch. Norrec atmete schwer, kämpfte sich dennoch unverdrossen weiter. Bis jetzt hatte er noch keinen Hinweis darauf gefunden, dass er sich in die richtige Richtung bewegte. Möglicherweise war er exakt entgegengesetzt losmarschiert. Gleich hinter dem nächsten Gipfel hätte ein Königreich auf ihn warten können.

Gleichwohl diese Vorstellung ihn frustrierte, hielt sie Norrec doch auch davon ab, den Verstand völlig zu verlieren. Jedes Mal, wenn er seine Gedanken schweifen ließ, kehrten sie unweigerlich zum Grab und zu dem Schrecken zurück, an dem er teilgehabt hatte. Fauztins und Saduns Gesichter verfolgten ihn, und von Zeit zu Zeit glaubte er, die beiden in einem Schatten zu sehen, von wo aus sie ihn verdammten.

Aber sie waren tot und würden dies – anders als es bei dem verdammten Kriegsherrn der Fall war – auch bleiben. Vor dieser Schuld gab es kein Entrinnen. Gegen Mittag begann er zu taumeln. Schließlich wurde ihm klar, dass er seit dem Aufwachen weder gegessen noch getrunken hatte. Am Tag zuvor hatte er nur sehr früh etwas zu sich genommen. Wenn er nicht umfallen und sterben wollte, musste Norrec Nahrung finden.

Aber wie? Er besaß keine Waffe, nicht einmal eine simple Falle. Wasser war kein Problem, da auf den Felsblöcken ringsum eine Schneeschicht lag, die er zusammenkratzen konnte, aber etwas richtiges zum Essen war nicht so leicht zu beschaffen.

Er beschloss, zunächst einmal seinen Durst zu stillen, und ging hinüber zu einer Aussparung in einer Felswand, die im Schatten lag und in der sich noch etwas Schnee und Eis befand. Er stopfte sich alles in den Mund, ohne zuerst Steinchen oder Gras herauszusortieren.

Schon Augenblicke später schien er einen klareren Kopf zu bekommen. Während er alles Störende wieder ausspuckte, überlegte er, was er als Nächstes tun sollte. Von einem Vogel abgesehen, hatte er nicht ein einziges Tier in dieser Wildnis entdeckt. Ohne Bogen oder Schleuder gab es keine Chance, einen Vogel vom Himmel zu holen. Aber etwas essen musste er unbedingt …

Plötzlich bewegte sich seine linke Hand gegen seinen Willen; die Finger wurden gespreizt und griffen dann so zu, als würden sie eine unsichtbare Kugel festhalten. Dann wandte sich die Hand um, sodass die Handfläche auf den Boden vor dem verblüfften Kämpfer zeigte.

Ein einziges Wort quoll über seine Lippen: *„Jezrat!“*

Einige Schritte entfernt begann sich der Boden zu wölben. Im ersten Moment glaubte Norrec, ein Erdbeben habe die Region erfasst, doch es bildete sich nur ein kleiner Spalt, der vielleicht sechs mal drei Fuß groß war. Der Rest der Umgebung regte sich nicht im Mindesten.

Norrec rümpfte die Nase, als übelkeitserregende Dämpfe aus der kleinen, aber anscheinend tief nach unten reichenden Öffnung aufstiegen. Dort wo gelbe Rauchfahnen aufstiegen, brannte die Luft.

„Iskari! Woyut!“ Die neuen Worte kamen mit großer Heftigkeit aus seinem Mund.

Aus dem Riss im Fels ertönte ein scheußliches, krächzendes

Geräusch. Norrec versuchte, zurückzuweichen, doch seine Füße wollten ihm nicht gehorchen. Das Krächzen verstärkte sich und schwoll zu einem schrillen, animalischen Kreischen an.

Norrec unterdrückte nur mit Mühe ein Aufstöhnen, als sich ein groteskes, mit Stoßzähnen bewehrtes Gesicht offensichtlich widerwillig durch die Öffnung schob. Aus dem schuppigen Kopf wuchsen zwei gezackte und geschwungene Hörner hervor. Runde, gelbe Augäpfel mit leuchtend roten Pupillen wandten den Blick vom Himmel ab und erfassten den Menschen mit unübersehbarer Verbitterung. Die platte, schweineähnliche Nase der Kreatur zuckte, als würde sie etwas Abscheuliches wittern. Norrec erkannte, dass es sich bei diesem Abscheu erregenden Etwas wohl um ihn selbst handelte …

Zwillingspaare der jeweils drei Klauen fanden am Rand des Risses Halt, dann wuchtete sich das Geschöpf aus dem Loch. Platte und viel zu große Füße mit geschwungenen Krallen wurden auf dem felsigen Boden platziert. Norrec starrte ein *Ding* an, das ganz gewiss der Unterwelt entstammte, annähernd humanoid war und einen Buckel hatte – und das ihm zwar nur bis zur Hüfte reichen mochte, unter Schuppen und Fell aber erstaunliche Muskeln erkennen ließ.

Dem ersten folgte im nächsten Moment ein zweites Geschöpf, dann ein drittes, ein viertes, ein fünftes …

Die abstoßende Meute wuchs noch um ein weiteres Mitglied an, und für Norrec war das ein halbes Dutzend mehr, als ihm lieb gewesen wäre. Die dämonischen Kobolde unterhielten sich in ihrer unverständlichen Sprache. Es schien so, als seien sie darüber verärgert, hierher geholt worden zu sein. Wem sie an dieser Misere die Schuld gaben, war nicht zu übersehen. Einige von ihnen öffneten ihr Maul, das voller Reißzähne war, und fauchten Norrec an, während andere ihm einfach nur finstere Blicke zuwarfen.

„Gester! Iskari!“ Wieder erschrak er über die fremdartigen

Worte, aber ihre Wirkung auf die monströse Meute war noch viel erstaunlicher. Alle Zeichen von Widerwillen verschwanden schlagartig, und die Kobolde begannen, vor ihm niederzuknien. Einige von ihnen wühlten sich dabei förmlich in die Erde, um zu zeigen, wie tief sie unter ihm standen.

„Dovru Sesti! Dovru Sesti!“

Was diese Worte auch bedeuten mochten, auf jeden Fall versetzten sie die Kreaturen in größten Aufruhr. Sie kreischten und krächzten, dann stürmten sie in verschiedene Richtungen davon, als hinge ihr Leben davon ab.

Norrec atmete aus. Jedes Mal, wenn diese fremden Worte aus seinem Mund kamen, war es für ihn, als würde sein Herz stehen bleiben. Die Sprache klang so ähnlich wie die von Fauztin und anderen Vizjerei, die der Kämpfer über die Jahre hinweg kennen gelernt hatte. Aber gleichzeitig war ihr Klang wesentlich rauer und finsterer als alles, was Norrecs Freund zu Lebzeiten von sich gegeben hatte, selbst inmitten der schlimmsten aller Schlachten.

Er konnte nicht weiter über diesen Punkt nachdenken, da in der Ferne plötzlich Gekreische laut wurde. Norrec sah nach Süden und erkannte, dass zwei der Monster zu ihm zurückkehrten – und die blutigen Überreste einer gerissenen Ziege hinter sich herschleiften.

Er hatte Hunger, und jetzt versorgte die Rüstung ihn mit etwas, das sie als genießbar erachtete.

Norrec wurde bleich, als er den Kadaver sah. Er hatte natürlich schon oft Tiere geschlachtet, um sie zu essen, doch für die Kobolde musste es ein wahres Vergnügen gewesen sein, sich die unglückliche Ziege vorzunehmen. Der Kopf war fast völlig vom Rumpf abgetrennt, die Läufe sahen aus, als seien sie allesamt gebrochen; ein Teil der Flanke war weggerissen worden, und das Blut, das aus dieser großen Wunde strömte, hatte auf der Erde einen dunkelroten Streifen hinterlassen.

Die grotesken Geschöpfe warfen Norrec das tote Tier vor die Füße, dann wichen sie zurück. Während das geschah, kehrte ein drittes Mitglied der Meute zurück und präsentierte einen kleinen blutigen Kadaver, der an einen Hasen erinnerte.

Norrec betrachtete vorsichtig die schreckerregenden Gaben und suchte nach etwas, das er selbst für noch essbar hielt. Die Bestien mochten ja außergewöhnlich gute Jäger sein, doch der Umgang mit ihrer Beute ließ sehr zu wünschen übrig.

Die restlichen Kobolde kamen nur wenige Augenblicke später zu ihm zurück, um auch ihre Beute zu präsentieren. Eine zerfleddert aussehende Echse wies er sofort zurück, stattdessen entschied er sich für zwei Hasen, die in besserem Zustand als der erste waren.

Als er nach ihnen greifen wollte, verweigerte seine Hand jedoch abermals den Dienst. Der Handschuh glitt über die Tiere hinweg und strahlte dabei eine so große Hitze aus, dass Norrec fürchtete, seine Finger müssten verbrennen.

„Verdammt!“ Es gelang ihm, einen Schritt nach hinten zu machen. Die Hitze ließ rasch nach, aber seine Hand pochte noch immer. Die Kobolde krächzten, und es klang, als würde sie sein Unbehagen amüsieren. Ein kurzer, wütender Blick genügte, um sie verstummen zu lassen.

Als er seine Hand wieder normal bewegen konnte, wandte er sich den Hasen zu – und musste feststellen, dass sie *gar* waren. In dem verlockenden Aroma, das von ihnen ausging, waren sogar Gewürze zu riechen.

„Na ja … glaubt nicht, dass ich euch dafür danke“, murmelte er, ohne jemanden direkt anzusprechen.

Der Hunger war stärker als sein gesunder Menschenverstand, und so stürzte sich der ergraute Krieger auf die überraschend gut zubereitete Mahlzeit. Er verspeiste nicht nur einen, sondern beide Hasen mit Genuss. Sie waren groß genug, um seinen hungrigen Magen zu besänftigen, und er überlegte, was er mit dem Rest anfangen sollte. Norrec wartete, dass die Rüstung ihm wieder die Entscheidung abnahm, doch nichts geschah.

Die Meute beobachtete ihn nach wie vor, doch die Blicke wanderten immer wieder zu den Fleischresten, was Norrec schließlich von selbst auf die Antwort brachte. Er hob seine Hand, deutete auf die Beute, dann winkte er die Kobolde zu sich.

Sie mussten nicht zweimal aufgefordert werden. Mit einer an Wahnsinn grenzenden Heiterkeit, die den erfahrenen Krieger zurückweichen ließ, stürzte sich die Horde auf das Fleisch. Die Kobolde rissen mit solcher Heftigkeit an den Kadavern, dass Brocken umherflogen und Blut spritzte. Norrec fühlte, wie ihm übel wurde, als er sah, dass die Dämonen alles von den Knochen abnagten, was sie überhaupt verschlingen konnten. Er musste daran denken, was diese Klauen und Zähne mit seinem Körper hätten anstellen können …

„Varesh!" Der Anblick war so beunruhigend, dass Norrec kaum auf das harsche Wort reagierte, das über seine Lippen kam.

Die Kobolde jedoch zogen sich zurück, als hätte er sie geschlagen. Verängstigt schnappten sie sich die Überreste der Ziege und zerrten sie hinter sich her zum Riss im Boden. Sie warfen den Kadaver in den Spalt, dann sprang einer nach dem anderen hinterher.

Der Letzte von ihnen warf dem Menschen noch einen kurzen und äußerst merkwürdigen Blick zu, dann verschwand auch er unter der Erdoberfläche.

Vor Norrecs ungläubigen Augen verschloss sich der Riss, bis nichts mehr erkennen ließ, dass er eben noch existiert hatte.

Wandelnde Tote … eine verfluchte Rüstung … Dämonen aus der Unterwelt … Norrec hatte in der Vergangenheit des öfteren beobachtet, wenn Magie am Werk war. Er hatte auch Geschichten über finstere Kreaturen gehört, doch nichts hätte ihn auf das vorbereiten können, was geschehen war, seit er zum ersten Mal jene Höhle betreten hatte. Er wünschte, er hätte zurückkehren und das Geschehene rückgängig machen können, damit sich die untoten Wächter nie erhoben hätten. Doch Norrec wusste, dass er diese Dinge so wenig ungeschehen machen konnte, wie es ihm möglich war, sich aus der Rüstung zu schälen.

Er musste sich ausruhen. Der Marsch war beschwerlich gewesen, und nachdem er gegessen hatte, war der Antrieb geschwunden, noch weiterzuwandern. Jedenfalls für den Moment. Es war besser, wenn er jetzt schlief, um, nachdem er sich ausgeruht hatte, weiterzuziehen. Vielleicht würde er so auch einen klaren Kopf bekommen und einen Weg finden, wie er sich aus dieser Situation noch retten konnte.

Norrec setzte sich hin, lehnte sich nach hinten und streckte sich aus. Nach so vielen Jahren, die er auf Schlachtfeldern verbracht hatte, war ihm jeder Platz recht, um als Bett zu dienen. Durch die Rüstung würde es zwar unbequem werden, doch der müde Soldat hatte schon Schlimmeres durchgemacht.

„Was soll …?“

Seine Arme und Beine zwangen ihn zurück in den Stand. Norrec versuchte, sich wieder hinzusetzen, doch nichts unterhalb seines Halses wollte ihm dabei gehorchen.

Seine Arme sackten herab und baumelten hin und her, als hätte jemand alle Muskeln durchtrennt. Norrecs linker Fuß machte einen Schritt nach vorn, dann folgte sein rechter.

„Ich kann nicht weitergehen, verdammt noch mal! Ich muss mich ausruhen!“

Die Rüstung scherte sich nicht darum, sondern beschleunigte das Tempo. Links. Rechts. Links. Rechts.

„Eine Stunde! Höchstens zwei! Mehr brauche ich nicht!“

Seine Worte verhallten ungehört zwischen den Bergen und Hügeln. Links. Rechts. Ob es dem glücklosen Krieger nun gefiel oder nicht – er musste seine beschwerliche Reise fortsetzen.

Aber wohin würde sie ihn führen?

Das hätte nie geschehen dürfen, dachte Kara nervös. *Bei Rathmas Willen, das hätte nie geschehen dürfen!*

Die smaragdene Kugel, die sie beschworen hatte, um etwas zu sehen, verlieh der ganzen Situation ein noch unbehaglicheres Erscheinungsbild. Ihr ohnehin schon blasses Gesicht wurde noch fahler. Kara zog den langen schwarzen Umhang enger um sich, damit die Wärme, die er spendete, sie ein wenig tröstete. Silberne, mandelförmige Augen beobachteten unter vollen Wimpern hindurch eine Szene, die sich ihre Meister so sicher niemals vorgestellt hätten. *Das Grab ist für alle Zeit sicher,* hatten sie stets beteuert. *Wo die Elementarhexerei der Vizjerei versagt, werden unsere zuverlässigen Fähigkeiten einen Unterschied bewirken.*

Aber nun hatten die materialistischer eingestellten Vizjerei und die pragmatischen Anhänger Rathmas offenbar versagt. Das, was sie für alle Zeit den Blicken der Menschen hatten entziehen wollen, war nicht nur entdeckt, es war sogar gestohlen worden.

Oder steckte mehr dahinter? Wie mächtig konnten die Eindringlinge sein, dass sie nicht nur die Wiedergänger-Wächter zu schlagen, sondern auch die unzerbrechlichen Schutzzeichen zu zerstören vermochten?

So mächtig konnten sie nicht sein, da zwei von ihnen auf brutale Weise umgekommen waren. Die in Schwarz gekleidete Frau bewegte sich mit solcher Anmut, dass sie fast zu schweben schien, als sie sich zu dem Leichnam begab, der ihr am nächsten lag. Kara beugte sich vor und inspizierte die Überreste, nachdem sie einige schwarze Zöpfe aus ihrem Gesicht gestrichen hatte.

Der Tote war ein drahtiger Mann, ein Kriegsveteran, der zahlreiche Narben davongetragen hatte. Er stammte aus einem der Länder im fernen Westen. Auch bevor ihm jemand den Kopf einmal herumgedreht und ihm fast einen Arm ausgerissen hatte, war er kein gut aussehender Mann gewesen. Der Dolch in seiner Brust, der wie ein Musterbeispiel für Verschwendung aussah, schien sein eigener zu sein. Was ihn umgebracht hatte, vermochte nicht einmal die Nekromantin zu sagen – zumindest *noch* nicht. Die klaffende Wunde hatte stark geblutet, aber nicht in dem Maß, wie es der Fall hätte sein müssen. Doch warum erstach jemand das Opfer, nachdem ihm bereits das Genick gebrochen worden war?

Die schlanke, aber üppig proportionierte junge Frau bewegte sich leise wie der Tod durch den Raum zu dem anderen Leichnam. Den identifizierte sie sofort als einen Vizjerei, was sie keineswegs überraschte. Die Vizjerei mussten sich immer in alles einmischen, sie versuchten stets, sich mit allen Mitteln einen Vorteil gegenüber anderen zu verschaffen, was sie keineswegs zu vertrauenswürdigen Verbündeten machte. Ohne sie wäre diese Situation gar nicht erst entstanden. Bartuc und sein Bruder waren den frühen Lehren der Vizjerei gefolgt, vor allem, was deren rücksichtslosen Einsatz von Dämonen für wirkungsvolle Zauber anging. Bartuc hatte sich in dieser Hinsicht besonders hervorgetan, doch seine permanenten Kontakte mit den Finsteren hatten seine eigene Denkweise beeinflusst und ihn glauben lassen, die Dämonen seien seine Verbündeten. Sie wiederum hatten sich an seiner wachsenden Boshaftigkeit gelabt, was sie zu verwandten Seelen aus der Ebene der Sterblichen und der des Infernalischen hatte werden lassen.

Obwohl Horazon und seine Magierkollegen Bartuc getötet und seinen dämonischen Wirt besiegt hatten, war es ihnen unmöglich gewesen, den Leichnam des Kriegsherrn selbst zu zerstören. Die Rüstung, von der bekannt war, dass sie mit finsteren Zaubern belegt war, hatte versucht, weiterhin ihre Aufgabe zu erfüllen und ihren Herrn auch noch im Tod zu beschützen. Allein durch die Tatsache, dass Bartuc nicht berücksichtigt hatte, seine Kehle ausreichend zu schützen, war es seinen Feinden überhaupt erst gelungen, ihn zu enthaupten.

Da sie nun einen Kopf und einen Torso hatten, den sie nicht verbrennen konnten, waren die Vizjerei zu Karas Volk gekommen. Sie hatten den dichten Dschungel durchsucht, um die zurückgezogen lebenden Anhänger einer Hexenkunst zu finden, die Leben und Tod im Gleichgewicht hielt, eine Kunst, deren Anwender als Nekromanten beschimpft wurden. Gemeinsam arbeiteten die beiden so unterschiedlichen Parteien daran, Bartucs Überreste für immer vom Angesicht der Erde verschwinden zu lassen – und daran, vielleicht sogar die hinterlassenen Zauber des Kriegsherrn mit der Zeit völlig zu tilgen.

Kara berührte die blutige Kehle des toten Hexenmeisters und bemerkte, dass das Fleisch mit einer Brutalität herausgerissen worden war, die die der meisten Tiere überstieg. Im Gegensatz zu dem Kämpfer war der Magier zwar eines brutalen, aber schnellen Todes gestorben. Seine Augen starrten sie an und spiegelten noch immer den Schrecken dessen wider, was sie hatten mit anschauen müssen. Sein Gesichtsausdruck war eine Mischung aus Schock und Fassungslosigkeit, fast so … fast so, als habe er nicht glauben können, wer ihm das Leben nahm.

Wie konnte es aber sein, dass eine Macht einen Vizjerei töten konnte, jedoch nicht in der Lage war, die anderen Diebe aufzuhalten? Hatten sie einfach nur Glück gehabt und waren mit knapper Mühe entkommen? Kara runzelte die Stirn. Die Wiedergänger-Wächter waren fort, die Schutzzeichen zerschlagen – was hätte da noch sein können, das die Eindringlinge hätte verjagen sollen? *Was?*

Sie wünschte, die anderen wären mitgekommen, doch das war nicht möglich gewesen. Sie wurden anderswo benötigt – *überall*, wie es schien. Nicht nur in ganz Kehjistan, sondern auch in Scosglen war ein allgemeines Anwachsen finsterer Kräfte zu verzeichnen. Diejenigen, die Rathma vertrauten, waren dünner gesät als zu jedem anderen Zeitpunkt ihrer Existenz.

Damit war nur noch sie übrig, eine der Jüngsten und in ihrem Glauben am seltensten Geprüften. Zwar war es so, dass sie so wie alle, die dem Weg Rathmas folgten, von klein auf zur Selbstständigkeit erzogen wurde, doch nun befand sich Kara in einer Situation, auf die sie keine noch so umfangreiche Ausbildung und Erfahrung hätte vorbereiten können.

Doch vielleicht würde sie von diesem Vizjerei noch etwas über das erfahren, was hier geschehen war.

Sie zog einen zierlich aussehenden, aber äußerst stabilen Dolch aus ihrem Gürtel. Die schlangenförmige Klinge und der Griff waren aus dem reinsten Elfenbein geschnitzt, doch auch in diesem Punkt täuschte der äußere Eindruck. Kara hätte sich mit ihrem Dolch bereitwillig gegen jede andere Klinge gestellt, da sie wusste, dass die Zauber, die auf ihrer Waffe lagen, sie stärker und präziser machte als die meisten Messer.

Ohne Widerwillen, aber auch ohne Eifer hielt die Nekromantin die Spitze der Klinge an die blutigste Stelle der Wunde. Sie drehte das Messer so oft, bis die Spitze vollständig mit Blut bedeckt war. Dann hielt Kara den Dolch mit dem Heft nach unten und murmelte ihren Zauber.

Die dunkelrote Flüssigkeit flammte auf. Kara sprach weitere Worte und konzentrierte sich völlig auf ihre Aufgabe.

Das Blut begann sich zu verändern, begann zu wachsen. Es bewegte sich, als würde es leben – oder als würde es sich an das Leben erinnern.

Kara, die von ihren Lehrern Nightshadow genannt wurde, drehte den Dolch um und rammte ihn mit der Spitze nach unten in den Boden.

Die Klinge bohrte sich bis zur Hälfte in den Stein, als sei er so weich wie Erde. Kara machte einige Schritte nach hinten und sah zu, wie der Dolch von dem sich ausdehnenden Blut umgeben wurde, das eine annähernd *menschliche* Gestalt annahm, die etwas kleiner war als die Waffe.

Die Nekromantin beschrieb eine Reihe von Gesten in der Luft, dann sprach sie den zweiten und letzten Teil ihrer Beschwörung.

In einem aufflammenden roten Licht materialisierte eine lebensgroße Gestalt an der Stelle, an der der Elfenbeindolch aus dem Boden ragte. Die männliche Figur war von Kopf bis Fuß, die Kleidung eingeschlossen, karmesinrot, und sie starrte die Nekromantin mit leerem Blick an. Der Mann trug die Gewänder eines Hexenmeisters der Vizjerei, in die auch der Leichnam hinter ihm gehüllt war.

Kara betrachtete aufmerksam das Phantasma, das Ähnlichkeit mit dem toten Magier aufwies. Sie hatte das zuvor erst einmal gemacht, noch dazu unter wesentlich besseren Bedingungen. Was vor ihr stand, hätten die meisten Sterblichen als Geist bezeichnet, doch das war nur teilweise zutreffend. Das, was aus dem Blut des Opfers herausgefiltert worden war, enthielt tatsächlich Spuren vom Geist des Toten, aber es hätte viel mehr Zeit und Aufwand gebraucht, einen echten Geist heraufzubeschwören. Kara stand unter Zeitdruck, war aber hoffnungsvoll, dass das Phantasma ihre Fragen beantworten konnte.

„Nenne deinen Namen!“, forderte sie es auf.

Der Mund bewegte sich, doch ihm entwich kein Laut. In ihrem Kopf aber formte sich eine Antwort.

Fauztin …

„Was ist hier geschehen?“

Das Phantasma starrte sie an, antwortete jedoch nicht. Kara verfluchte sich im Geiste, als ihr einfiel, dass es nur einfache Antworten auf die von ihr gestellten Fragen geben konnte. Sie holte tief Luft, dann fragte sie: „Hast du die Wiedergänger vernichtet?“

Einige von ihnen …

„Wer hat die anderen niedergestreckt?“

Zögern, dann …*Norrec.*

Norrec? Der Name sagte ihr nichts. „Ein Vizjerei? Ein Hexenmeister?“

Zu ihrer Überraschung schüttelte die spektrale Form ganz leicht den karmesinroten Kopf. *Norrec … Vizharan …*

Wieder der Name. Der zweite Teil, *Vizharan*, bedeutete in der alten Sprache *Diener der Vizjerei*. Doch diese Information half Kara nicht weiter. Sie war in eine Sackgasse geraten, also widmete sie sich einem anderen und viel drängenderen Problem. „Hat dieser Norrec die Rüstung vom Podest genommen?“

Wieder schüttelte das Phantasma schwach den Kopf. Kara runzelte die Stirn, da sie sich nicht daran erinnern konnte, etwas Derartiges in ihrer Ausbildung gehört zu haben. Vielleicht lag es daran, dass er ein Vizjerei gewesen war. Sie dachte sorgfältig über ihre nächste Frage nach. Angesichts der Grenzen eines Phantasmas wurde der Nekromantin klar, dass sie Tag und Nacht damit verbringen konnte, Fragen zu stellen, ohne eine einzige für ihre Mission wertvolle Information zu erhalten. Sie würde sich …

Aus dem Durchgang hinter ihr erklang ein Geräusch.

Die junge Zauberin wirbelte herum. Einen winzigen Augenblick glaubte sie, dort ein bläuliches Licht zu sehen, aber es war so schnell wieder verschwunden, dass Kara sich ernsthaft fragte, ob sie es sich nicht nur eingebildet hatte. Vielleicht war es auch einfach nur ein Glühwürmchen oder ein anderes Insekt gewesen, aber …

Vorsichtig näherte Kara sich dem Tunnel und spähte in die Finsternis. War sie zu überstürzt vorgegangen, indem sie sich sofort in den Hauptraum begeben hatte? Hielt sich dieser Norrec womöglich draußen versteckt und wartete, dass jemand herkam?

Es war absurd, doch Kara war sich völlig sicher, dass sie ein Geräusch gehört hatte.

In diesem Augenblick vernahm sie es wieder, nun aber weiter entfernt im Durchgang.

Kara murmelte einen Zauber und ließ eine zweite smaragdene Kugel entstehen, die sie sofort in den Korridor wirbelte. Während die Kugel voraneilte, folgte die dunkelhaarige Frau ihr einige Schritte weit und versuchte, etwas zu erkennen.

Es gab noch immer keinen Hinweis auf einen weiteren Eindringling, doch Kara konnte kein Risiko eingehen. Jemand, der so mühelos einen Vizjerei tötete, stellte eine ernste Gefahr dar. Sie konnte diese Möglichkeit einfach nicht ausschließen. Sie atmete durch und machte sich auf den Weg durch den mit Steinen übersäten Durchgang …

… um Augenblicke später in der Bewegung zu erstarren, als ihr ihre Gedankenlosigkeit bewusst wurde. Kara hatte ihren kostbaren Dolch zurückgelassen, ohne den sie sich einem möglichen Widersacher nicht entgegenstellen wollte. Er bot ihr nicht nur in weltlicher und magischer Hinsicht Schutz, sondern sie lief auch Gefahr, dass derjenige, der sich außer ihr in der Grabstätte aufhielt, die Waffe an sich nahm.

Rasch kehrte sie in die Kammer zurück und war im Geiste mit dem Zauber beschäftigt, der das Phantasma verschwinden ließ, als sie feststellte, dass die karmesinrote Gestalt längst verschwunden *war*.

Kara machte einen weiteren Schritt, als ihr bewusst wurde, was sonst noch nicht stimmte: Mit dem Phantasma war ihr wertvoller Dolch verschwunden, natürlich, aber das war bei weitem nicht alles, was sie die Augen weit aufreißen ließ und sprachlos machte.

Der Leichnam des Hexenmeisters Fauztin und der seines kleineren Begleiters waren ebenfalls verschwunden!

VIER

Die Sandschlange bahnte sich ihren Weg rasch durch die sich verändernde Wüste. Ihre unablässigen Bewegungen hinderten die Hitze der sandigen Oberfläche daran, ihre Unterseite zu verbrennen. Bislang war die Jagd wenig erfolgreich verlaufen, und nachdem die Sonne nun noch höher am Himmel stand, blieb der Schlange keine andere Wahl, als vorübergehend Schutz vor der Gluthitze zu suchen. Erst wenn es wieder etwas abgekühlt hatte, konnte sie weiter nach Beute jagen und vielleicht eine Maus oder einen Käfer erlegen. Niemand konnte in der Wüste lange ohne Nahrung auskommen, doch sie zu finden, war hier schon immer ein schwieriges Unterfangen gewesen.

Die Schlange trieb sich voran und erklomm die nächste Düne. Sie wusste, dass sie nur noch Minuten vom Schatten entfernt war. Wenn sie diese Hürde überwunden hatte, würde sie in Sicherheit sein.

Plötzlich geriet der Sand unter der Schlange in Bewegung.

Beißzangen, über einen Fuß lang, schlossen sich fest um die Mitte der Schlange. Diese zuckte heftig hin und her und versuchte, sich zu befreien. Ein monströser Kopf schob sich aus dem Sand, gefolgt vom ersten Paar nadeldünner Beine.

Die Schlange zappelte weiter, zischte und versuchte, ihr Gift einzusetzen. Ihre Zähne vermochten den Chitinpanzer des riesigen Gliederfüßers jedoch nicht zu durchdringen.

Ein Bein wurde auf die hintere Hälfte der Schlage gestellt.

Das gewaltige Raubtier riss abrupt den käferartigen Kopf herum, während die Beißzangen fester zusammengedrückt wurden.

Die blutige vordere Hälfte der Schlange, die immer noch zischte, fiel in den Sand.

Der schwarz-rote Gliederfüßer kam nun völlig aus seinem Versteck und widmete sich der Aufgabe, seine Beute an einen Ort zu schleppen, an dem er sie genüsslich verspeisen konnte. Mit seinen vorderen Extremitäten wollte das fast sieben Fuß lange Raubtier die hintere Hälfte der Schlange vor sich her schieben, als plötzlich ein Schatten auf die hässliche Kreatur fiel. Sofort drehte sie ihren massigen Kopf und spie nach dem Fremden.

Das ätzende Gift spritzte gegen das ein wenig zerlumpte Seidengewand eines bärtigen älteren Mannes mit wildem Blick und einer langen Nase, die fast an einen Schnabel erinnerte. Er sah kurz auf die Bescherung, dann bewegte er eine knorrige Hand darüber. Im nächsten Moment war das ätzende Gift verschwunden und der von ihm angerichtete Schaden behoben.

Wässrigblaue Augen betrachteten das wütende Insekt.

Rauchfahnen stiegen von dem Panzer auf, und die käferartige Kreatur stieß ein schrilles Kreischen aus. Ihre spindeldürren Beine zappelten; sie versuchte zu fliehen. Doch der Körper schien ihr nicht länger zu gehorchen. Die Beine gaben nach, der Rumpf fiel in sich zusammen. Teile des riesigen Insekts begannen zu schmelzen, als würde es nicht länger aus robuster Schale und Fleisch bestehen, sondern aus nachgiebigem Wachs, das in heißer Sonne zerlief.

Der kreischende Gliederfüßer fiel zu einem geschmolzenen Haufen zusammen. Die Beißzangen, die für die Schlange so todbringend gewesen waren, wurden zu einer schwarzen Flüssigkeit, die der Sand begierig aufsog. Schließlich verstummten die Schreie der sterbenden Kreatur. Die zerlumpte Gestalt sah zu, wie sich auch die letzten Reste des eben noch so gefährlichen Raubtiers gänzlich auflösten und ebenso wie die wenigen Regentropfen verdunsteten, die einmal im Jahr versuchten, dem ausgedörrten Land Linderung zu verschaffen.

„Sandgrillen. Es gibt längst viel zu viele von ihnen. Überall so viel Böses", murmelte der weißhaarige Patriarch. „So viel Böses hier draußen. Ich muss vorsichtig sein, sehr vorsichtig."

Er ließ die erbeutete Schlange und ihren glücklosen Jäger hinter sich zurück und steuerte die nächste Düne an, die nicht weit entfernt lag. Als sich der bärtige Eremit näherte, wuchs die Düne auf einmal, wurde höher und höher, bis sie eine Tür bildete, die geradewegs in die Unterwelt zu führen schien.

Seine blassblauen Augen spähten über die furchteinflößende umliegende Landschaft – und dem Mann lief ein Schauer über den Rücken. „So viel Böses … ich muss wirklich äußerst vorsichtig sein."

Er stieg in die Düne hinab, die sich sofort zu schließen begann, nachdem er die Öffnung durchschritten hatte, und Momente später wieder völlig unberührt aussah.

Währenddessen sorgte der Wüstenwind dafür, dass sich die Landschaft ringsum fortwährend veränderte. Die Schlange und die Sandgrille gesellten sich bereits zu unzähligen anderen vergessenen Kreaturen, für die diese staubige Region zum Grab geworden war.

Die Berge lagen weit hinter Norrec, auch wenn er sich kaum daran erinnerte. Irgendwann hatte er vor Erschöpfung das Bewusstsein verloren, doch die Rüstung war offenbar eigenständig weitermarschiert. Ungeachtet der Tatsache, dass er selbst nichts willentlich dazu beigetragen hatte, schmerzte jeder Muskel in seinem Leib, und sämtliche Knochen fühlten sich an wie gebrochen. Seine Lippen waren vom beständigen Wind rissig, während der Rest des Körpers nass geschwitzt war. Norrec sehnte sich danach, die Rüstung abzulegen, um sich von ihr befreit bewegen zu können, doch er wusste, dass es ein sinnloser Traum war. Die Rüstung würde mit ihm das machen, was *sie* entschied.

Nun stand er auf einem Hügelkamm und blickte hinab auf die ersten Anzeichen von Zivilisation seit vielen Tagen: ein abstoßendes Gasthaus, ein Ort, der für Banditen und Straßenräuber besser geeignet war denn für einen ehrlichen Krieger wie ihn selbst. Doch da die Nacht bald anbrechen würde und Norrec hoffnungslos erschöpft war, wurde der Rüstung offenbar endlich bewusst, dass sie auf die Schwächen ihres menschlichen Wirtes Rücksicht nehmen musste.

Ohne großes Verlangen machte sich Norrec auf den Weg zu dem Gebäude. Drei verdrießlich dreinblickende Pferde waren in der Nähe angebunden, ein weiteres tat in einem dahinter liegenden armseligen Stall lautstark sein Missfallen kund. Norrec wünschte, er hätte sein Schwert bei sich getragen, doch die Rüstung hatte sich nicht die Mühe gemacht, es ihn aufheben zu lassen, als sie mit ihm aus dem Grab gegangen war.

Kurz bevor er die Tür erreicht hatte, gaben plötzlich seine Beine unter ihm nach. Norrec konnte sich noch eben fangen, und ihm wurde bewusst, dass Bartucs verdammungswürdige Rüstung ihm das zweifelhafte Geschenk gemacht hatte, aus eigener Kraft einzutreten – wohl um nicht aufzufallen.

Hunger und Schlaf waren Norrec in diesem Moment wichtiger als sein Stolz, und so öffnete der Soldat die Tür. Finstere und misstrauische Gesichter schauten ihm entgegen; sie gehörten einer Mischung aus den Rassen des Ostens, aber auch aus denen von der anderen Seite der Zwillingsmeere. Norrec erkannte, dass alle vier Bastarde waren, und auch wenn er keinen Mann nach seiner Herkunft beurteilen wollte, machte ihm diese Gruppe nicht den Eindruck, als wäre es ratsam gewesen, sich zu ihr zu setzen.

Die Art von Lokal, wo man sich sogar vor der Kellnerin in

Acht nehmen muss! hätte Sadun Tryst gescherzt, um sich dann ungerührt zu jedem an den Tisch zu setzen, der ihm etwas zu trinken anbot.

Doch Sadun war tot.

„Mach die Tür zu oder scher dich wieder raus!“, zischte der Mann, der ihm am nächsten saß.

Norrec gehorchte, da er nicht auf eine Konfrontation aus war. Der übermüdete Krieger zwang sich, so aufzutreten, als sei er soeben nach einem langen Ritt abgestiegen, und schritt mit hoch erhobenem Kopf durch den Schankraum. Sein Körper schrie bei jeder Bewegung vor Schmerzen, doch niemand sollte es merken. Norrec war fast sicher, dass diese Männer es sofort ausgenutzt hätten, wenn er sich auch nur eine Spur von Schwäche anmerken ließ.

Er näherte sich dem Mann, den er für den Schankwirt hielt, eine hoch aufragende, stämmige Gestalt, die noch erschreckender wirkte als die Gäste. Der Mann stand hinter einer abgenutzten, zerkratzten Theke. Ein Büschel schmutzigbraunen Haars lugte unter einer alten Kappe hervor. Glupschaugen sahen Norrec aus einem rundlichen, hundeähnlichen Gesicht an. Beim Eintreten war Norrec ein durchdringender Geruch aufgefallen, und nun begriff er, dass dieser Mann ihn verströmte.

Hätte er sicher sein können, dass seine Rüstung ihn gewähren ließ, dann wäre er auf der Stelle wieder hinaus marschiert.

„Und?“, murmelte der Gastwirt und kratzte sich an seinem gewaltigen Bauch. Sein Hemd war mit Flecken aller Art übersät und unter den Armen aufgerissen.

„Ich brauche etwas zu essen.“ Das war das, was Norrec in der Tat am dringendsten benötigte.

„Und ich brauche dafür bare Münzen.“

Münzen! Der verzweifelte Soldat kämpfte gegen das aufsteigende Entsetzen an. Auch seine Barschaft war bei den blutigen Leichen seiner Gefährten zurückgeblieben.

Plötzlich schoss seine linke Hand vor, und der Handschuh schlug so fest auf die Theke, dass der Gastwirt zusammenzuckte. Die Männer, die an den Tischen verteilt saßen, sprangen auf; einige griffen nach ihren Waffen.

Der Handschuh zog sich zurück … und auf der Theke lag eine alte Münze, eindeutig aus *Gold*.

Norrec erholte sich als Erster von dem Schreck und sagte: „Und ein Zimmer brauche ich ebenfalls."

Er spürte, dass jedes Augenpaar im Raum auf die Münze gerichtet war und verfluchte einmal mehr die Rüstung. Wenn sie schon aus dem Nichts Reichtum zu erschaffen vermochte, dann doch wenigstens in einer Form, die nicht so verdächtig gewesen wäre wie ein Stück reinen Goldes! Wieder wünschte er sich, sein Schwert oder wenigstens ein gutes Messer mit sich zu führen.

„Hinten im Kessel hab' ich noch Eintopf." Mit einem Kopfnicken deutete der bärenhafte Riese zur Küche. „Und im zweiten Stock ist noch ein Zimmer frei. Erste Tür rechts."

„Ich werde dort essen."

„Wie Ihr wollt."

Der Wirt verschwand kurz in der Küche, aus der er mit einem schmutzigen Teller zurückkehrte, auf dem etwas lag, das noch übler roch als er selbst. Norrec nahm es dennoch dankbar entgegen, da er mittlerweile so hungrig war, dass er sogar die von den Kobolden verstümmelte Ziege gegessen hätte.

Den Teller in der Armbeuge, folgte Norrec den Anweisungen des Wirts, um zu seinem Zimmer zu gelangen. Während er die knarrende Treppe hinaufging, hörte er aus dem Schankraum gedämpftes Gemurmel. Die Goldmünze war keinem der Männer entgangen.

Das Zimmer war so schäbig, wie Norrec es erwartet hatte: eine düstere, staubige Abstellkammer mit einem dermaßen verdreckten Fenster, dass er nicht nach draußen sehen konnte. Das Bett wirkte, als würde es jeden Moment zusammenbrechen, und die einst weißen Laken waren längst von einem Grauschleier überzogen, der sich nicht mehr herauswaschen ließ. Eine einzige Öllampe verbreitete so schwaches Licht, dass sie gerade ihre unmittelbare Umgebung erhellte, während der Rest des Raumes in fast völliger Dunkelheit lag.

Da es weder Tisch noch Stuhl gab, ließ sich Norrec vorsichtig auf dem Bett nieder und begann, seine Mahlzeit mit dem Löffel zu essen. Auch wenn es undenkbar schien, schmeckte der Fraß tatsächlich noch abscheulicher, als er es für möglich gehalten hätte – aber wenigstens schien er noch frisch genug zu sein, um sich nicht damit umzubringen.

Das Bedürfnis, endlich zu schlafen, wurde immer mächtiger, je mehr er aß. Norrec musste sich mit aller Kraft wachhalten, um aufessen zu können. Als der Teller leer war, stellte er ihn vorsichtig auf dem Fußboden ab und ließ sich nach hinten sinken. Trotz der Sorge, die ihm die Männer im Schankraum bereiteten, gewann die Erschöpfung schon bald die Oberhand.

Und während er in den Schlaf abglitt, begann Norrec zu träumen.

Er sah sich als Befehlshaber einer infernalischen Armee, die entsetzlicher war als alles, was seine Phantasie hätte ersinnen können. Schuppige, alptraumhafte Abscheulichkeiten, die nach Blut dürsteten – Blut, das Norrec ihnen nur allzu bereitwillig geben wollte. Es waren Dämonen, doch sie unterstanden seiner völligen Kontrolle. Für ihn würden sie Städte dem Erdboden gleichmachen, in seinem Namen würden sie die Bewohner abschlachten. Selbst die Höllen würden die Macht des Kriegsherrn des Blutes anerkennen, seine …*Bartucs* Macht.

Dieser Gedanke half dem Soldaten endlich, sich dem Traum zu entwinden. Er könnte niemals Bartuc sein! Und ihn würde auch niemals nach einem solchen Terror verlangen! Niemals!

Dennoch … eine solche absolute Macht hatte auch etwas Verführerisches an sich …

Norrecs Ringen mit sich selbst fand glücklicherweise ein Ende, als ihn ein Geräusch wieder vollends aus dem Schlaf riss. Er öffnete die Augen und lauschte angestrengt. Er wusste nicht, was er gehört hatte, da es nur leise und in gewisser Weise unbedeutend gewesen war. Dennoch hatte sein Unterbewusstsein es registriert und reagiert.

Dann hörte er es wieder, auch wenn es durch die geschlossene Tür kaum vernehmbar war.

Es gab noch weitere Zimmer auf dieser Etage, doch die Männer im Schankraum waren Norrec nicht so erschienen, dass er ihnen das rücksichtsvolle Gehen auf Zehenspitzen, nur um seinen Schlaf nicht zu stören, zugetraut hätte. Nein, Höflichkeit war diesen Spießgesellen fremd. Wären sie gedankenlos umhergestampft, hätte er sich nichts weiter dabei gedacht. Doch dieses *behutsame* Auftreten war für den Kämpfer Grund genug zur Annahme, dass die Männer etwas im Schilde führten, was ihm gar nicht gefallen würde.

Wenn ein erschöpfter Reisender schon *eine* Goldmünze besaß, dann gab es sicher auch noch mehr davon …

Norrecs Hand tastete nach der Stelle, an der sich sein Schwert hätte befinden müssen – doch vergebens. Damit war er völlig auf den Schutz durch die Rüstung angewiesen, was ihm kein allzu großes Vertrauen einflößte. Vielleicht würde die Rüstung einen der Diebe sympathischer als neuen Träger finden und dazu beitragen, dass er, Norrec, ruhig getötet werden konnte …

Das Knarren verstummte.

Norrec stand so leise auf, wie er nur konnte.

Zwei Männer mit gezückten Messern traten die morsche Tür ein und stürmten sofort auf die Gestalt vor ihnen los. Hinter dem Paar tauchte ein dritter Schurke auf, der ein kurzes Krummschwert in der Hand hielt. Jeder der Angreifer konnte es, was Größe und Muskelkraft anging, mit dem sich erhebenden Kämpfer aufnehmen, und sie hatten noch dazu den Vorteil, ihn in einem Zimmer zu stellen, dessen Fenster zu klein war, als dass es Norrec als Fluchtweg offen gestanden hätte.

Er hob eine Faust, nicht bereit, sich kampflos zu ergeben … und im gleichen Moment hielt er ein langes Säbelschwert mit geriffelter Klinge darin! Norrec führte die Klinge so schnell nach unten, dass er selbst, ebenso wie sein erster Gegner nur mit weit offenem Mund zusehen konnten.

Die Klinge fraß sich durch den Angreifer, zerschnitt mühelos Fleisch und Sehnen. Eine klaffende Wunde zog sich so rasch über die gesamte Brust des Räubers, und das Blut schoss regelrecht aus ihm hervor, dass er einen Augenblick benötigte, um überhaupt zu begreifen, was geschehen war.

Der erste Angreifer sank bereits zu Boden, während die anderen noch Mühe hatten zu verstehen, dass sich das launische Glück gewendet hatte. Der Mann mit dem Dolch wollte zurückweichen, doch der dritte der Gruppe drängte ihn nach vorn, damit er sich Norrec stellte. Norrec hätte den Banditen warnen können, dass dies ein Fehler sei, doch da war der Kampf zwischen ihnen schon entbrannt.

Ein bis zwei Attacken schien alles zu sein, was die Rüstung ihren Gegnern zugestand. Als der Eindringling ein drittes Mal zuschlagen wollte, drehte sich Norrecs behandschuhte Faust heftig hin und her. Das Schwert beschrieb einen irrsinnigen Zickzack-Kurs, und im nächsten Moment strömte das Blut aus einer tiefen Wunde, die von der Kehle bis zur Taille verlief. Der Getroffene taumelte nach hinten und ließ sein Schwert fallen, während er versuchte, das Unausweichliche zu verhindern.

Als könne sie das Ende nicht erwarten, hob sich Norrecs Hand ein weiteres Mal, und der Kopf des Gegners schlug auf dem Fußboden auf und rollte in eine Ecke, wo er liegen blieb. Der immer noch aufrechte Leib kippte erst jetzt nach vorn und fiel.

„Bei den Göttern!“, brachte der Soldat hervor.

Dem dritten Eindringling war längst klar, welche Chance er

noch hatte. Er eilte zur Tür. Norrec wollte ihn entkommen lassen, um nicht noch mehr Blut zu vergießen, doch die Rüstung war anderer Meinung, ließ ihn über die beiden Toten hinwegspringen und die Verfolgung aufnehmen.

Am Fuß der Treppe versuchte der dritte Räuber, an dem Wirt vorbeizukommen, der anscheinend wissen wollte, warum die Kerle versagt hatten. Beide blickten nach oben zu der karmesinroten Gestalt, die sich ihnen mit lodernder Klinge näherte. Der Wirt holte ein Langschwert hervor, das so gewaltig war, dass Norrec für einen Moment glaubte, die Rüstung könnte ihre Unverwundbarkeit überschätzt haben. Der andere Mann wollte seine Flucht fortsetzen, doch ein fünfter, der plötzlich hinter dem Gastwirt zu sehen war, drängte ihn zurück.

Wenn sie erwartet hatten, auf der Treppe gegen ihn kämpfen zu können, wurden sie enttäuscht, da Norrec gegen seinen Willen mit den Füßen voran auf die Gruppe zusprang. Zwei von ihnen wichen rechtzeitig zurück, doch der Überlebende des ersten Trios war zu entsetzt, um sich von der Stelle zu rühren.

Die finstere Waffe machte mit ihm kurzen Prozess; die Klinge bohrte sich durch seinen Leib und trat am Rücken aus, bevor sie schwungvoll wieder zurückgezogen wurde.

„Seine Rechte!“, keuchte der schwergewichtige Wirt. „Seine Rechte!“

Der andere Schwertkämpfer gehorchte, doch Norrec wusste genau, was sie planten. Ein Angriff von zwei Seiten zugleich sollte den Soldaten ablenken. Einer von beiden würde sicher einen Treffer landen, am ehesten wohl der Wirt, dessen Waffe fast die doppelte Reichweite hatte wie die schwarze Klinge.

„Jetzt!“ Beide Männer schlugen gleichzeitig zu, der eine zielte auf Norrecs Kehle, der andere auf seine Beine, wo die Rüstung nicht den ganzen Körper bedeckte. Offenbar hatten die beiden Männer schon zuvor Seite an Seite gekämpft, so wie es Norrec bei Sadun und Fauztin gewohnt gewesen war. Wäre er auf sich allein gestellt gewesen, hätte Norrec längst sein Leben eingebüßt. Doch Bartucs Rüstung war mit ihm und kämpfte mit einer Rasanz und Präzision, mit der es kein Mensch aufzunehmen vermochte. So zwang Norrec nicht nur die gigantische Klinge seines größeren Gegners nieder, sondern fand auch noch Zeit, den Hieb des zweiten Angreifers abzuwehren. Noch erstaunlicher aber war, dass die Rüstung dieser Aktion einen Schlag nachfolgen ließ, der die Klinge in die Kehle des kleineren Mannes trieb …

Als sein Kumpan zu Boden ging, verlor der Gastwirt etwas von seiner Entschlossenheit. Er bedrohte Norrec zwar immer noch mit seinem Schwert, doch gleichzeitig zog er sich Schritt um Schritt zurück. Die Rüstung schob Norrec in gleicher Weise *vorwärts*, bedrängte aber den letzten Kontrahenten erstaunlicherweise nicht weiter.

Der Wirt riss die Tür auf und floh in die Nacht. Norrec erwartete, dass Bartucs Rüstung doch noch die Verfolgung aufnehmen würde, doch sie wandte sich um und kehrte zu einer Stelle zurück, wo einer der Toten lag. Als Norrec sich neben der Leiche niederkniete, verschwand die Klinge, und er hatte beide Hände frei.

Zu seinem Entsetzen bohrte sich ein Finger des Handschuhs tief in die tödliche Wunde und zog sich erst zurück, als fast der gesamte vordere Teil blutbesudelt war. Der Finger bewegte sich hinüber zum Holzboden und begann, ein Muster zu zeichnen.

„Heyat tokaris!“, sprudelte es plötzlich aus Norrecs Mund hervor. *„Heyat grendel!“*

Die Rüstung wich zurück, während von dem blutigen Muster grünlicher Rauch aufstieg, der rasch Arme, Beine und dann einen langen Schwanz und Flügel ausbildete. Ein reptilienhaftes Gesicht mit zu vielen Augen glotzte Norrec geringschätzig an. Der Ausdruck schwand jedoch sofort, als der Dämon erkannte, was da vor ihm stand.

„Krrriegsherrrrr …“, rasselte die Kreatur und kniff ihre knolligen Augen ein wenig zusammen. „Krrriegsherrrrr?“

„Heskar, grendel! Heskar!“

Der Dämon nickte. Und ohne ein weiteres Wort zu verlieren, begab sich das monströse Etwas zur offenen Tür. Norrec hörte aus weiter Ferne den hektischen Hufschlag fliehender Pferde.

„Heskar!“, forderte sein Mund erneut.

Der reptilienhafte Schrecken verließ das Gasthaus und hetzte los, breitete seine Flügel aus und flog dem Nachthimmel entgegen.

Norrec musste nicht überlegen, welchen Auftrag das Wesen erhalten hatte. Auf Bartucs Befehl hin hatte es sich auf die Jagd begeben.

„Tu es nicht!“, flüsterte er, da er sicher war, dass der Geist, der dieser Rüstung innewohnte, ihn hören konnte. „Lass ihn gehen!“

Die Rüstung wandte sich wieder dem ersten Leichnam zu.

„Verdammt! Lass ihn entkommen, er ist die Mühe nicht wert!“

Die Rüstung schien sein Flehen zu ignorieren und kniete sich wieder neben dem Toten nieder. Die Hand, die die Wunde zuvor mit einem Finger berührt hatte, drückte sich jetzt ganz in das rohe Fleisch, damit sie komplett mit Blut bedeckt wurde.

Von draußen war der panische Schrei eines Menschen zu hören. Er endete abrupt und für immer.

In Norrecs anderer Hand nahm eine neue Waffe Gestalt an – ein scharlachroter Dolch mit doppelter Spitze.

Das Flattern der Flügel kündete von der Rückkehr des Dämons, doch Norrec konnte den Kopf nicht weit genug drehen, um etwas zu erkennen. Er hörte die Kreatur schwer atmen, und er vernahm, wie sie ihre ledernen Flügel zusammenfaltete, als sie sich im Schankraum niederließ.

„Nestu veraki …“ Der Dolch bewegte sich auf die Kehle des Toten zu. *„Nestu verakuu …“*

Der Soldat schloss die Augen und betete um seiner selbst willen. Er hatte sich an genügend Einzelheiten erinnert, die den Tod seiner Freunde betrafen, um zu ahnen, was als Nächstes geschehen würde. Norrec wollte das nicht mit ansehen, und am liebsten wäre er weggelaufen.

„Nestu hanti …“

Doch er konnte nichts tun, außer zu versuchen, nicht seinen Verstand und seine Seele zu verlieren.

„Nestu hantiri …“

Der Dolch drang tief in die Kehle des Banditen ein.

General Augustus Malevolyn erhob sich aus dem Meer von Kissen und überließ Galeona den Träumen, die eine Hexenmeisterin wie sie haben mochte. Ohne ein Geräusch zog er sich an und verließ das Zelt.

Zwei Wachen gingen in Habachtstellung, die Augen stur geradeaus gerichtet. Malevolyn nickte ihnen nur knapp zu und schritt weiter.

Eine Zeltstadt breitete sich nach Westen aus, das einzige Zuhause für die treuen Gefolgsleute des Generals. Auch wenn er ein Edelmann ohne Land war, hatte er es doch geschafft, eine Streitmacht auf die Beine zu stellen, die in den Westlichen Königreichen ihresgleichen suchte. Für einen angemessenen Preis hatte er der Sache jedes beliebigen Herrschers gedient und das Geld zusammengespart, das nötig war, um seine hohen Ambitionen zu verwirklichen. Nun war der Moment gekommen, an dem er sich schwor, niemals wieder einem anderen zu dienen und eines Tages Gebieter über mehr als nur diesen wertlosen Flecken Land zu sein.

Der General spähte nach Süden, wo die weite Wüste von Aranoch lag. Seit einiger Zeit fühlte er sich in diese Richtung hingezogen, und der Grund war nicht allein die Tatsache, dass die wohlhabende Stadt Lut Gholein dort in Reichweite lag. Lut

Gholein befand sich zwar in der Nähe der Wüste, grenzte aber auch an die Zwillingsmeere. Da das Königreich zudem auf einem fruchtbaren Streifen Land lag, war es binnen kürzester Zeit aufgeblüht.

Wiederholt hatten Möchtegern-Eroberer den Versuch unternommen, sich die Reichtümer einzuverleiben, doch jede diesbezügliche Bemühung hatte sich zu einer Katastrophe entwickelt. Lut Gholein wurde nicht nur hervorragend verteidigt, sondern schien auch eine gefeite Existenz zu führen. Malevolyn war fast sicher, dass dieser Schutz auf Hexerei zurückging. Etwas wachte über die Stadt.

Und dieses Etwas reizte nun den Kommandanten. Auf irgendeine Weise war es mit seinem Verlangen verbunden, Bartucs Vermächtnis an sich zu reißen und es sich zu eigen zu machen. Malevolyn träumte davon und stellte immer wieder fest, wie häufig seine Gedanken darum kreisten.

„Bald“, sagte er leise zu sich selbst. „Bald …“

Und was willst du mit dem Vermächtnis anfangen?, ging es ihm durch den Kopf. *Willst du Bartuc nachahmen? Seine Fehler ebenso wiederholen wie seine Siege?*

„Nein …“ Das würde er nicht machen. So mächtig der Kriegsherr auch gewesen war und so viele Dämonen er auch befehligt hatte, so hatte Bartuc doch ein Mangel angehaftet, über den der General nicht hinwegsehen konnte. Bartuc war kein Karrieresoldat gewesen. Der bejubelte Kriegsherr des Blutes war in erster Linie ein *Hexenmeister* gewesen. Magier waren nützlich, vor allem Galeona, doch sie waren auch wankelmütig und zu sehr auf ihre Künste fixiert. Ein wahrer Kommandant musste in der Lage sein, sich auf das Schlachtfeld zu konzentrieren, auf die strategischen Erfordernisse, um so auf plötzliche Verschiebungen der Kräfteverhältnisse reagieren zu können. Aus diesem Grund war Augustus Malevolyn unfähig gewesen, mit seinen magischen Kräften nennenswerte Fortschritte zu erlangen: der militärischen Karriere hatte seine wahre Leidenschaft gegolten.

Aber mit der Rüstung, mit der Magie von Bartuc könntest du mehr *sein als er. Die perfekte Verschmelzung von Soldat und Hexenmeister! Du könntest Bartuc noch übertreffen …*

„Jaaaa … jaaaa …“ Der General stellte sich vor, wie sein Bild für immer in die Herzen und in den Verstand zukünftiger Generationen eingebrannt sein würde. General Augustus Malevolyn, Herrscher über die *Welt!*

Selbst die Dämonen würden sich vor dir verbeugen und dich Meister nennen.

Dämonen. Ja, wenn die Rüstung erst einmal sein war, würde sicherlich schon bald die Fähigkeit folgen, Dämonen heraufzubeschwören. Die Träume, die er seit dem ersten Tragen des Helmes erlebt hatte, deuteten alle darauf hin. Die Macht würde ihm gehören, sobald der Helm mit der Rüstung und ihren Zaubern zusammengeführt wurde.

Die Rüstung … Er zog die Augenbrauen zusammen. Er brauchte die Rüstung!

Irgendein Narr trug sie in diesem Moment.

Malevolyn würde den ahnungslosen armen Teufel finden und ihm die Rüstung Stück für Stück vom Leib reißen. Dann würde er den Kretin mit der Ehre belohnen, der Erste zu sein, der vom neuen Kriegsherrn des Blutes getötet wurde.

Ja, der General würde den Tod dieses Narren zu etwas Denkwürdigem gestalten.

Augustus Malevolyn ging weiter und träumte von Ruhm und von den finsteren Mächten, über die er schon bald gebieten würde. Doch während er träumte, begutachtete er das Lager höchst aufmerksam. Ein guter Anführer sorgte immer dafür, dass in seinen Reihen Nachlässigkeiten keinen Platz fanden. Wenn scheinbar nebensächliche Dinge übersehen wurden, konnten ganze Imperien vergehen.

So genau er auch darauf achtete wie seine loyalen Soldaten ihre Aufgaben erledigten, entging ihm dennoch der Schatten, der nicht von den zuckenden Fackeln geworfen wurde. Und er merkte auch nicht, dass dieser eigenständige Schatten Augenblicke zuvor dicht hinter ihm gestanden hatte, um dem General das zuzuflüstern, was er für seine eigenen Überlegungen, Fragen und Träume gehalten hatte.

Der Schatten des Dämons Xazax bewegte sich auf Galeonas Zelt zu. Mit seinem Werk in dieser Nacht war er mehr als zufrieden. Dieser Mensch bot einige interessante Möglichkeiten, die er weiter erforschen wollte. Ihm war vor langer Zeit klar geworden, dass Bartucs Rüstung niemals einen echten Dämon als Meister anerkennen würde, denn auch wenn der Kriegsherr an die Höllen geglaubt hatte, war er nicht bereit gewesen, einem anderen als sich selbst zu vertrauen. Wenn der Geist von Bartuc auch nur zum Teil in der alten Rüstung erhalten geblieben war, dann war ein empfänglicher menschlicher Wirt erforderlich, auch wenn die Körper der Menschen so zerbrechlich und kurzlebig waren.

Der General wollte Kriegsherr spielen. Das passte in Xazax' Pläne. Die Hexe war für andere Dinge nützlich, aber ein *Nachfolger* für den blutrünstigen Bartuc, das wäre die Körnung von allem gewesen …

Xazax' Meister, Belial, würde seinen bescheidenen Diener für eine solche Entdeckung großzügig entlohnen. Nicht nur, dass der Bürgerkrieg in den Höllen gegen Azmodan einen unerfreulichen Verlauf genommen hatte – es kursierten auch besorgniserregende Gerüchte, das Erzböse, Diablo, sei aus seinem sterblichen Gefängnis entkommen. Wenn dem so war, dann würde Diablo versuchen, seine Brüder Baal und Mephisto zu befreien, um dann gemeinsam alles daranzusetzen, deren Throne von Azmodan und Belial zurückzuerobern. Die drei würden nicht nachsichtig mit Dämonen umgehen, welche den rebellischen Leutnants so treu gedient hatten. Und wenn Belial fiel, dann würde auch Xazax fallen …

„Wo warst du? Was hast du getan?“

Der Schatten hielt im Eingang zum Hort der Hexenmeisterin kurz inne. „Dieser eine hat viele Aufgaben zu erledigen und kann nicht immer auf Zuruf zur Verfügung stehen, menschliche Galeona …“ Er erzeugte einen knackenden Laut, der an den einer Sandgrille erinnerte, die im Begriff stand, ihre Beute zwischen den Beißzangen zu zermalmen. „Außerdem hast du geschlafen …“

„Aber nicht so tief, um nicht deine Magie in der Luft spüren zu können. Du hast versprochen, hier keine Zauber zu wirken. Augustus ist nicht ganz ohne Fähigkeiten. Er könnte es bemerken und sich fragen, was es bedeutet!“

„Von jenem geht keine Gefahr aus, das verspricht dir dieser hier.“

„Ich frage dich nochmals, Dämon. Was hast du getan?“

„Mit dem Helm befasst hat sich dieser hier“, log Xazax und wanderte in eine andere Ecke des Zeltes. „Nach unserem Narren gesucht, der nicht weiß, was er trägt …“

Aus ihrer Verärgerung wurde Interesse. „Und hast du herausgefunden, wo er sich befindet? Wenn ich Malevolyn mehr berichten könnte …“

Der Dämon lachte leise und machte ein Geräusch, als wären wütende Bienen in einem Krug gefangen. „Warum? Wir waren uns doch einig, dass er niemals die Rüstung tragen wird!“

„Weil er noch immer den Helm hat, Dummkopf, und bis wir die Rüstung haben, brauchen wir Augustus wegen seiner Verbindung zum Helm!“

„Wohl wahr“, sagte der Dämon nachdenklich. „Seine Verbindung reicht tief … dieser eine würde sagen: bis ins *Blut*.“

Sie hob das Kinn, als sie ihre Haare nach hinten warf – ein

Zeichen, von dem Xazax seit langem wusste, was es besagte: Die Menschenfrau war wütend geworden. „Und was bedeutet *das*?“

Der Schatten regte sich nicht. „Dieser eine wollte damit nur einen Scherz machen, Hexenmeisterin. Nur einen Scherz. Wir sprechen von Dingen, die Bartuc betreffen, nicht wahr?“

„Ein Dämon mit Sinn für Humor.“ Galeona schien keineswegs amüsiert zu sein. „Nun gut, ich überlasse dir das Scherzen, und du überlässt mir Augustus.“

„Dieser eine hat nicht die Absicht, deinen Platz im Bett des Generals zu übernehmen …“

Die Hexenmeisterin warf dem Schatten einen vernichtenden Blick zu, dann verließ sie das Zelt. Xazax wusste, dass sie Malevolyn nacheilte, um ihre Kontrolle über ihn wieder zu festigen. Der Dämon respektierte ihre Fähigkeiten in dieser Hinsicht, auch wenn er sicher war, dass die Hexe in einem Kampf mit ihm unterliegen würde. Immerhin war sie sterblich, keine von diesen miesen Engeln. Wäre das der Fall gewesen, hätte Xazax mehr Grund zur Sorge gehabt. Engel spielten mit verdeckten Karten, anstatt sich ihren Gegnern offen zu stellen.

Der Schatten des Dämons zog sich zurück in den düstersten Winkel. Bislang hatte kein Engel eingegriffen, doch Xazax wollte vorsichtig sein. Wenn sich einer von ihnen zeigte, würde er ihn in seine Klauen nehmen und ihm seine Gliedmaßen eines nach dem anderen ausreißen, während er dem süßen Gesang seiner Schreie lauschte.

„Kommt her zu mir, wenn ihr euch traut, ihr Engel“, flüsterte er im Dunkel. „Dieser eine wird euch mit offenen Armen empfangen … und mit weit geöffnetem Maul!“

Die schwache Flamme der einzigen Öllampe flackerte kurz auf und erhellte Galeonas Zelt mehr als üblich. Wegen der plötzlichen Helligkeit fauchte der Schatten und krümmte sich. Der Umriss eines gewaltigen smaragdenen und karmesinroten

Insekts wurde kurz sichtbar und verblasste dann schnell wieder, da die Flamme schwächer wurde.

Xazax zischte wütend, während er dankbar dafür war, dass Galeona sein Verhalten nicht hatte beobachten können. Öllampen flackerten oft auf, er hatte sich nur von einem ganz normalen Vorkommnis überraschen lassen. Trotzdem zog sich der Schatten des Dämons noch tiefer in die sichere Dunkelheit des Zeltes zurück. Dort konnte er unbehelligt Pläne schmieden. Dort konnte er unbehelligt seine Macht einsetzen, um nach dem Menschen zu suchen, der Bartucs Rüstung trug.

Und von dort aus konnte er besser nach feigen, fiesen *Engeln* Ausschau halten.

FÜNF

Schwarze Unwetterwolken machten den Tag fast so dunkel wie die Nacht, doch Norrec bekam davon kaum etwas mit. Er versuchte noch immer, den Schrecken des letzten Abends und sein Mitwirken daran zu verarbeiten. Durch sein verdammtes Streben nach Gold waren noch mehr Menschen eines brutalen Todes gestorben. Auch wenn die Räuber – anders als Sadun und Fauztin – für Verbrechen in der Vergangenheit wahrscheinlich eine Hinrichtung verdient hatten, war für Norrecs Empfinden ihr Tod einfach zu schrecklich gewesen. Vor allem der Wirt hatte ein grausiges Ende gefunden, was die von dem Dämon zurückgebrachte Leiche bewies. Norrec war nur dankbar dafür, dass diese Höllenbestie kurz darauf samt ihrer Beute in ihr Reich zurückgekehrt war.

Wenn Norrec gehofft hatte, dass der abscheuliche Blutrausch der Rüstung diese in eine nachlässigere Stimmung gegenüber ihrem Träger bringen würde, sah er sich getäuscht: Nach wie vor war er nicht in der Lage, das verdammte Metall abzulegen. Während der verzweifelte Kämpfer weiterging, versuchte er, nicht an der Rüstung nach unten zu sehen, wo Blutspritzer von den Grausamkeiten der letzten Nacht kündeten. Schlimmer war aber noch, dass Norrec nur zu gut wusste, wie viele Blutspritzer sich auf seinem Gesicht befanden. Zwar hatte er versucht, das meiste davon abzuwischen, doch die Rüstung war beim Massakrieren überaus gründlich zu Werke gegangen.

Während Norrec versuchte, seine Gedanken nicht um diese Schrecknisse kreisen zu lassen, zwang die Rüstung ihn beharrlich weiter nach Westen. Immer wieder war Donner zu hören, der Wind heulte, doch die Rüstung ging einfach weiter. Norrec bezweifelte, dass sich daran etwas ändern würde, wenn der Sturm endlich vorüber war.

Zumindest eine kleine Gnade war ihm zuteil worden, da er einen alten, staubigen Reiseumhang an sich hatte bringen können, der auf einem Haken im Schankraum gehangen hatte. Vermutlich hatte er dem habgierigen Wirt gehört, doch auch darüber wollte sich Norrec keine Gedanken machen. Der Umhang bedeckte einen großen Teil der Rüstung und bot ein wenig Schutz, falls es zu regnen beginnen sollte. Dafür war er dankbar.

Je weiter er nach Westen kam, desto stärker änderte sich die Landschaft. Die Berge wichen kleineren Hügeln und sogar flachem Land. Es wurde wärmer, die Pflanzenwelt wurde üppiger und erinnerte in zunehmendem Maß an die dichten Dschungel, von deren Existenz im Süden Norrec wusste.

Zum ersten Mal konnte er auch die See riechen. Wenn er sich richtig an die Karte erinnerte, die seine Gefährten und er bei sich geführt hatten, konnte er nicht mehr sehr weit vom nördlichen der Zwillingsmeere entfernt sein. Norrec hatte darauf gehofft, nach Südwesten marschieren zu können, um einen der Vizjerei zu finden, doch die verfluchte Rüstung schien andere Absichten zu verfolgen. Für einen Moment fürchtete Norrec, die Rüstung könnte mit ihm ins Meer marschieren und ihn mit sich auf den dortigen Grund schleppen. Doch bislang hatte sie immer dafür gesorgt, dass er überlebte, auch wenn sie sich um sein sonstiges körperliches Wohlergehen wenig zu kümmern schien. Dennoch brauchte sie ihn offenbar lebend, um ihre Ziele zu erreichen.

Und was würde danach sein?

Der Wind wurde beständig stärker und trieb Norrec fast zurück, auch wenn die Rüstung entschlossen ihrem Weg folgen wollte. Bislang hatte es nicht geregnet, doch die Luftfeuchtigkeit wurde immer höher und begann, einen Nebel zu bilden, der so dicht wurde, dass Norrec nicht weiter als ein paar Fuß voraus sehen konnte. Die Rüstung störte sich nicht daran, schien auch nicht zu fürchten, einen falschen Schritt zu tun und mit ihrem Träger in eine Schlucht zu stürzen.

Gegen Mittag – es hätte ebenso gut Mitternacht sein können, da die Sonne nicht in der Lage war, die Wolkendecke zu durchdringen – reagierten wieder Kobolde auf die unverständlichen Worte, die Norrec gegen seinen Willen aussprach. Trotz des dichten Nebels brauchten sie nur wenige Minuten, ehe sie mit Beute zurückkamen, diesmal mit einem Hirsch. Norrec aß, bis er gesättigt war, dann überließ er den Rest den kleinen gehörnten Dämonen, die mit dem Kadaver in ihre düstere Gefilde zurückkehrten.

Immer weiter führte ihn die Rüstung, während der Geruch des Meeres stärker wurde. Auch wenn Norrec nur ein paar Fuß weit sehen konnte, wusste er doch, dass die See nicht mehr weit entfernt sein konnte. Dort angelangt würde die teuflische Rüstung ihrem Ziel ein Stück näher gekommen sein – was immer das auch sein mochte.

Als würde sie seine Gedanken lesen, nahm mit einem Mal direkt vor Norrec im Nebel ein Gebäude Gestalt an, dann noch eines. Gleichzeitig hörte er aus der Ferne Stimmen, die eindeutig darauf hinwiesen, dass dort gearbeitet wurde.

Der erschöpfte Reisende zog den Umhang enger um sich, als er merkte, dass ihm seine Hände einen Moment lang gehorchten. Je weniger Einwohner sahen, was er unter dem Stoff trug, desto besser.

Er durchwanderte die Stadt und machte in der Ferne einen vagen, aber ausladenden Umriss aus. Ein Schiff. Er fragte sich, ob es wohl eben eingelaufen war oder zum Auslaufen bereit gemacht wurde. Wenn Letzteres der Fall war, mochte das Schiff das Ziel der Rüstung sein. Warum sonst hätte sie Norrec ausgerechnet an diesen Ort gebracht?

Ein Mann in Seefahrerkleidung kam aus der entgegengesetzten Richtung, unter einem Arm ein Bündel. Seine Augen und seine Gesichtszüge erinnerten ein wenig an Fauztin, doch die Miene dieses Mannes war viel lebendiger.

„Hallo, Reisender! Kein guter Tag, um aus dem Binnenland hier anzulangen, nicht wahr?“

„Nein, wirklich nicht.“ Norrec wäre ohne ein weiteres Wort an dem Mann vorbeigegangen, da er sich Sorgen machte, dass der Seemann vielleicht das nächste Opfer der Rüstung werden könnte – doch seine Füße versagten ihm auf einmal den Dienst.

Das veranlasste den anderen Mann, ebenfalls stehen zu bleiben. Er grinste immer noch breit, als er fragte: „Woher kommt Ihr? Dem Aussehen nach müsstet Ihr aus dem Westen sein, aber so unrasiert, wie Ihr seid, ist das schwer zu sagen!“

„Aus dem Westen, ja“, gab der Soldat zurück. „Ich war auf … auf einer Pilgerreise.“

„In den Bergen? Außer Ziegen gibt es da nicht gerade viel zu sehen.“

Norrec versuchte, seine Beine zu bewegen, doch diese gehorchten nach wie vor nicht. Die Rüstung erwartete etwas von ihm, gab aber keinen Hinweis darauf, was es war. Seine Gedanken überschlugen sich. Er war in einer Hafenstadt angekommen, in welche sich die Rüstung äußerst zielstrebig begeben hatte. Norrec war bereits zu der Vermutung gelangt, dass die Rüstung irgendwohin gebracht werden wollte, möglicherweise an Bord des Schiffs vor ihm.

Das Schiff …

Norrec deutete auf den dunklen Schemen. „Dieses Schiff dort. Läuft es bald aus?“

Der Seemann drehte sich um. „Die *Napolys?* Die ist gerade eingelaufen. Wird noch mindestens zwei Tage hier liegen, vielleicht sogar fünf. Das einzige Schiff, das bald ausläuft, ist die *Hawksfire*, ein Stück weiter runter." Er zeigte nach Süden, dann aber beugte er sich vor – für Norrecs Geschmack viel zu nah zur Rüstung. „Aber seid gewarnt. Die *Hawksfire* ist kein gutes Schiff. Eines Tages wird man sie auf dem Meeresgrund wiederfinden, das könnt Ihr mir glauben. Am besten wartet Ihr auf die *Napolys* oder auf mein eigenes Mädchen, die *Odyssey,* auch wenn das noch eine gute Woche dauern wird. Wir müssen noch ein paar Ausbesserungsarbeiten erledigen."

Noch immer rührten sich Norrecs Beine nicht vom Fleck. Was wollte die Rüstung hier bloß noch?

Das Reiseziel vielleicht? „Könnt Ihr mir sagen, wohin die einzelnen Schiffe segeln?"

„Meines reist nach Lut Gholein, aber wie gesagt, es dauert noch eine Weile, ehe wir auslaufen. Die *Napolys* steuert Kingsport an, eine lange Reise, aber wenigstens in einen Teil Eurer Westlichen Königreiche, wie? Die wird Euch schneller nach Hause bringen! Das dürfte für Euch wohl das richtige Schiff sein, wie?"

Norrec bemerkte keine Veränderung. „Und was ist mit der *Hawksfire*?"

„Die legt morgen Früh ab, glaube ich, doch ich muss Euch erneut warnen. Eines Tages schafft sie die Fahrt zurück von Lut Gholein nicht mehr – vorausgesetzt, sie kommt überhaupt dort an!"

Auf einmal setzten sich die Beine des Soldaten in Bewegung. Endlich hatte die Rüstung erfahren, was sie wissen wollte. Norrec bedankte sich mit einem knappen Kopfnicken. „Habt vielen Dank."

„Nehmt Euch meine Warnung zu Herzen", rief der Seemann ihm nach. „Am besten wartet Ihr."

Bartucs Rüstung trug Norrec durch die kleine Stadt und bewegte sich in Richtung des südlichen Hafenteils. Seeleute und Einheimische blickten zu ihm, wenn er an ihnen vorüberschritt, da Besucher mit westlichem Aussehen hier nicht an der Tagesordnung waren; doch niemand machte eine Bemerkung. So winzig die Stadt auch war, sorgte der Hafen offenbar doch für gute Verdienste. Norrec vermutete, dass das Städtchen im Sonnenschein viel eindrucksvoller wirkte, bezweifelte jedoch, dass sich ihm eine Gelegenheit bieten würde, dies zu erleben.

Unbehagen ergriff Besitz von ihm, als er den südlichsten Abschnitt des Hafens erreichte. Im krassen Gegensatz zu allem, was Norrec bislang gesehen hatte, war diese Gegend heruntergekommen, und die wenigen Gestalten die ihm begegneten, wirkten allesamt so abstoßend auf ihn wie die glücklosen Narren, die versucht hatten, ihn auszurauben. Schlimmer war dabei nur noch, dass das einzige Schiff in Sichtweite genau so aussah, als sei es wie geschaffen für eine Reise, die eine verfluchte Rüstung unternehmen wollte.

Hätte irgendein finsterer Geist ein seit langem verschollenes Schiff aus den schwarzen Untiefen des Meeres hervorgeholt und dann den halbherzigen und misslungenen Versuch unternommen, es als etwas aus dem Reich der Lebenden auszugeben … es hätte kaum hässlicher aussehen können als die *Hawksfire* in diesem Augenblick. Die drei Masten wirkten wie hoch aufragende, skelettartige Wächter, die teilweise in die leichentuchähnlichen Segel eingewickelt waren. Die Galionsfigur am Bug, die wohl einmal eine vollbusige Meerjungfrau dargestellt hatte, war von den Elementen so in Mitleidenschaft gezogen worden, dass sie aussah wie eine *Todesfee* des Meeres, die inmitten ihres Schreis erstarrt war. Was den Rumpf anging, so hatte etwas vor langer Zeit das Holz durch und durch verfärbt. Narben überzogen die Seiten und brachten Norrec zu der Überlegung, ob das Schiff wohl irgendwann einmal in seiner bewegten Vergangenheit im Krieg oder – was wahrscheinlicher war – von Freibeutern eingesetzt worden war.

Eine Crew konnte er nicht sehen, lediglich eine einzelne hagere Gestalt in einem verschlissenen Mantel, die nahe des Bugs stand. Obwohl es ihm nicht gefiel, auf einem derart schauderhaften Schiff eine Reise anzutreten, blieb Norrec keine andere Wahl, als zu tun, wozu die Rüstung ihn zwang. Ohne zu zögern trug sie ihren unfreiwilligen Wirt über die Laufplanke der abgezehrten Gestalt entgegen.

„Was wollt Ihr?“ Das „Skelett“ entpuppte sich als alter Mann mit pergamentartiger Haut, unter der sich weder Fleisch noch Sehnen zu befinden schienen. Ein Auge starrte leer links an Norrec vorbei, während das andere blutunterlaufen war und den Neuankömmling argwöhnisch studierte.

„Eine Überfahrt nach Lut Gholein“, erwiderte Norrec, der diese Sache so schnell wie möglich hinter sich bringen wollte. Wenn er kooperierte, würde die Rüstung des Kriegsherrn ihm vielleicht ein wenig Bewegungsfreiheit gewähren.

„Gibt andere Schiffe im Hafen!“, herrschte der Kapitän ihn mit breitem Akzent an. Unter dem ausladenden Hut trug er sein elfenbeinfarbenes Haar zum Pferdeschwanz gebunden. Der verblichene grüne Mantel, einst wohl einem Marineoffizier aus einem der Westlichen Königreiche gehörend, hatte vermutlich eine ganze Reihe von Besitzern erlebt, ehe ihn dieser Mann für sich beanspruchte. „Hab keine Zeit, um Passagiere zu bewirten!“

Norrec ignorierte den übelriechenden Atem und beugte sich vor. „Ich werde dafür bezahlen, um dorthin zu gelangen.“

Sofort machte sich eine Veränderung in der Haltung des Mannes bemerkbar. „Tatsächlich?“

Der Söldner fuhr fort, während er darauf vertraute, dass die Rüstung sich ebenso spendabel zeigen würde wie im Gasthaus. „Ich brauche nur eine Kajüte und etwas zu essen. Wenn ich für die Dauer der Überfahrt in Ruhe gelassen werde – umso besser. Ich will nur nach Lut Gholein gelangen."

Die kadaverartige Gestalt musterte ihn aufmerksam. „Rüstung?" Der Mann rieb sich sein Kinn. „Offizier?"

„Ja." Sollte er doch denken, dass Norrec ein desertierter Offizier auf der Flucht war. Das würde zwar den Preis in die Höhe treiben, doch so würde der Kapitän ihm weniger misstrauen. Norrec musste offenbar schnell von hier verschwinden.

Der ältere Mann rieb wieder sein knochiges Kinn. Norrec bemerkte mehrere Tätowierungen, die vom dünnen Handgelenk ausgehend über seinen Arm verliefen, bis sie vom ausladenden Ärmel des Mantels bedeckt wurden. Der Gedanke an einen Freibeuter erhielt damit neue Nahrung.

„Zwölf Draclin! Ein einzelnes Bett, Speisen nicht zusammen mit Crew, so wenig Kontakt wie möglich! Das Schiff sofort nach dem Anlegen verlassen!"

Norrec war mit allem einverstanden, nur der Preis war ein Problem. Wie viel Wert besaß ein Draclin im Vergleich zur Währung seines eigenen Landes?

Er musste sich darüber jedoch gar keine Gedanken machen, da er seine linke Hand ausstreckte und im Panzerhandschuh einige passende Münzen lagen. Der Kapitän betrachtete sie gierig und nahm sie dann entgegen. Er biss in eine von ihnen, um ihre Echtheit zu überprüfen, dann ließ er sie alle in einem Säckchen an seinem Gürtel verschwinden.

„Kommt!" Er humpelte an Norrec vorbei und ließ zum ersten Mal erkennen, dass an seinem linken Bein zu beiden Seiten Schienen bis hinunter zum Stiefel verliefen. Nach der umfangreichen Bindung, die Norrec sehen konnte, und nach seiner eigenen Erfahrung mit Operationen auf dem Schlachtfeld zu urteilen, war es dem Kapitän vermutlich nicht einmal möglich, ohne diese Schienen aufrecht zu stehen. Der Mann hätte das Bein besser untersuchen lassen, doch Bindung und Schienen wirkten so, als hätte man sie schon vor langer Zeit angelegt und dann vergessen.

Auch wenn Norrec nicht wusste, welchen Wert zwölf Draclin hatten, war er beim ersten Anblick seiner Kajüte sicher, dass er einen zu hohen Preis gezahlt hatte. Selbst das Zimmer im Gasthaus hatte noch einladender ausgesehen als das, was sich ihm hier darbot. Die Kajüte war kaum größer als ein Schrank, und ein klappriges Bett, dessen eine Seite an die hintere Wand genagelt worden war, stellte das Einzige dar, was man als Einrichtung bezeichnen mochte. Die Laken waren mit Flecken übersät und sahen so aus, als hätte man sie ohne Sorgfalt aus Segeln herausgeschnitten, so dunkel und grob gearbeitet waren sie. Ein Gestank wie von verfaultem Fisch hing in der Kajüte, und Kerben im Boden zeugten von irgendeiner Gewalttat. In den oberen Ecken bewegten sich im Luftzug Spinnweben, die größer als Norrecs Kopf waren, und nahe dem Boden hatte Moos Fuß fassen können.

Norrec wusste, dass er keine andere Wahl hatte, und verbarg seine Abscheu. „Danke, Kapitän …"

„Casco", brummte die skelettartige Gestalt. „Rein mit Euch! Essen, wenn die Glocke ertönt. Verstanden?"

„Ja."

Mit einem knappen Kopfnicken zog sich Kapitän Casco zurück. Norrec befolgte den Rat des Mannes und schloss die Tür hinter sich, dann nahm er auf dem wenig vertrauenswürdig aussehenden Bett Platz. Zu seinem Bedauern verfügte die Kajüte nicht über ein Bullauge, was den Gestank ein wenig nach draußen hätte leiten können.

Er streckte seine Hände, dann prüfte er seine Beine. Für seine Mitarbeit war ihm tatsächlich Bewegungsfreiheit gewährt worden, doch wie lange diese anhalten würde, vermochte er nicht zu sagen. Er vermutete, dass die Rüstung an Bord der *Hawksfire* nur von geringen Schwierigkeiten ausging. Was sollte Norrec auch anderes tun, als über die Reling zu klettern und auf den Meeresgrund zu sinken? So schrecklich sich seine Situation auch entwickelt hatte, konnte er sich doch nicht dazu durchringen, seinem Leben freiwillig ein Ende zu setzen. Erst recht nicht auf eine so entsetzliche Weise. Abgesehen davon hatte er seine Zweifel, ob es ihm wirklich gelungen wäre, solange die Rüstung ihn lebend brauchte.

Da er nicht wusste, was er anderes mit seiner Zeit anfangen sollte, beschloss er, ein wenig zu schlafen. Trotz oder vielleicht gerade wegen des Gestanks gelang ihm dies rasch. Doch leider erwiesen sich seine Träume abermals als unerfreulich – und das vor allem, weil es nicht seine Träume zu sein schienen.

Wieder lebte er als Bartuc und ergötzte sich an den schrecklichen Taten, die er beging. Eine Siedlung, die zu lange damit gezögert hatte, sich seiner Herrschaft zu unterwerfen, bekam seinen berechtigten Zorn mit aller verdienter Härte zu spüren. Die Ältesten der Stadt und viele andere ausgesuchte Dummköpfe wurden zusammengetrieben, gehäutet und dann gevierteilt. Ein Vizjerei, der beim Spionieren erwischt worden war, wurde zum Kernstück eines makabren Kandelabers, der nicht nur das Quartier des Kriegsherrn mit Licht versorgte, sondern selbst dessen dämonischen Diener schaudern ließ. Eine Glocke ertönte …

… und riss einen dankbaren Norrec aus dem Schlaf. Er zwinkerte, dann wurde ihm klar, dass er durchgeschlafen hatte, bis die Glocke zum Abendmahl rief. Zwar konnte er sich kaum vorstellen, dass das Essen nach seinem Geschmack sein würde, doch er war so hungrig, dass er diesem Thema nicht länger ausweichen konnte. Außerdem wollte er nicht riskieren, dass die Rüstung die Kobolde rief, damit diese ihm etwas zu essen brachten. Es war unmöglich abzusehen, *was* sie ihm an Essbarem beschaffen würden …

Er zog den Umhang fester um sich und verließ seine Kajüte.

Mehrere erschöpft und verbittert aussehende Männer eilten in den Bauch des Schiffes. Er nahm an, dass auch sie etwas essen wollten, also folgte er ihnen und gelangte in eine ziemlich zwielichtig aussehende Messe. Schweigend stellte sich der frühere Soldat in der Schlange an und erhielt kurz darauf ein hartes Stück Brot sowie ein undefinierbares Fleischgericht, das ihn sehnsüchtig an das denken ließ, was ihm der diebische Gastwirt serviert hatte.

Ein einziger Blick auf die verdrießliche Mannschaft genügte, um Norrec in sein Quartier zurückkehren zu lassen. Auf dem Weg dorthin gelangte er an Deck und blieb einen Moment lang an der Reling stehen, um die frische Meeresbrise einzuatmen.

Er wurde auf eine Gestalt aufmerksam, die auf der in Nebel gehüllten Kaimauer stand.

Das Essen rutschte ihm aus der Hand und fiel auf Deck, doch Norrec nahm davon nichts wahr.

Fauztin. Auch wenn die Gestalt nur undeutlich zu erkennen war, konnte es niemand sonst sein: Das Gesicht war trotz des Nebels in allen schrecklichen Einzelheiten sichtbar!

Sein ehemaliger Kamerad starrte ihn aus toten Augen an. Norrec konnte die klaffende Wunde sehen, die einst die Kehle des Vizjerei gewesen war.

„Idiot!“, fuhr Casco ihn an. „So eine Bescherung! Ihr macht sauber! Ohne Hilfe!“

Norrec sah den wütenden Kapitän erschrocken über die Schulter an, dann blickte er auf das heruntergefallene Essen. Etwas von dem Fleisch war auf den Spitzen von Bartucs Stiefeln gelandet.

„Sauber machen! Ohne Hilfe! Heute kein Essen mehr!“ Casco humpelte davon und murmelte in seiner Sprache etwas zweifellos Abfälliges über fremde Teufel.

Obwohl der Kapitän außer sich war, vergaß Norrec im gleichen Moment das Mahl und sah wieder hinüber zum Kai, wo …

Nichts. Keine düstere Gestalt stand dort, um ihn anzustarren. Der unheimliche Schemen war verschwunden – so, als hätte er überhaupt nie existiert.

Zitternd stolperte er rückwärts und konnte nur an den entsetzlichen Anblick denken, den er soeben erlebt hatte. Fauztin, der eindeutig tot war und der ihn aus leeren Augen verdammte …

Norrec ignorierte Kapitän Cascos Aufforderung, sauber zu machen, und eilte in seine Kajüte zurück. Er schlug die Tür hinter sich zu und wagte erst wieder durchzuatmen, als er auf seinem Bett saß.

Er hatte den Kampf verloren. Der Geist des Hexenmeisters war der erste offensichtliche Beweis dafür. Norrec hatte das Ringen um seine geistige Unversehrtheit verloren. Den Schrecken, denen die verfluchte Rüstung ihn ausgesetzt hatte, war es endlich gelungen, auch die letzten Barrieren zu durchbrechen, die Norrecs Verstand vor dem Wahnsinn schützten. Jetzt gab es keine Hoffnung auf Rettung mehr.

Jetzt würde Bartucs Vermächtnis nicht allein mehr seinen Körper, sondern auch seine Seele beanspruchen.

Eine erschöpfte Kara Nightshadow inspizierte die schäbige kleine Hafenstadt mit spürbarer Abscheu. Sie liebte die Schönheit des Dschungels und war die sorgfältig kultivierte Art von ihresgleichen gewohnt. Die Hafenstadt Gea Kul aber, fand sie, stank nach zu vielen ungewaschenen Körpern und nach zu viel Profitsucht. Als Nekromantin sah Kara die Welt im Gleichgewicht zwischen den Taten des Lebens und den Dingen, die nach dem Tod geschahen. Sie glaubte, dass beide Aspekte angemessen mit so viel Würde behandelt werden sollten, wie eine Seele sie nur aufbringen konnte. Was sie jedoch in den wenigen Minuten seit ihrer Ankunft zu sehen bekommen hatte, ließ von Würde nicht viel erkennen.

Es hatte sie große Anstrengung gekostet, diesen Ort so rasch zu erreichen – eine Anstrengung, die sie körperlich, geistig und vor allem magisch aufs äußerte gefordert hatte. Kara hätte zu gern ein wenig geschlafen, doch sie war aus Gründen hierher gekommen, die sie selbst nicht völlig verstand. Also musste sie sich wenigstens genau umsehen, um auf diese Weise vielleicht ein paar Antworten zu finden.

Nach dem beunruhigenden Verlust der Rüstung des Kriegsherrn *und* ihres kostbaren Dolches sowie dem Verschwinden der beiden Leichen hatte die junge Nekromantin ihre erlernten Fähigkeiten dazu benutzt, um alle Möglichkeiten abzuwägen – und das hatte sie zu diesem höchst unscheinbaren Ort geführt. Was die Hafenstadt mit all den vermissten Objekten zu tun hatte, konnte sie noch nicht abschließend sagen, doch die bisherigen Erkenntnisse verhießen eindeutig nichts Gutes. Kara wünschte, sie hätte ihre Lehrer konsultieren können, doch dazu hatte sie nicht die Zeit, und außerdem wollte sie sich so weit wie möglich auf ihr eigenes Geschick verlassen. Wenn sie die Verfolgung verzögerte, würde es nur umso schwieriger werden, die Spur später wieder aufzunehmen. Das konnte sie sich nicht leisten. Wenn die Diebe die Rüstung nach Übersee schaffen wollten, mussten sie aufgehalten werden.

Und was die beiden ruhelosen Geister anging … so hatte sie keinen Plan, was aus dem beklemmenden Paar noch werden sollte. Es verhielt sich absolut nicht wie die Toten, von denen in ihrem Studium die Rede gewesen war.

Kara ignorierte die geringschätzigen Blicke der Matrosen, an denen sie vorüberging, und betrat das erste Gasthaus, das sie finden konnte. Zum einen musste die Zauberin mit den schwarzen Zöpfen etwas essen, zum anderen hoffte sie darauf, an hilfreiche Informationen zu gelangen. Diejenigen, die Bartucs Rüstung weggeschleppt hatten, mussten nach einem so strapaziösen Marsch ganz sicher etwas Stärkendes zu sich nehmen.

The Captain's Table, wie das Gasthaus hieß, machte einen

besseren Eindruck als erwartet. Auch wenn das Gebäude alt aussah, hielt es der grauhaarige, beeindruckend aussehende Gastwirt in einem sauberen und gepflegten Zustand. Kara erkannte sofort, dass er einmal Offizier einer Seestreitmacht gewesen war – seinem Äußeren nach zu schließen in einem der wohlhabenderen Westlichen Königreiche. Der riesige Mann mit den vollen Koteletten war guter Laune und akzeptierte kein Argument eines Gastes, der glaubte, er könne ohne zu zahlen das Gasthaus wieder verlassen. Trotz seines fortgeschrittenen Alters hatte der Wirt keine Schwierigkeiten mit dem viel jüngeren Matrosen, dem er das geschuldete Geld gerade abnahm und ihn anschließend hinauswarf.

Danach rieb er sich seine Hände an der Schürze ab und bemerkte den neuesten Gast. „Guten Abend, Mylady!“ Er verbeugte sich trotz seines Bauchumfangs tief. Sein ganzes Erscheinungsbild schien bei ihrem Anblick aufzuleben. „Kapitän Hanos Jeronnan, Euer ergebener Diener! Eure Anwesenheit ist eine Ehre für meine bescheidene Hütte!“

Kara, die ein so direktes Auftreten nicht gewöhnt war, schwieg zunächst. Kapitän Jeronnan erkannte augenblicklich, dass sie durch seine Begrüßung irritiert war, und wartete geduldig, bis sie sich gefasst hatte.

„Vielen Dank, Kapitän“, erwiderte sie schließlich. „Ich möchte etwas essen und – sofern Ihr dafür etwas Zeit erübrigen könnt – Antworten auf ein paar Fragen.“

„Für Euch, mein liebreizendes Mädchen, *nehme* ich mir die Zeit!“

Er ließ sie allein und summte vor sich hin. Kara fühlte, dass sie errötete. Kapitän Jeronnan wollte mit seinen Bemerkungen offensichtlich nicht dreist erscheinen, doch nichts in der umfassenden Ausbildung der Magierin hatte sie darauf vorbereitet, wie sie mit Komplimenten über ihr Aussehen umzugehen hatte. Sie wusste, dass einige aus ihren eigenen Reihen sie für attraktiv hielten, doch die Anhänger von Rathma reagierten darauf mit der gleichen Förmlichkeit, mit der sie auch alles andere behandelten.

Sie setzte sich an einen Tisch am Ende der Gaststube und warf einen Blick auf die anderen Gäste. Die meisten waren damit beschäftigt zu essen oder zu trinken, doch einige von ihnen widmeten sich auch anderen Dingen. Ihr fiel eine Frau in einem skandalösen Kleid auf, die sich zu einem Matrosen vorbeugte. Was sie ihm anpries, bedurfte nicht vieler Worte. Rechts von Kara waren einige Männer mit irgendeiner Abmachung beschäftigt. Sie redeten in einer Sprache, die der Nekromantin unbekannt war. Unter den männlichen Gästen fanden sich auch einige, die sie mit unverhohlenerem Interesse ansahen, als Kapitän Jeronnan dies zelebriert hatte. Ihnen mangelte es eindeutig an seinem Taktgefühl. Einem der Männer, der für ihren Geschmack viel zu interessiert dreinblickte, warf sie mit ihren silbernen Augen einen stechenden Blick zu, sodass er sich sofort abwandte, in sein Getränk starrte und noch sekundenlang zitterte.

Der Gastwirt kehrte zurück und brachte ihr einen Teller, auf dem ein gebratener Fisch und allerlei anderes Meeresgetier lagen. Daneben stellte er einen Becher. „Im Krug ist Apfelwein. Das ist das schwächste Getränk, das ich habe, Mylady."

Kara überlegte, ob sie ihm etwas über manch starken Kräuterschnaps erzählen sollte, der von Rathmas Anhängern gebraut wurde, entschied sich aber, das leichte Getränk dankbar anzunehmen. Sie betrachtete die Fischmahlzeit, von der ein verlockendes Aroma aufstieg. Kara war so hungrig, dass sie ihn auch direkt aus dem Wasser, roh, verspeist hätte, doch es gefiel ihr durchaus, so zivilisiert behandelt zu werden. „Was schulde ich Euch?"

„Eure Gesellschaft macht den Preis mehr als wett."

In einem Anflug von Verärgerung musste sie an die Frau denken, die sich einem der Gäste feilbot. „Ich bin keine …"

Jetzt wirkte er beleidigt. „Nein, nein! Es ist nur so, dass ich selten solch hübsche Besucher willkommen heißen kann, Kind! Ich wollte mich nur zu Euch setzen und Eure Fragen beantworten! Ohne Hintergedanken …“ Jeronnan beugte sich vor und flüsterte: „Ich wäre ein Narr, wenn ich etwas von einer Frau wollte, die Rathma verehrt!“

„Ihr wisst, wer ich bin, und dennoch wollt Ihr Euch zu mir setzen?“

„Mylady, ich habe jedes Meer und den Großen Ozean bereist. Ich habe Magie vielfältiger Art gesehen, aber die vertrauenswürdigsten Magier waren stets die, die Rathma treu dienten …“

Sie bedankte sich mit einem schwachen Lächeln, das seine ohnehin geröteten Wangen noch dunkler werden ließ. „Dann seid Ihr vielleicht auch der Mann, dem ich meine Fragen anvertrauen kann.“

Der Kapitän lehnte sich zurück. „Aber nur, wenn Ihr zuerst meine Spezialität kostet und mir Eure geschätzte Meinung dazu sagt.“

Kara schnitt ein Stück Fisch ab und kostete einen kleinen Bissen. Sofort nahm sie einen zweiten, den sie genauso schnell hinunterschluckte wie den ersten.

Jeronnan strahlte. „Es schmeckt Euch also?“

Das tat es wahrhaftig. In den Dschungeln des Ostens gab es eine Fülle wunderbarer Gewürze, doch die Nekromantin hatte noch nie eine Köstlichkeit wie diesen Fisch verspeist. Schneller, als Kara es sich hätte vorstellen können, hatte sie einen großen Teil ihrer Mahlzeit aufgegessen, und danach fühlte sie sich endlich wieder wie sie selbst.

Kapitän Jeronnan hatte sich von Zeit zu Zeit entschuldigt, um sich seinen anderen Gästen zu widmen, doch als sie sich zurücklehnte, waren außer ihr nur noch zwei andere Gäste anwesend – mürrisch aussehende Matrosen, die zu erschöpft wirkten, um etwas anderes zu tun, als sich ihrem Ale und ihrem

Essen zu widmen. Der Gastwirt setzte sich wieder zu Kara und wartete.

„Mein Name ist Kara Nightshadow“, begann sie. „*Was* ich bin, wisst ihr bereits.“

„Aye, aber so jemanden wie Euch habe ich noch nie gesehen, Mädchen.“

Kara sprach weiter, weil sie sich nicht durch Komplimente beirren lassen wollte. „Kapitän, ist Euch hier irgendetwas Ungewöhnliches aufgefallen?“

Er lachte leise. „In Gea Kul? Hier wäre es außergewöhnlich, etwas Gewöhnliches zu sehen!“

„Was wäre … was wäre mit einem Mann, der mit einer Rüstung, möglicherweise auf den Rücken eines Tiers gebunden, reiste?“ Die Nekromantin machte eine Pause, um über die Angelegenheit weiter nachzudenken. „Oder mit einem Mann, der eine Rüstung trägt?“

„Soldaten sind hier nichts Ungewöhnliches.“

„In einer *karmesinroten* Rüstung?“

Jeronnan zog die Brauen zusammen. „Daran würde ich mich erinnern … nein, auf keinen Fall.“

Es war nur eine schwache Hoffnung gewesen. Kara wollte noch eine Frage stellen, eine ganz besondere. Doch sie fürchtete, dass sich dann die lässige Art des Kapitäns ändern würde. Er war vielleicht mit Menschen ihrer Art vertraut, doch manche Themen konnten einfach zu finster sein, als dass er sie akzeptieren würde. Und wandelnde Leichen gehörten ganz sicher dazu.

Kara machte den Mund auf und beabsichtigte, einen anderen Weg zu versuchen, doch was stattdessen über ihre Lippen kam, war ein herzhaftes Gähnen.

Ihr Gegenüber betrachtete sie aufmerksam. „Verzeiht, wenn ich direkt bin, Mylady, aber Ihr seht noch blasser aus, als Ihr es wohl normalerweise seid. Ich glaube, etwas Ruhe könnte Euch nicht schaden.“

Sie wollte etwas dagegen sagen, musste aber erneut gähnen. „Vielleicht habt Ihr Recht."

„Ich habe noch Zimmer frei, Mädchen. Für Euch kostenlos – und ich erwarte nichts im Gegenzug, wenn Euch das Sorgen machen sollte."

„Ich bezahle dafür." Kara zog ein paar Münzen aus der Geldbörse an ihrem Gürtel. „Genügt das?"

Die meisten Münzen schob er zurück. „Das hier genügt … und zeigt Euer Geld nicht so leichtfertig herum. Nicht jeder ist so eine freundliche Seele wie ich."

Die Nekromantin konnte sich kaum rühren. Ihre Beine waren schwer wie Blei. Die Zauber, die sie benutzt hatte, um schneller ans Ziel zu gelangen, hatten sie zu viel Kraft gekostet. „Ich glaube, ich werde mich sofort auf mein Zimmer begeben – wenn Ihr mich entschuldigen würdet …"

„Gebt mir noch ein paar Minuten, Mädchen. Ich fürchte, dass das Zimmer bei der Hilfe, die ich dafür eingestellt habe, noch nicht fertig ist. Bleibt hier sitzen, ich werde gleich zurück sein."

Er eilte davon, bevor sie protestieren konnte. Kara streckte sich und versuchte, wach zu bleiben. Es war völlig normal, dass die Zauberei und die körperlichen Anstrengungen an ihren Kräften zehrten, doch diese Erschöpfung schien viel stärker auf ihr zu lasten, als es sonst der Fall war. Fast wollte sie glauben …

Sie zwang sich, aufzustehen und in der gleichen Bewegung zur Tür umzudrehen. Vielleicht hatte sie Kapitän Hanos Jeronnan falsch eingeschätzt. Vielleicht hatte seine entgegenkommende Art auch eine dunkle Seite …

Die Nekromantin war sich der Tatsache bewusst, dass ihre Gedanken zunehmend verworrener wurden, und schleppte sich zum Ausgang, ohne sich darum zu scheren, was die beiden Matrosen denken mochten. Wenn sie es nach draußen schaffte, würde sie vielleicht wieder einen klaren Kopf bekommen. Trotz der abscheulichen Gerüche des Hafens würde ihr die Seeluft zweifellos helfen, ihr inneres Gleichgewicht wiederzuerlangen.

Kara stürzte beinahe durch die Tür, so schwach waren ihre Beine. Sofort atmete sie die frische Luft tief ein. Sie fühlte, dass ihr Kopf wenigstens so weit aufklarte, dass sie wieder ein Gefühl für ihre Umgebung bekam. Doch die schwarzhaarige Zauberin hatte mehr nötig als nur das. Sie musste erst wieder klar denken können, bevor sie sich eine vielleicht veränderte Meinung über den Gastwirt bildete.

Erneut atmete sie tief durch, ihr Kopf wurde noch etwas klarer, und im gleichen Moment wurde Kara von Unbehagen befallen.

Sie spähte in den finsteren Nebel, der überall wogte, und sah eine Gestalt in einem abgewetzten Reiseumhang, die nur ein paar Fuß von ihr entfernt stand. Das Gesicht wurde durch eine Kapuze verdeckt, aber Kara konnte eine blasse Hand ausmachen, die einen Dolch hielt – der sogar in der nebelverhangenen Nacht leuchtete.

Ein elfenbeinfarbener Dolch, der *ihr* gehörte!

Die andere Hand bewegte sich nach oben und schob die Kapuze soweit zurück, um ein Gesicht zu enthüllen, das die Nekromantin nur ein einziges Mal zuvor gesehen hatte: der Vizjerei aus Bartucs Grabkammer!

Der Vizjerei, dessen Kehle zerfetzt worden war!

„Euer Zauber … hätte … besser bei ihr … wirken sollen", krächzte eine Stimme hinter Kara.

Sie wollte sich umdrehen, doch ihr Körper bewegte sich viel zu langsam. Gleichzeitig wurde ihr klar, dass ihre gesamte Ausbildung und ihre gesamte Zauberkunst versagt hatten. Sie hatte es nicht nur mit einem Angreifer zu tun, sondern …

Ein zweites fahles Gesicht lächelte sie düster an. Der Kopf des Mannes war leicht zur Seite gekippt, als sei er nicht mehr vollständig mit dem Rumpf verbunden.

Der zweite Leichnam aus der Grabkammer – Der drahtige Mann, dessen Genick man gebrochen hatte!

„Ihr lasst uns … keine andere Wahl …“

Seine Hand war erhoben und hielt ebenfalls einen Dolch mit dem Heft nach oben. Noch während diese Tatsache von ihrem trägen Verstand verarbeitet wurde, holte der Ghul mit aller Kraft aus.

Der Schlag traf Kara Nightshadow an der Schläfe. Sie drehte sich einmal um sich selbst und hätte sich zweifellos den Kopf auf der Erde aufgeschlagen, wäre sie nicht von der untoten Kreatur aufgefangen worden. Überraschend zart legte der Tote die Frau auf dem Boden ab.

„Ihr … lasst … uns wirklich … keine andere … Wahl.“

Um sie herum wurde alles schwarz.

SECHS

Norrec verließ seine Kajüte erst wieder, um sein Frühstück zu holen. Niemand wechselte ein Wort mit ihm, auch nicht Kapitän Casco, der ihm offensichtlich noch immer nicht verziehen hatte, dass das Abendessen auf dem Deck gelandet war. Norrec war froh, sich nicht unterhalten zu müssen, da er auf diese Weise umso schneller in die Abgeschiedenheit seiner Unterkunft zurückkehren konnte.

In der Nacht hatte er unruhig geschlafen, war aber nicht nur von Bartucs Träumen vom Ruhm verfolgt worden, sondern auch von Bildern, die Fauztins rachsüchtigen Geist zeigten, der gekommen war, um ihm das Leben zu nehmen. Erst als die *Hawksfire* endlich die Segel setzte, war Norrec ein wenig zur Ruhe gekommen. Auf offener See konnten ihn keine gequälten Geister verfolgen. Als sich das Schiff durch die sturmgepeitschten Wogen gekämpft hatte, war Norrec zu der Überzeugung gelangt, dass er sich den schrecklichen Anblick nur eingebildet und er einen anderen Vizjerei für Fauztin gehalten hatte – der Hafen lag dafür zweifellos weit genug östlich –, oder dass die Gestalt an sich nur ein Produkt seiner Phantasie gewesen war.

Letzteres kam ihm immer wahrscheinlicher vor. Nicht nur die Erinnerung an die Grabkammer ließ sich nicht verdrängen, sondern auch an das Blutvergießen im Gasthaus. Zudem hatte die Rüstung des Kriegsherrn den Soldaten über seine Grenzen hinaus körperlich und geistig beansprucht und ihn gezwungen, fast ohne Ruhepausen in einem mörderischen Tempo eine raue Landschaft zu durchqueren. Hätte er mehr als nur einen Teil dazu beigesteuert, wäre er unterwegs gestorben, dessen war sich Norrec fast sicher.

Die Wellen wurden heftiger, als die *Hawksfire* in tieferes Gewässer vordrang. Mit jedem Ächzen des Rumpfs wuchs in Norrec die Überzeugung, dass die See früher oder später das altersschwache Schiff wie Kleinholz zermalmen würde. Doch irgendwie gelang es der *Hawksfire* weiterzusegeln und sich von einer Welle zur nächsten zu schleppen. Und trotz des zusammengewürfelten Haufens, als der sie auftraten, erwiesen sich Kapitän Casco und seine Crew im Umgang mit dem Schiff als überaus erfahren. Die Männer kletterten geschwind an den Tauen nach oben, sie eilten über Deck und wappneten ihr Schiff immer wieder aufs Neue für den Kampf mit den Elementen.

Wovor sie sich jedoch nicht schützen konnten, war der Sturm. Dieser setzte nach wenigen Stunden ein; der Himmel verdunkelte sich, und überall zuckten Blitze. Der Wind frischte gewaltig auf, bog die Masten und versuchte, die Segel zu zerreißen. Norrec, der schließlich doch wieder an Deck gekommen war, klammerte sich an der Reling fest, als eine Welle die *Hawksfire* zur Seite schleuderte.

„Steuerbord!“, schrie Casco. „Steuerbord!“

Der Mann am Ruder versuchte, den Befehl auszuführen, doch Wind und Wasser kämpften gegen ihn. Ein zweites Crewmitglied eilte hinzu, um zu helfen, und gemeinsam gelang es ihnen letztlich, mit Mühe den Befehl des Kapitäns auszuführen.

Schließlich begann es zu regnen, ein Wolkenbruch, der Norrec zurück in seine Kajüte zwang. Er verstand zum einen nichts vom Segeln, und zum anderen setzte er in seiner Rüstung jedes Mal sein Leben aufs Spiel, wenn er der Reling zu nahe kam. Eine einzige kräftige Welle hätte genügt, um ihn über Bord zu spülen.

Eine verschmutzte Laterne schaukelte heftig in ihrer Deckenhalterung hin und her und versuchte, in dem Quartier für Licht zu sorgen. Norrec lehnte sich in seinem Bett zurück und bemühte sich nachzudenken. Er hatte noch nicht völlig die Hoffnung aufgegeben, sich der verfluchten Rüstung zu entledigen, doch bislang hatte er keine Vorstellung davon, *wie* er das anstellen sollte. Es würde mächtiger Magie bedürfen, doch er kannte niemanden, der derartige Fähigkeiten besaß. Hätte er doch nur Fauztin fragen können …

Die Erinnerung an das, was er möglicherweise auf dem Kai gesehen hatte, kehrte mit geballter Kraft zurück und ließ ihn wieder erschaudern. Er musste Fauztin vergessen – und auch Sadun. Sie waren tot.

Die Nacht brach an, doch der Sturm verlor nichts von seiner Heftigkeit. Norrec zwang sich, in die Messe zu gehen, wo ihm zum ersten Mal auffiel, dass einige aus der Crew ihn mit mehr als nur Desinteresse und Abscheu betrachteten. Mancher der Blicke war von Feindseligkeit geprägt, mit Furcht gepaart. Norrec war sicher, dass es mit seiner Rüstung zu tun hatte. Sie fragten sich sicher, wer er war. Die Rüstung verkörperte Macht, aber warum reiste einer wie er dann an Bord eines so elenden Schiffs wie der *Hawksfire*?

Wieder ging er mit seiner Mahlzeit zurück in seine Kajüte, da er die Einsamkeit vorzog. Diesmal kam ihm das Essen ein wenig genießbarer vor, doch es konnte auch sein, dass die erste Mahlzeit ihm einfach bereits alle Geschmacksnerven weggeätzt hatte. Norrec aß seinen Teller leer, dann ließ er sich nach hinten sinken und versuchte zu schlafen. Er freute sich nicht auf den Schlaf, da Bartucs Träume und die Albträume, die von der Grabkammer handelten, alles andere als verlockend waren. Die Erschöpfung gewann aber rasch die Oberhand, und als erfahrener Krieger wusste Norrec Vizharan, dass es sinnlos war, gegen sie anzukämpfen. Nicht einmal das heftige Schaukeln der *Hawksfire* konnte seine Augen daran hindern, sich zu schließen.

„Es wäre … schön, sich auszuruhen“, sagte eine brüchige, doch vertraut klingende Stimme. *„Aber wie heißt es doch … keine Ruhe für die Gottlosen, nicht?“*

Norrec sprang auf, die Augen weit aufgerissen. Die Laterne spendete kaum Licht, dennoch konnte der Soldat sehen, dass sich niemand außer ihm in der Kajüte aufhielt.

„Verdammt!“ Schon wieder ein Alptraum. Norrec starrte die Laterne an und erkannte, dass er eingeschlafen sein musste, ohne es zu bemerken. Die Stimme war nur in seinem Kopf zu hören gewesen, nirgends sonst. Die Stimme eines Kameraden, der nicht mehr lebte …

Saduns Stimme.

Donner zerriss die Luft. Die *Hawksfire* erzitterte. Norrec wollte sich wieder hinlegen.

„Du hättest … auf Fauztin hören sollen … Norrec. Jetzt ist es … vielleicht zu spät.“

Er erstarrte inmitten der Bewegung und sah zur Tür.

„Komm zu uns, Freund … komm zu Fauztin … und mir.“

Norrec richtete sich auf. „Sadun?“

Keine Antwort. Doch einige der Planken vor der Tür knarrten, als sei dort jemand gegangen, der jetzt vor seiner Tür stehen geblieben war.

„Ist da draußen jemand?“

Die *Hawksfire* fiel in ein Wellental und brachte Norrec fast aus dem Gleichgewicht. Er presste sich gegen die Wand, ohne die Tür aus den Augen zu lassen. Hatte er sich Trysts Stimme nur eingebildet?

In den Tagen seit dem Schrecken in der Grabkammer waren die Nerven des Kriegers härter auf die Probe gestellt worden, als in jeder Schlacht, in der er gekämpft hatte. Trotzdem drängte eine innere Stimme Norrec, zur Tür zu gehen. Es war anzunehmen, dass sich niemand vor der Kajüte befand, wenn er die Tür öffnete. Sadun und der Vizjerei konnten sich unmöglich da draußen aufhalten und auf den Freund warten, der sie so brutal abgeschlachtet hatte. Solche Dinge gab es nur in Geschichten, die man sich am nächtlichen Lagerfeuer oder hinter vorgehaltener Hand erzählte.

Doch auch von Dingen wie der fürchterlichen Rüstung, die Norrec trug, wurde eigentlich nur in solchen Geschichten erzählt …

Wieder knarrten die Planken. Norrec presste die Lippen zusammen und streckte die Hand nach dem Riegel aus.

Plötzlich begann der Handschuh zu zucken und in einem düsteren Rot zu leuchten.

Norrec zog die Hand zurück und stellte verwundert fest, dass das Leuchten nachließ. Er streckte seinen Arm wieder aus, doch diesmal geschah nichts. Norrec fasste sich ein Herz, öffnete den Riegel und machte die Tür auf …

Regen und Wind schlugen ihm entgegen, doch keine schreckerregende Gestalt, die ihre knochigen Finger ausstreckte, um ihn zu verdammen, stand vor der Kajüte.

Norrec nahm seinen Umhang und eilte nach draußen, wo er sofort erst nach links, dann nach rechts blickte.

In Richtung des Bugs erblickte er die schwachen Umrisse der Männer, die damit befasst waren, die Segel zu halten, doch von den Phantomen war keine Spur zu finden.

Lautes Trampeln ließ ihn wieder zum Heck blicken, wo er einen von Cascos Männern sah, der in Richtung Bug rannte. Der Mann wäre an Norrec vorbeigelaufen, ohne ihn eines Blickes zu würdigen, doch der Soldat packte ihn und ignorierte den wütenden Blick des Mannes, während er fragte: „Habt Ihr irgendjemanden vor meinem Quartier stehen sehen?“

Der Matrose erwiderte etwas in einer anderen Sprache, dann riss er sich los, als wäre Norrec ein Leprakranker. Norrec sah dem Mann nach, dann fiel sein Blick auf die Reling. Ein Gedanke schoss ihm durch den Kopf, der eigentlich völlig lächerlich war, der ihn aber doch mit dem Schicksal spielen ließ, indem er an die Reling trat und über die Bordwand spähte.

Die Wellen brandeten unablässig gegen den Rumpf der *Hawksfire* und gaben sich scheinbar redliche Mühe, das alte Holz zu durchbrechen, um das Schiff auf den Meeresgrund zu ziehen. Der Seegang war äußerst heftig, und manche Welle stieg so hoch, dass Norrec Schwierigkeiten hatte, den Himmel zu erkennen.

Doch von seinem Besucher war nichts zu sehen. Kein rachsüchtiger Ghul klammerte sich an die Bordwand. Die erbarmungslosen Schatten von Sadun Tryst und Fauztin hatten doch nicht vor seiner Kajüte gestanden. Sie waren reine Einbildung gewesen, so wie er es sich auch erhofft hatte.

„Ihr da! Was macht Ihr hier draußen? Zurück ins Quartier! Zurück!“ Kapitän Casco kam vom Bug her zu Norrec gehumpelt. Er schien außer sich, dass sein einziger Passagier sich den Elementen hatte stellen wollen. Norrec bezweifelte, dass es etwas mit seinem Wohlergehen zu tun hatte. So wie bei der übrigen Crew haftete auch jedem von Cascos wütenden Worten ein Hauch von Angst an.

„Was ist los? Stimmt etwas nicht?“

„Etwas soll nicht stimmen?“, schnauzte der kadaverartige Seemann ihn an. „Alles in Ordnung! Zurück in die Kajüte! Ein Sturm tobt! Seid Ihr ein Narr?“

Fast war Norrec versucht, Cascos Frage zu bejahen, doch er wollte nicht mit dem Mann diskutieren. Während der verkrüppelte Kapitän ihm nachsah, kehrte Norrec in seine Kajüte zurück und schloss unter Cascos finsteren Blicken die Tür. Einen Moment später hörte er ihn davonstapfen.

Der Gedanke, wieder einzuschlafen, behagte Norrec überhaupt nicht, dennoch versuchte er es. Anfangs wollten die Fragen, die durch seinen Kopf stoben, keine Ruhe geben – Fragen, von denen er eine nicht beantworten konnte. Diese eine Frage drehte sich darum, warum der karmesinrote Panzerhandschuh zu leuchten begonnen hatte, bevor Norrec sein Quartier verlassen hatte. Wenn hinter der Tür gar keine Gefahr gelauert hatte, welchen Grund gab es dann für die Rüstung, so zu reagieren? Sie hatte zwar nicht die Kontrolle übernommen, dennoch kam es ihm vor, als hätte die Aktion einem bestimmten Zweck gedient …

Norrec schlief über seinen Überlegungen ein und wachte erst wieder auf, als ein Donnerschlag seine Kajüte erschütterte und ihn beinahe aus dem Bett warf. Der Soldat war einen Moment lang desorientiert und versuchte vergeblich abzuschätzen, wie lange er geschlafen hatte. Der Sturm tobte immer noch heftig, was für Norrec ein Hinweis darauf war, dass erst wenige Stunden vergangen sein konnten. Nur selten hatte er einen Sturm erlebt, der länger als einen Tag anhielt, auch wenn das auf hoher See durchaus anders sein mochte.

Norrec streckte seine steifen Arme und Beine und versuchte, wieder einzuschlafen.

Ein lang anhaltendes Krachen, das sich deutlich von einem Donner unterschied, ließ ihn erneut hochfahren. Er kannte das Geräusch, auch wenn er es noch nicht allzu oft gehört hatte – es war das Geräusch von zerberstendem *Holz*.

Auf einem Schiff inmitten eines schweren Sturms konnte das für alle den Untergang bedeuten.

Norrec stürmte aus seiner Kajüte und eilte zum Bug. Aufgeregte Rufe verrieten ihm, dass die Mannschaft sich bereits der drohenden Gefahr angenommen hatte. Er wusste auch, wie schwierig das Unterfangen sein würde, falls das eingetroffen war, was er vermutete. Bei einem solchen Chaos war es schon schlimm genug, wenn ein Schiff Schaden erlitt, doch diesen Schaden zu reparieren …

Im nächsten Moment wurden seine ärgsten Befürchtungen Wirklichkeit. Vor ihm bemühten sich etliche Matrosen, einen Mast daran zu hindern, gänzlich in zwei Teile zu zerbrechen. Sie zogen an Tauen und versuchten, den oberen Teil an seinem Platz zu halten, während die Bruchstelle mit Planken, Nägeln und weiteren Tauen geflickt wurde. Norrec konnte aber schon jetzt sehen, dass sie sich vergeblich abmühten. Der Mast neigte sich immer stärker zur Seite, und wenn er brach, würden auch die anderen nicht mehr lange halten.

Er wollte etwas unternehmen, aber keine seiner Fähigkeiten hätte den erfahrenen Seeleuten etwas geholfen. Norrec starrte seine Panzerhandschuhe an, deren karmesinrote Färbung sie so mächtig und so voller Kraft aussehen ließ. Doch die hoch gerühmte Kraft von Bartucs Vermächtnis würde ihn hier nicht weiterbringen.

Der Gedanke verblasste, als sich ohne Vorwarnung um beide Handschuhe eine beängstigende blaue Aura legte.

Warnungslos stürmte Norrec vor; die Rüstung hatte wieder die Herrschaft über ihn übernommen. Diesmal wehrte er sich nicht dagegen, da er zu wissen glaubte, *was* die Rüstung vorhatte – auch wenn ihm nicht klar war, *wie* sie vorgehen würde. Die Rüstung wollte nicht, dass Norrec unterging. Allein, um *sein* Überleben zu sichern, musste sie handeln.

„Weg! Weg!“, schrie Kapitän Casco, der davon überzeugt war, dass der tollpatschige Passagier alles nur noch schlimmer machen würde. Doch Norrec stürmte an dem Mann vorbei und warf ihn dabei beinahe um.

Der Mast knarrte unheilverkündend, ein sicheres Zeichen, dass nur noch Sekunden verblieben, ehe er gegen den nächsten Mast fiel. Norrec holte tief Luft und wartete nervös ab, was die Rüstung tun würde.

„Kesra! Qezal irakus!“

Jedes der Worte wurde von Blitzen untermalt, doch Norrec

nahm davon kaum Notiz. Er bemerkte allerdings das, was auch keinem der Umstehenden entging – mehrere grünschimmernde Gestalten umgaben den Mast und hielten sich daran fest. Sie hatten starke, schlanke Arme, die in saugnapfähnliche Finger ausliefen, doch da, wo sich ihre Beine hätten befinden müssen, war etwas, das an gigantische Schnecken erinnerte. Die Kreaturen fauchten und krochen umher, und ihre zur Hälfte sichtbaren Gesichter schienen dem zu entsprechen, wie sich ein geisteskranker Künstler eine Fledermaus vorstellen mochte, eine Fledermaus, die sich als Clown maskiert hatte.

Die Matrosen flohen entsetzt, ließen die Taue und das Holz los. Der Mast begann zu kippen …

Die schimmernde Horde hob ihn zurück an seinen eigentlichen Platz. Während einige der Geschöpfe den Mast festhielten, krochen andere immer wieder über die Bruchstelle. Dabei hinterließen sie auf dem geborstenen Holz eine Schleimspur, die fast im gleichen Moment trocknete, hart wurde und so den Mast wieder stabilisierte. Immer weiter krochen die Kreaturen, als würden sie sich ein verrücktes Rennen liefern, für das es keine Ziellinie gab. Die anderen, die den Mast nicht länger stützen mussten, sahen abwartend zu. Dabei gaben sie Zischlaute von sich, als wollten sie diejenigen anfeuern, die noch um den Mast kreisten.

„Kesra! Qezal ranakka!“

Die Dämonen kamen vom Mast herunter und gesellten sich zu ihresgleichen. Norrec wandte den Blick von der schrecklichen Bande ab und betrachtete das Werk, das sie geleistet hatten. Obwohl es immer noch stürmte, bewegte sich der Mast so, als würde nur eine sanfte Brise wehen. Sie hatten ihn nicht nur repariert, sondern auch noch so weit verstärkt, dass dieser eine Mast die Reise wohl besser als die beiden anderen überstehen würde.

Die Rüstung schien zufrieden zu sein, da sie Norrec eine beiläufige Handbewegung machen ließ. Ein Lichtblitz, der so grell war, dass Norrec seine Augen abschirmen musste, hüllte die

Truppe ein. Die Kreaturen zischten lauter und rauer, bis ein scheinbares Seufzen ertönte und das Licht schwächer wurde. Von den schneckenartigen Bestien war nichts mehr zu sehen, auch nichts von dem Schleim, den sie hinter sich hergezogen hatten.

Den Sturm schien das nicht beeindruckt zu haben, da er die *Hawksfire* weiter schaukeln ließ. Obwohl es eher ungefährlicher geworden war, zögerte die Crew, auf ihre Posten zurückzukehren. Erst als der Kapitän sie anbrüllte, kam Bewegung in die Mannschaft. Die Matrosen machten einen großen Bogen um Norrec und starrten ihn ängstlich an. Zwar hatten die von ihm heraufbeschworenen Dämonen ihnen das Leben gerettet, doch das Wissen, jemand auf dem Schiff zu haben, der solch schreckliche Erscheinungen entstehen lassen konnte, erschütterte die Männer bis tief in ihre Seele.

Norrec kümmerte das jedoch nicht, da er so erschöpft war, dass seine Beine unter ihm nachzugeben drohten. Auch wenn die Rüstung den Zauber gewirkt hatte, fühlte er sich so, als hätte er persönlich den Mast gerettet. Norrec wartete, dass die Rüstung ihn zurück in die Kajüte brachte, doch da die Gefahr gebannt war, hatte sie ihm offenbar die Gewalt über sich selbst zurückgegeben.

Als er sich abwandte und das Deck verließ, kam es ihm vor, als würden tausend Pfund Eisen auf ihm lasten. Er spürte, dass ihn die unbehaglichen Blicke der Crew verfolgten. Sicher würden sie schon bald vergessen haben, dass sie ihm ihr Leben verdankten, und stattdessen über die Tatsache nachsinnen, dass einer an Bord war, der über Dämonen gebot. Die Angst davor konnte leicht in Gewalt umschlagen …

Trotz dieser Gedanken wollte Norrec nur in sein Bett zurück. Er brauchte so dringend Schlaf, dass ihn nicht einmal mehr der Sturm wach halten konnte. Am Morgen würde er zu erklären versuchen, was geschehen war.

Norrec hoffte nur, dass die Crew in der Zwischenzeit nicht auf dumme oder gar tödliche Gedanken kam.

Dunkelheit. Warme, alles umgebende Dunkelheit.

Kara drückte sich in sie und empfand sie als so wohlig, dass sie kein Verlangen verspürte, sich aus ihr zu lösen. Und doch trat der Moment ein, da etwas – das ungute Gefühl, dass etwas Unheilvolles drohte – sie dazu brachte, sich hin und her zu wälzen ... und versuchte, sie aufzuwecken.

Sie hörte auch eine Stimme.

„Kara! Mädchen! Wo seid Ihr?"

Die Stimme hatte etwas Vertrautes an sich, das sie langsam aus dem Vergessen holte. Während sie sich bemühte aufzuwachen, unterstützte sie Kara Nightshadows eigener Wille. Diese Dunkelheit ... dieses Nichts ... es hielt sie gefangen. Die Geborgenheit, die es bot, war von einer erdrückenden Art ... wie ewiger Schlaf.

„Kara!"

Jetzt war es nicht mehr wohlig, sondern es kratzte an ihr, drückte auf sie, fühlte sich an wie ein Sarg, weniger wie ein weiches Lager ...

„Kara!"

Die Nekromantin riss die Augen auf.

Sie war in einem hölzernen Grab gefangen, ihre Gliedmaßen schienen gefroren zu sein.

Irgendwo bellte ein Hund. Die Nekromantin zwinkerte und versuchte, sich besser zu konzentrieren. Durch ein paar dünne Risse fiel etwas Licht herein, das sie besser verstehen ließ, was mit ihr geschehen war. Zu allen Seiten machte Holz es ihr unmöglich, sich zu bewegen – ein hohler Baum ohne größere Öffnungen. Irgendwie hatte man sie hier hereinversetzt, aber warum? Um sie sterben zu lassen?

Ein Gefühl von Klaustrophobie überwältigte sie beinahe.

Kara versuchte, ihre Arme zu bewegen, doch es gelang ihr nicht. Sie wurden fest an ihre Seiten gepresst und waren von Vegetation umgeben, die im Innern des Baumes wuchs. Schlimmer war aber noch, dass Moos ihren Mund bedeckte und ihre Lippen verschloss. Sie versuchte, einen Laut von sich zu geben, doch der wurde vom Moos und von dem dicken Stamm gedämpft. Kara wusste, dass niemand sie außerhalb bemerken würde.

Weitere Hunde bellten, diesmal schien es näher zu sein. Sie konzentrierte sich auf eine Stimme … Kapitän Jeronnans Stimme, die ihren Namen rief.

„Kara! Mädchen! Könnt Ihr mich hören?"

Sie konnte auch ihre Beine nicht bewegen, wohl aus den gleichen Gründen, die ihre Arme unbeweglich machten. Körperlich war Kara völlig hilflos.

Das Gefühl der Klaustrophobie wurde stärker. Auch wenn Nekromanten den größten Teil ihrer jungen Jahre in Abgeschiedenheit zubrachten, war es Kara immer möglich gewesen, sich frei zu bewegen und ihre eigenen Entscheidungen zu treffen. Beides hatten ihre ghulartigen Angreifer ihr nun genommen. Warum sie sie nicht auf der Stelle getötet hatten, vermochte die verzweifelte Magierin nicht zu sagen, doch wenn ihr nicht bald die Flucht gelang, würde sie hier sterben – auf eine sehr langsame und sehr grausame Weise.

Dieser Gedanke, gepaart mit dem wachsenden Gefühl, dass der Baumstamm sie von allen Seiten bedrängte, trieb Kara auf eine Weise an, wie es keinem ihrer Lehrer jemals zuvor gelungen war. Sie wollte entkommen, sie wollte frei sein, sie wollte nicht den langsamen Hungertod sterben …

Da sie bewegungsunfähig und zum Schweigen verdammt war, konnte kein noch so ausgefeilter Zauber sie retten. Doch urtümliche Instinkte, die von den Anhängern Rathmas normalerweise gut unter Kontrolle gehalten wurden, suchten ein Ventil. Kara starrte das Holz vor ihrem Gesicht an und betrachtete es als ihre Nemesis, als ihr Grab.

Sie würde nicht auf diese Weise sterben, nicht durch die finstere Magie eines untoten Hexenmeisters …

Sie würde so nicht sterben …

Das Innere des Baums erhitzte sich, die Luft wurde stickig. Schweiß rann der Nekromantin über das Gesicht. Die Vegetation schien sich fester um ihre Gliedmaßen zu schlingen.

Nicht sterben …

Ihre silbernen Augen leuchteten auf … wurden heller und heller …

Und dann explodierte der Baum.

Holzstücke flogen in alle Richtungen und prasselten auf die Umgebung nieder. Von irgendwoher hörte Kara Männer fluchen und Hunde jaulen. Für sie konnte Kara aber nichts tun, und für sich selbst ebenfalls nichts. Die Nekromantin fiel nach vorne, da Arme und Beine endlich wieder frei waren. Instinktiv riss sie die Arme hoch, um zu verhindern, dass sie mit dem Kopf auf dem Boden aufschlug, doch das verhinderte nicht, dass sie einen Moment lang das Bewusstsein verlor, als ihr Körper aufprallte.

Sie vernahm Stimmen, die sich ihr zu nähern schienen. Ein Tier schnupperte dicht neben ihrem Kopf auf dem Boden und stieß mit seiner kalten Schnauze kurz ihr Ohr an. Sie hörte einen Befehl, dann berührten sie kräftige und zugleich sanfte Hände an den Schultern.

„Kara! Was im Namen der Meerhexe ist mit Euch geschehen, Mädchen?“

„Jeron …“, brachte sie hervor, mehr konnte sie nicht sagen.

„Ganz ruhig, Mädchen! Hier, du Narr, nimm die Hundeleinen! Ich werde mich um sie kümmern!“

„Aye, Kapitän!“

Kara bekam vom Rückweg nach Gea Kul kaum etwas mit, bis

auf den Moment, als der Wirt, der sie auf seinen Armen trug, mit einem seiner Gefährten schimpfte, weil die Hunde ihn beinahe zum Stolpern brachten. Sie wurde immer wieder kurz besinnungslos, und von Zeit zu Zeit erinnerte sie sich an den kurzen Blick, den sie auf die beiden Wiedergänger hatte werfen können. Etwas an ihnen empfand sie als zutiefst beunruhigend, mehr noch, als sie es für möglich gehalten hätte.

Sogar in ihrer momentanen Verfassung ging es ihr durch den Kopf, dass die beiden für ihre, Karas, Sinne unsichtbar gewesen waren und dass sie mit ihr gespielt hatten, obwohl es anders herum eher gepasst hätte. Nekromanten manipulierten die Mächte von Leben und Tod, nicht umgekehrt. Doch der Vizjerei und sein grinsender Begleiter hatten mit ihr gespielt, als wäre Kara noch unbedeutender als eine Schülerin im ersten Jahr. Wie war das möglich? Und warum wandelten sie überhaupt auf dieser Welt?

Die Antwort musste etwas mit ihrem Fehler zu tun haben, den sie in der Grabkammer begangen hatte. Obwohl ihre Ausbildung sich nie derart erstaunlichen Begebenheiten gewidmet hatte, musste das Phantasma irgendwie in der Lage gewesen sein, die volle Kontrolle über den Leichnam zu übernehmen. Danach musste es den Begleiter, den es zu Lebzeiten gekannt hatte, zu sich gerufen haben und mit ihm auf magische Weise verschwunden sein, bevor sie selbst hatte zurückkehren können.

Eine einfache Antwort, wenngleich nicht sehr befriedigend. Irgendetwas war Kara entgangen, dessen war sie sich sicher.

„Zauberin?"

Das Wort hallte in ihrem Schädel nach und vertrieb ihre Grübeleien. Sie zwang sich, die Augen zu öffnen – dass sie sie geschlossen hatte, wurde ihr erst jetzt bewusst –, dann sah sie in das besorgte Gesicht von Kapitän Hanos Jeronnan. „Was …?"

„Ganz ruhig, Mädchen. Ihr habt zwei Tage nichts gegessen

und getrunken. Das reicht zwar nicht, um Euch einen Schaden zuzufügen, aber gut tut es Euch auch nicht."

Zwei Tage? Sie war zwei Tage lang in diesem Baum gefangen gewesen?

„Als Ihr in der Nacht verschwunden seid, habe ich sofort eine Suche in die Wege geleitet, doch erst als der Morgen anbrach, fand ich diesen Beutel nahe dem Gasthaus." Er hielt einen kleinen Lederbeutel hoch, in dem Kara einige der Kräuter aufbewahrte, die für ihr Schaffen nötig waren. Nekromantische Zauber machten andere Komponenten als nur Blut erforderlich, auch wenn die wenigsten Außenstehenden davon wussten.

Merkwürdig nur, dass sie diesen Beutel verlieren sollte. Es hätte ihre Widersacher wertvolle Zeit gekostet, ihn von ihrem Gürtel zu lösen, da die junge Zauberkundige ihn normalerweise gründlich festzurrte. Es war eine noch sinnlosere Aktion, wenn man in Erwägung zog, dass der einzige Grund dafür im Grunde nur der sein konnte, dass auf ihre Entführung aufmerksam gemacht werden sollte. So etwas hätte ein Ghul aber wohl kaum getan.

Andererseits hatten sie ihren wehrlosen Körper in einen toten Baum gesteckt, sie aber nicht sofort umgebracht …

Sie war so verwirrt, dass man es ihr sogar ansehen musste, da der Gastwirt sofort versuchte, ihr behilflich zu sein. „Was ist? Braucht Ihr mehr Wasser? Eine Decke?"

„Mir geht …" Ihre Worte glichen mehr dem Quaken eines Froschs – oder dem Tonfall des gesprächigeren der beiden Wiedergänger. Kara nahm dankbar einen Schluck Wasser, dann setzte sie noch einmal an. „Mir geht es gut, Kapitän … und ich danke Euch für Eure Besorgnis. Ich werde Euch natürlich entlohnen, dafür, dass …"

„Ich dulde keine unflätigen Worte in meiner Gaststube, Mylady! Ich will davon nichts mehr hören!"

Er war ihr wahrhaftig ein Rätsel. „Kapitän Jeronnan, die

meisten Menschen, vor allem jene aus dem Westen, hätten mich lieber in diesem Baum verrotten lassen, von einem Suchtrupp möchte ich gar nicht erst sprechen. Warum tut Ihr das?“

Ihre Frage schien dem großen Mann unangenehm zu sein. „Ich habe immer ein Auge auf meine Gäste, Mädchen.“

Obwohl ihr ganzer Körper schmerzte, stützte sie sich ab, um sich aufzusetzen. Jeronnan hatte ihr ein Zimmer gegeben, von dem sie nicht geglaubt hätte, etwas Derartiges irgendwo in Gea Kul vorzufinden. Es war sauber und bequem, und es war auch kein Fischgeruch zu bemerken. Doch Kara ließ sich durch die angenehme Umgebung nicht von ihrer Frage abbringen: „*Warum* tut Ihr das, Kapitän?“

„Ich hatte selbst einmal eine Tochter“, begann er widerstrebend. „Bevor Ihr jetzt etwas Falsches denkt, sie sah Euch nicht ähnlich, außer, dass sie auch eine Schönheit war.“ Jeronnan räusperte sich. „Ihre Mutter war von höherem Stand als ich, doch mein Erfolg bei der Marine ließ mich aufsteigen, und wir konnten heiraten. Terania wurde uns geboren, doch ihre Mutter überlebte die Geburt nicht lange.“ Eine einzelne Träne fand den Weg aus einem Auge des schroffen Mannes, und er wischte sie rasch fort. „Die nächsten gut zehn Jahre hasste ich mein Leben, weil es mich von dem einzigen Menschen fortriss, den ich noch hatte. Schließlich quittierte ich den Dienst, da meine Tochter im Begriff war, zu einer jungen Dame heranzureifen. Ich reiste mit ihr über See an einen Ort, an dessen Schönheit ich mich erinnerte. Terania beklagte sich nie, sie schien dort sogar aufzublühen.“

„Gea Kul?“

„Ihr müsst nicht so überrascht klingen, Mädchen. Vor zehn Jahren war das hier ein viel schönerer und sauberer Ort. Etwas Übles hat ihn irgendwann heimgesucht, so wie es mit allen Orten geschieht, von denen ich in der letzten Zeit höre.“

Kara wahrte eine neutrale Miene. Als eine der Treuen von

Rathma wusste sie sehr wohl, dass finstere Mächte begonnen hatten, sich auf der Welt auszubreiten. Die Plünderung von Bartucs Grab war nur *ein* weiterer Beleg für diese Tatsache. Die Nekromanten fürchteten, die Welt werde bald aus dem empfindlichen Gleichgewicht geraten und die Gezeiten würden zu Gunsten der Höllenfürsten umschlagen.

Und sie fürchteten, dass Dämonen bereits die Welt bevölkerten.

Kapitän Jeronnan hatte weitergeredet, während sie ihren Gedanken nachgegangen war, und so hatte Kara seine letzten Worte nicht mitbekommen. Doch eine Bemerkung weckte ihr Interesse so sehr, dass sie dazwischenrief: „Was?“

Sein Gesicht hatte mittlerweile einen sehr finsteren Ausdruck angenommen. „Aye, genau das ist geschehen. Zwei Jahre lang haben wir hier glücklich und in Frieden gelebt. Und dann, eines Nachts, habe ich sie in ihrem Zimmer schreien gehört. Niemand konnte dorthin gelangen, ohne zuerst an mir vorbeizukommen! Ich rannte die Tür ein, aber sie war *spurlos* verschwunden. Ihr Fenster war verschlossen, ich habe ihren Schrank durchsucht, doch irgendwie war sie aus dem Zimmer verschwunden, aus dem es eigentlich keinen anderen Ausgang gab.“

Jeronnan hatte überall nach seiner Tochter gesucht, und viele der Einwohner waren an der Suche beteiligt gewesen. Drei Tage lang hatte er gesucht, und drei Tage lang war er gescheitert. Bis der Kapitän eines Nachts beim Versuch einzuschlafen seine Tochter rufen hörte.

Trotz seiner verzweifelten Hoffnung war er ein vorsichtiger Mann, weshalb er die zeremonielle Klinge mitnahm, die ihm sein Admiral überreicht hatte. Mit dieser Klinge war der Wirt hinaus in die Wildnis gegangen, um dem Ruf seines Kindes zu folgen. Über eine Stunde lang suchte er in den Wäldern und auf den Hügeln, bis er nahe einem krummen Baum endlich seine geliebte Terania entdeckte. Das Mädchen, dessen Haut so merkwürdig blass gewesen war – noch blasser die von Kara –, hatte dort gestanden und mit ausgestreckten Armen auf den Vater gewartet.

Sie hatte wieder nach ihm gerufen, und Jeronnan hatte natürlich reagiert. Mit dem Schwert in der einen Hand hatte er seine Tochter an sich gedrückt …

… und mit ihren Reißzähnen hätte sie ihm beinahe die Kehle zerfetzt.

Kapitän Jeronnan hatte die Meere der Welt bereist, zahlreiche wundervolle, aber auch ebenso viele beängstigende Dinge geschaut, im Namen seiner Herren gegen Piraten und Schurken gekämpft, doch keine Erfahrung seines gesamten Lebens hatte ihm mehr bedeutet, als sein einziges Kind großzuziehen.

Und nichts hatte ihn mehr in der Seele verletzt, als seine Klinge durch das Herz jener Kreatur zu stoßen, die einst seine Tochter gewesen war.

„Die Waffe hängt unten“, murmelte er abschließend. „Ein handwerkliches Meisterstück, und auch noch von praktischem Nutzen.“ Der Kapitän schwieg einen Moment, dann fügte er an: „Versilbert, sonst würde ich heute nicht mit Euch zusammensitzen können.“

„Was war mit ihr geschehen, mit Eurer Tochter?“ Kara kannte derartige Geschichten, doch es gab verschiedene Ursachen.

„Das ist ja das Schlimmste: Ich habe es nie herausgefunden. Es war mir gelungen, dieses Erlebnis zu verdrängen, bis Ihr auf einmal verschwunden wart. Ich fürchtete, jenes … jenes *Etwas* sei zurückgekommen, um auch Euch zu holen.“ Eine Träne hing ihm im Auge. „Ich höre sie noch immer schreien … als sie verschwand und als ich sie *tötete.“*

Nicht Jeronnans unidentifizierter Schrecken hatte Kara heimgesucht, so viel schien klar. „Vergebt mir, Kapitän, wenn ich so gefühllos klinge, was Euren Verlust angeht. Aber ist in der Zeit, in der ich verschwunden war, irgendein Schiff ausgelaufen?“

Karas Frage überraschte den trauernden Mann einen Moment lang, doch dann hatte er sich gefasst. „Das einzige Schiff, das bislang den Hafen verlassen hat, ist die *Hawksfire*. Ein verfluchtes Schiff, wenn ich denn je eines gesehen habe. Mich wundert, dass es bis heute noch nicht gesunken ist."

Nur ein Schiff war ausgelaufen. Es musste das sein, das sie suchte. „Mit welchem Ziel?"

„Lut Gholein. Es segelt immer dorthin."

Sie kannte den Namen. Ein blühendes Königreich an den westlichen Gestaden der Zwillingsmeere, ein Ort, an dem Händler aus allen Teilen der Welt ihre Waren feilboten.

Lut Gholein. Der Vizjerei und sein grinsender Freund hatten den Weg vom Grab bis hierher zurückgelegt, und sie hatten dabei ein Tempo an den Tag gelegt, das nur diejenigen durchhalten konnten, die keine Erschöpfung kannten. Sie waren gezielt nach Gea Kul gekommen, das nur einen Zweck kannte, nämlich Tor zu anderen Reichen zu sein.

Doch warum taten sie all dies? Es konnte nur einen Grund geben: Sie verfolgten die verbliebenen Mitglieder ihrer Gruppe, also diejenigen, die Bartucs Rüstung mit sich führten. Kara vermutete, dass es sich nur um einen Mann handelte, sie musste jedoch die Möglichkeit berücksichtigen, es vielleicht mit einer ganzen Gruppe zu tun zu haben.

Also befanden sich auf der *Hawksfire* entweder die Überlebenden oder die Wiedergänger. War Letzteres der Fall, dann musste sich das Paar gut versteckt haben, um nicht entdeckt zu werden. Andererseits hatte sie Geschichten über Wiedergänger gehört, die alles Erdenkliche unternahmen, um ihre Opfer zu verfolgen. Die See zu überqueren würde schwierig, aber nicht unmöglich sein.

Lut Gholein. Vielleicht würde auch dies nur ein weiterer kurzer Zwischenstopp sein, doch zumindest hatte Kara jetzt ein klares Ziel.

„Kapitän, wann legt das nächste Schiff dorthin ab?“

„Mädchen, Ihr seid kaum in der Lage, aufrecht zu sitzen, ganz zu schweigen von …“

Ihre silbernen Augen fixierten ihn unerbittlich. „Wann?“

Er rieb sein Kinn. „So bald nicht. Vielleicht in einer Woche, vielleicht später.“

Viel zu spät. Bis dahin wären sowohl die Wiedergänger als auch diejenigen, die sie verfolgten, verschwunden – und die Rüstung mit ihnen. Noch wichtiger als ihr Dolch war, dass die Rüstung des blutrünstigen Kriegsherrn weiter bewegt wurde. Die Zauber dieser Rüstung würden die Ehrgeizigen auf den Plan rufen.

Und die mussten nicht zwangsläufig menschlich sein.

„Ich habe finanzielle Mittel. Könnt Ihr mir ein Schiff empfehlen, das ich dafür anheuern könnte?“

Jeronnan sah sie einen Moment lang an. „Ist es so wichtig?“

„Wichtiger, als Ihr Euch vorstellen könnt.“

Seufzend erwiderte der Wirt: „Es gibt ein kleines, aber gutes Schiff, die *King's Shield*. Sie liegt am nördlichsten Ende des Hafens und kann jederzeit auslaufen. Sie braucht nur ein oder zwei Tage, um die Crew zusammenzuholen und Vorräte an Bord zu nehmen.“

„Glaubt Ihr, dass Ihr den Eigentümer davon überzeugen könnt, mich anzuhören?“

Jeronnan musste über ihre Worte laut lachen. „Macht Euch darüber keine Gedanken, Mylady! Er ist ein Mann, der sich für so manche Sache eingesetzt hat, solange sie dem Guten diente.“

Ihre Hoffnung wuchs. Sie fühlte sich jetzt schon fast erholt genug, um zu reisen. Die *Hawksfire* hatte ein paar Tage Vorsprung, doch mit einem guten Schiff konnte Kara kurz nach ihr in Lut Gholein eintreffen. Ihre besonderen Fähigkeiten, gepaart mit einigen unverfänglichen Fragen, sollten es ihr dann ermöglichen, von dort aus die Fährte aufzunehmen.

„Ich muss mit ihm reden. Es muss mir möglich sein, morgen früh aufzubrechen."

„Morgen früh …"

Wieder warf sie ihm diesen Blick zu. Kara bedauerte es, so zu drängen, doch es stand mehr auf dem Spiel als ihre Gesundheit oder die Geduld dieses fremden Kapitäns. „Es muss sein."

„Also gut." Er schüttelte den Kopf. „Ich werde alles vorbereiten. Wir stechen morgen früh in See."

Kara war von seinem plötzlichen Angebot gerührt. „Es ist mehr als genug, dass Ihr den Kapitän der *King's Shield* davon überzeugen könnt, diese Reise zu unternehmen, da müsst Ihr Euch nicht auch noch von Eurem geliebten Gasthaus trennen! Es ist nicht länger Eure Sorge."

„Ich mag es nicht, wenn meine Gäste beinahe ums Leben gebracht werden … oder noch Schlimmeres, Mädchen. Außerdem bin ich schon viel zu lang an Land. Es wird gut sein, wieder die See unter sich zu wissen!" Er beugte sich vor und lächelte sie an. „Und was den Punkt angeht, den Kapitän zu überzeugen, glaube ich, dass Ihr mich nicht verstanden habt, Zauberin. *Ich* bin der Eigentümer dieses Schiffs. Bei allem, was mir heilig ist, werde ich dafür sorgen, dass wir morgen früh die Segel setzen können. Wenn nicht, verspreche ich Euch, dass die Hölle losbricht!"

Während er davoneilte, um die nötigen Vorbereitungen zu treffen, sackte Kara in sich zusammen. Seine letzten Worte hatten sie genau im Nerv getroffen. *Dass die Hölle losbricht!*

Kapitän Hanos Jeronnan hatte offenbar keine Ahnung, wie genau sich seine Worte bewahrheiten konnten.

SIEBEN

„Meine Männer werden allmählich unruhig, und ich kann sie sehr gut verstehen, Galeona. Uns winkt Großes, und wir sitzen hier am Rand der Wüste fest!“

„Es war Euer Befehl, dass wir hier verweilen sollen, mein lieber Augustus.“

Er stand über ihr. „Weil Ihr sagtet, wir würden schon bald mehr über den Aufenthaltsort von Bartucs Rüstung wissen! Wir würden schon bald wissen, wohin dieser Narr sie bringt!“ Malevolyn griff in ihr Haar und zog sie hoch, bis sich ihre Gesichter fast berührten. „Findet Ihn, mein Schatz. Findet Ihn – sonst könnte es passieren, dass ich Euer Ableben betrauern muss.“

Sie ließ ihn keine Furcht erkennen. Wer dem General gegenüber Angst eingestand, der sank in seiner Achtung, wurde nie wieder respektiert und damit für ihn verzichtbar. Galeona hatte lange und schwer dafür gearbeitet, sich für ihn unersetzlich zu machen – und das würde sie jetzt nicht aufs Spiel setzen.

„Ich werde sehen, was ich tun kann. Doch diesmal muss es ohne Euch bewerkstelligt werden.“

Er legte die Stirn in Falten. „Ihr habt in der Vergangenheit immer meine Anwesenheit benötigt. Wieso jetzt plötzlich nicht mehr?“

„Weil das, was ich tun werde, von mir erfordert, tiefer einzutauchen als jemals zuvor … und wenn ich dabei aus irgendeinem Grund im falschen Moment gestört werde, wird das nicht nur mich töten, sondern vermutlich auch jeden, der sich dabei in meiner Nähe aufhält."

Diese Worte machten auf den General sichtlich Eindruck. Er hob die Augenbrauen und sagte: „Nun gut. Gibt es noch irgendetwas, das Ihr benötigt?"

Plötzlich vernahm Galeona eine Stimme in ihrem Kopf. *Es muss … ein Opfer geben.*

Die Hexenmeisterin lächelte, legte einen Arm um Malevolyn und küsste ihn auf den Mund. Als sie sich wieder von ihm löste, fragte sie wie in Gedanken: „Wer hat Euch in letzter Zeit am meisten enttäuscht, mein Geliebter?"

Er verzog seinen Mund zu einer schmalen, geraden Linie, die von Unnachgiebigkeit und Unerbittlichkeit zeugte. „Hauptmann Tolos hat sich in jüngerer Zeit ein wenig als Enttäuschung erwiesen. Ich glaube, er lässt in seiner Entschlossenheit nach."

Sie strich mit ihrer Hand über Malevolyns Wange. „Dann habe ich vielleicht eine Verwendung für ihn, die Euch nützlicher sein könnte."

„Ich verstehe. Ich schicke ihn sofort zu Euch. Liefert mir nur *Ergebnisse*."

„Ich denke, Ihr werdet zufrieden sein."

„Das wird sich noch zeigen."

General Malevolyn verließ das Zelt, und Galeona wandte sich sofort einem bestimmten Schatten zu. „Glaubst du, das wird genügen?"

„Dieser eine kann es nur versuchen", gab Xazax zurück. Der Schatten löste sich von den anderen und kam näher. Als ein Teil davon über den Fuß der Hexenmeisterin glitt, war es ihr, als nähere sich der Tod.

„Diesmal muss ich ihn finden. Du hast gesehen, wie ungeduldig der General geworden ist."

„Dieser eine hat viel länger gewartet als der Sterbliche", erwiderte der Schatten. „Dieser eine will ihn noch viel sehnlicher finden als sogar er."

Sie beide hörten Schritte vor dem Zelt. Xazax' Silhouette verschmolz mit den anderen Schatten. Galeona strich ihr Haar zurück, dann zog sie an ihrer Kleidung, um so viel wie möglich von sich zu präsentieren.

„Ihr dürft eintreten", gurrte sie.

Ein junger Offizier kam herein, den Helm in die Armbeuge geklemmt. Er war rothaarig, hatte einen spärlichen Bartwuchs und so unschuldige Augen, dass er aussah wie ein Lamm, das zur Schlachtbank geführt wurde. Galeona erinnerte sich an sein Gesicht und an die interessanten Gedanken, die ihr bei seinem Anblick mehr als einmal durch den Kopf gegangen waren. „Kommt näher, Hauptmann Tolos."

„Der General hat mich geschickt", erwiderte der Offizier mit leicht verunsicherter Stimme. Zweifellos kannte er den Ruf der Hexenmeisterin, von ihrem Appetit ganz zu schweigen. „Er sagte, Ihr hättet eine Aufgabe für mich."

Sie ging zu dem Tisch, auf dem sie stets Wein für den General bereithielt, und schenkte Tolos einen Kelch von der besten Sorte ein. Galeona hob ihn hoch, damit der Mann ihn sehen konnte und zu ihr gelockt wurde. Wie ein Fisch, der einem Köder folgt, kam er näher. Er wirkte noch immer verwirrt.

Sie drückte ihm den Kelch in die Hand und führte ihn an seinen Mund, während sie ihre andere Hand über seinen Körper gleiten ließ, was seine Unsicherheit nur noch verstärkte.

„Lady Galeona", stammelte Tolos. „Der General schickte mich aus einem bestimmten Grund her, es wäre nicht gut, wenn er entdecken würde ..."

„Kein Wort ..." Sie führte den Kelch weiter an seine Lippen, damit er einen Schluck nahm. Der Soldat mit dem feuerroten Haar trank einen, dann einen zweiten Schluck, bevor die Zauberin den Kelch von ihm wegführte. Mit ihrer freien Hand zog sie ihn an sich, bis sich ihre Lippen berührten. Einen Moment lang blieb er unentschlossen, dann presste er seine Lippen kraftvoll auf ihre.

Genug der vergänglichen Vergnügungen, sagte die Stimme des Dämons in ihrem Kopf. *Wir haben Arbeit vor uns …*

Hinter dem verzauberten Offizier wuchs der Schatten und nahm Gestalt an. Ein Geräusch, das wie ein Schwarm sterbender Fliegen klang, wurde laut – laut genug, um Hauptmann Tolos aus dem Zauber zu reißen, den Galeona über ihn gelegt hatte. Der Schein der Öllampe ließ den Teil eines Schattens in sein Blickfeld geraten, eines Schattens, dessen Form nichts Menschliches hatte.

Tolos schob sie von sich, griff nach seinem Schwert und wirbelte herum, um sich seinem mutmaßlichen Angreifer zu stellen. „Ihr werdet mich nicht so …"

Was immer er hatte sagen wollen, Tolos verstummte. Er riss den Mund auf und wurde totenbleich. Seine Finger suchten noch immer nach dem Schwert, doch die Angst überwältigte ihn so sehr, dass seine Hand zu heftig zitterte, um das Heft greifen zu können.

Der Dämon Xazax, der sich vor ihm aufgebaut hatte, bot allerdings auch einen Anblick, der eine solche Todesangst rechtfertigte. Er war über sieben Fuß groß und erinnerte am ehesten an eine Gottesanbeterin, jedoch eine, wie sie nur in einer der Höllen entstanden sein konnte. Eine wahnsinnige Mischung aus Smaragdgrün und Karmesinrot überzog einen Leib, an dem immense goldene Adern pulsierten. Der Kopf sah aus, als hätte jemand von einem Insekt die äußere Hülle entfernt, um darunter nach einem Schädel zu suchen. Riesige gelbe Facettenaugen starrten ohne Pupillen auf den bemitleidenswerten Sterblichen; Beißzangen, die größer waren als der Kopf des Soldaten – und kleinere Exemplare, die noch gefährlicher waren und sich nahe dem eigentlichen Maul fanden – öffneten und schlossen sich in freudiger Erwartung. Ein Gestank wie von verfaulender Vegetation umgab die monströse Kreatur und breitete sich auch im Zelt aus.

Die mittleren Gliedmaßen – skelettartige Arme, die in dreifingrige Klauen mündeten – schossen blitzschnell vor und zogen den vor Schreck erstarrten Offizier an sich. Schließlich wollte Tolos losschreien, doch der Dämon war schneller und spie ihm eine weiche, klebrige Substanz ins Gesicht.

Xazax hob seine Hauptgliedmaßen hoch über sich, dann jagte er zwei gezackte Sensen, die in nadelähnlichen Spitzen endeten, durch den Brustpanzer des unglücklichen Offiziers und spießte Tolos wie einen Fisch auf.

Sein Leib zuckte heftig, was Xazax zu amüsieren schien. Tolos' Hände griffen nach seiner Brust und seinem Gesicht, doch er konnte weder Xazax zurückdrängen, noch die schleimige Masse wegwischen.

Galeona betrachtete die Szene mit Unbehagen, versuchte aber, ihre eigene Angst vor der körperlichen Präsenz des Dämons zu überspielen, indem sie Zorn und Sarkasmus in ihre Worte legte: „Wenn du dann genug gespielt hast … wir haben noch zu *arbeiten*."

Xazax ließ den immer noch zuckenden Leib los. Tolos fiel zu Boden; sein blutiger Leib lag da wie eine Marionette, deren Fäden man durchgeschnitten hatte. Die höllische Gottesanbeterin schob den Leichnam zu Galeona. „Natürlich."

„Ich werde die Muster aufzeichnen, und du solltest bereit sein, um den Weg zu bahnen."

„Dieser eine wird vorbereitet sein, täusche dich darin nicht, menschliche Galeona."

Die Hexe berührte Tolos' Brust und begann mit dem Aufbringen der notwendigen Muster. Zunächst zeichnete sie eine Reihe von konzentrischen Kreisen, und in den größten von ihnen malte sie mittig ein Pentagramm. Dann fügte sie in Karmesinrot die Beschwörungszeichen und die Schutzzeichen hinzu, die sie und sogar Xazax davor bewahren würden, von der Gewalt des Zaubers überwältigt zu werden.

Nach einigen Minuten intensiver Arbeit hatte Galeona alles vorbereitet, und die Hexenmeisterin blickte zu ihrem dämonischen Verbündeten.

„Dieser eine ist bereit, wie versprochen", erwiderte er mit rauer Stimme auf ihre unausgesprochene Frage.

Der Dämon kam näher und streckte seine sensenartigen Arme aus, bis sie den Mittelpunkt der von Galeona aufgemalten Muster berührten. Die Ohren der Hexenmeisterin schmerzten, als Xazax in einer Sprache zu sprechen begann, die nicht irdischen Ursprungs war. Galeonas Schutzzauber verhinderte, dass außerhalb des Zeltes irgendjemand anderes diese unheilvolle Stimme hören konnte.

Wind kam im Innern des Zeltes auf; er brachte das Tuch zum Zittern und hob Galeonas Haar an, ließ es nach hinten wehen. Die Öllampe flackerte und erlosch schließlich, doch aus der blutigen Brust des toten Soldaten kam ein anderer Lichtschein, eine nasskalt glänzende, giftgrüne Aura.

Xazax setzte seinen dämonischen Redefluss fort, gleichzeitig zeichnete er neue Linien in das karmesinrote Muster. Galeona spürte, wie natürliche und höllische Kräfte freigesetzt wurden und sich zu einer Kombination vermischten, die in der realen Welt so nie möglich gewesen wäre.

Sie streckte ihre Arme aus und begann, die dämonischen Varianten des Musters um ihre eigenen zu erweitern. Inzwischen knisterte das Zeltinnere vor Energie, die sowohl im Fluss als auch im Widerspruch war.

„Sprich die Worte, Mensch", wies Xazax sie an. „Sprich sie, bevor wir von unserer eigenen Schöpfung *verschlungen* werden …"

Galeona begann, und uralte Silben rannen über ihre Lippen. Jedes einzelne Wort ließ ihr eigenes Blut kochen und die grässlichen Adern am Leib ihres Partners aufflackern. Die Hexenmeisterin sprach schneller, da sie wusste, dass sich Xazax' Befürchtung bewahrheiten konnte, wenn sie scheiterte.

Ein Ding, das die Farbe von Schimmel besaß und fast so fleischig wie eine Kröte war, begann sich über dem Leichnam von Hauptmann Tolos zu bilden. Es zappelte und zuckte und versuchte, aus einem Mund zu schreien, der noch nicht völlig Gestalt angenommen hatte.

Lasst … mich … ruhennnn!, forderte es.

Die groteske Kreatur, die selbst nach dämonischen Maßstäben deformiert wirkte, wollte erst nach Galeona, dann nach Xazax schlagen. Doch die Schutzzeichen, die die Hexenmeisterin eingerichtet hatte, lösten einen blauen Funken aus, sobald sich das *Ding* zu weit vorwagte. Nach seiner Reaktion zu urteilen, verursachte der Funke einen heftigen Schmerz, da es sich frustriert zurückzog und seine spindeldürren, mit Klauen versehenen Gliedmaßen so um sich schlang, als versuchte es, sich so sehr in sich zusammenzuziehen, bis es vollständig verschwinden konnte.

„Du hast uns zu gehorchen!", sagte Galeona der gefangenen Kreatur.

Ich … muss … ruhen!

„Du kannst erst ruhen, wenn du die Aufgabe erfüllt hast, die wir für dich haben!"

Alptraumhafte Augen, die umherbaumelten, zugleich aber auch menschlich zu sein schienen, sahen sie mit unverhohlener Gehässigkeit an. *Also gut … jedenfalls für den Moment. Was … willst du … von mir?*

„Keine Magie bindet deine Augen, keine Barriere nimmt dir die Sicht. Sieh für uns, wonach wir suchen, und sage uns, wo es sich befindet!"

Der Schrecken, der über Tolos' erkaltendem Leichnam hing, zuckte und polterte. Sowohl Xazax als auch Galeona wichen ein

Stück zurück, bis sie beide erkannten, dass das Ding nur über ihre Forderung *lachte*.

Das … ist alles? Dafür … werde ich gequält … aus dem Schlaf gerissen … und zum Erinnern gezwungen?

Die Hexe sammelte sich und nickte. „Tu es, und wir werden dich weiterschlafen lassen."

Die Augen drehten sich zu dem Dämon. *Zeig … mir … was ihr sucht.*

Der Dämon zeichnete mitten in das Hauptmuster einen kleinen Kreis, der sich mit orangefarbenem Dunst füllte. Die Augen richteten sich auf den Dunst, um zu sehen, was Galeona verwehrt blieb.

Was ihr … sucht … wird klarer. … Es wird … einen Preis … erfordern.

„Von deinem Lohn", warf Xazax ein, „hast du bereits gekostet."

Ihr Gefangener blickte nach unten auf den Toten. *Akzeptiert.*

Mit diesen Worten wurde Galeonas Geist von einer so starken Macht getroffen, dass die Hexenmeisterin nach hinten fiel und in ihre Kissen sank.

Sie befand sich auf einem Segelschiff von zweifelhafter Bestimmung und ebensolchem Ruf, einem Schiff, das gegen einen Sturm ankämpfte, der ihr keineswegs natürlichen Ursprungs zu sein schien. Der Sturm hatte einige der Segel zerrissen, doch das Schiff drängte weiter vor.

Galeona bemerkte, dass sich keine Mannschaft an Bord befand, so, als würde ein Geist das Schiff lenken. Etwas zerrte aber an ihr und erwartete von ihr, sich unter Deck umzusehen. Ohne auch nur einen Fuß zu rühren, veränderte die Hexenmeisterin ihre Position und befand sich nun vor der Tür zu einer Kajüte. Galeona hob eine durchscheinende Hand und versuchte, die Tür zu öffnen.

Stattdessen driftete sie hindurch und betrat die Kajüte wie einer der Geister, von denen sie vermutete, dass sie das Schiff kontrollierten. Die einzige Person in diesem jämmerlichen Quartier wirkte aber keineswegs wie ein Toter. Bei genauerem Hinsehen schien er sogar viel mehr zu sein, als Galeona zunächst gedacht hatte. Er sah aus wie ein Kämpfer, wie ein richtiger Mann.

Die Hexe versuchte, sein Gesicht zu berühren, doch ihre Hand fand auf seinem Fleisch keinen Halt. Er bewegte sich ein wenig und schien fast zu lächeln. Galeona betrachtete ihn in seiner Gesamtheit und fand, dass Bartucs Rüstung ihm gut stand.

Dann bemerkte sie im Augenwinkel einen Schatten, der ihr vertraut erschien. Xazax.

Galeona wusste, dass sie sich nun in Acht nehmen musste, und konzentrierte sich auf das, was sie und der Dämon suchten. Wieder tat sie so, als wollte sie die Wange des Kämpfers streicheln, dabei murmelte sie: „Wer bist du?“

Er drehte sich ein wenig zur Seite, als fühle er sich unbehaglich.

„Wer bist du?“, wiederholte sie.

Diesmal öffnete er den Mund ein wenig und sagte leise: „Norrec.“

Sie lächelte angesichts ihres Erfolgs. „Auf welchem Schiff segelst du?“

„Hawksfirrrrre.“

„Was ist dein Ziel?“

Er drehte sich um. Auf seinem Gesicht machte sich eine tiefe Falte bemerkbar. Er schien sogar im Schlaf nicht gern auf diese Frage zu antworten.

Galeona war entschlossen, bei dieser wichtigsten aller Fragen nicht zu versagen und wiederholte sie.

Wieder antwortete er nicht. Die Hexe blickte auf und sah,

dass Xazax' Schatten kräftiger geworden war. Sie vertraute dem Dämon nicht genug, um ihn einschreiten zu lassen. Tatsächlich konnte seine Anwesenheit sogar alles in Gefahr bringen.

Die Hexenmeisterin konzentrierte sich wieder auf Norrec, beugte sich über ihn und sprach in dem verführerischen Tonfall, der sonst Augustus vorbehalten war. „Sag mir, mein mutiger, hübscher Krieger … sag Galeona, wohin du segelst …"

Er machte den Mund wieder auf. „Lut …"

In diesem Moment fiel der Schatten des Dämons auf sein Gesicht.

Norrec riss die Augen auf. „Was im Namen aller …?!"

Galeona fand sich im Zelt wieder, ihr Blick war zur Decke gerichtet, ihr Körper schweißnass.

„Du Idiot!", fauchte sie und stand auf. „Was hast du dir dabei gedacht?"

Xazax' Beißzangen schnappten auf und zu. „Dass dieser eine Antworten viel schneller bekommen kann als ein so abgelenkter weiblicher Mensch …"

„Es gibt bessere Methoden als Angst, um Geheimnisse in Erfahrung zu bringen! Er war im Begriff, alles zu beantworten! Noch ein paar Augenblicke, und wir hätten alles gewusst!" Sie dachte kurz nach. „Vielleicht ist es noch nicht zu spät! Wenn …"

Sie zögerte und sah dorthin, wo Tolos lag – oder besser gesagt: wo er gelegen *hatte.*

Der Leichnam war zusammen mit dem auf dem Teppich vergossenen Blut verschwunden.

„Der Träumer hat seinen Lohn mitgenommen", bemerkte Xazax. „Dieser Hauptmann Tolos wird einen schrecklichen Tod nach dem Tod erleiden …"

„Kümmere dich nicht um ihn. Wir müssen den Träumer zurückholen."

Daraufhin bewegte der Dämon seinen Kopf in heftigen Zuckungen hin und her – es war das, was einem Kopfschütteln am nächsten kam. „Dieser eine wird sich nicht einem Träumer in dessen eigenem Reich entgegenstellen. Dieses Reich liegt jenseits der Höllen und Himmel. Hier können wir sie befehligen, doch wenn die Verbindung bricht, dann können sie sich nehmen, was ihres ist." Der Dämon beugte sich vor. „Glaubst du, dein General wird eine weitere Seele entbehren können?"

Galeona ignorierte die Frage, da sie darüber nachdachte, was sie Malevolyn sagen konnte. Sie kannte den Namen des Mannes und des Schiffs. Doch was nützte ihr das? Das Schiff konnte in jede beliebige Richtung segeln! Wenn er doch bloß das Ziel vollständig ausgesprochen hätte, bevor der Dämon sich eingemischt hatte! Wenn …

„Er sagte ‚Lut …'", erinnerte sich die Hexe. „Das kann nichts anderes sein, als …"

„Du hast eine Idee?"

„Lut Gholein, Xazax! Unser Narr reist nach Lut Gholein!" Sie setzte eine zufriedene Miene auf. „Er kommt zu uns, so wie ich es gleich gesagt habe."

Das monströse gelbe Auge blinzelte einmal. „Du bist dir dessen sicher?"

„Sehr sogar!" Galeona lachte kehlig, auf eine Weise, die viele Männer erregt hätte, die aber bei dem Dämon gar nichts bewirkte. „Ich muss es sofort Augustus sagen. Das wird ihn bis auf weiteres ruhig halten." Sie überlegte einen Moment lang. „Vielleicht kann ich ihn endlich davon überzeugen, den Marsch in die Wüste zu wagen. Er will Lut Gholein, und jetzt hat er sogar noch ein Grund mehr, es an sich zu reißen!"

Xazax sah sie verwirrt an. „Aber wenn dieser Mensch Malevolyn seine Männer auf Lut Gholein ansetzt, dann wird er ganz bestimmt unterliegen … aah! Dieser eine versteht! Wie klug."

„Ich weiß nicht, was du meinst … und ich habe auch keine

Zeit für weitere Diskussionen. Ich muss Augustus sagen, dass die Rüstung auf dem Weg zu uns ist, als hätten wir sie selbst beschworen."

Sie eilte aus dem Zelt und überließ den Dämon sich selbst. Xazax sah zunächst zu der Stelle, wo vor kurzer Zeit noch der Leichnam des unglücklichen Offiziers gelegen hatte, dann zu den Zeltklappen, durch die die Hexenmeisterin hinausgegangen war.

„Die Rüstung segelt uns entgegen, ja", meinte die Gottesanbeterin und verwandelte sich wieder in einen Schatten zurück. „Dieser eine ist neugierig, was dein General wohl von dir denkt, wenn die Rüstung Lut Gholein nie erreichen wird …"

Norrec riss die Augen auf. „Was im Namen aller …?!"

Er hielt inne, als er bereits fast aufrecht im Bett saß. Die Lampe war erloschen, doch Norrec konnte genug sehen, um zu erkennen, dass er nach wie vor der einzige Passagier in dieser Kajüte war. Die Frau, die sich über ihn gebeugt hatte – ein Anblick, den er so bald nicht vergessen würde –, war offenbar nur ein Traumprodukt gewesen. Was sie genau gemacht hatte, konnte Norrec nicht sagen, aber es schien, als wäre sie daran interessiert gewesen, mit ihm zu reden.

Eine schöne Frau, die nur mit dir reden will, hat es auf dein Geld abgesehen, hatte Fauztin Sadun Tryst gegenüber einmal erklärt, als der seinen mageren Lohn beinahe an eine Diebin verloren hätte. Doch wie sollte eine Frau Norrec schaden, wenn sie nur in seinem Traum auftauchte, zumal er sich ohnehin schon in einer ausweglosen Situation befand?

Er wünschte, er wäre nicht aufgewacht. Hätte er weitergeträumt, wäre es vielleicht interessanter geworden. Auf jeden Fall war es eine deutliche Verbesserung gegenüber seinen Albträumen …

Norrec versuchte, sich daran zu erinnern, was ihn aus dem

Schlaf gerissen hatte. Es war nicht die Frau gewesen. War es vielleicht eine Art Vorahnung? Auch das schien es nicht zu sein. Es war mehr ein Gefühl, dass sich etwas Schreckliches genähert hatte, während die dunkelhäutige Verführerin sich über ihn gebeugt hatte …

Ein heftiger Ruck ging durch die *Hawksfire* und schleuderte Norrec gegen die Kajütentür, die sich ohne Vorwarnung öffnete.

Er allein hätte nicht schnell genug reagieren können, doch aus eigenem Antrieb schoss der Panzerhandschuh vor, bekam den Türrahmen zu fassen und bewahrte den hilflosen Soldaten davor, die Reling zu durchbrechen und in die stürmische See zu stürzen. Norrec zog sich in Sicherheit, dann stand er auf und stellte fest, dass seine Hände wieder seiner eigenen Kontrolle unterstanden.

Hatte Kapitän Casco keine Kontrolle über seine Mannschaft? Wenn sie sich nicht vorsah, würden Wind und Wellen die *Hawksfire* in Stücke reißen.

Er bekam ein Geländer zu fassen und machte sich auf den Weg in Richtung Bug. Das Krachen der Wellen und das unablässige Donnern machten es ihm unmöglich, die Seeleute zu hören, doch er war sicher, dass Casco ihnen Vorhaltungen machte, weil sie so nachlässig gewesen waren. Der Kapitän würde ohne Zweifel dafür sorgen, dass seine Mannschaft …

Nicht eine Menschenseele war an Deck der *Hawksfire* zu sehen.

Norrec konnte noch immer nicht fassen, was er sah, und blickte zum Ruder. Mit dicken Tauen hatte man es festgezurrt, damit es wenigstens so aussah, als sei das Schiff auf seinem Kurs. Doch damit war jegliche Sorge um das Schiff auch schon erschöpft. Die Taue für die Segel hatten sich bereits gelockert und wurden vom Sturm wild umhergepeitscht. Ein Segel wies Risse auf, die nur noch größer werden würden, wenn nicht bald etwas dagegen unternommen wurde.

Die Crew musste unter Deck sein. Niemand würde so verrückt sein, ein seetüchtiges Schiff inmitten eines solchen Chaos zu verlassen – nicht einmal, wenn es sich um die *Hawksfire* handelte. Casco musste sie in die Messe bestellt haben, um irgendeine drastische Maßnahme zu besprechen. Es konnte gar nicht anders sein …

Norrec fiel auf, dass das Rettungsboot verschwunden war.

Er warf einen Blick über die Reling, sah dort aber nur ein paar Seile baumeln. Hier war kein Unglück geschehen, sondern jemand hatte ganz eindeutig das Rettungsboot zu Wasser gelassen.

Er lief von Reling zu Reling und fand seine Befürchtung bestätigt. Die Mannschaft hatte das Schiff *tatsächlich* verlassen und die *Hawksfire* mit Norrec der Gnade des Sturms überlassen.

Doch warum nur?

Er kannte die Antwort auf seine Frage schon längst, erinnerte sich an den Gesichtsausdruck der Seeleute, nachdem die Rüstung die Dämonen zur Reparatur des Mastes gerufen hatte. Angst und Schrecken waren der Grund – und nichts von beidem war auf die Rüstung gerichtet, sondern einzig auf den Mann, der sie trug. Die Crew hatte Angst vor der Macht, von der sie glaubte, Norrec würde sie besitzen. Schon zu Beginn der Reise war man ihm mit Misstrauen begegnet, als er in die Messe gekommen war. Bereits da hatten sie angenommen, er sei kein gewöhnlicher Passagier, und der Vorfall mit dem Mast hatte ihre Vermutungen bestätigt.

Er ignorierte Regen und Sturm und kehrte stattdessen zur Reling zurück, um nach einem Hinweis auf den Verbleib der Crew zu forschen. Wahrscheinlich hatte sie das Schiff aber schon vor Stunden verlassen und seine Erschöpfung nach der Beschwörung ausgenutzt. Dabei war es den Männern egal gewesen, dass sie sich vermutlich selbst zum Tod auf hoher See verurteilt hatten. Die Seeleute waren mehr um ihre unsterbliche Seele, als um ihre sterbliche Hülle besorgt gewesen.

Aber was sollte Norrec nun unternehmen? Wie sollte er die *Hawksfire* aus eigener Kraft zu einem Ufer steuern, von Lut Gholein ganz zu schweigen?

Ein Knarren unmittelbar hinter ihm ließ den verzweifelten Soldaten herumfahren.

Kapitän Casco kam soeben an Deck und wirkte durchnässt und gar nicht glücklich darüber, Norrec zu sehen. Er hatte schon zu Beginn wie ein Kadaver ausgesehen, doch jetzt erschien er nahezu wie ein Geist.

„Ihr …“, murmelte er. „Dämonenmann!“

Norrec kam näher und packte Casco an der Schulter. „Was ist passiert? Wo ist die Mannschaft?“

„Weg!“, herrschte der Kapitän ihn an und riss sich los. „Ersäuft lieber auf offener See, anstatt mit einem Dämonenmeister zu segeln!“ Er ging an Norrec vorbei. „Viel Arbeit … Aus dem Weg!“

Der erschrockene Soldat sah Casco dabei zu, wie dieser einige Taue festzurrte. Die gesamte Mannschaft hatte das Schiff verlassen, doch der Kapitän beharrte darauf, die *Hawksfire* nicht nur seetüchtig zu halten, sondern auch auf ihrem Kurs. Es wirkte wie eine verrückte und sinnlose Tat, doch Casco schien entschlossen, sein Bestes zu geben.

Norrec folgte ihm und rief: „Wie kann ich helfen?“

Der durchnässte Seemann sah ihn verächtlich an. „Wir wär's mit über Bord springen?“

„Aber …“

Casco ignorierte ihn und widmete sich den nächsten Tauen. Norrec tat noch einen Schritt, doch dann wurde ihm klar, dass es vergebliche Mühe sein würde, den Kapitän zum Zuhören zu bewegen. Casco hatte allen Grund, ihn zu fürchten und zu hassen, und der Soldat konnte es dem Mann nicht einmal verdenken. Durch ihn würde Casco vermutlich Schiff und Leben verlieren.

Blitze zuckten über den Himmel und waren diesmal so nah, dass Norrec den Kopf wegdrehen musste, um nicht nachhaltig geblendet zu werden. Frustriert über seine Untätigkeit machte er sich auf den Weg zur Tür, die unter Deck führte. Vielleicht konnte er klarer denken, wenn der Sturm nicht an ihm zerrte.

Ein paar Laternen sorgten noch immer für Helligkeit, als er sich in den Bauch der *Hawksfire* begab, doch der Lichtschein konnte nichts an Norrecs Unbehagen ändern, dass alles um ihn herum verlassen war. Alle außer Casco hatten das Schiff verlassen und riskierten lieber den Tod, wenn sie sich auf diese Weise von dem Dämonenmeister in ihrer Mitte befreien konnten. Hätten sie geglaubt, ihn töten zu können, dann hätten sie das vermutlich auch versucht, doch spätestens die Machtdemonstration der Rüstung hatte sie vom Gegenteil überzeugt.

Was Norrec zu der Frage brachte, wie lange die *Hawksfire* noch Wind und Wellen trotzen konnte.

Er warf einen finsteren Blick auf die Panzerhandschuhe, die er am meisten mit seiner Misere verband. Ohne diese Rüstung wäre er niemals in eine solche Lage geraten.

„Und? Was wollt ihr jetzt machen? Werden wir einfach weiterschwimmen, wenn das Schiff untergeht?“ Norrec spie die Worte förmlich aus.

Im nächsten Moment bedauerte er, diesen Vorschlag überhaupt gemacht zu haben, da er fürchtete, die Rüstung könnte versuchen, genau das zu tun. Norrec wollte sich gar nicht erst vorstellen, wie die schwere Rüstung versuchte, sich über Wasser zu halten. Bislang hatte er allenfalls kurze Seereisen unternommen und zu ertrinken, erschien ihm als das schlimmste aller Schicksale. Zu ersticken, zu erleben, wie sich die Lungen mit Wasser füllten, während man von der dunklen See umschlossen wurde … Dann wäre es sogar besser, sich eine Klinge in den Leib zu rammen.

Die *Hawksfire* wurde wieder erschüttert, diesmal so heftig, dass der Rumpf unheilvoll ächzte. Norrec sah zur Decke und fragte sich, ob Kapitän Casco nun auch noch die geringe verbliebene Kontrolle über das Schiff eingebüßt hatte.

Wieder erbebte das Schiff, und die Planken bogen sich förmlich. Wenn es so weiterging, würden sich die schlimmsten Befürchtungen des Soldaten bald erfüllen. Schon jetzt hatte er das Gefühl, dass das Wasser ihn umschließen wollte.

Norrec war entschlossen, nicht in Panik zu geraten, und eilte die Treppe hinauf. Er kämpfte, um nicht den Halt zu verlieren, als er an Deck stürmte. Mochte Casco denken, was er wollte, aber irgendwie musste Norrec versuchen, ihm dabei zu helfen, die Kontrolle über die *Hawksfire* zurückzuerlangen.

Er hörte Casco etwas in seiner Muttersprache rufen; dem Tonfall nach musste es sich um eine nicht enden wollende Litanei von Flüchen handeln. Norrec versuchte, den Kapitän im Sturm zu entdecken.

Und dann sah er Casco – und bei ihm einen gigantischen Alptraum, der sich aus dem Wasser erhob.

Ein riesiger Schrecken mit scheinbar Hunderten von Tentakeln und einem großen roten Auge hielt den Bug der *Hawksfire* fest in seinem Griff. Der Behemoth aus dem Meer erinnerte an einen monströs großen Tintenfisch, dessen Haut von einer gewaltigen Macht abgerissen worden war, die ihn stattdessen mit Stacheln überzogen hatte. Schlimmer war noch, dass viele der kleineren Tentakel anstelle von Saugnäpfen winzige, krallengleiche Hände aufwiesen, die sich an allem festklammerten und zerrten, was sie zu fassen bekamen. Ein Teil der Reling war bereits fortgerissen worden, und auch ein Teil des Decks fehlte. Einige Hände und Tentakel streckten sich nach den Segeln aus.

Kapitän Casco rannte über Deck und wich einem angreifenden Arm aus, während er mit einem langen Brandhaken nach einem anderen schlug. Das abgetrennte Ende eines Tentakels fiel neben ihm auf die Planken, schwarzes Ichor ergoss sich aus dem Stumpf. Der Seemann trotzte allen Gefahren, die ihn umgaben, und versuchte weiter, das Monstrum abzuwehren. Der Anblick war so absurd wie entsetzlich, ein einzelner Mann, der versuchte, das Unabwendbare aufzuhalten …

Wieder blickte Norrec auf seine Handschuhe und schrie sie an: „Unternehmt etwas!"

Die Rüstung reagierte nicht.

Da er nichts weiter tun konnte, sah sich Norrec nach einer Waffe um. Er entdeckte einen der Brandhaken, griff ihn und lief zu Casco.

Er kam genau zur rechten Zeit, weil in diesem Moment ein Paar Klauenhände hinter dem kämpfenden Kapitän aufstieg und nach seinem Rücken griff. Eine Pranke bohrte sich in die knochige Schulter des Mannes, der entsetzt aufschrie.

Norrec holte mit dem Brandhaken aus, bohrte die Spitze in die monströse Hand und zog mit aller Kraft daran.

Zu seiner großen Verwunderung konnte er die Hand abtrennen, die daraufhin zu Boden fiel. Gleichzeitig jedoch wurde die zweite Pranke auf Norrec aufmerksam und streckte seine unmenschlichen Klauen nach ihm aus. Parallel dazu schossen zwei Tentakel mit Saugnäpfen von rechts auf den Kämpfer zu.

Norrec jagte die Spitze des Brandhakens in einen der Tentakel, der sich sofort zurückzog. Die Hand schnappte unterdessen nach ihm, und Krallen, so lang wie Finger, versuchten sich in Norrecs Gesicht zu bohren. Er schlug mit der Seite des Brandhakens nach ihnen, verfehlte sie jedoch.

Welche Art von Ungeheuer war hier nur aus den Tiefen gestiegen? Auch wenn Norrec Vizharan ohne Umschweife zugegeben hätte, dass er kaum etwas über das Leben in den Zwillingsmeeren wusste, hatte er doch noch nie etwas von einer derart abscheulichen Kreatur gehört. Sie schien eher einer Gruselgeschichte zu entstammen, eine Bestie, die eher zu den dämonischen Kobolden gepasst hätte, die von der Rüstung heraufbeschworen worden waren.

Dämonen? Konnte es sein, dass diese Kreatur eine dämonische Macht war? Hatte seine Rüstung deswegen nicht reagiert? So viele Dinge waren noch immer ungeklärt …

Mehr als ein Dutzend neuer Tentakel, einige mit den bizarren Klauenhänden, einige ohne, schossen aus der See hervor und attackierten Casco und Norrec erneut. Der Kapitän, der den Umgang mit dem Brandhaken besser beherrschte, strafte sein kränkliches Aussehen Lügen, da er mühelos auf zwei der Tentakel gleichzeitig einhieb. Norrec hatte nicht so viel Glück, da er den Schrecken nur zurücktrieb, ohne ihm Schaden zufügen zu können.

Immer mehr Tentakel, die sich der Aufgabe gewidmet hatten, das Schiff in Stücke zu reißen, wandten sich nun ab, damit sie sich mit dem Widerstandsherd befassen konnten. Ein Tentakel bekam Cascos Brandhaken zu fassen und riss ihn ihm mit solcher Kraft aus den Händen, dass der Kapitän stürzte; sein krankes Bein bot ihm nicht länger genügend Halt. Mehrere klauenbewehrte Tentakel kreisten Casco ein und trieben ihn dem riesigen Behemoth entgegen.

Norrec hätte ihm helfen wollen, doch seine Lage war noch schwieriger als die des alten Seemanns. Tentakel legten sich um seine Beine, dann um seine Taille, zwei weitere entrissen ihm die Stange. Der Soldat wurde emporgehoben, und die Luft wurde ihm trotz der Rüstung langsam aus den Lungen gequetscht.

Er schrie auf, als eine Klaue über seine linke Wange kratzte. Irgendwo außerhalb seines stark eingeengten Gesichtsfelds hörte er Casco unaufhörlich fluchen, obwohl dessen Ende unmittelbar bevorstand.

Etwas Schlangenartiges legte sich um Norrecs Hals. Verzweifelt zerrte er daran, obwohl ihm völlig klar war, dass seine Kraft nicht ausreichen würde, um sein Leben zu retten.

Der Panzerhandschuh flammte feuerrot auf.

Augenblicklich löste sich der Tentakel von seinem Hals, doch der Handschuh wollte ihn nicht loslassen. Norrecs andere Hand bekam gleichzeitig den Tentakel zu fassen, der sich oberhalb seiner Taille um ihn geschlungen hatte.

Die anderen Gliedmaßen des Behemoth zogen sich hastig zurück und ließen den erschrockenen Kämpfer hoch über der *Hawksfire* in der Luft hängen. Der Sturm peitschte ihn hin und her, doch Bartucs Rüstung weigerte sich selbst dann noch, den Griff um die Fangarme des gigantischen Seeungeheuers zu lockern, als die Bestie bereits versuchte, die gefangenen Tentakel abzustoßen. Norrec schrie auf, da er das Gefühl hatte, seine Arme würden jeden Moment ausgekugelt.

„Kosori nimth!“, schrie sein Mund. *„Lazarai … lazarai!“*

Ein Blitz traf den Leviathan.

Die Kreatur zuckte heftig zusammen, und allein die Schmerzen hätten fast genügt, Norrec endlich abzuschütteln. Doch die Panzerhandschuhe lösten ihren unerbittlichen Griff noch immer nicht. Es war eindeutig, dass die Rüstung des Kriegsherrn noch nicht fertig war.

„Kosori nimth!“, wiederholte der Soldat. *„Lazarai dekadas!“*

Ein zweiter Blitz schoss dem schreckerregenden Monster direkt ins Auge und brannte den Augapfel aus. Ein heißer Regen ergoss sich über Norrec und das Schiff.

„Dekadas!“

Der Bereich der Tentakel unter Norrecs Fingern nahm eine blassgraue Färbung an. Das Fleisch verwandelte sich schlagartig in Stein. Der Leviathan versteifte sich, seine unzähligen Fangarme erstarrten in der Position, in der sie sich gerade befanden. Die graue Färbung erfasste die beiden Tentakel, die den unglücklichen Soldaten hielten, auf voller Länge, dann setzte sie sich in alle Richtungen weiter fort, bis der gesamte Leib des Monstrums damit überzogen war.

„Kosori nimth!“ Norrec schrie zum dritten – und wie er vermutete: letzten – Mal.

Ein noch grellerer Blitz traf den grauen Meeresdämon in die leere Augenhöhle, dann *zerplatzte* der gesamte entsetzliche Behemoth.

Die Handschuhe lösten ihren Griff um die zerfallenden Tentakel, gleichzeitig gaben sie die Kontrolle über die Hände an Norrec zurück. Der erschrockene Kämpfer fand sich mit einem Mal ohne Halt und griff nach einem der dicken Tentakel, der daraufhin einfach abbrach.

Norrec stürzte dem Schiff entgegen. Seine einzige Hoffnung war, dass er auf das Deck prallen und so sterben würde, anstatt in der wütenden See zu versinken.

ACHT

„Sehr merkwürdig“, murmelte Kapitän Jeronnan und spähte in die Ferne. „Das dahinten sieht aus wie ein Rettungsboot.“

Kara strengte sich an, konnte aber nichts sehen. Offenbar besaß der Kapitän außergewöhnlich gute Augen. „Befindet sich jemand in diesem Boot?“

„Zu erkennen ist niemand, trotzdem werden wir uns das näher ansehen. Ich werde nicht das Leben eines einzigen Seemanns aufs Spiel setzen, nur um ein paar Minuten einzusparen. Ich hoffe, Ihr habt dafür Verständnis, Mädchen.“

„Natürlich.“ Sie war Jeronnan mehr als dankbar, dass er überhaupt diese Fahrt arrangiert hatte. Er hatte sein Schiff und seine Crew für ihre Suche zur Verfügung gestellt, was die Nekromantin nie erwartet hätte. Im Gegenzug war er nur bereit gewesen, sich von ihr seine echten Auslagen ersetzen zu lassen, doch darüber hinaus wollte er immer noch nichts annehmen. Jedes Mal, wenn sie versuchte, die Sprache darauf zu bringen, legte sich ein finsterer Ausdruck über seine Miene.

Zwei Tage auf See waren erforderlich gewesen, ehe Kara verstanden hatte, dass er diese Reise so nötig hatte wie sie selbst. War ihr der große Wirt zuvor unbändig erschienen, so erweckte er jetzt zeitweise den Eindruck, vor Energie überzuschäumen. Selbst die permanente Drohung einer Schlechtwetterfront am westlichen Horizont konnte seine gute Laune nicht dämpfen.

„Mister Drayko!“ Auf Jeronnans Ruf hin drehte sich ein

schlanker, hakennasiger Mann in makelloser Offizierskleidung um und salutierte. Drayko hatte in keiner Weise verärgert reagiert, als er von seinem Arbeitgeber erfuhr, dass dieser selbst das Kommando auf der Reise übernehmen würde. Offenbar brachte Jeronnans Stellvertreter dem Gastwirt großen Respekt und eine gehörige Portion Loyalität entgegen. „Rettungsboot voraus!“

„Aye, Kapitän!“ Sofort gab Drayko den Matrosen Befehle, um die Bergung von Überlebenden vorzubereiten. Die Crew der *King's Shield* reagierte schnell und wohlorganisiert, was Kara Nightshadow auch nicht anders erwartet hatte. Wer unter Jeronnan diente, der hatte in ihm einen Kapitän, der selbst die meiste Zeit seines Lebens dem strengen Diktat der Disziplin gefolgt war. Das bedeutete aber nicht, dass er Befehle mit eiserner Hand erteilte. Vielmehr glaubte Jeronnan auch an das Menschliche in jedem seiner Männer, eine Eigenschaft, die man nur noch selten bei Führungspersönlichkeiten antraf.

Die *King's Shield* hatte das Rettungsboot erreicht, und zwei Matrosen bereiteten Leinen vor, um das Boot heranzuholen. Kara ging aufs Deck, um den Männern bei ihrer Arbeit zuzusehen. Die Entdeckung bereitete der Nekromantin ein Gefühl tiefen Unbehagens. Sie folgten in etwa der Route, die auch die *Hawksfire* genommen haben musste – stammte das Rettungsboot also möglicherweise von diesem Schiff? Ging Karas Suche so rasch zu Ende? Lag ihre Beute auf dem Meeresgrund?

„Da ist ein Mann an Bord“, murmelte Kapitän Jeronnan.

Es stimmte. Ein Seemann lag in dem Boot, doch noch während die Mannschaft damit beschäftigt war, es zu vertäuen, erkannte Kara, dass für diesen Mann jede Hilfe zu spät kam.

Drayko schickte ein paar Männer hinüber, um nach dem Seemann zu schauen. Sie ließen sich an Seilen hinab und drehten den Mann um, der auf dem Bauch lag.

Augen, die nichts mehr sahen, starrten zum Himmel hinauf.

„Er ist schon mindestens einen Tag tot“, rief einer der Seeleute und verzog das Gesicht. „Ich bitte um Erlaubnis, ihn zur letzten Ruhe betten zu dürfen, Sir.“

Kara musste nicht fragen, was er damit meinte. Hier auf hoher See gab es Grenzen, wie man mit einem Leichnam verfahren konnte. Eine Totenfeier … und dann ein nasses Grab.

Jeronnan nickte zustimmend, doch Kara legte rasch eine Hand auf seinen Arm. „Ich muss den Leichnam sehen … er könnte uns noch etwas verraten.“

„Ihr glaubt, er stammt von der *Hawksfire*?“

„Ihr nicht, Kapitän?“

Er runzelte die Stirn. „Das schon … aber was habt Ihr mit ihm vor?“

Sie wollte ihm nicht alle Einzelheiten erklären. „Ich möchte herausfinden, was geschehen ist … sofern es mir gelingt.“

„Gut.“ Jeronnan gab seinen Männern ein Zeichen, den Toten an Bord zu bringen. „Ich werde eine Kajüte für Euch herrichten lassen, Mylady. Ich möchte nicht, dass sonst jemand erfährt, was Ihr vorhabt. Man würde es nicht verstehen.“

Es dauerte nicht lange, um den Leichnam in die Kajüte zu bringen, die Jeronnan ausgewählt hatte. Kara war davon ausgegangen, allein mit dem Toten arbeiten zu können, doch der Kapitän hatte sich beharrlich geweigert, sie allein zu lassen. Auch nachdem sie ihm eine recht oberflächliche Schilderung dessen geliefert hatte, was sie zu tun beabsichtigte, wollte er bleiben.

„Ich habe gesehen, wie Männer im Kampf zerfetzt wurden, ich habe Kreaturen gesehen, von denen Ihr vermutlich noch nie gehört habt, ich habe den Tod in tausend Formen geschaut … und nach dem, was meiner Tochter widerfahren ist, gibt es nichts mehr, was mich zur Flucht veranlassen könnte. Ich werde Euch zusehen, und wenn es nötig ist, werde ich Euch auch helfen.“

„In dem Falle solltet Ihr die Tür verriegeln. Niemand sonst sollte das mit ansehen.“

Nachdem er ihrem Wunsch gefolgt war, kniete Kara neben dem Toten nieder. Der Seemann war im mittleren Alter und hatte kein angenehmes Leben gelebt. Mit Blick auf das Wenige, was sie über die *Hawksfire* erfahren hatte, war die finstere Magierin noch überzeugter, dass das Rettungsboot von jenem Schiff stammte.

Die Matrosen hatten dem Mann die Augen geschlossen, doch Kara öffnete sie ihm jetzt wieder.

„Was im Namen der Meerhexe macht Ihr da, Kleine?"

„Das, was ich machen muss. Ihr könnt Euch immer noch zurückziehen, wenn Ihr wollt, Kapitän. Es ist nicht notwendig, dass Ihr Euch dem allen aussetzt."

Er wappnete sich. „Ich bleibe … es ist nur so, dass der Blick eines Toten Unglück bringen soll."

„Davon hatte er gewiss mehr als genug." Die Magierin griff in ihren Beutel und suchte nach den notwendigen Komponenten. Ohne den Dolch konnte sie nicht so leicht ein Phantasma heraufbeschwören, wie sie es in Bartucs Grabkammer vollbracht hatte. Außerdem hätte ein solcher Versuch möglicherweise sogar Jeronnan dazu getrieben, sie nicht weitermachen zu lassen. Nein, das, was sie vorhatte, würde ausreichen – vorausgesetzt, der Ablauf brachte den Kapitän nicht gegen sie auf.

Aus einem winzigen Beutel holte Kara eine Prise eines weißen Pulvers.

„Was ist das?"

„Gemahlene Knochen und eine Kräutermischung." Sie streckte ihre Hand nach dem Gesicht des Toten aus.

„Menschenknochen?"

„Ja." Kapitän Jeronnan sagte nichts und protestierte zur Erleichterung der Nekromantin auch nicht. Kara hielt das Pulver über die Augen, dann ließ sie die weiße Substanz auf die starren Augäpfel rieseln.

Jeronnan blieb völlig ruhig. Erst als sie eine winzige schwarze Phiole hervorholte und nach dem Mund des Toten griff, wagte er es, sie wieder zu unterbrechen. „Ihr werdet ihm das doch nicht in die Kehle schütten, oder etwa doch, Kleine?“

Sie sah zu ihm auf. „Ich will ihn nicht entweihen, Kapitän. Ich muss herausfinden, warum dieser Mann gestorben ist. Er wirkt ausgetrocknet und ausgemergelt, fast so, als hätte er seit über einer Woche nichts mehr getrunken und gegessen. Wenn er wirklich von dem Schiff stammt, das wir verfolgen, dann ist das eine höchst merkwürdige Verfassung. Ich würde doch annehmen, dass der Kapitän seiner Mannschaft zu essen gegeben hat, nicht wahr?“

„Casco ist ein verrückter Teufel, das ist wohl wahr, doch er würde dafür sorgen, dass seine Männer weder Hunger noch Durst leiden.“

„Das hatte ich mir auch gedacht. Wenn diese arme Seele nicht von der *Hawksfire* stammt, dann ist es unsere Aufgabe, herauszufinden, zu welchem Schiff sie gehört. Findet Ihr nicht auch?“

„Ihr habt völlig Recht, Kleine … verzeiht.“

„Da gibt es gar nichts zu verzeihen“, versicherte sie ihm. Sie hatte den Verschluss der Phiole bereits geöffnet und zog den Unterkiefer des toten Seemanns mit einer Hand nach unten. Dann hielt sie die Phiole so, dass deren Inhalt sich schnell in die Kehle ergoss. Zufrieden verschloss sie danach das kleine Fläschchen und lehnte sich zurück.

„Vielleicht könntet Ihr mir zumindest erklären, auf welche Weise Ihr etwas in Erfahrung bringen wollt.“

„Das werdet Ihr sehen.“ Sie hätte es erklärt, doch Jeronnan war nicht klar, wie zügig sie arbeiten musste. In Verbindung mit dem Pulver würde die verwendete Flüssigkeit eine längere Wirkung haben, doch die Zeitspanne war trotzdem sehr kurz, und die Nekromantin musste immer noch den letzten Teil des Zaubers wirken.

Mit ihren Fingern beschrieb Kara zunächst einen Kreis über

der Brust des Seemanns, dann eine Linie, die sie über seine Kehle bis hin zu seinem Mund führte. Gleichzeitig flüsterte sie die magischen Worte. Nachdem das geschehen war, klopfte sie dem Leichnam dreimal auf die Brust, wobei sie jedes Mal die verstreichenden Sekunden mitzählte.

Der tote Seemann stöhnte hörbar auf, als seine Lungen versuchten, sich mit Luft zu füllen.

„Bei den Göttern!“, platzte es aus Jeronnan heraus, der einen Schritt nach hinten machte. „Ihr habt ihn zurückgeholt!“

„Nein“, erwiderte Kara knapp. Sie hatte gewusst, dass der Kapitän diese Reaktion fälschlich für eine Wiederbelebung halten würde. Außenstehende verstanden nie wie facettenreich die Arbeit eines Nekromanten war. Die Anhänger Rathmas spielten nicht mit dem Tod, wie mancher glaubte. Das verstieß gegen ihre Lehren. „Und nun, Kapitän Jeronnan, lasst mich bitte fortfahren.“

Er gab einen brummenden Laut von sich, blieb ansonsten aber stumm. Kara beugte sich über den Seemann und sah in seine toten Augen. Ein schwacher goldener Schein ging von ihnen aus – ein gutes Zeichen.

Sie richtete sich wieder auf. „Sagt mir Euren Namen.“

Ein einzelnes Wort kam über die kalten Lippen: *„Kalkos.“*

„Von welchem Schiff kommt Ihr?“

Wieder ein Luftschnappen, dann: *„Hawksfirrrre.“*

„Er ist also *wirklich* von …“

„Bitte! Nicht sprechen!“ Zum Leichnam gewandt, fragte sie: „Ist das Schiff gesunken?“

„Neiiiin …“

Merkwürdig. Warum hatte dieser Mann dann das Schiff verlassen? „Waren Piraten dort?“

Wieder ein Verneinen. Kara schätzte ab, wie viel Zeit ihr noch blieb, und erkannte, dass sie besser auf den Punkt kam. „Haben alle das Schiff verlassen?“

„Neiiiin …“

„Wer ist geblieben?“ Die Nekromantin bemühte sich, ihre Stimme von Hoffnung freizuhalten.

Wieder holte der Leichnam Luft. *„Casco … Kapitän …“*

Der Mund schloss sich. Etwas stimmte nicht. Der Körper des Seemanns schien sich zu sträuben, wollte nicht noch etwas anzufügen – doch dann keuchte er: *„Hexenmeisterrrrr …“*

Sie hatte erwartet, dass er die Diebe, die die Rüstung an sich genommen hatten, oder – in Anbetracht der verzweifelten Vorgehensweise der Besatzung – die beiden Wiedergänger nennen würde, von denen sie angegriffen worden war. Deren Anwesenheit wäre eindeutig selbst für abgehärtete Seeleute ein Grund gewesen, sich lieber den Gefahren der See zu stellen.

„Beschreibe ihn!“

Der Mund ging auf, aber es kam kein Wort heraus. So wie bei dem Phantasma machte auch dieser Zauber nur einfache Antworten möglich. Kara fluchte leise, dann präzisierte sie ihre Frage: „Was hat er getragen?“

Ein Atemzug, dann: *„Rüstungggg …“*

Sie versteifte sich. „Eine Rüstung? Eine rote Rüstung?“

„Jaaa …“

Damit hatte sie nicht gerechnet. Offenbar war einer der Überlebenden der Grabkammer ein Hexenmeister. War er vielleicht dieser Norrec Vizharan, von dem das erste Phantasma gesprochen hatte? Sie sagte dem Seemann den Namen und fragte, ob er ihn kenne, doch leider war das nicht der Fall.

Dennoch hatte Kara vieles von dem erfahren, was sie wissen wollte. Als dieser Kalkos die *Hawksfire* zum letzten Mal gesehen hatte, war sie nicht nur seetüchtig gewesen, sondern die gesuchte Rüstung hatte sich auch an Bord befunden.

„Ohne eine Crew.“ Sie sah den stummen Kapitän Jeronnan an. „Das Schiff kommt so nicht weit, oder?“

„Es wird sich wohl eher im Kreis bewegen, wenn nur der Kapitän und ein Zauberkundiger an Bord geblieben sind." Jeronnan zögerte, dann fuhr er fort: „Wollt Ihr nicht noch mehr fragen?"

Das wollte sie, doch diese Frage konnte der Leichnam nicht beantworten. Kara wünschte sich sehnlichst, sie hätte ihren Dolch besessen. Dann hätte sie mehr Zeit gehabt, um einen wahren Geist heraufzubeschwören, der längere und zusammenhängendere Antworten hätte geben können. Ältere und erfahrenere Nekromanten hätten so etwas auch ohne Verwendung eines Werkzeugs vollbringen können, doch Kara wusste, dass es noch einige Jahre dauern würde, bis sie diesen Status erreichte.

„Was ist mit ihm?", bohrte der ehemalige Offizier nach. „Was ist mit ihm passiert? Und mit den anderen, Kleine? Ein Tag bei rauer See kann genügen, um viele Männer umzubringen, doch *sein* Anblick hat etwas Beunruhigendes an sich …"

Es war ihr etwas peinlich, dass Jeronnan sie daran erinnern musste. Sie beugte sich wieder über den Leichnam. „Wo sind Eure Kameraden?"

Keine Antwort. Sie berührte die Brust des Mannes und spürte, wie sie unter dem Druck ihrer Finger leicht nachgab. Die flüssige Komponente ihres Zaubers war bereits so gut wie aufgebraucht.

Die Nekromantin hatte noch eine Chance. Die Augen eines Toten zeigten oft die letzten Bilder dessen, was er gesehen hatte. Wenn das Pulver, das sie hineingestreut hatte, noch ein wenig Wirkung besaß, dann würde Kara diese Bilder vielleicht noch sehen können.

Ohne den Kapitän anzublicken, sagte sie: „Bei meinem nächsten Schritt darf ich unter keinen Umständen gestört werden. Ist das klar?"

„Aye", gab Jeronnan zurück, wenn auch mit Widerwillen.

Kara brachte sich direkt über dem toten Gesicht in Position, dann begann sie zu murmeln. Die goldene Färbung seiner Augen erfasste sie und zog sie an sich. Die Nekromantin wehrte sich gegen den Instinkt, vor der Welt der Toten fliehen zu wollen – stattdessen tauchte sie völlig in den Zauber ein, den sie soeben gewirkt hatte.

Plötzlich fand sich Kara auf einem Boot wieder, das mitten auf stürmischer See trieb. Sie ruderte mit aller Macht, als seien die drei Erzbösen persönlich hinter dem winzigen Gefährt her. Die Nekromantin blickte nach unten und sah, dass ihre Hände die eines Seemanns waren – es waren Kalkos' Hände.

„Wo ist Pietrs Boot?", rief ihr ein bärtiger Mann zu.

„Woher soll ich das wissen?", kam eine tiefe, verbitterte Stimme aus ihrem Mund. „Leg dich einfach weiter in die Riemen! Wenn wir nach Osten rudern, haben wir noch eine Chance. Dieser höllische Sturm muss ja irgendwann mal aufhören!"

„Wir hätten den Kapitän mitnehmen sollen!"

„Der wäre niemals von Bord gegangen, nicht mal, wenn das Schiff gesunken wäre. Wenn er mit dem Dämonenmeister unterwegs sein will, soll er doch!"

„Vorsicht! Die Welle da!", schrie ein anderer dazwischen.

Sie drehte ihren Kopf in die betreffende Richtung und sprach Flüche, die ihr als Kara niemals in den Sinn gekommen wären. In der Ferne sah sie zwei weitere Rettungsboote, die mit verzweifelten Männern voll besetzt waren.

Der Bärtige stand plötzlich auf, was unter solchen Umständen alles andere als ratsam war. Er starrte auf etwas, das sich hinter ihr – hinter Kalkos – befand, und gestikulierte hektisch. „Passt auf! Passt auf!"

Kalkos' Blick folgte der angezeigten Richtung, so gut es ging und ohne mit dem Rudern aufhören zu müssen.

Im äußersten Winkel des Blickfeldes tauchte ein riesiger, gewundener Tentakel auf.

„Wenden! Wenden!", rief Kalkos. „Setz dich hin, Bragga!"

Der bärtige Mann sank auf seinen Platz nieder. Diejenigen, die an den Rudern saßen, versuchten nach Kräften, das Boot zu wenden.

Kara hörte aus weiter Ferne menschliche Schreie, die das Tosen der Wellen und das Dröhnen des Donners noch übertönten. Kalkos sah in die Richtung, aus der die Schreie kamen, und bekam einen furchtbaren Anblick zu Gesicht: Unzählige Tentakel hatten sich um eines der Boote geschlungen. Mehrere Männer wurden hoch in die Luft gehoben, einige klebten an den riesigen Saugnäpfen fest, um andere hatten sich grässliche, fast nach Händen aussehende Klauen gelegt, die sie aus dem Boot rissen, als würde man Blumen pflücken.

Kara erwartete, dass die Matrosen in die höhlenähnliche Öffnung gezogen wurden, die sich in der Mitte einer monströsen Kreatur geöffnet hatte, welche an einen gigantischen Tintenfisch erinnerte, dessen einziges Auge und das grässlich anzusehende Fleisch ihn als ein Geschöpf kennzeichneten, das nicht von dieser Ebene der Sterblichen stammte. Das geschah aber nicht, stattdessen hielt das Monster sie einfach in die Höhe, während es zugleich die Saugnäpfe seiner anderen Arme um weitere Seeleute legte. Die Opfer schrien entsetzt auf und flehten ihre Kameraden in den anderen Booten an, ihnen zu helfen.

„Rudert, verdammt noch mal!“, brüllte Kalkos. „Rudert!“

„Ich habe euch doch gesagt, dass er uns nicht gehen lassen wollte! Ich habe es gesagt!“

„Halt den Mund, Bragga! Halt ...“

Eine gewaltige Welle überspülte sie und riss einen brüllenden Mann über Bord. Gleich neben dem winzigen Boot tauchten etliche Tentakel aus dem Wasser auf und umgaben Kalkos' Kameraden von allen Seiten, streckten sich gierig nach ihnen aus.

„Auf sie – mit euren Klingen! Das ist unsere einzige ...“

Auch wenn es den Männern gelang, einige Angriffe der dämonischen Arme zurückzuschlagen, wurden sie doch einer nach dem anderen von Bord gerissen, bis nur noch Kalkos übrig war, der ein Ruder als Waffe benutzte …

Kara fühlte einen kalten Schauer, als sich Tentakel um ihre Beine und ihre Arme legten. Sie spürte, wie die Saugnäpfe an ihrem Körper zu haften begannen … Nein! Das war alles in der Vergangenheit geschehen! Das war Kalkos zugestoßen, nicht ihr!

Obwohl sie sich diese Tatsache in Erinnerung rief, empfand sie das Entsetzen des Seemanns wie ihr eigenes, als sich auf einmal etwas neues Schreckliches ereignete. Obwohl die Tentakel auf seiner Kleidung lagen, fühlte Kalkos, wie er schwächer wurde – als würde das Leben aus seinem Leib gesogen. Seine Haut wurde runzlig und sein Fleisch vertrocknete, obwohl er von Wasser umgeben war. Er fühlte sich wie ein mit Wasser gefüllter Sack, dessen Inhalt rasch schwand …

Als fast seine ganze Lebenskraft geraubt war und sein Körper sich wie eine trockene Hülle anfühlte, ließen die Tentakel Kalkos auf einmal los, und er fiel zurück ins Boot. Kalkos wusste, dass es zu spät war, um noch überleben zu können, doch lieber verbrachte er die letzten Augenblicke seines Lebens im Boot, als im Schlund einer solchen Höllenbestie.

Erst als sich Klauen in seine Arme bohrten und ihn hochzogen, bis er stand, kam er wieder genügend zu Bewusstsein, um zu begreifen, dass sich jemand zu ihm in das Rettungsboot gesellt hatte.

Nein … nicht jemand … sondern etwas.

Jenes Etwas sprach zu ihm mit einer Stimme, die an das Summen Tausender gequälter Insekten erinnerte. Obwohl Kara sich bemühte, die Gestalt klar zu erkennen, sahen Kalkos' Augen nicht mehr gut genug. Die Zauberin konnte nur eine schreckerregende, smaragdgrüne und rote Form ausmachen, die vor dem sterbenden Seemann aufragte, eine Form, die mit menschlichen Maßstäben nicht beschrieben werden konnte. Riesige, tiefgelbe

Augen ohne jegliche Pupille waren auf den unglücklichen Kalkos gerichtet.

„Du kannst dich noch nicht auf den Tod freuen", rief die Gestalt. „Dieser eine muss erst Dinge erfahren. Wo ist der Narr? Wo ist die Rüstung?"

„Ich ..." Der Seemann hustete. Sogar Kara konnte spüren, wie ausgedörrt sich sein Körper anfühlte. „Was ...?"

Der unmenschliche Inquisitor schüttelte ihn heftig. Ein Paar nadelspitzer Dornen tauchte aus dem Nichts auf und drückte auf Kalkos' Brust. „Dieser eine hat keine Zeit, Mensch. Ich kann dir viel Schmerz bereiten, bevor dich das Leben verlässt. Sprich!"

Irgendwo in seinem tiefsten Inneren fand Kalkos die Kraft, um zu gehorchen. „Der Fremde ... die Rüstung ... Blut ... noch immer auf ... Hawksfire. *"*

„Welche Richtung?"

Der Seemann zeigte in eine Richtung.

Der Dämon – etwas anderes konnte er Karas Meinung nach nicht sein – redete mit sich selbst, dann wollte er wissen: „Warum fliehst du? Warum läufst du weg?"

„Er ... Dämonen auf dem Schiff."

Die verschwommene Gestalt gab einen Laut von sich, den Kara von einem seiner Art nicht erwartet hätte und den sie sofort als einen konsternierten Ausruf einordnete. „Unmöglich! Du lügst!"

Der Matrose reagierte nicht. Kara spürte, wie er ihr entglitt. Sein letzter Versuch, der monströsen Gestalt zu antworten, hatte ihm auch den letzten Rest seiner Kraft gestohlen.

Die nur halb zu erkennende Kreatur ließ Kalkos fallen, und ein heftiger Schmerz schoss durch die Nekromantin, als der Körper aufschlug. Sie hörte den Dämon wieder reden, dann stieß er ein verständliches Wort aus.

„Unmöglich!"

Kara sah lange Zeit das Innere des Rettungsbootes, und sie sah, wie die Finger des Matrosen zuckten – dann verblasste die Vision.

Kara atmete tief ein und riss sich mit aller Macht zusammen. Ihr Blick war noch immer auf die Augen der Leiche gerichtet.

Sie fühlte, dass Kapitän Jeronnan in ihrer Nähe war, der zum Trost die Hände auf ihre Schultern legte. „Geht es Euch gut?"

„Wie lange?", murmelte sie nur. „Wie lange?"

„Seit Ihr mit dem angefangen habt, was Ihr da tatet? Eine Minute, vielleicht zwei."

So kurze Zeit in der realen Welt, doch so lange Zeit und so brutal in der Erinnerung des Toten. Die Nekromantin hatte diesen Zauber schon früher gewirkt, doch nie hatte sie ein Sterben erlebt, das so schrecklich war wie das von Kalkos erlittene.

Die *Hawksfire* hatte ein oder zwei Tage Vorsprung, und bis auf den Kapitän und den Hexenmeister Norrec Vizharan war niemand mehr an Bord. Der letzte Name hätte für sie eine Warnung sein sollen: „Diener der Vizjerei"? Dabei ähnelte er mehr einem aus den Reihen dieser unzuverlässigen Magier selbst! Er besaß die Rüstung, und er war so dreist, sie auch noch zu tragen! Wusste er nicht, in welcher Gefahr er schwebte?

Ohne Mannschaft würde selbst er Probleme haben, das Schiff auf Kurs zu halten. Kara hatte doch noch eine Chance ihn zu fassen – vorausgesetzt, weder die Wiedergänger noch die dämonischen Mächte, die sie in Kalkos' Todeskampf am Werk gesehen hatte, hatten inzwischen bereits zu dem Mörder aufgeschlossen.

„Und", fuhr Jeronnan fort und half ihr auf. „Habt Ihr etwas herausgefunden?"

„Ein wenig mehr", log sie und hoffte, dass ihre Augen sie nicht verraten würden. „Über seinen Tod rein gar nichts. Doch die *Hawksfire* ist auf jeden Fall noch seetüchtig, und der Kapitän und meine Beute sind an Bord."

„Dann sollten wir sie bald eingeholt haben. Zwei Männer können ein solches Schiff nicht allzu lange ohne jegliche Hilfe steuern."

„Ich glaube, sie sind uns im Höchstfall zwei Tage voraus."

Er nickte, dann schaute er auf den Leichnam. „Seid Ihr jetzt mit ihm fertig, Kleine?"

Sie zwang sich, nicht wegen der Erinnerungen zu erschaudern, die sie mit Kalkos geteilt hatte. „Ja, Ihr könnt ihn jetzt angemessen bestatten."

„Das werden wir tun … und dann werden wir der *Hawksfire* weiter folgen."

Während er die Kajüte verließ, um Helfer zu rufen, hüllte sich Kara Nightshadow in ihren Umhang und betrachtete den Leichnam, doch ihre Gedanken weilten bei der Sache, der sie sich soeben verschrieben hatte – sie und jeder Mann an Bord der *King's Shield*.

„Es muss vollbracht werden", murmelte die Nekromantin. „Er muss gefasst werden, und die Rüstung muss zurück in ihr Versteck. Koste es, was es wolle … und ganz gleich, wie viele Dämonen sich uns in den Weg stellen werden!"

„Xazax!"

Galeona wartete, doch der Dämon reagierte nicht. Sie sah sich um und suchte nach dem verräterischen Schatten. Manchmal spielte Xazax Spiele, mit denen er finstere Absichten verfolgte. Aber die Hexenmeisterin hatte keine Zeit für Spiele, vor allem nicht für solche, die sich für andere als ihren Verbündeten gelegentlich als tödlich erwiesen.

„Xazax!"

Noch immer keine Antwort. Sie schnippte mit den Fingern, woraufhin die Lampe heller schien. Trotzdem war der Schatten des Dämons nirgends zu sehen.

Galeona gefiel das nicht. Wenn Xazax im Zelt war, dann war

alles in Ordnung. Doch wenn er sich woanders aufhielt, dann brachte das für gewöhnlich Schwierigkeiten mit sich. Manchmal vergaß der Dämon in Gestalt einer Gottesanbeterin, wer ihm dabei half, sich unbemerkt auf der Ebene der Sterblichen zu bewegen.

Es war egal. Sie hatte zu viele andere Dinge zu erledigen. Die dunkelhäutige Hexenmeisterin richtete ihren hitzigen Blick auf eine massive Truhe, die in einer Ecke ihres auffallend eingerichteten Zeltes stand. Wenn man sie so dastehen sah, wären sicher zwei kräftige Soldaten erforderlich, um die auf vier stilisierten Löwenpranken stehende Truhe aus Eisen und schwerer Eiche herbeizuschleppen, und dabei hätten sie sich zweifellos verausgabt. Doch wie bei dem Dämon fehlte Galeona auch hier die Zeit, sich nach kräftigen Männern umzusehen, zumal die Hexenmeisterin wusste, dass alle damit beschäftigt waren, das Lager abzubauen. Nein, sie konnte sich momentan durchaus selbst um ihre Angelegenheiten kümmern.

„Komm her!“

Die unteren Ecken der großen Truhe leuchteten auf, die metallenen Pranken zuckten und spreizten sich.

Dann begann die Truhe, zu Galeona zu laufen, fast so wie ein Hund, der dem Ruf seiner Meisterin folgte. Ein paar Zoll von der Hexe entfernt blieb die Truhe stehen und wartete auf den nächsten Befehl.

„Öffnen!“

Mit einem lang gezogenen, knarrenden Geräusch klappte der Deckel auf.

Zufrieden wandte sich Galeona ab und hielt ihre Hand unter eines der vielen aufgehängten Sammlerstücke. Das Teil löste sich von selbst aus der Befestigung und sank langsam in die wartende Hand. Die Hexenmeisterin legte es in die Truhe und nahm sich das nächste Stück vor.

Ein Teil nach dem anderen wanderte in die Truhe. Jemand,

der Zeit genug gehabt hätte, um Galeona bei ihrer Arbeit zu beobachten, hätte schnell erkannt, dass sie so viele Objekte wegpacken konnte, wie sie wollte, doch die Truhe schien einfach nicht voll zu werden. Immer wieder fand die Hexe Platz für noch ein Teil und noch ein Teil …

Als sie mit ihrer Beschäftigung fast fertig war, lief ihr ein leichter Schauer über den Rücken. Galeona drehte sich um und entdeckte nach einigem Suchen einen Schatten, der zuvor nicht da gewesen war.

„Aha! Da bist du ja wieder. Wo bist du gewesen?"

Der Dämon antwortete nicht sofort, sondern ließ seinen Schatten erst tiefer in die Zeltfalten sinken.

„Augustus hat befohlen, dass das Lager abgebrochen wird. Er will sofort nach Beendigung dieser Arbeiten losmarschieren, ganz gleich, ob die Vorbereitungen am Tag oder in der Nacht abgeschlossen werden."

Xazax sagte noch immer nichts. Galeona machte eine Pause. Sein Schweigen gefiel ihr nicht. Der Dämon neigte dazu, geschwätzig zu sein und konnte seine Zunge nur schwer im Zaum halten. „Was ist los? Stimmt etwas nicht mit dir?"

„Wohin will sich der General begeben?", fragte der Schatten plötzlich.

„Das fragst du noch? Nach Lut Gholein natürlich."

Der Dämon schien über ihre Worte nachzudenken. „Ja, dieser eine würde nach Lut Gholein gehen. Ja … das dürfte das Beste sein …"

Sie machte einen Schritt auf den Schatten zu. „Was ist mit dir los? Wo bist du gewesen?" Als er nichts erwiderte, begab sich die Hexe wütend in die Ecke. „Entweder du antwortest mir oder …"

„Fort!"

Der Dämon platzte aus dem Schatten hervor und baute seine ganze monströse Gestalt vor der Frau auf. Galeona keuchte erschrocken und stolperte nach hinten, bis sie über die Kissen fiel, die noch immer auf dem Boden lagen.

Der Tod in der Gestalt eines Hölleninsekts mit brennenden gelben Augen und hektisch schnappenden Beißzangen beugte sich über sie. Klauen und sichelartige Gliedmaßen schossen bis auf einen Fingerbreit Distanz auf Galeonas Gesicht und Leib zu, berührten sie aber nicht.

„Stell dein Geschwätz ein und halte dich von diesem einen fern! Lut Gholein ist das vereinbarte Ziel! Wir werden erst wieder reden, wenn ich das will!“

Dann zog sich Xazax in die düsterste Ecke zurück, seine körperliche Form verblasste, der Schatten wurde schwächer. Nach wenigen Sekunden wies nur noch eine Andeutung im Stoff auf die Präsenz der entsetzlichen Gestalt hin.

Galeona bewegte sich erst wieder, als sie absolut sicher war, dass die Gottesanbeterin nicht wieder auf sie einstürmen würde. Als die Hexenmeisterin schließlich aufstand, wich sie vor der Ecke zurück, in der der Schatten lauerte. Sie war nur knapp dem Tod entronnen, einem langsamen und *qualvollen* Tod.

Xazax gab weder einen Laut von sich, noch regte er sich. Galeona konnte sich nicht daran erinnern, wann sie den Dämon jemals so hatte agieren sehen. Auch wenn zwischen ihnen ein Pakt bestand, wäre er wohl bereit gewesen, sie auf der Stelle zu töten, wenn sie ihm nicht gehorcht hätte. Sie schwor sich, das niemals zu vergessen. Eigentlich hätte keiner von ihnen den Pakt einseitig brechen können, der der einzige Grund war, dass sie sich auf einer so langfristigen Basis gegenseitig ertrugen. Wenn Xazax bereit gewesen war, die Konsequenzen zu riskieren, die in Kraft traten, wenn er den Pakt brechen und sich ihrer entledigen wollte, dann stand es Galeona mehr denn je zu, einen Weg zu finden, um sich von *ihm* zu befreien. Damit würde sie sich wohl entweder für den General oder den Dummkopf entscheiden müssen. Bei Männern wusste sie wenigstens, dass sie sie kontrollieren konnte.

Die Hexenmeisterin widmete sich wieder ihrer Aufgabe, die Habseligkeiten ihres Zelts in die Truhe zu packen, doch ihre Gedanken kreisten unablässig um das Verhalten des Dämons. Abgesehen von der Gefahr, die sie jetzt in seiner Bereitschaft sah, den Pakt aller Folgen zum Trotz zu brechen, hatte seine Attacke eine Frage aufgeworfen, auf die sie nur zu gerne eine Antwort gehabt hätte. Diese Antwort würde nicht nur erklären, warum Xazax so unbeherrscht reagiert hatte, sondern warum er eine Gefühlsregung hatte erkennen lassen, die sie bei ihm niemals zuvor erlebt hatte.

Was – fragte sich Galeona – hatte dem Dämon nur solche *Furcht* eingejagt?

NEUN

Der entsetzliche Schmerz, der durch seinen Körper raste, war für Norrec Vizharan der sichere Beweis dafür, dass er sein Leben doch nicht verloren hatte. Und da er atmen konnte, wurde ihm augenblicklich klar, dass er auch nicht ins Meer gestürzt war. Also war er auf Deck aufgeschlagen. Dass er sich dabei nicht das Genick oder zumindest mehrere Knochen gebrochen hatte, hing vermutlich mit Bartucs verfluchter Rüstung zusammen. Sie hatte ihn schon vor dem dämonischen Behemoth bewahrt, da musste ein simpler Sturz wohl ein Kinderspiel für sie sein.

Tief in seinem Herzen allerdings wünschte sich der Soldat, es wäre ihr nicht gelungen, ihn zu schützen. Dann wären endlich alle Albträume und aller sonstiger Schrecken vorbei gewesen.

Norrec öffnete die Augen und sah, dass er in seinem Quartier lag. Draußen tobte der Sturm unerbittlich weiter. Nur zwei Mächte hätten ihn hierher zurückbringen können. Eine von ihnen war die Rüstung. Doch nach dem, was sie mit der tentakelbewehrten Monstrosität gemacht hatte, kam sie ihm geschwächt vor, unfähig zu weiterer Leistung. Norrec selbst fühlte sich so erschöpft, dass es einem Wunder gleichkam, sich überhaupt regen zu können. Es war eine so sonderbare Schwäche, dass der Soldat sich fragte, ob die Rüstung oder die Bestie ihm möglicherweise einen Teil seiner Lebensenergie gestohlen hatte.

In diesem Moment wurde die Tür aufgerissen, und Kapitän Casco humpelte in die winzige Kajüte. In der Hand hielt er einen Teller, über den ein Tuch gebreitet war. Von dem Teller ging ein Geruch aus, den Norrec gleichzeitig verlockend und abstoßend fand.

„Wach? Gut! Kein Essen vergeudet!“ Ohne abzuwarten, dass sich der Soldat erhob, reichte der Seemann ihm den Teller.

Norrec konnte sich weit genug aufrichten, um zu essen. „Danke.“

Der Kapitän gab einen Grunzlaut von sich.

„Wie lange war ich bewusstlos?“

Casco dachte eine Weile über die Frage nach, möglicherweise, um sicher zu sein, dass er ihn auch richtig verstanden hatte. „Einen Tag. Etwas mehr.“

„Und das Schiff? Hat die Kreatur es schwer beschädigt?“

Wieder eine Pause. „Schiff immer beschädigt. Kann aber segeln, ja.“

„Wie können wir ohne eine Crew in einem Sturm segeln?“

Der Kapitän warf ihm einen finsteren Blick zu. Norrec vermutete, dass dies nun die Frage war, auf die Casco keine zufriedenstellende Antwort parat hatte. Natürlich konnten sie ohne eine Crew nicht segeln. Vermutlich zog die *Hawksfire* nur Kreise auf dem Meer und wurde von Wind und Wellen in immer neue Richtungen gelenkt. Sie hatten zwar den Angriff des Monsters überstanden, doch das bedeutete nicht, dass sie auch Lut Gholein erreichen würden.

Das Monster … Norrecs Erinnerung an das, was geschehen war, kam ihm so absurd vor, dass er Casco fragen musste, ob es die Wahrheit war.

Der Kapitän zuckte mit den Schultern. „Sah Euch fallen … sah die Meerhexe untergehen.“

Der fremde Seemann war offensichtlich zu dem Schluss gekommen, dass er dem legendären Behemoth begegnet war, von dem in so vielen anderen Schilderungen berichtet wurde. Norrec glaubte das nicht. Nach seinen Begegnungen mit den Kobolden und der geflügelten Kreatur im Gasthaus war er sicher, dass es sich hierbei nur um eine weitere dämonische Macht gehandelt hatte, die lediglich dieses Mal nicht von der Rüstung heraufbeschworen worden war.

Die Legenden erzählten von Bartucs Aufstieg zu finsterem Ruhm, zunächst als Schachfigur höllischer Mächte, dann als Hexenmeister, der von ihnen respektiert und gefürchtet wurde. Sie erzählten, wie er eine Legion von Dämonen angeführt hatte, um alle anderen niederzuringen. Niemand erwähnte aber jemals, wie die größeren Dämonen über diese Aneignung ihrer Macht reagiert haben mochten. War ihnen jetzt aufgefallen, dass die Rüstung aus ihrem Grab entkommen war, und fürchteten sie, Bartucs Geist könnte danach streben, wieder die Macht über ihre Art zu erlangen?

Sein Kopf dröhnte angesichts derart fremdartiger Gedanken. Es war am besten, wenn er sich auf seine eigene Situation beschränkte. Wenn die *Hawksfire* weiter unbemannt blieb, würde sie über die Zwillingsmeere treiben, bis die beiden einzigen Menschen an Bord tot waren – oder bis der unendliche Sturm es doch noch schaffte, das Schiff zu versenken.

„Ich bin kein Seemann", sagte er zwischen zwei Bissen zu Casco. „Aber wenn Ihr mir zeigt, was zu tun ist, werde ich Euch helfen. Wir müssen das Schiff auf unseren Kurs zurückbringen."

Casco schnaubte verächtlich. „Genug angerichtet! Was noch? Was noch?"

Seine Haltung empfand Norrec nicht nur als eigenartig, sie machte den Kämpfer auch seinerseits zornig. Er wusste, dass er – oder richtiger: die Rüstung – zu einem großen Teil die Verantwortung an dieser Situation trug, doch sein Angebot an den Kapitän, ihm zu helfen, war aufrichtig gemeint. Norrec bezweifelte, dass die Rüstung ihn vom Helfen abhalten würde, denn immerhin wollte sie ja Lut Gholein erreichen, nicht er.

„Hört zu! Wir werden sterben, wenn wir die *Hawksfire* nicht wieder unter Kontrolle bekommen! Wenn uns der Sturm nicht den Rest gibt, dann werden wir verhungern, weil irgendwann die Vorräte erschöpft sind, oder wir laufen auf einen Felsen auf und sinken wie ein Stein! Wollt Ihr, dass dies für Euer Schiff zum Schicksal wird?“

Die hagere Gestalt schüttelte den Kopf. „Narr! Schädel gespalten durch Sturz?“ Er besaß die Kühnheit, Norrec am Arm zu fassen. „Kommt! Kommt!“

Der stellte den fast leeren Teller zur Seite und folgte Casco nach draußen in den Sturm. Er musste ein paar Schritte tun, um sich wieder daran zu gewöhnen, auf dem schaukelnden Schiff zu gehen, doch der Kapitän wartete geduldig, bis er zu ihm aufgeschlossen hatte. Casco schien, was seinen Passagier anging, zwischen Hass, Respekt und Furcht zu schwanken. Er bot ihm keine Hilfe an, doch er versuchte auch nicht, Norrec zu mehr Eile anzutreiben, als der geschwächte Mann aus eigener Kraft zu geben in der Lage war.

Als sie das offene Deck erreicht hatten, ließ der Seemann Norrec vorbei. Dieser hielt sich am verbliebenen Teil des Geländers fest und spähte durch den strömenden Regen, während er zu erkennen versuchte, was Casco ihm zeigen wollte.

Er sah die gleiche Szene wie zuvor. Niemand stand an den Seilen bereit, niemand steuerte das Schiff. Aber … das Ruder *drehte sich!* Es wurde nicht länger von Tauen gehalten.

Norrec kniff die Augen zusammen, um besser sehen zu können. Das Ruder hätte sich wie wild drehen müssen, doch es bewegte sich nur geringfügig, drehte sich mal ein Stück weit in die eine Richtung und korrigierte dann in die andere, als würde es von einem unsichtbaren Matrosen geführt.

Eine Bewegung dort lenkte Norrecs Aufmerksamkeit auf sich. Im ersten Moment fürchtete er, eines der Taue könnte sich gelöst haben, doch dann sah er mit an, wie es sich *zusammenzog* und dann mit einem neuen Knoten festgemacht wurde!

Erst jetzt begann Norrec, um sich herum eine Vielzahl sich vollziehender Bewegungen wahrzunehmen. Taue wurden an die Erfordernisse der Segel angepasst, die sich ihrerseits so ausrichteten, wie es notwendig war. Das Ruder steuerte weiter gegen die tosenden Wellen und hielt die *Hawksfire* auf einem bestimmten Kurs. Norrec war fast sicher, dass dieser sie geradewegs in westliche Richtung führte.

Es war keine Crew mehr an Bord, doch das schien die *Hawksfire* nicht zu stören.

„Was geht hier vor?“, rief er dem Kapitän zu, der ihm nur einen wissenden Blick zuwarf.

Die Rüstung! Wieder verblüffte ihn ihre Macht. Sie hatte es mit dem gigantischen Dämon aufgenommen, und nun sorgte sie dafür, dass sie ihre Reise fortsetzen konnte, auch wenn die Crew gemeutert hatte. Die *Hawksfire* würde ihr Ziel so oder so erreichen.

Norrec stolperte davon, machte sich aber nicht auf den Weg zurück in seine Kajüte, sondern in die Messe. Casco folgte ihm, ein Kapitän, der auf dieser Reise keinen Zweck erfüllte. Beide Männer schüttelten den Regen ab, und Casco begann in einer Kiste zu wühlen, bis er eine verstaubte Flasche hervorgeholt hatte, von deren Inhalt er aber dem Soldaten nichts anbot. Norrec überlegte, ob er ihn um einen Schluck bitten sollte – gebrauchen konnte er ihn allemal –, doch dann entschied er sich dagegen. Sein Kopf pochte schon genug, und es war ihm wichtiger, ihn klar zu bekommen.

„Wie lange, bis wir den Hafen erreichen?“, fragte er schließlich.

Casco setzte die Flasche lange genug ab, um die Frage beantworten zu können. „Drei Tage. Vielleicht vier.“

Norrec verzog das Gesicht. Er hatte auf weniger gehofft. Weitere drei oder vier Tage an Bord eines Schiffs, das sich von allein steuerte – und als einzigen Begleiter einen Kapitän mit wildem Blick, der glaubte, den Teufel in Menschengestalt vor sich zu haben.

Er stand auf. „Ich gehe in meine Kajüte, bis es Essenszeit ist."

Casco hielt ihn nicht auf. Er war damit zufrieden, dass ihm seine Flasche als Gesellschaft blieb.

Norrec trat hinaus in den Sturm, um sich in seine winzige Kajüte zurückzukämpfen. Ihm wäre ein geräumigeres und vor allem trockeneres Quartier unter Deck lieber gewesen, doch in Cascos Gegenwart nagte die Schuld an dem Kämpfer, da seine Anwesenheit für so viele Probleme gesorgt hatte. Ihn erstaunte, dass Casco ihm nicht die Kehle aufgeschlitzt hatte, während er bewusstlos gewesen war. Allerdings musste der Kapitän davon ausgehen, selbst das Leben zu verlieren, wenn er Norrec zu töten versuchte. Immerhin hatte dieser den Behemoth besiegt und einen eigentlich tödlichen Sturz aufs Deck überlebt.

Und vermutlich war diese Annahme gar nicht einmal so falsch.

Der Regen durchnässte Norrec nicht nur unablässig, sondern versuchte regelrecht, ihn niederzuringen. In all den Jahren, in denen er für fremde Herren gefochten hatte, war er manch heftigem Wolkenbruch ausgesetzt gewesen und hatte sogar Schneestürme erlebt – doch ein solches Unwetter noch nicht, und er konnte nur beten, dass es wenigstens dann aufhörte, wenn die *Hawksfire* Lut Gholein erreichte.

Vorausgesetzt natürlich, *dass* das Schiff seinen Zielhafen je anlief.

Durch den starken Regen war die Sicht enorm eingeschränkt, wenngleich es auf dem Wasser ringsum ohnehin kaum etwas Nennenswertes zu sehen gab. Dennoch blinzelte Norrec immer wieder wegen des Wassers, das ihm übers Gesicht lief, damit er wenigstens erkennen konnte, wohin er sich bewegte. Noch nie war ihm der Weg zu seinem Quartier so weit vorgekommen wie in diesem Moment. Das Gewicht der Rüstung machte es zusätzlich beschwerlich, ihr Metall schien doppelt so viel zu wiegen wie zuvor. Aber wenigstens musste sich Norrec keine Sorgen darüber machen, dass sie Rost ansetzen könnte. Die Zauber, die Bartuc gewirkt hatte, sorgten dafür, dass die Rüstung noch immer in so einwandfreiem Zustand war wie an dem Tag, da der Dämonenmeister sie zum ersten Mal angelegt hatte.

Wieder stolperte Norrec. Er verfluchte das Wetter, richtete sich auf und wischte sich über die Augen, damit er erkennen konnte, wie weit es noch bis zum Eingang seines Quartiers war.

Eine verschwommene Gestalt starrte ihn aus dem hinteren Abschnitt des Gangs an.

„Casco?“, rief er. Doch dann wurde ihm bewusst, dass der Kapitän mit seinem kranken Bein nicht an ihm vorbeigeeilt sein konnte. Außerdem war diese Gestalt viel größer als der Seemann und trug einen breitschultrigen Umhang, der dem eines Hexenmeisters der Vizjerei …

… der *Fauztins* Umhang ähnelte.

Er machte einen Schritt nach vorn, um besser sehen zu können. Die Gestalt schien zur Hälfte nur Nebel zu sein, sodass Norrec sich fragte, ob er vor sich vielleicht nur etwas sah, was sein gequälter und überanstrengter Geist ihm vorspiegelte.

„Fauztin? Fauztin?“

Der Schatten antwortete nicht.

Norrec ging noch einen Schritt weiter, als sich plötzlich seine Nackenhaare aufstellten.

Er wirbelte herum.

Eine zweite, etwas kleinere Gestalt war nun nahe dem Bug zu sehen, entzog sich aber immer für Augenblicke Norrecs Sicht. Die drahtige Erscheinung deutete auf einen Akrobaten oder – was wahrscheinlicher war – auf einen Dieb hin. Ein Reiseumhang, der im Wind flatterte, hüllte sie ein und ließ nur wenige Einzelheiten erkennen. Norrec mochte es sich einbilden, doch er glaubte, ein totes, immer noch grinsendes Gesicht zu sehen. Der Kopf hing ein wenig zur Seite, weil das Genick gebrochen war.

„Sadun …!“, rief er.

Seine Hände kribbelten auf einmal. Norrec sah hinunter und erkannte nur mit Mühe die schwache rötliche Aura, von der sie eingehüllt waren.

Ein Blitz schlug so dicht beim Schiff ins Wasser ein, dass das gesamte Deck einen Moment lang in grelles Licht getaucht wurde. Der verblüffte Kämpfer hätte sogar schwören können, dass der Blitz die *Hawksfire* selbst getroffen, ihr aber keinen Schaden zugefügt hatte. Einen Augenblick lang war Norrec von gleißender Helligkeit umgeben, die ihn die beiden Geister vergessen ließ.

Als er wieder etwas sehen konnte, wanderte Norrecs Blick zwischen Bug und Heck hin und her, doch von den Schemen war keine Spur mehr zu entdecken.

„Sadun! Tryst!“, schrie Norrec wie wild, dann drehte er sich zum Heck um: „Fauztin!“

Nur der Sturm antwortete mit neuem Zorn. Norrec wollte noch nicht aufgeben, also ging er zurück zum Bug, während er immer wieder nach Sadun rief. Er überquerte das Deck und sah in alle Richtungen. Warum Norrec Vizharan den Wunsch hegte, seinen beiden toten Kameraden gegenüberzutreten, wusste er selbst nicht. Wollte er sich entschuldigen? Ihnen erklären, was geschehen war? Wie konnte er das, wenn der einstige Söldner einerseits zwar wusste, dass die Rüstung ihnen das Leben genommen hatte, andererseits aber sich die Schuld gab, Fauztin nicht entscheidende Sekunden früher gewarnt zu haben. Wäre das geschehen, hätte er jetzt nicht hier sein müssen.

„Tryst! Verdammt! Wenn du real bist … wenn du da bist … dann komm zu mir. Es tut mir Leid! Es tut mir so Leid!“

Eine Hand wurde auf seine Schulter gelegt.

„Wen ruft Ihr?“, wollte Casco wissen. „Wen ruft Ihr da?“

Sogar in der Dunkelheit und dem peitschenden Regen konnte Norrec sehen, wie Angst die wässrigen Augen des Kapitäns erfüllte. Casco musste annehmen, dass sein Passagier entweder völlig den Verstand verloren hatte oder aber – und das war für ihn wohl wahrscheinlicher – weitere Dämonen heraufbeschwören wollte. Keine der beiden Möglichkeiten stimmte den Seemann froh.

„Niemanden … nichts!"

„Nicht noch mehr Dämonen?"

„Nein, keine Dämonen mehr." Er stürmte an Kapitän Casco vorbei, da er sich einfach nur noch ausruhen wollte. Allerdings war er nicht länger an seiner Kajüte interessiert. Norrec drehte sich zu dem perplexen und frustrierten Mann um. „Gibt es unten Quartiere für die Mannschaft?"

Casco nickte finster. Vermutlich schlief er in einer Kajüte in der Nähe dieser Quartiere und es gefiel ihm nicht, in welche Richtung diese Frage zielte. Es war schon schlimm genug, dass er sich das Schiff mit jemandem teilen musste, der Macht über Höllenkreaturen besaß – jetzt wollte dieser Mann auch noch in seiner unmittelbaren Nähe Quartier beziehen. Zweifellos rechnete Casco damit, dass sich unter Deck die verschiedensten Monster tummeln würden.

„Ich schlafe in einem der Quartiere." Norrec begab sich unter Deck und machte sich keine weiteren Gedanken darüber, was der Kapitän davon hielt. Vielleicht hatte ihn der Kampf gegen den dämonischen Behemoth zu viel Kraft gekostet, sodass die Schuldgefühle über das Schicksal, das seine Kameraden erlitten hatten, wieder die Oberhand gewinnen konnten. Vielleicht hatte er sich die beiden nur eingebildet. Es war wahrscheinlich ebenso wie zu Beginn der Reise, als er geglaubt hatte, Fauztin auf dem Dock im Hafen zu sehen. Die verstümmelten Leichen der beiden Freunde lagen noch immer im Grab, wo die nächsten übereifrigen Schatzsucher auf sie stoßen würden.

Doch als er den Regen abschüttelte und sich auf die Suche nach einem Bett machte, beunruhigte ihn ein flüchtiger Gedanke. Norrec starrte auf seine Handschuhe und bewegte die Finger, was ihm zeigte, dass er in diesem Moment die Kontrolle darüber besaß. Wenn er sich Fauztin und Sadun Tryst aber nur eingebildet hatte, wieso hatten dann die Panzerhandschuhe für einen kurzen Augenblick aufgeleuchtet?

Es war tiefe Nacht, als die Armee von General Augustus Malevolyn aufbrach und sich in die weite und unerbittliche Wüste von Aranoch begab. Nur wenige Männer freuten sich auf diesen Marsch, doch der Befehl war erteilt worden, und darauf gab es keine andere Reaktion als Gehorsam. Dass einige von ihnen das Ziel – man nahm an, es handele sich um das wohlhabende Lut Gholein – nicht erreichen würden, war kein Hinderungsgrund. Jeder hoffte, zu den glücklichen Überlebenden zu zählen, die einen Teil des Reichtums dieses Königreichs für sich in Anspruch nehmen konnten.

An der Spitze der Armee ritt der General selbst, der voller Stolz den Helm von Bartuc trug. Eine schwach leuchtende Kugel, von Galeona heraufbeschworen, schwebte ein kurzes Stück weit vor ihm, damit sein Pferd den Weg sehen konnte. Dass er auf diese Weise auch zum bevorzugten Ziel möglicher Angreifer werden könnte, störte Malevolyn nicht im mindesten. Der General trug den antiken Helm und seine eigene, mit Zaubern umgebene Rüstung, und zeigte seinen Leuten so, dass er nichts fürchtete – und nichts ihn besiegen konnte.

Galeona ritt neben ihrem Geliebten. Nach außen hin machte sie einen unbeteiligten Eindruck, doch in Wahrheit bediente sie sich unablässig ihrer Hexenkraft, um frühzeitig mögliche Gefahren für die Kolonne auszuspähen. Der Hexe folgte ein Planwagen, auf dem sich Malevolyns zusammengefaltetes Zelt, seine persönlichen Dinge und Galeonas Holztruhe befanden.

„Endlich … bald wird die Rüstung mein sein“, murmelte der General und starrte in die Dunkelheit. „Ich kann ihre Nähe bereits spüren! Mit ihr bin ich am Ziel! Mit ihr werde ich Dämonen befehligen können!“

Galeona überlegte, dann wagte sie eine Frage: „Könnt Ihr Euch sicher sein, dass sie alles das für Euch tun wird, mein General? Zugegeben, der Helm ist verzaubert, und es heißt, dass die Rüstung mit noch mehr Zaubern belegt ist. Doch bislang hat der Helm uns alle immer wieder verblüfft. Was, wenn sich die Rüstung ganz ähnlich verhält? Ich bete, dass dem nicht so ist, doch Bartucs Geheimnisse könnten uns mehr abverlangen, als wir …“

„Nein!“ Er herrschte sie so nachdrücklich an, dass die Wachen unmittelbar hinter ihm ihre Schwerter zogen. Sie dachten wohl, die Hexenmeisterin habe versucht, ihren Anführer zu verraten. Augustus Malevolyn gab ihnen ein Zeichen, die Klingen wieder wegzustecken, dann warf er Galeona einen finsteren Blick zu. „So wird es nicht kommen, meine Liebe! Ich habe die glorreichen Visionen geschaut, die mir der Helm eingegeben hat – der Geist von Bartuc, der mich ruft, um etwas zu seinen Siegen beizusteuern. Ich habe in jeder Vision gesehen, welche Macht der Helm und die Rüstung haben, wenn sie vereint sind! Der Geist des Kriegsherrn lebt in der Rüstung weiter, und es ist sein Wunsch, dass ich der sterbliche Träger seiner Standarte werde!“ Er machte eine Handbewegung, die die Wüste erfasste. „Warum sonst sollte der Narr, der sie im Moment trägt, auf dem Weg zu mir sein? Er macht es, weil es seine Bestimmung ist! Ich sage es euch: Ich werde Bartucs Nachfolger!“

Die Hexe zuckte zusammen, war von seinem Wutausbruch überrascht. „Wie Ihr meint, mein General.“

Malevolyn wurde abrupt ruhig und zeigte wieder sein selbstzufriedenes Lächeln. „Genau. Wie ich meine. Und ja, danach werde ich Lut Gholein einnehmen. *Diesmal* werde ich nicht scheitern.“

Galeona war seit Westmarch mit dem General geritten und kannte ihn vermutlich besser als jeder andere, der seinem Kommando unterstand. Doch in der ganzen Zeit war Lut Gholein nur als ein mögliches Ziel genannt worden, von dessen Eroberung Malevolyn träumte. Sie hatte ihn nie von einer dort erlittenen Niederlage reden hören. „Ihr seid früher schon einmal dort gewesen?"

Mit einer Bewegung, die etwas von großer Hingabe besaß, rückte er den Helm sanft zurecht und wandte sich von ihr ab, damit sie im Schein der leuchtenden Sphäre nicht seine Miene erkennen konnte. „Ja … und wenn es meinem Bruder nicht gelang, hätte es mir gelingen müssen … doch diesmal … *Viz-jun wird fallen!*"

„Viz-jun?", wiederholte sie ungläubig.

Zum Glück achtete General Malevolyn nicht auf sie, sondern konzentrierte sich auf den dunkler werdenden, sich bewegenden Sand. Galeona wiederholte das Wort nicht noch einmal, sondern ließ das Thema lieber auf sich beruhen. Am liebsten hätte sie es sogar ganz vergessen. Vielleicht war es nur ein Versprecher gewesen, so wie auch etwas anderes von dem, was er gerade gesagt hatte, ein Irrtum sein musste. Schließlich hatte der General an viele Dinge, an so viele Dinge zu denken …

Sie wusste, dass er nie die sagenhafte Tempelstadt in Kehjistan besucht hatte. Er hatte nie das Meer überquert, um in dieses Land zu gelangen. Außerdem war Augustus Malevolyn ein *Einzelkind* – und noch dazu ein ungewollter Bastard.

Doch … ein anderer, von dem Galeona wusste, hatte nicht nur das sagenhafte Viz-jun besucht, sondern auch versucht, es zu erobern, es zu zerstören, um am Ende von seinem eigenen Bruder vernichtet zu werden.

Bartuc.

Mit verstohlenem Blick betrachtete die Hexe den Helm und versuchte, dessen Absichten zu ergründen. Die Visionen, die der Kommandant erlebt hatte, waren eindeutig nur für ihn bestimmt gewesen. Sogar, als sie das Artefakt heimlich aufgesetzt hatte, waren ihr derartige Bilder versagt geblieben. Doch je länger Augustus den Helm trug, desto schwieriger wurde es für ihn, zwischen seinem eigenen Leben und dem des entsetzlichen Kriegsherrn zu unterscheiden.

Wirkte der Helm vielleicht bei jeder der Visionen einen Zauber? Beiläufig berührte Galeona einen Ring mit schwarzem Edelstein an einem Finger ihrer linken Hand und richtete ihn auf den Kopf ihres Liebhabers aus. Lautlos sprach sie zwei verbotene Worte, während sie darauf achtete, dass der General nicht ihre Lippenbewegung bemerkte.

Das war nicht der Fall, und ebenso wenig nahm er jetzt die unsichtbaren Ranken wahr, die vom Ring ausgingen und seinen Helm an verschiedenen Stellen berührten. Nur Galeona wusste, dass sie dort waren, suchten und forschten, um herauszufinden, von welchen Mächten der antike Helm durchdrungen war.

Wenn sie endlich herausfand, wie der Helm auf den General einwirkte, konnte die Hexe vielleicht den ersten Schritt tun, um diese Zauber für ihre eigenen Zwecke einzuspannen. Selbst ein Minimum an neuem Wissen würde ihr sehr helfen, ihre eigenen Fähigkeiten zu erweitern …

Ein karmesinrotes Licht blitzte auf und erhellte für die verblüffte Galeona jede der magischen Ranken, die von ihrem Ring zum Helm reichten. Eine Woge aus Energie schoss ihr entgegen, verzehrte die Ranken und sammelte sich an ihrem Finger. Aus Angst um sich selbst wollte die Hexenmeisterin den Ring abstreifen. Doch als Mensch war sie einfach zu langsam.

Der Strom aus karmesinrotem Licht vernichtete die letzte noch verbliebene Ranke, dann hatte er den schwarzen Edelstein erreicht.

Der Stein zischte und zerschmolz innerhalb des Bruchteils einer Sekunde. Der flüssige Stein tropfte auf ihren Finger, verbrannte die Haut und versengte das Fleisch …

Galeona schaffte es, einen Aufschrei zu unterdrücken, und wandelte ihre Reaktion auf den stechenden Schmerz in ein kaum hörbares Keuchen.

„Habt Ihr etwas gesagt, meine Liebe?“, fragte General Malevolyn beiläufig, ohne seinen Blick von der Landschaft abzuwenden.

Sie schaffte es, trotz der Schmerzen ruhig und gelassen zu klingen. „Nein, Augustus. Ich habe nur leicht gehustet … ein wenig Sand in meiner Kehle.“

„Ja, das ist das Risiko hier draußen. Vielleicht solltet Ihr einen Schleier umlegen.“ Weiter sagte er nichts. Entweder konzentrierte er sich auf seine Aufgaben als Befehlshaber, oder aber er war wieder einmal in Bartucs Vergangenheit versunken.

Galeona sah sich um, aber niemand hatte das erstaunliche Schauspiel mächtiger Energien beobachtet, die im Widerstreit miteinander gelegen hatten. Allein sie hatte wegen ihrer magischen Sinne ihr Versagen und ihre Bestrafung wahrgenommen.

Stumm dankte sie für diese Portion Glück, dann betrachtete sie den Schaden. Der Ring war zu Schlacke verbrannt, der seltene und widerstandsfähige Edelstein war nichts weiter als eine schwarze, verkohlte Masse. Sie konnte zwar den Ring abstreifen, doch der geschmolzene Stein hatte auf ihrer ansonsten makellosen Hand einen bleibenden, schmerzhaften schwarzen Fleck hinterlassen.

Die Verletzung an sich war unbedeutend. Sie hatte in ihrem Handwerk schon viel Schlimmeres ausgehalten. Was Galeona dagegen beunruhigte, war die Reaktion des Helms auf ihre Erkundung. Keiner ihrer Zauber hatte den Helm in der Vergangenheit so heftig zurückschlagen lassen. Es war fast so, als sei etwas in dem Helm erwacht, das seine eigenen Absichten verfolgte.

Sie war immer von der Annahme ausgegangen, dass der Kriegsherr seine Rüstung mit einer ganzen Reihe mächtiger Zauber belegt hatte, die ihm im Kampf helfen sollten. Solche Vorkehrungen wären auch sinnvoll gewesen. Doch was war, wenn ihre Vermutungen nur einen kleinen Teil der ganzen Wahrheit abdeckten? Was, wenn sogar denjenigen, die Bartuc getötet hatten, nicht in vollem Umfang bewusst gewesen war, wie umfassend die Dämonen seiner Kontrolle unterstanden?

Erstreckten sich die Zauber lediglich auf den Helm und die Rüstung – oder hatte Galeona mehr entdeckt?

Strebte Bartuc selbst eine Rückkehr aus dem Reich der Toten an?

ZEHN

Die *King's Shield* und ihre Besatzung begegneten dem Sturm zum Ende des fünften Tages hin, seit sie von Gea Kul aus in See gestochen waren. Kara hatte gehofft, die Schlechtwetterfront würde aufbrechen, doch Hoffnung allein sicherte nicht ihr Vorankommen. Zum Teil konnte man wohl denjenigen, die das Schiff bemannten, selbst die Schuld an dieser neuen Situation zurechnen. Denn Kapitän Jeronnan befehligte eine ausgezeichnete Crew, die zum einen die Exzentrizität der aufgewühlten See in hervorragender Weise verstand, und zum anderen auch die Strecke nach Lut Gholein wie ihre Westentasche kannte. Und so mussten sie zwangsläufig auf dieses Unwetter treffen. Ein Unwetter, von dem die Nekromantin annahm, dass es der *Hawksfire* gegolten hatte und dem nun sie ausgeliefert waren. Nein! Nicht ausgeliefert! Die Nekromantin bezweifelte, dass irgendein anderes Schiff mit irgendeiner anderen Mannschaft so effizient und schnell die Wellen durchpflügen konnte wie dieses. Und das alles garantierte geradezu, dass die *King's Shield* auch diesem sich rasch bewegenden Sturm entkommen würde.

Der unglückselige Kalkos war auf See bestattet worden, und Kara selbst hatte während der Zeremonie einige respektvolle Worte gesprochen, die auf den Bestattungstraditionen ihres Volks beruhten. Für sie war Kalkos nur auf eine andere Ebene übergewechselt, wo er und die anderen, die vor ihm diese neue Existenz begonnen hatten, daran arbeiten würden, das Gleichgewicht der Kräfte zu wahren. Dennoch empfand sie eine gewisse Schuld, was das von ihr gesprochene Gebet anging. Die bleiche Zauberin hatte nicht ihren eigenen Lebenswunsch vergessen, als sie im Baum eingeschlossen gewesen war. Karas bislang einzige Möglichkeit, dies mit ihrem Glauben in Einklang zu bringen, hatte in einer Entscheidung gegipfelt: Sie hatte beschlossen, dass ihr Tod nicht nur das Gleichgewicht gestört hätte, sondern dann auch niemand mehr da gewesen wäre, um der verschwundenen Rüstung nachzuspüren. Und dazu durfte es auf keinen Fall kommen.

Bereits kurz nachdem sie auf das sturmgepeitschte Wasser vorgedrungen waren, verbrachte Kara Nightshadow die meiste Zeit damit, vom Bug aus die wilde See zu beobachten. Jeronnan bezweifelte, dass dies empfehlenswert sei, doch sie wies jeden Ratschlag zurück, sich zu ihrer eigenen Sicherheit in die Kajüte zu begeben. Er glaubte, sie würde Ausschau nach der *Hawksfire* halten, was zum Teil auch stimmte. Was ihr aber weit mehr Sorgen bereitete, war die Möglichkeit, dass die Dämonen zurückkehrten, die sie in Kalkos' Erinnerungen gesehen hatte. Das betraf vor allem das Meeresungeheuer, jenen Leviathan, der die meisten Besatzungsmitglieder auf so entsetzliche Weise getötet hatte. Da sie dem Kapitän gegenüber von dieser Kreatur immer noch kein Wort hatte verlauten lassen, hielt sie es für ihre Pflicht, wenigstens Ausschau zu halten. Sie glaubte zudem, dass sie von allen an Bord die besten Chancen hatte, den Leviathan entweder zu vertreiben oder wenigstens so lange abzulenken, dass die *King's Shield* einen Fluchtversuch unternehmen konnte.

Auch wenn sie von heftigem Regen und rauer See eingeschlossen waren, blieben Jeronnans Männer fest entschlossen und – ihr gegenüber – höflich. Eine Weile hatte Kara befürchtet, dass die Geschichten über Seeleute, die sie zu hören bekommen hatte, für sie persönlich bedeuten würden, sie müsse sich unablässig gegen unerwünschte Avancen zur Wehr setzen. Doch sie wurde zwar von einigen der Matrosen eindeutig bewundert – und das, obwohl sie inzwischen wussten, wer sie war –, aber nicht bedrängt. Genau genommen hatte einzig Mister Drayko etwas versucht, was im weitesten Sinne als Annäherungsversuch hätte gelten können. Das war aber so formell und zurückhaltend geschehen, dass es ihr fast schon vorgekommen war, als hätte sie einen von ihresgleichen vor sich. Sie hatte seinen Vorstoß freundlich und ruhig zurückgewiesen, auch wenn seine Aufmerksamkeit ihr durchaus schmeichelte.

Kapitän Jeronnan selbst hatte schon vor langer Zeit jede im Raum stehende Frage beantwortet, ob er denn auch irgendwelche Absichten hinsichtlich seiner Mitreisenden hegte. Wenn er Kara einmal nicht wie einen aristokratischen Passagier behandelte, dann verhielt er sich ihr gegenüber, als hätte er sie *adoptiert*. Von Zeit zu Zeit sorgte sich der einstige Offizier um Kara, wie er es wohl auch um Terania getan hatte. Sie ließ es zu, weil sie ihn so bei guter Laune hielt und sich selbst auch wohler fühlte. Sie war durchaus in elterlicher Liebe aufgewachsen, doch als ihre Ausbildung begann, hatte man von ihr wie von allen anderen Anhängern Rathmas auch erwartet, dass Gefühle zurückgestellt wurden, um besser zu erlernen, wie man das Gleichgewicht der Welt beschützte. Das Gleichgewicht hatte Vorrang vor allem anderen, selbst vor der Familie.

Die *King's Shield* wurde von einer besonders mächtigen Welle hochgeworfen und klatschte Sekunden später zurück ins Wasser. Kara hielt sich an der Reling fest und versuchte, hinter Regen und Nebel zu blicken. Der Tag wich allmählich der Nacht, doch waren ihre Augen bestens daran gewöhnt, bei Dunkelheit zu sehen, was sie schneller als den erfahrensten Seemann an Bord erkennen lassen würde, wenn etwas von Belang vor ihnen auftauchte.

Inzwischen hatten sie gewiss längst jene Region erreicht oder schon wieder hinter sich gelassen, wo Kalkos und seine Kameraden ihrem Untergang begegnet waren. Das bedeutete, dass das Schiff jeden Moment von unnatürlichen Mächten angegriffen werden konnte.

„Lady Kara!", rief Drayko, der ein Stück weit hinter ihr stand. „Das Wetter wird schlechter. Ihr solltet wirklich besser unter Deck gehen."

„Es ist alles in Ordnung." Auch wenn sie keine Dame von höherer Abstammung war, konnte sie die Männer einfach nicht dazu bringen, sie nur mit ihrem Namen anzusprechen. Zuzuschreiben war dies Jeronnan, da er – als er sie der Crew vorstellte – ihren Titel und zudem seinen hohen Respekt vor ihr betont hatte. Was dem Kapitän recht war, schien der Crew billig zu sein.

„Aber der Sturm …"

„Ich danke Euch für Eure Besorgnis, Mister Drayko."

Er wusste, dass es sinnlos war, mit ihr zu diskutieren. „Passt nur auf Euch auf, Mylady."

Während er sich wieder entfernte, gelangte Kara zu der Ansicht, dass das zuvorkommende Verhalten von Jeronnan und seiner Crew eine schlechte Vorbereitung auf Lut Gholein war. Sie wusste, dass sie dort wieder all den Vorurteilen begegnen würde, die man mit ihrer Art verband. Nekromanten hatten mit dem Tod zu tun, und die meisten Menschen wollten nicht an ihre eigene Sterblichkeit erinnert werden. Und erst recht wollten sie nicht darüber nachdenken, dass nach ihrem Tod ein Nekromant *Macht* über ihren Geist erhalten könnte.

Auch wenn sie Draykos Rat abgelehnt hatte, überlegte sie nach einer Weile doch, ob sie noch länger am Bug ausharren konnte. Die hereinbrechende Nacht in Verbindung mit dem verheerenden Wetter schränkte die Sicht immer stärker ein. Bald würde der Punkt erreicht sein, an dem auch Kara nicht mehr helfen konnte. Dennoch war sie entschlossen, so lange auf ihrem Posten zu bleiben, wie es nur ging.

Die Wellen hoben und senkten sich so gleichmäßig, dass sie trotz der rohen Kräfte, die dort wirkten, nach einiger Zeit zu einem monotonen Anblick wurden. Ein- oder zweimal glaubte die Nekromantin, etwas entdeckt zu haben, das sie für eine Kreatur des Meeres hielt, und einmal hatte ein Stück Treibholz den gleichbleibenden Zyklus durchbrochen – doch davon abgesehen, gab es nichts zu vermelden, das Karas Mühe wert gewesen wäre. Zum Glück bedeutete das aber auch, dass sich keine Dämonen blicken ließen, und dafür war die Zauberin dankbar.

Sie wischte sich Gischt und Regen vom Gesicht und blickte ein letztes Mal backbord über die Reling der *King's Shield*. Noch mehr Wellen, noch mehr Schaumkronen, noch mehr …

Ein Arm?

Kara veränderte ihre Position und beobachtete die dunklen Wellen aufmerksam.

Dort! Ein Arm und ein Teil des Oberkörpers eines Mannes! Sie konnte keine Einzelheiten erkennen, hätte aber schwören können, dass sich der Arm aus eigener Kraft erhoben hatte.

Kara kannte für eine derartige Situation keinen geeigneten Zauber, also wandte sie sich dem Deck um und entdeckte die ferne, verschwindend kleine Gestalt von Jeronnans Stellvertreter. „Mister Drayko! Ein Mann im Wasser!"

Zum Glück hörte er sie sofort und befahl drei Matrosen, ihm zu folgen, als er dorthin eilte, wo die Nekromantin stand. „Zeigt mir, wo!"

„Dort! Könnt Ihr ihn sehen?"

Er beobachtete die tosende See, dann nickte er finster. „Ein Kopf und ein Arm. Und ich glaube, der Arm bewegt sich." Drayko wies den Steuermann an, das Schiff zu drehen, dann sagte er zu Kara: „Es ist unwahrscheinlich, dass wir ihn noch retten können, doch wir werden es versuchen."

Sie erwiderte nichts, da ihr die Überlebenschancen viel klarer vor den Augen standen als Drayko. Denn wenn die Kräfte des

Gleichgewichts das Überleben dieses Mannes diktierten, dann würde er es auch schaffen. Wenn nicht, würde seine Seele sich wie die von Kalkos auf die nächste Ebene begeben, um eine andere Rolle im Gleichgewicht zu erfüllen. So besagten es die Lehren Rathmas.

Natürlich diktierte dieses Gleichgewicht auch, dass, wenn Hoffnung auf ein Überleben verblieb, diejenigen darum kämpfen mussten, die es denn retten wollten. Rathma lehrte Pragmatismus, keine Unbarmherzigkeit.

Der Sturm erschwerte die Manöver, doch es gelang der *King's Shield*, sich der schwach bewegenden Gestalt zu nähern. Der Einbruch der Nacht gestaltete die Rettungsaktion jedoch zunehmend schwieriger, da der Schiffbrüchige immer wieder hinter einem Wellenberg verschwand und an anderer Stelle auftauchte.

Kapitän Jeronnan war inzwischen zu ihnen gestoßen und nahm die Aktion in die Hand. Zu Karas Erstaunen befahl er zwei Seeleuten, die Bogen zu holen. Von Drayko wusste sie, dass die beiden im Umgang mit dieser Waffe besonders geschickt waren.

„Will er das Leiden des Mannes beenden?“, fragte sie voller Sorge, Jeronnan könnte einen Charakterzug offenbaren, den sie ihm nicht zugetraut hätte. Kara hatte erwartet, dass er zumindest versuchen würde, den Seemann zu retten.

„Seht einfach nur zu, Mylady.“

Sie begann zu verstehen, als die Männer jeder ein Seil an ihrem Pfeil befestigten. Anstatt einfach nur zu versuchen, dem Mann ein Seil zuzuwerfen, hofften sie, es so näher an den Schiffbrüchigen heranführen zu können. Gerade bei diesem Sturm würde der Einsatz der Bogen präziser sein, anstatt sich nur auf das Wurfgeschick zu verlassen. Es war ein zwar riskantes Unterfangen, doch auch eines mit den klar größeren Erfolgsaussichten.

„Beeilt euch, verdammt noch mal!“, grollte Jeronnan.

Die beiden Männer schossen ihre Pfeile ab. Einer verfehlte sein Ziel ganz erheblich, doch der andere kam beinahe in Reichweite des Mannes.

„Festhalten!", schrie Drayko aus Leibeskräften. „Festhalten!"

Der Mann machte keine Anstalten, nach dem Seil zu greifen. Die Nekromantin ging ein gewaltiges Risiko ein, als sie sich weit über die Reling beugte und versuchte, das Seil kraft ihres Willens näher an den Ertrinkenden heranzubringen. Vielleicht würde es funktionieren, wenn sie es berührte …

Kara kannte einige Ältere, die Objekte bewegen konnten, indem sie einfach nur an sie dachten. Doch wie in so vielen anderen Punkten auch, war ihre Ausbildung dafür noch nicht weit genug gediehen. Sie konnte nur darauf hoffen, dass ihre Verzweiflung, gepaart mit den Fähigkeiten, die sie bereits erlernt hatte, in diesem Augenblick genügen würden.

Ob es nun ihre angestrengten Gedanken waren oder vielleicht doch nur die Strömung, vermochte sie nicht zu sagen, doch das Seil bewegte sich an den Mann heran, bis es nur wenige Zoll von seinem Arm entfernt war.

„Zupacken!", forderte der Kapitän den Unglücksraben auf.

Plötzlich zuckte der Körper. Eine Welle überspülte ihn, und für einige nervenaufreibende Sekunden verschwand die Gestalt. Kara sah sie als Erste wieder auftauchen, nun aber ein beträchtliches Stück von beiden Seilen entfernt.

„Verdammt!" Drayko schlug mit der Faust auf die Reling. „Entweder ist er tot oder …"

Die treibende Gestalt zuckte erneut und tauchte fast unter.

Der Erste Offizier fluchte. „Das machen nicht die Wellen mit ihm …"

Mit wachsender Furcht sahen Kara und die Crew, wie der Körper noch zweimal auftauchte und dann unterging.

„Die Haie haben ihn erwischt", murmelte schließlich einer der Matrosen.

Kapitän Jeronnan stimmte ihm zu. „Holt die Seile ein, Männer. Ihr habt getan, was möglich war. Es ist ohnehin anzunehmen, dass er bereits tot war. Außerdem haben wir genug, worüber wir uns auch ohne ihn Sorgen machen können."

Die vergeblichen Rettungsversuche dämpften die Stimmung an Bord; die Mannschaft kehrte langsam auf ihre Posten zurück. Drayko blieb noch einen Moment bei Kara stehen, die weiterhin nach einem letzten Hinweis auf den untergegangenen Seemann Ausschau hielt.

„Die See nimmt sich, was ihr gehört", flüsterte er. „Wir versuchen zu lernen, damit zu leben."

„Wir betrachten es als Teil eines übergeordneten Gleichgewichts", erwiderte sie, „doch der Verlust eines Lebens, das hätte gerettet werden können, ist immer ein Grund zur Trauer."

„Ihr kommt jetzt am besten von dort weg, Mylady …"

Kara berührte für einen Moment seinen Handrücken, dann sagte sie: „Ich danke Euch für Eure Sorge um mich, aber ich möchte noch einen Moment lang hier bleiben. Es wird mir nichts passieren."

Widerstrebend ließ er sie abermals allein. Die Nekromantin griff unter ihren Umhang und nahm ein kleines rotes Symbol in der Form eines furchterregenden Drachen mit feurigen Augen und Reißzähnen von ihrem Hals. Die Anhänger Rathmas glaubten, dass die Welt auf dem Rücken des großen Drachen Trag' Oul ruhte, der als Auflagepunkt agierte und auf diese Weise half, das himmlische Gleichgewicht zu wahren. Alle Nekromanten zollten dem Leviathan ihren uneingeschränkten Respekt.

Kara betete stumm, dass Trag'Oul sich des unbekannten Mannes annahm und ihn auf die nächste Existenzebene brachte. Sie hatte auch für den Matrosen Kalkos gebetet, wenngleich niemand von der Besatzung dies mitbekommen hatte. Außenstehende verstanden schwerlich, welche Rolle Trag'Oul für die Welt spielte.

In der Überzeugung, dass sie nichts weiter tun konnte, kehrte die schlanke Frau mit den silbernen Augen unter Deck in ihr Quartier zurück. Auch wenn sie ihre Aufgaben stets mit aller Hingabe erfüllte, war Kara doch erleichtert, als sie den Raum betrat. Nach Dämonen Ausschau zu halten und mit ansehen zu müssen, wie ein Rettungsversuch scheiterte, zehrte an ihren Kräften. Während der selbst auferlegten Pflichten hatte die Zauberin nur kurze Pausen eingelegt, um etwas zu sich zu nehmen. Damit war sie insgesamt länger auf den Beinen gewesen als jeder Mann auf diesem Schiff. Doch jetzt wollte Kara nur noch schlafen, nichts anderes mehr.

Die Kajüte, die Hanos Jeronnan ihr zur Verfügung gestellt hatte, war ursprünglich für seine Tochter vorgesehen gewesen, daher musste die an Einfacheres gewöhnte Kara sich hier mit damenhaften Rüschen und viel zu weichen Kissen anfreunden. Im Gegensatz zur Crew hatte sie sogar ein richtiges Bett, das fest im Boden verankert war, damit es bei Seegang nicht verrutschen konnte. Um für zusätzliche Sicherheit während des Schlafs zu sorgen, war das Bett allseits mit einem gepolsterten, niedrigen Geländer umgeben, sodass Kara nicht herausfallen und auf dem harten Holzboden aufschlagen konnte. Sie war schon mehr als einmal dankbar für diese Umrandung gewesen, und jetzt, da sie sich bis aufs Äußerste erschöpft fühlte, umso mehr. Die Nekromantin bezweifelte, dass sie nach den zurückliegenden Anstrengungen noch die Kraft besessen hätte, sich in dieser Nacht am Bett festzuklammern, falls dies erforderlich geworden wäre.

Sie warf ihren nassen Umhang zur Seite und setzte sich auf das Fußende des Bettes, versuchte, ihre Gedanken zu ordnen. Trotz des Umhangs war auch ihre darunter befindliche Kleidung von der schwarzen Bluse bis zu ihrer Hose und den Stiefeln durchnässt. Die Bluse klebte auf ihrer Haut und ließ sie noch mehr frösteln. Jeronnan war entsetzt gewesen, dass sie keine andere Kleidung mit an Bord hatte bringen wollen, und hatte darauf bestanden, dass sie wenigstens etwas zum Wechseln mitnahm. Kara war erst darauf eingegangen, als er sich einverstanden erklärt hatte, möglichst die gleichen Kleidungsstücke noch einmal zu kaufen. Die Lehren Rathmas interessierten sich nicht für das, was gerade in Mode war. Der Nekromantin ging es einzig darum, dass ihre Kleidung funktional und strapazierfähig war.

Kara war dankbar, dass sie sich hatte überreden lassen. Nun konnte sie die zweite Garnitur anziehen, während sie die andere zum Trocknen aufhängte. Jeden Abend vollzog sie das gleiche Ritual und achtete darauf, dass alles so sauber wie möglich war. Nur weil sie sich mit Blut und dem Tod beschäftigte, bedeutete das noch lange nicht, dass Reinlichkeit keine Bedeutung für sie hatte.

Zum ersten Mal empfand die junge Frau das so weiche Bett als eine hoch willkommene Abwechslung. Der Kapitän wäre noch entsetzter gewesen, hätte er gewusst, dass sie vollständig angezogen war. Doch auf einer solchen Reise konnte Kara kein Risiko eingehen. Wenn die Dämonen aus Kalkos' Erinnerungen Gestalt annahmen, musste sie sofort bereit sein, sich ihnen entgegenzustellen. Der einzige Kompromiss an den Komfort betraf ihre Stiefel, die sie aus Respekt vor Jeronnan und seiner Tochter vor dem Fußende des Betts abstellte.

Sie dämpfte die Laterne und ließ sich ins Bett sinken. Die heftigen Wellen trugen dazu bei, sie schneller eindösen zu lassen, da sie die erschöpfte Magierin wie in einer Wiege hin und her schaukelten. Die Sorgen der Welt begannen langsam in den Hintergrund zu treten …

Plötzlich durchdrang ein blaues Leuchten ihre Augenlider und holte sie aus dem sanften Schlummer zurück.

Zuerst glaubte sie, es handele sich um den Bestandteil eines Traums, doch die allmähliche Erkenntnis, dass es auch noch durch die geschlossenen Lider wahrzunehmen war, nachdem sie längst erwacht war, empfand Kara als höchst alarmierend. Die Magierin spannte ihren Körper an – dann wirbelte sie im Bett herum, ging in eine kniende Haltung und richtete ihre Hände auf die Quelle des surrealen Lichtscheins.

Da sich ihre Kajüte unterhalb des Wasserspiegels befand, glaubte Kara im ersten Moment, die See könnte letztlich doch den Rumpf durchbrochen haben. Als aber der letzte Rest Schlaf geschwunden war, machte sie etwas viel Beunruhigenderes aus: Das blaue Licht existierte nicht nur wirklich, sondern bedeckte einen großen Teil von einer Seite ihrer Kajüte. Es hatte ein dunstiges Aussehen, fast so, als hätte sich die Wand in Nebel verwandelt und würde unablässig pulsieren. Kara fühlte, wie ihr ganzer Körper zu kribbeln begann …

Aus dem magischen Dunst traten gleich zwei völlig durchnässte Gestalten heraus.

Sie öffnete den Mund, war sich aber unschlüssig, ob sie einen Zauber wirken oder besser um Hilfe rufen sollte. Ganz gleich, wozu sie sich entschieden hätte, ihre Stimme versagte ihr so oder so den Dienst – wie im übrigen ihr ganzer Körper!

Die Nekromantin verstand nicht, was los war, bis eine der dunklen Gestalten einen vertrauten Elfenbeindolch hochhielt, der immer dann ein beängstigendes blaues Licht ausstrahlte, wenn Kara auch nur daran dachte, irgendetwas zu unternehmen.

Die triefende und sehr *tote* Gestalt des Vizjerei-Hexenmeisters Fauztin – das klaffende Loch in seiner Kehle wurde nur zum Teil vom Kragen eines Umhangs verdeckt – sah sie finster an; seine starren Augen waren eine unausgesprochene Warnung an Kara, ja keine Dummheiten zu machen.

Neben ihm schüttelte sein grinsender Gefährte Meerwasser von sich ab. Hinter ihnen verblasste allmählich das blaue Licht, als sich das magische Portal schloss, durch das die Geister der Wiedergänger hereingekommen waren.

Der kleinere von beiden trat einen Schritt vor und machte eine spöttische Verbeugung. Dabei wurde Kara klar, dass es *sein* Körper war, den sie und die Crew im Wasser gesehen hatten. *Er* war der vermutete hilflose Seemann gewesen. Fauztin und sein Kumpan hatten sie hereingelegt, um diesen Besuch zu ermöglichen.

Das Grinsen des Ghuls wurde noch breiter; gelbe Zähne und verwesendes Zahnfleisch ergänzten das Bild der sich schälenden Haut und des nassen, sich auflösenden Fleisches darunter. „So … gut … Euch … wieder … zu … sehen … Nekromantin."

Zwar kam der Sturm nicht völlig zum Erliegen, doch als die *Hawksfire* endlich den Hafen von Lut Gholein erreichte, war er wenigstens erträglich geworden. Norrec Vizharan war dankbar dafür, ebenso dafür, dass sie kurz vor Sonnenaufgang eintrafen, als die meisten Bewohner des Königreichs noch schliefen und so nicht viel von den unheilvollen Eigenarten des düsteren Schiffs mitbekommen würden.

Als die *Hawksfire* anlegte, ließ die Wirkung des Zaubers nach, sodass Kapitän Casco und Norrec nach Kräften den Rest an Arbeit erledigen mussten. Das Schiff lenkte zwar die Blicke einiger weniger Anwesenden auf sich, aber zum Glück schien niemand wahrzunehmen, wie sich die Taue von selbst anpassten und die Segel aus eigener Kraft herabgelassen wurden.

Als schließlich die Laufplanke gesenkt wurde, brauchte Casco nichts sagen – sein Gesichtsausdruck verriet zur Genüge, dass es Zeit für seinen Passagier wurde, von Bord zu gehen und hoffentlich nie mehr zurückzukehren. Norrec streckte seine Hand aus im Versuch, mit dem skelettartigen fremden Seemann eine Art Frieden zu schließen. Casco sah mit seinem guten Auge auf den Panzerhandschuh, dann betrachtete er lange den Soldaten, ohne auch nur einmal zu blinzeln. Nach einigen Momenten des Unbehagens ließ Norrec seine Hand sinken und ging zügig über die Planke.

Nachdem er sich ein Stück weit von der *Hawksfire* entfernt hatte, konnte er jedoch nicht anders, als sich noch einmal umzudrehen. Dabei sah er, dass der Kapitän ihn unverändert aufmerksam beobachtete. Ihre Blicke trafen sich, und schließlich hob Casco doch noch eine Hand in Norrecs Richtung.

Der Kämpfer reagierte mit einem Kopfnicken. Casco war damit offenbar zufrieden und ließ die Hand wieder sinken. Er wandte sich ab und begann, sein schwer in Mitleidenschaft gezogenes Schiff zu inspizieren.

Norrec hatte sich kaum von der Stelle bewegt, als jemand ihn aus der anderen Richtung anrief.

„Die *Hawksfire* hat dem Schicksal wieder mal ein Bein gestellt“, meinte ein ältlich aussehender Kapitän. Er hatte mandelförmige Augen, ein weißes Büschel, das einen Bart darstellen sollte, und ein Gesicht, das von Wind und Wetter gegerbt war. Trotz der frühen Stunde und der schlechten Witterung grüßte er Norrec mit einem fröhlichen Lächeln. „Aber diesmal war es wohl sehr knapp. Ihr habt den Sturm mitgemacht, wie?“

Der Soldat nickte lediglich.

„Einen guten Rat für Euch: Ihr habt Glück gehabt! Nicht jeder, der auf der *Hawksfire* gereist ist, hat seine Fahrt auch beendet! Das Schiff bringt Unglück, vor allem seinem Kapitän!“

Mehr denn je, dachte Norrec, auch wenn er diesem Mann nichts davon erzählen wollte. Stattdessen nickte er nur und wollte weiter, doch der Seemann ließ ihn noch nicht gehen.

„Wartet! Nach einer solchen Reise wollt Ihr bestimmt in eine Taverne einkehren! Die Beste ist *Atma's*. Die Lady persönlich führt sie nach wie vor, auch jetzt, da ihr Ehemann nicht mehr ist. Richtet ihr aus, Kapitän Meshif habe gesagt, man solle Euch gut behandeln!“

„Danke“, erwiderte Norrec und hoffte, dass seine knappe

Antwort den viel zu gut gelaunten Mann nun endlich zufrieden stellte. Er wollte den Anlegebereich so schnell wie möglich verlassen, da er immer noch fürchtete, irgendjemand könnte bemerken, dass mit der Ankunft der *Hawksfire* etwas nicht stimmte, und dies mit Norrec in Verbindung bringen.

Der erschöpfte Kämpfer zog den Umhang enger und eilte weiter, bis er nach einigen Minuten endlich die Schiffe und Lagerhäuser hinter sich gelassen hatte und in das wahre, sagenhafte Lut Gholein eintrat.

Er hatte über die Jahre hinweg oft Geschichten über das Königreich gehört, doch nie besucht. Sadun Tryst hatte einmal gesagt, hier gebe es alles, was sich ein Mann überhaupt nur kaufen könnte – und das auch noch in beliebiger Menge. Schiffe aus aller Herren Länder legten hier an und brachten legale wie illegale Ware mit. Lut Gholein war der offenste Markt, den man sich vorstellen konnte, auch wenn die Herrschenden dafür sorgten, dass die Ordnung stets aufrechterhalten wurde.

Die Stadt schlief nie vollkommen. Laut Sadun musste man sich nur lange genug umsehen, dann würde man ein Etablissement finden, wo man gegen entsprechende Münze zu jeder Stunde selbst exotischste Unterhaltung finden konnte. Wer allerdings seine Vergnügungen nicht auf die Einrichtungen beschränkte, in denen sie angeboten wurden, riskierte es, die Aufmerksamkeit der Wache auf sich zu ziehen, die dem Sultan mit großem Eifer diente. Tryst hatte auch einige recht schaurige Geschichten aus den Verliesen von Lut Gholein zum Besten geben können.

Trotz allem, was ihm seit der Grabkammer widerfahren war, wurde Norrecs Interesse fast augenblicklich geweckt, als er durch die Straßen spazierte. Überall reckten sich fröhlich geschmückte Häuser aus Stein und Mörtel in den Himmel, und von der Fassade eines jeden wehte das Banner des Sultans. Auf den erstaunlich sauberen Pflastersteinstraßen der Stadt, die sich nach allen Richtungen erstreckten, fuhren die ersten Wagen des Tages. Sich rasch bewegende Gestalten, die wirkten, als wüchsen sie aus den Schatten hervor, begannen damit, Zelte und Haustüren zu öffnen, um sich für neue Geschäfte bereitzumachen. Einige der Karren hielten vor den Zelten an, um die Händler mit neuer Ware zu versorgen.

Das Unwetter hatte sich auf wenige dunkle Wolken reduziert, und je schwächer es wurde, desto mehr hob sich Norrecs Laune. Bislang hatte die Rüstung nichts weiter von ihm verlangt. Vielleicht konnte er wenigstens für kurze Zeit seiner eigenen Wege gehen. An einem Ort, der so ausladend war wie Lut Gholein, musste es Hexenmeister von gewissem Ruf geben, die ihm vielleicht helfen konnten, den Fluch abzuschütteln. Unter dem Vorwand, die Stadt zu besichtigen, würde Norrec versuchen, nach Hinweisen auf eine mögliche Hilfe zu suchen.

Unmittelbar nach Tagesanbruch füllten sich die Straßen mit Gestalten jeder Größe und Rasse. Reisende aus dem fernen Ensteig und Khanduras bewegten sich Seite an Seite mit dunkel gekleideten Besuchern aus Kehjistan. Bei genauerer Betrachtung schienen überhaupt wesentlich mehr Besucher als Einheimische die Straßen zu bevölkern. Diese bunte Mischung war für Norrec von Vorteil, da er auf diese Weise kaum Aufsehen erregen konnte. Nicht einmal die Rüstung würde ihn zu sehr auffallen lassen, da andere Passanten ganz ähnlich gekleidet waren. Einigen war anzusehen, dass sie vor noch nicht allzu langer Zeit an Land gegangen waren, während andere – insbesondere diejenigen mit den Turbanhelmen und den eleganten silbernen Umhängen, die um blaugraue Brustpanzer flatterten – offensichtlich den Herren dieses prächtigen Königreichs dienten.

Die Architektur wirkte in sich sehr geschlossen. Die unteren Stockwerke hatten eine glatte, rechteckige Form, während der obere Teil oft in kleinen Türme auslief, die an Minarette erinnerten. Es war ein ungewöhnlicher Anblick, vor allem für jemanden, der wie Norrec mit den hoch aufragenden Burgen und deren zahlreichen Türmen der Herrschenden und den flachen, Stroh gedeckten Behausungen des gemeinen Volkes aufgewachsen war. Für Norrec hatte der Anblick aber auch etwas überaus Exotisches, sodass er ihn immer und immer wieder bewundern konnte. Keine zwei Gebäude glichen einander, einige waren breiter, fast schon gedrungen, während andere das, was ihnen an Grundfläche fehlte, dadurch wettzumachen versuchten, dass sie sich bis weit nach oben erstreckten.

Ein Horn ertönte, und sofort leerte sich um Norrec herum die Straße. Er folgte dem Beispiel der anderen und entging nur knapp dem Schicksal, mit einer berittenen Patrouille zusammenzustoßen, deren Reiter die gleichen Turbanhelme und Brustpanzer trugen, die er zuvor schon gesehen hatte. Lut Gholein mochte eine belebte und geschäftige Stadt sein, doch wie Sadun erklärt hatte, wurde sie offenbar auch streng verwaltet. Das machte es noch merkwürdiger, dass niemand Norrec im Hafen angehalten und zumindest nach dem Grund seines Besuches gefragt hatte. In den meisten Seehäfen gab es Tag und Nacht scharfe Sicherheitskontrollen, doch hier war ihm dergleichen nicht aufgefallen, was ihn irritierte, auch wenn Lut Gholein den Ruf besaß, weltoffen zu sein.

Während er weiterging, machten sich allmählich Hunger und Durst bemerkbar. Er hatte an Bord der *Hawksfire* etwas gegessen, doch sein Interesse, den Hafen zu erreichen, war größer gewesen als der Wunsch, seinen Magen zu füllen. Außerdem hatte er insgeheim wohl darauf gehofft, in der Stadt essen zu können, anstatt sich weiter von dem zu ernähren, was Casco ihm vorzusetzen pflegte.

Die Rüstung hatte schon zuvor für Zahlungsmittel gesorgt, und mit dieser Tatsache vor Augen schaute Norrec sich nun um. Zahlreiche Tavernen und Gasthäuser von unterschiedlichstem

Erscheinungsbild säumten seinen Weg, doch eine der Schänken fiel Norrec ganz besonders auf.

Die Beste ist Atma's. *Richtet aus, Kapitän Meshif habe gesagt, man solle Euch gut behandeln!*

Genau diese Taverne war nur wenige Schritte von ihm entfernt. Direkt über dem Eingang schaukelte ein hölzernes Schild, auf dem ein triefäugiger Glücksbringer zu erkennen war. Es war ein abenteuerlich und verwittert aussehendes Gasthaus, doch es kam Norrec ehrlich genug vor, um zu glauben, hier ohne Sorge einkehren zu können. Mit so viel Entschlossenheit, wie er nur aufzubringen vermochte, steuerte er also darauf zu und hoffte, dass die Rüstung nicht plötzlich eine andere Richtung einschlagen würde.

Er trat ungehindert und aus freien Stücken ein, was in Norrec neue Hoffnung aufkeimen ließ. Obwohl es früh am Morgen war, herrschte drinnen schon viel Betrieb. Die meisten Gäste waren Seeleute, doch es fanden sich auch Händler, Touristen und Soldaten darunter. Norrec wollte nicht zu große Aufmerksamkeit auf sich lenken und setzte sich an einen Tisch in einer Ecke.

Ein Mädchen, das viel zu jung wirkte, um in einem solchen Haus zu arbeiten, kam an seinen Tisch, um die Bestellung aufzunehmen. Norrecs Geruchssinn hatte bereits etwas wahrgenommen, das im hinteren Teil des Raums gekocht wurde, und so bestellte er, was immer es auch war, das dort zubereitet wurde – dazu einen Krug Ale, um das Essen hinunterzuspülen. Das Mädchen machte einen Knicks und eilte davon, was ihm Gelegenheit gab, sich umzusehen.

Er hatte viel zu viel Zeit seines Lebens in Tavernen und Gasthäusern zugebracht, doch wenigstens sah es hier nicht so aus, als würde der Koch alles servieren, was gerade in den Fallen gelandet war, die er in seiner Küche aufgestellt hatte. Die Bedienungen achteten darauf, dass Tische und Boden weitestgehend von Abfall sauber gehalten wurden, und bislang hatte sich keiner der Gäste an seinem Essen oder seinem Getränk verschluckt. Insgesamt bestätigte *Atma's* seine Meinung über Lut Gholein als ein Königreich, das mitten in seiner Blüte stand, einer Blüte, von der offenbar jeder profitierte, selbst das einfachste Volk.

Das Mädchen brachte ihm die Mahlzeit, die tatsächlich so gut aussah, wie sie schon gerochen hatte. Die junge Serviererin lächelte ihn an und nannte einen Preis, den er für angemessen hielt. Norrec sah auf seinen Handschuh und wartete.

Nichts geschah. Der Panzerhandschuh schlug nicht auf den Tisch, um den richtigen Betrag hinzulegen. Norrec versuchte, sich seine plötzliche Beklemmung nicht anmerken zu lassen. Hatte die Rüstung ihn in die Falle laufen lassen? Wenn er nicht bezahlen konnte, würden sie ihn als das Mindeste hinauswerfen. Er sah zur Tür, wo zwei stämmige Aufpasser hockten, die bislang von ihm keine Notiz genommen hatten, jetzt aber deutliches Interesse an seinem Verhalten gegenüber der Serviererin zeigten.

Sie wiederholte den Betrag, diesmal mit nicht mehr ganz so freundlichem Gesichtsausdruck. Norrec starrte weiterhin auf den Handschuh. *Mach schon, verdammt!,* fluchte er stumm. *Ich will nur eine gute Mahlzeit! Das kannst du doch wohl übernehmen, oder etwa nicht?*

Noch immer keine Reaktion.

„Stimmt etwas nicht?", fragte die Kellnerin. Ihre Miene verriet, dass sie die Antwort bereits kannte.

Norrec erwiderte nichts, sondern öffnete und schloss weiter seine Hand in der nun schwindenden Hoffnung, dass doch noch auf magische Weise ein paar Münzen erscheinen würden.

Mit einem Blick zu den beiden Aufpassern wich die junge Frau zurück. „Entschuldigt mich, Sir, ich … ich habe noch andere Tische …"

Der Soldat sah an ihr vorbei zu den muskulösen Kerlen, die sich nun in seine Richtung bewegten. Das Verhalten der Kellnerin war für sie ein deutliches Zeichen gewesen, einzuschreiten.

Norrec erhob sich und stützte sich auf der Tischplatte ab. „Wartet! Es ist nicht so, wie …“

Unter seiner Hand hörte er Münzen klimpern, als diese auf den Tisch fielen.

Auch die junge Kellnerin hörte das Geräusch, und das Lächeln kehrte auf ihr Gesicht zurück. Norrec setzte sich wieder und deutete auf den kleinen Stapel vor sich. „Ich bitte um Entschuldigung. Ich war noch nie zuvor in Lut Gholein, und ich musste erst überlegen, ob ich ausreichend Geld bei mir habe. Genügt das?“

Ihre Miene war für ihn Antwort genug. „Aye, Sir, es genügt, und es ist sogar noch mehr!“

Er blickte über ihre Schulter hinweg und sah, dass die beiden Männer zögerten. Der Größere tippte seinem Gefährten auf den Arm, dann kehrten sie auf ihren Posten zurück. „Nehmt, was Ihr für Speis und Trank benötigt“, sagte er erleichtert, dann fügte er hinzu: „Und vom Rest könnt Ihr Euch die größte Münze nehmen.“

„Danke, Sir, vielen Dank!“

Sie schwebte förmlich zur Theke zurück. So wie es aussah, hatte sie wohl soeben das großzügigste Trinkgeld ihres Lebens erhalten. Ihr Anblick ließ Norrecs Laune steigen. Wenigstens hatte die verfluchte Rüstung auch einmal etwas Gutes bewirkt.

Er starrte die Panzerhandschuhe an und war sich durchaus bewusst, was soeben geschehen war. Die Rüstung hatte ihm ohne ein einziges Wort zu verstehen gegeben, dass sie und *nur sie* die Situation kontrollierte. Norrec lebte sein Leben dank ihrer Duldung. Jede andere Bewertung der Lage wäre töricht gewesen.

Unter Missachtung des Dilemmas, in dem er steckte, ließ Norrec sich die Mahlzeit schmecken. Im Vergleich zu dem, was

Kapitän Casco serviert hatte, mundete dies hier wie ein Geschenk des Himmels …

Bei dem Gedanken an das mystische Reich begann der Soldat zu überlegen, was er wohl als Nächstes tun könnte. Die Rüstung hatte ihn fest im Griff, dennoch musste es eine Möglichkeit geben, sich ihrem Diktat zu entziehen. In einem Reich, das so vor Leben sprühte wie Lut Gholein, würde es nicht nur Hexenmeister, sondern auch Priester im Überfluss geben. Wenn Erstere Norrec nicht helfen konnten, dann vielleicht ein Diener des *Himmels*. Priester mussten doch Verbindungen zu Kräften haben, die mächtiger waren als diese Rüstung!

Aber wie sollte er mit einem von ihnen ins Gespräch kommen? Norrec fragte sich, ob sich die Rüstung überhaupt auf geheiligten Grund und Boden begeben würde. Konnte er einfach zu einer Kirche gehen und sich auf ihre Stufen niedersetzen, vielleicht sogar in das Heiligtum selbst eindringen? Würde er dazu in der Lage sein?

So verzweifelt, wie er war, sollte es einen Versuch wert sein. Die Rüstung brauchte ihn lebend und einigermaßen unversehrt. Diese Tatsache allein würde ihm wohl Gelegenheit genug bieten. Probieren musste Norrec es auf jeden Fall, nicht um seines Lebens, nein, hauptsächlich um seiner *Seele* willen.

Er aß auf und trank das restliche Ale. In dieser Zeit kam die Serviererin einige Male an seinen Tisch und fragte, ob er noch etwas bestellen wolle – ein deutliches Zeichen, dass er ihr ein wirklich großzügiges Trinkgeld überlassen hatte. Norrec schenkte ihr noch eine der kleineren Münzen, die ihm geblieben waren, was sie sogar noch breiter lächeln ließ, während er beiläufig fragte, welche Sehenswürdigkeiten die Stadt denn zu bieten hätte.

„Da wäre selbstverständlich die Arena", erwiderte die junge Frau, Miram mit Namen. Zweifellos hatte sie diese Frage schon von unzähligen Gästen gestellt bekommen, die neu in der Stadt waren. „Und auch der Palast. Den Palast müsst Ihr Euch ansehen!“ Ihre Augen nahmen einen verträumten Ausdruck an. „Sultan Jerhyn lebt dort …“

Dieser Jerhyn musste ein attraktiver und recht junger Mann sein, wenn Norrec nach Mirams schmachtendem Ausdruck schließen konnte. Auch wenn der Palast sicherlich einen faszinierenden Anblick bot, war er doch nicht das, wonach Norrec suchte. „Und außerdem noch?“

„Es gibt noch das Aragos-Theater nahe dem Platz, wo ihm gegenüber die Kathedrale von Tomas dem Büßer steht. Doch das Theater wird renoviert, und die Priester von Zakarum lassen Besucher nur zur Mittagszeit in die Kathedrale ein. Ach ja, und dann gibt es ganz im Norden der Stadt auch noch Rennen … Pferde und Hunde …“

Norrec hörte ihr längst nicht mehr zu, da er die Information erhalten hatte, die er benötigte. Wenn eine heilige Stätte irgendwelche Macht über Bartucs dämonisches Vermächtnis besaß, dann lagen seine besten Chancen in dieser Kathedrale. Die Kirche von Zakarum war der mächtigste Orden zu beiden Seiten der Zwillingsmeere.

„… und einige ältere Leute sowie Gelehrte begeistern sich für die Ruinen eines Vizjerei-Tempels vor den Toren der Stadt. Seit dem Großen Sandsturm gibt es da aber nicht mehr viel zu sehen …“

„Danke, Miram. Das genügt bereits.“ Er machte sich zum Gehen bereit und überlegte, welche unauffällige Methode er anwenden sollte, um sich der Stätte der Zakarum zu nähern.

Vier Männer in der inzwischen vertrauten Kleidung der Wachen von Lut Gholein betraten das Gasthaus, doch ihr Interesse war nicht darauf gerichtet, hier etwas zu trinken. Stattdessen blickten sie ohne Umschweife zu Norrec, und prompt verfinsterten sich ihre Mienen. Er hätte schwören können, dass sie genau wussten, wer er war.

Mit militärischer Präzision, die Norrec zu anderer Zeit bewundert hätte, verteilten sich die vier und machten jede Hoffnung zunichte, an ihnen vorbei zur vorderen Tür zu gelangen. Zwar hatten sie ihre langen Krummschwerter noch nicht gezogen, doch jeder Wachmann hatte seine Hand bereits auf das Heft gelegt. Eine falsche Bewegung von Norrec, und alle vier Klingen würden augenblicklich gezückt werden, bereit, ihn niederzumetzeln.

Er tat so, als würde ihn das Ganze nicht berühren, und wandte sich wieder der Serviererin zu. „Ein Freund möchte sich mit mir an einem Ort treffen, der in der Straße hinter dieser Taverne gelegen ist. Gibt es hier einen Hinterausgang?"

„Ja, dort entlang." Sie wollte in die Richtung zeigen, doch er nahm ihre Hand und gab ihr eine weitere Münze.

„Ich danke Euch, Miram." Dann ging er an ihr vorbei, als wollte er sich für ein letztes Ale an die Theke stellen. Die Wachleute zögerten.

Auf halbem Weg zur Theke steuerte er auf einmal die Hintertür an.

Sehen konnte er sie nicht, doch Norrec war sicher, dass die Männer seine Absicht erkannten. Er beschleunigte seine Schritte und hoffte, den Ausgang noch rechtzeitig zu erreichen. Draußen konnte er sich unter den zunehmenden Strom von Touristen und Händlern mischen.

Norrec machte die Tür weit auf und wollte nach draußen stürmen …

… als kräftige Hände ihn an den Armen packten und festhielten.

„Widersetzt Euch, und es wird für Euch nur noch schlimmer werden, Abendländer!", herrschte ihn ein dunkelhäutiger Wachmann mit goldenen Streifen auf dem Umhang an. Er sah an Norrec vorbei und sagte: „Ihr habt gute Arbeit geleistet. Das ist er! Ich übernehme ihn ab hier."

Die vier Wachleute, die Norrec nach draußen gefolgt waren, gingen an dem Gefangenen vorbei und blieben nur kurz stehen, um vor dem Offizier zu salutieren, dann zogen sie sich ein paar Schritte zurück. Norrec verzog das Gesicht, als ihm klar wurde, dass er in die simpelste aller Fallen getappt war.

Er wusste nicht, was die Männer mit ihm vorhatten, doch was ihn in diesem Moment viel mehr interessierte, war die Frage, warum Bartucs Rüstung nicht reagiert hatte. Diese Situation hätte doch ein Eingreifen gerechtfertigt, dennoch schien sie nicht um seine Freiheit bemüht. Warum nur?

„Hört gut zu, Abendländer!“ Der Offizier hätte Norrec fast eine Ohrfeige versetzt, doch dann hielt er sich zurück. „Wenn Ihr Euch friedfertig verhaltet, wird Euch keine Gewalt angetan! Aber wenn Ihr Euch widersetzt …“ Die Hand des Mannes wanderte zu seinem Krummschwert. Er musste weiter nichts sagen, seine Botschaft war angekommen.

Norrec nickte bestätigend. Wenn die Rüstung sich nicht zur Wehr setzen wollte, dann hatte er selbst ganz bestimmt nicht die Absicht, auf eigene Faust zu versuchen der bewaffneten Patrouille zu entkommen.

Der Trupp bildete ein Viereck, der Anführer setzte sich an die Spitze, und sie marschierten los. Norrec in der Mitte der vier Soldaten, blieb nichts anderes übrig, als mit ihnen Schritt zu halten. Die Gruppe ging einen Weg, der von den größeren Menschenansammlungen fortführte. Einige Passanten sahen der Prozession nach, doch keiner zeigte übermäßiges Interesse. Wahrscheinlich war der mögliche Verlust eines einzelnen Besuchers nicht so bedeutend, da ständig neue in die Stadt strömten.

Niemand hatte Norrec bislang erklärt, aus welchem Grund er eigentlich festgenommen worden war, jedoch vermutete er, dass es etwas mit der Ankunft der *Hawksfire* zu tun haben könnte. Vielleicht hatte er sich geirrt, als er meinte, praktisch niemand habe sie im Hafen anlegen sehen. Vielleicht achtete man in Lut Gholein viel stärker auf Neuankömmlinge, als es den Anschein gehabt hatte. Es war auch denkbar, dass Kapitän Casco letztlich doch gemeldet hatte, wer für die Geschehnisse an Bord seines Schiffes und für den Verlust seiner Crew verantwortlich war …

Der Wachmann, der vorausging, bog auf einmal in eine schmale Gasse ein, und die anderen folgten ihm auf dem Fuß. Norrec dachte nicht länger über Casco und die *Hawksfire* nach, sondern nahm verwundert zur Kenntnis, was sich nun abspielte. Sie gingen jetzt durch weniger belebte und weniger vertrauenswürdig aussehende Gassen, in die auch am hellsten Tag nur wenig Licht fiel. Der Soldat spannte sich an, da er spürte, dass etwas nicht stimmte.

Sie marschierten noch ein Stück weiter und bogen schließlich in eine enge Gasse ein, in der es fast stockfinster war. Nach ein paar Schritten kam die Gruppe abrupt zum Stehen.

Sie standen in Habtachtstellung und schienen kaum zu atmen. Sie verhielten sich sogar so ruhig, dass sie Norrec wie Marionetten erschienen, deren Puppenspieler aufgehört hatte, an den Fäden zu ziehen.

Als sollte dieser Gedanke bestätigt werden, löste sich ein Teil des Schattens und nahm die Gestalt eines runzligen, alten Mannes mit langem silbernen Haupt- und Barthaar an, der ein elegantes, breitschultriges Gewand trug, das in seinem Stil dem glich, das auch Fauztin getragen hatte. Doch diese Gestalt, dieser Vizjerei, hatte nicht nur viel länger gelebt als Norrecs glückloser Freund, seine Anwesenheit hier bewies auch, dass seine Fähigkeiten die des toten Magiers bei weitem übertrafen.

„Ihr könnt gehen“, wies er die Wachen an. Trotz seines Alters war seine Stimme kräftig und strahlte Autorität aus.

Der Offizier und seine Leute gehorchten und trotteten den Weg zurück, den sie gekommen waren.

„Sie werden sich an nichts erinnern“, sagte der Vizjerei. „So wie sich auch die anderen an nichts erinnern werden, die ihnen geholfen haben … genau so, wie ich es wünschte …“ Als Norrec etwas sagen wollte, brachte der silberhaarige Mann ihn mit einem einzigen Blick zum Schweigen. „Und wenn Ihr überleben wollt, Abendländer … dann macht auch *Ihr*, was ich wünsche … und zwar *genau so*, wie ich es von Euch erwarte.“

ELF

„Fühlt Ihr Euch nicht wohl, Kleine?", fragte Kapitän Jeronnan. „Ihr seid nur aus Eurer Kajüte gekommen, um Eure Mahlzeit zu holen, dann seid Ihr für die übrige Zeit dort geblieben."

Kara sah ihm direkt in die Augen. „Mir geht es gut, Kapitän. Da sich die *King's Shield* Lut Gholein nähert, muss ich mich auf die Etappe meiner Reise vorbereiten, die mir ab dort bevorsteht. Es gibt vieles, was ich erwägen muss. Ich entschuldige mich, wenn ich Euch und Eurer Crew gegenüber unfreundlich erscheine."

„Nicht unfreundlich … nur distanzierter." Er seufzte. „Nun, wenn Ihr irgendetwas benötigt, dann lasst es mich einfach wissen."

Sie benötigte eine ganze Menge, doch nichts davon hätte der freundliche Kapitän ihr geben können. „Danke … für alles."

Die Nekromantin spürte seinen Blick, als sie zu ihrer Kajüte ging. Jeronnan hätte wahrscheinlich alles für Kara getan, was ihm nur möglich war. Dafür war sie ihm sehr dankbar. Doch leider konnte er nichts tun, um ihr in ihrer augenblicklichen Situation zu helfen.

Nachdem sie die Kajüte betreten hatte, sah Kara zu den beiden Geistern, die in der gegenüberliegenden Ecke standen und mit der ihnen eigenen sprichwörtlichen Ruhe warteten. Fauztin hielt den leuchtenden Dolch bereit, und der Zauber des Vizjerei sorgte dafür, dass die Nekromantin nichts gegen das Paar zu unternehmen vermochte. Der Magier mit den gelben Zähnen starrte sie an, ohne dass er auch nur einmal blinzelte. Kara war sich nie sicher, was Fauztin dachte, da sich sein Gesichtsausdruck fast nie änderte.

Für Sadun Tryst galt das nicht. Der andere untote Geist lächelte fortwährend, als wüsste er einen Witz, den er mit jemandem teilen wollte. Kara fühlte sich versucht, ihm den Kopf zurechtzurücken, der immer ein wenig zu sehr nach einer Seite geneigt war.

Die beiden umgab der Gestank des Todes, doch soweit Kara es zu sagen vermochte, hatte er sich nicht außerhalb ihrer Kajüte ausgebreitet. Für sie als Nekromantin war der stechende Geruch nicht so unangenehm wie für andere Menschen, doch sie hätte auch gut ohne ihn auskommen können. Ihre Ausbildung und ihr Glauben hatten dafür gesorgt, dass sie fast täglich mit dem Reich der Toten zu tun hatte, doch diese Begegnungen waren immer zu Karas eigenen Bedingungen abgelaufen. Nie waren die Seiten getauscht worden. Nie befahlen die Toten *ihr,* was sie zu tun hatte. Bisher.

„Der gute Kapitän … lässt Euch … weiterhin in Ruhe … hoffe ich", keuchte Tryst.

„Er ist um mich besorgt, das ist alles."

Der drahtige Geist lachte leise, doch es klang, als habe ein Tier einen Knochen im Hals stecken. Vielleicht hatte sich ein Stück eines Wirbels durch die Luftröhre des Mannes gebohrt, als ihm das Genick gebrochen wurde. Es hätte erklärt, warum er so sprach. Auch wenn Sadun Tryst nicht atmen musste, benötigte er dennoch Luft zum Reden.

Trysts Gefährte, der Vizjerei, würde dagegen wegen des Loches, das in seiner Kehle klaffte, nie wieder sprechen können.

„Wollen wir hoffen … dass seine Sorge … ihn nicht … in diesen Raum … führt."

Fauztin deutete auf die Bettkante, ein wortloser Befehl, den die Nekromantin sofort verstand. Sie hielt den Teller, während sie sich niederließ und darauf wartete, welchen neuen Befehl die beiden für sie hatten. Solange der Vizjerei den Dolch besaß, hatte seine Magie Kara Nightshadow fest im Griff.

Tryst zwinkerte einmal, und er tat dies ganz bewusst. Anders als Fauztin wollte er den Eindruck erwecken, dass in seiner verwesenden Hülle immer noch ein wenig Leben verblieben war. Als Magier betrachtete der hagere Vizjerei die Situation hingegen praktischer und realistischer. Der Kämpfer aber schien ein Mann zu sein, der alle Aspekte des Lebens liebte. Kara vermutete, dass das Lächeln nichts weiter als eine Fassade war, weil seine schreckliche Lage ihn weit mehr erzürnte als seinen Begleiter.

„Esst …"

Unter den starren Blicken der beiden begann die Nekromantin zu essen, während sie angestrengt nachdachte, ob sich in ihrer Erinnerung nicht wenigstens ein geringes Wissen fand, das ihr helfen konnte, sich aus dieser Lage zu befreien. Dass sie Kara bislang weder berührt noch auf andere Weise Schaden zugefügt hatten, milderte ihre Besorgnis kaum. Die Geister hatten nur eines im Sinn: Sie wollten zu ihrem Freund, diesem Norrec Vizharan. Sollte es irgendwann nötig werden, Kara zu opfern, damit sie ihr Ziel erreichen konnten, würden sie es zweifellos ohne Zögern tun.

Vizharan war ihr Partner, ihr Kamerad gewesen, und doch hatte er sie allem Anschein nach brutal ermordet, um dann die Rüstung an sich zu nehmen. Sadun Tryst hatte ihr das nicht in so deutlichen Worten offenbart, doch sie hatte es sich aus dem zusammengereimt, was der redselige Geist während ihrer Unterhaltungen geäußert hatte. Tryst hatte Norrec nie ausdrücklich beschuldigt, sondern nur gesagt, sie müssten ihn finden, um das zu beenden was in der Grabkammer begonnen hatte. Und da Kara nicht ihrem Wunsch gefolgt und zurück geblieben war, musste *sie* sich nun an der makabren Suche beteiligen.

Kara aß schweigend und vermied es nach Möglichkeit, zu dem abscheulichen Paar zu blicken. Je weniger sie die beiden – und vor allem Tryst – auf sich aufmerksam machte, desto besser. Als sie aber gerade den Boden ihres Tellers erreicht hatte, fragte der gesprächige Geist mit rauer Stimme: „Ist es … schmeckt es … gut?“

Diese ungewöhnliche Frage traf sie so unvorbereitet, dass sie zu ihm aufsehen musste: „Wie?“

Ein bleicher, sich häutender Finger deutete auf ihren Teller. „Das Essen. Schmeckt … es … gut?“

Etwas war noch übrig, und eigentlich war Kara für den Moment gesättigt. Sie überlegte, was sie über Untote wusste, doch von einem Appetit auf Fischeintopf hatte sie noch nie gehört. Auf Menschenfleisch ja, wenigstens in einigen Fällen, aber noch nie auf Fischeintopf. Obwohl die Chance gering war, dass die Anspannung ein wenig nachließ, hielt die Nekromantin ihm den Teller hin und fragte mit fester Stimme: „Möchtet Ihr kosten?“

Tryst sah Fauztin an, der unverrückbar dastand wie ein Fels. Der schlankere Ghul trat schließlich vor, nahm das Essen und kehrte sofort an die Stelle zurück, an der er sich mit Vorliebe aufhielt. Kara hatte niemals geahnt, dass ein wandelnder Leichnam sich so schnell bewegen konnte.

Mit seinen zerfallenden Fingern nahm er die Reste und stopfte sie sich in den Mund. Sadun versuchte zu kauen, wobei einzelne Fischstücke zu Boden fielen. Trotz der Tatsache, dass er und der Magier sich wie Lebende verhielten, arbeitete der Körper des Toten nicht mehr so wie vor seiner Ermordung.

Auf einmal spuckte er auch den Rest aus, und auf seinem vermodernden Gesicht zeigte sich ein grässlicher Ausdruck. „Schmutz! Das schmeckt … das schmeckt nach … Tod.“ Sadun sah Kara an. „Es ist zu lange tot … Sie hätten es … nicht so lange … kochen … sollen.“ Er vertiefte sich in seine Überlegung, ohne den Blick von der Nekromantin zu nehmen. „Ich glaube … sie hätten … es … überhaupt nicht … kochen sollen … Je frischer … desto besser … nicht?"

Die schwarzhaarige Frau erwiderte zunächst nichts, da sie nicht interessiert war, sich auf eine Unterhaltung einzulassen. Ein solches Gespräch wäre möglicherweise auf die Erörterung hinausgelaufen, was der Ghul am liebsten ungekocht gegessen hätte. Oder wen! Stattdessen versuchte sie, ihn auf das Thema zurückzulenken, das ihr am wichtigsten war: die Jagd nach Norrec Vizharan.

„Ihr wart doch an Bord der *Hawksfire*, nicht wahr? Ihr wart an Bord, bis zu dem Ereignis, das für die Mannschaft der Grund war, das Schiff zu verlassen."

„Nicht an Bord … darunter … die meiste Zeit über …"

„Darunter?" Sie stellte sich vor, wie die beiden sich an den Schiffsrumpf klammerten und sich daran auch in der rauesten See mit ihrer unmenschlichen Kraft festhielten. Nur der Geist eines Wiedergängers konnte eine solche Leistung vollbringen. „Was meint Ihr mit ‚die meiste Zeit über'?"

Sadun zuckte mit den Schultern, was seinen Kopf ein wenig umherrollen ließ. „Wir kamen an Bord … für kurze Zeit … nachdem die Narren … das Schiff … verlassen hatten."

„Weshalb haben sie das getan?"

„Sie sahen … was sie nicht sehen wollten …"

Das war keine wirklich hilfreiche Antwort, doch je länger Kara diese Unterhaltung fortsetzen konnte, umso weniger Zeit blieb dem Paar, darüber nachzudenken, was es sonst vielleicht noch von ihr wollte – und was dies die Nekromantin kosten würde.

Wieder dachte Kara über ihre unheimliche Beharrlichkeit nach, mit der die Geister der Wiedergänger ihre Beute fast eingeholt hatten. Sie hatten sich sogar am Rumpf des Schiffs festgehalten, wie es Neunaugen bei Haien taten. Das Bild, wie die beiden sich an die Unterseite der *Hawksfire* klammerten, obwohl über ihnen ein Sturm tobte, würde nie mehr aus dem Gedächtnis der Nekromantin zu löschen sein. Und Norrec Vizharan würde deren brutaler Strafe ganz sicher nicht entrinnen können.

Bislang jedoch war ihm dies gelungen, und das obwohl sie sich ihm bis auf wenige Schritte genähert hatten.

„Wenn Ihr und er allein auf dem Schiff wart, wieso ist dann Eure Jagd noch nicht vorüber?“

Trysts Lächeln wurde entschieden düsterer, was den Mann insgesamt noch schauriger erscheinen ließ. „So hätte … es sein … sollen.“

Weiter sagte er nichts, und als Kara Fauztin ansah, verriet dessen Miene überhaupt nichts. Sie dachte über die Antwort nach und kam zu dem Schluss, nicht weiter über das Scheitern an Bord der *Hawksfire* reden zu wollen. „Ich kann Euch behilflich sein, wie Ihr wissen solltet. Beim nächsten Mal wird nichts fehlschlagen.“

Diesmal zwinkerte Fauztin einmal. Was er damit ausdrücken wollte, war der Nekromantin nicht klar, doch musste der Vizjerei irgendeine Absicht damit verfolgen.

Sadun Tryst kniff die Augen ein wenig zusammen. „Ihr werdet … uns … so helfen … wie es … erforderlich ist. Das könnt … Ihr glauben …“

„Aber ich könnte mehr sein als nur Eure Marionette. Ich verstehe, was Euch antreibt. Ich verstehe, warum Ihr Euch in dieser Welt befindet. Wenn ich nicht Eure Gefangene, sondern Eure Verbündete wäre, könntet Ihr zehnmal mehr erreichen!“

Der drahtige Leichnam warf stumm seinen Dolch ein paar Mal in die Luft, was er seit seiner Ankunft bereits häufiger getan hatte. Offenbar änderte der Tod nichts an bestimmten Gewohnheiten. Kara glaubte, dass er es immer dann übte, wenn er konzentriert überlegen musste. „Ihr versteht … weniger … als Ihr glaubt.“

„Was ich sagen will ist, dass wir keine Kontrahenten sein müssen. Mein Zauber hat Eure ermordeten Geister geweckt und auf diese Suche geschickt, und darum empfinde ich eine gewisse Verantwortung. Ihr sucht Norrec Vizharan, ich ebenfalls. Warum können wir nicht als Verbündete zusammenarbeiten?“

Wieder zwinkerte der Magier, fast so, als hätte er etwas sagen wollen, was natürlich unmöglich war. Stattdessen sah er seinen Gefährten an. Die beiden Geister tauschten einen langen Blick aus, was die Nekromantin vor die Frage stellte, ob sie auf eine Weise kommunizierten, die ihr selbst verwehrt blieb.

Das kratzende Geräusch von Sadun Trysts befremdlichem Lachen erfüllte die kleine Kajüte, doch Kara wusste nur zu gut, dass weder Kapitän Jeronnan noch eines der Besatzungsmitglieder davon etwas hören würden. Der Vizjerei hatte einen Zauber gewirkt, der alle Geräusche davon abhielt, nach draußen zu gelangen. Für die Männer auf der *King's Shield* war es so, als würde die Magierin einfach nur tief und fest schlafen.

„Mein Freund … ihm ist etwas … Amüsantes eingefallen. Ihr … als unsere Verbündete … dürftet wohl … erwarten … dass Ihr … Euren Dolch … zurückerhaltet … nicht?“ Da sie mit der Antwort zögerte, fuhr Tryst fort: „Kein Handel … mit dem wir …*leben* könnten … wenn Ihr versteht … was ich meine.“

Kara verstand sehr gut. Der Dolch gab ihnen nicht nur Macht über die Nekromantin, er schien auch eine Art Fokus zu sein, durch den sie in der Lage waren, sich auf der Ebene der Sterblichen zu bewegen. Die rituelle Klinge hatte Fauztins Phantasma heraufbeschworen, und gäbe er sie aus der Hand, wäre der Suche und Rache der Wiedergänger wohl ein vorzeitiges Ende beschieden. Ihre rachsüchtigen Geister würden für alle Zeit in das Leben nach dem Tode zurückgeschickt werden.

Das war eindeutig nicht das, was das Paar anstrebte.

„Ihr helft uns … wie wir … es fordern. Ihr dient … um die Wahrheit … zu verhüllen … vor denen … denen wir begegnen.

Ihr … macht … was wir … nicht können … am helllichten Tag … wo alle es … zu sehen vermögen …"

Fauztin zwinkerte zum dritten Mal, was Kara als sehr beunruhigendes Zeichen wertete. Noch nie zuvor hatte er ein so erkennbares Interesse an ihren Unterhaltungen gezeigt. Bisher hatte er seinen Gefährte alles allein regeln lassen.

Tryst erhob sich und lächelte noch immer. Je länger Kara Nightshadow darüber nachdachte, desto klarer wurde ihr, dass der Ghul in der ganzen Zeit nicht aufgehört hatte zu grinsen, nicht einmal, als er den Fisch angewidert ausgespuckt hatte. Was sie für ein gewisses Maß an Humor gehalten hatte, war in Wahrheit lediglich vom Tod auf seinem Gesicht eingefroren worden. Wahrscheinlich würde Tryst auch noch lächeln, wenn er seinem heimtückischen Kameraden Norrec das Herz aus dem Leibe riss.

„Und wir brauchen … Eure Kooperation … mein guter Freund … hat einen Weg vorgeschlagen … wie wir Euch … für diese Situation … noch zugänglicher … machen können."

Er und der Vizjerei kamen näher.

Kara sprang vom Bett. „Ihr habt den Dolch, Ihr habt nicht noch etwas nötig, um mich in Eurer Gewalt zu halten!"

„Fauztin denkt … das schon. Es tut mir … sehr Leid."

Auch wenn die Chancen gering waren, dass sie jemand hören konnte, riss Kara den Mund auf, um zu schreien.

Der Magier zwinkerte zum vierten Mal – und über die Lippen der Nekromantin kam kein Laut mehr. Ihre Hilflosigkeit ängstigte und ärgerte die bleiche Frau in gleichem Maße. Kara wusste, dass es solche gab, die in der Anwendung ihrer Kunst weit mehr Erfahrung besaßen, und es ihnen ein Leichtes gewesen wäre, die beiden Geister in stumme und gefügige Diener zu verwandeln. Noch ein paar Jahre, und sie wäre dazu vermutlich auch in der Lage gewesen. Doch hier und heute hatten die Ghule sie zu ihrer Marionette abgestempelt und wollten ihr noch weitere unsichtbare Ketten anlegen.

Trysts makabres Grinsen und seine kalten weißen Augen füllten ihr Blickfeld aus, der Atem des Zerfalls wehte jedes Mal, wenn er sprach, in ihre Nase. „Gebt mir … Eure linke Hand … dann wird es … nicht so schmerzhaft sein.“

Kara hatte gar keine andere Wahl als zu gehorchen. Sadun Tryst umschloss ihre Hand mit seinen verrottenden Fingern und streichelte sie fast so, als seien er und die junge Zauberin ein Liebespaar. Kara bekam eine Gänsehaut, als sie daran dachte. Sie hatte schon von solchen Geschichten gehört …

„Mir fehlen … viele Dinge … aus dem Leben … Frauen … viele Dinge.“

Eine schwere Hand legte sich auf seine Schulter, woraufhin Tryst so gekonnt nickte, wie es ihm mit seinem schiefen Hals nur möglich war. Er trat einen Schritt zurück, hielt ihre Hand aber so fest, dass es schmerzte. Der Ghul drehte sie so, dass die Handfläche nach oben wies.

Fauztin jagte den leuchtenden Dolch hinein.

Kara schnappte nach Luft, doch dann wurde ihr bewusst, dass sie zwar ein gewisses Unbehagen verspürte, aber keinen wirklichen Schmerz. Mit ungläubigem Blick starrte sie auf ihre Hand. Mehr als zwei Zoll der geschwungenen Klinge ragten aus dem Handrücken heraus, doch von Blut war nichts zu sehen.

Von der Stelle, an der der Dolch eingedrungen war, ging ein helles Leuchten aus, das ihre ganze Hand erfasste.

Der Vizjerei hatte versucht, etwas zu sagen, doch aus seinem Mund drang nur ein schwaches Keuchen.

„Lasst mich …“, knurrte Tryst, sah die Nekromantin wieder an und begann: *„Unser Leben ist … Euer Leben. Unser Tod … ist Euer Tod. Unser Schicksal ist … Euer Schicksal … gebunden durch diesen Dolch und Eure … Seele …“*

Mit diesen Worten zog Fauztin den Dolch wieder heraus und streckte ihn Kara entgegen, als sollte sie sehen, dass kein Blut daran klebte. Dann wies er auf ihre Hand.

Sie betrachtete ihre Handfläche, auf der nicht einmal die kleinste Narbe zu erkennen war.

Tryst schob die junge Frau zum Bett und bedeutete ihr, sich hinzusetzen. „Wir sind … nun *eins*. Wenn wir scheitern … scheitert Ihr. Wenn wir untergehen … oder verraten werden … dann … werdet … auch Ihr … leiden … vergesst das niemals …"

Kara fröstelte bei seinen Worten. Sie hatten sie auf eine Weise an sich gekettet, die noch viel vollkommener – aber auch perfider – war als der Besitz ihres Dolchs. Wenn dem Paar irgendetwas zustieß, bevor es seine schreckliche Aufgabe erledigt hatte, würde Karas Seele mit ihm in die Unterwelt gerissen werden, wo sie für immer rastlos umherziehen müsste.

„Das war nicht nötig!" Sie suchte in den Gesichtern nach einer Spur von Mitgefühl, doch davon war nichts zu finden. Für die beiden zählte nur, das zu rächen, was man ihnen angetan hatte. „Ich hätte Euch auch so geholfen!"

„Jetzt … können wir sicher sein … dass Ihr … das wirklich … tun werdet." Tryst und Fauztin zogen sich wieder in die Ecke zurück. Der rituelle Dolch leuchtete golden. „Nun … gibt es … keine Furcht mehr … vor Tricks … wenn Ihr … dem Hexenmeister begegnet."

Kara versteifte sich, als sie die letzten Worte hörte. „Ein Hexenmeister? In Lut Gholein?"

Fauztin nickte. Sadun Tryst legte den Kopf wieder schräg, aber vielleicht hatte sein Gewicht auch nur zu schwer auf dem gelastet, was noch von seinem Genick verblieben war.

„Jaaa … ein Vizjerei … wie mein Freund hier … Ein alter Mann … mit großem Wissen … Er heißt … Drognan."

„Mein Name ist Drognan", erklärte der Magier, als er den Raum betrat. „Nehmt Platz, Norrec Vizharan."

Während er sich im Arbeitsgemach des Vizjerei umsah,

machte sich jenes Gefühl von Unbehagen in Norrec breit, das er schon zuvor empfunden hatte – nur tausendfach stärker. Diese ältliche, aber zweifellos mächtige Gestalt hatte nicht nur den Kämpfer ohne Mühe zu sich kommen lassen, Drognan wusste auch ganz genau, was mit Norrec geschehen war – und er kannte die Mission, auf der sich die verfluchte Rüstung befand.

„Ich habe immer gewusst, dass Bartucs Fluch nicht für alle Zeit gebändigt werden konnte", erklärte er Norrec, während dieser sich in einem alten, verschlissenen Sessel niederließ. „Das habe ich immer geahnt."

Nach einem kurzen Marsch durch ein noch schäbigeres Viertel des ansonsten so wohlhabenden und mächtigen Königreichs waren sie in diesem dämmrigen Raum angekommen. Die Tür, durch die sie eingetreten waren, schien in ein leer stehendes, von Ratten heimgesuchtes Haus zu führen. Doch sobald sie hindurchgegangen waren, hatte sich das Innere … in ein zwar uraltes, aber nach wie vor ansehnliches Bauwerk verwandelt, von dem Drognan berichtete, dass es einst das Zuhause von Horazon gewesen sein sollte, dem Bruder des blutrünstigen Kriegsherrn.

Für eine lange Zeit nachdem Bartucs Bruder verschwunden war, hatte es leer gestanden, doch die Zauber, die es vor den Blicken Neugieriger schützten, erfüllten die ihnen zugedachte Aufgabe noch immer– bis Drognan sie hatte überlisten können, als er auf der Suche nach dem Grab desjenigen gewesen war, der die Zauber gewirkt hatte. Er war zu dem Schluss gelangt, dass niemand mehr Recht darauf besäße, diesen magischen Hort für sich zu beanspruchen, als er selbst. Also war der Vizjerei eingezogen und hatte später seine Suche fortgesetzt.

Sie hatten einen leeren Flur durchschritten, dessen Boden mit einem dicken Teppich voller Mosaikmuster ausgelegt war, in denen sich Tiere, Krieger und sogar legendäre Bauwerke wiederfanden, und hatten diesen speziellen Raum erreicht, den der alte Magier als sein Zuhause bezeichnete. Die Wände wurden von Regalen gesäumt, in denen so viele Bücher und Schriftrollen angesammelt waren, dass ein einfacher Soldat wie Norrec sich wunderte, dass es überhaupt so viele Werke auf der ganzen Welt gab. Er konnte zwar lesen, doch nur wenige der Titel waren in der Handelssprache abgefasst.

Von den Büchern abgesehen, wurden die Regale nur von wenigen anderen Dingen geschmückt. Am interessantesten waren ein einzelner polierter Schädel sowie einige Gläser mit einer dunklen Flüssigkeit. Das alles sah so aus wie das Arbeitszimmer eines Kämmerers, den man vielleicht im Palast des Sultans vorzufinden erwartet hätte. Es war eindeutig nicht das, was Norrec mit einem Vizjerei oder jedem anderen Hexenmeister in Verbindung brachte. So wie jeder normale Mensch es getan hätte, hatte er mit allen möglichen schreckerregenden und grausigen Objekten gerechnet – Werkzeugen, Hilfsmitteln, die von Drognans Handwerk zeugten.

„Ich bin ein … Forscher“, sagte die runzlige Gestalt plötzlich, als bedürfe seine Einrichtung einer Erklärung.

Ein Forscher, der der Grund dafür war, dass Norrec auf dem Dock nicht von Wachen aufgehalten worden war. Ein Forscher, der mit einem winzigen Teil seiner Macht die Kontrolle über ein gutes halbes Dutzend Soldaten übernommen hatte, damit sie den Fremden zu ihm brachten.

Ein Forscher, der sich mit finsteren Künsten befasste, der von den tödlichen Zaubern auf Bartucs Rüstung wusste – und der offenbar die meisten davon mühelos überwunden hatte.

Genau das war – mehr als alles andere – der Grund gewesen, warum Norrec ihm so bereitwillig hierher gefolgt war. Zum ersten Mal seit Bartucs Grab war in ihm Hoffnung aufgekeimt, jemand könnte ihn vielleicht doch noch von der parasitären Rüstung befreien.

„Es kam vor nicht ganz zwei Wochen in einer Vision zu mir.“

Der Hexenmeister strich mit seinen dürren Fingern an einer Reihe von Büchern entlang. „Das Vermächtnis von Bartuc würde sich wieder erheben! Ich konnte es zuerst nicht glauben, doch als sich die Vision wiederholte, wusste ich, dass sie der Wahrheit entsprach."

Seitdem, so fuhr Drognan fort, hatte er einen Zauber nach dem anderen bemüht, um die tiefere Bedeutung zu erkennen. Dabei hatte er von Norrecs Geheimnis und von der Reise erfahren, zu der die Rüstung ihn gezwungen hatte. Der alte Magier war zwar nicht in der Lage gewesen, den Krieger auf dem langen Marsch seit dem Grabe zu beobachten, doch er konnte immerhin nachvollziehen, wohin diese Reise führen sollte. Schnell wurde offensichtlich, dass Mann und Rüstung sich schon bald in unmittelbarer Reichweite des Vizjerei befinden würden – was aus Drognans Sicht ein rein zufälliges Ereignis war.

Der Hexenmeister zog ein dickes Buch aus einem der Regale und legte es vorsichtig auf einen Tisch in der Mitte des Raums. Während er es durchblätterte, sprach er weiter. „Es überraschte mich nicht, junger Mann, als ich herausfand, dass die Rüstung nach Lut Gholein wollte. Wenn ein noch verbliebener spektraler Aspekt von Bartuc darauf hoffte, seine letzten Wünsche zu erfüllen, dann war die Reise in dieses schöne Königreich vor allem aus zwei Gründen sinnvoll und erklärlich."

Norrec kümmerte es nicht, welche Gründe das sein mochten, sondern ihn interessierte, ob das, was der Vizjerei angedeutet hatte, machbar war: die Befreiung des Kämpfers aus dieser Rüstung. „Findet sich der Zauber in diesem Buch?"

Der alte Hexenmeister sah auf. „Welcher Zauber?"

„Natürlich der, der mich von dem hier befreit!" Er schlug sich mit einer Hand auf den Brustpanzer. „Diese verdammte Rüstung! Ihr habt gesagt, dass Euch eine Methode bekannt sei, um hier herauszukommen!"

„Ich glaube, meine ursprünglichen Bemerkungen lauteten

vielmehr: ‚Wenn Ihr überleben wollt, dann macht auch *Ihr*, was ich wünsche … und zwar genau so, *wie* ich es wünsche‘.“

„Aber die Rüstung! Verdammt, Zauberer! Das ist alles, was mich interessiert! Wirkt einen Zauber! Holt mich hier raus, solange die Rüstung sich nicht regt!“

Drognan sah ihn an wie ein Vater, der ein weinerliches Kind vor sich hat, und erwiderte: „Ich kann Euch zwar nicht von der Rüstung befreien, aber ich kann Euch versichern, dass Ihr Euch keine Sorgen machen müsst, während sie meiner Macht untersteht.“ Drognan griff tief in eine Tasche seines Gewands und holte etwas hervor, das zuerst wie ein kurzer Stab aussah, sich aber schnell als etwas *sehr viel Größeres* entpuppte. Nachdem der Hexenmeister das Objekt aus der Tasche geholt hatte, wuchs der „Stab“ in Durchmesser und Länge stark an, bis er schließlich über vier Fuß groß und nun als Zauberstab erkennbar war, überzogen mit kunstvollen, glitzernden Runen. „Passt auf.“

Drognan richtete den Stab auf seinen Gast.

Norrec, der lange genug mit Fauztin gereist war, um zu wissen, was es hieß, sich auf dieser Seite des Stabs zu befinden, sprang auf. „Wartet …“

„Furios!“, rief der Magier.

Flammen schossen auf den Soldaten zu! Je näher sie dem Kämpfer kamen, desto mehr breiteten sie sich aus – eine Feuerfront drohte Norrec einzuschließen!

Nur wenige Zoll vor seiner Nase erlosch das Feuer abrupt.

Erst glaubte Norrec, die Rüstung habe ihn gerettet, doch dann hörte er den runzligen Mann lachen. „Keine Sorge, junger Mann, Euch wird kein Haar versengt! Seht Ihr jetzt, was ich meine? Ich habe völlige Kontrolle über die Rüstung. Wenn ich es gewollt hätte, dann wärt ihr jetzt bis auf das Skelett verbrannt, und die Rüstung hätte dagegen nichts unternehmen können. Ihr wurdet nur geschont, weil ich den Zauber widerrief. Und nun setzt Euch wieder hin …“

Die sengende Hitze brannte Norrec immer noch in der Nase, als er sich in den alten Sessel sinken ließ. Drognans beunruhigende Vorführung hatte ihm zwei Dinge gezeigt. Erstens schien zu stimmen was der Hexenmeister gesagt hatte – mit seiner Magie hatte er die Zauber der Rüstung überwunden.

Die zweite Sache war, dass Norrec offenbar in die Gewalt eines ziemlich rücksichtslosen und vermutlich halb wahnsinnigen Magiers geraten war.

Doch was hätte er sonst tun sollen?

„Da neben Euch steht eine Flasche Wein. Schenkt Euch etwas ein, das beruhigt die Nerven."

Das Angebot selbst wirkte schon deshalb *nicht* sonderlich beruhigend auf Norrecs Nerven, da noch eine Sekunde zuvor von der Flasche und dem Tisch gleich neben ihm nicht das Geringste zu sehen gewesen war. Dennoch vermied er es, irgendeine Unsicherheit zu zeigen, als er sich einen Kelch voll schenkte und dann einen Schluck nahm.

„Das dürfte helfen." Drognan hatte eine Hand über eine Seite in dem mächtigen Werk gebreitet und sah seinen Gast an. Der Stab lag locker in seiner anderen Hand. „Kennt Ihr Euch mit der Geschichte von Lut Gholein aus?"

„Nicht sonderlich gut."

Der Magier machte einen Schritt fort von dem Buch. „Eine Tatsache möchte ich Euch unverzüglich mitteilen. Sie ist für Eure Situation von zentraler Bedeutung. Vor dem Aufstieg von Lut Gholein diente diese Region kurze Zeit als Kolonie des Imperiums von Kehjistan. Es gab Vizjerei-Tempel und eine militärische Präsenz. Doch bereits zur Zeit der Brüder Bartuc und Horazon hatte das Imperium begonnen, sich von dieser Seite des Meeres zurückzuziehen. Der Einfluss der Vizjerei blieb stark, eine tatsächliche Präsenz erwies sich jedoch als zu kostspielig." Ein fast kindliches Lächeln zeigte sich auf dem finsteren, schmalen Gesicht. „Das alles ist wirklich faszinierend."

Norrec legte die Stirn in Falten, da ihn unter den gegenwärtigen Umständen ein Geschichtsunterricht kaum interessierte.

Drognan schien davon nichts zu bemerken und fuhr fort. „Nach dem Krieg und nach Bartucs Niederlage und Tod gelangte das Imperium nie wieder zu seinem alten Ruhm. Schlimmer noch, der größte Hexenmeister des Imperiums, ein strahlendes Licht, hatte körperlich und vor allem geistig zu sehr gelitten. Ich spreche natürlich von Horazon."

„Der nach Lut Gholein kam", fügte Norrec an und hoffte, dass er auf diese Weise den schwafelnden alten Mann dazu bringen konnte, schneller auf den Punkt zu kommen. Vielleicht würde Drognan dann endlich beginnen, ihm zu helfen.

„Ja, genau. Lut Gholein. Natürlich hieß es damals noch nicht so. Ja, Horazon, der auch im Sieg so entsetzlich gelitten hatte, kam in dieses Land und versuchte, sich ein Leben im Dienste der Wissenschaften aufzubauen. Und dann, ich sagte es Euch bereits, verschwand er einfach."

Norrec wartete, dass sein Gastgeber fortfuhr, doch Drognan sah ihn einfach nur an, als hätte er damit schon alles erklärt, was es zu erklären gab.

„Ihr versteht nicht, wie ich sehe", sagte der Hexenmeister schließlich.

„Ich verstehe, dass Horazon in dieses Land kam, und jetzt ist auch die Rüstung seines verhassten Bruders hier. Ich verstehe auch, dass ich mit ansehen musste, wie Menschen abgeschlachtet wurden, wie sich Dämonen aus der Erde erhoben, und ich weiß, dass mein Leben nicht länger mir gehört, sondern einem toten Herrscher über die Dämonen." Norrec erhob sich wieder, da es ihm reichte. Drognan mochte ohne weiteres seinen Stab erheben und ihn auf der Stelle töten, doch seine Geduld war nun am Ende angelangt. „Entweder Ihr helft mir, oder Ihr bringt mich um, Vizjerei! Ich habe keine Zeit für Geschichtsunterricht! Ich möchte von dieser Hölle befreit werden!"

„Setzt Euch hin."

Norrec setzte sich wieder hin, doch es geschah nicht aus eigenem Antrieb. Drognans Miene verfinsterte sich auf eine Weise, die den glücklosen Soldaten daran erinnerte, dass dieser Mann nicht nur ein halbes Dutzend Wachen, sondern auch die Rüstung seinem Willen unterworfen hatte.

„Ich werde Euch retten, Norrec Vizharan, auch wenn Ihr trotz Eures alten Namens ganz sicher kein Diener der Vizjerei seid! Ich werde Euch retten, und gleichzeitig werdet Ihr mich an den Ort bringen, nach dem ich mein halbes Leben gesucht habe!"

Der Zauber, den Drognan gewählt hatte, drückte Norrec so fest in den Sessel, dass er kaum sprechen konnte. „Was … was meint Ihr? Wohin soll ich Euch führen?"

Drognan sah ihn ungläubig an. „Natürlich zu dem, was irgendwo unter dieser Stadt begraben liegen muss! Was die Rüstung sucht: das Grab von Bartucs Bruder Horazon … die legendäre Geheime Zuflucht!"

ZWÖLF

Wie stets nach Einbruch der Dunkelheit schritt General Augustus Malevolyn auch an diesem Abend die Grenzen des Lagers ab. Und so wie jede Nacht kontrollierte er aufmerksam jedes Detail, aus dem er die Kampfbereitschaft seiner Männer ablesen konnte. Nachlässigkeiten zogen drakonische Strafen nach sich, ganz gleich, welchen Dienstrang ein Soldat, der sich dessen schuldig machte, auch bekleidete.

In dieser speziellen Nacht aber wich der General in einem Punkt von seiner üblichen Routine ab. Es war eine winzige Abweichung, die von den meisten seiner müden Männer nicht wahrgenommen wurde: In dieser Nacht ging Malevolyn seine Runde und trug dabei Bartucs Helm.

Dass er nicht so recht zur übrigen Rüstung passte, störte Malevolyn nicht im mindesten. Vielmehr dachte er unentwegt darüber nach, mit welcher Methode es wohl gelingen könnte, der Rüstung eine Farbe zu verleihen, die der des Helmes glich. Bislang war er dabei nur auf eine einzige Lösung gekommen, um diesen ganz eigenen Farbton zu erzielen. Allerdings war er sicher, dass diese *Lösung* den Aufstand all seiner Männer ausgelöst hätte.

Seine Hand strich fast liebevoll über den Helm, als er ihn geraderückte. Malevolyn war die unbehagliche Reaktion Galeonas aufgefallen, als er sich geweigert hatte den Helm wieder abzusetzen. Er hatte dieses Verhalten aber nur ihrer Angst zugeschrieben, die er ihr mit seiner wachsenden Macht einflößte. Und diese Angst war durchaus begründet, denn wenn Helm und Rüstung erst einmal zusammengekommen waren, würde der General die magischen Fähigkeiten der Hexe nicht länger benötigen. Was ihre eher irdischen Talente anging, war sie zwar eine echte Expertin, doch Malevolyn wusste, dass er zur Befriedigung seiner anderen Bedürfnisse immer eine Frau finden würde, die noch dazu unterwürfiger war als Galeona.

Natürlich konnten fleischliche Gelüste warten. Lut Gholein verlangte nach ihm, er würde sich nicht um diese Beute bringen lassen, so wie es mit Viz-jun der Fall gewesen war.

Bist du dessen würdig? Bist du des Ruhmes würdig, des Vermächtnisses von Bartuc?

Malevolyn erstarrte in seiner Bewegung. Diese Stimme in seinem Kopf, die an einem der vorangegangenen Abende Fragen gestellt hatte, die er nicht laut hätte aussprechen wollen. Die Stimme, die verkündete, was er noch nicht zu verkünden wagte.

Bist du würdig? Wirst du dich würdig erweisen? Wirst du deine Bestimmung beim Schopfe packen?

Er wurde auf einen schwachen Lichtschein aufmerksam, dessen Quelle hinter dem Lager lag. Er öffnete den Mund, um die Wachen zu rufen, dann erkannte er die düstere Gestalt eines seiner eigenen Männer, der eine verlöschende Fackel in der Hand hielt und aus der Richtung des Lichtscheins auf ihn zukam.

„General Malevolyn“, flüsterte der Wachmann, während er salutierte. „Das müsst Ihr Euch ansehen!“

„Was ist? Was hast du gefunden?“

Der Wachmann hatte sich aber bereits von ihm abgewandt. „Das seht Ihr Euch besser selbst an, General …“

Stirnrunzelnd folgte Malevolyn dem Soldaten, eine Hand fest um den Knauf seines Schwertes gelegt. Der Wachmann wusste, dass das, was er seinem Führer zeigen wollte, auch wirklich von großer Bedeutung sein musste, da er sonst teuer würde bezahlen müssen. Malevolyn mochte es nicht, wenn man ihn aus seiner gewohnten Routine riss.

Die beiden Männer gingen eine größere Strecke über die unregelmäßige Landschaft. Der Wachmann marschierte voraus, als sie eine Düne überquerten. Vor ihnen ragte aus der ansonsten sandigen Region der düstere Umriss einer Hügelkette zum Himmel. Der General ging davon aus, dass sich dort das befand, was die Wache ihm zeigen wollte. Falls nicht …

Der Wächter blieb stehen. Malevolyn fragte sich, warum der Mann überhaupt noch die Fackel trug. Die fahle Flamme half nicht, die Umgebung zu erhellen. Falls vor ihnen ein Feind lauerte, würde der schwache Schein ihn nur auf das herannahende Paar aufmerksam machen. Er verfluchte sich, dass er dem Mann nicht befohlen hatte, die Fackel zu ersticken. Andererseits war davon auszugehen, dass der Mann das nicht getan hatte, weil er dem General etwas anderes zu zeigen hatte als einen Feind.

Augustus Malevolyn spuckte Sandkörner aus, die ihm in den Mund geraten waren, und murmelte: „Und? Was hast du gesehen? Ist es da bei den Felsen?“

„Es ist schwierig zu erklären, General, Ihr müsst es Euch ansehen.“ Der schattenhafte Soldat deutete auf den Boden rechts von ihnen. „Der Untergrund ist dort besser, General. Wenn Ihr mir folgt …“

Vielleicht hatte der Mann irgendwelche Ruinen entdeckt. Die hätten Malevolyn zweifellos interessiert. Die Vizjerei verband eine lange Geschichte mit Aranoch. Wenn sich der Fund als Überrest eines ihrer Tempel entpuppte, würden sich dort vielleicht noch einige vergessene Geheimnisse finden, die sich Malevolyn zunutze machen konnte.

Der Boden unter seinen Füßen – die Stelle, auf die ihn der Wachmann gelotst hatte – gab auf einmal nach!

Malevolyn stolperte, dann stürzte er nach vorn. Da er fürchtete, den Helm zu verlieren, hielt er ihn mit einer Hand fest, was jede Hoffnung zunichte machte, den Sturz zu dämpfen. Der General fiel auf die Knie, sein Gesicht war nur ein oder zwei Zoll vom sandigen Untergrund entfernt. Sein rechter Arm, der sein gesamtes Gewicht hatte auffangen müssen, pochte vor Schmerz. Er versuchte sich aufzurichten, doch das erwies sich auf dem lockeren Grund als nicht so einfach.

Er sah auf und suchte nach dem Narr, der ihn hierher geführt hatte. „Steh nicht einfach so da herum, du Trottel! Hilf mir …“

Der Wachmann war verschwunden, und auch von der schwachen Fackel war nichts mehr zu sehen.

Schließlich gelang es Malevolyn doch, sich aus eigener Kraft aufzurichten. Vorsichtig griff er nach seinem Schwert – *wollte* danach greifen, aber es fehlte ebenfalls!

Bist du würdig?, wiederholte die verdammungswürdige Stimme in seinem Kopf.

Aus dem Sand erhoben sich plötzlich vier abscheuliche, nur entfernt menschliche Gestalten.

Selbst in der Finsternis konnte der General die harten Panzer und die missgestalteten, käferähnlichen Köpfe erkennen. Ein Armpaar mündete in riesige scharfe Greifzangen und komplettierte den Eindruck eines Insekts, das einem Alptraum entstammte. Doch dieser Schrecken war nicht das Produkt von Malevolyns Phantasie. Er wusste von den Sandgrillen, jenen gewaltigen Gliederfüßern, die in der Wildnis von Aranoch nach Beute jagten. Und er wusste von einer der wenigen Höllenkreaturen, von der diese Grillen ihrerseits gejagt wurden … wenn es keine menschliche Beute gab.

Zwar hatte es über die Jahre immer wieder Gerüchte gegeben, dass das Verschwinden ganzer Karawanen auf Horden von Käferdämonen zurückzuführen sei, doch der Kommandant hatte noch nie davon gehört, dass sie in der Nähe einer Streitmacht lauerten, die so groß war wie seine. Auch wenn sie – noch – nicht die größte Armee überhaupt bildeten, stellten Malevolyns disziplinierte Krieger ein Ziel dar, das auf derartige Kreaturen keineswegs verlockend wirken sollte. Sie bevorzugten kleinere und schwächere Opfer.

Beispielsweise einen einsamen Kämpfer, der in ihre Mitte gelockt worden war.

Bekäme er diesen verräterischen Wachposten in die Finger, wäre es nur eine Frage von Minuten, um den dahinter steckenden Offizier zu entlarven. Und nur ein Offizier konnte eine derartige Hinterhältigkeit ausgeheckt haben ... Im Augenblick gab es für Malevolyn allerdings ein wesentlich dringenderes Problem: Er durfte nicht zur nächsten Mahlzeit der immer näher rückenden Insekten werden! Seine Zukunft lag in Lut Gholein, nicht im Magen dieser verdammten Käferkreaturen!

Bist du würdig?, wiederholte die Stimme.

Als habe ihn jemand zum Handeln aufgefordert, versuchte einer der grotesken Käfer nach ihm zu greifen. Seine Greif- und Beißzangen klapperten in Erwartung der frischen Beute. Auch wenn es sich bei ihnen trotz ihres Namens nicht wirklich um Bestien aus den Höllen handelte, so waren die Käferdämonen doch monströs genug, um es mit einem normalen Menschen aufnehmen zu können.

Aber Augustus Malevolyn sah sich nicht als *normaler* Mensch.

Als die sich wütenden Klauen ihm näherten, reagierte er instinktiv und holte mit der Hand aus, um die Attacke so gut wie möglich abzuwehren. Zu seiner Überraschung materialisierte in seiner leeren Hand eine tiefschwarze Klinge, die von einer feurigen karmesinroten Aura umgeben war, welche die Umgebung besser ausleuchtete als eine Fackel. Die Klinge wurde länger und länger, während sie einen Bogen in die Luft malte, doch ihr Gewicht und ihre Balance wurden davon nicht beeinflusst.

Das geschliffene Metall fraß sich mühelos durch den harten

Panzer und trennte die Extremität vollständig mit der Greifzange ab. Der Käferdämon stieß einen schrillen Schrei aus und wich zurück; aus der klaffenden Wunde tropfte eine dunkle Flüssigkeit.

General Malevolyn legte keine Pause ein, sondern wurde von der unerwarteten Wendung in den Ereignissen förmlich mitgerissen. Mit der Lässigkeit eines erfahrenen Kämpfers führte er die wundersame Klinge durch den zweiten Angreifer. Noch bevor das Monster gefallen war, hatte er sich schon dem nächsten zugewandt und trieb es erbarmungslos zurück.

Die zwei verbliebenen Kreaturen schlossen sich mit der dritten zusammen und versuchten, den Kommandanten von zwei Seiten gleichzeitig anzugreifen. Malevolyn machte einen Schritt zurück, um neu Position zu beziehen, dann entledigte er sich im nächsten Moment des Gegners, dem er eben erst ein Stück abgetrennt hatte. Als sich das andere Paar auf ihn stürzte, drehte sich der erfahrene Offizier, riss das Schwert herum und köpfte einen seiner Kontrahenten.

Eine übelriechende Flüssigkeit spritzte dem General entgegen und ließ ihn einen Moment lang erblinden. Der letzte seiner Angreifer nutzte das aus, zerrte ihn zu Boden und versuchte dann, Malevolyns Kopf abzutrennen, indem er nach seiner Kehle schnappte. Malevolyn knurrte wie ein Tier und blockierte die Beißzange mit der Panzerung seines Unterarms, wobei er hoffte, dass die Rüstung Fleisch und Knochen lange genug schützen würde, bis er sich wieder zur Wehr setzen konnte.

Mit einem Knie versuchte er, den monströsen Angreifer zurückzudrängen und etwas mehr Abstand zu den tückischen Beißzangen herzustellen. Damit verschaffte sich Malevolyn den Winkel, den er benötigte. Er drehte das Schwert in der anderen Hand herum, dann richtete er die Spitze auf den Kopf des Dämons und trieb sie mit aller Kraft, die er aufbringen konnte, durch die dicke, natürliche Panzerung der Bestie.

Der furchterregende Käfer stieß einen kurzen, schrillen Schrei aus, dann sackte er tot auf General Malevolyn zusammen.

Mit einem Anflug von Abscheu schob der Kommandant den Kadaver von sich, dann stand er auf. Seine tadellose Rüstung war völlig mit dem Lebenssaft der Käferdämonen besudelt, doch einen echten Schaden hatten sie ihr nicht zufügen können. Er betrachtete die dunklen, reglosen Kreaturen. Er war wütend, weil man ihn verraten hatte, aber zugleich fühlte er auch eine große Befriedigung darüber, ganz allein vier Höllengeschöpfe besiegt zu haben.

Augustus Malevolyn berührte die Brustplatte, die von den Säften der Dämonen bedeckt war. Fast eine Minute lang betrachtete er die stinkende Schmiere, die auch seinen Panzerhandschuh bedeckte. Einem Impuls folgend berührte er abermals die Brustplatte, doch er versuchte nicht, sie sauber zu wischen, sondern verteilte die Flüssigkeit weiter – so wie Bartuc es mit dem Blut seiner menschlichen Feinde getan hätte.

„Vielleicht *bist* du ja würdig …“

Er wirbelte herum, und dann sah er wieder die von der Nacht umgebene Gestalt des hinterhältigen Wächters. Doch der gesunde Menschenverstand sagte Malevolyn, dass dieser Mann, den er für einen aus seiner Armee gehalten hatte, in Wahrheit etwas viel Mächtigeres und Unheilvolleres sein musste …

„Ich weiß jetzt, wer du bist …“, murmelte er. Dann weiteten sich seine Augen ein wenig, als ihm die Wahrheit tatsächlich klar wurde. „Oder sollte ich sagen … ich weiß, *was* du bist … *Dämon …*“

Die andere Gestalt lachte leise und auf eine Weise, wie es kein Mensch vermochte. Unter General Malevolyns erstaunten Blicken veränderte der Wachmann sein Aussehen in etwas, das nicht auf der Ebene der Sterblichen zu Hause war. Es überragte den Menschen deutlich, und aus vier wurden sechs Gliedmaßen. Die oberen sahen aus wie Sensen, die nadelspitz zuliefen, die mittleren erinnerten an Skeletthände, die über tödliche Klauen verfügten, und die unteren dienten als Beine, die so nach hinten gebogen waren wie bei jenem Insekt, an das der Dämon sehr stark erinnerte.

Eine Gottesanbeterin. Eine Gottesanbeterin aus den Höllen.

„Sei gegrüßt, General Augustus Malevolyn aus Westmarch, Krieger, Eroberer, Imperator – und der wahre Erbe des Kriegsherrn des Blutes." Das abscheuliche Insekt beschrieb eine bizarre Verbeugung, wobei sich die scharfen Spitzen der Sensen in den Sand bohrten. „Dieser eine beglückwünscht dich, weil du würdig bist …"

Malevolyn sah auf seine Hand. Die Waffe war nicht mehr da. Sie war in dem Moment verschwunden, als sie nicht länger benötigt wurde – und doch war der General davon überzeugt, dass sie künftig immer dann Gestalt annehmen würde, wenn er sie brauchte.

„Du bist die Stimme in meinem Kopf", erwiderte der Kommandant schließlich. „Du bist die Stimme, die mich beschwatzt …"

Der Dämon legte den Kopf schräg, die knollenartigen Augen flackerten kurz auf. „Dieser eine hat dich nicht beschwatzt … sondern lediglich ermutigt."

„Und wenn ich diese kleine Prüfung nicht bestanden hätte?"

„Dann wäre dieser eine zutiefst enttäuscht gewesen."

Die Worte der Kreatur brachten General Malevolyn trotz der Bedeutung der Antwort zum Lachen. „Dann war es ja verdammt gut, dass ich nicht gescheitert bin." Mit einer Hand rückte Malevolyn den Helm zurecht, während er überlegte. Erst waren die Visionen gekommen, dann hatten sich seine bis dahin beschränkten Kräfte gesteigert – und nun diese magische Waffe und ein Dämon zu seiner Verfügung. Es musste wirklich so sein, wie die Gottesanbeterin erklärt hatte: Augustus Malevolyn hatte sich tatsächlich um Bartucs Rüstung verdient gemacht.

„Du bist würdig“, krächzte der Dämon. „So sagt es dieser eine – Xazax mein Name. Doch eine Sache entzieht sich noch immer deinem Griff. Eine Sache, die du haben musst, bevor du zu Bartuc wirst!“

General Malevolyn verstand. „*Die Rüstung*. Die Rüstung, die dieser Narr von Bauer trägt. Nun, sie ist in diesem Moment auf dem Weg zu mir, quer über das Meer! Galeona sagt, dass die Rüstung auf dem Weg nach Lut Gholein ist, weshalb wir auch dorthin marschieren.“ Er dachte nach. „Vielleicht wäre es jetzt eine gute Gelegenheit, um herauszufinden, was sie erkennen kann. Vielleicht mit deiner Hilfe …“

„Es ist besser, wenn du in Gegenwart deiner Hexenmeisterin nicht von mir sprichst, o Großmächtiger!“ Xazax’ Stimme, so schien es, war schrill vor Angst. „Ihrer Art … kann man nicht immer trauen. Am besten gibt man sich mit ihnen überhaupt nicht ab …“

Malevolyn grübelte einen Moment über die Aussage des Dämons nach. Xazax sprach fast so, als würden ihn und Galeona eine gemeinsame Vergangenheit verbinden, was den General rückblickend kaum überrascht hätte. Die Hexe hatte fast ständig mit finsteren Mächten zu tun. Interessant fand er allerdings die Tatsache, dass diese Kreatur hier nicht wollte, dass Galeona von dem erfuhr, was sie gerade besprochen hatten. Ein Streit? Ein Verrat? Nun, wenn es Malevolyn dienlich war, umso besser.

Er nickte. „Sehr gut. Bis ich entscheide, was getan werden muss, lassen wir sie über unsere Unterhaltung im Unklaren.“

„Dieser eine schätzt dein Verständnis …“

„Selbstverständlich.“ Der General hatte keine Zeit, sich weiter mit der Hexenmeisterin zu befassen. Xazax hatte einen viel bedeutenderen Punkt angesprochen. „Aber du hast die Rüstung erwähnt. Was weißt du darüber?“

Wieder verbeugte sich die dämonische Gottesanbeterin. Sogar im fahlen Licht der Sterne konnte der General die entsetzlichen Adern sehen, die sich über den ganzen Körper zogen und unablässig pulsierten. „Inzwischen hat der Narr sie nach Lut Gholein gebracht … Dort kann er sich hinter den Stadtmauern verstecken und sie dem vorenthalten, dem sie gebührt …“

„Ich hatte daran gedacht.“ Genau genommen hatte General Malevolyn während der ganzen Reise über diesen Punkt sinniert, und er hatte sich dabei immer mehr in eine Wut gesteigert, die er sich jedoch nicht nach außen anmerken ließ. Ein Teil von ihm war sicher, dass er Lut Gholein einnehmen und den Bauern, der die Rüstung trug, dann gefangen nehmen konnte – aber seine praktischer denkende Seite hatte die Verluste unter seinen Männern kalkuliert und den Preis als zu hoch eingestuft. Ein Scheitern lag immer noch im Bereich des Möglichen. Malevolyn hatte eigentlich gehofft, seine Armee außer Sichtweite des Königreichs halten zu können, damit man dort nichts von ihrer Existenz in Erfahrung hätte bringen können, und darauf zu warten, dass sich der Fremde allein auf den Weg durch die Wüste begab. Bedauerlicherweise konnte der General nicht darauf vertrauen, dass dieser Narr auch genau dies tun würde.

Xazax beugte sich vor. „Das Königreich ist stark, und es hat viele Soldaten, die in der Kunst der Kriegsführung versiert sind. Er, der die Rüstung trägt, könnte sich dort recht sicher fühlen.“

„Ich weiß.“

„Doch dieser eine kann dir den Schlüssel geben, der Lut Gholein in deine Hände legt … Dieser eine spricht von einer schrecklichen Macht … eine Macht, die von keinem sterblichen Soldaten niedergerungen werden kann.“

Malevolyn konnte kaum glauben, was er soeben gehört hatte. „Willst du damit sagen …“

Der Dämon blickte in Richtung des Lagers, als hätte er ein Geräusch gehört. Nach einer kurzen Pause richtete Xazax seine Aufmerksamkeit wieder auf den Menschen. „Wenn du nur noch einen Tag von der Stadt entfernt bist, werden wir wieder reden. Dort musst du dann vorbereitet sein, Folgendes zu tun …"

Der Kommandant hörte aufmerksam zu, als der Dämon zu erklären begann. Zuerst war selbst er davon abgestoßen, was diese Kreatur vorschlug, doch als Xazax den Grund für diese Vorgehensweise erklärte, erkannte auch Augustus Malevolyn die Notwendigkeit – und verspürte eine wachsende Begeisterung.

„Du wirst es tun?", fragte die Gottesanbeterin.

„Ja … ja, das werde ich … und sogar mit Vergnügen."

„Dann werden wir uns bald wieder unterhalten." Ohne Vorwarnung begann Xazax' Gestalt an Form zu verlieren und war bald mehr Schatten als Substanz. „Bis dahin, sei noch einmal gegrüßt, General! Dieser eine ehrt den Nachfolger von Bartuc! Dieser eine ehrt den neuen Herrn der Dämonen! Dieser eine ehrt den neuen *Kriegsherrn des Blutes!"*

Dann verschmolz auch der letzte Rest von Xazax mit der Nacht.

General Malevolyn begab sich sofort zurück zum Lager. Seine Gedanken überschlugen sich noch immer, die Worte der riesigen Gottesanbeterin hallten in seinem Kopf nach. Diese Nacht hatte ihm den Wendepunkt gebracht; seine Träume begannen, sich allmählich zu verwirklichen. Die Prüfung durch den Dämon, die Art wie Malevolyn sie bestanden hatte, das alles verblasste gegen das, was Xazax ihm nun anbot: die Rüstung und die Methode, wie sie und ganz Lut Gholein ohne große Mühe in die Hand des Generals fallen würden.

Herr der Dämonen, hatte die Gottesanbeterin gesagt.

Noch eine Nacht war zu überstehen. Noch eine Nacht, dann würde die *King's Shield* im Hafen von Lut Gholein anlegen.

Noch eine Nacht, dann würde Kara allein in diesem fremden Land sein, allein, bis auf ihre beiden grotesken Gefährten.

Sie war wie zuvor mit dem Abendessen in ihre Kajüte zurückgekehrt, um es unter den wachsamen Blicken der beiden Wiedergänger zu verspeisen. Fauztin war in der Ecke stehen geblieben und wirkte mit seiner finsteren Miene wie eine makabre Statue. Doch Sadun Tryst hatte sich ihr wieder genähert, und jetzt saß der gesprächigere der beiden Ghule auf einer Bank, die in die Wand neben ihrem Bett eingelassen war. Der drahtige Untote versuchte sogar, gelegentlich mit ihr Konversation zu betreiben, worauf die Nekromantin gut und gerne hätte verzichten können.

Doch eine Sache interessierte sie so sehr, dass sie sich zwang, mit ihm zu reden. Subjekt ihres Interesses war der flüchtige Norrec Vizharan. Kara war etwas Sonderbares an der Art aufgefallen, wie Tryst über seinen einstigen Kameraden sprach. Seine Worte schienen keinerlei Zorn zu enthalten, obwohl jener Mann ein Mörder war. Die meiste Zeit unterhielt er sie mit Geschichten über ihre gemeinsamen Abenteuer. Tryst schien sogar ein gewisses Bedauern für den Mann zu empfinden – obwohl sich Norrec so entsetzlicher Taten schuldig gemacht hatte.

„Er hat … mein Leben … gerettet … dreimal und öfter“, schloss der Ghul, nachdem sie ihn wieder einmal dazu gebracht hatte, über seinen einstigen Freund zu sprechen. „Nie war ein Krieg … so schlimm … wie dieser.“

„Seitdem seid Ihr mit ihm gereist?“ Der Krieg, von dem Tryst sprach, hatte sich offenbar vor ungefähr neun Jahren in den Westlichen Königreichen abgespielt. Dass Männer wie diese drei so lange Zeit zusammenhielten, sprach dafür, dass sie sich eng miteinander verbunden gefühlt hatten – oder noch fühlten?

„Aye … bis auf … Norrecs Krankheit … er verließ uns … für drei Monate … dann kehrte er … zurück …“ Die verwesende Gestalt sah den Vizjerei an. „Weißt du noch … Fauztin?“

Der Hexenmeister nickte kaum merklich. Kara hätte erwartet, er würde Sadun verbieten, solche Geschichten zu erzählen, doch auch Fauztin schien von ihnen gefesselt zu sein. Im Leben hatten beide Männer Norrec sehr respektiert, und nach dem, was Kara bislang gehört hatte, konnte sie sich dem nur anschließen.

Auf der anderen Seite jedoch hatte Norrec Vizharan die beiden brutal ermordet, und Geister von Wiedergängern existierten nur, wenn sie von Rachsucht angetrieben wurden, deren Ausmaß über das Verständnis eines Sterblichen hinausging. Diese beiden hätten folglich nur Gedanken an Vergeltung hegen sollen, Gedanken daran, Vizharans Fleisch von den Knochen zu reißen und seine verdammte Seele in die Unterwelt zu schicken. Dass sie überhaupt noch irgendetwas anderes zu empfinden vermochten, kam ihr recht merkwürdig vor. Sadun Tryst und Fauztin verhielten sich nicht wie die Geister, von denen die Legenden berichteten.

„Was werdet Ihr tun, wenn Ihr ihn gefunden habt?" Sie hatte diese Frage schon einmal gestellt, aber keine klare Antwort erhalten.

„Wir werden tun … was getan … werden muss."

Wieder keine Auskunft, die sie hätte zufrieden stellen können. Warum verbargen sie die Wahrheit vor Kara? „Nach allem, was er getan hat, kann doch Eure frühere Freundschaft kaum noch von Bedeutung sein. Wie konnte Norrec ein so schreckliches Verbrechen begehen?"

„Er tat … was getan … werden musste." Bei dieser gleichermaßen rätselhaften Antwort grinste Tryst noch breiter und ließ weitere seiner vergilbten Zähne und das sich allmählich zurückbildenden Zahnfleischs erkennen. Trotz ihrer Mission hatte das Aussehen der beiden Wiedergänger immer weniger mit einem Menschen gemein. Sie würden niemals komplett zerfallen, doch die Verbindung zu ihrer einstigen Menschlichkeit würde beständig schwächer werden. „Du bist sehr hübsch …"

„Was?" Kara Nightshadow blinzelte, da sie nicht sicher war, ob sie richtig gehört hatte.

„Sehr hübsch … und frisch … lebendig." Der Ghul streckte seine Hand nach ihr aus und berührte eine ihrer schwarzen Locken. „Das Leben ist schön … mehr denn … je …"

Sie unterdrückte ein Schaudern. Sadun Tryst hatte seine Absicht deutlich erkennen lassen. Er konnte sich noch immer allzu gut an die Freuden des Lebens erinnern. Eine davon war das Essen gewesen, doch das hatte sich bereits als herbe Enttäuschung entpuppt. Nun, da er seit Tagen in dieser engen Kajüte die Gesellschaft einer lebendigen Frau genoss, schien er willens, ein anderes Vergnügen ebenfalls noch einmal zu durchleben. Kara ihrerseits wusste nicht, wie sie ihn davon abhalten sollte.

Ohne Vorwarnung drehte sich Sadun Tryst plötzlich um und sah seinen Freund wütend an. Zwar hatte Kara nichts mitbekommen, doch es war offensichtlich, dass die beiden sich unhörbar unterhalten hatten und dabei auf etwas zu sprechen gekommen waren, was dem drahtigen Ghul gar nicht gefiel.

„Lass mir … wenigstens … die Illusion …"

Fauztin sagte nichts, zwinkerte aber einmal kurz, was wiederum genügte, um seinen Kameraden zu erzürnen.

„Ich hätte … sie nicht … berührt … nicht sehr …" Tryst sah sie an, dann begegneten sich wieder die Blicke der beiden Wiedergänger. „Ich wollte nur …"

Ein lautes Klopfen an der Tür ließ ihn sofort in die entlegenste Ecke flüchten. Kara konnte nicht glauben, wie schnell sich der Ghul bewegte, ganz gleich, wie oft sie es zu sehen bekam. Sie hatte immer darüber gelesen, dass Schnelligkeit keine Eigenschaft war, die man Ghulen zuschrieb. Stattdessen sollten sie Hartnäckigkeit und eine unheilige Geduld besitzen …

Dicht an den Vizjerei gedrängt murmelte Sadun: „Antwortet."

Sie ahnte bereits, wer vor der Tür stand. Nur zwei Männer wagten es, sich bis zu ihrer Kajüte zu begeben. Der eine war

Kapitän Jeronnan, mit dem sie noch vor kurzem gesprochen hatte, der andere …

„Ja, Mister Drayko?“, sagte die Hexenmeisterin und öffnete die Tür nur einen Spalt breit.

Es schien ihm unangenehm zu sein. „Mylady Kara, mir ist durchaus bewusst, dass Ihr um völlige Zurückgezogenheit gebeten habt, aber … aber ich würde gerne wissen, ob Ihr für ein paar Minuten zu mir an Deck kommen möchtet.“

„Danke, Mister Drayko, doch wie ich auch schon dem Kapitän gesagt habe, gibt es für mich noch viel zu tun, bevor wir anlegen.“ Sie wollte die Tür schließen. „Danke, dass Ihr gefragt habt …“

„Nicht mal für ein wenig *frische* Luft?“

Etwas an seinem Tonfall irritierte sie, doch die Nekromantin hatte keine Zeit, darüber nachzudenken. Tryst hatte ihr deutlich zu verstehen gegeben, dass sie lediglich zum Essenholen die Kajüte verlassen durfte, zu keinem anderen Anlass. Die Geister der Wiedergänger wollten ihre lebende Marionette dort wissen, wo sie sie sehen konnten. „Nein, es tut mir Leid.“

„Hatte ich mir fast gedacht.“ Er wandte sich zum Gehen, doch dann warf er sich mit der Schulter gegen die Tür, die aufflog und Kara nach hinten auf ihr Bett schleuderte. Der Schlag betäubte sie zwar nicht, doch für einen Moment lag sie einfach nur da; seine Aktion hatte sie völlig überrascht.

Auch Drayko verlor den Halt und landete auf den Knien. Dann blickte er auf, sah die Ghule vor sich und wurde bleich. „Beim König der Tiefen!“

In Trysts Hand materialisierte plötzlich ein Dolch. Der Seemann griff seinerseits nach dem Messer, das neben ihm auf dem Boden gelandet war. Drayko hatte es offensichtlich die ganze Zeit über festgehalten und versteckt, während er sich freundlich mit der finsteren Magierin unterhalten hatte. Die ganze Zeit über hatte er im Wissen gehandelt, dass etwas in ihrer Kajüte nicht stimmte – auch wenn er sich wohl nie hätte vorstellen können, welcher Anblick sich ihm hier bieten würde.

Während Sadun Tryst seinen Arm hob, kam eine zweite Gestalt in den winzigen Raum gestürmt. Kapitän Hanos Jeronnan hielt seine zeremonielle Klinge bereit und schirmte seinen Offizier vor jeglichem Schaden ab. Anders als Drayko war er nicht so völlig fassungslos, als er vor sich die entsetzlichen Gestalten erblickte. Fast schien es sogar, als sei Jeronnan zufrieden darüber, die beiden Wiedergänger zu sehen.

„Ich werde das nicht noch einmal zulassen …", murmelte er. „Ihr werdet sie nicht auch noch bekommen …"

Kara verstand sofort, was der Kapitän damit sagen wollte. In seiner Vorstellung standen die Wiedergänger für jenes unsichtbare Monster, das seine Tochter nicht nur von ihm fort genommen, sondern auch zu der abscheulichen Kreatur gemacht hatte, die zu vernichten er gezwungen gewesen war. Nun glaubte er, dass er sich dafür würde rächen können.

Mit dem versilberten Schwert besaß er durchaus auch das Potenzial dazu.

Tryst warf seinen Dolch und bewegte sich dabei einmal mehr mit einer Schnelligkeit, wie man sie nicht von ihm erwartet hätte. Die kleine Klinge bohrte sich in Jeronnans Schwertarm und ließ den Kapitän ein Stück weit nach hinten taumeln. Doch der ehemalige Marinekommandant ließ sich davon nicht abschrecken. Stattdessen griff er an und hieb, während Blut aus der Wunde strömte, in der die Waffe des Ghuls steckte, nach seinem untoten Widersacher.

Sadun Trysts makabres Lächeln schien sein Gegenüber zu verspotten. Gleichzeitig griff er nach der Waffe des Kapitäns, als wollte er sie mit der bloßen Hand festhalten. Als einer, der den Tod bereits hinter sich wusste, war er gegen jede normale Klinge gefeit.

Die Klinge trennte ihm zwei Finger ab.

Im gleichen Moment schoss ein so intensiver Schmerz durch Karas Körper, dass sie sich krümmte und fast das Bewusstsein verlor.

Mit einem wütenden Zischen zog Tryst seine verstümmelte Hand zurück. Er starrte Jeronnan finster an und keuchte: „Tu etwas … solange … mein Kopf … noch auf … meinen Schultern … sitzt …"

Tränen standen Kara in den Augen, dennoch konnte sie erkennen, dass Fauztin wieder zwinkerte.

„Achtung!", rief sie.

Eine Energiewand schoss aus ihrem Dolch heraus und schleuderte Jeronnan und Drayko zur gegenüberliegenden Wand. Gleichzeitig presste der Vizjerei seine andere Hand gegen die Wand hinter sich.

Blauer Dunst machte sich hinter den beiden bemerkbar und dehnte sich rasch aus.

Die Seeleute rappelten sich wieder auf. Drayko stürmte vor, doch Jeronnan hielt ihn zurück. „Nicht! Die einzige Waffe, die gegen sie hilft, ist diese hier! Ich schwöre, ich werde sie zu Fischfutter zerschneiden – vorausgesetzt, die Fische wollen so etwas überhaupt fressen! Du kümmerst dich um das Mädchen!"

Der Offizier gehorchte sofort und eilte an Karas Seite. „Könnt Ihr aufstehen?"

Mit seiner Hilfe stellte Kara fest, dass sie es konnte. Auch wenn der Schmerz nicht aufhörte, ließ er doch so weit nach, dass die Zauberin wieder klar zu denken vermochte – und begriff, was geschehen war.

Durch den Dolch hatte Fauztin ihr Leben an die fortgesetzte Existenz beider Wiedergänger geknüpft. Der Treffer, den Jeronnan gelandet hatte, war von Sadun Tryst nicht wahrgenommen worden, weil er solche Schwächen längst hinter sich gelassen hatte. Stattdessen würde *sie* jeden Treffer zu spüren bekommen, der ihm oder Fauztin zugefügt wurde.

Auf diese Weise war Kapitän Jeronnan in der Lage, mit seinem versilberten Schwert nicht nur die Wiedergängern zu Fischfutter zu verarbeiten, sondern darüber hinaus auch – ungewollt – jene Frau zu töten, die er eigentlich zu retten trachtete.

Sie musste ihn warnen. „Drayko! Jeronnan muss sofort *aufhören*!“

„Es ist schon in Ordnung, Mylady! Der Kapitän weiß, was er tut! Seine silberne Klinge ist genau richtig, um es mit denen dort aufzunehmen. Auf diese kurze Distanz wird er mit ihnen fertig, bevor der eine noch einen weiteren Zauber wirken kann!“ Drayko rümpfte die Nase. „Gott, ist das hier ein Gestank. Nachdem Ihr begonnen hattet, Euch so merkwürdig zu verhalten, konnte sich Kapitän Jeronnan schließlich daran erinnern, was mit Euch in Gea Kul geschehen war. Er war sicher, dass etwas nicht stimmte. Er hat mich nach dem Essen in seine Kajüte bestellt und mir von seinem Verdacht erzählt. Dann hat er mich mitgenommen und mich gewarnt, ich solle mich auf die Hölle selbst einstellen – aber ich hatte keine Ahnung, wie ernst seine Worte tatsächlich gemeint waren!“

Die Nekromantin versuchte es erneut. „Hört zu! Sie haben mich mit einem Zauber belegt, der …“

„Weshalb Ihr auch nichts sagen konntet, aye!“ Er zog sie hinter sich her zur Tür, wo sich mehrere von Jeronnans Männern versammelt hatten. Einige hatten ihre Waffen gezückt, doch niemand hatte es bislang gewagt, einzutreten, da sie alle die Wiedergänger viel mehr fürchteten als der Kapitän oder sein Erster Offizier. „Kommt, lasst uns von hier verschwinden!“

„Aber so ist es nicht …“ Kara hielt inne; ihr Körper wand sich plötzlich aus eigenem Antrieb aus dem Griff des Offiziers.

Er packte ihren Arm. „Nicht dort entlang! Es ist besser …“

Zu ihrem Entsetzen sah die Nekromantin, wie sie die Faust ballte und ihrem Beschützer in den Magen rammte.

Obwohl es kein gewaltiger Schlag war, traf er Drayko doch

völlig unvorbereitet. Er taumelte nach hinten und war mehr überrascht, denn verletzt.

Kara sah zu den Wiedergängern … und bemerkte, wie der ernste Vizjerei sie aufforderte, sich ihnen anzuschließen.

Ihre Beine gehorchten, obwohl sie alle Kraft aufbot, um sich seinem Ruf zu widersetzen. Der blaue Schleier hinter beiden Ghulen hatte fast die gesamte Wand bedeckt. Da die Wiedergänger von den Lebenden entdeckt worden waren, wollten sie sich zurückziehen – aber sie hofften, dass sie Kara mitnehmen konnten.

Kara versuchte, sich zu sträuben, da sie wusste, dass sie das Duo nicht begleiten wollte – und dass jenseits dieser Wand nur die tiefe, dunkle See lag. Tryst und sein Gefährte mussten nicht atmen, Kara hingegen sehr wohl.

Kommt zu mir, Nekromantin …, hörte sie ihn plötzlich in ihrem Kopf. Fauztins Augen sahen sie starr an und ließen sie alles vergessen, was sie dachte.

Unfähig, länger die Kontrolle über sich zu bewahren, schritt Kara auf die Wiedergänger zu.

„Mädchen, nicht!" Kapitän Jeronnan packte sie am Arm, doch seine Verletzung hinderte ihn daran, sie wirklich festzuhalten. Sie riss sich von ihm los, dann streckte sie ihren Arm aus, um Sadun Trysts verstümmelte Hand zu ergreifen.

„Ich … habe sie!", keuchte der lächelnde Ghul.

Fauztin packte seinen Gefährten an den Schultern, dann ließ er sich nach hinten fallen und verschwand in dem blauen Schleier, gefolgt von Tryst … und von Kara.

„Haltet sie fest!", schrie der Kapitän.

Drayko rief etwas, womöglich ihren Namen, aber beide kamen zu spät, um noch etwas abwenden zu können.

Die Magierin stürzte durch den Schleier – und wurde von der See umarmt, die ihr die Luft zum Atmen nahm.

DREIZEHN

Horazons Grab ... die Geheime Zuflucht ...

Norrec Vizharan kämpfte sich durch ein dichtes graues Geflecht und bahnte sich einen Weg durch ein Labyrinth aus Korridoren.

Horazon ...

Antike Statuen säumten die Mauer, jedes Gesicht zeigte eine vertraute Person. Norrec erkannte Attis Zuun, diesen Narren von einem Ausbilder. Korbia, den viel zu unschuldigen Schüler, den er später für seine Ziele geopfert hatte. Merendi, den Ratsführer, der seinen geschickten Schmeicheleien zum Opfer gefallen war. Jeslyn Kataro, den Freund, den er verraten hatte ... Begraben hinter den Spinnweben stieß er auf jeden, den er je gekannt hatte – bis auf einen.

Bis auf seinen Bruder Horazon.

„Wo bist du?", rief Norrec. „Wo bist du?"

Plötzlich befand er sich in einer dunklen Kammer, vor sich eine gewaltige Gruft. Skelette, die die Gewänder von Vizjerei-Hexenmeistern trugen, standen in einer Reihe von Alkoven zu beiden Seiten des Raums bereit. Das Symbol des Clans, ein über einen Halbmond gebeugter Drache, war genau in die Mitte jenes großen Sarkophags gemeißelt worden, der vor dem Eindringling mit der Rüstung stand.

„Horazon!", rief Norrec. „Horazon!"

Der Name warf in der Gruft ein Echo und schien ihn zu ver-

spotten. Wütend trat er an den steinernen Sarg und griff nach dem schweren Deckel.

Als er ihn berührte, erhob sich ein Stöhnen von den Skeletten zu beiden Seiten. Norrec wäre fast zurückgeschreckt, doch Zorn und Entschlossenheit waren stärker als alle anderen Gefühle. Er ignorierte die Warnungen der Toten und schob den Deckel vom Sarkophag, bis er zu Boden fiel und in tausend Stücke zerbarst.

Im Sarg selbst entdeckte Norrec eine verhüllte Gestalt. Er spürte den nahen Sieg und griff nach dem Stoff, um ihn von dem Gesicht zu ziehen, um das verwitterte und verfallene Gesicht seines verfluchten Bruders zu schauen.

Eine Hand, die mit verwesendem Fleisch und sich darin labenden Maden bedeckt war, bekam sein Handgelenk zu fassen.

Er gab sich alle Mühe, doch die monströsen Finger wollten ihn einfach nicht loslassen. Schlimmer noch: Zu Norrecs Entsetzen begann der Leichnam ihn immer tiefer in den Sarg zu ziehen, als sei der dortige Boden mit einem Mal durch einen nicht enden wollenden Abgrund ersetzt worden. Ganz gleich, wie er sich auch anstrengte, Norrec konnte sich nicht dagegen wehren, in den Sarkophag und in die Dunkelheit darunter gezerrt zu werden.

Er schrie, als die Welt des Todes ihn in sich aufnahm …

„Wacht auf."

Norrec schüttelte sich, seine behandschuhten Finger bewegten sich, als wollten sie die Albträume abwehren. Er blinzelte und erkannte langsam, dass er noch immer in dem alten Sessel in Drognans Arbeitsgemach saß. Der Traum von der Gruft seines Bruder … nein, *Bartucs* Bruder … war ihm so real erschienen, so entsetzlich real.

„Ihr habt geschlafen. Geträumt", meinte der alte Vizjerei.

„Ja …" Anders als bei seinen sonstigen Träumen konnte sich

Norrec an diesen sehr lebhaft erinnern. Er war sich nicht einmal sicher, ob er ihn je wieder vergessen könnte. „Es tut mir Leid, dass ich eingeschlafen bin …"

„Keine Ursache. Immerhin bin ich derjenige, dessen Wein Euch in diesen Schlaf geschickt hat … und in den Traum."

Wütend sprang Norrec aus seinem Sessel, wurde aber sogleich von einer warnend erhobenen Hand Drognans gestoppt. „Ihr werdet Euch wieder setzen."

„Was habt Ihr getan? Wie lange habe ich geschlafen?"

„Ich habe Euch einschlafen lassen, kurz nachdem Ihr Euch gesetzt hattet. Was die Dauer angeht … Ihr habt fast einen Tag lang geschlafen. Die Nacht ist gekommen und gegangen." Der Hexenmeister kam näher; den Zauberstab benutzte er nun als Stock. Norrec deutete Drognans vorgebliches Gebrechen aber keineswegs als Zeichen von Schwäche. „Warum ich es getan habe? Nun, sagen wir, ich habe den ersten Schritt unternommen, der uns zu unseren Zielen führen wird, mein Freund." Er lächelte erwartungsvoll. „Und nun sagt mir, was Ihr in Eurem Traum gesehen habt."

„Solltet Ihr das nicht wissen?"

„Ich habe Euch träumen lassen, doch ich habe nicht entschieden, *was* Ihr träumen sollt."

„Wollt Ihr damit sagen, dass ich mir diesen Alptraum selbst zu verdanken habe?"

Der alte Magier strich sich über seinen silbernen Bart. „Vielleicht hatte ich einen gewissen Einfluss auf die Wahl der Objekte, aber die Resultate waren allein Euer Werk. Und nun sagt mir, was Ihr geträumt habt."

„Warum?"

Drognans Tonfall hatte nichts Freundliches mehr. „Um Euer Leben willen."

Norrec war sich im Klaren, dass er keine andere Wahl hatte, also lenkte er schließlich ein und berichtete dem Hexenmeister, was dieser zu wissen verlangte. Er beschrieb ihm so gut wie jedes Detail der Szene, der Ereignisse – sogar die Gesichter und Namen der Statuen. Drognan nickte und war an allem sehr interessiert. Er stellte Fragen und erkundigte sich nach Einzelheiten, die Norrec zunächst vergessen hatte. Nichts schien dem aufmerksamen Magier zu unbedeutend zu sein.

Als Norrec dann begann, die schrecklichen Ereignisse in der Gruft zu schildern, war der Vizjerei noch aufmerksamer. Drognan schien sich besonders an der Schilderung der skelettierten Magier sowie der Öffnung des Sarkophags zu faszinieren. Selbst als Norrec beim Erinnern wieder zu schaudern begann, drängte ihn der Hexenmeister, weiterzumachen und achtete darauf, dass Norrec auch nicht die winzigste Kleinigkeit ausließ.

„So faszinierend!“, platzte es aus Drognan heraus, als Norrec geendet hatte. Er schien nichts von der Pein wahrgenommen zu haben, die der Soldat während der Schilderung durchlitten hatte. „So lebendig! Es muss die Wahrheit sein!“

„Wovon redet Ihr?“

„Ihr habt wirklich das Grab gesehen! Die *wahre* Geheime Zuflucht! Dessen bin ich mir sicher!“

Wenn er gehofft hatte, dass Norrec seine Freude teilen würde, wurde der runzlige Magier enttäuscht. Der Soldat glaubte nicht, dass das, was er gesehen hatte, real sein konnte … und falls ein solcher Ort doch existierte, wollte er davon nichts wissen. Nach Bartucs Grab ließ der Gedanke, in die Gruft des verhassten Bruders hinabzusteigen, den ansonsten so unerschütterlichen Kämpfer schaudern. Er hatte nichts als Elend und Schrecken durchlebt, seit alles begonnen hatte. Norrec wollte nur noch von der verzauberten Rüstung befreit werden.

Er sagte dies auch Drognan, der lediglich erwiderte: „Die Gelegenheit wird sich Euch bieten, Vizharan … wenn Ihr bereit seid, Euch dem Alptraum noch einmal zu stellen.“

Seltsamerweise war Norrec keineswegs überrascht, genau diese Antwort von dem Hexenmeister zu hören. Sowohl Bartuc als auch Drognan entsprangen einer Kultur, die ohne Rücksicht auf die Konsequenzen fast nur auf Ehrgeiz ausgerichtet war. Das Imperium von Kehjistan war auf diesem Prinzip begründet worden, und die Vizjerei, die sein Rückgrat bildeten, hatten sich der Beschwörung von Dämonen gewidmet, um Macht über andere zu erlangen. Erst als sich die Dämonen gegen sie gewandt hatten, waren sie bereit gewesen, diesem Weg nicht länger zu folgen – und noch heute existierten Geschichten über korrupte Vizjerei, die sich den Kräften der Höllen zuwandten, um Macht zu erlangen.

Sogar Fauztin hatte hin und wieder eine gewisse Bereitschaft durchblicken lassen, notfalls weiterzugehen, als es in seinem Handwerk für sicher erachtet wurde. Doch Norrec neigte zu der Ansicht, dass sein Freund nicht so leicht wie Drognan dazu geneigt gewesen wäre, einen anderen zu solch entsetzlichen Albträumen zu zwingen – und das nicht nur einmal, sondern gleich zweimal. Dies alles nur, um einen Vorteil zu gewinnen.

Doch welche andere Wahl blieb dem Soldaten jetzt noch? Nur Drognan hinderte die verfluchte Rüstung daran, mit Norrec einem neuen, ungeheuerlichen Ziel entgegenzumarschieren …

Er betrachtete die Fülle an Büchern und Schriftrollen, die der alte Vizjerei über die Jahre hinweg zusammengetragen hatte. Norrec vermutete, dass sie nur einen Teil von Dragnons Archiv des Wissens repräsentierten. Der Magier hatte ihn bislang nicht aus diesem Raum gelassen, und sicher verbarg er einige seiner Geheimnisse vor ihm. Wenn jemand Norrec befreien konnte, dann war es der Vizjerei – jedoch nur, wenn der Kämpfer bereit war, den Preis dafür zu zahlen.

Wieder fragte er sich, welche andere Wahl ihm blieb.

„Also gut. Tut, was erforderlich ist, aber tut es rasch! Ich möchte, dass dies ein Ende nimmt!“ Doch noch während Norrec sprach, wusste er, dass die schrecklichen Schuldgefühle *niemals* ein Ende nehmen würden.

„Natürlich.“ Drognan wandte sich von ihm ab und griff nach einem anderen dicken Buch. Er blätterte darin herum, nickte und schlug es wieder zu. „Ja, das sollte reichen.“

„Reichen? Wofür?“

Der Magier stellte das Buch zurück und erklärte: „Trotz der Feindseligkeiten sind Bartuc und Horazon für immer aneinander gebunden, selbst im Tode. Dass die Rüstung Euch hierher nach Lut Gholein brachte, zeigt, dass auch nach all dieser Zeit die Bande noch sehr stark sind.“ Er runzelte die Stirn. „Und Ihr selbst seid fast in gleichem Maße mit der Rüstung verbunden. Ein unerwarteter Vorteil, wenn ich das anmerken darf, und einer, der mich neugierig macht. Vielleicht sollte ich das genauer studieren, wenn alles vorüber ist.“

„Ihr habt mir noch immer nicht gesagt, was Ihr vorhabt“, erinnerte ihn der Krieger, da er nicht wollte, dass sich Drognan abermals ablenken ließ. Er verstand in etwa, was der Hexenmeister über die Verbindung zwischen den Brüdern gesagt hatte, und auch, dass die Rüstung ebenfalls davon betroffen war – doch der Rest ergab für ihn keinen Sinn, und Norrec wollte sich auch nicht näher damit befassen. Seine eigene Verbindung mit der Rüstung hatte begonnen, als er Bartucs Grab betreten hatte. Sie würde enden, wenn Drognan ihm half, das Metall von seinem Körper zu lösen. Danach konnte der Vizjerei mit der Rüstung machen, was er wollte. Am besten wäre es gewesen, wenn er sie eingeschmolzen hätte, um daraus landwirtschaftliches Gerät wie Pflugscharen oder vergleichbar Harmloses zu schmieden.

„Diesmal werde ich einen Zauber wirken, der es uns ermöglichen sollte, die tatsächliche Lage des Grabes ausfindig zu machen. Ich bin schon immer der Ansicht gewesen, dass es sich unter der *Stadt* befindet.“ Angesichts dieser Möglichkeit leuchteten seine Augen auf. „Ihr werdet dafür in den Traum zurückkehren müssen … diesmal allerdings in wachem Zustand.“

„Wie soll ich träumen, wenn ich wach bin?“

Der Magier verdrehte die Augen. „Bewahre mich vor den Ahnungslosen! Norrec Vizharan, Ihr werdet wach sein und träumen, weil mein Zauber das wirkt. Ihr könnt mir glauben, dass Ihr weiter nichts wissen müsst.“

Mit großem Widerwillen nickte der müde Kämpfer. „Also gut. Dann lasst uns beginnen!“

„Die Vorbereitungen dauern nur einen Augenblick …“

Der alte Vizjerei kam näher und zeichnete mit der Spitze seines Stabs einen Kreis um den Sessel. Zuerst konnte Norrec darin nichts Interessantes erkennen, doch als Drognan den Kreis vervollständigte, erwachte das Symbol plötzlich zum Leben und leuchtete in einem heftigen Gelb. Wieder war der Kämpfer versucht, aus dem Sessel zu springen, wäre da nicht der warnende Blick seines Gastgebers gewesen. Norrec bezähmte sich, indem er sich an das wichtigste Ziel erinnerte: seine Freiheit. Er würde all dies, was Drognan mit ihm vorhatte, sicherlich durchstehen können.

Der Hexenmeister murmelte etwas, dann streckte er seine linke Hand aus und berührte Norrecs Stirn. Der Soldat verspürte einen leichten Schlag, weiter aber nichts.

Mit seinem Finger begann Drognan, Symbole in die Luft zu zeichnen, die kurz aufblitzten, wenn er sie vollendet hatte, und dann sofort verschwanden. Norrec bekam von jedem der Zeichen nur einen Bruchteil zu sehen, allerdings meinte er Ähnlichkeiten mit einem der Schutzzeichen in Bartucs Grabkammer zu erkennen. Das machte ihn wieder etwas vorsichtiger, doch der Zeitpunkt für einen Rückzieher war längst verstrichen, und er wusste, dass er sich dem würde stellen müssen, was dieser Zauber ihm bescherte.

„Shazari … Shazari Tomei …“

Norrecs ganzer Körper versteifte sich, fast so, als hätte die Rüstung wieder die Kontrolle übernommen. Doch der Soldat wusste, dass dies nicht der Fall sein konnte, da Drognan längst bewiesen hatte, dass die Rüstung seiner Macht unterstand. Nein, es musste einfach ein Teil des Zaubers sein.

„Tomei!“, schrie der silberhaarige Magier und hob den Zauberstab weit über den Kopf. Trotz seines hohen Alters sah er furchteinflößender und mächtiger aus, als jeder andere Mann, dem Norrec je begegnet war – die Schlachtfelder eingeschlossen. Eine weiße, knisternde Aura umgab den Vizjerei und ließ Drognans Bart und Haare wehen, als würden sie ein Eigenleben besitzen. *„Shazari Saruphi!“*

Norrec schnappte nach Luft, während sein Körper brutal durchgeschüttelt wurde. Eine gewaltige Macht presste ihn hart in den Sessel. Das Arbeitsgemach des Magiers entfernte sich von ihm mit einer Geschwindigkeit, dass dem Kämpfer schwindlig wurde. Norrec hatte das Gefühl zu schweben, obwohl er weder Arme noch Beine bewegen konnte.

Ein smaragdgrüner Dunst bildete sich vor ihm. Aus weiter Ferne hörte er Drognan etwas rufen, doch es klang verzerrt und unverständlich, als hätte sich für den Vizjerei die Zeit verlangsamt und als könnten sich selbst Geräusche nur im Schneckentempo ausbreiten.

Der Dunst begann eine perfekte Kreisform zu bilden, dann verschwand der smaragdgrüne Nebel in diesem Kreis und wich einem Bild, das einen Ort zeigte.

Die Gruft.

Doch etwas an deren Erscheinungsbild beunruhigte Norrec sofort. Die Details schienen verändert und an vielen Stellen schlichtweg *falsch* zu sein. Die Vizjerei-Skelette trugen nun prachtvoll verzierte Rüstungen, keine Gewänder, und es schien sich nicht wirklich mehr um Tote zu handeln, sondern um Figuren, die mit viel Geschick aus Stein gehauen worden waren. Die gewaltigen Spinnweben gaben nun den Blick frei auf verschlissene Wandteppiche, die magische Kreaturen wie Drachen, Rocs und Ähnliches zeigten. Selbst das Symbol des Clans der Brüder hatte sich verändert und stellte nun einen riesigen Vogel dar, der in seinen Krallen die Sonne festhielt.

Norrec wollte etwas sagen, doch seine Stimme versagte ihren Dienst. Abermals hörte er die gepressten Worte Drognans. Der Magier schien in noch weitere Ferne gerückt zu sein als zuvor.

Mit einem Mal verschwand auch der Anblick der Gruft, die sich immer schneller von Norrec zu entfernen schien. Obwohl er weiterhin im Sessel saß, kam es dem Kämpfer so vor, als würde er rückwärts durch die feuchten Korridore rennen, die zu Horazons Grab führten. Reihe um Reihe bauten sich die Statuen vor Norrec auf und schossen so schnell davon wie der Anblick der Gruft. Zwar waren die meisten Gesichter kaum mehr als verschwommene Schemen, doch einige von ihnen konnte er erkennen. Es waren jedoch keine Gesichter aus der finsteren Vergangenheit des Kriegsherrn, sondern aus Norrecs Leben – Sadun Tryst, Fauztin, Norrecs erster Kommandant, einige der Frauen, die er geliebt hatte, und sogar Kapitän Casco. Manche der Gesichter waren ihm aber gänzlich fremd, so auch das einer blassen und doch attraktiven Frau, deren Haar die Farbe der Nacht hatte und deren Augen nicht nur wegen ihres exotischen Schwungs eine fesselnde Wirkung auf den Kämpfer ausübten, sondern auch, weil sie von silbernem Glanz waren.

Doch auch diese Statuen entfernten sich von ihm. Nun sah er Erde und Gestein, die um ihn herum zusammenstürzten, als würde er entgegengesetzt graben. Drognan rief etwas, doch Norrec konnte ihn nicht verstehen.

Dann wichen Erde und Fels einer pulvrigen Substanz … *Sand*, wie er mit Verzögerung erfasste. Ein Lichtschimmer, vielleicht das Tageslicht, breitete sich an den Rändern des Bilds aus, das er vor sich sah.

Norrec!

Der Kämpfer schüttelte den Kopf, da er sicher war, dass er sich nur eingebildet hatte, jemand riefe seinen Namen.

Norrec! Vizharan!

Es klang nach Drognan, doch nach einem Drognan, wie er den Hexenmeister noch nie gehört hatte. Der Vizjerei hörte sich fast ängstlich an.

Vizharan! Kämpft dagegen an!

Etwas regte sich in Norrec, Sorge um seine Seele …

Seine linke Hand hob sich aus eigener Kraft.

„Nein!", rief er. Seine eigene Stimme schien weit entfernt zu sein, als gehöre sie nicht mehr zu ihm.

Auch seine andere Hand hob sich, dann folgte sein ganzer Körper.

Er war kaum aus dem Sessel aufgestanden, als eine körperliche Macht auf einmal versuchte, die unfreiwillige Bewegung aufzuhalten. Norrec sah Drognans verzerrte Gestalt, den Stab in beiden Händen, während er sich bemühte, den Soldaten zurückzudrängen, fort von der Vision der Geheimen Zuflucht. Er sah auch, wie seine Hände die des Vizjerei ergriffen und den Stab umschlossen, als wollte Norrec ihn dem Mann entreißen.

Der Stab knisterte an den Stellen vor Energie, an denen die beiden Männer ihn festhielten. Grelles gelbes Aufleuchten war dort zu sehen, wo Drognan ihn berührte, während blutige, karmesinrote Blitze da zuckten, wo Norrecs Finger nach Halt suchten. Norrec fühlte, wie mächtige Magie durch seinen Körper floss …

Kämpft dagegen an, Vizharan!, rief Drognan von irgendwoher. Sein Mund schien sich nicht zu bewegen, doch sein Gesichtsausdruck entsprach der Anspannung in den Worten, die in Norrecs Kopf zu hören waren. *Die Rüstung ist stärker, als ich geglaubt habe! Sie hat uns hereingelegt!*

Mehr musste gar nicht gesagt werden. Norrec verstand jetzt

genau, was der Magier meinte. Die verzauberte Rüstung hatte offenbar nie der Kontrolle des Vizjerei unterstanden. Sie hatte einfach nur abgewartet bis Drognan das entdeckte, wonach sie selbst seit so langer Zeit suchte.

Horazons Grab.

Also hatte Drognan in einigen Punkten Recht gehabt. Er hatte gesagt, Bartuc und sein verhasster Bruder seien für immer miteinander verbunden. Und nun sah Norrec, warum die Rüstung ihn von einer Seite der Welt bis zur anderen gezerrt hatte: Etwas zog sie zur letzten Ruhestätte von Horazon, etwas, das so mächtig war, dass nicht einmal der Tod stark genug gewesen war, um ihre Suche zu beenden.

Die Rüstung besaß ein Eigenleben, das wusste Norrec. Aber dass sie mit solchem Geschick, solcher Verschlagenheit vorgehen konnte, das hätte der Krieger nicht für möglich gehalten. Vermutlich hatte sie Drognans Zauber bereits bemerkt, als die *Hawksfire* sich Lut Gholein näherte. Und sie hatte gewusst, dass sie den Vizjerei benutzen konnte, um ihre eigenen finsteren Ziele zu erreichen.

Es schien unfassbar, unglaublich, unvorstellbar – doch höchstwahrscheinlich war es die Wahrheit.

Energie knisterte zwischen Norrecs Panzerhandschuhen. Drognan stieß einen Schrei aus und fiel nach hinten, zwar nicht tot, aber offenbar betäubt. Die Handschuhe lockerten ihren Griff um den Zauberstab, dann fasste die rechte Hand nach dem Bild vor Norrec.

Noch während das geschah, begann sich das Bild zu verändern und wurde fortgezogen, als würde eine andere Macht versuchen, die böse Absicht der Rüstung zu vereiteln. Das Bild verblasste und verzerrte …

Ungerührt platzierte die Rüstung den rechten Panzerhandschuh genau in die Mitte. Um die Hand herum entstand eine karmesinrote Aura.

„Shazari Giovox!“

In dem Moment, in dem die unerwünschten Worte über Norrecs Lippen kamen, merkte dieser, wie sein Körper jegliche Substanz verlor. Er schrie auf, doch nichts konnte den Prozess aufhalten. Als wäre er eine Kreatur aus Rauch, dehnte und verzerrte sich sein Körper – und *strömte* schließlich in die schwindende Vision.

Erst als Norrec und der magische Kreis vergangen waren, verhallte sein Schrei.

An diesem Tag hatten sie einen Mann an die Sandgrillen verloren, und ein anderer war der Hitze der Wüste erlegen. Doch wenn Galeona überhaupt von etwas Notiz nahm, dann von Augustus Malevolyns Verhalten, der zunehmend vergnügter auftrat, fast so, als würde er bereits Bartucs Rüstung besitzen – und auch die Macht und den Ruhm besitzen, die er sich davon erträumte. Das störte die Hexe, sogar mehr, als sie es für möglich gehalten hätte. Ein solches Verhalten passte nicht zu dem General. Wenn sich seine Einstellung so sehr geändert hatte, dann musste er einen wirklich triftigen Grund dafür haben.

Galeona vermutete, dass der Grund auf irgendeine Weise mit Xazax zu tun haben könnte. Sie hatte den Dämon in letzter Zeit nur noch selten gesehen, was nie etwas Gutes zu bedeuten hatte. Genau genommen hatte sich die Gottesanbeterin seit jener Nacht, in der Malevolyn offenbar kurzzeitig, von jeglicher Vernunft verlassen, allein in die dunkle Wüste marschiert war, sehr distanziert verhalten. Beide Male, als sie sich unter einem Vorwand vom Tross entfernt und mit ihm über ihre Pläne gesprochen hatte, war Xazax in seinen Antworten auffallend zurückhaltend geblieben. Es schien fast so, als wäre alles, wofür sie gemeinsam gearbeitet hatten, hinfällig geworden.

Xazax will die Rüstung haben, überlegte sie. *Aber er kann selbst nichts mit den Zaubern anfangen, die auf ihr liegen.*

Wenn nicht er, dann aber auf jeden Fall ein menschliches Opfer … und als solches war Augustus durchaus vorstellbar. Die Hexe vermutete, dass Xazax ihren Geliebten manipulierte. Nicht dass sie anders vorgegangen wäre, aber jetzt schien der *Dämon* die Oberhand gewonnen zu haben. Sie durfte ihn auf keinen Fall unterschätzen!

Galeona musste ihren Einfluss auf den General zurückerlangen. Wenn nicht, riskierte sie mehr als nur ihren Posten – sie riskierte ihren Kopf.

Malevolyn hatte eine Rast angeordnet. Sie waren erstaunlich gut vorangekommen, und die Verluste blieben trotz der harten Bedingungen nur gering. Eine Meute Springer – monströse, springende Geschöpfe mit reptilienartigem Aussehen und Dornen besetzter Wirbelsäule – hatte ihnen eine Zeit lang zu schaffen gemacht, doch den Truppen war es gelungen, diese Kreaturen nie nahe genug an sich herankommen zu lassen, sodass die Monstren ihre Krallen und ihre Reißzähne nicht hatten einsetzen können. Nachdem sie eines der Ungeheuer erlegt hatten, waren die anderen zurückgeblieben und über den Kadaver hergefallen. So wie die meisten Wüstentiere zogen sie eine mühelos zu erringende Mahlzeit dem Kampf vor – auch wenn es sich um einen ihrer eigenen Art handelte.

Wenn überhaupt, dann waren Sand und Hitze also die ärgsten Widersacher der Armee. Aus diesem Grund hatte der General auch schließlich eingelenkt, denn wäre es allein nach ihm gegangen, wäre er wohl ohne Pause weitergezogen – selbst wenn er sein Pferd zu Tode geritten und zu Fuß hätte weitergehen müssen.

„Ich kann es fast schon sehen“, sagte er, als sie zu ihm aufschloss. Malevolyn war der Kolonne ein Stück vorausgeritten. Nun saß er im Sattel und betrachtete die Einöde ringsum. „Ich kann es fast schon schmecken …“

Sie ritt näher zu ihm und streckte eine Hand nach ihm aus.

General Malevolyn, der nach wie vor Bartucs blutigen Helm trug, sah sie gar nicht an …*Das war kein gutes Zeichen!*

„Und wohlverdient“, schmeichelte sie und versuchte, sein Interesse auf sich zu lenken. „Stellt Euch vor, wie Ihr wirken werdet, wenn Ihr auf Lut Gholein zureitet und den karmesinroten Helm des Kriegsherrn tragt! Sie werden glauben, dass er auferstanden ist!“

Sie bedauerte fast im gleichen Moment ihre Worte, da sie daran denken musste, wie seine Erinnerungen und die des Helms miteinander verschmolzen waren. Er hatte von dem letzten düsteren Ereignis keinen Schaden davongetragen, während Galeona durch die Brandwunde an den Zwischenfall erinnert wurde.

Zum Glück schien Augustus im Moment er selbst zu sein. Endlich sah er in Galeonas Richtung und schien zufrieden über das, was die Hexenmeisterin gesagt hatte. „Ja, das wird ein wunderbarer Anblick sein – und es wird der letzte sein, der ihnen vergönnt ist! Ich kann es mir lebhaft vorstellen … die ängstlichen Schreie, die entsetzten Blicke, wenn sie erkennen, dass ihr Untergang gekommen ist – und wer ihnen das Ende bringt.“

Vielleicht war dies die Gelegenheit, auf die sie gehofft hatte. „Wisst Ihr, mein Geliebter, solange wir noch Zeit haben, könnte ich einen erneuten Suchzauber für Euch wirken. Mit dem Helm wäre es nicht so …“

„Nein.“ Mehr sagte er nicht. Malevolyn wandte den Blick von ihr ab und leise, zu sich selbst gesprochen, fügte er hinzu: „Nein, das ist nicht nötig.“

Er sah nicht wie sie fröstelte. Mit diesen wenigen Worten hatte er ihre schlimmsten Befürchtungen bestätigt. Früher war der General wild entschlossen gewesen, jede Gelegenheit zu nutzen, um mit Hilfe von Hexerei nach den Resten von Bartucs legendärer Rüstung zu suchen. Seit ihm der Helm in die Finger gefallen war, in einem Akt, den sogar sie als Vorsehung bezeichnet hätte, hatte er keine Gelegenheit verstreichen lassen, um sie mit Hilfe des Artefakts nach der Rüstung suchen zu lassen. Selbst nachdem sie in Erfahrung gebracht hatte, dass Norrec in Malevolyns erhoffter Beute unterwegs war, hatte er immer wieder darauf bestanden, in regelmäßigen Abständen mit Hilfe des Helms die Route des Wanderers zu bestimmen …

Doch jetzt verhielt er sich, als würde es ihn gar nicht mehr interessieren, als sei er so sicher, die Rüstung zu finden, dass er nicht länger einen magischen Blick auf ihren Weg werfen musste. Das klang ganz und gar nicht nach dem Augustus, den sie kannte. Galeona spürte, dass dies nicht ausschließlich auf den Einfluss des Helms zurückzuführen war. Das verzauberte Artefakt hatte seine Macht über ihn bereits soweit gefestigt, dass eine Trennung für wenige Momente möglich hätte sein müssen.

Xazax! Der Dämon musste seine Finger im Spiel haben, dessen war die Hexe sich sicher.

„Wie Ihr wünscht", erwiderte Galeona schließlich. „Wie lange wird es dauern, bis wir weiterziehen, mein Geliebter?"

Er sah in Richtung der Sonne. „Eine Viertelstunde, länger nicht. Ich werde meiner Bestimmung zur rechten Zeit gegenübertreten."

Sie bat ihn nicht, das zu erläutern. Eine Viertelstunde würde ihr genügen. „Ich werde Euch mit Euren Gedanken allein lassen, mein General."

Dass er nicht einmal nickte, um sie zu entlassen, verwunderte sie nicht im Mindesten. Ja, Xazax hatte eindeutig seinen Zug getan, vermutlich war er sogar mit dem Kommandanten in direkten Kontakt getreten. Damit hatte er auch den ersten Schritt getan, um den Pakt mit der Hexe zu brechen und ihren Tod vorzubereiten.

„Wir werden schon sehen, wessen Kopf auf einem Spieß stecken wird", murmelte sie. Da es keine Schatten gab, in denen sich Xazax verbergen konnte, musste er sich bis zum Einbruch der Nacht von der Kolonne fern halten. Das hieß, dass Galeona ihren Zauber wirken konnte, ohne sich zu viele Sorgen darüber machen zu müssen, dass die hinterhältige Gottesanbeterin davon erfuhr.

Die Hexenmeisterin fand eine geeignete Stelle gleich hinter einer Düne nahe der Kolonne. Sie selbst hatte keine Angst vor Sandgrillen und dergleichen, da die vor Beginn der Reise gewirkten Schutzmaßnahmen noch immer griffen. Es lag im Bereich ihrer Fähigkeiten, diesen Schutz über die gesamte Kolonne auszudehnen, doch dann wäre Galeona nicht mehr in der Lage gewesen, irgendeinen anderen Zauber zu wirken. Sie hatte keinen Grund gesehen, so großzügig zu sein. Ein paar Soldaten weniger waren für sie bedeutungslos …

Sie stieg vom Pferd, nahm ihre Wasserflasche und kniete sich in den heißen Sand. Mehrere Schlucke der kostbaren kühlen Flüssigkeit ließ sie auf den sengenden Untergrund laufen. Als sie fand, dass die Menge ausreichte, verschloss Galeona die Flasche und machte sich rasch ans Werk.

Mit ihren schlanken, spitzen Fingern formte sie aus dem feuchten Sand eine annähernd menschliche Gestalt, die die Größe einer Puppe hatte. Während sie die Puppe detaillierter ausgestaltete, murmelte sie den ersten Teil ihres Zaubers und richtete ihr Werk auf das aus, was sie haben wollte. Die Sandfigur bekam männliche Züge, breite Schultern und Einkerbungen entlang des Torsos, die andeuten sollten, dass sie eine Rüstung trug.

Galeona wusste, dass die Feuchtigkeit nicht lange erhalten bleiben würde, und so holte sie schnell eine winzige Phiole hervor. Noch immer flüsterte sie, als ein paar Tropfen daraus auf den Brustbereich der Sandpuppe fielen. Die Phiole enthielt eine Flüssigkeit, die für Galeona sehr kostbar war: Blut, das sie ihrem eigenen Leib entzogen hatte, um es für bestimmte, zerbrechliche Zauber aufzubewahren.

Eine Darstellung, die Bartucs Rüstung einbezog, benötigte Blut, um sie zu kennzeichnen und – was noch wichtiger war – um Galeona mit der Figur zu verbinden, die sie schuf. Sie hoffte dass sie dies in die Lage versetzen würde, erneut nach Norrec zu rufen. Ähnlich wie es ihr bereits gelungen war, als er sich noch auf dem Schiff befunden hatte. Doch eine solche Entfernung ließ sich nur mit Hilfe des Träumers überwinden, und das hatte seinen Preis. Der Soldat, der im Zelt geopfert worden war, hatte dort ihren Platz eingenommen und den Blutzoll gezahlt. Aber Galeona war sicher, dass ihr hier und jetzt auch alleine gelingen würde, was sie versuchte – und das mit nur geringen Auswirkungen auf sie selbst.

Sie zeichnete einen Kreis um das Bildnis, dann legte sie ihre Hände mit gespreizten Fingern und mit den Innenflächen nach unten zu beiden Seiten ihres Werks auf den heißen Sand. Sie beugte sich vor und starrte die Stelle an, an der sich das Gesicht befunden hätte, während sie die letzten Worte ihres Zaubers sprach und immer wieder den Namen des Soldaten einwarf.

„Norrec … Norrec …“

Die Umgebung wich von ihr zurück. Galeona verlagerte ihren Blick und ließ ihn über die Wüste schweifen, als hätte sie sich in einen Adler verwandelt, der vom Wind getragen durch die Lüfte glitt. Sie wurde schneller und schneller, bis sie die Landschaft unter sich nicht mehr erkennen konnte.

Ihr Zauber hatte funktioniert. Durch ihre eigenen Erinnerungen an die kurze Begegnung mit dem Narren verstärkte sie die Magie, da sie sich auf sein Gesicht und seine Gestalt konzentrieren konnte.

„Norrec … zeig mir … zeig mir … wo du bist …“

Plötzlich änderte sich die Aussicht und wurde völlig schwarz. Der Wechsel kam so abrupt, dass Galeona vor Überraschung fast den Zauber unterbrochen hätte. Nur ihre rasche Reaktion machte es ihr möglich, die wertvolle Verbindung aufrechtzuerhalten. Sie hätte nicht genug Zeit gehabt, um es noch einmal zu versuchen, wenn sie jetzt versagte. Sie war der Kolonne ohnedies schon lange ferngeblieben und konnte Augustus' Misstrauen wecken.

„Norrec … zeig mir …"

Sein Gesicht tauchte vor ihr auf, die Augen geschlossen, der Mund schlaff. Einen Moment lang fragte sich die Hexe, ob er vielleicht gestorben sei, doch dann wurde ihr klar, dass ihr Zauber gar nicht hätte funktionieren können, wenn dies der Fall gewesen wäre. Die Sandplastik machte ein lebendes Ziel erforderlich.

Wenn er aber nicht tot war, was war dann mit ihm geschehen? Galeona forschte tiefer und begab sich in das Umfeld, in dem Norrec existierte. Dabei blieb nur eine extrem schwache Verbindung zur Wirklichkeit bestehen, doch gleichzeitig konnte sie so auch viel mehr in Erfahrung bringen.

Und endlich vermochte die Hexenmeisterin zu sehen, wo ihre Beute war.

Dieses Wissen war so erstaunlich, dass sie nicht verhindern konnte die Verbindung zu ihm zu verlieren. Sein Gesicht zog sich mit solch rasender Geschwindigkeit zurück, dass ihr die Sinne schwanden. Es wurde wieder dunkel, dann merkte Galeona, wie sie sich nach hinten bewegte.

Mit einem Japsen fiel die erschöpfte Hexe rücklings in den brennenden Sand.

Sie ignorierte die Hitze und alles andere. Das Einzige, was sie interessierte, war das, was sie soeben erfahren hatte.

„So", flüsterte Galeona, „jetzt habe ich dich, meine hübsche Puppe …"

VIERZEHN

Dumpfes Krachen begleitete das Verwehen der Finsternis, die Kara Nightshadow umgab. Sie wollte einatmen, musste aber augenblicklich husten. Immer wieder wurde Kara von einem Hustenreiz geschüttelt. Die Nekromantin versuchte durchzuatmen, doch ihre Lungen wollten nicht richtig arbeiten.

Wieder keuchte sie und spie eine solche Menge Wasser aus, dass es ihr wie ein ganzer Ozean erschien. Wieder und wieder versuchte sie ihre Lungen zu leeren, die Flüssigkeit auszustoßen, um sie mit lebensrettender Luft füllen zu können.

Dann endlich gelang es ihr zu atmen, wenn auch zunächst noch ein wenig unregelmäßig. Die Nekromantin lag still da und schöpfte immer wieder tief Atem, um das Gleichgewicht wiederherzustellen. Allmählich normalisierte sich ihre Lage so weit, dass sie auch andere Dinge um sich herum wahrzunehmen begann – die Kälte etwa, von der sie umgeben war, und die Nässe, die sich in ihrer Kleidung festgesetzt hatte. Eine körnige Substanz in ihrem Mund zwang sie, erneut auszuspucken, und langsam wurde ihr klar, dass sie mit dem Gesicht im Sand lag.

Wieder polterte es in der Welt um sie herum. Kara zwang sich, den Kopf zu heben, und sah, dass sich der Himmel über ihr mit Unwetterwolken überzogen hatte, die an den Sturm erinnerten, in den die *King's Shield* gesegelt war. Sie vermutete sogar, dass die Wolken über ihr zum selben Unwetter gehörten, das sich nun bereitmachte, die östliche Küste zu attackieren.

Erinnerungen kehrten zurück; Erinnerungen an Kapitän Jeronnan im Kampf mit den Geistern, an die beiden Wiedergänger, die die Nekromantin in das Portal und damit in die wütende See gerissen hatten. An das, was danach geschehen war, konnte sie sich überhaupt nicht mehr erinnern. Wie sie hatte überleben können, war ihr selbst nicht klar. Die Zauberin wusste nicht einmal, welches Schicksal Jeronnan und dessen Männer ereilt hatte. Es war ihr so vorgekommen, als hätte das Portal auf den Rumpf keinerlei Wirkung gezeigt. Wenn die *King's Shield* diesen Zwischenfall überstanden hatte, dann war davon auszugehen, dass das Schiff bald Lut Gholein erreichen würde – falls das nicht schon längst geschehen war.

Kara blinzelte und dachte an die Stadt. Das Schicksal der *King's Shield* musste aber hinter der Frage zurücktreten, wo in Rathmas Namen *sie selbst* eigentlich gelandet war. Mit großer Anstrengung stemmte sich die durchnässte Nekromantin hoch, bis sie kniete, dann sah sie sich um.

Der erste Blick auf ihre Umgebung sagte Kara wenig. Sand und ein paar wetterfeste Pflanzen, die für eine Küstenregion typisch waren. Zeichen von Zivilisation waren nirgends auszumachen. Vor ihr lag eine hohe Hügelkette, die einen Blick weiter ins Landesinnere verwehrte, es sei denn, sie kletterte hinauf. Kara versuchte, dieses Unvermeidliche wenigstens hinauszuzögern, indem sie nach rechts und links schaute. Doch keine der beiden Richtungen bot ihr Grund zu irgendwelchen Hoffnungen. Die einzige sinnvolle Richtung schien nach vorne, der Hügelkette entgegen zu sein.

Kara fühlte sich, als hätte sie gerade beide Zwillingsmeere erbrochen – dennoch zwang sie sich, aufzustehen. Sie wusste, dass sie das meiste ihrer kalten, nassen Kleidung hätte ausziehen müssen, doch der Gedanke, irgendwelche Einwohner dieser Region könnten sie spärlich bekleidet antreffen, gefiel ihr nicht. Und abgesehen vom Wind schien es recht warm zu sein. Wenn sie sich erst einmal eine Zeit lang bewegt hatte, würde ihre Kleidung schon trocknen.

Von Sadun Tryst und Fauztin war keine Spur zu entdecken, doch das brachte Kara gar nicht erst auf die Idee, sie könnte von den beiden Ghulen erlöst worden sein. Wahrscheinlich waren sie in der rauen See getrennt worden, und vermutlich waren die beiden nur an einem anderen Abschnitt der Küste an Land gespült worden. Wenn dies der Fall war, war es für die Nekromantin wichtig, so schnell wie möglich nach Lut Gholein zu gelangen und nach diesem Vizjerei Ausschau zu halten, von dem die Wiedergänger gesprochen hatten, von diesem Drognan. Sie bezweifelte, dass er aus freien Stücken mit den Untoten zusammenarbeiten würde. Vermutlich wollten sie sein Wissen nutzen, um ihren einstigen Freund ausfindig zu machen. Drognan stellte aber zugleich ihre, Karas, eigene beste Chance dar, nicht nur von jeder Verbindung mit den Ghulen getrennt zu werden, sondern auch Norrec Vizharan und die Rüstung zu finden.

Mit einiger Mühe gelang es der Zauberin, den Kamm des sandigen Hügels zu erreichen, wo sie zu ihrer Erleichterung auf eine ausgefahrene Straße stieß. Ihr Blick wanderte südwärts, wo sie einen Umriss am Horizont entdeckte, der die Silhouette einer Stadt zu sein schien.

Lut Gholein?

Mit so viel Eifer, wie ihr erschöpfter Verstand nur aufbringen konnte, machte sie sich auf den Weg nach Süden. Wenn – wie sie vermutete – Lut Gholein vor ihr lag, dann würde sie sicher gut einen Tag brauchen, um es bis dorthin zu schaffen, vor allem in ihrem augenblicklichen Zustand. Schlimmer war, dass der Hunger an ihrem Magen zu nagen begann – was mit jedem Schritt unerträglicher wurde. Dennoch dachte Kara nicht daran, sich ihrer Schwäche unterzuordnen. Solange sie gehen konnte, würde sie ihren Marsch fortsetzen.

Doch Kara hatte erst eine kurze Strecke zurückgelegt, als sie hinter sich Hufgeklapper hörte und einen müden Blick über die Schulter warf. Zu ihrer Erleichterung machte sie zwei schwer beladene Wagen aus, die von Norden her kamen. Ein alter Mann mit buschigem Bart und eine beleibte Frau saßen auf dem ersten, ein jüngerer Mann mit großen Augen – neben ihm eine junge Frau, die seine kleine Schwester sein mochte – lenkte den zweiten Wagen. Zweifellos eine Händlerfamilie, die ihre Waren in der blühenden Metropole anbieten wollte. Die erschöpfte Nekromantin blieb stehen und hoffte darauf, dass man Mitleid mit einer durchnässten Wanderin haben würde.

Der alte Mann wäre möglicherweise an Kara vorbeigefahren, doch die Frau warf ihr einen Blick zu und gebot ihm dann anzuhalten. Sie unterhielten sich kurz, dann fragte die Frau sie in der Handelssprache: „Geht es Euch gut, junge Frau? Was ist geschehen? Braucht Ihr Hilfe?"

Die Nekromantin, die fast zu müde war, um noch zu antworten, zeigte nach Osten. „Mein Schiff … es …"

Sie musste nichts weiter sagen. Das rundliche Gesicht der Frau bekam einen traurigen Ausdruck, und sogar der Mann betrachtete sie mitfühlend. Jeder, der entlang der See lebte oder reiste, wusste, wie brutal sie zuschlagen konnte. Zweifellos war es nicht das erste Mal, dass diese Händler von einer Katastrophe auf hoher See erfuhren.

Der Ehemann sprang mit einer Beweglichkeit vom Wagen, die sein Alter Lügen strafte. Als er sich ihr näherte, fragte er: „Gibt es noch andere? Seid Ihr die Einzige?"

„Sonst ist … da niemand … das Schiff … kann unversehrt sein … ich wurde … von Bord gespült."

Seine Frau gab einen erschrockenen Laut von sich. „Ihr seid ja auch noch völlig durchnässt, junge Frau! Und Eure Kleidung ist zerrissen. Hesia! Such ihr eine Bluse und eine dicke Decke! Das ist, was sie mindestens braucht, und zwar sofort! Beeil dich!"

Kara, die nichts geschenkt haben wollte, suchte an ihrem Gürtel und entdeckte voller Erleichterung den kleinen Beutel, in dem sich ihr Geld befand. Irgendwie hatte er das Unglück unbeschadet überstanden. „Ich werde für alles bezahlen, das verspreche ich."

„Unsinn", raunzte der Ehemann, doch als sie darauf beharrte, ihm ein paar Münzen in die Hand zu drücken, nahm er die meisten davon an.

Hesia, die Tochter des Händlerehepaars Rhubin und Jamili, brachte Kleidung, von der Kara glaubte, dass sie dem jungen Mädchen selbst gehörte. Offensichtlich mit Blick darauf, den düsteren Stil der Fremden zu respektieren, hatte sie eine schwarze Bluse und eine graue Strickdecke herausgesucht, die Kara um sich legen konnte. Sie zog sich um, wobei sie darauf achtete, dass weder Rhubin noch sein Sohn Ranul sie sehen konnten, und fühlte sich gleich besser, als sie die nasse, zerrissene Kleidung los war.

Kara bedauerte den Verlust ihres Umhangs noch mehr, nachdem sie die Bluse angezogen hatte. Auch wenn sie die von ihr bevorzugte Farbe besaß, war sie zu eng und zu tief ausgeschnitten. Doch sie sagte nichts, da sie wusste, dass es das Beste war, womit man ihr für den Augenblick helfen konnte. Vor allem aber waren ihr diese Dinge aus echter Sorge angeboten worden. Dass sie darauf bestanden hatte, dafür zu bezahlen, änderte nichts an der guten Absicht.

Zum Glück ließ Jamili sie auf dem ersten Wagen mitfahren. Ranul, der alt genug war, um Frauen zu schätzen, hatte Kara vom ersten Augenblick an beobachtet und mit deutlich größerem Interesse beäugt, nachdem sie sich umgezogen hatte. Zu befürchten war sicherlich nichts von ihm, doch sie wollte ihn auch nicht zu etwas ermutigen, was nur zu Verstimmungen zwischen ihr und ihren Rettern führen mochte.

Mit Hilfe der freundlichen Händlerfamilie gelangte Kara

Nightshadow tatsächlich noch eine Stunde vor Sonnenuntergang nach Lut Gholein. Sie spielte mit dem Gedanken, zum Hafen zu gehen und zu sehen, ob Kapitän Jeronnan inzwischen angekommen sei, doch die Zeit drängte, sodass sie sich dagegen entscheiden musste. Die Jagd nach Norrec Vizharan und Bartucs Rüstung hatte Vorrang vor allem anderen.

Inmitten des farbenfrohen Basars verabschiedete sie sich von Jamili und ihrer Familie. Kara gab die Decke zurück und bedankte sich, dann sah sie sich auf dem Markt um, ob sie einen Händler finden konnte, der einen preisgünstigen, aber nützlichen Umhang anbot. Darauf verwendete sie eine kostbare Stunde, doch mit einem Umhang fühlte sich die Nekromantin nicht mehr so verwundbar. Kara hätte auch einen Teil ihrer übrigen Kleidung ersetzt, doch ihre finanziellen Mittel waren bereits stark in Mitleidenschaft gezogen, und sie musste noch etwas zurückbehalten, wenn sie essen wollte.

Vorsichtig formulierte Fragen brachten der Magierin einige Informationen über den mysteriösen Drognan ein. Er schien in einem Altbau tief im Innern der Stadt zu leben. Nur wenige besuchten ihn, um von ihm Elixiere und Ähnliches zu erwerben. Drognan seinerseits schien sein Arbeitsgemach nur dann zu verlassen, wenn er sich zu verschiedenen Gelehrten begab, um Informationen über eines seiner Steckenpferde zu bekommen.

Kara folgte der Wegbeschreibung, die sie von einem Gemüsehändler erhalten hatte, der den Vizjerei von Zeit zu Zeit mit Waren belieferte. Die vielfältigen Geräusche und kräftigen Farben, die das Bild des labyrinthartigen Straßengewirrs prägten, brachten ihre Sinne ein wenig durcheinander, doch es gelang ihr, sich nur zweimal zu verlaufen. Hin und wieder sprach sie Passanten an, ob ihnen ein Mann in einer roten Rüstung aufgefallen sei, aber offenbar hatte ihn niemand gesehen.

Ihre Entführung und ihr Beinahetod durch Ertrinken auf hoher See hatten sie fast all ihrer Habseligkeiten beraubt. Doch außer dem Beutel, in dem sich ihr Geld befand, hatte sie immer noch zwei weitere Beutel in ihrem Besitz. Bedauerlicherweise waren die Pulver und Chemikalien bis auf wenige Phiolen, für die sie im Moment keine Verwendung fand, durch das Wasser unbrauchbar gemacht worden. Erstaunlich war allerdings, dass das Zeichen von Trag'Oul um ihren Hals die Odyssee überstanden hatte, wofür sie dem großen Drachen dankte. Es spendete ihr in diesem fremden Land ein wenig Trost.

Der Verlust ihrer Besitztümer bedeutete aber nicht, dass Kara keine Zauber mehr wirken konnte – es schränkte ihre Fähigkeiten lediglich ein wenig an. Zum Glück hatte ihre neue Kleidung bislang dafür gesorgt, dass niemand ihre wahre Berufung erkannt hatte. Allerdings waren ein oder zwei Händler dadurch auch auf die Idee gekommen, ihr mehr als nur die gewünschten Informationen anzubieten.

Nekromanten waren in Lut Gholein nicht sonderlich gelitten. Die Kirche von Zakarum, die im Königreich sehr mächtig war, störte sich an ihrer Existenz sogar noch mehr als an der der Vizjerei, die vom jungen Sultan offensichtlich geduldet wurden. Ein oder zwei Kleriker der Kirche waren ihr bislang begegnet, doch von einem kurzen Blick abgesehen, hatten sie von der schlanken jungen Frau nicht weiter Notiz genommen.

Sie trug noch genügend Münzen für ein Mahl bei sich, und der Gedanke, einem erfahrenen Vizjerei gegenüberzutreten, bereitete ihr schon genug Sorgen, so dass sie es nicht auch noch in hungrigem Zustand tun musste; dies wäre im günstigsten Fall dumm gewesen, im ungünstigsten bewegte sie sich damit hart am Rande einer Ohnmacht. Sie konnte nicht voraussetzen, dass ihre Begegnung automatisch freundlich verlaufen würde. Zwischen den von ihnen beiden repräsentierten Gruppen standen Feindseligkeiten seit langer Zeit auf der Tagesordnung …

Eine berittene Patrouille aus drei Soldaten passierte sie, die Augen geradeaus gerichtet, die Schwerter griffbereit. Der vorderste der drei, offenbar der befehlende Offizier, ritt einen edlen weißen Hengst, während die beiden anderen braune Pferde besaßen. Kara war in ihrem Leben nur selten geritten, doch als sie die Patrouille sah, wurde ihr klar, dass sie einen Weg finden musste, um an ein Pferd zu gelangen, sollte die Fährte aus Lut Gholein hinausführen. Die Magierin konnte sich draußen in der Wüste von Aranoch nicht auf einen Reisezauber verlassen. Selbst in ihrem weit entfernten Heimatland hatte Kara Geschichten über die Todesgefahren dieser Wüste gehört.

Ihre Umgebung wurde auf einmal baufällig und modrig, ein völliger Gegensatz zu den gepflegten Stadtteilen, die sie zuerst gesehen hatte. Kara verfluchte sich, dass sie nicht einen Teil ihres Geldes für einen vernünftigen Dolch ausgegeben hatte. Der, den Kapitän Jeronnan ihr an Bord der *King's Shield* geliehen hatte, war von der See fortgerissen worden. Die Magierin begann, sich auf ihre Zauber zu konzentrieren, und hoffte inständig, dass sie immer noch genug Kraft besaß, um sie in einer entscheidenden Situation zu wirken.

Die Nekromantin erreichte schließlich das alte Gebäude, das der Verkäufer ihr grob beschrieben hatte. Obwohl es einen verfallenen Eindruck machte, spürte Kara sofort die Kräfte, die in dem Haus und um es herum arbeiteten. Einige kamen ihr extrem alt vor, auf jeden Fall älter als das Gebäude selbst. Andere wirkten so, als wären sie jüngeren Datums, darunter sogar ein paar, die erst vor sehr kurzer Zeit in Kraft gesetzt worden waren.

Sie stieg die Außentreppe hinauf, betrachtete die morsche Tür, trat ein …

… und fand sich in einer altmodischen, aber nach wie vor prachtvollen Eingangshalle wieder, die vom Ruhm einer anderen Zeit und eines anderen Ortes kündete. Zwar strahlte die Halle mit ihren hohen Säulen ein Gefühl langer Verlassenheit aus, doch sie hatte nichts mit dem baufälligen Äußeren gemein.

Der Kontrast war so groß, dass Kara sich versucht fühlte, noch einmal nach draußen zu gehen, um zu prüfen, ob sie sich möglicherweise im falschen Gebäude aufhielt. Hier stand keine Ruine, sondern ein antikes Wunder, das immer noch von den Erinnerungen an einstige Größe geprägt war, von einem Wohlstand, den nicht einmal das moderne Lut Gholein bislang erreicht hatte.

Die Nekromantin ging langsam durch die Halle, stets ihre Mission vor Augen, doch die Aufmerksamkeit gebannt von den gewaltigen Säulen, dem beeindruckenden offenen Kamin, der fast die gesamte gegenüberliegende Wand beanspruchte, sowie von dem immensen Mosaikboden, den sie mit äußerster Vorsicht überschritt.

Je weiter Kara vordrang, umso mehr fesselte dieser Fußboden sie. Der Künstler dieses Mosaiks hatte komplexe Bilder eingearbeitet, die kurios und real zugleich wirkten. Drachen schlängelten sich um Bäume, Löwen jagten Antilopen. Furchterregende steinerne Krieger in Brustpanzer und Kilts bekämpften einander.

Plötzlich ein Laut!

Kara erstarrte. Ihr Blick wanderte in die Richtung des Geräusches. Obwohl sie über eine hervorragende Nachtsicht verfügte, konnte sie nur einen im Schatten liegenden Durchgang erkennen. Die Nekromantin wartete mit angehaltenem Atem. Als nichts weiter zu hören war, atmete sie aus und machte sich klar, dass sich in einem so altertümlichen Bauwerk durchaus schon mal ein kleiner Stein oder ein Stückchen Marmor lösen konnten. Selbst das leiseste Geräusch warf hier ein Echo.

In diesem Augenblick schabte etwas hinter ihr über den Steinboden.

Sie wirbelte herum und war sicher, dass die Geister der Wiedergänger ihr bis hier gefolgt waren und sich nun offenbaren würden. Gegen sie konnte Kara wirklich nichts ausrichten, was aber nicht hieß, dass sie wehrlos war. Sie hatten ihr schon zu viel angetan, ihr zu viel genommen.

Doch sie entdeckte dort nicht den ewig grinsenden Sadun Tryst und seinen Hexenmeister, sondern jemanden, der noch sehr viel beängstigender auf sie wirkte.

Die graue Gestalt mit der robusten Klinge in der Hand kam langsam, aber unaufhaltsam auf sie zu – ihre Absicht schien eindeutig. Kara hätte ihn für einen Banditen halten können, im Schatten lauernd, doch sie erkannte ihn wieder, da sie ihn erst vor Sekunden gesehen hatte. Doch selbst wenn Kara die Gestalt nicht wiedererkannt hätte, so wären ihr zweifellos die unzähligen winzigen Steinchen aufgefallen, aus denen nicht nur sein Brustpanzer und der Kilt bestanden, sondern die auch seine Haut überzogen.

Der Mosaikkrieger kam auf sie zu, sein Gesichtsausdruck war so wild wie zuvor, als er lediglich als Muster im Fußboden gedient hatte. Er holte mit seiner Klinge aus – und sie erkannte, dass er in Höhe und Breite zwar einem lebenden Geschöpf entsprach, dass er aber nur so viel Tiefe aufwies wie die kleinen Steine, aus denen er entstanden war.

Doch Kara glaubte nicht einen Moment lang daran, dass dies eine Schwäche sein könnte. Die Magie, die diesen Wächter erschaffen hatte, würde ihn nicht wirklich zerbrechlich gebaut haben. Ein Schlag gegen den Mosaikkrieger hätte vermutlich die gleiche Wirkung wie ein Schwerthieb gegen eine Mauer aus Stein gehabt: gar keine! Sie vermutete auch, dass seine Klinge es mit einer eben erst geschliffenen mühelos aufzunehmen vermochte …

Doch was hatte ihn in Aktion treten lassen? Drognan würde wohl kaum jeden so empfangen wollen, der durch die Türe kam. Es war also anzunehmen, dass Kara durch irgendeinen verborgenen Zauber als Nekromantin erkannt worden war, als dunkle Magierin, über deren Loyalität nichts bekannt war. Sie wusste von derartigen Entdeckungszaubern und auch, dass viele Magier sie zu ihrem eigenen Schutz benutzten. Hätte Kara in der letzten Zeit nicht so viel durchgemacht, wäre sie sicher früher auf die Idee gekommen, sich diese Information ins Gedächtnis zu rufen – und hätte damit dieser möglicherweise tödlichen Begegnung aus dem Weg gehen können.

Vom Fußboden hinter ihr war erneut ein Geräusch zu hören, und zu Karas Bestürzung erhob sich dort ein zweiter Krieger. Sie drehte sich nach rechts, wo weitere Geräusche die Entstehung einer dritten Gestalt ankündigten.

„Ich will niemandem etwas tun“, flüsterte sie. „Ich suche Euren Herrn.“ Dienten sie überhaupt Drognan? Kara konnte nur hoffen, dass sie an den richtigen Ort gekommen war. Vielleicht war jemandem, mit dem sich die Zauberin unterhalten hatte, klar geworden, wer sie wirklich war, und man hatte sie hierher geschickt, damit sie hier sterben sollte. Für viele, vor allem jene, die Zakarum treu ergeben waren, wäre der Tod einer Nekromantin überhaupt kein Verlust gewesen.

Der erste der Mosaikkrieger war fast nahe genug heran, um sie mit seinem Schwert zu erreichen. Kara sah keinen anderen Ausweg als in die Offensive zu gehen.

Die Worte eines Zaubers kamen der Nekromantin über die Lippen, während sie das Zeichen von Trag'Oul festhielt und es auf ihren ersten Angreifer richtete. Gleichzeitig machte sie zur Vorsicht einen Schritt nach hinten. Wenn der Zauber wirkte, dann würden die immensen Kräfte, die sie rief, nicht auf die Vernichtung des magischen Wächters begrenzt bleiben.

Ein Schwarm spitzer Projektile bildete sich in der Luft und hagelte auf den Mosaikkrieger nieder, der Kara am nächsten stand. Der *Den'Trag* – oder die *Zähne des Drachen Trag'Oul* – bohrte sich durch den steinernen Leib des Wächters und ließ winzige Steinblöcke in alle Richtungen wirbeln. Der Krieger versuchte, sich zu bewegen, doch seine Arme und Beine zerfielen einfach, da zu viele Stücke fehlten. Er trug noch immer seinen finsteren Gesichtsausdruck zur Schau, als er ein letztes Mal versuchte, nach ihr zu schlagen – dann ging er in einem Regen von kleinen Steinen zu Boden.

Kara atmete erleichtert auf, da sie zumindest einen Widersacher ausgeschaltet hatte. Sie betete jedoch, dass ihre Kraft reichen würde, um sich auch noch den beiden anderen zu widmen. Die Beschwörung des Den'Trag war für die geschwächte Nekromantin bereits anstrengend genug gewesen. Doch wenn Kara den Zauber noch zweimal wirken und damit ihre leblosen Feinde völlig eliminieren konnte, würde sie sich vielleicht anschließend ausruhen können.

Wieder umfasste die Nekromantin den Anhänger und setzte zu ihrem Zauber an. Ein paar Worte noch, dann …

Ein lautes Scheppern ließ Kara innehalten. Sie sah zu Boden und erkannte, dass die vielen Mosaiksteine des zerschlagenen Kriegers aufeinander zurollten und sich rasch wieder auftürmten. Voller Entsetzen beobachtete sie, wie sich zuerst die Füße, dann die Beine zusammensetzten. Stück um Stück baute sich der Steinkrieger wieder auf, und das trotz ihres Vernichtungszaubers!

Die Zähne von Trag'Oul hatten versagt. Kara wich zurück und trat in die dunkle Halle, die zum Eingang führte. Sie verfügte noch über andere Zauber, doch durch ihre Schwäche und die geschlossene Umgebung schien ihr keiner davon schnell genug zu wirken, ohne dass sie dabei weiter ihr Leben riskiert hätte.

„Verikos!", rief eine Stimme. *„Verikos … Dianysi!"*

Das unheilige Trio erstarrte bei diesem Ruf inmitten der Bewegung, dann zerfiel jeder der Krieger auf der Stelle zu einer Anhäufung kleiner Steinchen. Die Steine blieben aber nicht einfach liegen, sondern kehrten zu ihrem jeweiligen Platz im Fußbodenmosaik zurück. Nach und nach entstand wieder das

Bild, das Kara zuerst gesehen hatte. Die Krieger attackierten sie nicht länger, sondern waren nun wieder Teil des edlen Bodenmosaiks.

Kara wandte sich ihrem Retter zu; sie war sicher, dass es sich um den mysteriösen Drognan handeln musste. „Ich danke Euch für Eure Hi …"

Die Gestalt vor ihr konnte unmöglich der angesehene und würdevoll gekleidete Vizjerei sein, den der Verkäufer und andere ihr beschrieben hatten. Fortgeschrittenes Alter schien das Einzige zu sein, was dieser Bettler mit den wilden Augen, den langen weißen Haaren und dem langen Bart mit dem Magier, nach dem sie suchte, gemeinsam hatte – obwohl nicht einmal Drognan so alt sein konnte, wie dieser Mann vor ihr aussah. Sein Körper schien noch fest zu sein, doch seine Haut war so faltig, und seine wasserblauen Augen waren so müde, dass er mühelos der älteste Mensch der Welt hätte sein können.

Er legte einen knochigen Finger an die schmalen Lippen. „Schhhht!", flüsterte der Bettler viel zu laut. „So viel Böses hier! So viel Gefahr! Wir hätten nicht herkommen dürfen!"

„Seid Ihr … seid Ihr Drognan?"

Der Mann blinzelte und blickte verwirrt drein, dann begann er, auf sein Gewand zu klopfen, als suche er etwas, bis er schließlich aufblickte und erwiderte: „Nein … nein, natürlich nicht! Ruhig jetzt! Es ist zu viel Böses hier! Wir müssen vorsichtig sein! Wir müssen auf der Hut sein!"

Kara dachte nach. Dieser Mann musste ein Diener sein oder jemand, der dem Magier ähnlich sah. Vielleicht ließ Drognan ihn hier aus Mitleid mit wohnen. Sie beschloss, zum Anliegen ihres Besuchs zu kommen. Vielleicht besaß der Alte noch genug Verstand, um sie zum Vizjerei zu führen. „Ich muss Euren Herrn sehen – Drognan. Sagt ihm, es betrifft etwas, das ihn interessiert. Bartucs …"

„Bartuc?" Ein Ausdruck des Entsetzens erfüllte die Miene

des Bettlers, als er den Namen des toten Kriegsherrn rief. „Bartuc! Nein! Das Böse ist gekommen! Ich habe Euch gewarnt!“

In dem Moment ertönte eine zweite Stimme vom Eingang des Gebäudes her. „Wer ist da? Wer ist in mein Heiligtum eingedrungen?“

Die Nekromantin drehte sich um, weil sie antworten wollte, doch der Alte bewegte sich erstaunlich schnell. Er drückte eine Hand auf ihren Mund, dann flüsterte er: „Leise! Man darf uns nicht hören! Es könnte Bartuc sein!“

Doch der Mann, der soeben eingetreten war, erwies sich als ein Vizjerei – wahrscheinlich der, nach dem Kara suchte. Ihr fiel auf, dass er aussah, als hätte er einen Unfall gehabt, da ein großer Teil seines Gesichts Prellungen aufwies und er Schmerzen zu leiden schien, wenn er sein Gewicht auf sein rechtes Bein verlagerte. In der einen Armbeuge trug der alte Magier ein kleines Päckchen. Sie war sicher, vor Drognan zu stehen, der soeben von einer Besorgung zurückgekommen war.

„Norrec?“, rief er. „Vizharan?“

Er kannte den Mann, den Kara verfolgte! Sie wollte etwas sagen, doch für eine so spindeldürre Person besaß der Bettler unglaubliche Kraft.

„Leise“, flüsterte ihr unerwünschter Begleiter. „So viel Böses überall! Wir müssen aufpassen! Man darf uns nicht sehen!“

Drognan kam näher. Er musste sie inzwischen beide sehen können. Dennoch blickte an ihnen vorbei, als seien sie Luft.

„Sonderbar …“ Er schnupperte, dann runzelte er die Stirn. „Riecht so, als wäre ein Nekromant hier gewesen … aber das wäre ja absurd.“ Drognan sah auf den Fußboden und betrachtete die Mosaikkrieger. „Ja … absurd.“

Er schaute sich weiter um, wie in Gedanken versunken. Der Magier erweckte nicht den Eindruck, als hätte er die Frau oder den Bettler bemerkt. Schließlich schüttelte er den Kopf, murmelte etwas von einer anderen verlorenen Spur, nach der er suchen müsse, dann ging er – zu Karas Bestürzung – an ihr und dem Verrückten vorbei. Er strebte auf die Tür zu, die sie selbst zuvor gesucht hatte.

Er entfernte sich von jemandem, der dringend seiner Hilfe bedurfte!

Erst als er durch die Tür geschritten war, nahm die zerlumpte Gestalt ihre Hand von Karas Mund. Ihr Gesicht war dicht neben dem von Kara, als sie flüsterte: „Wir sind zu lange geblieben! Wir kehren besser zurück! Wir waren zu lange draußen! Er könnte uns finden!“

Sie wusste, dass er nicht Drognan meinte. Nach seiner vorherigen Reaktion zu urteilen, konnten sich seine Worte nur auf einen beziehen: auf *Bartuc*.

Er führte sie bis zum Mittelpunkt des Fußbodens, wo der unbekannte Künstler aus den Mosaikstücken einen komplizierten Tempel gelegt hatte, der im legendären Viz-jun hätte existieren können. Kara wäre ihm nicht so weit gefolgt, doch wie bei den Geistern der Wiedergänger gehorchte ihr Körper ihr erneut nicht. Die Nekromantin konnte nicht einmal um Hilfe rufen.

„Bald sind wir in Sicherheit!“, meinte der Verrückte zu ihr. „Bald sind wir in Sicherheit!“

Er trat einmal mit dem rechten Fuß auf, und plötzlich öffnete sich die Tür des Tempels, *vertiefte* sich und wurde zu einem ovalen Loch im Boden, in dem die Nekromantin Stufen erkennen konnte. Wohin sie wohl führten?

„Kommt, kommt!“, drängte der Verrückte sie. „Bevor Bartuc uns findet! Kommt, kommt!“

Sie konnte ohnehin nicht anders und folgte ihm unter die Erde, hin zu einem fernen gelblichen Lichtschein. Als Kara in die Tiefe stieg und sich über ihrem Kopf der Boden schloss, ahnte sie, dass sich Steine verschoben und im Mosaik das Bild des Vizjerei-Tempels wiederhergestellt wurde.

„Hier unten werden wir sicher sein“, beteuerte der wahnsinnige Mann, der nun etwas ruhiger erschien. „Mein Bruder wird uns hier nie finden …“

Bruder? Hatte sie richtig gehört?

„Horazon?“, fragte Kara überrascht – nicht nur über ihre Schlussfolgerung, sondern auch weil sie wieder sprechen konnte. Offensichtlich war der Mann nicht länger besorgt, dass sie unter den Schichten aus Stein und Erde gehört werden könnten.

Er sah sie an, und zum ersten Mal war bei ihm ein fester Blick zu bemerken. „Kennen wir uns? Ich glaube nicht, dass wir uns kennen …“ Als sie nicht sofort etwas erwiderte, zuckte er mit den Schultern und ging weiter, während er immer noch murmelte. „Ich bin sicher, dass wir uns nicht kennen. Aber vielleicht kennen wir uns ja doch …“

Kara Nightshadow hatte keine andere Wahl, als ihm zu folgen, auch wenn sie davon im Moment kaum etwas mitbekam. Ihre Gedanken überschlugen sich, ihre gesamte Welt war wie auf den Kopf gestellt.

Sie war hergekommen, um nach der Rüstung des Kriegsherrn des Blutes zu suchen, stattdessen hatte sie – trotz der vielen Jahrhunderte, die vergangen waren – Bartucs lebenden, atmenden und so verhassten *Bruder* gefunden.

Unglaubliche Hitze schlug Norrec entgegen, als er wieder zu Bewusstsein kam. Zuerst glaubte er, in Drognans Arbeitsgemach sei ein Feuer ausgebrochen, möglicherweise verursacht durch die geheimnisvollen Kräfte der unheilbringenden Rüstung. Doch nach und nach wurde ihm bewusst, dass die intensive Hitze ihn nicht verbrannte, sondern von der Sonne selbst kommen musste.

Er rollte sich auf den Rücken und schirmte die Augen ab, während er versuchte, sich zu orientieren. In alle Richtungen erstreckte sich nur Sand, doch in weiter Ferne konnte er etwas Dunkles ausmachen, als würde sich aus dieser Richtung ein

Unwetter nähern. Konnte es sein, dass Lut Gholein irgendwo unterhalb dieser Wolken lag? Er hatte das Gefühl, dass ihn das Unwetter nach überallhin verfolgte. Wenn das der Fall war, wusste er wenigstens, dass er sich irgendwo westlich oder nordwestlich des Königreichs an der Küste befand.

Doch warum?

Drognan hatte etwas davon gesagt, dass die Rüstung ihn hereingelegt habe. Wie wahr seine Worte doch gewesen waren. Sie hatte den Vizjerei und ihn zum Narren gehalten und offenbar darauf gehofft, von dem Magier Hilfe zu bekommen, um ihr Ziel ausfindig zu machen. Konnte es sein, dass es sich dabei um Horazons Grab handelte, wie Drognan angenommen hatte? Wenn ja, wieso war Norrec dann mitten im Nichts gelandet?

Der ramponierte, müde Soldat musste sich anstrengen, um sich aufzurichten. Dem Stand der Sonne nach zu urteilen, blieben ihm allenfalls noch zwei Stunden bis zum Einbruch der Nacht. Der Marsch zurück nach Lut Gholein würde wesentlich mehr Zeit in Anspruch nehmen, vermutlich zwei Tage – vorausgesetzt, dass Norrec diesen Marsch überhaupt überlebte. Er konnte ja nicht einmal sicher sein, dass die Rüstung ihm die Rückkehr überhaupt gestattete. Wenn sich das, was sie suchte, hier befand, dann würde die Rüstung alles unternehmen, um in der Wüste zu bleiben.

Norrec machte ein paar Schritte, um zu testen, was die Rüstung zuließ. Als ihn nichts davon abhielt, in Richtung der Stadt zu gehen, erhöhte er sein Tempo, so gut es ging. Wenigstens für die Nacht würde er Schutz benötigen, und die einzige Hoffnung darauf bot ein schroffer Felshügel, der so weit entfernt war, dass er ihn nur mit Mühe ausmachen konnte. Um diesen Hügel zu erreichen, würde er mindestens bis Sonnenuntergang marschieren müssen, was bedeutete, dass er trotz der Hitze noch schneller gehen musste, um nicht von der Dunkelheit überrascht zu werden.

Seine Beine schmerzten schrecklich, während Norrec sich selbst voranpeitschte. Der lockere Sand und die hohen Dünen machten den Weg beschwerlich, und manchmal verlor er sein Ziel aus den Augen. Einmal stellte er sogar fest, dass er in die entgegengesetzte Richtung gelaufen war, da sich die wirbelnden Dünen selbst dann noch in eine andere Richtung bewegten, wenn er versuchte, sie zu überqueren.

Trotz alldem wurde der Hügel schon bald zu einem Ziel, das zu erreichen möglich erschien. Norrec betete, dass er dort irgendeine Flüssigkeit finden würde, da die kurze Zeit in der Wüste ihn bereits ausgetrocknet hatte. Wenn er nicht bald Wasser bekam, wurde es bedeutungslos, ob er den Hügel erreichte oder nicht, da er …

Ein großer Schatten kreuzte seinen eigenen … unmittelbar gefolgt von einem zweiten.

Norrec sah auf und versuchte, gegen die Sonne etwas zu erkennen. Er erhaschte einen Blick auf zwei oder drei fliegende Kreaturen, konnte sie aber nicht identifizieren. Geier? Die waren in Aranoch durchaus anzutreffen, doch diese Tiere schienen viel größer zu sein und in gewisser Weise nicht ganz wie Vögel. Norrec griff nach der Stelle, an der sich sein Schwert hätte befinden sollen. Und einmal mehr verfluchte er Bartucs Rüstung, dass sie ihn solchen Schrecken aussetzte, ohne ihm eine anständige Waffe zu erlauben.

Obwohl seine Kräfte nachließen, versuchte Norrec, doppelt so schnell zu gehen. Wenn er den Fels erreichte, würde dieser ihm ein wenig Schutz vor den räuberischen Vögeln bieten. Geier neigten dazu, Aasfresser zu sein, doch wirkte dieser Schwarm aggressiver – und auf eine unerklärliche Weise auch viel beängstigender.

Die Schatten huschten abermals über ihn hinweg, diesmal viel größer. Die Kreaturen flogen nun tiefer, um ihre Beute besser beäugen zu können.

Er nahm fast nicht wahr, wie sich eine der gefiederten Gestalten von hinten näherte, doch dank seiner Instinkte, die auf dem Schlachtfeld geschärft worden waren, warf sich Norrec in dem Moment zu Boden, als Krallen, so groß wie seine Hand, über den Rückenteil seiner Rüstung hinwegstrichen und in sein Haar griffen. Der wütende Kämpfer murrte, als er sich auf den Rücken rollte, um sich der Vögel zu erwehren. Sicherlich könnte er die Geier verscheuchen, vor allem, wenn er ihnen zeigte, dass er sich nicht einfach hinlegen und für sie sterben würde.

Doch *dies* waren keine Geier … auch wenn ihre Vorfahren sich wohl aus jenen Aasfressern der Wüste entwickelt haben mochten.

Jedes der Tiere war fast so groß wie ein Mann, nur Flügel und Kopf erinnerten an Vögel! Die insgesamt vier grotesken Kreaturen flatterten über Norrec in der Luft. Ihre Krallen an den Füßen und an den fast menschlich erscheinenden Händen schienen bereit, ihm den Kopf vom Leib zu reißen. Ihre Schwänze liefen peitschenähnlich aus und schlugen nach Norrec, während er versuchte, vor ihnen zurückzuweichen. Die dämonischen Vögel stießen heisere Schreie aus, als sie sich bemühten, ihr Opfer einzukreisen – Schreie, die Norrecs Puls wild pochen ließen.

Er wartete, dass die Rüstung etwas unternahm, doch sie regte sich nicht. Fluchend machte sich Norrec bereit. Wenn er hier sterben sollte, dann aber nicht wie ein Lamm, nur weil er es inzwischen gewohnt war, sich auf die Rüstung zu verlassen. Sein Leben lang hatte er in diesem oder jenem Krieg gedient, und dieser Kampf unterschied sich davon nur wenig.

Einer der monströsen Geier kam in Reichweite. Schneller, als er es selbst in diesem Moment für möglich gehalten hätte, schoss Norrec vor, bekam die Kreatur am Bein zu fassen und riss sie zu Boden. Trotz ihrer Größe erwies sich dieser Schrecken der Wüste als überraschend leicht, was zweifellos damit zu tun hatte, dass seine Knochen wie bei seinen fernen Vorfahren hohl waren, damit er fliegen konnte. Norrec machte sich das zunutze, um die kreischende Kreatur mit seinem eigenen Gewicht zu Boden zu drücken und ihren Kopf so heftig wie möglich herumzureißen.

Die drei übrigen Geschöpfe bedrängten ihn noch heftiger, als er sich wieder von der schlaffen Kreatur erhob. Doch es war ein anderer Norrec, dem sie sich jetzt gegenüber sahen. Zum ersten Mal seit vielen Tagen hatte er einen Kampf selbst ausgetragen und gewonnen. Als das zweite Geschöpf einen Angriff auf ihn flog, nahm er eine Hand voll Sand und warf ihn dem Wesen in die Augen. Der dämonische Vogel schlug blindlings mit seinem Schwanz um sich und gab dem Soldaten so die Gelegenheit, die todbringende Fänge mit beiden Händen zu packen.

Die Kreatur kreischte und versuchte zu entkommen. Doch Norrec wirbelte das mächtige Untier immer wieder im Kreis herum und trieb damit auch die beiden anderen zurück. Die Krallen des Widersachers, den Norrec in seiner Gewalt hatte, kratzten vergebens am Panzerhandschuh. Bartucs Rüstung bot ihrem Träger guten Schutz.

Norrecs Blut geriet in Wallung. Seine Gegner stellten für ihn inzwischen weit mehr dar als eine Gefahr dieser Wüste. In vielerlei Hinsicht wurden sie nun zum Ziel all seiner Enttäuschungen und all seiner Wut. Er hatte zu viele schreckliche Geschehnisse über sich ergehen lassen müssen, und nicht einmal war er in der Lage gewesen, selbst etwas daran zu beeinflussen. Die Rüstung des Kriegsherrn war mit mächtigen Zaubern versehen worden, doch keiner von ihnen gehorchte ihm. Wäre es nach ihm gegangen, dann hätte er die magische Macht der Rüstung benutzt, um die dämonische Bestie, die er nach wie vor festhielt, in Brand zu setzen und sie und ihre Gefährten in Feuerbälle zu verwandeln …

Auf einmal glühten seine Handschuhe rot auf.

Norrec betrachtete sie aufmerksam, dann wanderte sein Blick zu dem Geierdämon. Ja, ein flammendes Inferno …

Er packte die Vogelbestie am Hals. Das Ungetüm versuchte, ihm mit seinem Schnabel das Gesicht herauszureißen, was seine Entschlossenheit aber nur noch stärkte, diesen Kampf so schnell wie möglich zu beenden.

Norrec sah das Monstrum hasserfüllt an. *„Brenne!“*

Mit einem erstickten Aufschrei ging der fliegende Schrecken in Flammen auf.

Norrec ließ keine Sekunde zu viel verstreichen, sondern schleuderte den brennenden Kadaver jener Kreatur entgegen, die ihm von den beiden verbliebenen am nächsten war – und setzte auch sie in Brand. Der letzte der Vögel wendete rasch und flog so schnell davon, als würden ihn die Höllenhunde verfolgen. Norrec kümmerte sich nicht um den Fliehenden, sondern war damit zufrieden, auch den dritten Gegner geschlagen zu haben.

Dessen Federn verbrannten, und obwohl er versuchte, es dem anderen Überlebenden nachzumachen, gelang ihm nicht mehr die Flucht, da die Verletzung bereits zu groß war. Er schaffte es gerade noch, sich ein oder zwei Fuß über den Boden zu erheben, aber das genügte nicht, um dem rachsüchtigen Kämpfer zu entkommen. Norrec packte ihn an einem Flügel und ließ das jetzt mitleiderregende Geschöpf nach seinem Brustpanzer schlagen, während er es am Kopf fasste.

Mit einem heftigen Ruck brach Norrec ihm den Hals.

Der Kampf hatte höchstens ein oder zwei Minuten gedauert, doch in dieser kurzen Zeit hatte sich der Soldat verwandelt. Als er den gefiederten Kadaver in den Sand fallen ließ, spürte Norrec eine Begeisterung, wie er sie noch in keinem Krieg empfunden hatte. Er hatte gewonnen, obwohl er unterlegen gewesen war – doch viel wichtiger war, dass die verfluchte Rüstung ihm *gehorcht* hatte. Norrec bewegte seine Finger und bewunderte zum ersten Mal die handwerkliche Feinarbeit, die an den Handschuhen geleistet worden war. Vielleicht hatte die Begegnung mit Drognan alles verändert. Vielleicht hatte jetzt endlich das eingelenkt, was die Rüstung angetrieben hatte. Vielleicht hatte sie ihren Wirt endlich als ihren *Herrn* anerkannt …

Möglicherweise konnte er dies ja testen. Nach allem, was er bislang gesehen hatte, musste die Rüstung in der Lage sein, einen einfachen Befehl von ihm auszuführen.

„Also dann“, knurrte er. „Hör gut zu. Ich brauche Wasser, und zwar jetzt!“

Seine linke Hand kribbelte und zuckte leicht, als wolle die Rüstung die Kontrolle übernehmen, warte aber auf seine *Erlaubnis.*

„Mach es. Das ist ein Befehl!“

Der Handschuh zeigte auf den Boden. Norrec kniete nieder und ließ zu, dass sein Zeigefinger einen Kreis in den Sand malte und ein umgebendes Schleifenmuster nachfolgen ließ, wobei er in jede Schleife kleine Kreuze ritzte.

Machtvolle Worte kamen über seine Lippen, doch diesmal waren sie Norrec willkommen.

Das gesamte Muster begann plötzlich zu knistern, kleine Blitze zuckten von einer Seite zur anderen. Ein winziger Riss öffnete sich in der Mitte …

… und klares Wasser sprudelte aus dem Sand.

Norrec beugte sich vor und trank davon. Das Wasser war kühl und süßlich, es war fast so, als würde er Wein trinken. Der durstige Kämpfer trank, bis er keinen Schluck mehr herunterbekam.

Er lehnte sich zurück und ließ sich Wasser über das Gesicht laufen; es rann über sein Kinn und seinen Hals und tropfte in die heiße Rüstung.

„Das reicht“, sagte er schließlich.

Seine Hand bewegte sich über die kleine Fontäne, die fast augenblicklich versiegte. Der Riss schloss sich, und das wenige Wasser, das in den Sand gelaufen war, versickerte rasch.

Ein Gefühl des Frohlockens überkam Norrec und ließ ihn laut lachen. Zweimal hatte ihm die Rüstung nun gehorcht. Zweimal war er der *Meister* gewesen, nicht der Sklave.

Mit deutlich gehobener Laune machte er sich wieder auf den Weg zum Hügel. Jetzt musste sich Norrec keine Sorgen mehr machen, ob er in der Wüste überleben würde. Was gab es, das er nicht überleben konnte, wenn die Zauber seinem Befehl gehorchten? Was gab es überhaupt, das er nicht bewirken konnte? Niemand hatte seit den Tagen Bartucs eine solche Macht erlebt, wie sie in dieser Rüstung steckte. Mit ihr konnte sich Norrec zum Kommandanten aufschwingen, anstatt weiter zu den Fußtruppen zu gehören. Er konnte führen, anstatt zu gehorchen …

Ein *König* anstelle eines Bauern?

Dieses Bild gefiel ihm. *König Norrec*, Herrscher über alles, was er sah. Ritter würden vor ihm niederknien, die Damen des Hofes um seine Gunst anhalten. Länder würden seiner Kontrolle unterstellt werden, Reichtümer, wie er sie sich nicht vorstellen konnte, ihm gehören …

„König Norrec …“, flüsterte er. Wieder lächelte er – ein Lächeln, wie Norrec Vizharan es noch nie im Leben auf seinem Gesicht getragen hatte. Was Norrec nicht wissen konnte, war, dass sein Lächeln exakt so aussah wie das eines anderen Mannes, der lange Zeit vor ihm, dem einstigen Söldner, gelebt hatte.

Und dessen Name Bartuc gewesen war.

FÜNFZEHN

Die Nacht legte sich über Aranoch, und mit ihr kehrte der Dämon Xazax zu Augustus Malevolyn zurück. Der General hatte die vergangene Stunde über ungeduldig gewartet und war in seinem Zelt auf und ab gegangen. Er hatte alle seine Offiziere weggeschickt und befohlen, dass sich keine Wachen in der Nähe seines Quartiers aufhielten. Als zusätzliche Sicherung durfte kein anderes Zelt in Hörweite aufgebaut werden. Was zwischen Malevolyn und der Gottesanbeterin gesprochen wurde, war allein für die Ohren dieser beiden bestimmt.

Selbst Galeona war es untersagt worden, ihre Unterkunft in seiner Nähe zu errichten, doch sie hatte dagegen kaum protestiert. Der General hatte über ihr rasches Einlenken nicht lange nachgedacht, da er mit dem Angebot seines neuen Verbündeten beschäftigt war. Ihm wäre es sogar egal gewesen, wenn die Hexe ihre Sachen gepackt hätte und davon geritten wäre. Wenn sie es nicht tat, würde er sie wohl töten müssen. Zwischen ihnen herrschte momentan kein freundschaftliches Verhältnis, zudem war Malevolyn gegenwärtig mehr auf den Dämon und dessen Angebot fixiert. Die Hexenmeisterin mochte ihre Vorzüge haben, aber …

Frauen ließen sich problemlos ersetzen, doch die Chance auf Unsterblichkeit bot sich nicht alle Tage.

Auf Malevolyns Geheiß hin war in seinem Zelt nur eine einzige Öllampe aufgehängt worden. Er wusste nicht, ob der

Dämon irgendeinen Schatten warf, doch wenn es der Fall war, dann war es ihm lieber, wenn so wenige Männer wie möglich diesen Schatten zu sehen vermochten. Hätten sie gewusst, was er und der Dämon zu besprechen hatten, wäre sein Tross vermutlich in die dunkle Wüste geflohen, ganz gleich, welche Gefahren dort auch lauerten.

Eine flackernde Bewegung ließ ihn aufmerksam werden. Augustus Malevolyn wandte sich um und sah, dass sich ein Schatten wider den Schein der Lampe bewegte.

„Du bist hier, nicht wahr?“, murmelte er.

„Dieser eine ist gekommen wie versprochen, o Großmächtiger …“

Der Schatten wurde dunkler und nahm Substanz an. Augenblicke später überragte die höllische Gottesanbeterin den Menschen. Obwohl diese Kreatur so aussah, als sei sie in der Lage, ihm sämtliche Gliedmaßen aus dem Leib zu reißen, verspürte General Malevolyn nur freudige Erwartung. In Xazax sah er das erste von vielen Monstren, die ihm letztlich in jeder Hinsicht dienen würden.

„Lut Gholein liegt nur noch kaum mehr als einen Tag entfernt, Kriegsherr. Hast du deine Meinung geändert?“

Seine Meinung geändert? Seine Meinung über die Rüstung und seine Bestimmung? „Du vergeudest meine Zeit mit nutzlosem Gebrabbel, Xazax. Mein Entschluss steht felsenfest.“

Die knollenartigen gelben Augen flammten auf. Der Kopf der Gottesanbeterin zuckte leicht, als versuche der Dämon, durch die geschlossene Zeltklappe nach draußen zu blicken. „Wir sprachen kurz über die Hexe, großer Kriegsherr. Dieser eine hat gründlich über die Sache nachgedacht und glaubt, dass sie daran nicht teilhaben muss … und auch an nichts anderem.“

Augustus Malevolyn tat so, als müsse er darüber nachdenken. „Sie ist für einige Zeit von Wert für mich gewesen. Ich würde nur ungern auf die Reize verzichten, die sie zu bieten hat.“

„Sie würde nicht mit dem übereinstimmen, was dieser eine dir vorgeschlagen hat, Kriegsherr. Du kannst diesem einen darin vertrauen, dass …“

Dem General war nicht entgangen, dass Xazax wiederholt die neue Anrede benutzte, doch auch wenn Malevolyn dieses Wort gern hörte, konnte der Dämon sein Ego auf diese Weise nicht umschmeicheln. Malevolyn dachte über jeden einzelnen Aspekt nach, auch über Galeona. „Was ist zwischen dir und ihr?“

„Ein Abkommen, das unüberlegt eingegangen wurde … und das dieser eine gerne brechen möchte.“

Keine wirklich eindeutige Antwort, aber genug, um dem General das zu geben, was er benötigte. Möglicherweise hielt er eine Trumpfkarte in der Hand. „Du wirst mir alles geben, was ich fordere? Alles, was wir besprochen haben?“

„Alles – und mit Vergnügen, Kriegsherr.“

„Dann kannst du sie jetzt haben, wenn du willst. Ich werde hier warten, während du tust, was zu tun ist.“

Wenn der Dämon in der Lage war, verwirrt auszusehen, dann war dies jetzt der Fall. „Dieser eine lehnt dein freundliches Angebot dankbar ab, Kriegsherr … und schlägt vor, dass vielleicht *dir selbst* diese Ehre zuteil werden sollte.“

Entweder wollte oder *konnte* Xazax nicht gegen Galeona vorgehen, so wie Malevolyn es auch erwartet hatte. Für ihn war die Angelegenheit dennoch gleichgültig, da sie sich in keiner Weise auf seine Entscheidung auswirkte. „Ich werde ein Kommando zu ihrem Zelt schicken, um dafür zu sorgen, dass sie unter Beobachtung ist. Das wird sie wenigstens davon abhalten, etwas zu unternehmen, das unsere Bemühungen stören könnte. Danach werde ich mir vielleicht überlegen, was ich mit ihr mache. Wenn es aber sonst nichts mehr gibt, was du mir zu sagen hast, dann würde ich jetzt gerne anfangen.“

Die Augen des Dämons flammten wieder auf, und diesmal sah es nach tiefer Zufriedenheit aus. Mit einer Stimme, die den

General an einen Schwarm sterbender Fliegen erinnerte, erwiderte Xazax: „Dann … wirst du *dies* brauchen, Kriegsherr …“

In den skelettartigen Händen hielt der Dämon einen großen Dolch mit Zwillingsklingen aus schwarzem Metall – ein Dolch, der mit Runen nicht nur im Griff, sondern auch an den flachen Seiten der Klingen verziert war. In den Griff waren zusätzlich zwei Steine eingelassen, einer so rot wie Blut, der andere so bleich wie Knochen. Beide Steine wiesen ein schwaches Leuchten auf, das nicht nach der Reflexion einer äußeren Lichtquelle aussah.

„Nimm ihn …“, drängte die Gottesanbeterin.

Augustus Malevolyn griff bereitwillig nach dem schweren Messer und bemerkte, wie gut es ausbalanciert war.

„Was soll ich damit tun?“

„Die Haut anritzen. Lass ein paar Tropfen Blut fließen.“ Der Dämon legte den Kopf schräg. „Eine simple Angelegenheit …“

Mit dem Dolch in der Hand eilte der General zum Eingang seines Zeltes und rief einen seiner Offiziere zu sich. Dann sah er über die Schulter zu Xazax. „Du solltest dich besser unsichtbar …“

Doch der Dämon hatte diese Bitte bereits erwartet und verschmolz abermals mit den Schatten.

Ein schlanker Soldat mit Schnauzbart und silbernen Streifen auf den Schultern tauchte aus der Dunkelheit auf. Er stürmte zum Zelt, dann salutierte er vor seinem Kommandanten. „Ja, General?“

„Zako.“ Einer seiner fähigeren Adjutanten. Er würde Malevolyn fehlen, doch der winkende Ruhm wog schwerer als die Trauer um einen einzelnen Soldaten. „Die Hexe wird in Schutzhaft genommen. Sie darf weder irgendetwas von ihren Habseligkeiten anfassen noch einen Finger rühren, bis ich es wieder erlaube.“

Ein finsteres Lächeln machte sich auf dem Gesicht des Soldaten breit. So wie die meisten von Malevolyns Offizieren war Zako der Hexenmeisterin gegenüber nicht freundlich gesonnen, da sie ihren Anführer, wie sie fanden, zu sehr beeinflusste. „Aye, General. Ich werde das sofort erledigen!"

Ein Gedanke schoss dem Kommandanten durch den Kopf. „Aber zuerst ... zuerst bringst du mir die Wachen her, die für diese Aufgabe ausgewählt werden. Und zwar rasch!"

Mit einem knappen Salut verschwand Zako in der Dunkelheit und kehrte kurz darauf mit vier kräftig aussehenden Männern zurück. Zako wies sie an, in Malevolyns Zelt einzutreten, dann stellte er sich vor sie.

„Alle anwesend, General!", rief er und ging in Habachtstellung.

„Sehr gut." Malevolyn inspizierte die kleine Truppe, dann sah er den Männern ins Gesicht. „Ihr alle habt mir immer treu gedient." Seine Finger strichen über das Heft des Dolches, auf den keiner der fünf Männer bislang sonderlich geachtet hatte. „Ihr habt mir mehr als einmal geschworen, euer Leben für mich zu geben ... und dafür danke ich euch. Doch bei dem Lohn, der uns diesmal erwartet, muss ich einen letzten Beweis eurer Bereitschaft verlangen, mir auch tatsächlich bis in den *Tod* zu dienen ..."

General Malevolyn bemerkte, wie sich auf einer Seite ein Schatten bewegte. Xazax wurde ungeduldig, da er die Notwendigkeit einer kurzen Ansprache nicht verstand. Diese Männer würden die ersten sein, und von ihnen würde sich die Kunde verbreiten, warum ihr Führer noch diesen neuen Treuebeweis von all seinen Männern einforderte.

„Morgen beginnt ein Tag des Ruhmes, ein schicksalhafter Tag, und jeder von euch wird dabei eine unverzichtbare Rolle spielen! Ich bitte euch jetzt, meine Freunde, dass ihr euren Glauben an mich und meine Hoffnung auf euch mit diesem letzten Eid bezeugt." Er hielt den Dolch hoch, sodass sie alle ihn sehen konnten. Einige Männer blinzelten, doch eine andere Reaktion erfolgte nicht. „Zako, ich gewähre dir die Ehre, der Erste zu sein! Zeige mir deinen Mut!“

Ohne Zögern trat der schnauzbärtige Offizier vor und streckte seine unbedeckte Hand aus. Es war nicht das erste Mal, dass er seinem Kommandanten einen Bluteid schwor. Von den fünf Männern dachte zweifellos nur er, dass er verstand, warum Malevolyn die Loyalität seiner Soldaten abermals bestätigt haben wollte.

„Handfläche nach oben.“ Nachdem Zako gehorcht hatte, hielt Malevolyn den Dolch mit den Spitzen nach unten und stach in den fleischigsten Bereich.

Zako unterdrückte ein Stöhnen und sah starr geradeaus, wie es von ihm erwartet wurde. Deshalb konnte ihm auch nichts Ungewöhnliches an dem Messer und an den Stellen auffallen, wo die Spitzen seine Haut durchstoßen hatten. Die beiden Edelsteine im Heft blitzten in dem Moment auf, da sich die Doppelklinge in die Hand bohrte. Noch merkwürdiger war jedoch, dass zwar Blut aus den beiden winzigen Wunden floss, es sich aber nicht auf der Handfläche ausbreitete, sondern anscheinend vom Dolch aufgesogen wurde und in ihm verschwand.

„Nimm einen Schluck Wein, Zako“, bot Malevolyn an, als er den Dolch zurückzog. Während sein Adjutant wegtrat, wiederholte der General den Vorgang beim nächsten Mann, den er zu sich gewunken hatte.

Nachdem alle fünf geblutet hatten, salutierte Augustus Malevolyn ihnen. „Ihr habt mir euer Leben gegeben. Ich verspreche euch, dieses Leben als das wertvolle Geschenk zu behandeln, das es darstellt. Ihr dürft wegtreten.“ Die Soldaten verließen das Zelt, und Malevolyn wandte sich erneut an Zako. „Bevor du dich mit der Hexe befasst, soll Hauptmann Lyconius jeden der Männer zu meinem Zelt bringen, die ihm unterstehen.“

„Aye, General.“

Als auch der Offizier das Zelt verlassen hatte, ertönte Xazax' Stimme aus dem Schatten: „So geht das zu langsam, Kriegsherr. Bei diesem Tempo wird es Tage dauern."

„Nein, jetzt wird es viel schneller gehen. Diesen fünf ist eine Ehre zuteil geworden, jedenfalls sehen sie es so. Zako wird es Lyconius sagen, der es wiederum seinen Leuten erzählen wird, und so weiter. Ich werde die Offiziere anweisen, eine Ration Trank an jeden Soldaten auszugeben, der ihnen zeigt, dass er sein Leben meiner Sache verpflichtet hat. Das Tempo wird sich immens erhöhen, das verspreche ich dir."

Einige Sekunden später bat Lyconius um Einlass, ein Mann, der schlank und blond und älter als der General war. Draußen warteten alle Männer, die seinem Kommando unterstanden. Malevolyn ließ den Hauptmann zuerst bluten, dann stellten sich die Männer in einer Reihe auf. Die Erwähnung einer Ration Trank, die anschließend ausgegeben würde, ließ jeden Kämpfer umso eifriger zum Zelt kommen.

Er hatte sich aber erst mit einigen von Lyconius' Männern befasst, als Zako bestürzt dreinblickend ins Zelt stürmte. Er kniete vor dem Kommandanten nieder und hielt den Kopf beschämt gesenkt.

General Malevolyn war über diese Unterbrechung zum unpassendsten Moment verärgert und fuhr ihn an: „Sprich! Was ist los?"

„General! Die Hexe … sie ist unauffindbar!"

Malevolyn versuchte, seinen Zorn zu verbergen. „Ihre Habseligkeiten – sind sie noch in ihrem Zelt?"

„Aye, General, doch ihr Pferd ist verschwunden."

Nicht einmal Galeona würde bei Nacht in die Wüste hinausreiten. Malevolyn sah flüchtig über die Schulter und bemerkte, dass sich der Schatten des Dämons regte. Zweifellos war Xazax über diese Neuigkeit auch nicht erfreut, doch im Moment konnten weder er noch der General es sich leisten, ihre Zeit mit ihr zu verschwenden. Wenn die Hexenmeisterin von seinen Plänen erfahren und sich zur Flucht entschlossen hatte, war es für ihren ehemaligen Geliebten auf lange Sicht gleichgültig. Welchen Schaden sollte sie schon anrichten? Vielleicht würde er ihr nachstellen, sobald er im Besitz der Rüstung war, aber im Moment hatte Malevolyn andere Sorgen.

„Kümmere dich nicht um sie, Zako. Befasse dich wieder mit deinen üblichen Aufgaben."

Mit erleichterter Stimme bedankte sich sein Adjutant, dann verließ er hastig das Zelt. General Malevolyn widmete sich wieder seiner Mission, ließ den nächsten Mann bluten und lobte ihn für seinen Mut.

Es ging nun tatsächlich schneller, so wie er es der Gottesanbeterin zugesichert hatte. Die Kombination aus Ehre und Trank sorgte für eine Schlange, die sich durch das ganze Lager zog, da jeder der Männer seinem Herrn und seinen Kameraden zeigen wollte, was er wert war. Morgen würde der General sie zu einem glorreichen Sieg und zu Reichtümern führen, die ihre kühnsten Träume überstiegen. Dass sie zahlenmäßig nicht genug sein könnten, um eine Feste wie Lut Gholein einzunehmen, kam ihnen nicht in den Sinn. General Malevolyn – so vermuteten sie – hätte nicht diesen plötzlichen Entschluss getroffen, wenn er nicht über einen Schlachtplan verfügte, der den Erfolg garantierte.

Es war tief in der Nacht, als auch der letzte Mann antrat, um seine Loyalität unter Beweis zu stellen, indem er seine Hand ausstreckte und sich stechen ließ.

Und auch der letzte Soldat und der Offizier, der ihn hergebracht hatte, verließen das Zelt, nachdem sie ihrem Führer, in den sie vollstes Vertrauen setzten, salutiert hatten. Von draußen drang bereits die Geräuschkulisse der Feiern bis zu Augustus Malevolyn vor – jedem seiner Männer war eingeschenkt worden, und nun stießen sie auf eine erfolgreiche Zukunft an.

„Es ist vollbracht", schnarrte Xazax und kam aus der schattigen Ecke heraus. „Jeder Einzelne von ihnen hat nun den Biss des Dolches gekostet, und von jedem hat der Dolch getrunken …"

Der General drehte die Waffe immer und immer wieder in der Hand und sagte: „Nicht ein einziger Tropfen, nicht der winzigste Fleck. Wo ist das Blut geblieben?"

„Alles zu einem, Kriegsherr. Alles zu dem einen, zu dem es wandern muss. Dieser eine versprach dir eine Armee, gegen die sich nicht einmal Lut Gholein zur Wehr setzen kann, weißt du noch?"

„Ja, ich erinnere mich …" Er berührte den Helm, den er nicht ein einziges Mal abgesetzt hatte, seit das Lager errichtet worden war. Er schien so sehr ein Teil von ihm zu sein, dass Malevolyn schwor, ihn nie von seiner Seite weichen zu lassen und ihn nur abzunehmen, wenn dies unbedingt notwendig sein würde. „Und wieder sage ich, dass ich die Konsequenzen unserer Vereinbarung *akzeptiere*."

Der Körper der Gottesanbeterin bewegte sich in einer Weise, die eine anerkennende Verbeugung hätte sein können. „Dann gibt es keinen Grund, nicht sofort weiterzumachen."

„Sag mir, was zu tun ist."

„In den Sand vor deinen Füßen musst du dieses Symbol zeichnen." Mit einer seiner skelettartigen Hände schrieb Xazax ein Zeichen in die Luft. Die Augen des General weiteten sich ein wenig, als er sah, dass dem hageren Finger des Dämons eine feurige, orangerote Spur folgte, die das Symbol grell im Zwielicht des Zeltes leuchten ließ.

„Warum machst du das nicht selbst?"

„Es muss von dem vollzogen werden, der befehligen wird. Wäre es dir lieber, wenn es dieser bescheidene eine wäre, Kriegsherr?"

Malevolyn verstand, was Xazax meinte, beugte sich vor und

zeichnete das Symbol, das in der Luft gestanden hatte. Als er es vollendet hatte, kamen zu seiner Überraschung fremde Worte über seine Lippen.

„Zögere nicht!“, drängte die Gottesanbeterin. „Die Worte waren *ihm* vertraut, sie werden auch *dir* vertraut sein!“

Seine Worte …*Bartucs* Worte. Augustus Malevolyn ließ sie aus sich herausströmen und kostete die Macht, die er fühlte, während er sie benutzte.

„Halte den Dolch über das Zentrum.“ Als der General das tat, fügte der Dämon hinzu: „Nun … sprich den Namen meines infernalischen Herrn! Sprich den Namen *Belial*!“

Belial? „Wer ist Belial? Ich kenne Baal und Mephisto und Diablo, aber keinen Belial. Meinst du vielleicht Baa …“

„Sprich nie wieder diesen Namen aus!“, kreischte Xazax nervös. Der Dämon drehte seinen abscheulichen Kopf nach links und nach rechts, als fürchte er, jemand könne ihn entdecken. Offenbar fand er aber nichts, worauf sich diese Angst hätte begründen können, und schließlich redete er in ruhigerem Tonfall weiter. „Außer Belial gibt es in den Höllen keinen Herrn. Er ist es, der dir dieses wunderbare Geschenk übergibt! Denk immer daran!“

Malevolyn, der mit magischen Künsten vertrauter war, als die Gottesanbeterin wohl glaubte, wusste sehr wohl, dass von den Höllen einst gesagt worden war, sie würden von den Drei Erzbösen regiert. Doch er wusste auch von Legenden, die davon erzählten, dass die drei Brüder auf die Ebene der Sterblichen verstoßen worden waren und dass ihre Herrschaft über die Höllen der Vergangenheit angehörte. Eine der merkwürdigeren Legenden erwähnte sogar Lut Gholein als jenen Ort, an dem sich möglicherweise Baals Grab befand, auch wenn selbst der General am Wahrheitsgehalt einer so phantastischen Geschichte zweifelte. Wer würde schon auf dem Grab eines Dämonenfürsten eine Stadt errichten?

„Wie du meinst, Xazax. Dann ist es Belial. Ich wollte nur den Namen richtig aussprechen."

„Fang noch einmal von vorn an!", herrschte das monströse Insekt ihn an.

Erneut kamen die Worte über Malevolyns Lippen, und erneut hielt er den blutsaugenden Dolch hoch über den Mittelpunkt des Symbols – Belials Symbol, wie dem General nun klar wurde. Am Ende der Beschwörung rief der begierige Kommandant den Namen des dämonischen Fürsten.

„Bohre den Dolch in den Mittelpunkt – exakt in den Mittelpunkt!"

General Malevolyn jagte die Klinge mit den zwei Spitzen tief in den Sand und traf dabei genau die Mitte des Symbols.

Nichts geschah. Er blickte zu dem hoch aufragenden Schrecken empor.

„Tritt zurück", sagte Xazax.

Das tat der anstehende Eroberer und sah, wie sich um den Dolch herum schwarzer Dunst bildete, der sich rasch ausweitete und zunächst die Waffe einhüllte, ehe er sich dann zur Zeltklappe hin ausdehnte. Während der Dunst auf eine Weise nach draußen driftete, die für Malevolyns geübtes Auge eindeutig etwas Zielstrebiges hatte, nahm er die Form einer riesigen Klauenhand an.

„Es wird nicht mehr lange dauern, Kriegsherr."

Sorglos suchte sich Malevolyn einen Kelch für seinen besten Wein. Für diese Nacht hatte er eine neue Flasche ausgewählt, die bereits unzählige Reisen durch Landschaften die keine Hoffnung versprachen, mitgemacht hatte. Der General öffnete sie und roch daran, dann schenkte er sich ein, bis der Kelch randvoll war.

In dem Moment begannen die Schreie.

Augustus Malevolyns Hand zuckte zusammen. Es war aber weder Furcht noch Bedauern, vielmehr war es so, dass er noch nie zuvor solch ein Entsetzensgeschrei gehört hatte, nicht einmal aus dem Mund derer, die von ihm gefoltert worden waren. Seine Reaktion lag einzig und allein daran, dass er über das plötzliche Einsetzen der Schreie erschrocken war. Als der zweite, dritte und vierte Schrei folgten, störte sich Malevolyn nicht weiter daran. Er hob sogar seinen Kelch und prostete dem halb vergrabenen Dolch und Xazax' unsichtbarem Herrn zu.

Währenddessen wurden die Schreie zu einem Chor der Verdammten; Scharen von Männern schrien gleichzeitig auf und flehten um Gnade, baten darum ihrem Schicksal entfliehen zu dürfen. Von überall her schallte das Wehklagen zum General hin, der es gelassen hinnahm. Die Männer – seine Männer – hatten mehr als einen Eid geleistet, ihm in jeder Hinsicht zu dienen. In dieser Nacht hatte er sich diese Eide zu Herzen genommen und ihr – buchstäbliches – Opfer zum Nutzen seiner Mission akzeptiert.

Er sah wieder zur Zeltklappe. Die Gottesanbeterin, die die Reaktion des Menschen falsch deutete, warnte: „Es ist zu spät, um sie zu retten. Der Pakt ist vom infernalischen Herrn dieses einen akzeptiert worden."

„Sie retten? Ich wollte ihnen lediglich zuprosten für das, was sie mir gegeben haben, damit ich meine Bestimmung erfüllen kann!"

„Aaah …", erwiderte der Dämon und erkannte zum ersten Mal den wahren General Malevolyn. „Dieser eine hat sich geirrt …"

Die Schreie dauerten an. Manche von ihnen hörten sich recht weit entfernt an, als würden einige der Männer einen Fluchtversuch unternehmen, doch sie konnten nicht vor etwas weglaufen, das aus ihrem Kern die Seele zerfraß. Andere – die offensichtlich loyaler waren – riefen nach ihrem Kommandanten und flehten ihn um Hilfe an. Malevolyn schenkte sich unterdessen nach und setzte sich, um abzuwarten, bis es vorüber war.

Nach und nach verstummten die Schreie, bis nur noch das nervöse Wiehern der Pferde zu hören war, die nicht verstanden, was um sie herum geschehen war. Das legte sich aber schnell wieder, als sich die erdrückende Stille im Lager auch auf sie übertrug.

Ein plötzliches Geräusch von Metall, das auf Metall schlug, ließ Malevolyn wieder zu Xazax blicken, doch der Dämon sagte nichts. Vor dem Zelt wurde die Geräuschkulisse lauter, kam näher. Der General trank aus und stand auf.

Abrupt verstummte der Lärm.

„Sie warten auf dich … Kriegsherr."

General Augustus Malevolyn rückte seine Rüstung zurecht – insbesondere den Helm – und trat nach draußen.

Seine Soldaten warteten tatsächlich auf ihn. Sie standen in Reih und Glied, einige von ihnen hielten Fackeln in der Hand, sodass er ihre Gesichter sehen konnte. Es waren Gesichter, die ihm aus jahrelangem treuen Dienst vertraut waren. Sie standen alle dort … Zako, Lyconius und die anderen Offiziere, sowie die Soldaten, die sie befehligten.

Als er vor sie trat und sie ihn sehen konnten, brüllten sie ihren Salut hinaus – ein brutaler, monströser Schrei, der Malevolyn lächeln ließ. Noch zufriedener blickte er drein, als er sich die Gesichter der Männer in den ersten Reihen genauer ansah. Ganz gleich, wie hell oder dunkel ihre Haut zuvor gewesen sein mochte, sie alle trugen jetzt eine blasse, kränkliche Gesichtsfarbe. Der Kriegsschrei, der ihren Kehlen entstiegen war, hatte ihn zudem ihre Gebisse sehen lassen, die nun Reißzähnen glichen. Ihre Zunge war lang und gespalten, und ihre Augen …

… die Augen waren völlig rot – blutrot – und brannten in einem so bösartigen Verlangen, dass man sie sogar ohne den Lichtschein der Fackeln sehen konnte. Sie hatten keine menschlichen Augen mehr, sondern sie erinnerten – auf jeden Fall in ihrer Bösartigkeit – eher an die Augen der Gottesanbeterin.

Diese schreckerregenden Krieger, die in der Hülle seiner loyalen Soldaten steckten, waren nun seine neue Legion, die seinen Pfad zum Ruhm ebnen würde.

Xazax folgte ihm nach draußen, da der Dämon nicht länger im Geheimen agieren musste. Jetzt befand er sich unter seinesgleichen.

„Heil Malevolyn von Westmarch!", rief Xazax. „Heil dem *Kriegsherrn des Blutes!*"

Wieder jubelte die dämonische Horde Augustus Malevolyn zu.

Galeona war zu weit vom Lager entfernt, um hören zu können, was dort geschah, doch die Hexe *spürte*, dass ein finsterer Zauber gewirkt worden war. Sie war lange genug mit den düsteren Aspekten ihrer Kunst vertraut, um zu wissen, dass ein solches Anschwellen höllischer Hexerei nur eines bedeuten konnte: Ihre Befürchtungen hatten sich bewahrheitet. Sie hatte sich richtig entschieden, das Lager zu verlassen.

Xazax hatte sie zum letzten Mal unterschätzt. Der Dämon hatte sich anderer bedient, um sich ihrer anzunehmen und so den vor Jahren geschlossenen Blutpakt brechen zu können. Die Wahl war auf den General als neuen Verbündeten gefallen, nachdem er schon immer angedeutet hatte, ein neuer Kriegsherr sei interessanter, als einfach nur eine leere Rüstung in den Besitz zu bekommen. Galeona hätte bereits vor Monaten erkennen müssen, dass es nie seine Absicht gewesen war, die Allianz mit ihr länger aufrechtzuerhalten als unbedingt nötig.

Doch was hatte ihn so plötzlich zu Augustus umschwenken lassen? Konnte tatsächlich Furcht der Grund sein? Seit jenem Abend, an dem das monströse Insekt beinahe das Undenkbare getan hätte – sie zu töten, obwohl ein direkter Bruch ihres Paktes nicht ohne Folgen bleiben konnte –, waren die Gedanken der Hexe immer wieder darum gekreist, was einem Geschöpf aus den Höllen solche Angst bereiten konnte. Hatte also Furcht Xazax Malevolyn geradewegs in die Arme getrieben?

Letztlich war es bedeutungslos, ob Xazax und Augustus sich verbündeten. Es kümmerte Galeona nicht. Nach dem, was sie zuvor mit ihrem kurzen Zauber in Erfahrung gebracht hatte, war sie zu dem Schluss gelangt, dass keines der beiden verräterischen Geschöpfe ihr noch von Nutzen war. Warum sollte sie ständig über die Schulter anderer blicken, wenn sie diejenige sein konnte, die selbst das Sagen haben konnte?

Die Hexenmeisterin sah, während sie weiterritt, auf ihre Hand. Sie tat es nicht zum ersten Mal. In der Linken hielt Galeona einen kleinen Kristall, den sie durch Zauber mit ihrem angestrebten Ziel verbunden hatte. Solange der Kristall leuchtete, wusste die Zauberin, dass sie auf dem rechten Weg dorthin war.

Solange er leuchtete, wusste sie, dass sie den Dummkopf finden konnte, den sie zu ihrer Marionette machen wollte.

Es war ein schrecklicher Fehler von Xazax gewesen, sie zu hintergehen. Aus irgendeinem Grund, der ihr noch immer nicht klar war, konnte der Dämon nicht aus eigener Kraft die Rüstung des einstigen Kriegsherrn ausfindig machen. Er benötigte menschliche Hilfe, was auch der vorrangige Grund gewesen war, warum sie sich überhaupt zusammengetan hatten. Und aus diesem Grund hatte er sie auch fallen lassen und sich General Malevolyn zugewandt, als er zu wissen meinte, *wo* sich die ersehnte Beute befand. Es hätte sie eigentlich nicht weiter überraschen dürfen, da Galeona zu dem gleichen Entschluss gelangt war. Aber Xazax würde für den Fehler noch teuer bezahlen.

Der Dämon glaubte zweifellos, dass die Rüstung nun im nahe gelegenen Lut Gholein zu finden sei, das sie als letztes Ziel ausgemacht hatten. Sogar sie selbst war bis zu ihrem letzten Zauber davon ausgegangen. Wo sonst sollte sie sich befinden als in jenem Königreich an der Küste? Ein einsamer Reisender musste entweder eine Karawane finden, die bereit war, ihn mitziehen zu lassen, oder aber er musste auf ein Schiff warten, das ihn von Lut Gholein in eines der westlicher gelegenen Länder brachte. So oder so sollte sich Norrec noch immer innerhalb der Stadtmauern aufhalten.

Doch genau das tat er nicht. Irgendwann war er aufgebrochen und mit einem Tempo in die Wüste geritten, die für sein Reittier wohl tödlich geendet haben musste. Als Galeona auf seine neue Position gestoßen war, hatte sie verblüfft reagiert. Der Kämpfer befand sich fast vor Augustus' Nase. Wäre der General mit dem von ihr angebotenen Suchzauber einverstanden gewesen, würde sich die Rüstung jetzt vielleicht schon in seinem Besitz befinden. Er könnte bereits in Bartucs karmesinroter Rüstung unterwegs nach Lut Gholein sein, seine ihm loyal ergebene Hexe an der Seite.

Nun hoffte Galeona darauf, dass es ihr gelang, diesen anderen Narren zu überzeugen, dass *er* die Rüstung benutzte … natürlich unter ihrer kenntnisreichen Anleitung. Er schien ihr ein rechter Tölpel zu sein, den sie beeinflussen und schnell um den Finger wickeln konnte. Er hatte zudem ein annehmbares Gesicht, das die Hexe in mancher Hinsicht ihrem ehemaligen Geliebten vorzog. Das würde die Aufgabe, die Kontrolle über ihn als ihre neue Marionette zu wahren, zu keiner wirklich unangenehmen Last machen.

Sollte Galeona allerdings eine geeignetere Methode entdecken, um die erstaunlichen Kräfte der Zauber zu bändigen, würde es ihr auch nichts weiter ausmachen, wenn sie diesen Norrec aus dem Weg räumen musste. Es gab genug andere Männer, genug andere Narren.

Sie ritt immer weiter, und ihre einzige Sorge war, dass Xazax seine Aktivitäten mit Augustus unterbrach, um seine ehemalige Partnerin zu verfolgen. Das hätte natürlich auch gegen ihren Pakt verstoßen und wäre für den Dämon ebenso gefährlich gewesen wie für sie. Es war deshalb eher anzunehmen, dass der insektenartige Dämon sie nun vergessen würde, da er zufrieden mit dem neuen Verbündeten sein konnte. Später würde er dann zweifellos Mittel und Wege finden, um sich von ihm zu trennen – ganz zu schweigen davon, dass er ihn von seinem Kopf und seinen Gliedmaßen trennen würde …

Doch bis dahin würde es zu spät sein. Sobald Galeona ihre Schachfigur erst umgarnt hatte, würde sie dafür sorgen, dass nicht ihr, sondern Xazax' Leib in der Landschaft verstreut wurde. Vielleicht würde sie sich sogar von Norrec den Kopf des Insekts bringen lassen – eine schöne Trophäe, die den Grundstein für eine neue Sammlung bilden würde, nachdem sie die bisher zusammengetragenen Schätze in dieser Nacht hatte zurücklassen müssen.

Sie sah sich um, ob irgendwo ein Zeichen zu entdecken sei, das auf ihre Beute hinwies. Um das Risiko zu verringern, das damit einherging, praktisch blindlings durch die Nacht zu reiten, hatte sie mit einem Zauber die Sehkraft des Pferdes und auch ihre eigene verbessert. So konnte das Pferd einen Weg wählen, um Unfällen und Jägern auszuweichen, während Galeona selbst intensiver nach dem Soldaten forschen konnte.

Dort! Sie brachte ihr Reittier zum Stehen und betrachtete den fernen, schattenhaften Umriss eines felsigen Hügels. Der Kristall zeigte, dass ihr Weg sie genau in diese Richtung führte. Galeona stellte sich für einen Moment in die Steigbügel, um nach einem anderen Punkt zu suchen, der in Frage kommen mochte, fand jedoch keinen. Als erfahrener Krieger war der Tölpel sicher klug genug, nach einem geeigneten Schutz Ausschau zu halten. Der kleine Hügel vor ihr schien als einziger im Umkreis von vielen Meilen dafür in Frage zu kommen. Die Rüstung *musste* sich dort befinden.

In begieriger Erwartung trieb Galeona ihr Pferd zur Eile an. Als sie sich dem Ziel näherten, glaubte sie eine Gestalt an der linken Hügelseite zu entdecken. Ja. Ganz eindeutig saß dort ein

Mann unter einem Felsvorsprung, die Beine an die Brust gezogen, die Arme auf die Knie gelegt.

Er sprang auf, als sich die Hexe näherte, und bewegte sich in seiner Rüstung so flink, dass Galeona diese Schnelligkeit mit Erstaunen zur Kenntnis nahm. Sie sah, dass er in ihre Richtung blickte und bislang vergeblich versuchte, sie in der Dunkelheit auszumachen. Nein, er hatte überhaupt kein unangenehmes Gesicht, fand die arglistige Hexenmeisterin. Es sah besser aus, als sie es von der Begegnung auf dem Schiff in Erinnerung gehabt hatte. Wenn er sich als zugänglich erwies und bereit war, ihr zuzuhören, dann würden sie keine Probleme miteinander bekommen, und sie müsste auch nicht so bald nach einem Ersatz für ihn suchen.

„Wer ist da?“, rief Norrec. „Wer seid Ihr?“

Unmittelbar vor ihm stieg sie vom Pferd ab. „Nur eine Wanderin, so wie Ihr … niemand, der Euch Schaden zufügen will.“ Galeona benutzte den Kristall jetzt nur, um die Umgebung zu erhellen, damit er sehen konnte, wie hold das Glück seinem elenden kleinen Leben gesonnen war. „Jemand, der nach ein wenig Wärme sucht …“

Die Hexe manipulierte den leuchtenden Stein und ließ den Lichtschein über ihr Gesicht und ihren Körper wandern. Sie erkannte sofort sein erwachendes Interesse. Umso besser. Er sah aus wie jemand, der sich für bereitwillig gebotenes Vergnügen leicht an der Nase herumführen ließ. Das ideale ahnungslose Opfer.

Plötzlich aber veränderte sich sein Gesichtsausdruck, und das nicht zum Guten. „Ich kenne Euch, nicht wahr?“ Er kam näher und sah auf sie herab. „Lasst mich noch einmal Euer Gesicht sehen.“

„Natürlich.“ Galeona hielt den Kristall höher.

„Das reicht nicht“, murmelte Norrec. „Ich brauche *mehr* Licht.“

Er hob seine Linke, und in der Handfläche des Panzerhandschuhs bildete sich plötzlich ein winziger Feuerball, der die Leuchtkraft des Kristalls hundertfach überbot.

Galeona schnappte nach Luft. Sie hatte einen ahnungslosen Narren erwartet, einen Kämpfer, der von Hexerei nicht die leiseste Ahnung hatte. Stattdessen aber hatte er die Flamme völlig mühelos entstehen lassen! Etwas was nicht einmal jedem geübten Schüler der Magie gelang.

„So ist es besser … Ich kenne Euch … jedenfalls Euer Gesicht. Auf der *Hawksfire*!“ Er nickte zufrieden. „Ich habe dort von Euch geträumt.“

Galeona erholte sich von ihrem Schreck und erwiderte rasch: „Und ich habe von Euch geträumt! Von einem Krieger, einem Kämpfer, der mich vor dem Bösen beschützt, das mich verfolgt.“

Wie erhofft, zeigten ihre Worte und ihr Tonfall sofort Wirkung bei dem Mann. Sein misstrauischer Ausdruck wich nicht völlig, doch jetzt bemerkte sie auch Sympathie – und Stolz darüber, dass sie in ihm ihren Retter zu sehen schien. Die Hexe trat näher an Norrec heran und schaute ihm mit halb geschlossenen Lidern bewundernd in die Augen. Jetzt hatte sie ihn sicherlich angestachelt.

„Ihr seid in Gefahr?“ Ein Ausdruck von Beschützerinstinkt huschte über sein Gesicht. Er spähte an Galeona vorbei in die Nacht, als erwartete er, die Schurken zu sehen, die sie verfolgten.

„Sie wissen noch nicht, dass ich ihnen entkommen bin. Ich … ich träumte vergangene Nacht wieder von Euch, ich wusste, dass Ihr in der Nähe sein würdet, um auf mich zu warten.“ Sie legte eine Hand auf seinen Brustpanzer und beugte sich vor. Ihre vollen Lippen waren von seinen nur noch wenige Fingerbreit entfernt.

Er sprang nicht auf den verlockenden Köder an, sondern

dachte über etwas anderes nach. „Ihr seid eine Hexenmeisterin“, sagte Norrec schließlich. „Wie heißt Ihr?“

„Galeona … und ich weiß aus meinen Träumen, dass mein Ritter Norrec heißt.“

„Ja …“ Norrec lächelte angesichts des Titels, den sie ihm verliehen hatte. „Seid Ihr eine mächtige Hexenmeisterin?“

Die Hexe ließ ihre Finger über die Ränder seiner Rüstung wandern. „Ich besitze auf diesem Gebiet ein wenig Talent … und auch auf anderen Gebieten.“

„Ich könnte eine Hexenmeisterin gebrauchen“, sagte er fast zu sich selbst. „Ich suchte ohnehin jemanden, der mir mit der Rüstung hilft … doch das ist nicht mehr so wichtig. Ich hatte Zeit, um nachzudenken, um alles in die richtige Perspektive zu rücken. Es gibt Dinge, die getan werden müssen, bevor ich weitermachen kann.“

Galeona hörte ihm nur mit halbem Ohr zu, da sie bereits vorausplante. Norrec klang nicht nach einem so einfältigen Narren, wie sie es sich zunächst vorgestellt hatte. Doch immerhin hatte er ihr ihre Geschichte abgekauft und sie als Begleiterin akzeptiert. Sobald sie mehr über ihn erfuhr, würde Galeona diese Verbindung festigen. Er hatte bereits eine Schwäche für ihre Reize erkennen lassen, den Rest von dem, was die Hexe wissen wollte, würde sie schon noch früh genug in Erfahrung bringen.

Wenn sie Norrec mit dem helfen konnte, was ihn so nachdenklich machte, wenn sie ihrer Marionette zeigen konnte, wie wertvoll sie sein konnte, würde das die Arbeit verkürzen. Galeona verstand zwar nicht seine Worte, die Rüstung selbst betreffend, doch bei den anderen Dingen, die er erwähnt hatte, würde sie ihm sicher behilflich sein können, ganz gleich, um was es sich auch handeln mochte.

„Natürlich werde ich Euch helfen, mit allem, was in meiner Macht steht, mein Ritter! Im Gegenzug bitte ich Euch nur, mich vor denen zu beschützen, die mir Übles antun wollen.“ Sie richtete ihren Blick kurz in die Wüste hinter ihr. „Sie sind mächtig, und die finsteren Künste gehorchen ihrem Befehl!“

Galeona hatte seine Zurückhaltung testen wollen, um zu sehen, inwieweit er sich der Macht sicher fühlte, über die er offenbar gebot. Doch sogar sie war überrascht, als Norrec mit den Schultern zuckte und fast beiläufig erwiderte: „Krieger, Magie, Dämonen … ich fürchte mich nicht vor ihnen. Wer unter meinem Schutz steht, wird nicht zu Schaden kommen.“

„Meine Dankbarkeit ist Euch gewiss“, flüsterte sie, beugte sich vor und küsste ihn heftig.

Er wich vor ihr zurück, doch nicht aus Abscheu, sondern weil er in diesem Augenblick nicht an dem interessiert zu sein schien, was sie ihm zu bieten hatte. Stattdessen hatte Norrec sich wieder in seinen Gedanken verloren.

„Ich habe darüber nachgedacht“, sagte Norrec schließlich. „Darüber, wieso ich hier gelandet bin. Es muss irgendwo in der Nähe sein. Es versucht, verborgen zu bleiben, und vor mir gelingt ihm dies auch …“ Er sah sie wieder an, und etwas in seinem Blick übte auf Galeona eine beunruhigende Wirkung aus. „Aber *Ihr* könntet in der Lage sein, es zu finden! Immerhin habt Ihr auch mich gefunden. Ihr könnt vielleicht dort erfolgreich sein, wo Drognan scheiterte.“

„Ich werde tun, was in meiner Macht steht“, gab die dunkelhäutige Hexenmeisterin zurück, neugierig, was diesen Mann so sehr beschäftigte. Vielleicht etwas, das auch für sie von Wert sein konnte? „Wonach suchen wir?“

Seine Miene verriet, wie überrascht er war, dass sie das nicht bereits wusste. „*Horazons Grab* natürlich.“ Etwas an seinem Gesichtsausdruck veränderte sich, als er diese Worte sprach, etwas, das Galeona erneut zu ihm aufblicken ließ. Diesmal sah sie ein Gesicht, das fast nicht wiederzuerkennen war. „Das Grab *meines Bruders*.“

SECHZEHN

Unter Lut Gholein existierte eine ganze Welt.

Nein, berichtigte sich Kara, nicht eine Welt, sondern etwas, das mindestens genauso groß zu sein schien, wenn nicht noch größer als das erhabene Königreich darüber. Die merkwürdige und beunruhigende Gestalt, die sie als einen unglaublich alten Horazon identifiziert hatte, lotste sie von einem verwirrenden Korridor in den nächsten, bis es der Nekromantin schier schwindelig und dabei unmöglich geworden war, sich den Weg zu merken. Sie war ihm treppauf, treppab gefolgt, durch eine Tür nach der anderen, durch einen Raum nach dem anderen, bis Horazon sie in dieses eine, hell erleuchtete und gemütlich eingerichtete Schlafzimmer geführt und ihr befohlen hatte, sich schlafen zu legen.

Kara konnte sich nicht einmal daran erinnern, dass sie sich hingelegt hatte, doch jetzt war sie erwacht und lag auf dem Bett und betrachtete den komplizierten genähten Himmel über sich. Sie hatte geglaubt, ihr Quartier an Bord der *King's Shield* sei das edelste, was sie jemals bewohnen würde, doch es verblasste völlig gegenüber dem jetzigen. Ihr fiel auf, dass die feinen Möbel, obzwar eindeutig aus einer anderen Zeit und von einem anderen Ort stammend, aussahen, als seien sie erst gestern fertig gestellt worden. Das große Holzbett war makellos poliert, das Bettzeug frisch gestärkt und völlig sauber, und auf dem Marmorfußboden fand sich kein Fleck. Das galt auch für den Nachttisch gleich neben dieser Lagerstatt und für den Stuhl in der gegenüberliegenden Ecke. Die Wände waren mit dicken Teppichen behängt, die eindeutig dem Geschmack eines Vizjerei entsprachen und phantastische Geschöpfe und Bilder von erstaunlichem Zauberwerk zeigten, allesamt geschaffen von einem kenntnisreichen Künstler. Wäre da nicht die Tatsache gewesen, dass sie gegenwärtig die Gefangene eines möglicherweise gefährlichen Verrückten war, dann hätte sich die Zauberin hier sehr wohl fühlen können.

Sie konnte es nicht wagen, hier zu bleiben. Den Legenden zufolge war Horazon der Bruder, der das kleinere Übel darstellte – dennoch war auch er ein ehrgeiziger Vizjerei mit Macht über Dämonen gewesen, der zudem über die Jahrhunderte hinweg eindeutig den Verstand verloren hatte. Kara fragte sich, wie er so lange Zeit hatte überleben können. In den einzigen Aufzeichnungen über derart lebensverlängernde Zauber war stets die Rede davon gewesen, dass schreckliche Kräfte beschworen werden mussten, die solches unterstützten. Wenn sich Horazon für seine eigenen Zwecke abermals den Dämonen zugewandt hatte – auch wenn er beharrlich vom Gegenteil sprach –, dann hätte das nicht nur seinen gegenwärtigen Zustand erklärt, sondern wäre für Kara auch ein Grund mehr gewesen, einen Fluchtweg zu finden, bevor er zurückkehrte.

Die dunkelhaarige Magierin war noch immer komplett angezogen und verließ das Bett, um rasch zur Tür zu eilen. Ihr Versuch, herauszufinden, ob Horazon den Ausgang mit irgendeinem Zauber belegt hatte, führte zu nichts, da das gesamte Heiligtum in solchem Maß von Magie durchdrungen war, dass Kara sich fragte, wieso nicht jeder Zauberkundige im Umkreis von Hunderten von Meilen längst auf die Präsenz aufmerksam geworden war. Aber vielleicht war auch eben jene Magie dafür die Erklärung. Selbst wenn nur ein Bruchteil der Energie darauf gerichtet war, Horazons Reich zu tarnen, konnten die bedeutendsten Magier der Welt unmittelbar vor der Tür stehen und trotzdem nichts von dem Wunder vor ihrer Nase bemerken.

Die Nekromantin beschloss, das Risiko einzugehen, und umfasste den Türknauf. Er ließ sich nicht drehen, war blockiert. Kara versuchte es noch einmal, jedoch mit dem gleichen enttäuschenden Ergebnis.

Es überraschte sie nicht wirklich, dass sie eingesperrt war, dennoch hatte die Bestätigung etwas zutiefst Frustrierendes. Die Nekromantin war seit Beginn dieser Jagd immer wieder in Gefangenschaft geraten und fragte sich, ob ihr diesmal eine Flucht gelingen würde. Sie wollte nicht so schnell aufgeben, also berührte sie den Türgriff abermals und sprach einen Öffnungszauber. Es war ein kleinerer Zauber, dessen Wurzeln in der Elementarhexerei der Vizjerei lagen, der von den Anhängern Rathmas jedoch als eine der wenigen nützlichen Schöpfungen der rivalisierenden Partei betrachtet wurde. Dass er so gut wie sicher fehlschlagen würde, war Kara bewusst, doch sie konnte sich nicht vorstellen, dass es eine Möglichkeit, die *keinen* Zauber erfordert hätte, gab, um dieses Zimmer zu verlassen.

Der Griff ließ sich drehen!

Erschrocken über diesen unverhofften Erfolg, riss die Nekromantin fast die Tür auf, konnte sich aber zurückhalten und schöpfte erst einmal tief Luft. Dann öffnete sie die Tür vorsichtig einen Spaltbreit und warf einen Blick in den Flur vor ihrem Zimmer. Sie fand keinen Hinweis darauf, dass ihr dort Gefahr drohte, also verließ sie das Schlafzimmer leise. Sie sah in beide Richtungen und überlegte einen Moment lang, woher sie gekommen war. Nach einer kurzen Diskussion mit sich selbst wandte Kara sich nach rechts und schritt los.

Der Korridor endete an einer Treppe, die nach oben führte, was Kara als hoffnungsvolles Zeichen wertete. Sie stieg die Stufen empor und war sich sicher, dass sie, wenn sie in diese Richtung weiterging, letztlich den Ausgang finden würde.

Nach zwei Absätzen hatte sie das Ende der Treppe erreicht, die in einen viel breiteren Flur als der darunterliegende überging. Die Nekromantin vergewisserte sich, dass Horazon nicht anwesend war. Dann schlich sie sich in den Gang. Das Zimmer, in dem sie geschlafen hatte, war edel eingerichtet gewesen, dieser Korridor dagegen besaß ein deutlich einfacheres Erscheinungsbild. Hin und wieder unterbrach eine Tür die vorherrschende Monotonie. Das Einzige, das sich an ihrer Umgebung nicht änderte, war das gelbe Licht, dessen Quelle sie nicht auszumachen vermochte. Es schien von allen Seiten gleichzeitig zu strömen, doch weder gab es Fackeln noch Halterungen, in die man solche hätte stecken können.

Während Kara den Korridor durcheilte, fühlte sie sich versucht, eine der Türen zu öffnen, um nachzusehen, was sich dahinter befand. Doch sie wusste, dass es wichtiger war, einen Weg nach draußen zu finden. Jeder unnötige Aufenthalt erhöhte das Risiko, dass Horazon ihr Verschwinden bemerkte. Zwar wollte die Nekromantin mehr über den Verrückten und sein Heiligtum erfahren, doch das sollte nach ihren Bedingungen erfolgen, nicht nach seinen.

Gleich vor ihr machte der Korridor einen scharfen Knick nach rechts. Kara beschleunigte ihre Schritte in der Hoffnung, dass ein Gang, der in eine andere Richtung führte, ein Zeichen dafür war, dass sie einen Weg nach draußen gefunden hatte. Die frustrierte Zauberin bog so schnell sie konnte um die Ecke, während sie betete, dass sich am Ende dieses Gangs eine weitere Treppe nach oben oder vielleicht sogar schon der Ausgang selbst befinden würde.

Stattdessen sah sie sich einer nackten Wand gegenüber.

Der Flur endete nur wenige Schritte, nachdem er begonnen hatte. Die Nekromantin suchte die Wand nach einem Hinweis auf Täuschung, auf Magie ab, versuchte herauszufinden, ob es sich nur um eine Attrappe handelte, die ihr den Weg versperren sollte. Doch allem Anschein nach war das Hindernis so massiv, wie es aussah, auch wenn Kara nicht verstehen konnte, *warum* es sich hier befand.

Sie trat zurück und blickte in die andere Richtung. Zur Treppe zurückzukehren erschien ihr sinnlos, also blieben die Türen. Allerdings machten diese nicht den Eindruck, als würden sie aus Horazons Reich herausführen.

Mit aller Vorsicht öffnete sie die erste Tür. Bei ihrem bisherigen Glück befürchtete Kara, dass sie ausgerechnet in die Privatgemächer des alten Vizjerei geraten würde.

Hinter der Tür erstreckte sich ein langer, gewundener Gang.

„Ist das ein Trick?“, flüsterte sie. Führte sie der Weg nach draußen, indem sie Türen öffnete, nicht aber den normalen Gängen folgte? Es war ihrem geistig zerrütteten Gastgeber zuzutrauen, dass er sein unterirdisches Reich in solch widersinniger Weise eingerichtet hatte.

Kara Nightshadow eilte durch den versteckten Korridor, ohne sich die Mühe zu machen, die Tür hinter sich zu schließen. Irgendwo am Ende des Weges würde sie eine Fluchtmöglichkeit finden. Irgendwo würde sie den Weg finden, der sie in das alte Gebäude oder zu irgendeinem anderen Gang zurück nach Lut Gholein führte …

Doch stattdessen fand die Nekromantin nur eine weitere Tür!

Ihr blieb keine Wahl, sie musste sie öffnen – es hatte keinen anderen Korridor und keinen anderen Ausgang gegeben. Zumindest öffnete Kara diese Tür mit einer gewissen Hoffnung, diesmal erfolgreich zu sein. Sie war ein beträchtliches Stück weit gelaufen, und hier und jetzt musste Horazons labyrinthartiges Heiligtum doch ein Ende finden!

In Wahrheit gelangte sie aber nur in einen weiteren Korridor.

Dass dieser so aussah, wie jener, aus dem sie gekommen war, störte Kara nicht. Es würde ohnehin alles gleich aussehen, da ein und derselbe Mann es erschaffen hatte.

Dann machte sie zu ihrer Linken in einiger Entfernung eine offen stehende Tür aus.

Zögernd näherte sie sich ihr und warf einen Blick hindurch, während sie inständig hoffte, dass sich ihre Befürchtung nicht bewahrheiten würde …

Vor ihr lag der gewundene Korridor, durch den die erschöpfte Frau eben erst gelaufen war.

„Trag'Oul, führe mich aus diesem Wahnsinn!“ Welchen Sinn machte ein Gang, der nur zurück in diesen Korridor führte? Kara kniff die Augen zusammen, als sie zu einer anderen Erkenntnis gelangte. Diese Tür und die, durch die sie eben zurückgekehrt war, befanden sich auf *gegenüberliegenden* Seiten des Flures. Wie sollte sie da um alles herum gelaufen sein? Der Gang hätte einmal den Korridor quer durchlaufen müssen, was völlig unmöglich war!

Ohne Zögern begab sich Kara zu der Tür zu ihrer Linken. Wenn sie wiederum zurück in diesen Flur führte, hatte Horazons bizarres Reich sie endgültig besiegt.

Zur Erleichterung der Nekromantin führte diese Tür jedoch in einen weitläufigen Raum, in dem zwei breite Treppen ein Paar hohe Bronzetüren flankierten, in das komplexe Drachenmotive eingearbeitet waren. Ein bestens erhaltener Marmorboden war im gesamten Raum verlegt, und die Wände aus Stein waren mit zahlreichen Teppichen behängt.

Kara trat ein und überlegte, ob sie die Treppen oder die Türen wählen sollte. Die Türen wirkten auf sie am verlockendsten, aber auch die Treppen übten einen Reiz auf die Nekromantin aus, da eine von ihnen zu einem oberirdischen Ausgang führen konnte.

Ein leises Geräusch ließ Kara nach oben blicken – und die Luft anhalten!

Hoch über ihr saß Horazon in einem Sessel an einer langen Speisetafel. Der weißhaarige Hexenmeister murmelte etwas.

Das Geräusch, das Kara gehört hatte, stammte von dem Verrückten, der sein Messer auf einen edlen goldenen Teller gelegt hatte, auf dem eine beträchtliche Menge Fleisch lag. Auch wenn Kara weit davon entfernt war, konnte sie doch dessen kräftiges Aroma wahrnehmen. Während sie weiter zusah, nahm der Vizjerei einen tiefen Schluck aus einem Weinkelch und trank, ohne einen Tropfen zu vergießen. Das verwunderte sie ganz besonders, aber nicht etwa, weil sie gedacht hätte, der wahnsinnige Magier sei nicht mehr in der Lage, Tischmanieren zu wahren, sondern weil er das alles machte, obwohl er …

… kopfüber an der Decke saß!

Alles hing kopfüber an der Decke, und doch fiel nichts davon auf Kara herab. Der Stuhl, der Tisch, die Teller, die mit Speisen belegt waren, sogar Horazons langer Bart – alles widersetzte sich den Gesetzen der Natur. Die Magierin sah sich weiter an der Decke um und erkannte auch dort Türen und Treppen in der Richtung, wie sie für den Magier in seiner gegenwärtigen Position richtig waren. Wären da nicht Horazon und eine ausgiebige Mahlzeit gewesen, hätte Kara geglaubt, ein Spiegelbild zu erblicken.

Horazon, der immer noch trank, sah nach oben – oder besser gesagt: nach unten – und machte schließlich die aufgewühlte junge Frau aus.

„Kommt, kommt“, rief er ihr zu. „Ihr seid zu spät. Ich mag es nicht, wenn jemand sich verspätet.“

Voller Angst, er könnte seine gewaltige Macht dazu benutzen, um sie zu sich nach oben zu zerren und womöglich alle Hoffnungen auf eine Flucht zunichte zu machen, eilte Kara durch den Saal auf die Bronzetüren zu. Sie mussten irgendwohin führen, wo er keine Macht über sie hatte. Es musste einfach so sein!

Kara sah noch einmal nach oben, dann riss sie die Tür auf, die ihr am nächsten war, und stürmte hindurch. Solange sie einen Vorsprung vor ihm hatte …

„Aaah! Gut. Sehr gut. Setzt Euch. Setzt Euch dort.“

Horazon sah vom anderen Ende eines langen Tischs zu ihr. Dieser Tisch war identisch mit dem, an dem sie ihn hatte sitzen sehen. Nur, dass er diesmal nicht an der Decke hing, sondern in der Mitte des Raums stand, in den sie gelangt war. Genau das gleiche Mahl, sogar der gleiche Wein standen vor ihm auf dem Tisch. Hinter dem Magier sah die Nekromantin Türen und Treppen, wie sie sich zuvor hinter Horazon an der Decke befunden hatten.

Kara konnte nicht anders, als zur Decke zu blicken.

Treppen und Türen, die auf dem Kopf standen, rückten in ihr Blickfeld.

Eine der großen Bronzetüren stand offen – als hätte sie jemand in großer Eile aufgerissen.

„Rathma, beschütze mich!“, murmelte Kara.

„Setzt Euch, Mädchen, setzt Euch zu mir“, forderte Horazon sie auf, scheinbar ohne etwas von ihrer Bestürzung zu bemerken. „Zeit zu essen! Zeit zu essen!“

Da die Nekromantin nichts weiter zu unternehmen wusste, um sich in Sicherheit zu bringen, gehorchte sie schließlich.

Ein Unwetter hielt die Wüste fest im Griff. Ein Ozean aus schwarzen grollenden Wolken breitete sich von Osten her so weit nach Westen aus, wie Augustus Malevolyn sehen konnte. Der Tag war angebrochen, doch es hätte auch nach Sonnenuntergang sein können, so dunkel wie dieser Morgen begonnen hatte. Mancher hätte einen so bedrohlichen Himmel als ein böses Omen gewertet, doch der General sah darin vielmehr ein Zeichen, dass seine Zeit gekommen war; dass der Tag bevorstand, um seine Bestimmung zu erfüllen. Lut Gholein lag unmittelbar vor ihnen, und er wusste, dass sich dort irgendwo der Dummkopf verbarg, der die ruhmreiche Rüstung trug – *seine* ruhmreiche Rüstung.

Xazax hatte ihm das versichert. Wohin sonst sollte der Fremde auch gehen? Der Wind wehte so heftig, dass an diesem Tag kein Schiff auslaufen würde, also *musste* er noch in der Stadt weilen.

Der General betrachtete Lut Gholein von einer gewaltigen Düne aus. Hinter ihm, und damit völlig unsichtbar für die Augen des Feindes, wartete Malevolyns dämonische Armee geduldig darauf, dass er den Befehl zum Angriff gab. Wegen des besonderen Zaubers, der zur Anwendung gekommen war, befanden sich die finsteren Kreaturen immer noch in ihrer menschlichen Hülle, doch früher oder später würden sie diese abstreifen können. Sie benötigten sie, um von den Höllengefilden auf die Ebene der Sterblichen überzuwechseln, und sie würden sie auch noch für einige Zeit brauchen. Doch das kümmerte Malevolyn nicht. Im Augenblick war es sogar besser, wenn der Feind diese winzige Armee für sterblich hielt. So würden die Kommandanten in Lut Gholein zu selbstsicher und arrogant reagieren und sich auf Taktiken verlegen, die ihnen einen vermeintlich leichten Sieg erlaubten. Doch dabei würden sie sich in Wahrheit nur zu einem Gemetzel formieren, auf das sich Malevolyn schon jetzt freute.

Xazax gesellte sich zu dem Menschen und wurde damit sichtbar, nachdem er viel zu lange verschwunden gewesen war. Von allen Dämonen, mit denen er bisher unterwegs war, präsentierte sich Xazax als der dominanteste. Dennoch bewegte sich das heimtückische Insekt so, als habe es Furcht, dass man es sogar an einem so düsteren Tag wie diesem sehen könnte.

„Warum schleichst du so herum? Wovor hast du Angst?“, fragte Malevolyn, der ein wenig misstrauisch wurde. „Erwartest du irgendetwas, von dem ich nichts weiß, aber wissen sollte?“

„Dieser eine hat vor nichts Angst!“, herrschte der Dämon ihn an und klapperte wütend mit den Beißzangen. „Vor gar nichts!“ Dann fügte er mit etwas leiserer Stimme hinzu: „Dieser eine ist nur … vorsichtig …“

„Du benimmst dich, als hättest du Angst vor etwas."

„Nein … nichts …"

General Malevolyn erinnerte sich daran, wie Xazax auf die Erwähnung des Namens Baal und auf die Legende reagiert hatte. Die Legende, der zufolge sich das Grab dieses Dämonenfürsten unter Lut Gholein befinden sollte. War es möglich, dass diese abwegige Geschichte doch ein Körnchen Wahrheit enthielt?

Malevolyn beschloss, sich später mit den Ängsten des Dämons auseinander zu setzen, und richtete seinen Blick wieder auf Lut Gholein. Die Stadt lag ahnungslos vor ihnen. Selbst jetzt, da ein Kontingent der Streitmacht des Sultans durch das Tor auf Patrouille ritt, war den Reitern trotz der großen Entfernung anzusehen, welche Einstellung sie hatten. Sie machten ihre Runde im Bewusstsein dass niemand so dreist sein würde, einen Angriff zu wagen, erst recht nicht aus der Wüste kommend. Lut Gholein fürchtete da schon eher eine Offensive von See her. Doch an einem stürmischen Tag wie diesem, war eine solche Gefahr kaum zu erwarten.

„Wir werden diese Patrouille so nahe herankommen lassen, wie es geht", informierte er die Gottesanbeterin. „Dann werden wir sie angreifen. Ich möchte sehen, wie deine Krieger sich verhalten, bevor wir uns der Stadt selbst zuwenden."

„Nicht die Krieger dieses einen", berichtigte Xazax ihn. „Sondern *deine* …"

Die Reiter schwärmten aus und ritten kreuz und quer über das Land diesseits der Stadtmauern. Malevolyn beobachtete sie und wartete ab, da er wusste, dass ihr Weg die Patrouille schon bald dorthin führen würde, wo er sie haben wollte.

„Bogenschützen bereitmachen!"

Einige seiner Männer traten vor, die unmenschlichen Augen voller Eifer. Auch wenn die Dämonen lediglich die Form von Malevolyns Männern übernommen hatten, besaßen sie dennoch das Wissen und die Fähigkeiten ihrer Opfer. Die Gesichter, in die Augustus Malevolyn blickte, waren die seiner besten Bogenschützen. Nun würden die Dämonen beweisen können, ob sie so gut wie jene Männer waren – oder sogar noch besser, was wünschenswert gewesen wäre.

„Auf mein Zeichen …", wies er sie an.

Sie machten ihre Bogen fertig, und auf ein einziges Wort von Xazax hin begannen die Pfeilspitzen zu brennen.

Die Reiter mit den Turbanhelmen kamen näher. Malevolyn ließ sein Pferd ein wenig die Position verändern, damit er besser sehen konnte.

Einer der Wachleute bemerkte ihn und rief den anderen etwas zu. Die Patrouille, die aus vierzig Mann oder mehr bestehen mochte, richtete ihre Aufmerksamkeit auf den Fremden.

„Bereithalten!" Er ließ sein Pferd ein paar Schritte in Richtung der anderen Reiter machen, als wollte er sich mit ihnen treffen. Sie wiederum kamen ihm in einer Form entgegen, die verriet, dass sie zwar ein wenig Vorsicht walten ließen, aber nicht wirklich mit einer ernsthaften Gefahr rechneten. Dann waren die Soldaten aus Lut Gholein nach Ansicht von General Malevolyn nah genug heran.

„Jetzt!"

Nicht einmal das Heulen des Windes war laut genug, um das entsetzliche Kreischen der fliegenden Pfeile zu übertönen. Ein tödlicher Regen, dem der Sturm nichts anhaben konnte, prasselte auf den Feind nieder.

Einige der ersten Pfeile verfehlten ihr Ziel, andere trafen sehr genau. Malevolyn sah, wie eines der Geschosse einen der vorderen Reiter erfasste. Der Schaft bohrte sich durch den Brustpanzer, als wäre er gar nicht vorhanden, und fraß sich tief in den Körper des Mannes. Im nächsten Augenblick ging dieser in Flammen auf, die sich von der Wunde aus über seinen ganzen Leib hermachten. Der Leichnam kippte von dem verängstigten

Pferd und stieß gegen ein anderes Tier, das daraufhin scheute und seinen eigenen Reiter abwarf.

Ein anderer Pfeil traf einen Soldaten ins Bein, doch was allenfalls als schwere Verwundung hätte gelten sollen, nahm die gleichen verheerenden Ausmaße an und ließ den Mann in Flammen aufgehen. Schreiend schlug er auf sein Bein, an dem sich das Feuer unbeeindruckt weiterfraß. Auch sein Tier scheute und warf den Verzweifelten zu Boden. Dort wollten die Flammen nicht aufhören, sondern hüllten ihn inzwischen schon bis zur Taille ein.

Von den gut vierzig Reitern war ein Drittel tot oder so gut wie tot. Auch mehrere Pferde waren getroffen worden, während die übrigen Soldaten versuchten, die Kontrolle über ihre panischen Tiere zurückzuerlangen.

Lächelnd wandte sich Augustus Malevolyn seiner todbringenden Armee zu. „Zweite und dritte Reihe … vorrücken und angreifen!"

Ein Kriegsgebrüll ertönte, das die meisten Männer zu Tode erschrocken hätte, doch den General nur begeisterte. Die dämonische Horde stürmte über die Düne, hielt dabei aber genau die Ordnung ein, die auch Malevolyns menschliche Soldaten beachtet hätten. Dennoch erkannte er in den Bewegungen der Krieger etwas Wildes und hörte aus ihren Rufen die unmenschliche Lust heraus, die sie antrieb. Zahlenmäßig waren sie den Reitern überlegen, doch unter normalen Umständen hätte sich die Patrouille den Weg freikämpfen können.

Einer der Offiziere sah die heranstürmende Meute und rief eine Warnung. Sofort machten die Überlebenden der Patrouille kehrt, um nach Lut Gholein zurückzureiten. Doch Malevolyn hatte nicht die Absicht, sie entkommen zu lassen. Er sah zu den Bogenschützen und befahl eine weitere Angriffswelle.

Diesmal flogen die Pfeile weit über die Gegner hinweg, so wie es beabsichtigt gewesen war. Im nächsten Augenblick explodierte der Sand vor der sich zurückziehenden Gruppe und ging in Flammen auf, als die Pfeile auftrafen. Für wenige kostbare Sekunden war der Weg durch eine Feuerwand versperrt.

Diese Sekunden genügten den Dämonen, um ihre Gegner einzuholen.

Mit erhobenen Schwertern und Speeren umschwärmten sie die Reiter, von denen viele zusammen mit ihren Reittieren in die Spitzen der Waffen fielen. Die Männer der Patrouille setzten sich zur Wehr und attackierten ihre Angreifer. Einem von ihnen gelang es, einen Treffer zu landen, der tödlich hätte sein müssen. Malevolyns unheilbringender Krieger ignorierte den Schlag jedoch völlig und packte den fassungslosen Soldaten, um ihn vom Pferd zu ziehen.

Ein Offizier der Patrouille versuchte, einen besseren Widerstand zu organisieren, doch zwei der Dämonen rissen ihn im nächsten Moment zu Boden, warfen ihre Waffen zur Seite, zerrten ihm die Rüstung vom Leib und fraßen sich in das Fleisch darunter.

„Sie sind sehr … enthusiastisch“, bemerkte Xazax amüsiert.

„Solange sie nicht vergessen, was ich ihnen heute morgen gesagt habe …“

„Das werden sie nicht.“

Einer der wenigen Überlebenden versuchte, in Richtung Lut Gholein zu entkommen. Ein Dämon griff eines seiner Beine und hätte ihn zu Fall gebracht, wäre nicht ein anderer Besessener dazwischengegangen, der die Klauen seines Kameraden packte, damit dem Reiter die Flucht gelang.

„Siehst du? Dieser eine hat dir versprochen, dass sie deinen Befehlen gehorchen werden, Kriegsherr …“

„Gut. Sobald die Übrigen erledigt sind, rücken wir vor. Ich nehme an, du bleibst zurück?“

„Für den Augenblick, Kriegsherr …“ Xazax hatte zu bedenken gegeben, dass er ohne menschliche Form für diesen ersten

Kampf ein zu schockierender Anblick gewesen wäre. Im Tageslicht konnte der Dämon nicht überzeugend genug die Illusion eines Menschen erhalten, so wie er es in der Nacht getan hatte. Hätte General Malevolyn das schattenhafte Gesicht während dieser Begegnung genauer betrachtet, dann wäre ihm aufgefallen, dass gar keine echten Gesichtszüge existierten, sondern lediglich Andeutungen.

Die Erklärung für das Zögern des Dämons wies einige Lücken auf, über die der General später noch mit ihm reden würde. Doch er wusste, dass diese Unterhaltung noch Zeit hatte. Die Rüstung rief nach Malevolyn, und er musste nur die Stadt einnehmen, um sie in die Hände zu bekommen.

Ein Stück unterhalb der Düne neigte sich das Gemetzel seinem Ende entgegen. Die Reihen der Widersacher lichteten sich mit jedem Augenblick mehr. Es wurde immer deutlicher welcher Art Malevolyns Streitmacht war, als die Dämonen über die Soldaten herfielen und den Sand mit deren Blut tränkten.

Inzwischen hatte der einzige Überlebende die Tore von Lut Gholein erreicht, Hörner erschallten hinter der Stadtmauer und warnten alle, dass das Königreich angegriffen wurde.

„Also gut! Dann sollen sie uns sehen können!“ Malevolyn streckte seine Hand hoch in die Luft – und in ihr nahm das feurige schwarze Schwert Form an, das er gegen die Käferdämonen eingesetzt hatte. „Vorrücken!“

Die Wolken grollten und Blitze zuckten über den Himmel, als General Malevolyns Armee aus ihrem Versteck kam. Die erste und zweite Reihe stellten sich am Fuß der Düne auf; sie waren ein wenig ungeordneter als zuvor. Das Blutvergießen hatte die Dämonen angeregt und sie etwas von den menschlichen Zügen vergessen lassen, die sie an sich gerissen hatten. Doch solange sie seine Befehle exakt ausführten, wollte der General über diesen kleinen Missstand hinwegsehen.

Der heulende Wind zerrte an Malevolyns Umhang. Er rückte

den Helm zurecht und neigte den Kopf ein wenig, damit ihm der Sand nicht ins Gesicht geweht wurde. Bislang hatte der Himmel nicht nach Regen ausgesehen, doch nicht einmal das hätte den General noch stoppen können.

Panik musste sich unter der Bevölkerung der Stadt breit machen, während die Soldaten seine heranrückende Truppe beobachten und trotz des Gemetzels an der Patrouille zu der Ansicht gelangen würden, dass dieser neue Feind zahlenmäßig zu klein sei, um eine echte Bedrohung darzustellen. Sie hatten zwei Möglichkeiten zu reagieren. Entweder würden sie sich von der Stadtmauer aus verteidigen oder aber eine deutlich größere Truppe ausschicken, um den brutalen Überfall zu rächen, von dem der überlebende Wachmann berichtet hatte.

So wie er die menschlichen Gefühle kannte, ging Augustus Malevolyn davon aus, dass sie sich für Letzteres entscheiden würden.

„Alle Mann in Reihen formieren!"

Die höllische Horde schwärmte aus, um zwei größere und beeindruckendere Reihen zu bilden. Für die Befehlshaber von Lut Gholein musste es aussehen, als wollten die Invasoren versuchen, ihre Truppe bedeutender wirken zu lassen. Und diese Befehlshaber würden auch denken, wie dumm die Angreifer doch sein mussten, dass sie einen so offensichtlichen Trick versuchten.

Lut Gholein würde warten, ob dieser ersten Truppe eine zweite folgte – und die Wahrscheinlichkeit für eine zweite Truppe danach beurteilen, wie nahe Malevolyn mit seinen Leuten sich an die Stadtmauern heranwagte. Dann würden die Kommandanten darüber entscheiden, ob es das Risiko wert sei, diese erste Welle zu zerschmettern und sich zurückzuziehen, ehe Verstärkung eintreffen konnte …

Einige der Dämonen hielten sich nicht genau an die vorgeschriebene Aufstellung, doch der größte Teil folgte dem Befehl.

Ihr neuer Kriegsherr hatte ihnen viel Blut und viel Chaos versprochen, allein deshalb unterstellten sie sich seiner Kontrolle. Sie hatten nur einen einzigen Befehl erhalten, den sie ausführen sollten, sobald die Mauern der Stadt überwunden waren: Der Mann in der karmesinroten Rüstung musste sofort zu Malevolyn gebracht werden!

Mit allen anderen Bewohnern durften sie so verfahren, wie es ihnen beliebte.

Als Malevolyn und seine Truppe den Punkt erreichten, der die Mitte zwischen dem Schlachtfeld und den Toren der sagenhaften Stadt darstellte, tauchte an der Festungsmauer auf einmal eine lange Reihe von Kämpfern mit Turbanen auf, die Bogen hielten. In rascher Folge schossen sie eine Welle aus Pfeilen ab, die alle so ausgerichtet waren, dass sie die erste Reihe der Angreifer auslöschen würden – den General eingeschlossen.

Doch als sich die ersten Pfeile Malevolyn näherten, wurde jedes Geschoss für einen kurzen Moment von einem hellen Blitz umgeben … und war dann verschwunden, noch bevor es sich ihm oder seinem Pferd hatte nähern können. Eine ganze Salve Pfeile verschwand auf diese Weise! Der General hatte nur ein höhnisches Grinsen für diesen Versuch übrig, ihn, den Anführer der feindlichen Truppe, schnellstmöglich auszuschalten.

Doch um ihn herum fiel ein Krieger nach dem anderen, Pfeile ragten ihnen aus dem Hals, aus der Seite und aus dem Kopf. Pfeilregen auf Pfeilregen prasselte auf sie herab und bescherte dem künftigen Kriegsherrn den Verlust fast der Hälfte seiner Leute.

Blitze zuckten über Lut Gholein – eine optische Fanfare, die die zweite Phase der Verteidigung einläutete. Durch die offenen Tore marschierte eine gewaltige Legion gefühlloser und verbitterter Kämpfer, auf Pferden und auch zu Fuß, in makelloser Schlachtordnung auf die mordlüsternen Invasoren zu. Die Krieger mit den Turbanen schwärmten aus und formierten sich in

Reihen, die nicht nur länger waren als die von Malevolyns Leuten, sondern auch entschieden dichter standen. Wie er erwartet hatte, genügte es seinen Gegnern nicht, von der Festungsmauer aus zu kämpfen. Sie wollten ihn und seine Leute für die abgeschlachteten Reiter bezahlen lassen, und zugleich wollten sie Ruhm für sich einheimsen.

„Narren“, murmelte er und zwang sich, nicht zu lächeln. „Hitzköpfige Narren!“

General Malevolyn befahl keinen Rückzug. Unter normalen Kampfbedingungen hätte sich das sogar noch verlustreicher erwiesen als sein aberwitziger Angriff. Wenigstens konnten seine Männer in der Gewissheit sterben, dass sie mehr Feinde mit sich nahmen.

Als sich die beiden Fronten einander näherten, gab er einem der wenigen überlebenden Soldaten ein Zeichen.

Der Höllensoldat setzte ein Horn an seine Lippen und ließ einen wehklagenden Ton erschallen, der sich auf dem Schlachtfeld ausbreitete.

Die scheinbar Toten erhoben sich aus dem Sand, und dann stürmten General Malevolyns Dämonen los, ohne sich um die Wunden zu kümmern, die ihnen zugefügt worden waren. Männer in Rüstungen, denen Pfeile im Hals oder sogar im Auge steckten, bewegten sich auf die ungläubigen Verteidiger zu, von denen manche entsetzte Schreie ausstießen und versuchten, zurückzuweichen, dabei aber mit denen zusammenstießen, die weiter vorrückten. Die Reihen wurden langsamer und gerieten ins Stocken, als jeder Mann an der Frontlinie den erschreckenden Anblick zu sehen bekam.

Mit einer Stimme, die sogar den Donner übertönte, brüllte Malevolyn: „Tötet sie! Tötet alle!“

Die Dämonen ließen kehlige Schreie erschallen und stürzten sich auf ihre zahlenmäßig überlegenen, dafür aber sterblichen Widersacher.

Sie krallten sich in die Menschen und rissen ihnen mit ihrer infernalischen Kraft Gliedmaßen oder sogar den Kopf ab. Die Verteidiger von Lut Gholein, die sich in der ersten Reihe befanden, starben eines grässlichen Todes. Viele wurden völlig von Schwertern aufgeschlitzt, andere von unerbittlichen Händen zerrissen, während sie gellend schrien. Schwerter und Lanzen zeigten bei den Truppen des Generals kaum Wirkung, auch wenn der eine oder andere Dämon tatsächlich fiel. Doch trotz dieser geringen Verluste wendete sich die Schlacht eindeutig gegen die Verteidiger. Deren Leichen begannen sich aufzutürmen, während die in den hinteren Reihen, die noch immer nichts von der schrecklichen Wahrheit wussten, weiter nach vorn drängten und dabei ihre Kameraden in den unerbittlichen Rachen des Todes schoben.

Ein Horn ertönte auf der anderen Seite der Stadtmauer, und im nächsten Moment regneten erneut Pfeile auf die Angreifer herab. Diese neue Welle zeigte jedoch kaum Wirkung, vielmehr bescherte sie weitere Verluste unter den Verteidigern, die nun ihren eigenen Bogenschützen zum Opfer fielen. Fast zeitgleich mit dieser ersten Welle von Pfeilen war das Horn wieder zu hören – doch es waren bereits Dutzende ums Leben gekommen.

In den Reihen der Dämonen kämpfte Malevolyn so besessen wie der Rest seiner infernalischen Truppe. Die schwarze Klinge schnitt eine blutige Spur durch seine Feinde, weder Rüstungen noch Knochen konnten sie aufhalten. Schon bald machte sogar seine eigene Armee für ihn Platz. Malevolyns schwarze Rüstung war von oben bis unten blutrot, doch das trieb ihn nur zu noch grausamerem, brutalerem Handeln an.

Plötzlich explodierte der Boden um ihn herum. Sein Pferd stürzte schwer und war auf der Stelle tot. General Malevolyn hatte mehr Glück und landete ein Stück weit entfernt auf der Erde. Die Explosion hätte einen gewöhnlichen Sterblichen auf der Stelle getötet, doch er war nur für Sekunden betäubt.

Er erhob sich und sah zur Stadtmauer, wo er zwei Gestalten in Roben entdeckte. Es waren ohne Zweifel Vizjerei, die im Dienst des jungen Sultans standen. Malevolyn hatte erwartet, dass Lut Gholein sich auch mit Magie zur Wehr setzen würde, doch die Schlacht hatte ihn so sehr in ihren Bann gezogen, dass er es völlig vergessen hatte.

Ein nie gekannter Zorn ergriff von ihm Besitz. Er erinnerte sich an Viz-jun, daran, wie Horazon und die anderen ihn getäuscht und seine höllische Horde in eine Falle gelockt hatten …

„Nicht *dieses* Mal!“ Augustus Malevolyn hob seine Faust und schrie Worte, die ihm gänzlich unbekannt waren. Direkt über ihm schien der Himmel bereit zu explodieren.

Ein heftiger Wind traf die Festungsmauer, jedoch nur an jener Stelle, wo die beiden Hexenmeister standen. Diejenigen, die dorthin sahen, erlebten mit, wie die beiden Männer hoch hinauf in die Luft gerissen wurden und hilflos mit den Armen ruderten, während sie zweifellos versuchten, einen Gegenzauber zu wirken.

Der Kriegsherr riss die Faust energisch nach unten.

Schreiend stürzten die beiden Vizjerei so schnell zu Boden, als hätte man sie mit einem großen Bogen in diese Richtung geschossen. Als die Hexenmeister aufschlugen, wichen sogar die Dämonen zurück, so erschrocken waren sie über den gewaltigen Aufprall, der das Leben der beiden Männer beendete. Einzig Malevolyn sah dem Ganzen zufrieden zu. Er hatte den ersten Schritt unternommen, um *seinen* Verlust bei Viz-jun zu rächen. Ihm fiel nicht einmal auf, wie sehr sich seine Erinnerungen mit denen von Bartuc verwoben hatten, da er nicht mehr in der Lage war, beides zu trennen. Es konnte nur einen Kriegsherrn des Blutes geben, und der stand fast am Tor zu dieser zitternden Stadt.

Mit sicherem Blick erfasste er einen der unterlegenen Verteidiger, einen hochrangigen Offizier. Ein Dämon stand vor dem bärtigen Krieger, und die in Schwarz gekleidete Kreatur zwang den feindlichen Kommandanten auf die Knie.

General Malevolyn handelte rasch, ließ das magische Schwert in seiner Hand erscheinen und jagte es dem ungläubigen Dämon in den Rücken. Der monströse Krieger schrie auf, der Körper in der Rüstung zerfiel, bis nur noch eine papierdünne Schicht aus getrocknetem Fleisch die Knochen überzog. Ein wenig grüner Rauch wölkte aus dem zusammenfallenden Leichnam empor und wurde vom Wind verstreut.

Malevolyn stieg über den Haufen aus Knochen und Metall und ging zu dem Offizier, dessen Leben er soeben gerettet hatte. Der General hatte erkannt, dass der Dämon nicht rechtzeitig genug eine Pause gemacht hätte, und der Verlust eines seiner Untergebenen bedeutete ihm nicht viel. Nach Lut Gholein würde er in der Lage sein, jedes Geschöpf aus den Höllen zu beschwören.

Der geschwächte Offizier versuchte, sich zur Wehr zu setzen, doch mit einer knappen Geste seiner Hand sorgte der General dafür, dass die Waffe aus der Hand des Mannes flog – und sich in die Kehle eines anderen Verteidigers bohrte.

Er packte den unglücklichen Offizier am Hals und zerrte ihn hoch, bis dieser vor ihm stand. „Hör mir zu, und du kannst leben, Narr!“

„Ihr könnt mich auch auf der Stelle umbringen …“

Malevolyn drückte seine Hand zusammen, bis der Mann fast erstickt war, dann lockerte er seinen Griff ein wenig, sodass sein Gegner wieder atmen konnte. „Dein Leben und das Leben von jedem in Lut Gholein gehört mir! Nur eine Sache wird euch alle für den Augenblick retten! Eine Sache!“

„W-was?“, röchelte der Offizier, der jetzt viel vernünftiger wirkte.

„In der Stadt befindet sich ein Fremder. Ein Mann, der eine

Rüstung in der Farbe des Blutes trägt, wie es uns beide bedeckt und das vielleicht weiter durch deine Adern fließen wird! Bring ihn her! Bring ihn durch das Tor und schicke ihn zu mir!"

Er sah, wie der Kommandant die Vor- und Nachteile gegeneinander abwog. „Ihr … Ihr werdet diesem Kampf ein Ende setzen?"

„Ich werde dem Kampf ein Ende setzen, wenn ich habe, was ich will … und bis ich ihn sehe, wird Lut Gholein keinen Frieden kennen! Denk gut darüber nach, denn du kannst schon jetzt sehen, dass diese Mauern gegen mich nichts ausrichten können."

Der Mann brauchte nicht lange. „Ich … ich werde es tun!"

„Dann geh!" General Malevolyn stieß den Offizier verächtlich nach hinten und gebot einem Paar dämonischer Soldaten, das im Begriff stand den Mann zu töten, Einhalt. An den feindlichen Kommandanten gewandt fuhr er fort: „Tritt mit deinen Leuten den Rückzug an. Jeder, der es schafft, durch die Tore in die Stadt zurückzukehren, wird verschont werden. Wer dir nicht schnell genug folgen kann, wird eine gute Mahlzeit für die Aasfresser. Das ist alles, was ich dir gewähren kann. Sei dankbar, dass du so viel bekommst."

Der Offizier trat vor ihm die Flucht an und rannte in Richtung Lut Gholein. Malevolyn sah, wie er jemandem auf der Mauer ein Zeichen gab. Im nächsten Moment ertönte ein wehklagendes Heulen aus einem der Hörner in der Stadt.

Ein Mann, dessen Augen so blutrot waren wie Augustus Malevolyns Rüstung, kam zu diesem. Sein Gesicht war einst das von Zako gewesen. „Ihr lasst sie ziehen, Kriegsherr?"

„Natürlich nicht. Bringt sie um, lasst keinen am Leben, der es nicht schnell genug bis zum Tor schafft. Aber ihr lasst jeden in Ruhe, der es schafft, und ihr begebt euch nicht in die Stadt!" Er blickte in Richtung des feindlichen Kommandanten, der sich nicht die Mühe gemacht hatte, auf seine Leute zu warten. „Und sorgt dafür, dass er überlebt. Er hat ihnen einiges zu berichten.“

„Ja, Kriegsherr …“ Der Zako-Dämon verbeugte sich, dann zögerte er. „Wir dringen nicht in die Stadt vor? Wir lassen Lut Gholein unbehelligt?“

„Ich will die Rüstung! Wir werden ihnen das Leben schwer machen und alles tun, was wir können, um ihre Verteidigung zu schädigen. Doch bis ich die Rüstung habe und den Kopf desjenigen, der es gewagt hat, sie mir vorzuenthalten, so lange ist die Stadt tabu!“ General Malevolyn – *Kriegsherr* Malevolyn – lächelte finster. „Ich habe ihnen versprochen, dass ich der Schlacht ein Ende bereite, und dass Lut Gholein keinen Frieden kennen wird, bis ich die Rüstung habe. Wenn ich sie habe, werde ich ihnen geben, was ich versprochen habe: Ich werde dem Kampf *ein für allemal* ein Ende setzen – und ihnen Ruhe geben *…Grabesruhe*.“

SIEBZEHN

„Was ist das für ein Geräusch?“, fragte Norrec und sah von dem Muster auf, das er in den Sand gezeichnet hatte.

Dicht neben ihm schüttelte Galeona den Kopf. „Ich höre nur Donner, mein Ritter.“

Er erhob sich und lauschte erneut. „Klingt wie Kampflärm … der von der Stadt her kommt.“

„Vielleicht eine Feier. Möglicherweise hat der Sultan Geburtstag.“

Norrec argwöhnte, dass sie beharrlich das bestritt, was er zweifellos erkannt hatte. Zwar hatten sich seine eigenen Erinnerungen und die Bartucs so sehr vermischt, dass es schwer war, sie voneinander zu trennen, doch beide Erinnerungen halfen ihm jetzt, das zu bestimmen, was er hörte. Der Lärm, die Schreie … das alles zeugte von Gewalt, von Blutvergießen …

Ein Teil von ihm sehnte sich danach, sich daran zu beteiligen.

Nein … Er hatte Wichtigeres zu tun. Horazons Grab, das die arglistige Hexe als die Geheime Zuflucht bezeichnete, musste sich hier ganz in der Nähe befinden. Vielleicht sogar dort, wo er gerade stand.

Er kniete sich wieder hin und ignorierte, dass Galeona für den Moment erleichtert wirkte. Etwas an dem Muster, das er gezeichnet hatte – ein auf dem Kopf stehendes Dreieck mit Kreisen um jede Ecke und drei Halbmonden darunter –, kam ihm seltsam vor. Dass der Kämpfer eigentlich gar nichts von derartigen Zaubern hätte wissen können, kümmerte ihn nicht. Bartuc hatte sie gekannt, und damit kannte auch Norrec Vizharan sie.

„Was fehlt?"

Die Hexe zögerte. „Eines von zwei Dingen. Um nach einer Person zu suchen, müsst Ihr ein Pentagramm in die Mitte des Dreiecks zeichnen. Um nach einem Ort zu suchen, ist ein größeres Pentagramm rund um das Muster erforderlich."

Es ergab Sinn. Norrec verzog das Gesicht, weil er etwas so Simples vergessen hatte. Er belohnte sie mit einem Lächeln. „Sehr gut."

Trotz der Tatsache, dass ihre magischen Fähigkeiten sein eigenes wachsendes Geschick unterstützten und dass ihre körperlichen Reize seine niederen Instinkte ansprachen, änderte sich nichts daran, dass der Soldat seiner neuen Begleiterin nicht für eine Minute vertraute. Sie sprach Halbwahrheiten, und sie verschwieg ihm vieles. Er konnte ihren Ehrgeiz spüren. Die Zauberin betrachtete ihn als jemanden, der ihren Zwecken dienlich war – genau das also, was sie umgekehrt für ihn war. Solange sie seine Bemühungen unterstützte, war es ihm egal, dass sie log. Sollte sie aber versuchen, ihn zu verraten, würde er kein Problem damit haben, mit ihr so zu verfahren wie mit jedem anderen Verräter.

Ein Teil von ihm kämpfte immer noch gegen das an, was aus ihm geworden war. Sogar jetzt spürte Norrec, dass solche Gedanken, wie er sie soeben über Galeona gehegt hatte, gegen praktisch alles sprachen, woran der Soldat in seinem bisherigen Leben geglaubt hatte. Und doch schien es so einfach, diese Gedanken nun zu akzeptieren.

Sein Geist kehrte zurück zu seiner Aufgabe. Er musste Horazons Grab finden, auch wenn das *Warum* ihm weiterhin rätselhaft blieb. Vielleicht würde der Sinn dieser Suche klar werden, wenn er an seinem Ziel angelangt war.

Er zeichnete das größere Pentagramm, da es besser war, nach

der Zuflucht als nach dem Mann zu suchen. Horazon würde nur noch ein Haufen Knochen sein, was es schwierig machen würde, sich auf ihn zu konzentrieren. Das Gebäude dagegen war für den Zauber ein größeres und damit leichter auffindbares Ziel.

„Habt Ihr einen solchen Zauber schon einmal gewirkt?"

Galeona warf ihm einen stolzerfüllten Blick zu. „Natürlich habe ich das." Dann wurde ihre Miene ein wenig unsicherer. „Aber weder kenne ich die Lage der Geheimen Zuflucht, noch besitze ich irgendetwas daraus."

„Das wird kein Problem sein." Norrec hatte sich bereits einen Plan zurechtgelegt. Er war sicher, dass er sowohl die notwendige Beschwörung hätte sprechen, als auch seine Aufmerksamkeit auf die Position hätte richten können, doch dann wäre er gezwungen gewesen, seine Gedanken zu sehr aufzuteilen. Das wiederum wäre mit der Gefahr eines Fehlschlags verbunden gewesen. Die Geheime Zuflucht hatte sich bereits als ein Ort entpuppt, der seine Position nicht so ohne weiteres zu erkennen geben wollte. Auch nachdem die Rüstung Drognan abgewehrt hatte, war Norrec durch eine andere Kraft von seinem Ziel fortgedrängt worden. So wie Bartucs eigenes Grab war vermutlich auch Horazons Ruhestätte mit der Absicht errichtet worden, sie umfassend zu sichern. Ihre Erbauer hatten offenbar Grabräuber fernhalten wollen und zu diesem Zweck solch wirkungsvolle Schutzmaßnahmen getroffen, wie sie dem Soldaten in Drognans Kammer begegnet waren.

Aber wenn Galeona den Zauber wirkte, konnte Norrec seine volle Konzentration auf das Ziel richten. Das würde sicherlich funktionieren. Wenn nicht …

Er erklärte der Hexe seine Vorstellungen. Sie nickte bestätigend. „Ich glaube, das lässt sich bewerkstelligen. Doch wir müssen eins im Geiste eins, sonst arbeiten unsere Gedanken gegen uns."

Sie streckte ihre Hand aus, und Norrec nahm sie entgegen.

Galeona lächelte ihn an, doch etwas an diesem Lächeln hatte auf den Soldaten eher eine abstoßende, denn eine anziehende Wirkung. Wieder bemerkte er in ihren Augen ungebändigten Ehrgeiz. Die Hexenmeisterin glaubte, ihn unter ihre Kontrolle zu bekommen, wenn sie ihm bewies, wie nützlich sie für ihn war. Das wiederum weckte in ihm nur zusätzliche finstere Gedanken, Gedanken daran, was er mit jemandem anstellen würde, der so mit ihm umging. Es konnte nur einen Herrn geben – und das musste Norrec sein.

„Stellt es Euch vor", murmelte sie. „Stellt Euch vor, wohin wir uns begeben sollen …"

Vor seinem geistigen Auge malte sich Norrec das Grab so aus, wie er es beim ersten Mal gesehen hatte. Er war sicher, dass jene erste Vision die Wahrheit gezeigt hatte. Und dass die Macht, die ihn von der Zuflucht fern hielt, anschließend versucht hatte, seine Erinnerung zu beeinflussen. Die Skelette in den Gewändern, der Steinsarg mit dem Symbol des Drachen über dem Halbmond … diese Bilder mussten das wahre Grab gezeigt haben.

Galeona hielt sich fest und lehnte sich nach hinten. Die Augen waren geschlossen, ihr Gesicht hatte sie dem Himmel zugewandt. Sie schwankte leicht, während sie die Zauberformel sprach, und zog an den Panzerhandschuhen ihres Gefährten.

Norrec schloss ebenfalls die Augen, damit er nicht vom Anblick der Hexe abgelenkt wurde, als er sich Horazons Ruhestätte vorstellte. Ungeduld erfüllte ihn. So *würde* es funktionieren. Er *würde* in die Geheime Zuflucht versetzt werden.

Und was dann?

Norrec blieb keine Zeit, eine Antwort auf diese Frage zu finden, da er auf einmal spürte, wie sein Körper leichter wurde – als sei er mehr Geist denn Fleisch. Das einzige Ziehen kam von seinen Händen, wo die Hexenmeisterin die Panzerhandschuhe nach wie vor fest umschlossen hielt.

„Nezarios Aero!“, schrie Galeona. *„Aerona Jy!“*

Der Körper des Kämpfers knisterte vor reiner Energie.

„Aerona Jy!“

Ein intensives Gefühl der räumlichen Versetzung erfasste Norrec …

… und im nächsten Moment fühlte er unter seinen Stiefeln massiven Stein.

Norrec Vizharan riss die Augen auf und sah sich um. Er war umgeben von mit Spinnweben überzogenen Wänden, in denen er eine Reihe von Statuen erkannte, die sich von Gesicht und Gestalt her deutlich unterschieden – und die ihn anzustarren schienen. Er konnte sich nicht an jeden einzelnen Namen erinnern, doch er entdeckte mehr als eine Gestalt, mit der er zu Lebzeiten bestens bekannt gewesen war – und auch seinen Bruder Horazon.

Nein! Horazon war *nicht* sein Bruder! Warum kam ihm bloß immer wieder dieser Gedanke?

„Wir haben es geschafft!“, rief Galeona, die nun auch ihre Umgebung wahrgenommen hatte. Sie warf sich an seinen Hals und küsste ihn so wild, dass er sie fast nicht zurückweisen konnte. Dennoch wünschte sich Norrec nichts lieber, als sie von sich zu stoßen.

„Ja, hier ist es“, erwiderte er, nachdem es ihm gelungen war, ihre Arme von seinem Körper zu lösen.

„Es gibt nichts, was wir nicht *gemeinsam* erreichen können“, schmachtete sie. „Niemand kann sich *uns* in den Weg stellen …“

Ja, Galeona wollte zweifellos ihre Allianz besiegeln. Die verführerische Hexe verstand sehr gut, welche Macht er besaß, welche Macht die Rüstung ihm verlieh. Norrec war sicher, dass sie die Rüstung selbst gern getragen hätte. Ein Partner wäre dann überflüssig für sie geworden. Je eher er sich von ihr befreite, desto besser.

Norrec wandte sich von der teuflischen Frau ab und spähte in den alten, muffigen Gang. Auffälliges gelbes Licht erhellte das verlassene Bauwerk, ein Licht, das von überall her zugleich zu kommen schien. Er konnte sich nicht daran erinnern, dass es auch bei seinem ersten Ausflug in dieses Reich gebrannt hatte. Doch da alles andere so war, wie er es in Erinnerung hatte, nahm er davon nicht weiter Notiz. Sein Ziel lag unmittelbar vor ihm.

„Hier entlang." Ohne darauf zu achten, ob die Hexenmeisterin ihm folgte, stürmte Norrec durch den Gang in die Richtung, in der sich der Sarkophag befinden musste. Galeona beeilte sich, um zu ihm aufzuschließen, und legte einen Arm um seinen Rücken – als wären sie ein Liebespaar, das im Mondschein einen Spaziergang unternahm. Er löste sich nicht aus ihrem Griff, weil er wusste, dass er auch *sie* damit unter Kontrolle halten konnte.

Hin und wieder entdeckte er bei den Statuen ein vertrautes Gesicht. Norrec nahm jedes von ihnen mit Befriedigung wahr, da er sich an die Reihenfolge ihres Auftauchens in seiner Vision erinnerte. Dies bewies nicht nur, dass er sich in die richtige Richtung bewegte, nein, anhand der Gesichter erkannte er auch, dass die letzte Kammer nicht mehr weit entfernt lag.

Dennoch hatten die Statuen irgendetwas an sich, was dem Kämpfer Unbehagen bereitete, denn obwohl sie nach außen hin mit denen identisch zu sein schienen, an die er sich erinnerte, begann er winzigste Veränderungen zu erkennen. Bestimmte Gesichtszüge wirkten geringfügig anders – die Form einer Nase, die Rundung eines Mundes, ein zu kantiger Kiefer. Vor allem aber stellte er bei den Augen Abweichungen fest. Es war nie etwas wirklich Greifbares, doch es veranlasste Norrec schließlich, vor einer der Statuen stehen zu bleiben, um sie genauer zu betrachten.

„Was ist?", flüsterte Galeona, die darauf brannte, zu ihrem endgültigen Ziel zu gelangen.

Das Gesicht, das er ansah – es war das von Oskul, einem diensteifrigen Magier mit rundlichem Gesicht, der Horazons Aufnahme in den Rat unterstützt hatte –, wies starke Ähnlichkeit mit dem auf, an das er sich erinnerte. Doch die Augen hätten etwas enger stehen müssen, außerdem hatte der Künstler ihnen einen schläfrigen Ausdruck verliehen, der nicht dem stets wachen und aktiven Wesen dieses Mannes entsprach. Alles andere an der Statue wirkte makellos, doch die Augen störten Norrec zusehends.

Aber er war nur kurze Zeit in diesem Grab gewesen – und nur einen Bruchteil davon bei den gespenstischen Statuen. Die Fehler, die ihm nun auffielen, hatten wohl mehr mit dem Unvermögen des Künstlers zu tun denn mit anderen Ursachen.

„Nichts", erwiderte der Soldat schließlich. „Kommt."

Sie gingen einige Minuten lang weiter, bis sie endlich in die Gruft eintraten. Norrec lächelte, als er die antike Stätte betrachtete. Hier sah alles so aus, wie es sollte. In den Nischen zur Linken und zur Rechten begrüßten die skelettartigen Abbilder von Vizjerei-Hexenmeistern die Besucher. Der gewaltige Steinsarg auf dem Podest entsprach exakt dem aus Norrecs Vision.

Der Sarg …

„Horazon …", flüsterte er.

Mit wachsender Ungeduld zog Norrec Galeona hinter sich her zum Sarkophag. Der Schrecken, den er während seines Traumbesuchs an diesem Ort erlebt hatte, war vergessen. Norrec wollte nur noch eines: den Sarg öffnen. Er löste sich von der Hexe, dann griff er nach dem Deckel.

In dem Augenblick wanderte sein Blick noch einmal hinunter zu den Clanmarkierungen – etwas an ihnen zog seine Aufmerksamkeit auf sich.

Der Drachen war unverändert – doch darunter befand sich nun ein flammender Stern.

Er trat zurück, da ihm allmählich die Wahrheit dämmerte. Es

hatte zu viele Fehler gegeben, zu viele Abweichungen in den Details …

„Was ist? Warum öffnet Ihr ihn nicht?“

Norrec betrachtete die verräterischen Zeichen und gab zurück: „Weil er nicht real ist.“

Er machte eine ausholende Bewegung, um die toten Magier in sein Feststellung einzuschließen. „Ich glaube, *nichts* von alledem hier ist real!“

„Aber das ist doch verrückt!“ Galeona berührte den Sarg. „Er ist so real wie Ihr und ich!“

„Tatsächlich?“ Norrec streckte seine Hand aus, in der, wie erhofft, das unheilvolle schwarze Schwert Gestalt annahm. „Dann wollen wir doch mal sehen, was daran *wirklich* ist.“

Galeona sah erstaunt und bestürzt zugleich mit an, wie der Soldat das Schwert hoch über seinen Kopf schwang und es dann auf den Sarkophag niederfahren ließ.

Die Klinge durchschnitt den Stein mühelos, hinterließ am Sarg aber keinerlei Spur. Die beiden Hälften, in die Norrec den Block geteilt hatte, hätten sich voneinander lösen und wegkippen müssen, doch nichts dergleichen geschah. Ebenso wenig fielen Horazons zerschmetterte Knochen auf den Boden der Kammer.

„Eine Illusion … oder etwas Ähnliches.“ Er wandte sich den toten Magiern zu, die die Wände säumten, und starrte sie an, als trügen sie an allem Schuld. „Wo ist er? Wo ist Horazon?“

„Vielleicht müssen wir einen anderen Gang nehmen …“, schlug Galeona vor. Ihr Tonfall deutete an, dass sie sich in diesem Augenblick nicht mehr sicher war, ob er, Norrec, nicht vielleicht längst dem Wahnsinn verfallen war.

„Ja, vielleicht.“ Ohne auf sie zu warten, stürmte er aus der Gruft. Eine Weile folgte Norrec dem Verlauf des Korridors, immer auf der Suche nach einem Seitengang oder einer Tür. Doch er konnte sich nicht daran erinnern, eines von beidem je gesehen zu haben. In beiden Versionen seines Traums hatte es immer nur diesen einen Gang gegeben. Die so bedeutende Geheime Zuflucht bestand nur aus Gang und Grabkammer und war keineswegs das gewaltige Gebäude, das man hätte erwarten können.

Es sei denn … Es sei denn, das, was er gesehen hatte, war nur für habgierige Eindringlinge bestimmt gewesen, und die wahre Zuflucht lag anderswo verborgen.

Der frustrierte Kämpfer hielt an, um die Statue eines seiner früheren … nein, eines von *Bartucs* früheren Widersachern zu betrachten. Der bärtige Mann lächelte auf eine Weise, die Norrec als spöttisch empfand.

Das brachte ihn zu einem Entschluss. Erneut hob er die schwarze Klinge.

„Was habt Ihr nun wieder vor?“. wollte Galeona wissen, deren Geduld allmählich erschöpft war. Er mochte ja über gewaltige Kräfte verfügen, doch Norrecs Art, sich im Kreis zu bewegen, beeindruckte sie nicht.

„Wenn es keinen anderen Gang gibt, dann werde ich ihn mir selbst schaffen!“

Er sah die Statue finster an und wünschte sich, ihr herablassendes Lächeln von ihrem Gesicht radieren zu können. Und fand, dass hier die ideale Stelle war, um sich einen Weg zu öffnen … Norrec hielt das Schwert bereit, entschlossen, der lächelnden Figur den notwendigen Hieb zu verpassen.

Doch als die Klinge nur noch wenige Fingerbreit von der Statue entfernt war, zerfiel Norrecs gesamte Umgebung. Der Boden erhob sich, die Wände zuckten zurück, und die Statuen kippten um, als habe sie eine Ohnmacht erfasst. Die Spinnweben sanken in sich zusammen. Stufen entstanden wie aufblühende Blumen, zuckten und wanden sich. Ein Teil des Bodens stieg nicht an, sondern sank ein Stück weit ab, sodass Norrec und Galeona nahe einem Abhang zum Stehen kamen.

Das Einzige, das unverändert blieb, war das umgebende gelbe Licht.

„Was habt Ihr getan?“, schrie Galeona. „Ihr Narr! Alles zerfällt!“

Norrec konnte nicht antworten, da er nicht in der Lage war, das Gleichgewicht zu wahren. Er fiel nach hinten, die schwere Rüstung zog ihn nach unten. Seine Waffe glitt ihm aus der Hand und löste sich noch im Fallen auf. Der Boden erzitterte und hinderte Norrec daran, sich wieder zu erheben. Schlimmer noch, er rollte an den Rand.

„Helft mir auf!“, rief er der Hexenmeisterin zu. Die Panzerhandschuhe pressten sich auf den Steinboden, konnten aber keinen Halt finden. Um ihn herum verwandelte sich die Geheime Zuflucht weiter, ohne dass ein Rhythmus oder ein Grund erkennbar geworden wäre. Es war fast so, als würde das Grab wie ein Mensch von Zuckungen geschüttelt.

Galeona warf Norrec einen Blick zu, zögerte und schaute dann nach rechts, wo sich plötzlich eine Treppe geformt hatte.

„Helft mir, *verdammt*!“

Sie rümpfte die Nase. „Was für eine Zeitverschwendung! Ihr, Augustus, Xazax … ihr alle! Ich verlasse mich besser nur noch auf mich selbst. Wenn Ihr Euch nicht selbst helfen könnt, dann könnt Ihr auch hier zurückbleiben und sterben, *Narr*!“

Galeona warf ihm einen letzten verächtlichen Blick zu, dann machte sie sich auf zur Treppe.

„Nein!“ Wut und Furcht rangen darum, die Oberhand über ihn zu erlangen; Wut und Furcht in einem Maß, wie Norrec es sich niemals hätte vorstellen können. Während sich die Hexe in Richtung der mutmaßlichen Freiheit bewegte und Norrec einem ungewissen Schicksal überließ, wurde in diesem der Wunsch, auszuholen und sie für ihren Verrat zu bestrafen, nahezu übermächtig.

Norrec zeigte mit seiner linken Hand auf sie. Worte der

Macht warteten in seinem Mund darauf, gesprochen zu werden. Mit einem einzigen Satz würde er sich dieser hinterlistigen Frau für immer entledigen …

„Hölle, nein! Das werde ich *nicht* tun!“ Er wandte sich von ihr ab und ließ seinen Arm wieder sinken. Sollte sie ohne ihn fliehen, wenn ihr danach der Sinn stand. Er selbst wollte nicht *noch einen* Tod auf dem Gewissen haben.

Unglücklicherweise teilte die Rüstung diese Meinung nicht.

Arm und Hand erhoben sich wieder, diesmal gegen Norrecs ausdrücklichen Willen. Er versuchte, sie nach unten zu drücken, doch wie am ersten Tag seiner schrecklichen Reise stellte er fest, dass er darüber nicht mehr zu entscheiden hatte –nur noch Mittel zum Zweck war. Bartucs Rüstung wollte sich an Galeona rächen – und das völlig unabhängig davon, was ihr „Wirtskörper“ beabsichtigte.

Der Panzerhandschuh flammte karmesinrot auf.

Die Umgebung war noch immer im Fluss, und die dunkelhäutige Zauberin hatte gerade erst den Fuß der Treppe erreicht. Die verschob sich in diesem Augenblick jedoch zur Seite, sodass Galeona ihre Richtung korrigieren musste. Als Norrecs Hand sich erhob, war es der Hexe gelungen, die ersten beiden Stufen zu erklimmen.

„Nein!“, brüllte Norrec den Handschuh an und sah zu der Flüchtenden hin, die ihren todgeweihten Gefährten nicht einmal mehr eines letzten Blicks gewürdigt hatte. „Lauft! Beeilt Euch! Hinaus mit Euch!“

Erst als er die Warnung gerufen hatte, wurde Norrec klar, was er angerichtet hatte. Seine Worte waren für Galeona Grund genug, stehen zu bleiben und zu ihm zurückzublicken – womit sie entscheidende Sekunden verlor.

Die düsteren Worte, die der Soldat nicht hatte sprechen wollen, kamen nun über seine Lippen.

Galeona sah, was er tat, und reagierte mit einem Gegenschlag. Sie zeigte auf die gebeugte Gestalt und stieß ein einzelnes, raues Wort hervor – ein Wort, das eine Erinnerung, die *nicht* aus Norrec Vizharans eigener Vergangenheit, eigener Erfahrung stammte, als einen äußerst tückischen Zauber erkannte.

Strahlend blaue Flammen umgaben die Hexe, noch bevor sie ausgesprochen hatte. Galeona hob den Kopf und heulte vor Schmerz auf – dann verbrannte sie von einem Augenblick zum anderen zu purer Asche.

Norrec blieb keine Zeit, über ihr schreckliches Ende nachzudenken, da sein gesamter Körper mit einem Mal von Schmerzen befallen wurde und es ihm vorkam, als wolle ihm jeder Knochen in seinem Leib zerbrechen. Norrec spürte bereits, wie die ersten tatsächlich nachgaben. Obwohl die Magie der Rüstung sie vernichtet hatte, war es Galeona offenbar noch gelungen, ihren eigenen Zauber zu wirken. Norrec schrie und zitterte unkontrolliert. Die Rüstung unternahm trotz seines unverkennbaren Leidens nichts, um ihm zu helfen. Im Gegenteil, sie schien nun sogar zu versuchen, sich zu erheben, damit sie jene Treppe benutzen konnte, auf deren Stufen die spärlichen Überreste der Hexenmeisterin verwehten.

Obwohl die Rüstung es bis zu den Stufen schaffte, vermochte sie keinen Schritt weiterzugehen. Jedes Mal, wenn sie es versuchte, wurde sie von einer unsichtbaren Kraft zurückgehalten. Norrecs Faust schlug gegen ein unsichtbares Hindernis in der Luft ein, wobei jeder Schlag neue Schmerzen durch den ohnehin schon Gepeinigten jagte.

„Bitte!", krächzte er, ohne sich darum zu kümmern, dass nur die Rüstung ihn hören konnte. „Bitte … Hilf …!"

„Norrec!"

Trotz seiner Tränen versuchte er, sich auf die plötzliche Stimme zu konzentrieren, die Stimme einer Frau. Rief der Geist Galeonas nach ihm, damit er sich ihr im Tod anschloss?

„Norrec Vizharan!"

Nein ... es war eine andere Stimme, jung, aber bestimmend. Irgendwie schaffte er es, den Kopf ein wenig zu drehen, obwohl ihm dies nur noch schlimmere Qual bereitete. In der Ferne machte er eine annähernd vertraute Frau von blasser Hautfarbe und schwarzem Haar aus, die vergeblich nach ihm zu greifen versuchte. Sie schien sich vor einem kristallinen Durchgang am oberen Ende eines weiteren Treppenabsatzes aufzuhalten. Hinter ihr befand sich eine weitere Gestalt, ein Mann mit langem, wirrem Haar und einem Bart, so weiß wie Schnee. Er wirkte misstrauisch, neugierig und ängstlich zugleich. Und er kam Norrec noch vertrauter vor als die Frau.

„Horazon?“, rief er.

Einer der Panzerhandschuhe fuhr sofort hoch und glühte vor magischer Wut. Bartucs Rüstung hatte auf den Namen reagiert – und das auf unerfreuliche Weise. Norrec fühlte, wie sich ein so gewaltiger Zauber formte, dass Galeonas Tod dagegen wie ein friedliches Entschlafen erscheinen würde.

Wie als Reaktion auf das Tun der Rüstung erhob sich ein schreckliches Stöhnen, das so klang, als würde sich das Gebäude selbst gegen das wehren, was es zu sehen bekam. Horazon und die Frau verschwanden. Die Treppe verschob sich erneut in eine andere Richtung, und um Norrec herum bildeten sich neue Wände. Er fand sich in einem Saal mit hoch aufragenden Säulen wieder, der so wirkte, als sei eben erst ein Ball zu Ende gegangen. Doch auch das änderte sich rasch wieder.

Ganz gleich, in welchem Raum er sich befand, ganz gleich, wohin die Frau und Horazon verschwunden waren, die Rüstung scherte sich einen feuchten Kehricht darum! Ein weiterer Zauber rann über die Lippen des Kriegers, und eine Kugel aus geschmolzener Erde verließ seine Hand, um im nächsten Moment an der Wand, die ihm am nächsten lag, zu zerplatzen.

Das Stöhnen verwandelte sich in *Gebrüll.*

Die gesamte Zuflucht erzitterte. Eine gewaltige Macht schoss aus allen Richtungen auf Norrec zu. Er musste erkennen, dass nicht nur Luft an ihn gepresst wurde, sondern auch Wände und Decke – ja, selbst der Boden bäumte sich auf!

Norrec hob die Arme, die nun offensichtlich wieder ihm gehorchten, und unternahm einen letzten vergeblichen Versuch, die heranrückenden Wände zu stoppen.

Das Mahl war prächtig gewesen, noch viel besser, als Kara es sich hatte vorstellen können. Es übertraf sogar alles, was Kapitän Jeronnan ihr serviert hatte. Wäre da nicht die Tatsache gewesen, dass sie sich in der Gewalt eines wahnsinnigen Magiers befand, sie hätte es wohl noch viel mehr genießen können.

Während des Essens hatte die Nekromantin versucht, dem weißhaarigen Hexenmeister etwas Vernünftiges zu entlocken, doch aus Horazon waren nur Gebrabbel und unzusammenhängende Worte herauszuholen. Einmal hatte er davon gesprochen, er habe die Geheime Zuflucht – der Name entstammte den Legenden, in denen Horazons Grab so benannt wurde – durch Zufall entdeckt, dann wieder behauptete er, er habe sie durch meisterliche Hexenkunst selbst errichtet. Ein anderes Mal hatte Horazon seiner Gefangenen erzählt, er sei nach Aranoch gekommen, um das gewaltige Zusammenströmen von spirituellen Adern in der Stadt und rings um ihren gegenwärtigen Standort zu studieren. Sogar Kara war bekannt, dass Magier in dieser Region viel besser auf die mystischen Energien zugreifen konnten, als an jedem anderen Punkt der Welt. Doch anschließend hatte er mit großer Angst davon gesprochen, er sei auf diese Seite der See geflohen, weil er fürchtete, das finstere Vermächtnis seines Bruders verfolge ihn noch immer.

Nach und nach gelangte Kara schließlich zu der Ansicht, dass sie es mit zwei völlig verschiedenen Menschen zu tun hatte: einem, der wirklich Horazon war, und einem anderen, der dies lediglich von sich glaubte. Die einzige plausible Erklärung dafür war, dass die schrecklichen Qualen, die Horazon hatte erleiden müssen – vor allem jener entsetzliche Krieg gegen seinen eigenen Bruder –, zusammen mit der jahrhundertlangen Einsamkeit seinen ohnehin schon angegriffenen Verstand endgültig in Stücke gerissen hatten. Der Nekromantin ging Horazons Schicksal nahe, doch sie vergaß zu keiner Zeit, dass der wahnsinnige Hexenmeister sie gegen ihren Willen in seinem unterirdischen Labyrinth festhielt. Außerdem hielt sie sich unablässig vor Augen, dass seine Magie in der Vergangenheit zeitweise so schwarz und böse gewesen war wie die seines Bruders Bartuc.

Eine andere Sache war Kara aufgefallen, die sie ebenso zermürbte wie der Geisteszustand ihres Gastgebers. Die Geheime Zuflucht selbst verhielt sich, als sei sie bedeutend mehr als nur eine beliebige Erweiterung von Horazons immenser Macht. Kara hätte schwören können, dass diese Einrichtung sogar einen eigenen Verstand, eine eigene Persönlichkeit besaß. Manchmal bemerkte sie, dass sich der Raum um sie herum in Nuancen veränderte, dass sich Wände bewegten und sich das Erscheinungsbild insgesamt wandelte, auch wenn der Magier dies ignorierte. Kara war sogar aufgefallen, dass sich der Tisch und die Speisen veränderten. Bemerkenswert war vor allem gewesen, dass sich eine sonderbare Düsternis um sie herum ausgebreitet hatte, als sie versuchte, Horazons Aufmerksamkeit stärker auf Bartuc zu lenken – fast so, als wollte das Gebäude, dass dieses Thema nicht zur Sprache kam.

Als sie mit dem Essen fertig waren, bat Horazon sie unverzüglich, aufzustehen. Hier in seinem Heiligtum hatte er nicht allzu viel über ‚das Böse' geredet, doch die Gestalt mit den wässrigen Augen handelte mit großer Vorsicht.

„Wir müssen aufpassen", hatte Horazon gemurmelt und war aufgestanden. „Zu jeder Zeit … Kommt! Es gibt so vieles zu tun …"

Kara war ebenfalls aufgestanden, doch ihre Gedanken galten

mehr der Flucht als seinen permanenten Warnungen. Dabei hatte sich ihr ein Anblick geboten, der sie so erschreckte, dass ihr Stuhl nach hinten gekippt war.

Aus dem Tisch war eine Hand hervorgekommen, eine Hand aus Holz, hatte ihren leeren Teller ergriffen und *in den Tisch* hineingezogen. Gleichzeitig waren weitere Hände aufgetaucht, die sich alle eines der auf dem Tisch stehenden Objekte schnappten und damit verschwanden. Kara war voller Unglauben nach hinten gewichen und hatte erst da erkannt, warum der Stuhl nicht auf den Boden aufschlagen war: Zwei Hände waren aus dem Marmorboden hervorgetreten und hatten das Möbel gepackt, ehe es hatte hinstürzen können …

„Kommt!“, hatte Horazon gerufen, dessen Gesichtsausdruck jetzt ein wenig störrisch wirkte. Ihn schienen die beunruhigenden Vorgänge in keiner Weise zu stören. „Haben keine Zeit zu vergeuden, keine Zeit zu vergeuden!“

Während sich der Speisesaal von selbst aufgeräumt hatte, war der Zauberer eine Treppe hinaufgestiegen und hatte den Raum durch eine polierte Eichentür verlassen. Hinter jener Tür befand sich eine weitere Treppe, die wieder abwärts führte. Auch wenn Kara der Vertrauenswürdigkeit dieses Weges misstraute, war die junge Magierin schweigend gefolgt. Am Fuß der Treppe befand sich eine weitere Tür, die in den Saal zurückzuführen schien. Erst als Horazon sie geöffnet hatte und sie wider Erwarten in das Labor eines Magiers gelangt waren, hatte Kara sich nicht mehr zurückhalten können.

„Das ist unmöglich! Dieser Raum dürfte hier gar nicht sein!“

Er hatte sie angesehen, als sei *sie* diejenige, die verrückt geworden war. „O doch. Das sollte er sogar! Ich habe nach ihm gesucht! Wie kann man etwas so Dummes von sich geben? Wenn man einen Raum sucht, dann sollte er auch dort sein, wo man ihn haben will!“

„Aber …“ Kara hatte schließlich auf weiteren Protest verzichtet, da sie nicht gegen Fakten argumentieren konnte, die sie noch dazu mit eigenen Augen sah. Hier hätte sich der große Saal befinden sollen, in dem sie und Horazon gespeist hatten, doch stattdessen waren sie in einen beeindruckenden, wenn auch chaotischen Raum gelangt. Sich der unmöglichen Reisen erinnernd, die sie in dieser Zuflucht bereits zurückgelegt hatte, war Kara zu dem Schluss gelangt, dass sich das Zuhause des alten Magiers nicht ausschließlich auf die Ebene der Sterblichen beschränkte. Auch wenn kein Architekt jemals die räumlichen Herausforderungen zu lösen vermocht hätte, denen sie begegnet war, sagte man den mächtigsten der Vizjerei doch nach, dass sie es geschafft hätten, die Struktur der Realität zu manipulieren, um so genannte „Taschenuniversen" entstehen zu lassen – Bereiche, in denen die Naturgesetze sich so gestalteten, wie ihre Schöpfer es wünschten.

War es möglich, dass Horazon genau dies auch mit der Geheimen Zuflucht gelungen war? Kara fand keine andere Erklärung für alles bislang Erlebte. Aber wenn es stimmte, war es ihm gelungen, ein Wunder zu erschaffen, wie es die Welt noch nicht gesehen hatte!

Anstelle seines verschlissenen Gewandes und seines sonst so ungehobelten Auftretens hatte Horazon in diesem Raum ein edleres Erscheinungsbild angenommen. Als er in den Raum getreten war und die Arme zur Decke erhoben hatte, war Kara davon ausgegangen, dass jeden Moment Feuer und Blitze seine Finger umspielen würden. Sie hatte erwartet, dass von irgendwoher ein Wind aufleben und vielleicht sogar der Körper des Vizjerei selbst zu leuchten beginnen würde.

Stattdessen hatte er sich einfach wieder ihr zugewandt und ihr gestanden: „Ich habe Euch zwar hergebracht … aber ich weiß nicht, *warum*."

Die Nekromantin hatte einen Moment gebraucht, um diese merkwürdige Aussage zu erfassen. „Ist es wegen der Rüstung?“, hatte sie schließlich gefragt. „Der Rüstung Eures Bruders?“

Er starrte wieder zur Decke. „Ist das der Grund?“

Die Decke hatte natürlich nicht geantwortet.

„Horazon … Ihr müsst daran denken, was sie mit dem Leib Eures Bruders gemacht haben – Euer Volk und meines.“

Wieder der Blick zur Decke. „Was haben sie damit gemacht? Ah, ja … kein Wunder, dass ich mich nicht daran zu erinnern vermag …“

Kara, die das Gefühl gehabt hatte, selbst mit der Decke zu sprechen, bedrängte ihn: „Hört mir zu, Horazon! Jemand hat es geschafft, die verzauberte Rüstung aus dem Grab zu entfernen. Ich bin ihm die ganze Strecke über gefolgt! Vielleicht ist er in diesem Augenblick sogar in Lut Gholein. Wir müssen ihn finden, damit die Rüstung zurückgebracht werden kann. Niemand vermag zu sagen, wie viel Böses noch in ihr schlummert!“

„Böses?“ Seine Augen hatten einen weiten, animalischen Ausdruck angenommen. „Böses? Hier?“

Kara unterdrückte einen Fluch, weil sie selbst ihn auf dieses Thema zurückgebracht hatte.

„So viel Böses lauert hier! Muss vorsichtig sein!“ Einen Finger hatte er verdammend auf sie gerichtet. „Ihr müsst gehen!“

„Horazon, ich …“

In diesem Moment hatte sich etwas ereignet, etwas das zwischen dem Magier und seinem Heim stattfand … Sekunden später hatte Kara gespürt, wie das gesamte Heiligtum erbebte. Der Vorgang ähnelte mehr dem Zittern eines lebendigen Wesens und weniger dem eines von einer Schockwelle durchlaufenen Gebäudes.

„Nein, nein, nein! Muss mich verstecken! Muss mich verstecken!“ Horazon war völlig in Panik geraten. Und vielleicht wäre er sogar aus der Kammer geflohen, doch der Raum hatte sich neuerlich verwandelt. Die Tische voller Ausrüstung und

Chemikalien waren vor den beiden zurückgewichen, und aus dem Boden war eine riesige Kristallkugel bis auf Augenhöhe emporgestiegen. Aus dem Stein hatte sich eine gewaltige Hand geformt, welche die Kugel umfasst hielt.

Im Zentrum der Kugel erwachte die Vision eines Mannes, dem Kara Nightshadow noch nie von Angesicht zu Angesicht gegenüber gestanden hatte, und den sie dennoch sofort identifizierte – dank der karmesinroten Rüstung, die er trug.

„Das ist er! Norrec Vizharan! Er hat die Rüstung!"

„Bartuc!", hatte der verrückte Gefährte sie angeherrscht. „Nein! Bartuc hat mich gefunden …!"

Sie hatte ihn am Arm gepackt und den Tod riskiert, in der Hoffnung, diese gefährliche Mission endlich zu einem Abschluss zu bringen. „Horazon! Wo ist er? Ist das, was wir sehen, auch ein Teil der Zuflucht?"

In der Kugel waren Norrec Vizharan und eine dunkelhäutige Frau durch einen mit Spinnweben behangenen Korridor geeilt, in dessen Wände man Figuren gehauen hatte, die dem Stil der Vizjerei entsprachen. Norrec hatte ein monströses schwarzes Schwert in der Hand gehalten und den Eindruck erweckt, dass er bereit sei, es auch anzuwenden. Kara hatte sich gefragt, ob Sadun Tryst vielleicht zu nett von seinem ehemaligen Freund gesprochen hatte. Hier wirkte er wie ein Mann, der sehr wohl in der Lage zu sein schien, entsetzliche Morde zu begehen.

Ungeachtet der Antwort auf diese Frage hatte Kara gewusst, dass sie ihm nicht erst so nahe kommen durfte, um dann doch noch zu scheitern. „Antwortet! Ist das ein Teil der Zuflucht? Es muss so sein!"

„Ja, so ist es! Und nun lasst mich in Ruhe!" Er hatte sich von ihr losgerissen und war zur Tür gerannt, wo er aber von Händen aufgehalten wurde, die aus dem Boden und den Wänden schossen – Hände, die ihn daran hinderten, die Nekromantin allein zurückzulassen.

„Was …?“ Sie hatte nichts weiter sagen können, da die Brutalität der Hände sie zutiefst erschreckte. Horazons Feste schien gegen ihn zu rebellieren und ihn zu zwingen, zu Kara zurückzukehren.

„Lasst mich gehen, lasst mich gehen!“, hatte der wahnsinnige Hexenmeister zur Decke geschrien. „Es ist das Böse! Es darf mich nicht finden!“ Während die schwarzhaarige Frau alles beobachtete, war ein finsterer Ausdruck über Horazons faltiges Gesicht gewandert. „Schon gut … schon *gut* …“

Und so war er zur Kugel zurückgekehrt und hatte auf das Bild gezeigt. Mittlerweile hatte sich Norrec vor eine der Statuen gestellt und wütend etwas gebrüllt, das der Kristall nicht übertrug, und seine schwarze Klinge erhoben, bereit, auf die Statue einzuschlagen.

Im gleichen Moment kam Horazons Ausruf: *„Greikos Dominius est Buar! Greiko Dominius Mortu!“*

Die Szene zeigte, dass rund um Norrec das Chaos ausbrach. Wände, Boden und Treppen verschoben sich, nahmen Gestalt an oder verschwanden. Mitten in diesem Wahnsinn kämpften zwei Gestalten ums nackte Überleben. Norrec Vizharan war jedoch nicht in der Lage gewesen, sich in Sicherheit zu bringen, sondern war in der Nähe einer Kante gestürzt, unfähig, wieder aufzustehen, da sich alles um ihn herum in ständiger Bewegung befand. Die Frau – nach Karas Einschätzung eine Hexe – hatte den hilflosen Kämpfer sich selbst überlassen und war stattdessen zu einer verhältnismäßig stabil wirkenden Treppe geeilt.

„Greiko Dominius Mortu!“, hatte ihr Begleiter gerufen.

Etwas in Horazons Tonfall hatte Kara aufblicken lassen. In seinen Augen war nur Tod für die beiden zu sehen gewesen. Das würde also das Ende sein. Nicht herbeigeführt durch die Geister der beiden Wiedergänger, auch nicht durch ihre eigene Hexenkunst, sondern durch einen todbringenden Zauber von Bartucs verrücktem Bruder … Der Hexe brachte Kara kein Mitgefühl entgegen, doch wegen der Geschichten, die Tryst über den Kämpfer erzählt hatte, verspürte sie einen Funken Trauer. Vielleicht war er doch einmal ein guter Mann gewesen.

Nicht aber in diesem Augenblick. Die Szene hatte gezeigt, dass Norrec entschlossen war, seine vom gemeinsamen Weg abgekommene Mitstreiterin zu töten. Er hatte eine Hand auf sie gerichtet, etwas gerufen …

… und erst spät war Kara der Ausdruck von Entsetzen und Bedauern auf seinem Gesicht aufgefallen. Keine Befriedigung, keine finsteren Absichten, sondern bloße Angst vor dem, was er der flüchtenden Frau anzutun im Begriff stand.

Das ergab keinen Sinn, es sei denn …

„Was hat er gesagt, Horazon? Wisst Ihr, was er gerufen hat? Ich muss es wissen!"

Aus der Kristallkugel klang die angsterfüllte Stimme des Mannes: *„Hölle, nein! Das werde ich nicht tun!"* Dann: *„Nein! Lauft! Beeilt Euch! Hinaus mit Euch!"*

Es waren nicht die verbitterten Worte eines rachsüchtigen Mannes gewesen, obwohl er dem bloßen Bild nach zu urteilen bereit schien, die Frau zu töten. Sein Gesichtsausdruck jedoch hatte diesen Eindruck Lügen gestraft. Norrec Vizharan hatte genau genommen so gewirkt, als ringe er um die Kontrolle über sich selbst … oder … oder …

Natürlich! „Horazon! Ihr müsst das beenden! Ihr müsst ihnen helfen!"

„Ihnen helfen? O nein! Wenn ich sie zerstöre, dann werde ich endlich auch das Böse zerstören! Ja, endlich!"

Kara hatte wieder zur Kugel gesehen – und gerade noch rechtzeitig mitbekommen, wie nicht nur die Hexe ein schauriges Ende nahm, sondern sie auch einen letzten Schlag gegen den Kämpfer führte. Norrecs Schreie hatten Horazons Kammer erfüllt, da die Kugel offenbar immer noch die vorausgegangene Bitte der Nekromantin erfüllte.

„Hört mir zu: Das Böse steckt in der Rüstung selbst, nicht in dem Mann! Seht Ihr das nicht? Sein Tod wäre eine Farce, eine Störung des Gleichgewichts!“ Frustriert über Horazons unveränderten Gesichtsausdruck sah sie hinauf zur Decke. Der Magier schien eine dort befindliche Macht zu konsultieren, die nicht nur in seinem verwirrten Geist existierte. Dieser Macht hatte sie entgegengeschrien: „Bartuc war das Monster, nicht der, der seine Rüstung trägt! Nur Bartuc würde auf diese Weise jemandem sein Leben nehmen!“ Nach einem kurzen Blick auf die Kugel hatte sie gefragt: „Oder ist Horazon einfach nur wie sein Bruder?“

Die Reaktion auf ihre verzweifelte Erklärung hatte sogar Kara erschreckt. Aus Wänden, Decke und Boden hatten sich steinerne *Münder* geformt, die nur ein einziges Wort riefen, das aber immer und immer wieder …

„Nein … nein … nein …!“

Die Kristallkugel hatte sich plötzlich aufgebläht und sogar *geöffnet*! In ihr hatte sich eine Treppe erhoben, von der Kara geglaubt hatte, dass sie – so unmöglich dies auch erschien – direkt zu dem mit sich selbst ringenden Norrec führte.

Horazon hatte sich geweigert, ihr zu helfen, nicht so dagegen die Geheime Zuflucht …

Die Nekromantin war sofort zum Kristall geeilt, aber vor der ersten Stufe stehen geblieben. Auch wenn ihr dieser Weg vom verzauberten Heiligtum eröffnet worden war, hatte es Norrec auch unverändert weiter attackiert und damit seine Rettung erschwert. Kara, die einen Moment lang verunsichert worden war, hatte beschlossen, den Kämpfer zu rufen, um festzustellen, ob *er* vielleicht zu *ihr* gelangen könnte, ohne dass sie sich selbst ins Chaos stürzen musste.

Auf den zweiten Ruf hatte er reagiert – indem er Horazons Namen rief. Verwirrt hatte Kara die Hand zurückgezogen, die sie ihm entgegengestreckt hatte – eine symbolische Geste, um ihm zu verstehen zu geben, dass sie ihm helfen wollte. Er hatte seinerseits darauf sehr sonderbar reagiert – als wolle er die Nekromantin töten.

„Das Böse erwacht …“, hatte eine Stimme hinter ihr gemurmelt. Horazon. Kara war nicht aufgefallen, dass er zu ihr getreten war. Sie war davon ausgegangen, dass der verrückte Magier der Gefahr fernzubleiben gedachte. Und jetzt war ihr klar geworden, warum Norrec – oder besser gesagt: die Rüstung – so und nicht anders reagiert hatte: Die verzauberte Rüstung hatte versucht, den größten Wunsch ihres Schöpfers zu erfüllen – und den verfluchten Bruder zu töten.

Doch bevor sie eingreifen konnte, hatte die Zuflucht einmal mehr beschlossen, die Situation selbst in die Hand zu nehmen. Norrec und seine Umgebung hatten sich entfernt und waren weiter und weiter zurückgefallen, bis sie fast außer Sichtweite geraten waren. Kara hatte gesehen, wie die Wände begannen, sich einander zu nähern, als hätte das erstaunliche Gebäude versucht, seinen Widersacher einzuschließen … und ihm Schlimmeres anzutun. Erst ganz zuletzt war ihr klar geworden, dass es angesichts der Tatsache, dass die Rüstung Horazons Vernichtung anstrebte, das Beste für das Arcane Sanctuar sei, dem Ganzen ein Ende zu setzen, auch wenn es den Tod eines Unschuldigen bedeutete. Es war immer noch besser, die Rüstung und Norrec Vizharan zu verlieren, als Bartucs Vermächtnis eine weitere Chance einzuräumen, seine Ziele zu erreichen.

Doch eine solche Lösung handelte dem Gleichgewicht zuwider, das zu schützen Kara Nightshadows Bestimmung war. Und angesichts des drohenden Endes für Norrec, stürzte sich die Nekromantin schließlich doch in das Chaos der Kristallkugel und hoffte, dass Horazons offenbar empfindungsfähiges Zuhause das für sie tun würde, was es für den hilflosen Kämpfer nicht bereit war zu tun – und dass es Kara nicht auch für absolut entbehrlich hielt …

ACHTZEHN

Norrec konnte sich nicht regen, er konnte nicht mal Luft holen. Ihm war, als würde eine riesige Hand nach ihm greifen und seinen gesamten Leib zerdrücken. In gewisser Weise hieß er den Tod willkommen, weil damit seine Schuldgefühle ein Ende haben würden. Niemand würde mehr sterben müssen, nur weil er versucht hatte, ein Grab zu plündern, und stattdessen dadurch ein Alptraum entfesselt wurde.

Gerade machte er sich bereit zum Sterben, als eine gewaltige Kraft ihn nach oben schleuderte. Norrec flog, als hätte man ihn von einem Katapult abgeschossen. Anstatt erdrückt zu werden, würde er nun durch den Sturz zu Tode kommen. Anders als bei dem kurzen Sturz an Bord der *Hawksfire* war Norrec diesmal sicher, es nicht überleben zu können.

Doch etwas – nein, *jemand* – packte ihn am Arm und verlangsamte seinen Flug. Norrec versuchte zu sehen, wer es sein mochte, doch sobald er seinen Kopf in Richtung seines Retters drehen wollte, spürte er ein überwältigendes Schwindelgefühl. Er verlor jegliche Orientierung und war nicht einmal mehr in der Lage, zu sagen, wo oben und wo unten war.

Ohne Vorwarnung schlug Norrec auf dem Boden auf. Der Sand half kaum, den Aufprall abzufedern, der so heftig war, dass er ihm fast die Sinne raubte.

Eine Zeit lang lag der mitgenommene Kämpfer einfach nur da und verfluchte die Tatsache, dass er öfters als wirklich nötig in einer derartigen Lage endete. Sein ganzer Körper schmerzte, und vor seinen Augen war alles nur verschwommen zu sehen. Dennoch fühlte er wenigstens nicht so schlimme Schmerzen. Welchen Zauber Galeona auch vor ihrem Tod gewirkt haben mochte, seine Wirkung war verflogen – und mit ihm auch das Gefühl, ersticken zu müssen.

Er hörte Donner, und anhand des gleichmäßigen Grau vor seinen Augen begriff er, dass er in die sturmgepeitschte Wüste nahe Lut Gholein zurückgekehrt war. Norrec spürte auch, dass er nicht allein hergekommen war und dass jemand vor ihm stand.

„Könnt Ihr aufstehen?", fragte eine vertraute weibliche Stimme vorsichtig.

Er hätte ihr am liebsten gesagt, dass er kein Verlangen hatte, nun aufzustehen, doch stattdessen tat er sein Bestes, sich aufzusetzen. In seinem Kopf drehte sich alles, doch zumindest verspürte er einen gewissen Stolz, dass er diese einfache Aufgabe ganz allein bewältigt hatte.

Allmählich konnte er genug sehen, um zu erkennen, wer zu ihm gesprochen hatte. Es handelte sich um die dunkelhaarige Frau, die er nicht nur kurz vor dem Zusammenrücken der Wände schon einmal gesehen hatte, sondern er erinnerte sich auch daran, dass ihr Gesicht eine der Statuen geziert hatte, an denen er vorübergegangen war, als er zum zweiten Mal die Traumversion von Horazons Grab erlebt hatte.

Horazon. Der Gedanke an Bartucs Bruder erinnerte ihn daran, wen er neben der bleichen Frau hatte stehen sehen. Horazon – nach all diesen *Jahrhunderten* immer noch am Leben.

Sie hielt sein momentanes Zittern fälschlicherweise für eine Folge seiner Verletzungen. „Seid vorsichtig. Ihr habt viel durchgemacht. Wir wissen nicht, wie sich das auf Euch auswirken könnte."

„Wer seid Ihr?"

„Mein Name ist Kara Nightshadow", erwiderte sie und kniete

sich hin, um ihm besser ins Gesicht zu sehen. Eine schlanke Hand strich zärtlich über seine Wange. „Schmerzt das?"

Die Wahrheit war, dass sich ihre Hand angenehm anfühlte, aber er wusste, dass er ihr das nicht sagen konnte. „Nein. Seid Ihr eine Heilerin?"

„Nicht wirklich. Ich bin eine Anhängerin Rathmas."

„Eine Nekromantin?" Überraschenderweise schockierte ihn ihr Eingeständnis nicht annähernd so, wie er es erwartet hätte. Alles, was Norrec in letzter Zeit umgeben hatte, betraf den Tod oder noch schlimmere Dinge. Eine Nekromantin passte bestens in dieses Bild, auch wenn er zugeben musste, dass er noch nie zuvor eine attraktive Vertreterin dieser Gruppe gesehen hatte. Die wenigen anderen ihres Glaubens, denen er begegnet war, hatten sich ihm als säuerlich dreinblickende Gestalten präsentiert, die sich nur wenig von den Toten unterschieden, mit denen sie kommunizierten.

Ihm wurde bewusst, dass sie zwar ihren Namen genannt, er selbst sich jedoch noch nicht vorgestellt hatte. „Ich bin Norrec …"

„Norrec Vizharan. Ja, ich weiß."

„Woher?" Er erinnerte sich, dass sie ihn schon zuvor mit seinem Namen angesprochen hatte, obwohl sie sich seines Wissens nie begegnet waren. Er war sicher, dass er sich daran erinnert hätte.

„Ich bin Euch auf den Fersen, seit Ihr mit der Rüstung das Grab verlassen habt."

„Ihr? Wieso denn das?"

Sie lehnte sich zurück, offenbar beruhigt, dass er bei ihrer Flucht aus Horazons bizarrem Reich nicht allzu sehr gelitten hatte. „Gemeinsam mit den Vizjerei übernahmen meine Leute die Verantwortung, die verzauberten Überreste des Kriegsherrn zu verstecken. Wir konnten zu der Zeit weder den Leichnam noch die Rüstung vernichten, aber wir konnten dafür sorgen, dass sie vor denen verborgen blieb, die sie für nützlich hätten erachten können – entweder korrupte Magier oder todbringende Dämonen."

Norrec erinnerte sich an das monströse Geschöpf auf hoher See. „Wieso Dämonen?"

„Bartuc hat als jemand begonnen, den die Dämonen in der Hand hatten. Doch wie Ihr inzwischen zweifellos auch selbst wisst, erstarrten sogar die Fürsten der Höllen in Ehrfurcht vor seiner Macht. Die Rüstung enthält zwar nur noch einen Bruchteil der ursprünglichen Macht, doch selbst das, was noch verblieben ist, genügt, um das empfindliche Gleichgewicht von Leben und Tod in der Welt grundlegend zu stören … und möglicherweise nicht nur auf dieser Welt."

Nach allem, was er gesehen hatte, fiel es ihm nicht schwer, das zu glauben. Norrec stand langsam auf, wobei Kara ihm half. Er sah auf sie herab und dachte daran, was eben geschehen war. „Ihr habt mich gerettet."

Sie sah auf eine Weise zur Seite, als sei sie verlegen. „Ich war daran beteiligt."

„Anderenfalls wäre ich gestorben, richtig?"

„Sehr wahrscheinlich."

„Dann habt Ihr mich gerettet. Nur *warum*? Warum habt Ihr mich nicht einfach sterben lassen? Dann hätte die Rüstung keinen Wirt mehr gehabt. Sie wäre ohne Macht gewesen."

Kara sah ihm in die Augen. „Ihr habt Euch nicht dafür entschieden, Bartucs verfluchte Rüstung zu tragen, Norrec Vizharan. Was immer sie getan hat, welches Unrecht sie angerichtet haben mag, ich fühlte, dass Ihr daran unschuldig wart – und deshalb verdient Ihr es, weiterzuleben."

„Aber dadurch könnten noch mehr Menschen sterben!" Die Verbitterung musste seinem Gesicht anzusehen gewesen sein, da sich die Nekromantin ein wenig zurückzog. „Meine Freunde, die Männer im Gasthaus, die Crew der *Hawksfire*, und nun auch noch diese Hexe. Wie viele sollen noch sterben – und wahrscheinlich vor meinen Augen?“

Sie legte ihre Hand auf seine. Norrec hatte um sie Angst, doch die Rüstung unternahm nichts. Vielleicht schlief das, was die Rüstung zu ihren üblen Taten antrieb, doch vielleicht wartete es auch einfach nur auf den besten Moment, um zuzuschlagen. „Es gibt eine Möglichkeit, dem ein Ende zu bereiten“, erwiderte Kara. „Wir müssen die Rüstung entfernen.“

Norrec lachte laut und lange, aber ohne einen Funken Hoffnung. „Frau, glaubt Ihr, ich hätte das nicht versucht? Glaubt Ihr, ich hätte nicht bei der ersten sich bietenden Gelegenheit versucht, jedes kleine Stück Metall von meinem Leib zu reißen? Ich konnte ja nicht einmal die verdammten *Stiefel* abstreifen. Es ist alles so mit meinem Körper verbunden, als wäre es mein eigenes Fleisch! Ihr werdet die Rüstung nur abnehmen können, wenn Ihr meine Haut mit abreißt!“

„Ich weiß von diesem Problem. Ich weiß auch davon, dass so gut wie kein Zauberkundiger die Macht hat, um das umzukehren, was die Rüstung gemacht hat …“

„Und was wollt Ihr dann erreichen?“, herrschte der frustrierte Soldat sie an. „Ihr hättet mich vorhin sterben lassen sollen, das wäre für alle besser gewesen!“

Trotz seines Wutausbruchs blieb die dunkelhaarige Frau gelassen. Bevor sie weitersprach, sah sie sich um, als halte sie nach irgendjemandem oder irgendetwas Ausschau. „Er ist nicht gefolgt. Ich hätte es wissen müssen.“

„Wer … Horazon?“

Kara nickte. „Dann habt Ihr ihn auch erkannt?“

Norrec atmete aus und erklärte: „Meine Erinnerungen … meine Erinnerungen sind verworren. Bei einigen weiß ich, dass sie mir gehören, aber bei anderen …“ Er zögerte, da er sicher war, dass sie ihn wegen seiner folgenden Worte für verrückt halten würde. „… die anderen gehören wohl Bartuc.“

„Ja, sehr wahrscheinlich sogar."

„Das überrascht Euch nicht?"

„In den Legenden schienen der Kriegsherr und seine karmesinrote Rüstung eins zu sein. Im Lauf der Zeit versah er sie mit immer neuen, mächtigen Zaubern und machte aus ihr weit mehr als nur ein Stück Metall. Zum Zeitpunkt seines Todes hieß es, dass sich die Rüstung wie ein treuer Hund verhielt. Ihre eigene Magie kämpfte so unerbittlich für Bartuc, wie er es selbst gemacht hätte. Es verwundert nicht, dass sein Leben auf sie abgefärbt hat … und dass einige dieser grässlichen Erinnerungen den Weg in *Euren* Verstand gefunden haben."

Der erschöpfte Kämpfer erschauderte. „Und je länger ich sie trage, umso mehr unterwerfe ich mich ihr. Es hat Zeiten gegeben, da habe ich mich wirklich für Bartuc gehalten."

„Und deshalb müssen wir sie ablegen." Sie überlegte. „Wir müssen versuchen, Horazon davon zu überzeugen, dass er das macht. Ich habe das Gefühl, dass er als Einziger dazu in der Lage ist."

Norrec gefiel dieser Gedanke überhaupt nicht. Als er den bärtigen Alten das letzte Mal gesehen hatte, wollte die Rüstung ihn am liebsten auf der Stelle töten. „Das könnte aber die Rüstung wieder in Regung versetzen. Es könnte sogar der Grund sein, dass sie im Moment so ruhig ist." Plötzlich kam ihm ein Gedanke. „Sie *will* ihn. Sie will Horazon. All diese Wanderungen, alles, was ich durchmachen musste … es ist alles nur geschehen, weil sie Bartucs Bruder töten will."

Ihr Gesicht verriet, dass sie zum gleichen Schluss gekommen war. „Ja. Blut ruft Blut, wie man so sagt, auch wenn es böses Blut ist. Horazon hat dabei geholfen, seinen Bruder in der Schlacht von Viz-jun zu töten, und die Rüstung muss diese Erinnerung seitdem mit sich herumgetragen haben. Jetzt, nach all dieser Zeit, hat sie sich erhoben und will es ihm heimzahlen, obwohl Horazon selbst schon seit Jahrhunderten tot sein müsste."

„Aber das ist er nicht. Blut ruft Blut, habt ihr gesagt. Die Rüstung muss gewusst haben, dass er noch lebt." Norrec schüttelte den Kopf. „Das erklärt jedoch nicht, warum sie so lange gewartet hat. Bei den Göttern! Das ist doch alles verrückt!"

Kara nahm ihn am Arm. „Horazon muss die Antwort kennen. Wir müssen irgendeinen Weg zurück zu ihm finden. Ich habe das Gefühl, er ist unsere einzige Hoffnung, damit wir den Fluch des Kriegsherrn zur Ruhe betten können."

„Zur Ruhe betten, sagt da jemand?", krächzte eine Stimme, die nicht menschlichen Ursprungs war. „Nein … nein … dieser eine wünscht etwas anderes, wirklich …"

Kara sah an Norrec vorbei, der sich sofort umdrehte.

„Vors…", war alles, was die Nekromantin noch herausbrachte.

Eine scharfe, einer Nadel gleiche Lanze schoss auf ihn zu, und sie hätte sich auch durch Norrecs Kopf gebohrt, wenn Kara ihn nicht weggestoßen hätte. Stattdessen setzte die Lanze ihre Vorwärtsbewegung fort und bohrte sich in die Brust der Frau.

Die Lanze wurde rasch zurückgezogen, während Kara keuchend zusammenbrach. Blut strömte über ihre Bluse. Norrec erstarrte für einen Moment, da er wusste, dass er für sie nichts tun konnte, wenn auch er getötet wurde. Also drehte er sich um und stellte sich dem Angreifer.

Was seine entsetzten Augen dort allerdings zu sehen bekamen, das war kein Krieger, sondern ein Ding, das einem Alptraum entsprungen zu sein schien. Es erinnerte an ein hoch aufragendes Insekt, das aber eindeutig in höllischerem Umfeld gezeugt worden war. Pulsierende Adern zogen sich kreuz und quer über die groteske Gestalt. Was er für eine Lanze gehalten hatte, war in Wahrheit eine der Gliedmaßen der Kreatur, ein länglicher, sichelförmiger Arm, der in eine tödliche Spitze auslief. Unter den Sicheln öffneten und schlossen sich wilde, skelettartige Hände mit Klauen. Irgendwie gelang es dem gewaltigen Schrecknis, sich auf zwei langen Hinterbeinen zu halten, die so nach hinten gebogen waren wie die einer Gottesanbeterin, an die die Kreatur insgesamt erinnerte.

„Dieser eine war auf der Suche nach einer treulosen, umherwandernden Hexe, aber eine solche Beute ist noch viel besser! Lange hat dieser eine dich gejagt, wegen der Macht, die du besitzt …"

Obwohl Norrec noch immer benommen war, wusste er, dass der Dämon – etwas anderes konnte dieses Geschöpf nicht darstellen – die Rüstung meinte, nicht ihren Wirt.

„Du hast sie umgebracht!", brachte er über die Lippen.

Blut tropfte von der einen Sichel, während die Gottesanbeterin den Kopf neigte. „Auf einen Sterblichen weniger kommt es nicht an. Wo ist die Hexe? Wo ist Galeona?"

Er kannte sie? Norrec fand das gar nicht so überraschend. Obwohl er die Rüstung getragen hatte, war ihm klar gewesen, dass sie ihm überwiegend Lügen erzählt hatte. „Tot. Die Rüstung hat sie getötet."

Ein Geräusch wie ein Einatmen verriet ihm, dass der Dämon das als beunruhigend empfand. „Sie ist tot? Natürlich! Dieser eine hatte gespürt, dass etwas nicht stimmte – aber das hätte ich nicht gedacht."

Er begann, ein sonderbares, rasselndes Geräusch von sich zu geben. Der Soldat dachte zuerst, es sei eine zornige Reaktion, doch dann wurde ihm klar, dass das monströse Insekt *lachte*!

„Die Bande sind durchtrennt, und doch bewegt sich dieser eine immer noch auf der Ebene der Sterblichen! Die Verbindung ist zerbrochen, und doch bleibt der Blutzauber bestehen! Dieser eine hätte sie längst töten können! Was war Xazax doch für ein Narr gewesen!"

Norrec nutzte die ausgelassene Freude des Dämons, um nach Kara zu sehen. Die Bluse war in Brusthöhe komplett blutrot gefärbt, und von seiner Position aus konnte er nicht erkennen, ob sie überhaupt noch atmete. Es schmerzte ihn, dass die eine, die ihn hatte retten wollen, vor seinen Augen sterben musste, ohne dass er irgendetwas dagegen unternehmen konnte.

Von Zorn angetrieben, machte Norrec einen Schritt auf den Dämon zu – jedenfalls *versuchte* er das, doch weder seine Beine noch sein restlicher Körper wollten ihm gehorchen.

„Verdammt sollst du sein", brüllte er die Rüstung an. „Nicht jetzt!"

Xazax hörte auf zu lachen. Seine großen gelben Augen waren auf den hilflosen Menschen gerichtet. „Narr! Denkst du, du könntest dem großen Bartuc Befehle erteilen? Dieser eine hatte daran gedacht, die Rüstung von deinem kalten Leichnam zu schälen, aber jetzt sieht Xazax, welch verheerender Fehler das gewesen wäre. Du wirst gebraucht. Jedenfalls für den Augenblick!"

Die Gottesanbeterin hob eine der speerähnlichen Spitzen und richtete sie auf den Brustpanzer. Sofort zuckte Norrecs Hand hoch, doch nicht in einer abwehrenden Bewegung. Vielmehr griff sie wie zur Bestätigung nach der Gliedmaße des Dämons.

„Du möchtest wieder ein Ganzes sein, nicht wahr?", fragte Xazax an die Rüstung gerichtet. „Dir würde die Rückkehr des Helms gefallen, von dem du vor so langer Zeit getrennt wurdest, nicht wahr? Dieser eine kann dich hinführen … wenn du wünschst."

Als Reaktion darauf machte Norrec gegen seinen Willen einen Schritt nach vorn. Er verstand nur zu gut, was diese kurze Bewegung zu bedeuten hatte.

„Dann sollten wir gehen … aber es sollte schnell erfolgen." Die Gottesanbeterin wandte sich ab und machte sich auf den Weg.

Norrec konnte nichts anderes machen, als ihr zu folgen, und schon bald ging die Rüstung auf gleicher Höhe mit dem Dämon. Weit hinter dem verzweifelten Soldaten vergoss Kara die letzten Tropfen ihres Blutes, doch er konnte ihr so wenig helfen, wie er sich selbst helfen konnte. In gewisser Hinsicht beneidete er die fahle Frau, denn das Leiden der Nekromantin war so gut wie vorüber, während es für ihn nur noch schlimmer werden konnte, nachdem auch seine letzte Hoffnung zunichte gemacht worden war.

„Himmel hilf …", flüsterte er.

Der Dämon besaß offenbar ein exzellentes Gehör, da er sofort auf die Worte der Hoffnungslosigkeit ansprang. „Himmel? Kein Engel wird dort sein, um dir zu helfen, du Narr von einem Menschen! Sie werden zu viel Angst haben, sie werden zu feige sein! Wir ziehen in Scharen über die Welt, der Herr der Dämonen erwacht, und die Feste der Menschen in Lut Gholein bereitet sich auf ein schreckliches Ende vor. Himmel? Du tätest besser daran, zu den Höllen zu beten!"

Während sie weiter ihrem Ziel entgegengingen, überlegte Norrec, dass dieser Dämon möglicherweise die Wahrheit ausgesprochen hatte.

Kara fühlte, wie ihr Leben schwand, doch sie konnte nichts dagegen tun. Die dämonische Kreatur hatte sich mit unmenschlicher Schnelligkeit bewegt. Vielleicht hatte sie Norrec gerettet, doch die Nekromantin hatte ihre Zweifel.

Sie trieb dahin, jeder Tropfen Blut, der aus ihrem Körper rann, brachte sie näher an die nächste Stufe im übergeordneten Gleichgewicht. Trotz ihres tief empfundenen Glaubens wollte Kara im Augenblick nichts lieber, als auf die Ebene der Sterblichen zurückzukehren. Zu vieles war unerledigt geblieben, sie hatte Norrec in einer Position zurückgelassen, in der er ohne ihre Hilfe unmöglich überleben konnte. Schlimmer noch: Dämonen zogen durch ihre Welt, ein weiterer Beweis dafür, dass jeder Anhänger Rathmas dringend benötigt wurde. Sie *musste* zurückkehren.

Doch die Entscheidung darüber wurde üblicherweise nicht den Sterbenden überlassen.

„Was sollen wir machen?", fragte eine ferne Stimme, von der Kara das Gefühl hatte, dass sie sie kannte.

„Er sagte, dass wir es zurückgeben sollten, wenn wir es für notwendig hielten. Ich halte es für notwendig."

„Aber ohne es ..."

„Wir haben immer noch Zeit, Sadun."

„Das hat er vielleicht gesagt, doch ich traue ihm nicht!"

Ein kurzes, kehliges Lachen. *„Ich bin sicher, dass* du *der Einzige bist, der fähig ist, einem aus seiner Art nicht zu vertrauen."*

„Spar dir deine Bemerkungen ... wenn es getan werden muss, dann lass es uns tun."

„Wie du meinst."

Kara spürte mit einem Mal eine große Last auf ihrer Brust – ein Gewicht, das sich so gut anfühlte, dass sie es von Herzen willkommen hieß und es in sich aufnahm. Es besaß etwas so immens Vertrautes, dass es sie dazu brachte, sich an kleine Dinge zu erinnern, so daran, wie ihre Mutter ihr Obst zu essen gab, wie ein Schmetterling von der Farbe des Regenbogens auf ihrem Knie landete, während sie im Wald lernte, wie die von Kapitän Jeronnan frisch zubereiteten Mahlzeiten dufteten ... sie musste sogar an Norrec Vizharans gegerbtes, aber keineswegs unattraktives Gesicht denken.

Die Nekromantin schnappte plötzlich nach Luft, als sie wieder von Leben erfüllt wurde.

Sie zwinkerte, spürte den Sand, den Wind. Donner grollte, und aus der Ferne war etwas zu hören, das an Schlachtenlärm erinnerte.

„Es hat funktioniert ... wie es sollte. Ich hätte es ... bei mir selbst ... anwenden sollen."

Kara kannte die Stimme jetzt, auch wenn sie anders klang als noch vor ein paar Sekunden – nämlich so, wie sie es auch erwartet hätte: rau wie die Stimme eines Toten.

„Ich weiß … ich weiß …“, erwiderte Sadun Tryst auf eine wortlose Bemerkung. „Nur sie …“

Die Zauberin öffnete die Augen und starrte zwei düstere Gestalten an: die beiden Geister der Wiedergänger. „Was … wie habt Ihr mich gefunden?“

„Wir haben … Euch nie … verloren. Wir ließen … Euch gehen … und folgten Euch.“ Er verengte seine Augen ein wenig. „Aber hier … in Aranoch … wussten wir … dass Ihr … hier wart … aber wir … konnten Euch … erst jetzt sehen.“

Sie wussten nicht genau, wohin sie gegangen war, als Horazon sie in sein unterirdisches Heiligtum geführt hatte. Der Zauber, der sie an die zwei band, hatte sie im näheren Umkreis gehalten, doch der Standort der Zuflucht sowie die unglaubliche Magie hatte die beiden Geister im Dunkeln tappen lassen. Sie hätte sich direkt unter ihnen befinden können, und sie hätten es nicht bemerkt.

Ihre Kraft kehrte allmählich zurück. Die finstere Magierin versuchte, sich aufzurichten, wobei etwas von ihrer Brust rutschte. Kara bekam das Etwas instinktiv mit einer Hand zu fassen und staunte. Ihr Dolch!

Trysts Lächeln hatte jetzt eindeutig etwas Verbittertes. „Das Band ist … gebrochen. Die Lebenskraft … die wir nahmen … gehört Euch …“ Er wirkte frustriert. „Wir haben … über Euch … keine Kontrolle mehr …“

Die Nekromantin sah auf ihre Brust. Die Bluse war zu einem großen Teil blutgetränkt, doch die schreckliche Wunde, die ihr der Dämon zugefügt hatte, war verschlossen. Das Einzige, was davon verblieben war, war eine kreisrunde Markierung, die so wirkte, als hätte sie jemand an dieser Stelle tätowiert.

„Sieht … verheilt aus.“

Sie bedeckte ihre Brust wieder, dann sah sie die Wiedergänger finster an, obwohl Sadun und Fauztin ihr eben eine zweite Chance im Leben geschenkt hatten. „Wie habt Ihr das gemacht? Ich habe noch nie von einer solchen Fertigkeit gehört."

Der drahtige Leichnam zuckte mit den Schultern, woraufhin sein Kopf zur anderen Seite kippte. „Er … mein Freund … sagte … der Dolch … sei ein Teil … von Euch. Als Ihr … an uns … gebunden wart … kam ein Teil … von Euch … mit … zu uns. Wir gaben … ihn Euch … zurück … um Euch … wieder … lebendig werden … zu lassen." Er verzog das Gesicht, so gut er konnte. „Nichts … bindet Euch … mehr an uns."

„Bis auf eine Sache. Norrec." Kara zwang sich, aufzustehen. Tryst wich zurück, doch zu ihrem großen Erstaunen, hielt ihr Fauztin eine Hand hin. Sie zögerte, dann erkannte sie aber, dass der Geist des Wiedergänger ihr nur helfen wollte. „Danke."

Fauztin zwinkerte … dann reagierte er mit einem kurzen, flüchtigen Lächeln.

„Ihr bringt Leben … zu den Totesten … der Toten … jetzt … sind wir … quitt", scherzte Sadun Tryst.

„Und was ist mit Norrec?"

„Wir glauben … er nähert sich … Lut Gholein."

Auch wenn sie ihr das Leben gerettet hatten, konnte die Nekromantin nicht zulassen, dass sie ihren früheren Freund umbrachten. „Norrec ist für Euren Tod nicht verantwortlich. Er konnte nicht verhindern, was geschehen ist."

Die beiden starrten sie an, schließlich zwinkerte Fauztin, und Tryst sagte: „Das wissen wir."

„Und warum …" Kara hielt inne. Die ganze Zeit über hatte sie angenommen, dass sie ihren Mörder jagten, der natürlich nur Norrec sein konnte. Erst jetzt, als sie das Duo betrachtete, verstand sie, dass ihre falsche Vorstellung sie in die Irre geführt hatte.

„Ihr verfolgt Norrec nicht, weil Ihr Euch an ihm rächen wollt – Ihr verfolgt *Bartucs Rüstung*." Auch wenn sie nichts antworteten, wusste sie, dass sie sich nicht irrte. „Ihr hättet mir das sagen sollen!“

Tryst erwiderte nichts darauf, sondern erklärte: „Die Stadt … wird … belagert.“

Belagert? Wann war das geschehen? „Von wem?“

„Von jemanden … der auch … die Toten … wecken will … oder zumindest … den blutigen Geist … von Bartuc.“

Kara fragte sich, woher bloß alle diese Verrückten kamen. Sie musste an die zerlumpte Gestalt denken, der sie erst vor kurzem entkommen war. Sie wandte sich um und suchte vergeblich nach einem Hinweis auf die Geheime Zuflucht. Der Wüstensand wurde vom Wind umhergeweht, die Dünen sahen so aus, als wären sie seit Jahren unberührt geblieben. Und doch hatte sich hier irgendwo die Erde geöffnet und sie und Norrec an die Oberfläche gebracht.

Sie kümmerte sich nicht darum, was die beiden Geister über ihr Verhalten denken mochten, und rief: „Horazon! Hör mich an! Du kannst uns helfen, und wir können dir helfen! Hilf uns, Norrec zu retten, und setze dem Vermächtnis von Bartuc ein Ende!“

Sie wartete, während der Wind an ihren Haaren zerrte und Sand in ihr Gesicht wehte. Kara wartete, dass Horazon Gestalt annahm oder wenigstens ein Zeichen schickte, dass er sie gehört hatte.

Nichts geschah.

Schließlich brach Sadun Tryst das Schweigen. „Wir können … hier nicht … noch länger warten … während Ihr … noch mehr … Geister ruft …“

„Ich rufe keine …“ Die Nekromantin verstummte. Welchen Sinn machte es, den Geistern erklären zu wollen, dass Horazon die Jahrhunderte überlebt hatte und sich praktisch unter ihren Füßen befand, wenngleich er auch die Existenz eines Wahnsinnigen führte? Wieso hatte sie überhaupt gehofft, Bartucs Bruder könnte sich an ihrem aussichtslosen Unternehmen beteiligen wollen? Er hatte bereits gezeigt, dass Norrec zusammen mit der Rüstung würde untergehen müssen, wenn es nach seinem Willen ging. In einigen Legenden war er im Kontrast zu seinem Bruder als ein Held geschildert worden, doch eben dieser Held hatte auch Dämonen heraufbeschworen und sie seinem Willen unterworfen. Ja, sein Krieg gegen seinen Bruder hatte eindeutig dem Selbsterhalt gedient. Von dem alten Vizjerei konnte sie keine Hilfe erwarten.

„Wir gehen“, fügte Tryst an. „Ihr kommt mit … oder nicht … es ist … Eure Entscheidung … Nekromantin.“

Was sollte Kara sonst machen? Sie musste Norrec auch ohne Horazon folgen. Der Dämon musste ihn mit sich zur belagerten Stadt Lut Gholein genommen haben, doch aus welchem Grund? Hofften sie, das zu zerstören, was noch vom eigenen Willen des Kämpfers übrig war, damit die geisterhaften Erinnerungen des Kriegsherrn des Blutes ihn völlig übernehmen konnte? Ein erschreckender Gedanke für alle Menschen, nicht nur für Norrec. Viele Gelehrte waren zu Recht davon ausgegangen, dass Bartuc nach einem Sieg über seinen Bruder das Böse über den Rest der Welt hätte kommen lassen, bis er über alles und jeden geherrscht hätte. Nun schien es, dass er wie Kara einen zweite Chance erhalten hatte.

Als Anhängerin Rathmas konnte sie das nicht zulassen – auch wenn es bedeutete, dass der Wirt der Rüstung sterben musste. Der Gedanke berührte sie unangenehm, doch wenn das Gleichgewicht es erforderte, dass Norrec sterben musste, dann war daran nichts zu ändern. Selbst ihr eigenes Leben zählte nicht, wenn ihr Tod der Gefahr ein Ende bereitete.

„Ich werde mit Euch kommen“, erwiderte die Nekromantin schließlich.

Fauztin nickte, dann zeigte er in die Richtung, in der Lut Gholein lag.

„Zeit wird … verschwendet … sagt er.“

Die Geister gingen zu beiden Seiten neben Kara her, eine Tatsache, die ihr nicht entging. Der Wind hatte Norrecs Spur zum größten Teil verwischt, doch Tryst und der Vizjerei schienen ihr mühelos folgen zu können. Die Verbindung zu dem, was sie getötet hatte, machte es dem Paar möglich, ihrem Ziel überallhin zu folgen.

„Was ist mit dem Dämon?“, wollte Kara wissen. Er hatte seine eigenen Pläne mit der Rüstung, und er würde sich zweifellos gegen jeden zur Wehr setzen, der danach strebte, sie ihm wegzunehmen.

Tryst zeigte auf ihren Dolch, der jetzt wieder am Gürtel der Magierin hin. „Das … ist unsere … beste Chance.“

„Und wie?“

„Benutzt ihn … einfach … und betet.“ Er machte den Eindruck, als wollte er mehr sagen, doch Fauztin warf ihm einen Blick zu, der den Ghul sofort verstummen ließ.

Welches Geheimnis verschwiegen sie ihr auch jetzt noch? Hatte sie die beiden unterschätzt? Wollten sie sie immer noch als Marionette benutzen? Jetzt war kaum die Gelegenheit, um Dinge zu verschweigen, die den Unterschied zwischen Sieg und Tod ausmachen konnten.

„Was soll das …“

„Wir kümmern uns … um die Rüstung …“, fiel Sadun ihr ins Wort, „und … um Norrec.“

Sein Tonfall ließ erkennen, dass er über dieses Thema nichts weiter verlauten lassen würde. Kara überlegte, ob sie es dennoch versuchen sollte, entschied sich aber, die Beziehung zu den beiden nicht unnötig zu belasten. Die Handlungen der Geister waren nicht vorhersehbar. Sie benahmen sich entgegengesetzt zu allem, was man ihr über ihre Art beigebracht hatte. Die meiste Zeit verhielten sie sich, als würde ihr Herz immer noch schlagen und Blut durch ihren Körper pumpen. In der übrigen Zeit handelten sie mit der leisen Entschlossenheit, die man solchen Wiedergänger nachsagte. Es war eine wahrlich einzigartige Situation … andererseits war an dieser Situation alles einzigartig.

Und tödlich.

Sie stellte sich Norrec vor und fragte sich, was er wohl in diesem Moment durchmachte. Das Bild des Dämons überschattete das des Kämpfers und brachte die Nekromantin dazu, sich besorgt auf die Lippe zu beißen. In ihrem Geist tauchte auch der Schatten einer dritten Gestalt auf, die den Angriff auf das Königreich an der Küste führte. Welche Rolle spielte dieser Mann? Welchen Nutzen würde er aus alledem ziehen? Er konnte sich nicht einfach wünschen, aus Norrec einen zweiten Bartuc zu machen. Dann könnte er ebenso gut sein eigenes Todesurteil unterzeichnen. Bartuc hatte noch nie einem anderen Sterblichen gedient oder sich auch nur mit ihm verbündet.

Sie würde noch früh genug die Gelegenheit bekommen, Antworten auf ihre vielen Fragen zu erhalten. Ob sie lange genug leben würde, um diese Antworten zu würdigen – daran zweifelte Kara sehr stark.

Neunzehn

Über eine Stunde war vergangen, und noch immer hatte Lut Gholein nicht die Rüstung übergeben. General Malevolyn konnte seinen Zorn kaum noch bändigen. Er fragte sich, ob sie das Relikt bereits gefunden hatten und glaubten, sie könnten dessen Magie auf irgendeine Weise gegen ihn verwenden. Wenn, dann irrten sie sich gewaltig. Die Rüstung würde sich niemals für ihre Sache hergeben, und wenn jemand mit ihr herumexperimentierte, dann war anzunehmen, dass sie sich gegen denjenigen wenden würde. Nein, Bartucs Vermächtnis gehörte ihm, ihm allein.

Um seiner Drohung Nachdruck zu verleihen, ließ er seine Dämonenhorde unablässig die Stadtmauern attackieren. Das Gebiet vor dem Stadttor von Lut Gholein war mit den verstümmelten Leichen derjenigen übersät, die es nicht geschafft hatten, rechtzeitig in die Stadt zurückzukehren. Viele Männer waren aber auch von der Stadtmauer gestürzt, da die dämonischen Bogenschützen in vieler Hinsicht den Männern überlegen waren, deren Körper sie übernommen hatten. Zudem hatten die sechs mitgebrachten Katapulte in der Stadt selbst für erhebliche Zerstörung gesorgt. Dämonische Hexerei schützte im Gegenzug Malevolyns Waffen vor Attacken aus der Stadt.

Er sah zu, wie auf dem Katapult, das ihm am nächsten stand, das nächste feurige Geschenk für die Bewohner vorbereitet wurde. Der General hatte die Waffen für genau diesen Auftritt zurückgehalten, um seinen Gegnern zu zeigen, dass er ihnen Zeitschinderei nicht durchgehen lassen würde. Entweder sie gaben ihm was er haben wollte, oder ihre hohen Stadtmauern könnten nicht mehr lange ihr Überleben sichern – unabhängig davon, dass er sie letztendlich ohnehin nicht überleben lassen würde.

Und das Ende war fast zum Greifen nah. Für Lut Gholein, so entschied der General, war die Zeit nun abgelaufen. Er würde die Katapulte ihre augenblickliche Ladung abfeuern lassen und dann seiner gesamten Streitmacht den Befehl zum Angriff geben. Die Leute in der Stadt glaubten, ihre Tore könnten den Invasoren standhalten, doch sogar jetzt noch unterschätzten sie die Macht der Dämonen. Es ging einfach nur darum, das eine Hindernis aus dem Weg zu räumen, um Zutritt zur Stadt zu erlangen. Dann begänne ein so blutiger Tag des Sterbens, dass man noch auf Jahre hinaus im entsetzten Flüsterton vom Untergang Lut Gholeins sprechen würde.

Abermals würde die karmesinrote Rüstung des Kriegsherrn des Blutes einen Schatten der Angst auf die gesamte Welt werfen.

Augustus Malevolyn versteifte sich plötzlich, als er ein beunruhigendes Gefühl verspürte. Er drehte sich um, da er sicher war, dass er sehen musste, wer oder was sich ihm von hinten näherte.

Auf dem Kamm einer Düne machte er einen vertrauten Anblick aus: Xazax, der sich durch den Sand bewegte. Dass der Dämon es wagte, sich an diesem Tag Lut Gholein so sehr zu nähern, irritierte den General – bis er sah, wer neben dem monströsen Insekt ging.

„Die Rüstung“, flüsterte er fast schon ehrfürchtig.

Malevolyn vergaß seine Dämonensoldaten, er vergaß Lut Gholein, stattdessen ritt er dem Paar entgegen, das sich ihm näherte. Noch niemals hatte er einen so glorreichen Augenblick erlebt. Bartucs Rüstung kam zu ihm! Sein größter Wunsch fand endlich Erfüllung!

Warum der Tunichtgut, der die Rüstung gestohlen hatte, noch lebte und sie trug, würde ihm nur Xazax erklären können. Er fand es erstaunlich, dass die Gottesanbeterin den Mann so lange hatte überleben lassen. Vielleicht hatte Xazax nur nicht die Rüstung selbst tragen wollen und stattdessen den Dummkopf gezwungen, sie zu ihm zu bringen. Das Mindeste, was der General tun konnte, um sich bei dem Mann erkenntlich zu zeigen, der die Rüstung gegenwärtig trug, war, ihm einen recht schnellen und schmerzlosen Tod zu gewähren.

„Und welche Beute bringst du mir da, mein Freund?"

Die Gottesanbeterin klang selbstzufrieden. „Ein Geschenk, das sicherlich beweist, dass die Absichten dieses einen denen des Kriegsherrn entsprechen. Dieser eine gibt dir Norrec Vizharan – Söldner, Grabräuber und Wirt für die glorreiche Rüstung Bartucs!"

„Söldner und Grabräuber …" General Malevolyn lachte. „Vielleicht sollte ich dich deiner Kenntnisse wegen in meine Dienste stellen. Auf jeden Fall kann ich dir gratulieren, dass du mir die letzte Stufe für meinen Aufstieg zum Ruhm gebracht hast!"

„Du … du willst diese Rüstung?"

Der Narr klang ungläubig, als würde er, der die Rüstung so lange Zeit getragen hatte, nicht ihre Erhabenheit begreifen und ihre Macht schätzen …

„Natürlich! Nichts anderes will ich!" Der General tippte an seinen Helm. Er sah, dass Norrec Vizharan sofort die Verbindung erkannte. „Ich bin General Augustus Malevolyn, vormalig aus Westmarch, einem Land, das du kennen dürftest, wenn ich dich so ansehe. Wie du siehst, trage ich den Helm, der verloren ging, als Bartucs Kopf und Rumpf von den Narren getrennt wurden, die ihn durch einen dummen Zufall hatten töten können. Zu Recht hatten sie solche Angst vor seiner immensen Macht, dass sie Rumpf und Kopf an den entgegengesetzten Enden der Welt versteckten, in dem Glauben, niemand würde sie je wiederfinden können!“

„Sie haben sich geirrt …“, murmelte der Söldner.

„Natürlich! Der Geist des Kriegsherrn des Blutes lässt sich nicht verleugnen! Er rief seinesgleichen und wartete auf jene, deren Verbindung zu ihm die Kräfte wieder zum Leben erwecken und zu neuen Horizonten führen würden.“

„Was soll das heißen?“

Malevolyn seufzte. Er vermutete, dass er den Narr sofort hätte töten sollen, doch die Stimmung des Kommandanten hatte sich so sehr gebessert, dass er beschloss, Norrec wenigstens das zu erklären, was der offenbar nie begriffen hatte. General Malevolyn hob die Hände und nahm den Helm ab. Als er ihn von seinem Kopf hob, fühlte er sich, als hätte er etwas verloren, doch er sagte sich, dass der Helm bald wieder an seinem Platz sein würde.

„Damals kannte ich das Geheimnis noch nicht, aber jetzt … denn das Artefakt selbst hat sich mir offenbart. Selbst du, mein Freund Xazax, kennst nicht die volle Wahrheit, wie ich zu behaupten wage.“

Die Gottesanbeterin verbeugte sich spöttisch. „Dieser eine würde sich glücklich schätzen, erleuchtet zu werden, Kriegsherr …“

„Und das wirst du auch!“ Er sah wieder zu Norrec. „Ich kann wohl behaupten, dass viele in dem Grab gestorben sind, bevor du des Weges kamst, wie?“

Vizharans Miene verfinsterte sich. „Zu viele … darunter auch meine Freunde.“

„Du wirst dich ihnen bald anschließen, keine Sorge …“ Der in Schwarz gekleidete Offizier erlaubte Norrec einen besseren Blick auf den Helm. „Ich wage zu behaupten, das es hierbei nicht anders war. Das gleiche Schicksal für jeden unbedeutenden Grabräuber, bis auf einen – einen mit einer ganz besonderen, *vererbten* Eigenschaft, die ihm einen genügend großen Vorteil verschaffte." Malevolyns Hände begannen leicht zu zittern. Rasch, aber mit einer scheinbar gelassenen Bewegung setzte er den Helm wieder auf. Sofort verspürte er ein Gefühl der Erleichterung, auch wenn er darauf achtete, dass weder der Mann noch der Dämon davon etwas bemerkten. „Kannst du dir vorstellen, was du und er gemein hatten?"

„Ein verdammtes Leben?"

„Mehr eine glanzvolle Abstammung. In euch beiden floss Blut von Größe, wenn auch ziemlich verwässert."

Die Erklärung ließ Norrec nur mit einem Stirnrunzeln reagieren. „Er und ich … wir waren verwandt?"

„Ja, auch wenn die Blutlinie in seinem Fall noch verdünnter war. Sie gab ihm zwar das Recht, den Helm an sich zu nehmen, doch er entpuppte sich als zu schwach, um ihn zu benutzen, und so wurde er getötet." Der General deutete stolz auf sich. „Und dann hat der Helm mich gefunden, wie du siehst."

„Du teilst dieses Blut auch?"

„Gut erkannt. Ja, so ist es. Nicht annähernd so verwässert wie das, was durch diesen Narr floss, und zweifellos auch nicht so verwässert wie deines. Ja, Norrec Vizharan, du kannst sagen, dass du und ich und der, der den Kopf mit dem Helm entdeckte, *Cousins* sind – natürlich sehr entfernt verwandt."

„Aber wer …" Der Soldat riss die Augen auf, als er zu verstehen begann. „Das ist nicht *möglich*!"

Xazax sagte nichts, doch er hatte eindeutig auch noch nichts verstanden. Dämonen begriffen nicht immer das Prinzip der menschlichen Paarung und dessen Folgen. Einige von seiner Art waren zwar mit dem Prozess an sich vertraut und vermehrten sich auf diesem Weg ganz massiv, doch sie vermehrten sich wie die Tiere, kümmerten sich nicht um Blutlinien.

„O ja, Cousin“, sagte Malevolyn mit breitem Lächeln. „Wir sind alle Nachkommen des großen und ehrbaren Bartuc selbst!“

Der Dämon schlug seine Beißzangen zusammen, da er zu Recht beeindruckt war. Er wirkte sogar noch selbstzufriedener, wohl, weil er die richtige Entscheidung getroffen hatte, als er sich auf die Seite von Augustus Malevolyn gestellt hatte.

Was Norrec anging, so war der von der Enthüllung nicht erkennbar begeistert. Er war wie so viele gewöhnliche Sterbliche, die nicht verstanden, was Bartuc beinahe vollbracht hätte. Wie viele andere Männer hatten sich den Respekt und die Angst nicht nur ihrer Genossen, sondern auch der Himmel und der Höllen verdient? Es enttäuschte den General schon ein wenig, zumal sie beide wirklich Cousins waren. Da Norrec ohnehin nur noch wenige Momente zu leben hatte, war die Enttäuschung nicht ganz so groß. Ein Narr weniger war trotz allem ein Narr weniger, und das war immer ein Plus für die Welt.

„Blut ruft Blut …“, murmelte Norrec und starrte in den Sand. „Blut ruft Blut, sagte sie …“

„Wahrhaftig! Und das war der Grund, warum die Rüstung durch dich handeln konnte, wie es ihr seit Jahrhunderten nicht mehr möglich gewesen war. Große Macht ruhte in ihr, aber es war Macht ohne Leben. In dir strömte das Leben, das der Hexenkunst einen Funken gab. Es war, als wären zwei Hälften, die seit so langer Zeit getrennt gewesen waren, zusammengekommen, um ein Ganzes zu schaffen!“

„Bartucs Blut …“

Augustus Malevolyn schürzte die Lippen. „Ja, wir haben das durchgesprochen … du hast ‚sie‘ gesagt. Meinst du damit meine Galeona?“

„Eine Nekromantin, Kriegsherr“, warf Xazax ein. „Inzwischen sehr tot.“ Er hob eine der sichelförmigen Gliedmaßen an, um die Todesursache anzudeuten. „Aber was die Hexe angeht … sie lebt auch nicht mehr.“

„Schade, nur denke ich, es hätte so oder so sein müssen." Dem Kommandanten ging ein Gedanke durch den Kopf. „Entschuldigt mich einen Moment, ja?"

Er drehte sich um zu seinen Höllenkriegern, die weiter Lut Gholein attackierten, und stellte sich den Dämon vor, der Zakos Gesicht trug.

In der Ferne drehte sich der ihm untergebene Ghul um, vernachlässigte seine Aufgabe am Hauptkatapult und kam zu Malevolyn geeilt. Sobald er den General erreicht hatte, kniete der Dämon nieder. „Ja, Kriegsherr …" Der falsche Zako schnappte nach Luft, als er Norrec und die Rüstung bemerkte. „Euer … Euer Befehl?"

„Die Stadt hat für mich keinen Wert mehr. Du kannst mit ihr machen, was dir beliebt."

Ein wildes Grinsen von unglaublicher Breite zog sich über das Gesicht des Toten. „Ihr seid sehr gütig, Kriegsherr …"

General Malevolyn nickte, dann schickte er ihn fort. „Geh! Verschone nicht ein einziges Leben. Lut Gholein soll zeigen, welche Hoffnungen sich jedes andere Königreich und jede andere Macht gegen mich machen kann."

Das Ding mit dem Gesicht Zakos eilte davon und sprang fast vor Freude, als es zu den anderen lief, um ihnen zu erzählen, was der General gesagt hatte. Die Horde würde die Stadt verwüsten, sie wurde alles dem Erdboden gleichmachen. In vieler Hinsicht würde das den Kriegsherrn für das entschädigen, was ihm bei Vin-jun widerfahren war.

Vin-jun. Malevolyns Brust schwoll vor Vorfreude an. Jetzt, da er die Rüstung hatte, würde sogar Kehjistan, die legendäre Heimat der Vizjerei, in seine Hände fallen.

Er strich über den erhabenen Fuchs und die Schwerter auf seinem Brustpanzer. Vor langer Zeit hatte er seinen leiblichen Vater umgebracht und das Haus niedergebrannt, dessen Anerkennung ihm verwehrt geblieben war. Augustus Malevolyn hatte beschlossen, das Symbol dieses Hauses auf seiner Rüstung zu tragen, um ihn daran zu erinnern, dass er sich stets alles würde nehmen können, was er haben wollte. Jetzt aber war die Zeit gekommen, um dieses Symbol durch ein besseres zu ersetzen: die blutrote Rüstung Bartucs.

Er wandte sich wieder Xazax und dem Söldner zu. „Nun, sollen wir beginnen?"

Xazax schob Norrec vor. Der Mann stolperte und wagte es, dem Dämon einen finsteren Blick zuzuwerfen, was ihn in der Achtung von Malevolyn ein kleines Stück steigen ließ. Immerhin hatte der Trottel Nerven.

Doch die Worte, die mit verbittertem Tonfall über Norrecs Lippen kamen, gefielen dem kommenden Kriegsherrn gar nicht. „Ich kann sie dir nicht geben."

„Was soll das heißen?"

„Ich kann sie nicht ablegen. Ich habe es immer wieder versucht, aber ich kann sie nicht ausziehen. Nicht mal die Stiefel lassen sich ausziehen. Ich habe keinerlei Kontrolle über die Rüstung. Ich dachte, ich könnte sie kontrollieren, doch das war nur ein Trick. Die Rüstung entscheidet, was ich mache und wohin ich gehe."

Seine tragische Situation amüsierte General Malevolyn. „Klingt fast wie eine komische Oper! Ist das wahr, Xazax?"

„Dieser eine muss sagen, dass der Narr die Wahrheit spricht, Kriegsherr. Er konnte sich nicht mal von der Stelle rühren, um die Nekromantin zu retten …"

„Faszinierend, jedoch kein Problem, das sich nicht lösen lässt." Er richtete eine Hand auf Norrec. „Nicht mit der Macht, über die ich inzwischen verfüge."

Der Zauber, der nicht seinen eigenen Erinnerungen entstammte, sollte Malevolyn in die Lage versetzen, den Soldaten in der Rüstung auszudörren, bis nur noch eine ausgetrocknete Hülle übrig war, die sich leicht herausholen ließ. Bartuc hatte diesen Zauber zur Zeit seiner Regentschaft häufig eingesetzt, und nie war er fehlgeschlagen.

Aber jetzt. Norrec Vizharan stand mit weit aufgerissenen Augen und völlig unangetastet da. Er sah so aus, als hätte er wirklich damit gerechnet, jetzt zu sterben, was das Scheitern eines so mächtigen Zaubers umso verwunderlicher machte.

Xazax nannte einen möglichen Grund dafür. „Dein Zauber betrifft den ganzen Körper, Kriegsherr. Vielleicht reagiert die Rüstung sofort so, als wäre sie selbst angegriffen worden."

„Ein gutes Argument. Dann werden wir einfach eine etwas persönlichere Lösung wählen." Er streckte seine Hand aus, in der im nächsten Moment die dämonische Klinge auftauchte. „Ihn zu köpfen, sollte die Verbindung zur Rüstung kappen. Sie benötigt einen lebenden Wirt, keinen Leichnam."

Während er näher kam, bemerkte der General, dass der Söldner versuchte, sich zu bewegen, doch nichts geschah. Malevolyn deutete das Fehlen jeglicher Reaktion auf Seiten der Rüstung so, dass er diesmal die richtige Methode gewählt hatte. Ein kräftiger Schlag würde genügen. Vizharan sollte sich eigentlich geehrt fühlen, war doch der erste große Kriegsherr auf die gleiche Weise umgekommen. Vielleicht würde Malevolyn den Kopf des Mannes als Trophäe aufbewahren, damit sie ihn an diesen denkwürdigen Tag erinnerte.

„Ich werde dich nie vergessen, Cousin Norrec. Ich werde nie vergessen, was du mir gegeben hast."

General Augustus Malevolyn holte mit der schwarzen Klinge aus und zielte fachmännisch auf den Hals des Mannes. Ja … ein sauberer Hieb. Viel eleganter, anstatt auf den Hals einzuhacken, bis der Kopf abfiel.

Lächelnd führte er die Klinge … bis sie von einer *identischen* Waffe gestoppt wurde, die Norrec in seiner linken Hand hielt.

„Was im Namen der Höllen …?"

Der Söldner schien so erstaunt wie er. Hinter Norrec Vizharan machte der monströse Dämon Geräusche, die seine unverhohlene Besorgnis erkennen ließen.

Norrec – oder besser gesagt: die Rüstung – ging in eine Kampfstellung, die andere schwarze Klinge bereit, um jeden Angriff des Generals abzuwehren.

Ein seltsamer Gesichtsausdruck wurde bei dem Soldaten erkennbar, sowohl bestürzt als auch verwirrt. Nach kurzem Zögern wagte er sogar, Malevolyn anzusprechen. „Ich habe das Gefühl, sie hält dich nicht für die richtige Wahl, General. Wir werden wohl darum kämpfen müssen. Es tut mir Leid, allen Ernstes."

Malevolyn kämpfte gegen seine wachsende Verärgerung an. Er konnte es sich nicht leisten, jetzt die Beherrschung zu verlieren. Mit ruhiger Stimme erwiderte er: „Dann werden wir kämpfen, Vizharan. Und wenn ich dann die Rüstung für mich beanspruche, wird der Sieg nach diesem Kampf umso süßer sein."

Er holte aus, um auf Norrec einzuschlagen.

Xazax fürchtete, einen schrecklichen Fehler gemacht zu haben. Vor ihm standen zwei Sterbliche, die beide Teile von Bartucs Rüstung trugen, zwei Sterbliche, die bis zu einem gewissen Maß in der Lage waren, auf die alte Hexenkunst des Kriegsherrn zurückzugreifen. Doch der Dämon hatte sich auf die Seite von Malevolyn gestellt, der bislang wie der auserwählte Nachfolger ausgesehen hatte. Die Rüstung sah die Sache dagegen völlig anders, da sie sich entschieden hatte, ihren gänzlich unfreiwilligen Wirt zu verteidigen.

Der Dämon hatte schwer daran gearbeitet, seinen infernalischen Fürsten Belial davon zu überzeugen, dass er für diese Sache so viele höllische Diener opferte. Belial war nur einverstanden gewesen, weil auch er geglaubt, ein neuer Bartuc könnte ihm den Vorsprung verschaffen, den er vor seinem Rivalen ebenso benötigte wie für den Fall, dass einer der drei Erzbösen zurückkehren sollte. Wenn Xazax sich geirrt hatte, wenn es Norrec Vizharan tatsächlich gelingen sollte, den Sieg zu erringen, dann wäre deutlich geworden, dass Belials Leutnant die Angelegenheit vollkommen falsch gehandhabt hatte. Belial ließ seinen Dienern keine Inkompetenz durchgehen.

Als er jetzt mit ansah, wie sich die beiden zum Kampf bereitmachten, war er davon überzeugt, dass die Rüstung ihn zum Narren gehalten hatte. Sie war ihm als friedfertig erschienen, als wolle sie sich nur mit dem Helm wiedervereinen, um sich dann der Sache des Dämons zu verschreiben. Nun aber glaubte Xazax, dass die Rüstung lediglich den Helm hatte finden wollen, um sich dann gegen *ihn* zu wenden.

Sie musste gewusst haben, dass Xazax derjenige gewesen war, der den Behemoth des Meeres auf die Ebene der Sterblichen geholt und nach der Befragung des sterbenden Seemanns das Monster losgeschickt hatte, um das Schiff anzugreifen. Zu der Zeit hatte Xazax geglaubt, er könne die Dinge beschleunigen und die Rüstung an sich nehmen, noch bevor sie das Festland erreichte hatte. Galeona hatte ihn in die Nähe der Stelle gebracht, an der Norrec Vizharan zu finden sein sollte. Es hätte für die Höllenbestie eine Leichtigkeit sein sollen, das klägliche Holzschiff in Stücke zu reißen und dem Toten die Rüstung abzunehmen.

Aber … aber die Rüstung hatte nicht nur die titanenhafte Kreatur zurückgeschlagen, sondern ohne eine Anstrengung auch noch getötet. Das Resultat war so beunruhigend gewesen, dass Xazax in Panik geflohen war. Er hätte niemals erwartet, dass die verzauberte Rüstung eine solche Macht würde entfesseln können …

Der Dämon richtete seinen Blick auf den Rücken des Söldners, seine Entscheidung war getroffen. Mit Malevolyn als neuem Kriegsherrn hatte Xazax eine spektakuläre Persönlichkeit, die er seinem Meister vorstellen konnte, einen Verbündeten, mit dem zusammen Azmodan und notfalls auch die *Drei* zerschmettert werden konnten. Mit Norrec Vizharan als unwilligem Wirt würde Belial nicht annähernd so zufrieden sein.

Und wenn sein Meister unzufrieden war, dann litten darunter die, die ihn enttäuscht hatten.

Der Dämon hob eine Sichel und wartete auf den rechten Augenblick. In der Hitze des Gefechts würde nur ein einziger Schlag erforderlich sein. Der General würde sich vielleicht beklagen, weil ihm der Ruhm des Sieges verwehrt blieb, doch er würde sich bald wieder beruhigen. Dann konnten sie sich der Zerstörung von Lut Gholein widmen.

Und dann würde die übrige Ebene der Sterblichen folgen.

Norrec fühlte nicht einmal einen Bruchteil der Selbstsicherheit, die er gegenüber General Malevolyn zur Schau zu tragen versuchte. Zwar war es die Wahrheit, als er erklärt hatte, die Rüstung wolle sich nicht von ihm trennen, doch das hieß nicht, dass er auf die Fähigkeiten der verzauberten Rüstung baute, den Offizier mit Bartucs Helm auf dem Kopf zu besiegen. In Wahrheit wirkte Malevolyn vielmehr so, als übersteige seine Verbindung mit dem Helm die fragwürdige Allianz zwischen Norrec und der Rüstung bei weitem. Malevolyn verfügte nicht nur über das Wissen und die Fähigkeiten des Kriegsherrn des Blutes, sondern auch über ein beträchtliches Geschick als General. Im Zusammenspiel mit dem, was der Helm zu bieten hatte, würde die Rüstung gegen den entschlossenen Kommandanten nicht lange durchhalten können.

Der General attackierte Norrec mit solcher Heftigkeit, dass die Rüstung einen Schritt nach hinten machen musste, um ihren Wirt in Sicherheit zu bringen. Wieder und wieder schlugen die feurigen Klingen aneinander, jedes Mal schossen Flammen umher. Hätten sie in einer anderen Umgebung als dieser sandigen Wüste gekämpft, wäre vielleicht schon längst ein Brand entstanden. Norrec selbst machte sich Sorgen, dass einer der Funken auf seinem Haar landen oder ihn auf einem Auge erblinden lassen könnte. Es war für ihn schon schlimm genug, dass er diesen verzweifelten Kampf führen musste, ohne selbst die Verteidigung oder den Angriff zu kontrollieren. Immer wieder erkannte er, dass die Rüstung ein lückenhaftes Wissen über den Schwertkampf besaß. Zwar parierte sie jeden von Malevolyns Schlägen, doch Norrec sah, wie mindestens eine Möglichkeit zur Gegenwehr ungenutzt verstrich. Hatte der verdammte Kriegsherr denn nicht gelernt, wie man richtig mit einem Schwert umging?

„Es ist fast so, als würde man gegen sich selbst kämpfen, nicht wahr?", höhnte sein Widersacher. Augustus Malevolyn schien den Kampf zu genießen, so siegessicher war er offenbar.

Norrec erwiderte nichts, sondern wünschte sich, doch wenigstens im Zuge seiner eigenen Bemühungen das Leben zu verlieren, anstatt den Mängeln einer verzauberten Rüstung zum Opfer zu fallen.

Malevolyns Klinge sauste in wenigen Zoll Entfernung an seinem Kopf vorbei. Norrec fluchte und sagte leise zu der Rüstung: „Wenn du nichts Besseres zu bieten hast, dann sollte ich vielleicht das Sagen haben!"

„Glaubst du das wirklich?", gab der General zurück, der nicht länger amüsiert wirkte. „Du glaubst, ein Trottel wie du ist würdiger als ich, den Titel zu tragen und das Vermächtnis weiterzuführen?"

Die Rüstung musste sich im nächsten Moment gegen eine rasche Folge blitzschneller Attacken Malevolyns wehren. Norrec verfluchte stumm das außerordentlich gute Gehör des Generals, der glaubte, dass er *ihn* verspottet hatte.

Er hatte unter vielen erfahrenen Offizieren gedient, gegen viele gute Gegner gekämpft, aber Norrec konnte sich an niemanden erinnern, der so anpassungsfähig war wie Augustus

Malevolyn. Allein die Tatsache, dass der General genauso seine eigenen Fähigkeiten wie die von Bartuc einsetzte, machte es der Rüstung möglich, die meisten seiner Züge vorauszuahnen. Doch selbst dann wäre Norrec schon zweimal gestorben, wenn die Rüstung nicht noch über andere Schutzvorkehrungen verfügt hätte.

„Du hast Glück, dass die Zauber dich so gut beschützen", sagte der Kommandant, als er für einen Moment zurückwich. „Sonst wäre die Angelegenheit längst erledigt."

„Aber wenn ich so schnell gestorben wäre, dann hätte das doch bedeutet, dass die Rüstung gar nicht so außergewöhnlich ist, wie du es dir erhoffst."

Malevolyn lachte. „Stimmt! Du hast ja doch etwas im Kopf. Was, das werde ich mir ansehen, wenn der Inhalt auf dem Sand verstreut liegt."

Wieder jagte er sein Schwert hoch und attackierte Norrecs Verteidigung von allen Seiten. Zweimal ließ den seine Rüstung fast im Stich. Norrec presste die Lippen aufeinander. Der alte Kriegsherr war ein guter Schwertkämpfer gewesen, doch seine Techniken waren die der Vizjerei. Nach so vielen Jahren in der Gesellschaft von Fauztin – der mit einem Schwert umgehen konnte, obwohl er Magier war – wusste Norrec mehr über die Vor- und Nachteile dieses Kampfstils als der General. Malevolyn schien akzeptiert zu haben, dass die Verschmelzung seiner Fähigkeiten mit denen von Bartuc zu seinem Besten war, doch wenn Norrec selbst gegen den Mann gekämpft hätte, dann wäre Malevolyns Leben mittlerweile mindestens zweimal in Gefahr gewesen.

Plötzlich schrie er auf, sein rechtes Ohr fühlte sich an, als würde es in Flammen stehen. General Malevolyn hatte seinen ersten Treffer gelandet! Zwar eher unbedeutend, doch durch die magische Klinge blieb eine stark schmerzende Wunde zurück. Norrecs gesamtes Ohr pochte, doch glücklicherweise konnte er trotz der Wunde noch hören. Doch ein weiterer derartiger Treffer …

Könnte er doch nur selbst in den Kampf eingreifen. Würde die Rüstung doch verstehen, dass er selbst bessere Chancen hatte! Er kannte die Schwächen, da ihm der westliche Kampfstil des Generals vertraut war. Es gab einige Tricks, von denen Norrec glaubte, dass nicht einmal der Kommandant sie kannte. Als Söldner merkte man sich solche Tricks, um das wettzumachen, was man durch ein fehlendes formales Training nicht erlernt hatte – Tricks, die dem Kämpfer mehr als einmal das Leben gerettet hatten.

Lass mich kämpfen … oder lass mich wenigstens zusammen mit dir kämpfen!

Die Rüstung ignorierte ihn. Sie wehrte Malevolyns nächsten Angriff ab und versuchte dann einen Konter mit einem Zug, den Norrec aus einer der gelegentlichen Kampfübungen mit Fauztin kannte. Doch er wusste auch, dass zu *dieser* Attacke mittlerweile auch ein Konter entwickelt worden war – und im nächsten Moment bestätigte ihn Malevolyns Reaktion, die den Angriff der Rüstung ins Leere laufen ließ.

Bislang hatte der General den Kampf geführt. Konnte das wirklich im Sinne des Artefaktes sein? Es mochte ja so sein, dass die Rüstung in Norrec den einfacheren, gefügigeren Wirt sah, doch wenn der Kampf so weiterging, würde sie sich in Kürze dem Geschick und der Kraft des Generals und dessen verzaubertem Helm beugen müssen.

Norrec, der in seine immer finster werdenden Gedanken vertieft war, nahm kaum wahr, dass sein Gegner plötzlich nach seinem Gesicht hieb. Sofort riss er sein Schwert hoch und schlug Malevolyns Klinge aus dem Weg. Wäre ihm das nicht gelungen, dann hätte sich die Waffe durch Norrecs Schädel gebohrt und wäre am Hinterkopf wieder ausgetreten.

In dem Moment wurde Norrec bewusst, dass *er* den um ein Haar tödlichen Schlag abgewehrt hatte, nicht die Rüstung!

Er hatte keine Zeit, um über diese plötzliche Veränderung nachzudenken, da Malevolyn seinen Angriff nicht verlangsamte. Der Kriegsherr hieb weiter auf Norrec ein und drängte ihn immer mehr in die Richtung des wartenden Xazax.

Doch trotz der schieren Ausweglosigkeit seiner Situation stieg Norrecs Hoffnung. Wenn er starb, dann auf seine Art.

Augustus Malevolyn versuchte einen Zug, den der Soldat aus einem seiner ersten Einsätze als Söldner kannte. Das Manöver erforderte Geschick und Mut, und es war oft von Erfolg gekrönt, doch von einem großzügigen Kommandanten hatte Norrec gelernt, wie man den Zug zu seinem eigenen Vorteil umkehren konnte …

„Was?“ Malevolyns fassungslose Miene begeisterte Norrec Vizharan, als er den fast tödlichen Schlag des Generals konterte und seinen Widersacher dazu zwang, sich zurückzuziehen, wenn er nicht seinen Kopf verlieren wollte.

Norrec verschenkte keine Zeit, sondern versuchte, den General nach hinten zu stoßen, damit der im lockeren Sand stolperte oder sogar nach hinten fiel. Doch im letzten Augenblick gelang es Malevolyn, das Duell in eine Pattsituation zu bringen.

„So, so“, keuchte der General. „Scheint so, als könnte die Rüstung wie ein Mann dazulernen. Interessant. Ich hätte nicht gedacht, dass sie diesen letzten Zug kennen würde.“

Norrec hütete sich, ihm die Wahrheit zu sagen. Er würde jeden noch so kleinen Vorteil für sich nutzen. Dennoch schaffte er es nicht, sich ein schwaches, finsteres Lächeln zu verkneifen.

„Du lächelst? Denkst du, es genügt, dass die Rüstung sich ein oder zwei Tricks aneignet? Dann wollen wir doch mal sehen, wie ihr beide euch schlagt, wenn wir die Regeln ein wenig ändern …“

Malevolyns freie Hand schoss urplötzlich hoch – und grelles Licht explodierte vor Norrecs Augen.

Er schlug wild um sich und schaffte es, den General zweimal zurückzuschlagen – bis eine gewaltige Kraft ihm das Schwert aus der Hand schleuderte. Norrec bewegte sich nach hinten und verlor den Halt – und dann fiel er in den Sand.

Auch wenn er durch Malevolyns hinterhältigen Zauber noch immer nicht richtig sehen konnte, erkannte der gestürzte Kämpfer, dass die verschwommene Gestalt seines siegreichen Widersachers vor ihm aufragte. In jeder Hand hielt General Malevolyn ein schwarzes Schwert.

„Die Schlacht ist geschlagen. Gut gekämpft, Cousin, möchte ich sagen. Erst ganz zum Schluss fiel mir auf, dass du ein wenig eifriger als zu Beginn gekämpft hast – so als wärst du zu diesem Duell dazugestoßen. Hast du am Ende wirklich gedacht, dass es deine Rettung sein könnte, mit der Rüstung zusammenzuarbeiten? Ein kluger Gedanke, nur eindeutig viel zu spät."

„Vergeude keine Zeit!", drängte Xazax von irgendwo hinter Norrec. „Schlag zu! Schlag zu!"

Malevolyn ignorierte den Dämon und betrachtete die Schwerter bewundernd. „Perfektes Gleichgewicht in jedem von ihnen. Ich kann beide gleichzeitig führen, ohne Angst zu haben, mir selbst in die Quere zu kommen. Sehr interessant, dass dein Schwert immer noch existiert. Ich hätte gedacht, es würde sich in nichts auflösen, sobald du es nicht mehr hältst. Aber ich vermute, das kommt daher, dass ich es sofort aufgefangen habe. Bartucs Zauber stecken doch voller Überraschungen, nicht wahr?"

Norrec bemühte sich noch immer, besser sehen zu können, als er ein Kribbeln in seiner linken Hand spürte. Er kannte das Gefühl, er hatte es schon einmal erlebt. Die Rüstung plante etwas, doch was es genau sein sollte, wusste er nicht …

Doch, er *wusste* es! Das Wissen nahm in Norrecs Kopf Form an, es ließ ihn nicht nur sofort verstehen, welche Rolle die Rüstung dabei spielte, sondern auch, was er zu tun hatte. Um Erfolg zu haben, mussten sie beide zusammenarbeiten, denn jeder für sich alleine hatten sie keine Chance.

Norrec unterdrückte ein Grinsen. Stattdessen antwortete er seinem Widersacher: „Ja … das ist wohl wahr.“

Der linke Panzerhandschuh flammte auf.

Norrecs verlorenes Schwert verwandelte sich in einen schwarzen Schatten, der über Malevolyns Arm und Kopf kreiste.

Fluchend ließ der General seine eigene Waffe los und gestikulierte in Richtung des gierigen Schattens. Aus seinem Mund kamen alte Worte, Worte der Vizjerei. Grünliches Leuchten umspielte seine Fingerspitzen, das den Schatten auffraß.

Doch als Malevolyn seine Aufmerksamkeit auf diese neue Bedrohung richtete, sprang Norrec ihn an – so wie die Rüstung es gewünscht hatte. Während der Schatten unter dem Zauber des Generals verblasste, packte Norrec Malevolyns Hände und rang mit ihm. Auf dieser kurzen Distanz wagte keiner der beiden, Bartucs Hexenkunst zur Anwendung zu bringen, wenn der Erfolg nicht garantiert war.

„Jetzt ist der Kampf wieder offen, General!“, murmelte Norrec, der zum ersten Mal das Gefühl hatte, dass er die Situation kontrollierte, nicht aber jemand anders. Die Rüstung und er hatten ein gemeinsames Ziel: der Sieg über diesen üblen Gegner. Freudige Erregung machte sich in ihm bei dem Gedanken breit, Malevolyn tot am Boden liegen zu sehen.

Die Tatsache, dass ein Großteil dieser neuen Entschlossenheit und des Selbstbewusstseins woanders als in ihm seine Quelle haben mochte, kam ihm nicht in den Sinn. Auch war es Norrec nicht bewusst, dass – wenn er den Mann tötete, der den karmesinroten Helm trug – er sich praktisch dem Schicksal fügen würde, das Bartucs Rüstung vor langer Zeit für ihn ausgewählt hatte.

Xazax nahm die plötzliche Wende im Kampf mit großer Bestürzung zur Kenntnis. Die Wende hatte sogar ihn überrascht, und nun drohte dem Sterblichen, mit dem er sich verbündet hatte, die Niederlage. Xazax konnte dieses Risiko nicht eingehen, er musste dafür sorgen, dass Malevolyn als Sieger aus diesem Duell hervorging.

Die riesige Gottesanbeterin bereite sich vor Zuzuschlagen …

ZWANZIG

Kara überquerte die Düne und sah sich einem weiteren Alptraum gegenüber.

In der Ferne stürmten Krieger in schwarzer Rüstung gegen die Tore von Lut Gholein an und schrien mit einem mordlüsternen Eifer, der fast unmenschlich war. Die Verteidiger auf den Mauern feuerten unablässig auf sie, doch merkwürdigerweise hatten die vielen Pfeile keine erkennbare Wirkung, jedenfalls soweit sie es sehen konnte. Es wirkte fast so, als wären die Angreifer gegen die Waffen der Sterblichen gefeit. Nach dem zu urteilen, was die Nekromantin sonst noch sehen konnte, war sie sicher, dass die Tore dem Ansturm nicht mehr lange standhalten würden. Die wilde Meute schien nicht mehr zu stoppen zu sein.

Dennoch war der schreckliche Kampf, der dort tobte, harmlos verglichen mit dem Duell, das zu ihrer Rechten, nicht weit von ihr entfernt, stattfand. Sie hatte Norrec wiedergefunden, doch bei ihm befand sich nicht nur abermals der Dämon, sondern es begleitete ihn auch eine rasende Gestalt, deren Rüstung der jener Männer glich, die Lut Gholein angriffen – bis auf den karmesinroten Helm, den sie trug.

Die Nekromantin erkannte sofort, dass es sich um Bartucs Helm handelte. Jetzt ergab alles viel mehr Sinn. Die Rüstung des Kriegsherrn strebte eine Wiedervereinigung an, aber sie hatte gleich *zwei* Wirte, die um sie stritten, und nur einer von ihnen konnte den Sieg davontragen. Zu Norrecs Unglück drohte er alles zu verlieren, ganz gleich, wie der Kampf ausging. Besiegte er seinen Gegner, würde er zur Marionette der Rüstung werden. Scheiterte er, würde der neue Kriegsherr des Blutes ihn töten.

Kara betrachtete das Trio und versuchte herauszufinden, wie sie am besten vorgehen sollte. Sie fand keine befriedigende Antwort, also wandte sie sich an ihre verwesenden Begleiter. „Sie befinden sich im Nahkampf, und der Dämon ist nur wenige Schritte entfernt! Was schlagt Ihr …?“

Sie sprach ins Leere. Sowohl Tryst als auch Fauztin waren verschwunden. Der Sand gab keinen Hinweis darauf, welchen Weg sie genommen hatten. Es war so, als hätten sie sich einfach in die Lüfte geschwungen oder in nichts aufgelöst.

Bedauerlicherweise blieb damit die Entscheidung einzig und allein an der Nekromantin hängen, der die Zeit immer schneller davonlief. Norrec hatte den Kampf auf ein gerechteres Niveau zurückgeführt, doch während Kara zu den beiden Kämpfenden schaute, näherte sich ihnen die Gottesanbeterin. Nur ein Grund war vorstellbar, warum der Dämon sich in diesem Moment so verhielt.

Sie wusste, dass sie keine andere Wahl hatte, also machte die Magierin einen Satz nach vorn und rannte auf den gewaltigen Dämon zu, der ihr den Rücken darbot. Wenn sie nah genug an ihn herankam, hatte sie vielleicht eine Chance.

Die Gottesanbeterin hob eines ihrer Gliedmaßen und wartete auf den richtigen Moment …

Kara erkannte, dass sie es nicht schaffen würde, es sei denn, sie riskierte ein gewagtes Spiel. Sie hielt bereits den zeremoniellen Dolch in der Hand, über den Sadun Tryst gesagt hatte, dass sie ihn vielleicht noch gebrauchen könnte. Bislang hatte die Angst, ihn erneut zu verlieren, Kara davon abgehalten, eine solche Vorgehensweise auch nur in Erwägung zu ziehen. Die Waffe war ein Teil ihrer Berufung, ein Teil ihres *Wesens*.

Und das Einzige, womit sie Norrec noch retten konnte.

Ohne zu zögern, zielte sie auf die entsetzliche Kreatur …

Jetzt!, dachte Xazax. *Jetzt!*

In dem Moment, in dem der Dämon zuschlagen wollte, wurde in ihm ein Feuer entfacht, das sich erstaunlich schnell in seinem ganzen Körper ausbreitete. Das monströse Insekt geriet ins Wanken und wäre fast auf die beiden Kämpfer gestürzt. Xazax riss den Kopf herum, um die Ursache für seine Pein ausfindig machen, und sah, dass in seinem Rücken ein Dolch steckte, der aus etwas anderem als Metall gefertigt war. Er erkannte die komplexen Runen in dem herausragenden Griff und begriff, warum eine so winzige Waffe ihm einen solch entsetzlichen Schmerz zufügen konnte.

Der Dolch eines Nekromanten … Aber Xazax war bisher nur einer einzigen Nekromantin begegnet, und die hatte er vernichtet. Es konnte also nicht sein …

Doch da sah er sie, wie sie auf ihn zugerannt kam, obwohl sie hätte tot sein müssen. Der Dämon wusste, wo er sie getroffen hatte, er wusste, dass kein Mensch eine solche Verletzung überleben konnte, nicht einmal einer von denen, die mit Leben und Tod so vertraut waren wie *sie*.

„Das kann nicht sein!“, rief er ihr entgegen, während sich in ihm ein Gefühl der Furcht ausbreitete. So chaotisch ihre Herkunft auch war, hatten Dämonen ein sehr gutes Gespür dafür, wie Dinge abliefen. Menschen waren zerbrechlich. Wenn man sie erstach, zerteilte oder auf bestimmte Weise in Stücke riss, dann starben sie. Wenn sie tot waren, blieben sie das auch, bis jemand sie zum dienstbaren Ghul beschwor. Diese Frau aber trotzte allen Regeln …„Du warst tot, und du solltest es auch bleiben!“

„Das Gleichgewicht bestimmt über Leben und Tod, Dämon, nicht du!“ Sie ballte die rechte Hand zur Faust und deutete damit auf ihn.

Der Dämon wurde von einer unglaublichen Schwäche überwältigt. Xazax schwankte, dann aber fing er sich. Der Zauber der Nekromantin hätte ihn nicht so massiv treffen dürfen, doch mit ihrem Dolch im Leib wurde er für jedes ihrer Kunststückchen sehr viel empfänglicher.

Das durfte er nicht zulassen!

Xazax aktivierte alle ihm noch verbliebenen Kraftreserven und schleuderte der Zauberin mit seinen obersten Gliedmaßen Sand ins Gesicht. Während Kara sich darum bemühte, wieder klar zu sehen, bog er seine mittleren Extremitäten auf schier unmögliche Weise, um nach dem heimtückischen Dolch zu greifen.

Dieser brannte, brannte absolut verheerend, dennoch zwang Xazax sich, das Heft zu umfassen und daran zu ziehen. Der Dämon stieß einen tiefen Schrei aus, als er an der verzauberten Klinge zog, so sehr steigerte sich der Schmerz.

Für diese abscheuliche Tat würde er sie in blutige Stücke reißen. Er würde sie fesseln und Schicht um Schicht ihrer Haut abziehen, jeden Muskel einzeln herauszerren … und das alles, solange ihr Herz noch schlug.

Doch in dem Augenblick, da das monströse Insekt gerade fühlte, wie sich der Dolch zögernd löste, sprach die Nekromantin den letzten Zauber.

Vor Xazax' Augen materialisierte ein leuchtendes Wesen, so strahlend, dass seine bloße Anwesenheit die Augen der dämonischen Gottesanbeterin schier verbrannte. Die Gestalt sah einem Menschen ähnlich, aber sie war über jegliche Unzulänglichkeit erhaben. Das Haar wallte golden, die Schönheit des Gesichts war sogar für den Dämon spürbar. So überwältigt Xazax auch vom Anblick der strahlenden Gestalt war, so entging ihm doch nicht das majestätisch leuchtende Schwert, das diese Vision mit unglaublichem Geschick, unglaublicher Eleganz führte …

„Engel!!"

Xazax war sicher, dass es sich um eine Halluzination handeln musste. Nekromanten standen im Ruf, solch grässliche Illusionen direkt im Verstand ihrer Feinde entstehen zu lassen. Doch nicht einmal dieses Wissen konnte jenes urtümliche blanke Entsetzen verhindern, das nun Besitz von dem Dämon ergriff. Am Ende wusste Xazax nur, dass einer der anmaßenden Krieger des Himmels *für ihn* gekommen war.

Mit einem unmenschlichen Schrei wandte sich der Dämon von Kara ab und floh. Dabei glitt der Dolch aus der Wunde und eine Spur aus dickem, schwarzem Ichor markierte seinen Fluchtweg.

Kara Nightshadow sah ihrem Widersacher nach, wie er in den Öden von Aranoch verschwand. Sie hätte sich gewünscht, dass die Begegnung mit der Gottesanbeterin einen endgültigeren Abschluss gefunden hätte, doch in ihrem gegenwärtigen erschöpften Zustand hätte dieses Ende ebenso gut auch zu ihren Ungunsten ausgehen können. Der Zauber würde Xazax für eine Weile von seinem üblen Spiel abhalten, hoffentlich lange genug, damit sie sich um die Bedrohung kümmern konnte, die von der Rüstung ausging.

Sie hob ihren Dolch auf und wandte sich Norrec zu, der immer noch mit seinem Widersacher rang. Die Nekromantin legte die Stirn in Falten. Wenn der Fremde mit dem Helm siegte, war ihr nächster Schritt klar: Der Dolch würde der Auferstehung des Kriegsherrn des Blutes ein schnelles und unwiderrufliches Ende setzen.

Und wenn Norrec siegte?

Kara blieb auch dann keine andere Wahl. Ohne einen Wirt konnte die Rüstung kein Unheil mehr anrichten. Wer immer aus dem Kampf als Sieger hervorging – sie würde dafür sorgen müssen, dass er nicht lange genug lebte, um noch einen einzigen Atemzug zu tun.

Weder Norrec noch sein Widersacher bekamen etwas von dem Kampf mit, der sich unmittelbar neben ihnen abspielte, so wutentbrannt war ihre eigene Auseinandersetzung geworden. Die Panzerhandschuhe der beiden flammten wieder und wieder auf, als dunkle Hexenkunst zum Leben erwachte und gleich wieder erstarb. Auch wenn Malevolyn nicht die Rüstung von Bartuc trug, verlieh der Helm allein ihm bereits so viel Kraft und Macht, dass er sich selbst gegen einen siegeswilligen Norrec behaupten konnte. Aus diesem Grund hielt sich der Kampf weiterhin die Waagschale. Beide Männer wussten jedoch, dass für einen von ihnen früher oder später das Ende kommen würde.

„Es ist meine Bestimmung, seinen Platz einzunehmen!“, knurrte Augustus Malevolyn. „Ich bin mehr als nur von seinem Blut! Ich bin seine verwandte Seele, sein wiedergeborener Wille! Ich bin der auf die Ebene der Sterblichen zurückgekehrte Bartuc, der seinen rechtmäßigen Platz wieder einnehmen wird!“

„Du bist so sehr sein Nachfahre wie ich auch“, gab Norrec zurück, spuckte dem arroganten Kommandanten die Worte geradezu entgegen. „Sein Blut ist auch mein Blut! Die Rüstung hat *mich* gewählt! Vielleicht solltest du mal darüber nachdenken!“

„Ich werde mir das nicht nehmen lassen!“ Der General schob einen Fuß hinter das Bein des Soldaten und brachte Norrec damit aus dem Gleichgewicht.

Sie stürzten zu Boden, und Malevolyn landete auf Norrec. Der Sand federte den Aufprall ab, als Norrec mit dem Kopf aufschlug, dennoch war Norrec für einen Moment benommen. General Malevolyn nutzte dies aus und brachte seine Hand vor das Gesicht seines Rivalen.

„Ich werde dir die Fratze herunterreißen, deinen ganzen Kopf“, zischte er Norrec an. „Dann werden wir ja sehen, wen die Rüstung für würdiger hält …“

Der rot-schwarze Panzerhandschuh des Generals flammte in wilder magischer Entladung auf; Malevolyns Finger waren nur noch ein winziges Stück davon entfernt, das Versprechen einzulösen. Norrec, dessen eine Hand von seinem Gegner in den Sand gedrückt wurde, während die andere zwischen den beiden Rüstungen eingeklemmt war, konnte kaum darauf hoffen, den sadistischen General von seinem Vorhaben noch abzubringen …

In diesem Moment nahm Norrec jedoch eine Bewegung wahr, so, als hätte sich eine dritte Person in den Kampf eingeschaltet. Malevolyn sah auf – und sein triumphierendes Grinsen wich einem Ausdruck völliger Fassungslosigkeit.

„Du …", brachte er hervor.

Etwas in Norrec trieb ihn dazu an, diesen Augenblick zu nutzen. Er bekam eine Hand frei und landete sofort einen Treffer an Malevolyns Kinn. Norrecs Schlag wurde von einem kurzen Aufwallen roher magischer Energie begleitet, die den Mann mit dem Helm von ihm wegschleuderte, als würde ihn jemand von ihm fortziehen. Ein Stück weit entfernt landete Malevolyn mit einem heftigen Aufprall im Sand und war zunächst zu verblüfft, um sich sofort wieder zu erheben.

Norrec, der jetzt nur den Sieg vor Augen hatte, stand auf und stürmte auf den am Boden liegenden Widersacher los. Immer stärker davon überzeugt, dass der Sieg ihm gebührte, hätte er sich fast auf den General geworfen – was ihm zum Verhängnis geworden wäre.

In Malevolyns Hand nahm eine der schwarzen Klingen Gestalt an. Norrec fand gerade noch genug Zeit, um sich vor der tödlichen Waffe in Sicherheit zu bringen. Neben dem anderen Kämpfer fiel er in den Sand. General Malevolyn rollte sich zur Seite und nahm eine geduckte Haltung ein. Das Schwert hielt er ausgestreckt, unter dem blutroten Helm war seine spöttische Miene kaum zu übersehen.

„Jetzt habe ich dich!"

Er sprang vor, stach nach Norrec, und …

… die Spitze der schwarzen Klinge bohrte sich tief … sehr tief … in die Brust von *General Augustus Malevolyn!*

Als der finstere Edelmann sein verzaubertes Schwert beschworen hatte, war Norrec daran erinnert worden, dass auch er seine Waffe wieder ins Spiel bringen konnte. In seiner Eile, den Söldner endlich zu töten, hatte Malevolyn daran offenbar nicht gedacht. Als sein Schwert Norrec erreichte, rollte dieser nach vorne weg und ließ in genau diesem Moment mit Hilfe seiner Gedanken seine eigene dämonische Waffe entstehen.

Augustus Malevolyn hätte dem Soldaten um ein Haar den Schädel gespalten, doch Norrecs Waffe hatte sich *im Körper* des Generals materialisiert, das vordere Drittel war bereits in den Torso seines Gegners eingedrungen.

Malevolyn starrte auf die Wunde. Die Klinge hatte ihn so schnell durchbohrt, dass sein Körper den unmittelbar bevorstehenden Tod noch gar nicht begriffen hatte. Der General ließ seine Waffe fallen, die augenblicklich verschwand.

In früheren Kämpfen hatte Norrec Vizharan den Tod seiner Gegner nie genossen. Er war für diese Aufgabe bezahlt worden, und er hatte sie erledigt, doch der Krieg hatte ihm nie Freude bereitet. Jetzt aber fühlte er eine Gänsehaut, die ihn nach noch mehr Blutvergießen dürsten ließ …

Er stand auf und ging zu dem fassungslosen General, der auf die Knie gesunken war.

„Den brauchst du jetzt nicht mehr, *Cousin*."

Mit roher Gewalt riss Norrec den Helm von Malevolyns Kopf. Malevolyn schrie auf, obwohl der Akt ihm keinen körperlichen Schmerz zufügte. Norrec verstand, was dem Mann viel mehr zu schaffen machte als der tödliche Hieb. Er verstand es, weil er sich in diesem Moment genauso gefühlt hätte, wenn ein anderer versucht hätte, ihm die Rüstung vom Leib zu reißen. Die Macht, die Bartucs Rüstung innewohnte, verführte sie beide, doch Malevolyn hatte das Duell verloren – und damit auch das Recht auf die damit verbundene Macht.

Norrec legte den Helm zur Seite und umfasste das Heft seines Schwertes. Mühelos zog er es frei, dann betrachtete er die Klinge. Kein Tropfen Blut besudelte sie. Es war wirklich ein Wunder. Die Klinge hatte ihm hier ebenso gute Dienste geleistet wie bei *Viz-jun* …

Eine Hand in einem Panzerhandschuh griff nach ihm. General Malevolyn, dessen Miene einen irren Ausdruck angenommen hatte, versuchte verzweifelt, mit Norrec zu ringen.

Der stieß ihn zurück und grinste. „Der Krieg ist vorüber, General." Er machte sein Schwert bereit. „Zeit für den Ruhestand."

Mit einem mühelosen Schlag trennte er General Augustus Malevolyns Kopf ab, der durch den Sand rollte. Einen Moment später kippte der kopflose Torso nach hinten.

Während er sich bückte, um den sagenhaften Helm aufzuheben, rief eine Frauenstimme nach dem erschöpften, aber auch heiteren Soldaten. „Norrec? Geht es Euch gut?"

Er drehte sich um und blickte Kara an, in vielfacher Hinsicht froh über ihre Auferstehung. In der kurzen Zeit, seit sie sich begegnet waren, hatte sie ihm ihre Loyalität zweifelsfrei bewiesen – schon allein dadurch, dass sie ihre unbedeutende Existenz für ihn geopfert hatte. Wäre sie tot geblieben, hätte Norrec ihr Andenken geehrt, aber nun, da es ihr gelungen war – wie auch immer –, Xazax' mörderischen Angriff zu überstehen, überlegte er, wie er sie weiterhin einsetzen konnte. Die Nekromantin hatte Geschick bewiesen, und wahrscheinlich war sie vernünftiger als diese untreue Galeona. Ihr ansprechendes Gesicht und ihr Körper ließen ihn erwägen, dass sie möglicherweise sogar würdig war, seine Gemahlin zu werden – und welche Frau bei Verstand würde das Angebot ausschlagen, Gemahlin' des *Kriegsherrn des Blutes* zu werden?

„Mir geht es gut, Kara Nightshadow … sehr gut." Er öffnete seine Hand und ließ das magische Schwert fallen. Noch während es sich in nichts auflöste, nahm Norrec den Helm in beide Hände und hob ihn über seinen Kopf. „Um genau zu sein: Es geht mir sogar noch weitaus besser als nur ‚sehr gut'."

„Wartet!" Die schwarzhaarige Frau eilte zu ihm, Sorge war in ihren mandelförmigen Augen zu erkennen. Es waren schöne Augen, fand der neue Kriegsherr, Augen, die ihn an eine andere Frau erinnerten, die er während seiner Lehrzeit in Kehjistan kurze Zeit gekannt hatte. „Der Helm …"

„Ja … er gehört endlich mir … Ich bin jetzt ein *Ganzes*."

Sie schmiegte sich an ihn und legte eine Hand auf seinen Brustpanzer. Ihre Augen schienen ihn anzuflehen. „Ist es das, was Ihr wirklich wollt, Norrec? Nach allem, worüber wir gesprochen haben, wollt Ihr da wirklich den Helm tragen, wollt Ihr Euch dem Geist von Bartuc ausliefern?"

„Mich ausliefern? Weib, wisst Ihr eigentlich, wer ich bin? Ich bin sein eigenes Blut! Blut ruft Blut, erinnert Ihr Euch? In gewisser Weise *bin* ich bereits Bartuc. Ich wusste es nur nicht. Und wer wäre besser geeignet, weiterzumachen, den Titel zu tragen und … das Vermächtnis?"

„Vielleicht Bartucs Schatten selbst?", gab sie zurück. „Es wird keinen Norrec Vizharan mehr geben, nicht im Geist und nicht in der Seele … Und wenn es nach der Rüstung geht, werdet Ihr nach und nach sogar im Aussehen Eurem Vorgänger gleichen. Bartuc, der seine Rolle wieder für sich beansprucht, *Bartuc*, der Unschuldige abschlachtet, so wie er – nicht du – deine *Freunde* abgeschlachtet hat …"

Freunde … Das entsetzliche Bild der verstümmelten, blutgetränkten Leichen von Sadun Tryst und Fauztin entstand vor Norrecs geistigem Auge. Sie waren brutal ermordet worden, und er hatte seitdem wegen dieser Morde in jeder wachen Minute schreckliche Schuldgefühle erlitten. Er erinnerte sich sehr genau daran, wie die Rüstung sie getötet hatte – und nun sprach Kara davon, dass es noch mehr Tote geben würde.

Er ließ den Helm, den er noch nicht übergestülpt hatte, ein Stück sinken und kämpfte mit sich. „Nein, das kann ich nicht zulassen … Ich kann nicht …"

Plötzlich bewegten sich seine Arme wieder nach oben und hielten den Helm genau über seinen Kopf.

„Nein!", brüllte Norrec, doch diesmal meinte er die verzauberte Rüstung. „Sie hat Recht, verdammt! Ich werde mich nicht an deinem blutigen Feldzug beteiligen …!"

Welch eine Dummheit …, flüsterte eine Stimme in seinem Kopf, eine Stimme, die sich so sehr nach seiner eigenen anhörte. *Die Macht gehört dir … du kannst mit ihr machen, was du willst … eine Welt der Ordnung, in der kein Königreich Kriege führt, in der niemand arm ist … Das ist das wahre Vermächtnis … Nur danach hatte Bartuc gestrebt …*

Es hörte sich gut an, so gut. Er musste nur den Helm aufsetzen, und dann konnte Norrec die Welt verändern und zu dem machen, was sie sein sollte. Die Dämonen würden ihm bei dieser gewaltigen Aufgabe helfen, ihr Wille würde der Macht des Kriegsherrn unterworfen sein. Er würde ein vollkommenes Reich erschaffen, auf das sogar der *Himmel* neiderfüllt herabblicken würde.

Und alles, was er tun musste, war, den Helm aufzusetzen und seine Bestimmung zu akzeptieren …

Er bemerkte, dass Kara sich bewegte.

Eine Hand löste sich vom Helm und nahm die Hand der Nekromantin in einen so stählernen Griff, dass Kara nach Luft schnappen musste. Eine leuchtende Klinge, die aus Knochen oder Elfenbein geschnitzt zu sein schien, glitt ihr aus den Fingern.

Sie hatte sie gegen ihn benutzen wollen.

„Dummes Weib!", herrschte Norrec sie an, ohne zu bemer-

ken, dass sich seine Stimme fremd anhörte. Er stieß Kara von sich, zurück in den Sand. *„Beweg dich nicht! Ich nehme mich deiner gleich an!“*

Trotz seiner Warnung versuchte die finstere Magierin, sich zu erheben. Hände aus Sand bildeten sich zu beiden Seiten und hielten sie fest, außerdem strömte Sand über ihren Mund und hinderte sie daran, einen Zauber zu sprechen.

Norrecs Augen waren vor Freude weit aufgerissen, als er den Helm wieder packte und über seinen Kopf zog.

Vor ihm öffneten sich die Tore zu einer Welt, wie er sie noch nie gesehen hatte. Er sah die Macht, über die er gebot, die Legionen, die er befehligen konnte. Die Bestimmung, die von seinesgleichen vereitelt worden war, lag wieder zum Greifen nah.

Der Kriegsherr des Blutes lebte wieder.

Doch ein Kriegsherr benötigte Soldaten. Während er Kara mit dem Sand ringen ließ, stieg Norrec auf die Düne hinauf und sah nach Lut Gholein. Mit lebhaftem Interesse beobachtete er, wie die dämonischen Krieger gegen die Tore und Mauern anstürmten. Die Stadt war nur noch wenige Augenblicke von ihrem blutigen Untergang entfernt. Er würde der Horde ihren Spaß lassen. Sie sollte ruhig durch Lut Gholein stürmen und jeden Mann, jede Frau und jedes Kind töten. Danach würde er ihnen seine vollständige Rückkehr auf die Ebene der Sterblichen offenbaren.

Er stellte sich vor, wie das Blut in Strömen floss, das Blut all jener, die ihn fürchteten und hassten. Das Blut jener, die auf seinen Befehl hin ihr Leben verlieren würden …

Um ihn herum schien die Düne förmlich zu explodieren. Zwei dunkle Gestalten kamen aus dem Sand geschossen. Je zwei Hände packten seine Arme und zerrten ihn nach hinten.

„Hallo … alter Freund …“, flüsterte eine erschreckend vertraute Stimme zur einen Seite. „Es ist … ein Leben her … seit wir dich … zum letzten Mal … sahen …“

Die Macht, die die Rüstung über Norrec hatte, wurde für den Moment gebrochen, als sich nacktes Entsetzen unter das Wiedererkennen mischte. „S-Sadun?“

Er schaute in die Richtung, aus der die Stimme kam – und sah in das zerfallende, verwesende Gesicht seines toten Gefährten.

„Du hast … uns nicht … vergessen … wie nett …“ Der Ghul lächelte und entblößte schwarz verfärbtes Zahnfleisch und gelbe Zähne.

Norrec, der nicht der Lage war, die Flucht zu ergreifen, sah in die andere Richtung – und entdeckte dort Fauztin. Der Kragen des ermordeten Vizjerei war verrutscht, sodass Norrec das verkrustete Loch in der Kehle erkennen konnte.

„Nein … nein … nein …“

Sie schleiften ihn mit sich die Düne hinunter, dorthin, wo Kara immer noch versuchte, sich zu befreien.

„Wir wollten dich … auf dem Schiff … sehen … Norrec“, fuhr Tryst fort. „Aber du … wolltest uns … wohl nicht … sehen …“

Sie blinzelten nicht einmal, während sie ihn ansahen, und je länger sie ihn festhielten, desto intensiver wurde der Gestank des Todes. Ihre bloße Anwesenheit war für Norrec so unglaublich, dass nicht einmal die Rüstung die Kontrolle über ihn zurückerlangen konnte. „Es tut mir Leid! Es tut mir so Leid! Sadun … Fauztin … es tut mir so schrecklich Leid!“

„Es tut ihm Leid … Fauztin“, meinte der drahtige Untote. „Hast du … das gewusst?“

Norrec sah den hageren Vizjerei an, der finster nickte.

„Wir nehmen … deine Entschuldigung an … aber … ich fürchte … wir haben … keine andere Wahl … was das angeht … was wir … jetzt … tun müssen …“

Mit bemerkenswerter Schnelligkeit und Kraft riss Sadun Tryst ihm Bartucs Helm vom Kopf.

Es fühlte sich an, als hätte der Geist ihm den Schädel selbst von den Schultern gerissen, so verheerend war der Schmerz. Jetzt verstand Norrec, wie sich Malevolyn gefühlt hatte. Er schrie auf und versuchte mit solcher Gewalt, sich von den beiden loszureißen, dass sie mit aller Kraft dagegenhalten mussten.

„Halte ihn … fest … halte …“

Beide Panzerhandschuhe waren in grelles Karmesinrot getaucht. Trotz der stechenden Schmerzen, die ihn peinigten, bemerkte Norrec die Handschuhe und bekam Angst … Angst um seine Freunde, die schon einmal wegen seiner Unfähigkeit gestorben waren, die verdammungswürdigen Handlungen der Rüstung zu verhindern. Er konnte nur zu gut verstehen, dass ihre rastlosen Geister ihm gefolgt waren. Eine solche Ungerechtigkeit schrie nach Vergeltung. Doch die Rüstung hatte nicht die Absicht, ihnen Gelegenheit dazu zu geben.

Der Bereich rund um Norrec explodierte und schleuderte die beiden Wiedergänger in die Düne, aus der sie gerade eben hervorgekrochen waren. Entsetzt sah er zu den beiden Körpern hin und fürchtete, dass sie *noch einmal* gestorben sein könnten.

„Nein! Nicht schon wieder! Ich werde dich das nicht noch einmal tun lassen!“ Der Soldat fasste sich an den Händen und obwohl beide Handschuhe sich zu wehren versuchten, erwies sich diesmal Norrecs Entschlossenheit sogar für Bartucs Vermächtnis als *zu* stark. Norrec zerrte und nutzte sein eigenes Leiden, um seine Kräfte zu mobilisieren …

Der rechte Handschuh löste sich.

Ohne zu zögern, schleuderte Norrec ihn so weit von sich fort, wie er nur konnte. Die Rüstung wollte sich augenblicklich in diese Richtung wenden und den Handschuh zurückholen, doch Norrec ließ sich nicht länger von ihr steuern. Er zwang die Rüstung in die andere Richtung, nach Lut Gholein. Durch die in sich zusammensinkende Lücke in der Düne war die Stadt auszumachen.

Der Soldat konnte nicht sagen, wie lange er die Kontrolle über die Rüstung innehaben würde. Er wusste nur, dass er versuchen musste, so viel wie möglich wieder gutzumachen. Solange Entrüstung und Schuldgefühle sein Handeln bestimmten, war er im Vorteil – und für Lut Gholein wurde die Zeit immer knapper.

Er hob seine befreite Hand in Richtung der entfernt liegenden Stadt. Die Dämonen hatten es inzwischen geschafft, eines der Tore zu durchbrechen. Norrec konnte nicht länger zögern.

Die Worte, die er nun sprach, waren ihn nie gelehrt worden. Es waren Bartucs Worte, es war Bartucs Magie. Doch Bartucs Erinnerungen waren längst eins mit denen Norrecs geworden. Er wusste, was sie bewirken konnten, er wusste, was sie zu bewirken hatten. Daher sprach er sie bereitwillig aus, auch wenn der Teil von ihm, der immer noch im Bann der Rüstung stand, darum kämpfte, dies zu verhindern.

Wäre er Zeuge des höllischen Zaubers gewesen, den Malevolyn und Xazax im Zelt des Generals vollzogen hatten, dann wäre Norrec vielleicht aufgefallen, dass er fast die gleichen Worte wählte wie Malevolyn, lediglich in umgekehrter Reihenfolge. So aber wusste er nur, dass eine ganze Stadt mit dem Blut ihrer Einwohner getränkt werden würde, wenn er nichts dagegen unternahm.

Zum Abschluss des Zaubers rief der Erbe des Kriegsherrn des Blutes: *„Mortias Diablum! Mortias Diablum!“*

Hinter den Toren von Lut Gholein standen die Verteidiger und kämpften, obwohl sie wussten, dass sie sich gegen Männer ohne Seele verteidigten, Männer, die keine Menschen waren, sondern etwas unglaublich Monströses. Dennoch bereiteten sich die Krieger des Sultans auf den Tod vor, während die Bürger sich daranmachten, die Flucht über die stürmische See anzutreten.

Die Kapitäne der Schiffe hatten jedoch nur wenig Hoffnung, war doch bereits ein Schiff gesunken und ein anderes an der Kaimauer zerschmettert worden. Die Wellen brandeten mit solcher Wut gegen das Festland an, dass es schon gefährlich war, zu nahe am Wasser zu stehen. Drei Männer waren bereits weggespült worden, als sie versuchten, die Schiffe für die Flüchtlinge klarzumachen.

Doch während die Hoffnung zusehends schwand, geschah etwas Beunruhigendes und Wunderbares zugleich. Die Soldaten in Schwarz mit den feurigen Augen waren soeben in die Stadt eingedrungen, als sie stehen blieben, eindeutig enttäuscht den Blick zurückwandten – und dann zu einem unmenschlichen, wilden Geheul anhoben.

Dann platzte aus dem Rücken eines jeden von ihnen eine abscheuliche, geisterhafte Form hervor, die ein groteskes, höllisches Gesicht und verdrehte, klauenbewehrte Gliedmaßen aufwies. Diejenigen, die dieses Geschehen mit eigenen Augen beobachteten, sollten später erzählen, dass sie in den dämonischen Gesichtern Wut und Verzweiflung gesehen hatten, kurz bevor die wehleidig kreischenden Geister in tausend verschiedene Richtungen nach Aranoch verbannt worden seien.

Einen Moment lang stand die Armee der Finsternis in Habtachtstellung, die Waffen bereit, den mit einem Mal leeren Blick nach vorn gerichtet. Als wäre zusammen mit den Phantomen alles Leben aus ihren Körpern gerissen worden, begannen sie, in sich zusammenzufallen. Einer nach dem anderen gingen die Invasoren zu Boden, bis Knochen, ausgetrocknetes Fleisch und Rüstungsfragmente auf kleinen Haufen zusammenlagen, jeder Anblick so abstoßend, dass sich zahlreiche der Verteidiger Lut Gholeins übergeben mussten.

Einer der Kommandanten – der, den General Augustus Malevolyn angewiesen hatte, Norrec Vizharan zu finden – wurde zum Ersten, der aussprach, was alle anderen nur dachten. Er trat zu den Überresten eines der Dämonen und trat vorsichtig dagegen.

„Sie sind tot …“, murmelte er, unfähig zu glauben, dass er und die anderen nun doch weiterleben würden. „Sie sind tot … aber was ist geschehen?“

„Norrec.“

Er drehte sich um und sah, dass Kara sich befreit hatte. Ihren strahlenden Elfenbeindolch hielt sie in der Hand. Von links und rechts kamen die beiden Geister zu ihm, denen die Entschlossenheit förmlich auf der Stirn geschrieben stand.

„Kara.“ Er sah zu seinen ehemaligen Gefährten. „Fauztin, Sadun.“

„Norrec“, fuhr die Nekromantin fort, „bitte hört mir zu.“

„Nein!“ Der Söldner bedauerte sofort seinen barschen Ton. Sie wollte nur das tun, wovon sogar er wusste, dass es vollbracht werden musste. „Nein … hört stattdessen mir zu. Ich … ich kann im Moment die Rüstung ein wenig kontrollieren, aber ich merke, wie mir die Macht entgleitet. Ich glaube, ich bin einfach zu erschöpft, um noch sehr viel länger dagegen anzukämpfen …“

„Wie konntet Ihr überhaupt gegen sie anfechten?“

„Er ist … immerhin … Bartucs Nachfahr“, erklärte Sadun. „Etwas … das die Rüstung … brauchte … um ihre Bestimmung … zu erfüllen … doch sie … verstand nicht … dass dies … in beide Richtungen … wirkt …“

Sie senkte den Blick. Norrec sah den Schmerz in ihren Augen. Obwohl sie eine Nekromantin war, verspürte die junge bleiche Frau weder Vergnügen noch Befriedigung bei dem Gedanken, jemanden zu töten, der sich dagegen entschieden hatte, Unheil anzurichten. Doch solange er lebte, war er eine Bedrohung für die gesamte Menschheit.

„Ihr macht besser kurzen Prozess. Ein Hieb quer durch die Kehle. Das ist die einzige Lösung!“

„Norrec …“

„*Beeilt Euch* … bevor meine Meinung … geändert wird!“ Er meinte damit keinen Widerstand von seiner Seite, und das verstanden sie alle. Das Risiko, dass die Rüstung jeden Augenblick aus ihm wieder den idealen Wirt für ihre tückischen Wünsche machte, existierte nach wie vor.

„Norrec …“

„Tut es!“

„So … sollte es … nicht sein …“, krächzte Tryst verbittert. „Fauztin! Er hat … uns geschworen …“

Natürlich sagte der Vizjerei darauf nichts, sondern bewegte sich auf Norrec zu. Mit großem Widerstreben schloss Sadun sich ihm an. Norrec schluckte und hoffte, dass der Wahnsinn bald ein Ende finden würde.

Die Hand, die noch im Panzerhandschuh steckte, erhob sich, und sofort packte Fauztin sie.

„Tut am besten … was er sagt … Nekromantin …“, murmelte ein mürrischer Tryst. „Sieht so aus … als hätten wir … nicht mehr lang …“

Kara kam zu ihm und machte sich schweren Herzens für das bereit, was sie tun musste. „Es tut mir Leid, Norrec. Das ist nicht so, wie ich es mir gewünscht hätte, und auch nicht so, wie es sein sollte …“

„Und es ist auch nicht so, wie es sein *wird*“, warf eine merkwürdige, hohl klingende Stimme ein.

Horazon stand hinter der Nekromantin, doch er wirkte verändert. Das Bild, das Norrec von ihm hatte erhaschen können, zeigte Horazon als einen feige aussehenden Einsiedler, der fast seinen ganzen Verstand verloren haben mochte. Doch diese Gestalt, die zwar immer noch in Lumpen gekleidet und deren Haar ein lang gewachsenes Durcheinander war, strahlte etwas aus, das alles um sie herum unbedeutend wirken ließ. Norrec kam ein Verdacht, weshalb Malevolyn in der entscheidenden Phase des Kampfs aufgeblickt hatte, denn das Erscheinungsbild des alten Magiers hätte den besessenen General sicherlich ebenso entsetzt …

Heftige Verbitterung und Hass, beides gegen seinen üblen Bruder gerichtet, stiegen in dem Kämpfer auf.

Nein! Horazon war nicht sein Bruder. Abermals versuchte die Rüstung, die Kontrolle zu übernehmen und den hinterhältigen Geist Bartucs erwachen zu lassen. Norrec schaffte es, die Gefühle niederzuringen, doch er wusste, dass die Rüstung beim nächsten Mal vermutlich siegen würde.

Die Gestalt bewegte sich entschlossen auf ihn zu. Norrec bemerkte dabei, dass sie von einem seltsamen Schein umgeben war. Der Krieger kniff die Augen zusammen, und bemühte sich zu erkennen, wodurch dies verursacht wurde.

Horazons gesamter Körper war von einer dünnen Schicht glitzernder, nahezu durchsichtiger Sandkörner umgeben.

„Blut ruft Blut", murmelte der Vizjerei. Seine Augen leuchteten, aber er blinzelte nicht einmal. Sogar die beiden Wiedergänger neben Norrec schienen über seine Präsenz verblüfft zu sein. „Und Blut wird diese Farce nun beenden."

Norrec fühlte, wie der Wille der Rüstung sich regte und mit seinem Körper rang. Nur seine eigenen Anstrengungen vereint mit denen seiner Kameraden hinderten sie daran, diesmal erfolgreich zu sein.

„Horazon?", flüsterte Kara. Der weißhaarige Hexenmeister sah zu ihr – und die Frau trat zurück. „Nein – du bist *er* … doch du bist es auch *nicht*."

Er lächelte sie und die anderen herablassend an. „Diese lebende Hülle ist die eines anderen, eines zu neugierigen Hexenmeisters, der vor langer Zeit durch einen Zufall auf die Geheime Zuflucht stieß, dabei aber den Verstand verlor. Ich habe seitdem über ihn gewacht, da ich mich teilweise verantwortlich fühle …" Er lieferte keine Erklärung, was an dem unterirdischen Heiligtum in der Lage sein sollte, einen Geist zu zerstören, stattdessen blickte die glitzernde Gestalt auf ihre geborgten Hände. „Fleisch ist so empfindlich. Dauerhafter sind Erde und Stein …“

„Ihr!“ Kara riss den Mund weit auf. Ihre Augen waren fast ebenso weit aufgerissen. „Jetzt erkenne ich Euch! Er sprach mit Euch, er schien Euch sogar zu gehorchen – der große Horazon schien *willens*, Euch zu gehorchen. Das hat bis gerade eben keinen Sinn ergeben! *Ihr* seid die Präsenz, die ich gespürt habe – die Präsenz der *Zuflucht* selbst!“

Er nickte. „Ja … über die Zeit hinweg schien es der natürliche Lauf der Dinge zu sein …“

Norrec kämpfte noch immer gegen die tückischen Übergriffe von Bartucs verzauberter Rüstung, sodass er einen Moment länger brauchte, um zu verstehen – und als es geschah, erstaunte ihn die Antwort so sehr, dass er fast vergaß, sich gegen Bartuc zur Wehr zu setzen.

Horazon und die Geheime Zuflucht waren *ein und dasselbe!*

„Mein eigener Geist wurde fast von dem, was ich durchgemacht habe, zerschmettert. Ich kam wohl eher, um den Erinnerungen und dem Schrecken zu entkommen. Also baute ich mein Heiligtum und lebte unter dem Sand, fernab von den Ereignissen auf der Welt.“ Ein Lächeln huschte über das falsche Gesicht Horazons, die Art von Lächeln, die jemand versuchte, der solche Kleinigkeiten wie die Belange der Sterblichen längst vergessen hatte. „Als ich mein Reich immer weiter nach meinem eigenen Abbild formte, wurde es mehr ich selbst, als die schwächelnde Hülle, die ich trug. Bis ich sie eines Tages aufgab und eine neue, stärkere und viel robustere Gestalt annahm … die ich seitdem besitze …“

Horazon hätte noch weiterreden können, doch unvermittelt wurde Norrecs Welt blutrot. Er fühlte, wie sich in ihm eine alles verzehrende Wut aufstaute. Er würde sich nicht wieder niederringen lassen! Horazon war in Viz-jun seinem Zorn entkommen, doch selbst wenn er die ganze Wüste verbrennen musste – diesmal würde der Kriegsherr seiner Rache nicht entkommen!

Horazons Marionette sah wieder zu ihm hin und streckte die Hand aus, als erbitte sie etwas von der Gestalt in der Rüstung.

Ein Panzerhandschuh – der, den Norrec zuvor von seinem Leib gerissen und weggeworfen hatte – materialisierte um die Hand des alten Hexenmeisters.

„Blut ruft Blut … und ich rufe dich, Bruder. Unser Krieg ist Vergangenheit. Unsere Zeit ist Vergangenheit. *Wir* sind Vergangenheit. Deine Macht hebt meine auf, meine Macht hebt deine auf. Schließ dich mir an, geh mit mir, wohin wir beide gehören … verborgen vor den Blicken der Menschen …“

Der andere Panzerhandschuh wurde von Norrecs Hand gerissen und landete auf der freien Hand der glitzernden Gestalt. Dann lösten sich in rascher Folge alle Teile der Rüstung von seinem Torso, seinen Armen und Beinen, und wechselten zu dem Körper des alten Mannes, wo sie sich wieder zur Rüstung formierten. Irgendwann während dieses Prozesses verschwand das zerrissene, fleckige Gewand des Einsiedlers, um von anderen Stoffen ersetzt zu werden, die besser zur Rüstung passten. Sogar Bartucs Stiefel, die Norrec getragen hatte, wechselten den Besitzer. Der *falsche* Horazon hob seine Arme, während sein erstaunliches Werk weiter voranschritt.

Mit jedem Verlust kam Norrecs Geist dem Zustand näher, in dem er sich befunden hatte, bevor er von der Rüstung vereinnahmt worden war. Erinnerungen und Gedanken waren wieder seine eigenen, nicht die eines mörderischen Dämonenmeisters. Doch er konnte nicht die schrecklichen Tage abschütteln, die seit dem Grab vergangen waren, er konnte sich nicht von den Schrecken befreien, bei dem er eine unfreiwillige, aber beträchtliche Rolle gespielt hatte.

Als es vollbracht war, streckte der Weißhaarige noch einmal

seine Hand aus und rief den Helm zu sich. Horazons *Marionette* platzierte ihn in der Armbeuge und sah Norrec und die anderen an.

„Es ist an der Zeit, dass die Welt Bartuc und Horazon vergisst. Euch allen stünde es gut an, Euch *nicht* länger daran zu erinnern!“

„Wartet!“ Kara wagte es, sich der rätselhaften Gestalt zu nähern. „Eine Frage: Sagt mir bitte, ob Ihr diesen Einen …“, sie zeigte auf Horazons Wirt, „… geschickt habt, um mich in Lut Gholein zu finden?“

„Ja … ich fühlte, dass etwas nicht stimmte, und ich wusste, dass eine Nekromantin, die so nah war – eine Nekromantin, die sich nicht oben in der Stadt aufhalten sollte –, damit zu tun haben musste. Ich wollte Euch in meiner Nähe haben, um den Grund herauszufinden. Während Ihr geschlafen und gegessen habt, erfuhr ich alles, was ich wissen musste.“ Er machte einen Schritt von ihr und den anderen weg. „Unsere Unterhaltung ist beendet. Ich überlasse Euch nun Euch selbst. Doch vergesst nicht: Die Geheime Zuflucht existiert an vielen Orten und besitzt viele Zugänge – doch ich rate Euch, *niemals wieder* danach zu suchen.“

Sein finster werdender Tonfall ließ keinen Zweifel daran, dass seine letzten Worte völlig ernst gemeint waren. Horazon beabsichtigte nicht, je wieder Teil der Welt der Lebenden zu sein. Wer ihn störte, ging ein unabsehbares Risiko ein.

Plötzlich schien er Form und Substanz zu verlieren; Teile von ihm brachen ab, als wären Fleisch und Metall ebenfalls zu Sandkörnern geworden. Mit jeder Sekunde, die verstrich, erinnerte der Magier in seiner Rüstung immer weniger an einen Sterblichen und wurde stattdessen zu einem Teil der Landschaft.

„Norrec Vizharan!“, rief Horazon mit der sonderbaren, schallenden Stimme. „Es ist Zeit, dass Ihr Euer eigenes Vermächtnis erschafft …“

Norrec, der wieder exakt jene Kleidung trug, die er am Leib gehabt hatte, als er in Bartucs Grabkammer vorgedrungen war – sogar seine eigenen Stiefel hatte ihm der erstaunliche Magier zurückgegeben –, löste sich von den Geistern der Wiedergänger und trat vor. „Wartet! Wie meint Ihr das?"

Doch Horazons Wirt, ein Mann, der nun vollständig aus Sand bestand, schüttelte lediglich den Kopf. Nur noch seine Augen wirkten annähernd menschlich. Während sich Norrec weiter näherte, schrumpfte die Figur, fiel in sich zusammen und verschmolz mit den Dünen ringsum. Als der Soldat die Stelle erreicht hatte, an der Horazon sich hätte befinden müssen, war es bereits zu spät. Nur ein kleiner Sandhaufen erinnerte noch daran, dass Horazon hier gewesen war.

Sekunden später war auch dieser letzte Hinweis verschwunden.

„Es ist vorüber", sagte Kara ruhig.

„Ja … das ist es", stimmte Sadun Tryst zu.

Etwas brachte Norrec dazu, sich nach den beiden Ghulen umzudrehen. Die Wiedergänger sahen ihn an, als warteten sie auf etwas.

Die Nekromantin sprach als Erste. „Eure Suche ist vorüber, nicht wahr? So wie für Horazon ist auch für Euch das Ende auf dieser Welt gekommen."

Fauztin nickte. Sadun schien traurig zu grinsen, aber vielleicht wirkte es auch nur so durch die zerfallenden Muskeln und das verwesende Fleisch. „Er kam … als er spürte … dass die Rüstung … sich regte … aber zu spät … Darum gewährte er uns … diese Jagd … aber mit dem Versprechen … wenn sie zu Ende ist … können wir ruhen."

„Er?", fragte Norrec und stellte sich zu Kara. „Es waren doch mein Zauber und mein Dolch, der Euch zurückholte!"

„Seine Betrügereien … um dich … von der Fährte … abzulenken." Der kleinere der Wiedergänger sah sich um. „Scheinheiliger … Bastard … kann sich nicht … mal zeigen … jetzt … wo es … vorüber ist …“

Als er geendet hatte, fiel plötzlich ein strahlend blaues Licht auf die vier und verwandelte die Stelle, an der sie standen, in einen so hellen Fleck, als wäre es Mittag an einem wolkenlosen Tag.

Sadun Tryst hätte angewidert ausgespuckt, wenn er zu einer so simplen Tat noch fähig gewesen wäre. Stattdessen schüttelte er den Kopf – oder besser gesagt: er ließ ihn einmal von der einen Seite zur anderen kippen – und fügte an: „Ich hätte es … besser wissen … sollen … verdammter prahlerischer … Engel!“

Engel? Norrec sah in die Richtung, aus der das Licht kam, konnte aber weder dessen Quelle noch einen Engel entdecken. Doch was sonst hätte so vieles erklären sollen?

Der Ghul starrte in den Lichtschein. „Zeig dich … wenigstens …“ Als nichts geschah, blickte er stattdessen zu Norrec. „Typisch. Wie alle … von seiner Art … versteckt er sich … im Schatten … und tut so … als stünde er … über allem … Dabei mischen … sie sich … überall ein.“

„Ich kenne dieses Licht“, murmelte Kara. „Ich sah etwas davon im Grab. Es war der Grund, warum ich mich vor Euren Leichnamen zurückzog.“

„Er mag … seine Tricks … dieser Erzengel.“ Tryst blickte Fauztin an, der erneut nickte. An die beiden Lebenden gerichtet fuhr der Geist fort: „Und was seinen … Letzten angeht …“

„Verdammt, Sadun, nein!“ Norrec warf dem Himmel und dem unsichtbaren Engel einen finsteren Blick zu. „Das ist nicht fair! Sie hatte keine andere Wahl …“

„Bitte … es wird … Zeit … und wir … wollen es so … Norrec …“

„Das kann nicht dein Ernst sein!“

Sadun lachte rau. „Ich schwöre es … bei meinem … Leben … mein Freund.“

Das blaue Licht konzentrierte sich plötzlich auf die Geister und tauchte sie in einen so grellen Schein, dass Norrec seine Augen abschirmen musste. Fauztin und Sadun waren kaum noch zu erkennen.

„Zeit … den Bauernhof zu kaufen … den du immer … haben wolltest … Norrec …"

Das Licht flackerte und wurde so hell, dass der Soldat und die Nekromantin geblendet zurückwichen. Zum Glück dauerte das Flackern nur ein paar Sekunden, doch als sich die Augen der beiden erholt hatten, war nicht nur die himmlische Illusion verschwunden – sondern auch die beiden Wiedergänger.

Norrec starrte auf die Stelle, zunächst unfähig, ein Wort zu sagen.

Kara Nightshadow nahm seine Hand und sah ihn mitfühlend an. „Sie haben sich auf die nächste Stufe der ewigen Reise begeben. Sie haben ihre Rolle angenommen, und werden helfen, die Welt im Gleichgewicht zu halten."

„Vielleicht …" Wo immer sie jetzt auch sein mochten, Norrec wusste, dass er ihnen nicht helfen konnte. Das Einzige, was er zu tun vermochte, war, die Erinnerung an sie wach zu halten – und mit seinem Leben etwas anzufangen, das die Freundschaft ehren würde, die zwischen den drei Männern entstanden war. Er sah wieder nach oben und bemerkte zum ersten Mal, dass die stets präsenten Unwetterwolken sich endlich beruhigt hatten. Sie hatten sich sogar so weit verzogen, dass hier und da ein Flecken blauer Himmel zu sehen war.

„Was werdet Ihr nun tun?", fragte die Nekromantin.

„Ich weiß nicht." Er sah in Richtung Lut Gholein, dem einzigen Ort im Umkreis von Tagen, an dem die Zivilisation Einzug gehalten hatte. „Ich denke, ich werde mich zuerst einmal dorthin begeben. Vielleicht brauchen sie Hilfe beim Aufräumen. Danach … Ich weiß es einfach nicht. Und Ihr?"

Auch sie schaute nach der Stadt in der Ferne und gab dem

Krieger so Gelegenheit, ihr Profil zu betrachten. „Lut Gholein erscheint auch mir sinnvoll. Außerdem möchte ich wissen, ob Kapitän Jeronnan mit der *King's Shield* dort vor Anker liegt. Ich bin ihm noch etwas schuldig. Er hat mich gut behandelt, so, als wäre ich seine Tochter – und vermutlich befürchtet er, dass ich auf See ertrunken bin."

Da Norrec noch nicht auf ihre Gesellschaft verzichten wollte, erwiderte er: „Wenn es Euch nichts ausmacht, werde ich Euch begleiten."

Kara reagierte mit einem unerwarteten Lächeln. Es gefiel Norrec, wenn die dunkelhaarige Frau lächelte. „Keineswegs."

Norrec erinnerte sich an die vielen Edelleute, denen er gedient hatte, und bot ihr seinen Arm an. Nach kurzem Zögern hakte sich die Nekromantin bei ihm unter. Dann machte sich das müde Paar auf den Weg, überquerte, was von der Düne noch übrig geblieben war, um in Richtung Zivilisation zu gehen. Keiner der beiden sah auch nur einmal zu der Stelle zurück, an der Kopf und Rumpf von General Augustus Malevolyn zum Teil bereits von dem wandernden Sand bedeckt lagen, oder zu der Stelle, an der Horazon mit der Rüstung Teil der Wüste geworden war. Vor allem der erschöpfte Soldat verspürte kein Verlangen, an das erinnert zu werden, was sich zugetragen hatte – und an das, was hätte passieren *können*, wenn eine Wende der Dinge zum Schlechten eingetreten wäre.

Das Vermächtnis von Bartuc, das Vermächtnis des Kriegsherrn des Blutes war wieder einmal den Blicken und dem Wissen der Welt entzogen worden … und diesmal hoffentlich für alle Zeiten.

EPILOG

Die Nacht senkte sich über die Wüste von Aranoch herab, eine ernste, getragene Nacht. Die Kreaturen des Tages eilten in die Sicherheit ihrer Bauten, während die Geschöpfe hervorkamen, die bei Nacht jagten und nach unachtsamer Beute Ausschau hielten …

Aus dem Sand erhob sich langsam eine monströse Gestalt, die selbst Maden, Käfer und Geierdämonen in blinder Panik hätte fliehen lassen. Beißzangen öffneten und schlossen sich einige Male; große gelbe Augen, die in der Finsternis schwach glommen, suchten sorgfältig, wenn auch etwas ängstlich die unerbittliche Landschaft ab.

Xazax erhob sich mühsam. Unter ihm befand sich eine Lache aus brackiger, schwarzer Flüssigkeit. Die Wunde, die ihm die Nekromantin mit ihrem Dolch zugefügt hatte, widersetzte sich seiner Macht. Er konnte sich nicht heilen! Er wusste, dass er sich noch nicht an seinen Meister Belial wenden konnte, damit dieser ihm half. Mittlerweile musste Belial von seinem Scheitern erfahren haben, und ebenso – was noch viel schlimmer war – davon, dass die infernalische Horde, die gerufen worden war, um General Malevolyn zu unterstützen, nicht mehr existierte.

Der Dämon hatte sogar auf seiner Flucht das Wirken des schrecklichen Zaubers gespürt. Wer dafür die Verantwortung trug, konnte er nur erahnen, aber auf jeden Fall bedeutete es das sichere Ende für die meisten der niederen Dämonen. Eine so große Anzahl in so kurzer Zeit heraufzubeschwören, hatte es erfordert, dass jeder Höllenkrieger zuerst an die sterbliche Hülle gebunden werden musste, die ihm gegeben worden war. Mit der Zeit, selbst in der kurzen Spanne eines Monats, hätten sie sich allmählich besser dieser Ebene angepasst und wären in der Lage gewesen, ihre Hülle abzustoßen. Jener neue Zauber jedoch hatte sie viel zu früh von ihrem irdischen Halt hinfort gerissen. Nur die Stärksten würden jene außergewöhnlichen Kräfte überstehen, die bei einer so abrupten Trennung frei wurden. Auf den Menschen übertragen hätte das bedeutet, ein Kind lange vor dem angemessenen Geburtstermin aus dem Mutterleib zu zerren. Nur die Allerstärksten überlebten dies …

Und die wenigen Überlebenden würden dazu verdammt sein, ohne Führung durch Aranoch zu wandern, würden unfähig sein, ohne fremde Hilfe in die Hölle, aus der sie gekommen waren, zurückzukehren. Anders als Xazax mangelte es diesen Dämonen an der Fähigkeit, über den Augenblick hinaus zu planen. Belial hatte sich darauf verlassen, dass sein Leutnant sie führte.

Darin lag die einzige Hoffnung der Gottesanbeterin auf Vergebung. Der finstere Fürst würde Xazax verzeihen, wenn dieser es schaffte, die Überlebenden zusammenzuscharen und in ihre Höllen zurückzuschicken. Dafür würde der Dämon einen weiteren menschlichen Narren benötigen, der die Kunst der Hexerei beherrschte – doch von dieser Sorte gab es genug. Viel wichtiger war aber die Notwendigkeit, für sich selbst ein Opfer zu finden, das ihm die Energie gab, seine Wunde heilen zu lassen. Ein schöner, in der Blüte seines Lebens stehender Kaufmann, der in der Wüste übernachtete, wäre dem Dämon am liebsten gewesen. Doch in der gegenwärtigen Verfassung musste er nehmen, was kam.

Nervös bewegte sich Xazax durch den Sand. Der Zauber dieser verfluchten Nekromantin wirkte immer noch nach, wenn auch nicht mehr so intensiv wie anfangs. Hin und wieder nahmen Gaukeleien von Engeln und anderen schrecklichen Dingen Gestalt vor ihm an, doch ein jedes Mal gelang es ihm – wenn auch mit Mühe –, dem Drang zur Flucht zu widerstehen.

Wenn er seine Kraft wiedererlangt hatte und die Wunde verheilt war, würde er Norrec Vizharan und die Frau finden. Er würde sie beide so aufspießen, dass sie auf jeden Fall noch lebten, und dann würde er langsam ihr Fleisch von den Knochen schaben. Danach würde Xazax sie genüsslich verspeisen und sich jedes blutige Stückchen munden lassen …

Xazax!

Er erstarrte. Furcht ergriff Besitz von ihm. *Verdammt sei der Zauber dieser Menschenfrau!* Wollten diese letzten Nachzügler denn nie verschwinden? Wie viele Trugbilder, wie viele flüsternde Geisterstimmen würde der Dämon noch über sich ergehen lassen müssen, bevor es aufhörte?

Ich habe dich schon von weitem gerochen … und dich sofort erkannt …

Der riesige Dämon sah sich um, konnte aber nichts entdecken. Es war also nur wieder eine Stimme in seinem Kopf. Das konnte er ertragen.

Ein Schatten, der dunkler war als die Nacht, legte sich über Xazax und ließ das verwundete Monster erschrocken zusammenfahren.

Falscher … verlogener … hinterlistiger kleiner Käfer …!

Xazax erstarrte. Keine der Schöpfungen, die auf den Zauber der Frau zurückgingen, hatten in seinem Kopf je so überzeugend geklungen.

„Wer wagt es?“, krächzte er und drehte sich in die Richtung, aus der die Stimme in seinem Kopf gekommen zu sein schien. „Wer …?“

Vor dem Dämon baute sich der schrecklichste Alptraum auf, den er sich je hätte vorstellen können. Die Beißzangen des Dämons dehnten sich weit auseinander; ein einziges, fast wehklagend gesprochenes Wort versuchte vergeblich, seinem Maul völlig zu entfliehen.

„Diab…!“

Ein Schrei zerriss die Stille der nächtlichen Wüste; ein Schrei, der nicht irdischer Herkunft zu sein schien. Die unterschiedlichsten Kreaturen in Aranoch hielten in dem inne, was sie gerade taten, um voller Entsetzen zu lauschen. Auch lange nachdem der Schrei verhallt war, waren sie noch immer wie erstarrt, fürchteten, dass das, was dem Verursacher des klagenden Lautes aufgelauert hatte, als nächstes auch ihnen nachstellen könnte.

Unter den Dämonen Belials, die das Debakel von Lut Gholein überlebt hatten, machte sich eine noch größere Angst breit. Sie fühlten, was geschehen war, sie fühlten die Macht, die dahinter steckte, und sie ahnten, dass für sie selbst und für die Sterblichen auf dieser Ebene der Alptraum gerade erst begonnen hatte …

ENDE

ÜBER DEN AUTOR

Richard A. Knaak ist der Verfasser von mehr als zwanzig Fantasy-Romanen und mehr als einem Dutzend Kurzgeschichten. Unter anderem schrieb er den *New York Times* Bestseller THE LEGEND OF HUMA für die *Dragonlance*-Reihe. Abgesehen von seiner tatkräftigen Mitarbeit bei *Dragonlance*, ist er für seine populäre *Dragonrealm*-Reihe bekannt. Zu seinen anderen Werken zählen Fantasy-Romane wie FROSTWING und KING OF THE GREY. Neben DAS VERMÄCHTNIS DES BLUTES für die *Diablo*-Reihe, hat er auch Romane verfasst, die auf *WarCraft* beruhen, z. B. DER TAG DES DRACHEN. Darüber hinaus arbeitet er an einer Trilogie für *Dragonlance*.

Das Tor zur Hölle steht weit offen!

DOOM™

Die Romanreihe

Jetzt endlich auch in Deutschland! Höllisch gute Romane zum PC-Dämonenkult von ID Soft.

Ab Februar 2005

DOOM, Band 1: Knee-Deep in the Dead
Der offizielle Roman zum Spiel
€ 9,95, ISBN 3-8332-1207-1

Ab Mai 2005

DOOM, Band 2: Hell on Earth
Der offizielle Roman zu DOOM 2
€ 9,95, ISBN 3-8332-1208-X

Dino

www.paninicomics.de/videogame